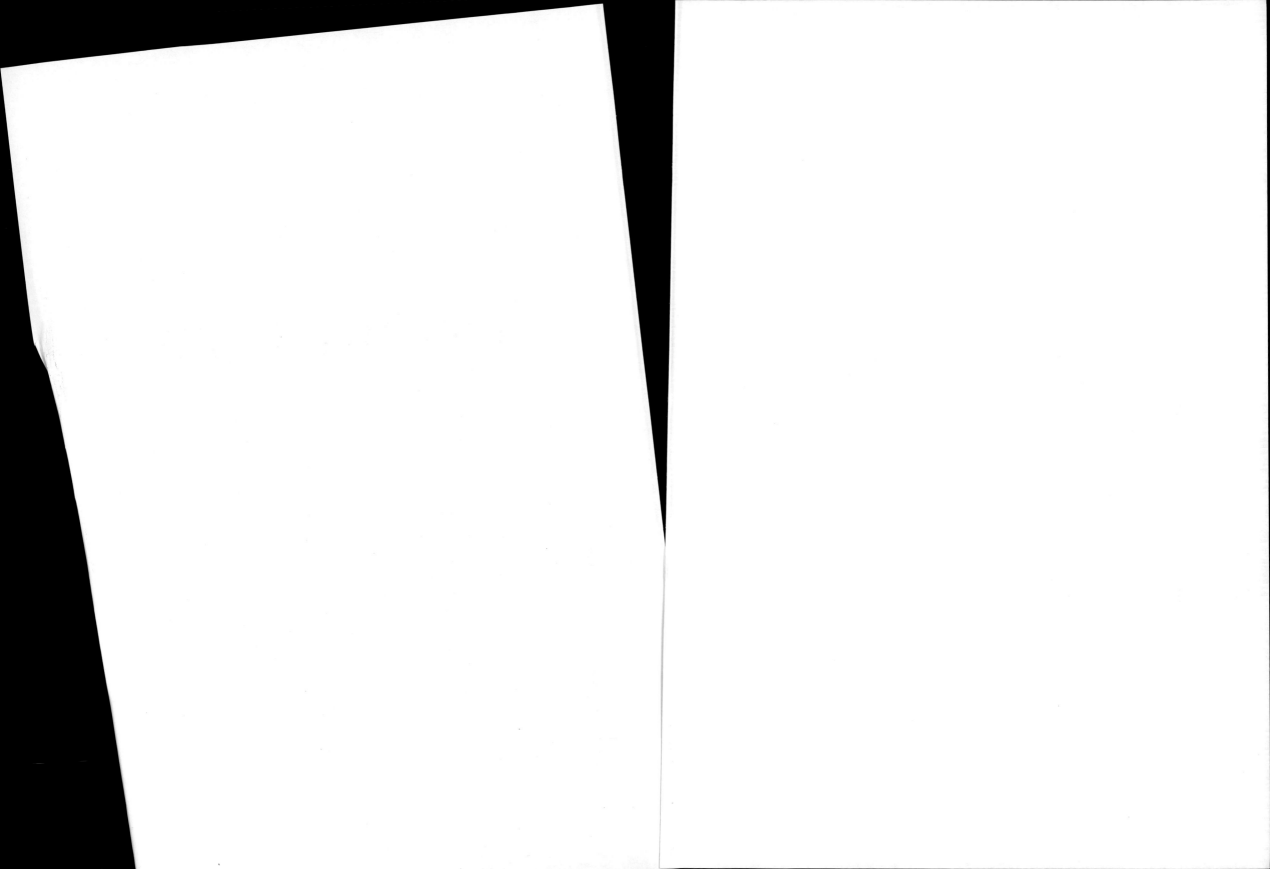

文學研究叢書·古典詩學叢刊

岑嘉州詩校注與評箋

林茂雄　著

岑參圖像

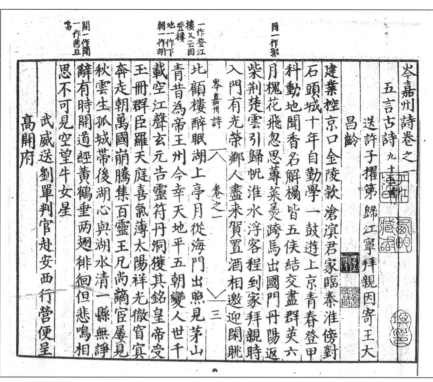

▲四部叢刊本蕭山朱氏藏明正德本《岑嘉州詩》卷一書影之一

▶四部叢刊本，此刻本分七卷，原出華泉邊貢所藏，猶是宋元以來相傳之舊本，較別本為勝，如優鉢羅花歌序云：「天寶景申歲，參忝大理評事」云云。案景申即丙申，唐人諱丙為景，是為天寶十五載七月。肅宗改元至德七月以前，猶是天寶紀年，此詩蓋作於是時。書影之二

四部叢刊本，此刻本分七卷，原出華泉邊貢所
藏，猶是宋元以來相傳之舊本，較別本為勝，
如卷二中「酒泉太守席上醉後作」一首，別本
以起四句為一首，編入七絕，大誤」。書影之三

酒泉太守席上醉後作

酒泉太守能劍舞高堂置酒夜擊鼓胡笳一
曲斷人腸座上相看淚如兩琵琶長笛曲相
和羌兒胡雛齊唱歌渾炙犁牛烹野駝交河
美酒金叵羅三更醉後軍中寢無奈秦山歸
夢何

▼岑嘉州集明覆刊宋書棚本書影之一

岑嘉州集卷第一

五言古詩

送許子擢第歸江寧拜親因寄王大昌
齡

建業控京口金陵猋滄溟君家臨泰淮惆對石
頭城十年自勤學一鼓遊上京青春登甲科動
地聞香名解褐皆五侯結交盡羣英六月槐花
飛忽思蓴菜羹跨馬出國門丹陽返柴荊楚雲
引歸帆淮水浮客程到家拜親時入門有光榮
鄉人盡來賀置酒相邀迎閑眺北顧樓醉眠湖

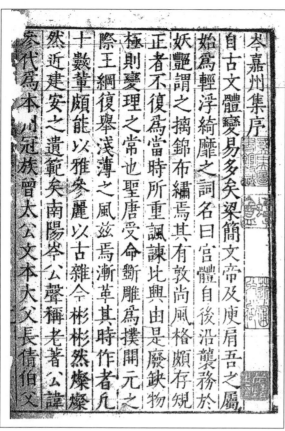

岑嘉州集序

自古文體變易多矣梁簡文帝及庾肩吾之屬
始為輕浮綺靡之詞名曰宮體自後沿襲務於
妖艷謂之摛錦布繡焉其有敦尚風格頗存規
正者不復為當時所重諷諫比興由是廢缺物
極則變理之常也聖唐受命斲雕為樸開元之
際王綱復舉淺薄之風茲焉漸革其時作者凡
十數輩頗能以雅參麗以古雜今彬彬然燦燦
然近建安之遺範矣南陽岑公聲稱老著公諱
參代為本州冠族曾太公文本大父長倩伯父

▲岑嘉州集明覆刊宋書棚本書影之二

▼岑嘉州集上海同文書局光緒甲申閏五月
　二次石印書影之一

岑嘉州集卷第一

五言古詩

送許子擢第歸江寧拜親因寄王大昌
齡

建業控京口金陵欸滄滇君家臨秦淮衕對石
頭城十年自勤學一鼓遊上京青春登甲科動
地聞香名解褐皆五侯結交盡羣英六月槐花
飛忽思蓴菜羹跨馬出國門丹陽返柴荊楚雲
引歸帆淮水浮客程到家拜親時入門有光榮
鄉人盡來賀置酒相邀迎闚眺比顧樓醉眠湖

光緒甲申閏五月

岑嘉州集

上海同文書局二次石印

岑嘉州集序

自古文體變易多矣梁簡文帝及庾肩吾之屬
始爲輕浮綺靡之詞名曰宮體自後沿襲務於
妖艷謂之擒錦布繡焉其有敦尚風格頗存規
正者不復爲當時所重諷諫比興由是廢缺物
極則變理之常也聖唐受命斷雕爲樸開元之
際王綱復舉淺薄之風茲焉漸革其時作者凡
十數輩顏能以雅參麗以古雜今彬彬然燦燦
然近建安之遺範矣南陽岑公聲稱老著公諱
參代爲本州冠族曾太公文本大父長倩伯父

▲岑嘉州集上海同文書局光緒甲申閏五月二次石印書影之二

◀岑嘉州集東壁圖書府本書影

岑嘉州集卷上

五言古詩

　　永嘉張遜業有功校正
　　江都黃　埗子篤梓行

送許子擢第歸江寧拜親因寄王大昌齡

建業控京口金陵欵滄溟君家臨泰淮傍對石頭
城十年自勤學一皷遊上京青春登甲科動地聞
香名解榻皆五侯結交盡群英六月槐花飛忽思
蓴菜羹跨馬出國門丹陽返柴荊楚雲引歸帆准

原序

　　詩莫盛於唐，莫備於盛唐，論者推李、杜二公為尤，其間可名家者又十數公，岑嘉州其一也。嚴羽曰：「高、岑之詩悲壯，讀之使人感慨」（滄浪詩話），商璠評嘉州之詩曰：「語逸體俊，意每造奇」（河嶽英靈集）。夫俊也，逸也，是太白之所長，而嘉州近焉；若悲且壯，非子美莫屬，而嘉州有之。子美嘗曰：「岑生多新詩」（九日寄岑參），又曰：「沈鮑得同行」（寄彭州高三十五使君適虢州岑二十七長史參），又曰：「謝朓每篇堪諷誦」（寄岑嘉州），味其言，未嘗不斂衽於嘉州也。今誦其集，如「山風吹空林，颯颯如有人」（暮秋山行），斯悲壯而奇矣；「長風吹白茅，野火燒枯桑」（至大梁卻寄匡城主人），不亦俊且逸乎。陸放翁謂：「太白、子美之後，嘉州一人而已」（跋岑嘉州詩集），洵為知言。

　　顧其詩，注家絕鮮，學者讀之，不無面牆之嘆；予嗜嘉州集，課餘之暇，輒取其詩注之，朝夕諷詠，樂而忘倦，雖纖芥之微，亦必詳加考訂，其有古人先我者，錄而參之，其有古人未逮者，則附而益之，愚者千慮，莫敢自詡，凡歷二載，始成茲編。復蒙　成師楚望諄諄善誘，啟迪實多。海內耆碩，倘能匡其瑕疵，補其罅漏，使嘉州之詩，大著於世，斯則茂雄之幸，亦嘉州之幸也。

民國六十年六月序於國立臺灣師範大學

岑嘉州詩校注與評箋凡例

一、本詩注以四部叢刊本岑嘉州詩七卷之編次為主，其中縱有誤收
之作，亦未加以刪削，蓋唐人集中此例甚多也；但持校他本
（明覆刊宋書棚本，簡稱宋本；明晉安鄭能嫏嬛齋刊本，簡稱鄭
本；明嘉靖間江都黃埛刊本，簡稱黃本；清光緒甲申上海同文
書局石印本，簡稱石印本；全唐詩；王荊公唐百家詩選，簡稱
百家選；文苑英華，簡稱英華；河嶽英靈集，簡稱英靈集；唐
詩紀事、樂府詩集、唐文粹、才調集、又玄集）之異同，其文
字顯然謬誤者正之並於每首詩中，將正確者以（）示之，餘則
並存其舊，以聽覽者自擇。

二、本詩注輯補誤收之詩及文苑英華所載岑參感舊賦並序及招北客文
二篇，並附以注釋，俾免遺珠之憾。

三、詩評及詩人贈答之篇書錄，亦皆附諸篇末，省讀者翻檢之勞。

四、頌詩讀書，不可不知其人，嘉州生平，見於載籍者少，新、舊唐
書又俱無傳，茲檢辛文房唐才子傳，杜確岑嘉州詩集序，附列篇
末，以為知人論世之助。

五、官制代有更易，地理時多遷變，注家於此頗涉省略。今於管制，
以新舊唐書為主，並與通典、六典相參，藉詳其品秩、隸屬及職
掌。地理除引用舊唐書地理志、新唐書地理志、通典、水經注、
元和郡縣志、太平寰宇記、讀史方輿紀要、清一統志諸編外，並
旁舉他書，注明今地，務使覽者一目瞭然。

六、箋釋之學，自古為難。本詩注解，雖力求完備，惟古來典籍，浩
瀚無涯，周覽遍窺，良非易易，其於所不知，蓋闕如也。

七、本詩注因歷時匆促，謬誤在所難免，尚祈海內博雅君子，有以正
之。

目次

卷二　七言古詩　凡四十九首　補遺一首

卷三　五言律詩　凡一百六十九首（誤收詩一首）補遺四首

卷四　五言長律　凡十二首

卷五　七言律詩十首　（原有偽詩一首，入附錄）

卷六　五言絕句十七首

卷七 七言絕句 凡三十三首 補遺一首

附錄一

附錄二　誤收之詩——共八首

附錄三　時人贈答之篇、書錄及後人序跋之作

附錄四

附錄五　岑參交遊考

古典詩學叢刊

岑嘉州詩校注與評箋

林茂雄 著

萬卷樓

卷一　五言古詩

凡九十七首

送許子¹擢第歸江寧²拜親因寄王大昌齡³

建業⁴控京口⁵，金陵⁶款滄溟。君家臨秦准⁷，傍對石頭城⁸。十年自勤學，一鼓遊上京。青春登甲科⁹，動地聞香名。解榻¹⁰皆五侯¹¹，結交盡群英。六月槐花飛，忽思蓴菜羹¹²。跨馬出國門，丹陽¹³返柴荊¹⁴。楚雲引歸帆，淮水¹⁵浮客程。到家拜親時，入門有光榮。鄉人盡來賀，置酒相邀迎。閑眺北顧樓¹⁶，醉眠湖上亭。月從海門¹⁷出，照見茅山¹⁸青。昔為帝王州¹⁹，今幸天地平。五朝變人世，千載空江聲。玄元告靈符²⁰，丹洞獲其銘。皇帝受玉冊，群臣羅天庭。喜氣薄太陽，祥光徹窅冥。奔走朝萬國，崩騰²¹集百靈。王兄尚謫宦²²，屢見秋雲生。孤城帶後湖，心與湖水清。一縣無譁辭²³，有時開道經。黃鶴垂兩翅²⁴，徘徊但悲鳴。相思不可見，空望牛女星²⁵。

【校】

① **傍** 宋本、鄭本、石印本並作「倚」，案「旁」，本作「㫄」，見說文上部。

② **群英** 《百家選》作「時英」，《全唐詩》「群」字下注「一作時」。

③ **北顧** 《百家選》作「因登」，《全唐詩》「顧」字下注「一作登江，一作因登」。

④ **天地** 《全唐詩》「地」字下注「一作下」。

⑤ **但悲鳴** 《百家選》作「悲且鳴」，《全唐詩》「但悲」下注「一作悲且」。

【注】

1 **許子** 公後詩有〈送許拾遺恩歸江寧拜親〉詩，杜甫有〈送許八拾遺歸江寧覲省〉詩，〈因許八奉寄江寧旻上人〉詩，劉長卿有〈送許拾遺還京〉詩，《全唐文》卷三六六賈至〈授韋少游祠

部員外郎等制〉：「守右監門衛胄曹參軍許登，振藻揚采，穆如清風，……可右拾遺。」中之「許拾遺」，殆同一人。登撰有「潤州上元縣福興寺碑」（《全唐文》四四一）。參後〈送許拾遺恩歸江寧拜親〉、〈送許員外江外置常平倉〉詩注。

2 **江寧** 《通典‧州郡十二》：「丹陽郡潤州江寧，本名金陵，秦始皇改為秣陵，建安十六年，吳改為建業，晉武平吳，還為秣陵，又分秣陵立臨江縣，二年改臨江為江寧」。案故治在今江蘇江寧縣西南。

3 **王大昌齡** 《唐書‧文苑傳》：「王昌齡字少伯，江寧人，第進士，補秘書郎，又中宏辭，遷氾水尉，不護細行，貶龍標尉，以世亂，還鄉里，為刺史閭丘曉所殺。昌齡工詩，緒密而思清，時謂王江寧云。」

4 **建業** 案建業，秦漢為秣陵縣地，三國吳自京口徙都於此，改為建業，因置縣。晉平吳，改建業為建鄴，後避愍帝諱改為建康。故治即今江蘇南京市。

5 **京口** 《元和郡縣志》：「孫權自吳徙治丹徒，號曰京城，後遷建業，於此置京口鎮」。案故治在今江蘇鎮江市。

6 **金陵** 《新唐書‧地理志》：「昇州江寧郡，治上元，武德三年更江寧為歸化，八年更歸化為金陵。九年更名金陵曰白下……貞觀九年更白下曰江寧，肅宗上元二年又更名白下。」《景定建康志》：「金陵，古揚州之域，在周為吳，春秋末屬越，楚滅越，並有其地，以其地有王氣，埋金以鎮之，號曰金陵」。案即今南京市。

7 **秦淮** 《方輿勝覽》：「秦淮在上元縣南三里，始皇時，望氣者言，五百年後，金陵有天子氣，使朱衣鑿山為瀆，以斷地脈，以秦開，故曰秦淮」。

8 **石頭城** 《元和郡縣志》：「石頭城在上元縣西四里，即楚之金陵城也，吳改為石頭城，建安十六年，吳大帝修築以貯財寶軍器。吳都賦云：『戎車盈於石城』是也。諸葛云：『鍾山龍蟠，石城虎

踞』，言其形之險固也」。

9 **甲科**　《漢書》〈蕭望之傳〉：「以射策甲科為郎。」顏師古注：「謂為難問疑義，書之於策，量為大小，書甲乙之科，列而置之，不使彰顯，有欲射者，隨其所取，得而釋之，以知優劣。」《新唐書・選舉志》：「凡明經，先帖文然後口試，經問大義，……亦為四等，凡進士，試時務策五道，帖一大經，經策全通為甲第，策通四帖過回以上為乙第。」甲第猶甲科也。

10 **解榻**　《後漢書》〈徐穉傳〉：「徐穉字孺子，豫章南昌人也，恭儉義讓，所居服其德，屢辟公府，不起。時陳蕃為太守，以禮請，署功曹，穉不免之，既謁而退。蕃在郡，不接賓客，唯穉來，特設一榻，去則懸之」。

11 **五侯**　《漢書》〈元后傳〉：「河平（漢元帝年號）二年，上悉封舅（王）譚為平阿侯，商成都侯，立紅陽侯，根曲陽侯，逢時高平侯。五人同日封，故世謂之五侯」。因以稱顯赫之貴族。

12 **忽思蓴菜羹**　《晉書・文苑》〈張翰傳〉：「張翰字季鷹，吳郡吳人也，有清才，善屬文，而縱任不拘，齊王冏辟為大司馬東曹掾，冏時執權，翰因見秋風起，乃思吳中菰菜、蓴羹，鱸魚膾、曰：『人生貴得適志，何能羈宦數千里，以要名爵乎？』遂命駕而歸」，俄而冏敗，人皆謂之見機。

13 **丹陽**　《元和郡縣志》卷二十五：「江南道潤州丹陽縣，本舊雲陽縣，秦時望氣者云，有王氣，故鑿之，以敗其勢，截其直道，使之阿曲，故曰曲阿。天寶元年，改為丹陽縣」。按故治在今江蘇鎮江縣南。

14 **柴荊**　《文選》謝靈運〈初去郡〉詩：「恭承古人意，促裝返柴荊」。劉良註：「柴荊，謂柴門荊扉也。」

15 **淮水**　顧野王《輿地志》：「淮水發源於華山，在丹陽姑熟之界，西北流經建康、秣陵二縣之間，縈紆京邑之內，至於石頭入江，綿流三百餘里」。

16 **北顧樓**　《太平寰宇記》：「北固山在潤州丹徒縣北一里。南徐州

記云：城西北有別嶺，斜入江，三面臨水，高數十丈，號曰北固」。《建康實錄》：「梁武帝幸京口，登北固樓，遂改名北顧」。《南史》〈到溉傳〉：「溉孫藎，早聰慧，嘗從武帝幸京口登北顧樓賦詩。」

17 **海門**　王昌齡〈宿京口期劉慎虛不至〉詩：「霜天起長望，殘月生海門。」《舊唐書》〈韓滉傳〉：「尋加檢校禮部尚書兼御史大夫，潤州刺史，鎮海軍節度使……造樓船戰艦三十餘艘，以舟師五千人由海門揚威武至申浦（江陰縣西三十里）而還。」

18 **茅山**　《太平寰宇記》：「茅山在昇州句容縣南五十里，本名句曲山，其山形如句字三曲，昔茅君得道於此山，後人遂名焉。其山接句容、金壇、延陵三縣界」。《元和郡縣志》：「茅山在（延陵）縣西南卅五里）三茅得道之所。」案在今江蘇句容縣東南。

19 **帝王州**　謝朓〈鼓吹入朝曲〉：「江南佳麗地，金陵帝王州」。帝王州，謂帝郡也。

20 **玄元告靈符二句**　封演《聞見記》：「國朝以李氏出自老君，故崇道教，高祖武德三年，晉州人吉善，行于羊角山，見白衣老父呼謂曰：為吾語唐天子，吾是老君，即汝祖也，今年無賊，天下太平。高祖即遣使致祭，立廟於其地。高宗乾封元年，還自岱宗，過真源詣老君廟，追尊為玄元皇帝」。《舊唐書》〈玄宗紀〉：「開元二十九年春正月丁丑，制兩京諸州，各置玄元皇帝廟。天寶元年，正月甲寅陳王府參軍田同秀上言，玄元皇帝降見於丹鳳門之通衢，告賜靈符，在尹喜之故宅，上遣使就函谷故關尹喜臺西發得之，乃置玄元廟於天寧坊」。據此，則公詩當作於天寶元年夏。《新唐書》〈玄宗紀〉：「天寶元年二月丁亥，群臣上尊號曰開元天寶聖文神武皇帝。」

21 **崩騰**　謝靈運述祖德詩：「崩騰永嘉末，逼迫太元始。」呂延濟注：「崩騰，破壞貌。」案此詩非言破壞之狀，乃形容眾仙之騰集也。

22 **王兄尚謫宦**　案昌齡謫官之歲月，載籍不詳，本詩既作於天寶元年，而詩曰：「尚謫宦」則初赴江寧（公有〈送王大昌齡赴江寧〉

詩，詳後注），必在天寶元年以前。詩又曰：「屢見秋雲生」，則又不只前一年，是昌齡謫宦，亦不得在開元二十九年也。又考王士源〈孟浩然集序〉：「開元二十八年，王昌齡遊襄陽，浩然因歡宴疾發而卒」。昌齡若二十七年謫官，似既謫官後，不得於二十八年忽離職守，遠赴襄陽，故謫官亦不得在二十八年以前，意者，昌齡遊襄陽在二十八年冬前，其謫江寧則二十八年冬耳。（說詳聞一多《岑嘉州繫年考證》）

23 **諍辭** 《文選》謝朓〈在郡臥病呈沈尚書詩〉：「高閣常晝掩，荒階少諍辭」。張銑注：「諍、訟也。言郡內無事。」

24 **黃鶴二句** 《文選》〈蘇武詩〉：「黃鵠一遠別，千里顧徘徊」。李善注引韓詩外傳：「田饒謂魯哀公曰：夫黃鵠一舉千里」。案鵠通鶴。

25 **牛女星** 《古詩十九首》：「迢迢牽牛星，皎皎河漢女」。

【箋】

葛立方曰：「觀王昌齡詩，仕進之心，可謂切矣。贈口六（〈鄭縣宿陶太公館中贈馮六元二〉）云：「雲龍未相感，干謁亦已屢」。從軍行云：「雖投定遠筆，未坐將軍樹」。至於沙苑渡之作，乃有「孤舟未得濟，入夢在何年」之句，是以傳說自期也，一何愚哉！昌齡未第時，岑參贈之詩曰：「潛虯且深蟠，黃鶴舉未晚」，既登第而謫官也，參又贈之詩曰：「王兄尚謫宦，屢見秋雲生。黃鶴垂兩翅，徘徊但悲鳴」。後昌齡以世亂還鄉為閭邱曉所殺，則所謂黃鶴者，竟不能高舉矣」。（《韻語陽秋》）。

武威¹送劉單²判官³赴安西⁴行營便呈高開府⁵

熱海⁶互鐵門⁷，火山⁸赫金方⁹。白草¹⁰磨天涯，胡沙奔（莽）

茫茫。夫子佐戎幕，其鋒利如霜。中歲學兵符，不能守文章。功業須及時，立身有行藏 [11]。男兒感忠義，萬里忘越鄉 [12]。孟夏邊候遲，胡國草木長。馬疾過飛鳥，天窮超夕陽。都護 [13] 新出師，五月發軍裝。甲兵二百萬，錯落黃金光。揚旗拂崑崙 [14]，伐鼓 [15] 振蒲昌 [16]。太白 [17] 引官軍，天威臨大荒。西望雲似蛇，戎夷知喪亡。渾驅大宛馬 [18]，繫取樓蘭 [19] 王。曾到交河城 [20]，風土斷人腸。塞驛遠如點，邊烽互相望。赤亭 [21] 多飄風 [22]，鼓怒不可當。有時無人行，沙石亂飄揚。夜靜天蕭條，鬼哭夾道旁。地上多髑髏，皆是古戰場。置酒高館夕，邊城月蒼蒼。軍中宰肥牛 [23]，堂上羅羽觴 [24]。紅淚金燭盤，嬌歌艷新妝。望君仰青冥 [25]。短翮 [26] 難可翔。蒼然西郊道。握手何慨慷。

【校】

① **題** 《唐詩紀事》「安西」作「西」。鄭本、唐詩紀事「便呈」作「使呈」。

② **胡沙** 《全唐詩》、《唐詩紀事》並作「湖沙」。

③ **奔茫茫** 《全唐詩》、《百家選》、《唐詩紀事》並作「莽茫茫」，案作「莽」是。

④ **草木長** 《百家選》、《唐詩紀事》並作「草未長」。

⑤ **黃金光** 《唐詩紀事》作「金光揚」。

⑥ **揚旗** 《唐詩紀事》作「揭旗」。

⑦ **伐皷** 宋本、黃本、石印本、《全唐詩》並作「伐鼓」。案「皷」、「鼓」，二字同。

⑧ **振** 宋本、鄭本、《全唐詩》、《百家選》、《唐詩紀事》並作「震」。案二字通用。

⑨ **官軍** 《百家選》作「官庫」，誤。

⑩ **互相** 宋本、石印本並作「牙相」，誤。

⑪ **飄揚** 《全唐詩》「飄」作「颸」，《百家選》、《唐詩紀事》「揚」作「颸」。

⑫ **傍**　宋本、鄭本、石印本並作「傍」。

⑬ **皆是**　《唐詩紀事》作「背是」，誤。

⑭ **淚**　《唐詩紀事》作「泪」。案二字同，見字彙。

⑮ **嬌歌**　《唐詩紀事》作「嬌記」，誤。

⑯ **艷新妝**　鄭本、《全唐詩》、《百家選》並作「豔新粧」。

⑰ **望君**　《唐詩紀事》作「望若」，誤。

【注】

1 **武威**　《唐書》〈地理志〉：「河西道涼州中都督府，隋武威郡，武德二年，置涼州總管府，天寶元年改為武威郡，督涼、甘、肅三州」。按故治在今甘肅武威縣。

2 **劉單**　《唐書》〈高仙芝傳〉：「天寶六載九月，仙芝討小勃律國還，令劉單草告捷書」。據此，知劉單為仙芝幕僚。又案劉單，天寶初進士高第，後入安西高仙芝幕為判官，天寶末為白水尉，大歷中為禮部郎中，卒。

3 **判官**　新《唐書》〈百官志〉：「節度、觀察、團練、防禦使各有判官一人」。

4 **安西**　《通典》〈州郡四〉：「安西都護符，本龜茲國也，大唐明慶中置，東接焉耆，西連疏勒，南鄰吐蕃，北拒突厥」。案故治在今新疆吐魯番縣。

5 **高開府**　謂高仙芝也。本高麗人，父為安西將軍，仙芝開元末為安西副都護、都知兵馬使，天寶六載破小勃律，制授鴻臚卿，攝御史中丞，為安西節度使。九載討石國，十載，拜開府儀同三司，為右羽林大將軍。又案：仙芝三除武威太守，河西節度使，代安思順，仙芝幕僚則群趨武威，公亦同至。適思順諷群胡堅請留己，奏聞，制遂復留思順於河西，安思順復來，仙芝不果就鎮，既束武威諸幕僚，即暫留其地。」說詳聞一多《岑嘉州繫年考證》。

6 **熱海**　案唐時熱海，即今蘇屬土耳其斯坦之亦息庫爾湖。土耳其

語，謂熱曰亦息，湖曰庫爾，故名。玄奘《西域記》：「凌山蔥嶺北隅坎，雪積凌，春夏不解，懸釜而炊，席冰而寢，七日出山，有一清池，亦曰熱海，以其對凌山不凍，故得此名」。

7 **鐵門** 玄奘《西域記》：「羯霜那國東南山行三十餘里，入鐵門。鐵門者，左右帶山，加之險阻，兩傍石壁，其色如鐵，既設門扉，又以鐵錮，因其險固，遂以為名」。詳後〈題鐵門關樓〉詩注。

8 **火山** 《山海經》〈大荒西經〉：「崑崙之丘，其外有炎火之山，投物輒然」。郭璞注：「今去扶南東萬里有耆薄國，東復五千里許有火山國，其山雖霖雨，火常燃」。《魏書》〈西域傳〉：「悅般國在烏孫西北，去代一萬九百三十里，其山匈奴北單于之部落，其國南界有火山，山旁石皆燋鎔，流地數十里，乃凝堅，人取為樂，即石流黃也」。案地在今新疆吐魯番縣東。《文選》鮑照〈苦熱行〉：「赤坂橫西阻，火山赫南威」。

9 **金方** 謂西方也。《晉書》〈姚弋仲載記〉論：「弋仲越自金方，言歸石氏」。

10 **白草** 《漢書·西域傳》：「鄯善國多白草」。顏師古注：「白草似莠而細，無芒，其乾熟時，正白色，牛馬所嗜也」。

11 **行藏** 《論語·述而》：「子謂顏淵曰：用之則行，舍之則藏，唯我與爾有是夫」。集解引孔安國曰：「言可行則行，可止則止，唯我與顏淵同」。

12 **越鄉** 謂離鄉也。《文選》鮑照〈上潯陽還都道〉中作：「誰令乏古節，貽此越鄉憂」。《左傳》襄公十五年：「小人懷璧，不可越鄉」。

13 **都護四句** 《漢書》〈鄭吉傳〉：「吉既破車師，降日逐，威震西域，遂并護車師以西北道，故號都護，都護之置，自吉始焉」。顏師古注：「都猶大也，總也，言總護南北之道」。案此謂高仙芝也，仙芝於天寶十載四月伐大食（見《通鑑》）。詩言「五月發軍裝」者，蓋仙芝四月辭長安，五月整師西征耳。

14 **崑崙** 《山海經》〈大荒西經〉：「西海之南，流沙之濱，赤水之後，黑水之前，有大山，名曰崑崙之邱」《史記》〈大宛傳〉贊：

「太史公曰：『禹本紀言河出崑崙，崑崙其高二千五百餘里，日月所相避隱為光明也』」。

15 **伐鼓**　《詩・小雅》〈采芑〉：「征人伐鼓」，毛傳：「伐，擊也」。

16 **蒲昌**　《讀史方輿紀要》：「蒲昌城在吐魯番西，高昌所置始昌城也。唐貞觀中，置縣於此，屬西州，其東南有蒲類海，因名」。案故地在今新疆鄯善縣。

17 **太白**　星名，則金星也。《爾雅・釋天》：「明星謂之啟明」，郭璞注：「太白星也，晨見東方為啟明，昏見西方為太白」史記天官書：「察日行以處太白」索隱：「太白辰出東方曰啟明。」《晉書・天文志》：「太白進退以候兵，高埤遲速，靜躁見伏，用兵皆象之，吉。其出西方失行，夷狄敗，出東方失行，中國敗」。

18 **大宛馬**　《史記・大宛列傳》：「大宛多善馬，馬汗血，其先天馬子也」。集解：「漢書音義曰：大宛國有高山，其上有馬，不可得，因取五色母馬置其下，與交，生駒汗血，因號曰天馬子」。

19 **樓蘭**　《漢書・西域傳》：「鄯善國，本名樓蘭，王治扞泥城，去陽關千六百里，去長安六千一百里。樓蘭國最在東垂，近漢，當白龍堆，乏水草」。案故地在今新疆鄯善縣東南。

20 **交河城**　《太平寰宇記》：「交河縣本漢車師前王之地，貞觀十四年置縣，取界內交河以為名，交河源出縣北天山，東南入高昌縣」。案故地在今新疆吐魯番縣西。

21 **赤亭**　案詩所言赤亭是赤亭守捉，在今新疆鄯善縣東北。新《唐書・地理志》：隴右道伊州伊吾郡納職縣：「自縣西經獨泉東峰，西峰駝泉，渡茨其水，過神泉三百九十里有羅護守捉，又西南經達匪草堆，百九十里至赤亭守捉，與伊、西路合。」覽岑詩，知赤亭口位於火山附近，當在今新疆鄯善境內，唐時置赤亭守捉，即在其側。（據馮承鈞《西域地名》即鄯善東北之七克台。）

22 **飄風**　《爾雅・釋天》：「回風為飄」，郭璞注：「旋風也」。《詩・小雅》〈何人斯〉：「彼何人斯，其為飄風」，毛傳：「飄風，暴起之風」。

23 **宰肥牛** 《文選》曹植〈箜篌引〉:「中廚辦豐膳,烹羊宰肥牛。」

24 **羽觴** 《漢書・外戚》〈孝成班婕妤傳〉:「酌羽觴兮銷憂」,顏師古注引劉德曰:「酒行疾如羽也」。孟康曰:「羽觴,爵也,作生爵形,有頭尾羽翼」。《文選》張衡〈西京賦〉:「羽觴行而無算」,劉良註:「羽觴,杯上綴羽,以速飲也」。又《文選》陸機〈擬今日良宴會〉詩:「羽觴不可算」呂延濟注:「羽觴,置鳥羽於杯,以急飲也」。案羽觴,諸家解說互異,以孟解為優。

25 **青冥** 《楚辭・九章》〈悲回風〉:「據青冥而攄虹兮」,按「青冥」,謂天也。

26 **短翮** 《文選》沈約〈和謝宣城〉詩:「揆余發皇鑒,短翮屢飛翻」,李善注:「丁儀周成王論曰:振短翮,與鸞鳳並翔」。參閱後〈北庭貽宗學士道別〉詩注。

送王大昌齡赴江寧

對酒寂不語,悵然悲送君。明時[1]未得用。白首[2]徒攻文。澤國[3]從一官,滄波幾千里。群公滿天闕,獨去過淮水[4]。舊家富春渚[5],嘗憶臥江樓[6]。自聞君欲行,頻望南徐州[7]。窮巷獨閉門,寒燈靜深屋。北風吹微雪[8],抱被肯同宿。君行到京口[9],正是桃花時[10]。舟中饒孤興,湖上多新詩。潛虬且深蟠[11],黃鶴飛來晚[12]。惜君青雲器[13],努力加餐飯[14]。

【校】

① **悲** 《百家選》、《英華》並作「愁」。《唐詩紀事》「悲」字下注「一作愁」。

② **未得** 《唐詩紀事》作「不得」,《唐文粹》作「未能」。

③ **攻**　《百家選》、《英華》並作「工」。

④ **天闕**　《唐詩紀事》作「闕下」。

⑤ **嘗**　《百家選》作「常」。

⑥ **頻望**　《百家選》、英華並作「頻夢」。

⑦ **虬**　《唐文粹》作「虯」，案虬，虯之俗字。

⑧ **黃鶴飛來晚**　《全唐詩》作「黃鵠舉未晚」，《百家選》作「黃鶴舉未晚」，《唐詩紀事》作「黃鶴飛未晚」，《英華》作「黃鶴舉未曉」。按作「黃鵠舉未晚」，是。

⑨ **餐**　《唐詩紀事》作「殘」，誤。

【注】

1 **明時**　《文選》曹植〈求自試表〉：「志欲自效於明時，立功於聖世」。

2 **白首**　《史記》〈范睢蔡澤傳〉贊：「游說諸侯，至白首無所遇者，非計策之拙，所為力少也」。

3 **澤國**　多澤沼之地，此謂江寧也。《周禮・地官》〈掌節〉：「凡邦國之使節，山國用虎節，土國用人節，澤國用龍節，皆金也」。案「澤國」以下四句，有憫惜之意，似是昌齡初謫江寧時贈別之作。（參閱〈送許子擢第〉詩注）。

4 **淮水**　已見〈送許子擢第〉詩注。

5 **舊家富春渚**　案《文選》謝靈運有〈富春渚〉詩，呂延濟注：「富春渚在錢塘江上」。又任昉贈郭桐廬詩：「朝發富春渚，蓄意忍相思」，呂向註：「富春，縣名，渚、水曲也」。唐汝詢曰：「岑以南陽為望，或曾隨宦，家越中，而因遊金陵也」。（《唐詩解》）。案唐岑氏無家富春渚者，惟岑參父岑植曾官衢州司倉參軍，地居富春江上游，因有此句。

6 **嘗憶臥江樓**　《全宋文》卷三十三謝靈運〈遊名山志〉：「從臨江樓步路，南上二里餘，左望湖中，右傍長江」。唐汝詢曰：「富春，江寧皆可言江樓；玩詩意，言我曾家於越，又臥江寧之江

樓，故聞君往而心馳於彼也」。（《唐詩解》）

7 **南徐州** 《一統志》：「鎮江府，三國為京口鎮，劉宋以南徐州治京口」。宋書：「義熙七年，始分淮北為北徐，文帝元嘉八年，以江北為南兖州，江南為南徐州」。按故地即今江蘇丹徒縣治。

8 **北風二句** 案昌齡〈留別岑參兄弟〉詩：「便以風雪暮，還為縱酒留」，而公詩曰：「北風吹微雪，抱背肯同宿」，是昌齡謫官時在冬日（開元二十八年）。參閱前〈送許子擢第〉詩注。

9 **京口** 參閱〈送許子擢第〉詩注。

10 **桃花時** 《禮記·月令》：「仲春之月，始雨水，桃始華」。

11 **潛虬且深蟠** 《文選》謝靈運〈登池上樓〉詩：「潛虬媚幽姿，飛鴻響遠音」，李善注：「虬以深潛而保真」。說文：「虯，龍子有角者。」（按「虬」本作「虯」）。左思〈蜀都賦〉：「潛龍蟠于沮澤」。

12 **黃鶴飛來晚** 《全唐詩》作「黃鵠舉未晚」，《韓詩外傳》卷二：「田饒事魯哀公而不見察，謂哀公曰：『臣將去君，黃鵠舉矣。』哀公曰：『何謂也？』曰：『……雞有此五德，君猶日瀹而食之者，何也？』則以其所從來者近也，夫黃鵠一舉千里，止君園池，食君魚鱉，啄君黍粱，無此五德，君猶貴之，以其所從來者遠也，臣將去君，黃鵠舉矣」。案鵠通鶴。

13 **青雲器** 《文選》顏延年〈五君詠〉：「仲容青雲器，實稟生民秀」，李善注：「青雲，言高遠也」。

14 **努力加餐飯** 《古詩十九首》：「棄捐勿復道，努力加餐飯」。

【箋】

1 唐汝詢曰：「此嘆昌齡屈于薄宦也。抱被肯同宿，貧交至情。湖上多新詩，落魄人興復不淺，又曰：「起聯作律，乃佳。」（《唐詩解》）。

2 陸時雍曰：「一起感甚，段段情色俱足」（《詩鏡》）。

3 周珽曰：「對酒不語，裡有至悲，不止于惜別者，以明時老于文墨，以薄秩苦于涉險，正悵然不語之故。「君公滿天闕，獨去過

淮水」，即「誰念在江島，故人滿天朝」意，「窮巷獨閉門」四句，頂「舊家富春渚」二語，「君行到京口」四句，頂「自聞君欲行」二語。結四句言江寧豈神物久滯之地，終當變化飛奮，勉王之自愛也，感深詞婉」（《唐詩會通評林》）。

4　郭濬曰：「悠悠澹澹，尋常寫出自妙」（《唐詩會通評林》）

5　周啟琦曰：「方圭圓璧，胸中自有成竹。」（《唐詩會通評林》）

6　案王昌齡謫江寧丞在開元廿八年冬（詳見前注），則其從長安赴江寧丞，途經洛陽時，李頎曾有詩送之：「漕水東去遠，送君多暮情，淹留野寺出，向背孤山明。前望數千里，中無蒲稗生。夕陽滿舟輯，但愛微波清。舉酒林月上，解衣沙鳥鳴。夜來蓮花界，夢裡金陵城。嘆息此離別，悠悠江海行。」（據《全唐詩》卷一三二）

送祁樂[1]歸河東[2]

祁樂后來秀[3]，挺身出河東。往年詣驪山[4]，獻賦溫泉宮[5]。天子不召見，揮鞭遂從戎[6]。前月還長安[7]，囊中金已空。有時忽乘興[8]，畫出江上峰。床頭蒼梧雲[9]，簾下天台松[10]。忽如高堂上，颯颯[11]生清風。五月火雲屯[12]，氣燒天地紅。鳥且不敢飛[13]，子行如轉蓬[14]。少華[15]與首陽[16]，隔河勢爭雄[17]。新月河上出，清光滿關中[18]。置酒灞亭別[19]，高歌披心胸[20]。君到故山時，為吾謝老翁[21]。

【校】

①　后　《全唐詩》、《百家選》並作「後」，案二字同。

②　生清風　《全唐詩》「生清風」下注「一作聞江風」。

③ **為吾謝老翁**　宋本、鄭本、黃本、石印本、《全唐詩》並作「為
謝五老翁」,《百家選》作「為謝吾老翁」。

【注】

1 **祁樂**　即畫家祁岳也。案杜甫〈奉先劉少府新畫山水障歌〉:「豈
但祁岳與鄭虔,筆跡遠過楊契丹」,錢牧齋注引朱景玄《唐朝名
畫錄》:「李嗣真畫錄云:空有其名,不見蹤跡,二十五人,祁
岳在李國恒之下」,岑參送祁樂歸河東詩云云,聲者唐仲(言)
云,唐仲言即唐汝詢,疑即其人,岳之與樂,傳寫之誤也」。案
公又有〈祁四再赴江南別詩〉,〈臨洮客舍留別祁四〉詩(並見
〈五律詩注〉),當即一人。

2 **河東**　《唐書・地理志》:「貞觀元年,始於山河形便,分天下為
十道,三曰河東道」。案地約在今山西省境內。

3 **后來秀**　《晉書》〈王忱傳〉:「范寧謂王忱曰:卿風流儁望,真後
來之秀」。案後通后。

4 **驪山**　《一統志》:「驪山在陝西臨潼縣東南二里,因驪戎所居故
名,山之麓,溫泉所出」。

5 **溫泉宮**　《唐書・地理志》:「京兆府、昭應縣,本新豐,有宮在
驪山下,貞觀十八年置,咸亨二年,始名溫泉宮。天寶六載,更
溫泉宮曰華清宮,治湯井為地,環山列宮室,又築羅城,置百司
及十宅」。

6 **從戎**　曹植〈雜詩〉:「類此遊客子,捐軀遠從戎」。

7 **長安**　《唐書・地理志》:「關內道京兆府、京兆郡有長安縣」。

8 **乘興**　《世說・任誕》:「王子猷居山陰,夜大雪,眠覺,開室,
命酌酒,四望皎然。因起仿偟,詠左思招隱詩:忽憶戴安道。時
戴在剡,即便夜乘小船就之。經宿方至,造門不前而返。人問其
故?王曰:「吾本乘興而來,興盡而返,何必見戴」。

9 **蒼梧雲**　《禮記・檀弓上》:「舜葬於蒼梧之野。」《文選》謝朓
〈新亭渚別范零陵〉詩:「雲去蒼梧野,水還江漢流」,李善注引

〈歸藏啟筮〉曰：「有白雲出自蒼梧，入于大梁」。郭璞《山海經注》：「長沙零陵，古者總名其地為蒼梧」。案唐時蒼梧郡，在今湖南零陵縣。

10　**天台松**　《方輿勝覽》：「天台山在台州天台縣西一百十里」。《藝文類聚‧山部》引《名山略記》曰：「天台山在剡縣，即是眾聖所降，葛仙公山也」。《文選》孫綽〈遊天台山賦〉：「蔭落落之長松」。

11　**颯颯**　風聲也。《楚辭‧九歌》〈山鬼〉：「風颯颯兮木蕭蕭」。

12　**火雲屯**　嚴可均《全隋文》卷十六〈盧思道納涼賦〉：「陽風澳其長扇，火雲赫而四舉」。《文選》謝靈運〈入彭蠡湖口〉詩：「春晚綠野秀，巖高白雲屯」，李周翰注：「屯，聚也」。

13　**鳥且不敢飛**　〈馬援武溪深行〉：「鳥飛不度，獸不敢臨」。

14　**轉蓬**　〈魏武帝却東西門行〉：「田中有轉蓬，隨風遠飄揚」。

15　**少華**　《一統志》：「陝西同州府太華山，在華陰縣南十里，少華山在華州東南」。

16　**首陽**　《一統志》：「山西蒲州府雷首山（案即首陽山，見《史記‧五帝本紀》正義引《括地志》），在永濟縣南」。案在今山西永濟縣。

17　**隔河勢爭雄**　《藝文類聚‧山部》引（郭緣生）《述征記》云：「華山對河東首陽山，黃河流於二山之間，云本一山，巨靈所開，今睹手跡於華岳，而腳跡在首陽山下。」

18　**關中**　潘岳〈關中記〉：「東自函關，今弘農郡靈寶縣界，西至隴關，今汧陽郡汧源縣界，二關之間，謂之關中，東西千餘里」。

19　**灞亭**　《史記》〈李將軍列傳〉：「李廣還至霸陵亭。」《太平寰宇記》：「霸陵在咸陽縣東北二十五里」，案在今陝西長安縣東。李白〈灞陵行送別〉詩：「送君灞陵亭，灞水流浩浩」。

20　**披心胸**　《文選》謝靈運〈酬從弟惠連〉詩：「末路值令弟，開顏披心胸」。

21　**五老翁**　謂五老山，在今山西永濟縣東南。《元和志》：「五老

山，在縣東北十三里，堯升首山觀河渚，有五老人飛為流星上入昴，因號其山為五老山。」

【箋】

1 唐汝詢曰：「此傷祁樂之不遇也，通章壯健」（《唐詩解》）。

2 周珽曰：「既為後進之英，宜為當世用，獻賦而君不收，從戎而將不錄，往還羈旅，囊橐蕭然，落魄至此，轍軻極矣，猶能寄興圖畫，妙絕足稱，祁樂心胸瀟灑何如。五月火雲屯以下，詠其歸途情景，末美其胸襟灑落，不為塵情所縛，因足以謝庭訓也，送別之意，亦云厚矣」（《唐詩會通評林》）。

3 周明輔曰：「只說他襟懷灑落，別情正自黯然」（《唐詩會通評林》）。

4 陸時雍曰：「下語如轉蓬」（《詩鏡》）

5 近滕元粹曰：「深交可想」（《箋注唐賢詩集》卷下）

北庭[1]貽宗學士道別

萬事不可料，歎君在軍中。讀書破萬卷[2]，何事來從戎。曾逐李輕車[3]，西征出太蒙[4]。荷戈月窟[5]外，擐甲[6]崑崙東。兩度皆破胡，朝庭輕戰功。十年祇一命，萬里如飄蓬。容鬢老胡塵，衣裘脆邊風。忽來輪臺[7]下，相見披心胸[8]，飲酒對春草，彈棊[9]聞夜鐘，今且遠龜茲[10]，臂上懸角弓[11]。平沙向旅館，匹馬隨飛鴻。孤城倚大磧[12]，海氣迎邊空。四月猶自寒，天山[13]雪濛濛。君有賢主將[14]，何謂泣途窮[15]。時來整六翮[16]，一舉凌蒼穹[17]。

【校】

① **邊**　鄭本「邊」作「邉」。

② **途**　石印本作「塗」。案二字通。

【注】

1 **北庭**　《唐書・地理志》:「隴右道北庭大都護府，本庭州，貞觀十四年，平高昌置」。案故治在今新疆孚遠縣。

2 **讀書破萬卷**　杜甫〈奉贈韋左丞〉詩:「讀書破萬卷，下筆如有神」。

3 **曾逐李輕車**　《漢書》〈李廣傳〉:「初，廣與從弟李蔡俱為郎，事文帝，景帝時，蔡積功至二千名，武帝元朔中，為輕車將軍，從大將軍擊右賢王，有功中率，封為樂安侯。」吳景旭《歷代詩話》:「漢武帝元朔五年，以代相李蔡為輕車將軍，蔡乃李廣之從弟」。按《後漢書・輿服志》:「輕車，古之戰車也，洞朱輪輿，不巾不蓋」。《孔叢子》記問:巾車命駕。注云:以衣飾車也。《韻會》:「輕、牽正切，疾也」。《左傳》昭公二十五年:「左師展將以公乘馬而歸」，杜預注:「展，魯大夫，欲與公俱輕歸。輕，遣政反」，蓋輕車之「輕」，本是仄聲，今唐人詩皆作平聲用，似失本旨。《文選》鮑照〈代東武吟〉:「後逐李輕車，追虜窮塞垣。」

4 **太蒙**　謂西方邊遠之地也。《爾雅・釋地》:「西至日所入為太蒙」。

5 **月窟**　《文選》揚雄〈長楊賦〉:「西厭月嶍，東震日域」，服虔注:「嶍音窟，月所生也」，案月窟，謂近西月沒之處，蓋指西域極遠之地而言。

6 **摜甲**　《國語・吳語》:「夜中乃令服兵摜甲」韋昭注:「摜，貫也」。說文:「摜、毌也，从手罒聲，《春秋》傳曰:「摜甲執兵」，段注:「毌、穿物持之也，今人廢毌而專用貫也，杜注《左傳》，韋注《國語》皆曰摜，貫也，音胡慣切」。案摜，音患。

7 **輪臺**　《漢書・西域傳》:「自貳師將軍伐大宛之後，西域震懼，

多遣使來貢獻，於是輪臺、渠犁皆有田卒數百人，置使者校尉領護，以給使外國者」。《唐書‧地理志》：「北庭大都護府有輪臺縣，大歷六年，置有靜塞軍」按故治即今新疆輪臺縣。

8 **披心胸** 已見〈送祁樂歸河東〉詩注。

9 **彈棊** 《唐音癸籤詁箋》四：「戲之有彈棊，始漢武，以代蹴鞠之勞，其法用石為局，中隆外庳，黑白棊各六枚，先列棊相當，下呼上擊之，以中者為勝。李頎〈彈棊歌〉：「藍田美石青如砥，黑白相分十二子。聯翩百中皆造微，魏文手巾不足比。緣邊度隴未可嘉，鳥跂星懸正復斜。迴飆轉指速飛電，拂四取五旋風花」。按魏文帝〈彈棊賦〉：「緣邊間造，長斜迭取」，〈丁廙賦〉：「風馳火燎，令牟取五」，梁元帝〈謝彈棊局啟〉：「鳳崎鷹揚，信難議擬，鳥跂星懸，何曾彷彿。頎詩多本此。魏文善此技，用手巾拂之，無不中。唐順宗在春宮日，甚好之，時多名手，至長慶末，好事家猶見有局，尚多解者，今則不傳矣。」

10 **龜茲** 《漢書‧西域傳》：「龜茲國，王治延城，去長安七千四百八十里」。《舊唐書‧地理志》：「龜茲都督府，本龜茲國，其王姓白，理白山之南，去瓜州三千里，貞觀二十二年阿史那社爾破之，虜龜茲王而遠，乃於其地置都督府，至顯慶三年，賀魯仍自西州，移安西府，置於龜茲國城」。案地在今新疆庫車、沙雅二縣之間。龜茲音丘慈。

11 **角弓** 《詩‧小雅》〈角弓〉：「騂騂角弓，翩其反矣」，《朱子集傳》：「角弓，以角飾弓也」。

12 **大磧** 《漢書》〈蘇武傳〉：「李陵歌曰：『徑萬里兮度沙幕』。案沙幕，亦作沙漠，一曰大磧，漢時謂之漠，唐時謂之磧。在古燉煌郡之外，東西數千里，南北遠者千里，絕無水草，不可駐收，雖鳥獸亦不能居之。

13 **天山** 《太平寰宇記》：「天山在交河縣北一百二十里，一名祁連山，又名白山，唐開元中置，在伊州城內，唐地理志並隸河西道」。詳七古〈白雪歌送武判官歸京〉詩注。

14 **賢主將**　應指封常清，說詳聞一多《岑嘉州繫年考證》。

15 **泣途窮**　《晉書》〈阮籍傳〉：「阮籍時率意獨駕，不由徑路，車跡所窮，輒慟哭而反」

16 **六翮**　《韓詩外傳》卷六：「盍胥對曰：夫鴻鵠一舉千里，所恃者六翮耳」。韻會：「翮，鳥之勁羽也」。蓋鳥翅之勁者，左右各六，飛時全籍其力，鎩其六翮，則不能飛矣。《古詩十九首》：「昔我同門友，高舉振六翮」。案翮音盒。

17 **蒼穹**　《爾雅·釋天》：「穹蒼、蒼天也」邢昺疏：「李巡云：仰視天形，穹窿而高，其色蒼蒼，故曰穹蒼」。按穹蒼，同蒼穹。

送許拾遺[1]思（恩）歸江寧拜親

詔書下青瑣[2]，駟馬[3]還吳州[4]。束帛[5]仍賜衣[6]，恩波漲滄流。微祿將及親，向家非遠遊。看君五斗米[7]，不謝[8]萬戶侯[9]。適出西掖垣[10]，如到南徐州。歸心望海日，鄉夢登江樓。大江盤金陵，諸山橫石頭。楓樹隱茅屋，橘林繫漁舟。種藥疏故畦，釣魚垂舊鉤。對月京口夕，觀濤海門秋[11]。天子憐諫官，論事不可休。早來丹墀[12]下，高駕[13]無淹留[14]。

【校】

① **題**　宋本、鄭本、石印本、黃本「思歸」作「恩歸」，餘同。案作「恩歸」，於義為長。《百家選》作「送許拾遺歸江寧」，無「拜親」二字。

② **漁舟**　《百家選》作「歸舟」。

③ **不可休**　宋本、鄭本、石印本、黃本並作「不肯休」。

【注】

1 **許拾遺** 即〈送許子擢第詩〉中之「許子」，案杜甫有〈送許八
拾遺歸江寧覲省〉詩。錢牧齋注云：「岑參集有〈送許子擢第歸
江寧拜親詩〉，在天寶元年，告賜靈符，上加尊號之日，此云許
八拾遺，蓋擢第後十餘年，官拾遺，又得覲省也」。

2 **青瑣** 宮門上部鏤空作細瑣連環花紋，為亮隔飾以青色，天子制
也。《漢書》〈元后傳〉：「曲陽侯王根，驕奢僭上，赤墀青瑣」，
孟康曰：「以青畫戶邊，鏤中，天子制也」。如淳曰：「門楣格
再重，如人衣領再重，裏者青，名曰青瑣，天子門制也」。師古
曰：「孟說是，青瑣者，刻為連環文，而以青塗之也」。庾信〈小
園賦〉：「赤墀青瑣，西漢王根之宅。」

3 **駟馬** 一車駕四馬，貴官之乘。《漢書》〈朱買臣傳〉：「朱買臣拜
會稽太守，有頃，長安廄吏，乘駟馬車來迎，買臣遂乘傳去。」，
張晏注：「故事，大夫乘官車駕駟，如今州牧刺史矣」。

4 **吳州** 《唐書‧地理志》：「江南道吳州，春秋時吳都闔閭邑，漢
為吳縣，屬會稽郡，隋平陳，置蘇州，取州西姑蘇山為名」，案
故地在今江蘇吳縣。

5 **束帛** 案「束帛」，古聘問之禮物也。《儀禮‧士冠禮》：「主人酬
賓，束帛儷皮」，鄭玄注：「束帛，十端也」。《周禮‧春官》〈大
宗伯〉：「孤執皮帛」，鄭玄注：「皮帛者，束帛而表以皮為之」，
賈公彥疏：「束者，十端，每端丈八尺，皆兩端合卷，總為五
匹，故云束帛也」。

6 **賜衣** 唐世命官出行有恩賜衣物錢帛之事。《魏書‧高祖紀》：
「大和十五年詔，二千石考在上上者，假四品將軍，賜乘黃馬一
匹，上中者，五品將軍，上下者，賜衣一襲」。

7 **五斗米** 《晉書‧隱逸傳》：「陶潛為彭澤令，素簡貴，不私事上
官，郡遣督郵至縣，吏曰：『應束帶見之』，潛歎曰：『吾不能為
五斗米折腰，拳拳事鄉里小兒』。」

8 **不謝** 案「不謝」者，猶言「無慚」或「不愧」也。顏延年〈贈

王太常〉詩：「屬美謝繁翰，遙懷具短札」，言慚不能為繁翰，聊具短札而已。〈公東歸留題太常徐卿草堂〉詩：「不謝古名將，吾知徐太常」亦是此意。（說詳近人張相《詩詞曲語詞匯釋》）。

9 **萬戶侯** 《史記》〈李將軍列傳〉：「文帝謂廣曰：『惜乎！子不遇時，如令子當高帝時，萬戶侯豈足道哉？』」。

10 **西掖垣** 按掖垣，謂掖門之垣（天子宮殿之旁垣也），唐時宣政殿前有兩廡，兩廡之掖門，東曰日華，日華之外，則門下省；西曰月華，月華之外，則中書者。《唐書》〈權德輿傳〉：「德輿知制誥，獨直二省，數旬一還舍，乃上書言左右掖垣，承天子誥命，奉行詳覆，各有攸司」云云，正指門下中書二省而言，以其皆在掖垣之側也。中書省在西，謂之西掖垣。《文選》劉楨〈贈徐幹〉詩：「誰謂相去遠，隔此西掖垣」。

11 **觀濤海門秋** 《咸淳臨安志》：「海門在仁和縣東北六十五里，有山曰赭山與龕山對峙，潮生出其間」。《文選》枚乘〈七發〉：「將以八月之望，與諸侯遠方交遊兄弟，並往觀濤乎廣陵之曲江」。案「曲江」即「錢塘江」，每年八月十八日，濤高至數丈，士女爭往觀之，參閱五言長律〈送盧郎中除杭州赴任〉詩注。

12 **丹墀** 猶丹陛，丹階。《文選》張衡〈西京賦〉：「青瑣丹墀」，李善注：「漢官典職曰：『以丹漆地，故曰丹墀』」，呂向注：「丹墀、堦也，以丹漆塗之」。

13 **高駕** 劉孝綽〈江津寄劉之遴〉詩：「欲寄一言別，高駕何由來」。

14 **淹留** 《楚辭·離騷》：「又何可以淹留」，王逸注：「淹，久也」。

虢州郡齋南池幽興閣二侍御道別時任虢州長史[1]

池色淨天碧，水涼雨淒淒[2]。快風[3]從東南，荷葉飜向西。性本愛魚鳥[4]，未能返巖溪。中歲徇微官[5]，遂令心賞暌。及茲佐山郡，不異尋幽棲。小吏趨竹逕，訟庭侵藥畦。胡塵暗河洛[6]，二陝[7]震皷鼙[8]。故人佐戎軒，逸翮[9]凌雲霓。行軍在函谷[10]，兩度聞鶯啼。相看紅旗下，飲酒白日低。聞君欲朝天，駈馬臨道嘶。仰望浮與沈，忽如雲與泥。夜眠驛樓月，曉發關城雞[11]，惆悵西郊暮，鄉書對君題。

【校】

① **題** 宋本、鄭本、黃本、石印本、《全唐詩》並作「虢州郡齋南池幽興因與閣二侍御道別」，無「時任虢州長史」六字。案「幽興」下有「因與」二字，於義為長。

② **飜** 《全唐詩》作「翻」。案二字同。

③ **溪** 宋本、鄭本、黃本、石印本、《全唐詩》並作「谿」。案二字同。

④ **逕** 《全唐詩》作「徑」。

⑤ **皷鼙** 宋本、鄭本、黃本、石印本並作「鼓鼙」。案鼓、皷二字同。

【注】

1 **題** 原注：「時任虢州長史」，案〈公佐郡思舊遊詩序〉：「己亥春三月，參自補闕，轉起居舍人，夏四月，署虢州長史」，己亥為肅宗乾元二年，此年正月，史思明稱燕王於魏州，李嗣業卒於行營，三月，九節度師潰於滏水，思明殺安慶緒，寇東京，詩云：「胡塵暗河洛，二陝振鼓鼙」，當即指此。《舊唐書·地理志》：「虢州，漢弘農郡，隋廢郡為弘農縣，屬陝州，隋末復置郡，武德

元年改為虢州，屬河南道，天寶元年，改為弘農郡，乾元元年復為虢州」。案故治在今河南靈寶縣南四十里，閻二侍御，生平未詳。

2 **雨淒淒**　《詩・鄭風》〈風雨〉：「風雨淒淒」，陳奐《詩毛氏傳疏》：「淒淒、寒涼之意」。

3 **快風**　案「快風」，謂急速之風也。

4 **魚鳥**　《隋書・隱逸傳》：「狎玩魚鳥，左右琴書」。《文選》嵇康〈與山巨源絕交書〉：「遊山澤、觀魚鳥，心甚樂之」。

5 **徇微官句**　微官，末官也，徇，求也。案杜確〈岑嘉州集序〉：「天寶三載，進士高第，解褐右內率府兵曹參軍，轉右威錄事參軍」，參閱五律〈初授官題高冠草堂詩〉注。

6 **胡塵暗河洛**　《晉書》：「昔者幽后不綱，胡塵暗於戲水」，案此謂祿山之亂也，已見題注。

7 **二陝**　謂陝州一帶，《公羊傳》隱公五年：「自陝而東者，周公主之；自陝而西者，召公主之」因二公分陝而治，故稱二陝。

8 **鼓鼙**　案鼓鼙，本軍樂器，因借以指軍事。《禮記・樂記》：「鼓鼙之聲讙，讙以立動，動以進眾，君子聽鼓鼙之聲，則思將帥之臣」。

9 **逸翮**　疾飛之鳥也。《文選》郭璞〈遊仙詩〉：「逸翮思拂霄，迅足羨遠遊。」

10 **函谷**　《元和郡縣志》：「函谷故城，在陝州靈寶縣南十里，秦函關城，漢弘農縣也。（戴延之）《西征記》曰：函谷關城，路在谷中，深險如函，故以為名。其中東西十五里，絕崖壁立，崖上柏林蔭谷中，殆不見日，關去長安四百里，日入則閉，雞鳴則開，秦法也。東自崤山，西至潼津，通名函谷，號天險。」

11 **關城雞**　秦法，雞鳴則開關。《史記》〈孟嘗君列傳〉：「孟嘗君至關，關法雞鳴而出客，孟嘗君恐追至，客之居下座者能為雞鳴，而雞齊鳴，遂發傳出。」

送青龍招提¹歸一²上人³遠遊吳楚別詩

久交應真⁴侶，最歡青龍僧。棄官向⁵二年，削髮⁶歸一乘⁷。了然瑩心身，潔念樂空寂。名香泛窗戶，幽磬清曉夕。往年杖一劍，由是佐二庭⁸。於焉久從戎，兼復解論兵。世人猶未知，天子願相見。朝從青蓮宇，暮入白虎殿⁹。宮女擎錫杖¹⁰，御筵出香爐。說法開藏經¹¹，論邊窮陣圖¹²。忘機¹³厭塵喧，浪跡¹⁴向江海。思師石¹⁵可訪，惠遠峰¹⁶猶在。今旦飛錫¹⁷去，何時持鉢還。湖煙冷吳門，淮月銜楚山。一身如浮雲，萬里過江水。相思眇天外，南望無窮已。

【校】

① **題** 《全唐詩》作〈青龍招提歸一上人遠遊吳楚別詩〉。
② **窗** 宋本、鄭本、黃本、石印本並作「牕」，《全唐詩》作「牎」。案窗、牕、牎三字同。
③ **磬** 宋本、鄭本、黃本、石印本並作「罄」。
④ **擎** 《全唐詩》作「擎」。
⑤ **天外** 全唐詩作「天末」。

【注】

1 **青龍招提** 《釋氏要覽》：「增輝記：招提者，梵言拓鬪提奢，唐言四方僧物，後人傳寫，以拓為招，又省鬪奢二字，止稱招提，即今十方住持寺院是也」。《翻譯名義集》：「後魏太武始光元年，造伽藍，創立招提之名」。張禮〈遊城南記〉：「樂遊之南，曲江之北，新昌坊有青龍寺，北枕高原，前對南山，為登眺之絕勝」。

2 **歸一** 《全唐詩》卷一九七張謂〈送青龍一公〉詩云：「事佛輕金印，勤王度玉關。不知從樹下，還肯到人間。楚水青蓮淨，吳門白日閒，聖朝須助理，絕莫愛東山。」即為送同一人之作。據

岑、張二詩，歸一原曾仗劍從軍，佐北庭都護府，後棄官二年，削髮為僧，居長安青龍寺。曾陪御前講論，後遊吳、楚。岑、張同於長安送之。岑參與張謂曾於天寶末同參北庭封常清幕府（參見傅璇琮《唐代詩人叢考・張謂考》，故同與佐北庭幕之歸一相識。歸一之棄官削髮，當在肅宗朝，其遊吳、楚，必在廣德中，時岑參在長安為尚書郎官，張謂亦以尚書郎知中書制誥。

3　**上人**　《釋氏要覽》：「《十誦律》云：人有四種，一龕人，二濁人，三中間人，四上人，律瓶沙王呼佛弟子為上人」。《摩訶般若經》：「何名為上人，佛言若菩薩一心行阿耨多羅三藐三菩提，心不散亂，是名上人」，《圓覺要覽》：「內有德智，外有勝行，在人之上，故曰上人。」按即僧人之尊稱。

4　**應真**　《文選》孫綽〈遊天台山賦〉：「王喬控鶴以沖天，應真飛錫以躡虛。」李善注：「百法論曰：並及八輩應真僧。」然應真謂羅漢也。李周翰注：「應真，得真道之人」。王僧孺〈初夜文〉：「大招離垢之賓，廣集應真之侶。」

5　**向**　張相《詩詞曲語辭匯釋》：「向，約估數目之辭，與可字略同。」

6　**削髮**　謂剃髮為僧也。王維〈留別山中溫古上人兄並示舍弟縉〉：「舍弟官崇高，宗兄此削髮。」

7　**一乘**　《涅槃經》：「如來普為諸眾生故，三乘之法，說言一乘，一乘之法，隨宜說三」。《法華經》：「一切諸世尊，皆說一乘道，今此諸大眾，皆應除疑惑，諸佛語無異，唯一無二乘」。佛之教法，能載人至涅槃之岸，故謂乘。法華經專說一乘之理，對三乘而言。

8　**二庭**　此詩所云乃用車師國前王庭、後王庭之二庭，相當於唐西州、伊州、庭州之地，即北庭節度使轄區也。岑參、歸一、張謂從事北庭幕府，即此二庭。

9　**白虎殿**　《漢書》〈杜欽傳〉：「上盡召直言之士，詣白虎殿對策。」顏師古注：「此在未央宮。」張九齡〈故刑部李尚書挽詞三首之

一〉：「論經白虎殿，獻賦甘泉宮。」

10 **檠錫杖** 《說文》：「檠，傍也，从木敬聲。」案傍者，所以輔弓弩
也，引伸作「持」講。《高僧傳》：「飛錫凌空而行，錫謂僧侶所
持之杖也。」《釋氏要覽》：「錫仗，梵云：隙棄羅，此云錫仗，由
振時作錫聲故。」

11 **藏經** 佛經之總稱。《隋書‧經籍志》：「梁武大崇佛法于華林園
中，總集釋氏經典，凡五千四百卷，沙門寶唱撰經目錄」。案此
是佛經有藏之始。

12 **陣圖** 軍陣之圖，世傳諸葛亮曾作八陣圖。《蜀志》〈諸葛亮
傳〉：「推演兵法，作八陣圖。」

13 **忘機** 謂心淡漠無紛競也。李白〈下終南山過斛斯山人宿置酒〉
詩：「我醉君復樂，陶然共忘機」。

14 **浪跡** 謂行跡無定也。《文選》江淹《雜體詩》：「浪跡無蚩妍，
然後君子道」。

15 **思師石** 思師，即慧思，亦稱思禪師，南朝齊，陳間高僧，俗姓
李，武津（今河南上蔡）人，居衡山傳道十年，世稱南岳尊者，
《續高僧傳》有傳。案思師石，在衡山。

16 **惠遠峰** 即慧遠，東晉高僧，俗姓賈，雁門樓煩（今山西寧武一
帶）人，居廬山東林寺二十餘年，事見《高僧傳》卷六，按惠遠
峯，指廬山。

17 **飛錫** 《文選》孫綽〈遊天台山賦〉：「應真飛錫以躡虛」，李周翰
注：「應真，得真道之人，執錫杖而行于虛空，故云飛也」。案僧
徒遊方曰飛錫。《釋氏要覽》：「今僧遊行，嘉稱飛錫，此因高僧
隱峰遊五台，出淮西擲錫飛空而往也，若西天得道僧，往來多是
飛錫。」

送李嶷¹遊江外

相識應十載，見君只一官。家貧祿尚薄，霜降衣仍單²。惆悵³秋草死，蕭條芳歲闌^①。且尋滄洲⁴路，遙指^②吳雲端。匹馬關塞遠，孤舟江海寬。夜眠楚煙濕，曉飯湖山寒。砧⁵淨紅鱠⁶落，袖香朱橘⁷團。帆前見禹廟⁸，枕底聞嚴灘⁹。便獲賞心¹⁰趣，豈歌行路難¹¹。青門¹²須醉別，少為解征鞍。

【校】

① **芳歲**　鄭本、黃本並作「方歲」。
② **遙指**　全唐詩「遙指」下注「一作望」。

【注】

1 **李嶷**　案高適有〈觀李九少府嶷樹宓子賤神祠碑〉（《高常侍集》卷二）。又〈賀安祿山死表〉：「謹遣攝判官李嶷、奉表陣賀以聞」。題中之「李嶷」，當即此人，又案：同集卷七有〈秦中送李九赴越〉詩云：「攜手望千里，于今將十年。如何每離別，心事復迍邅。適越雖有以，出關終耿然。愁臨不可向，長路或難前。吳會獨行客，山陰秋夜船。謝家徵故事，禹穴訪遺編。鏡水君所憶，蓴羹余舊便，歸來莫忘此，兼示濟江篇。」，與公此詩，時地俱合，當是天寶十一載同在長安所賦。詩曰：「相識應十載。」由天寶十一載上溯至天寶二載為十載。其時公至長安方數年，與李相識，當在其時。

2 **霜降衣仍單**　《梁書》〈張稷傳〉：「初去吳興郡，以僕射徵，道由吳，鄉人候稷者滿水陸，稷單裝輕，徑遠京師，人莫之識」。吳均〈酬周參軍〉詩：「江南霜雪重，相如衣服單」。

3 **惆悵**　《楚辭·九辯》：「惆悵兮而私自憐」。

4 **滄洲**　《文選》謝朓之〈宣城出新林浦向版橋〉詩：「既歡懷祿

情，復協滄洲趣」，呂延濟注：「滄洲、洲名，隱者所居。」詳後
〈虢州送鄭興宗弟歸扶風別廬〉詩注。

5 砧　《韻會》：「碪、知林切，音與斟同，搗繒石，或作砧」。《玉
篇》：「碪，擣石。」

6 鱠　《集韻》：「膾，《說文》：『細切肉也』，或从魚。」

7 朱橘　傅玄〈菊賦〉：「詩人睹黃雎而詠后妃之德，屈平見朱橘而
申忠臣之意」。

8 禹廟　顧野王《輿地志》：「會稽山有禹廟，去廟七里有硎，即禹
穴也」。《史記秦・始皇本紀》：「上會稽，祭大禹。」正義：「越
州會稽山上有夏禹穴及廟。」

9 嚴灘　即嚴子灘，又名嚴陵瀨，在今浙江桐廬縣南，為東漢嚴光
垂釣處。《後漢書・逸民傳》：「除為諫議大夫，不屈，乃耕於富
春山，後人名其釣處為嚴陵瀨焉」。《水經・漸水注》：「自桐廬至
於潛，凡十有六瀨，第二是嚴陵瀨，瀨帶山，山下有一石室，漢
光武帝時，嚴子陵所居也」。

10 賞心　謝靈運〈相逢行〉：「邂逅賞心人，與我傾懷抱」。《文選》
謝靈運〈田南樹園激流植援〉詩：「賞心不可忘，好善冀能同。」

11 行路難　蔡琰〈胡笳十八拍〉：「關山阻修兮行路難」。《樂府詩
集》卷七十：「行路難，猶言世路艱難，及離別悲傷之意，多以
君不見為首」。

12 青門　《三輔黃圖》：「長安城，東出南頭第一門曰霸城門，民見
門色青，因曰青城門，亦曰青門」。

【箋】

周珽曰：「音格入律，夐然常調之外，首六句言其宦久祿微，淒
涼可歡，次六句言其遊途孤遠，辛苦可憐，後六句即江外所賞之景，
猶可怡情適興，結見相送留戀之意。」總之，因敘別而惜之，後慰之
也。」（《唐詩會通評林》）。

送王著赴淮西¹幕府²作

燕子與伯勞³，一西復一東。天空信廖廓⁴，翔集何時同。知己悵
難遇，良朋非易逢。怜君心相親，與我家又通。言笑日無度，書
劄⁵凡幾封。湛湛萬頃陂⁶，森森千丈松⁷。不知有機巧⁸，無事干
心胸。滿堂皆酒徒⁹，豈復羨王公。早年抱將略，累歲依幕中。
昨者從淮西¹⁰，歸來奏邊功。乘恩長樂殿¹¹，醉出明光宮¹²。逆
旅¹³悲寒蟬¹⁴，客夢驚飛鴻。發家見春草，却去聞秋風。月色冷
楚城，淮光透霜空。各自務功業，當須激深衷，別後能相思¹⁵，
何嗟山萬重。

【校】

① 題　宋本、鄭本、黃本、石印本、《全唐詩》並作〈送王著作赴
　　淮西幕府〉。
② 伯勞　宋本、鄭本、黃本、石印本、《全唐詩》並作「百勞」。
③ 怜　宋本、鄭本、黃本、石印本並作「憐」。案二字同。
④ 劄　《全唐詩》作「札」。案二字通。
⑤ 乘恩　《全唐詩》作「承恩」。
⑥ 山萬里　《全唐詩》作「山水重」。

【注】

1 淮西　謂淮水上游之地，亦曰淮右，唐設有「淮西節度使」。
2 幕府　《史記》〈李牧傳〉：「市租皆輸入莫府」，集解：如淳曰：
　「將軍征行無常處，所在為治，故言莫府，莫，大也」。索隱：
　「如淳解莫為大，非也。崔浩云：《史記》〈廉藺傳〉索隱：古
　者出征為將帥，軍遠則罷，理無常處，以幕帟為府署，故曰幕
　府」。則莫當為幕字之誤也。又〈李廣傳〉：「莫府省約文書籍
　事」。索隱曰：「案小顏云：凡將軍謂之莫府者，蓋兵門合施帷

帳，故稱幕府，古字通用，遂作莫耳」。《漢書》〈李廣傳〉：「莫
府省文書」，晉灼注：「將軍職在征行，無常處，所在為治此以莫
作無解，故言莫府也，莫，大也。或曰：衛青征匈奴，絕大莫，
大克獲，帝就拜大將軍於幕中府，故曰莫府，此以莫作沙漠解。
莫府之名，始於此也」。師古曰：「二說皆非也，莫府者，以軍
幕為義，古字通，單用耳，軍旅無常居也，故以帳幕言之」。案
「幕府」之義，各家所言不同，以顏說為優。

3 伯勞二句　《爾雅·釋鳥》：「鵙，伯勞也」。邢昺疏：「李巡云：
『伯勞一名鵙』。樊光曰：『陳思王惡鳥論云：伯勞以五月鳴，應
陰氣之動，陽氣為仁義，陰為殺殘賊，伯勞，蓋賊害之鳥也』，
其聲鵙鵙，故以其音名云。」月令：「仲夏之月，鵙始鳴是也。」
《古樂府》：「東飛伯勞西飛燕，黃姑織女時相見」。

4 廖廓　司馬相如〈難蜀父老文〉：「鷦鵬已翔乎廖廓」，顏師古
注：「廖廓，天上寬廣之處」。案，廖廓，高遠空闊之意。《楚
辭·遠遊》：「上廖廓而無天。」

5 書劄　即書札，謂信函也。古詩：「客從遠方來，遺我一書札」
張銑注：「札，筆也」。顏師古漢書注：「札，木簡之薄小者也，
古時未有紙，故書於札，以為筆者，恐未是」。案劄同札。

6 湛湛萬頃陂　《楚辭·招魂》：「湛湛江水兮上有楓」，王逸注：
「湛湛，水貌」。《世說·德行》：「叔度汪汪如萬頃之陂，澄之不
清，擾之不濁，其器深廣，難測量也。」

7 森森千丈松　《世說·賞譽》：「庾子嵩目和嶠，森森如千丈松，
雖磊砢（性情才氣之卓特也）有節目，施之大廈，有棟梁之用」。

8 機巧　謂智巧也，《莊子·天地》：「功利機巧，必忘夫人之心」。
《文選》江淹〈雜體詩〉：「亹亹（不倦也）玄思清，胸中去機
巧」。

9 酒徒　《史記》〈酈食其傳〉：「吾高陽酒徒也。」

10 昨者二句　案《通鑑·唐紀》：「至德元載十二月置淮南節度使，
以高適為之，置淮南西道節度使，以來瑱為之，使與江東節度使

韋陟共圖璘，二載二月永王璘敗死，詩曰：昨者從淮西，歸來奏邊功。」當即指璘敗之事。

11　**長樂殿**　《三輔黃圖》：「長樂宮，本秦之興樂宮也，高皇帝始居櫟陽，七年，長樂宮成，徙居長安城」。《雍錄》：「未央官在漢城西隅，而長樂乃其東隅也」。在今陝西長安縣西北故城中。

12　**明光宮**　《雍錄》卷二：「漢有明光宮三，一在北宮，南與長樂相連者，武帝太初四年起，即王商之所指，欲以避暑者也。別有明光宮在甘泉宮中，亦武帝所起，發燕趙美女三千人充之。至尚書郎主作文書起草，更直於建禮門內，則近明光殿也。建禮門內得神仙門，神仙門內得明光殿，此之明光宮，約其方向，必在未央正宮殿中，不與北宮、甘泉、設為奇玩者比」，則臣下奏事之地也。詩云醉出，當在北宮。

13　**逆旅**　《左傳》僖公二年：「虢為不道，保於逆旅」，杜預注：「逆旅，客舍也」。孔穎達正義：「逆，迎也。旅，客也。迎止賓客之處也。

14　**寒蟬**　《文選》曹植〈贈白馬王彪〉詩：「秋風發微涼，寒蟬鳴我側」，李善注引蔡邕〈月令章句〉曰：「寒蟬應陰而鳴，鳴則天涼，故謂之寒蟬」。《禮記・月令》：「孟秋之月，寒蟬鳴。」鄭玄注：「寒蟬，寒蜩，謂蜺也。」《爾雅・釋蟲》：「蜺，寒蜩。」郭璞注：「寒螿也，似蟬而小。」

15　**別後二句**　謝朓〈與江水曹〉詩：「別後能相思，何嗟異封壤。」

送張秘書充劉相公¹通汴河²判官便赴江外覲省

前年見君時，見君正泥蟠³。去年見君處，見君已風搏⁴。朝趨
赤墀⁵前，高視青雲端。新登麒麟閣⁶，適脫獬豸冠⁷。劉公領舟
楫，汴水揚波瀾。萬里江海通，九州⁸天地寬。昨夜動使星⁹，今
旦送征鞍。老親在吳郡¹⁰，令弟雙同官。鱸鱠剩堪憶¹¹，蓴羹殊
可餐。既參幕中畫，復展膝下驩。因送故人行，試歌行路難¹²。
何處路最難，最難在長安。長安多權貴，珂珮聲珊珊¹³。儒生直
如弦¹⁴，權貴不須干。斗酒取一醉，孤瑟為君彈，臨岐欲有贈，
持以握中蘭¹⁵。

【校】

① 搏　各本並作「搏」，誤。
② 驩　全唐詩作「歡」，案二字同。
③ 弦　宋本、鄭本、黃本、石印本並作「絃」，誤。
④ 瑟　宋本、鄭本、黃本、石印本全唐詩並作「琴」

【注】

1 **劉相公**　《通鑑·唐紀》：「廣德二年三月己酉，以太子賓客劉晏
為河南、江、淮以來轉運使，議開汴水，晏乃疏浚汴水」。此劉
相公，謂劉晏也。（按本年正月，劉晏已罷知政事，此曰「劉相
公」者，蓋襲稱舊銜以尊之，唐人詩文，不乏此例）公又有〈劉
相公中書江山畫帳〉詩（詳後注），當亦指晏。

2 **汴河**　《輿地廣記》：「汴河，蓋古莨蕩渠也，首受黃河水，隋煬
帝開浚以通江淮漕運，兼引汴水，亦曰通濟渠」。《一統志》：「汴
河源出滎陽縣大周山，合束、溱、須、鄭四水，東南至中牟縣北
入於黃河」。

3 **泥蟠**　蟠屈於泥塗之中，喻不得志也。《後漢書》〈張衡傳〉：「中

遭傾覆，龍德泥蟠，今乘雲高躋，盤桓天位」。《文選》班固〈答賓戲〉：「故夫泥蟠而天飛者，應龍之神也。」李善注：「項岱曰：時暗未顯用時也，言君子懷德，雖初時未見顯用，後亦終自明達，如應龍蟠屈而升天。」

4 **風搏**　如鳥之展翅高飛，隨風而直上，喻人之得志也。《莊子·逍遙遊》：「是鳥（指鵬）也，海運則將徙於南冥，南冥者，天池也。鵬之徙於南冥也，水擊三千里，搏扶搖而上者九萬里」。搏音團。

5 **赤墀**　《漢書》〈梅福傳〉：「涉赤墀之塗」，應劭註：「以丹掩泥，塗殿上也」。《文選》劉峻〈辨命論〉：「時有在赤墀之下。」李善注：「說文曰：墀，塗地也，禮，天子赤墀也」。天子宮殿階地塗丹漆，故曰赤墀，亦曰丹墀。

6 **麒麟閣**　《漢書》〈蘇武傳〉：「甘露三年，單于始入朝，上思股肱之美，乃圖畫其人於麒麟閣」。《雍錄》：「未央宮有麒麟閣，宣帝圖功臣於此，則以藏書之地，清貴可尚，而彰顯功臣於此也」。《三輔黃圖》：「麒麟閣在未央宮左，漢蕭何建，以藏秘書。」

7 **獬豸冠**　御史冠名。蔡邕〈獨斷〉：「法冠，楚冠也，一曰柱後惠文冠，高五寸，以縰裹鐵柱卷。秦制，執法服之，今御史、廷尉監平服之，謂之獬豸冠。」案：獬豸，神羊，能別曲直，楚王嘗獲之，故以為冠。《唐書·輿服志》：「法冠，一名獬豸冠，以鐵為柱，其上施珠兩枚，為獬豸之形，左右御史台流內，九品以上服之」。

8 **九州**　《史記》〈鄒衍傳〉：「儒者所謂中國者，於天下乃八十一分，居其一分耳。中國名赤縣神州，赤縣神州內，自有九州，禹之序九州是也」。

9 **使星**　古人以為皇帝使者上應天象，因名。《後漢書》〈李郃傳〉：「和帝即位，分遣使者，皆微服單行，各至州縣，觀採風謠，使者二人當到益部，投郃候舍，時夏夕露坐，郃因仰觀，問曰：『二君發京師時，寧知朝廷遣二使耶？』二人默然，驚相視

曰：『不聞也』，問何以知之，郤指星示云：有二使星向益州分
野，故知之耳」。

10 **吳郡**　案後漢分會稽郡置吳郡，隋改郡為蘇州，尋改吳州，又復
為郡，唐復改為蘇州，故治在今江蘇吳縣。

11 **鱸鱠二句**　《晉書》〈張翰傳〉：「張翰為大司馬東曹掾，因見秋
風起，乃思吳中菰菜蓴羹鱸魚膾。曰：『人生貴得適志，何能羈
宦數千里，以要名爵乎？』遂命駕而歸」。案膾一作鱠（見《集
韻》）。又剩堪者，猶言真堪也（說詳近人張相《詩詞曲語辭匯
釋》）。

12 **行路難**　已見〈送李翥遊江外〉詩注。

13 **珊珊**　《文選》宋玉〈神女賦〉：「動霧縠以徐步兮，拂墀聲之珊
珊」，李周翰注：「珊珊，玉聲也」。《韻會》：「珊，珊珊，佩
聲。」佩玉聲。

14 **直如弦**　謂不曲意事人，正直如弓之弦。《後漢書·五行志》：
「京師童謠云：直如弦，死道邊。曲如鉤，反封侯」。

15 **握中蘭**　《文選》謝靈運〈從斤竹澗越嶺溪行〉詩：「握蘭勤徒
結，折麻心莫展」，李善注：「靈運〈南樓中望所遲客〉詩曰：
『瑤華未堪折，蘭苕已屢摘。路阻莫贈問，云何慰離析』。然則握
蘭、摘苕，咸以相贈問也。」

【箋】

　　案錢起有〈奉送劉相公江淮催轉運〉詩，似為同賦：茲錄之於
下，以供參考。

　　國用資戎事，臣勞為主憂，將徵任土貢，更發濟川舟。擁傳星還
去，過池鳳不留，唯高飲水節，稍淺別家愁。落葉淮邊雨，孤山
海上秋，遙知謝公興，微月上江樓。

冬宵家會餞李郎[1]司兵赴同州[2]

急管[3]雜青絲[4]，玉瓶屈金卮[5]。寒天高堂夜，撲地飛雪時。賀君
關西掾[6]，新綬[7]腰下垂。白面皇家郎[8]，逸翮青雲姿。明旦之官
去，他辰良會稀，惜別冬夜短，務歡栖行遲。季女由自小，老
夫未令歸。且看疋馬行，不得鳴鳳飛[9]。昔歲到馮翊[10]，人煙接
京師。曾上月樓頭，遙見西嶽祠[11]。沙苑[12]逼官舍，蓮峰[13]壓城
池。多暇或自公，讀書復彈棋[14]。州縣信徒勞[15]，雲霄亦可期，
應須力為政，聊慰此相思。

【校】

① **屈金卮**　宋本、鄭本、黃本、石印本並作「金屈卮」，案公〈過
梁州奉贈張尚書大夫公〉詩亦作「金屈卮」。案作「金屈卮」是
也（卮同卮）。

② **掾**　《全唐詩》作「椽」，案「掾」乃屬官之通稱，作「椽」誤。

③ **栖**　《全唐詩》作「盃」，宋本、鄭本、黃本、石印本並作
「杯」，案三字通。

④ **疋馬**　宋本、鄭本、黃本、石印本並作「匹馬」，案「疋」、「匹」
二字同。

⑤ **棋**　宋本、鄭本、黃本、石印本、《全唐詩》並作「棊」，案二字
同。

【注】

1 **李郎**　名不詳，宗室子，為岑參子婿。案公廣德二年始由員外郎
昇為正郎，故此詩作於廣德二年冬也。

2 **同州**　《元和郡縣志》：「同州，禹貢雍州之域，春秋時其地屬
秦，本大荔戎國，秦獲之更名曰臨晉，武帝更名左馮翊，魏除左
字，但為馮翊郡，晉因之。後魏永平三年，改為同州」。案故治

在今陝西大荔縣。

3 **急管**　鮑照〈代白紵曲〉:「古稱淥水今白紵,催絃急管為君舞」。

4 **青絲**　《後漢書》載漢靈帝〈招商歌〉:「青絲流管歌玉鳧」,章懷太子注:「絲,管琴瑟簫笛之屬,玉鳧,曲名」。

5 **金屈巵**　謂酒杯之美者。《東京夢華錄》:「御宴酒杯,皆金屈巵,如菜椀而有手把子」。

6 **關西掾**　關西,謂函谷關以西之地。戴侗《六書故》:「掾,乃屬官通稱」。

7 **綬**　仕宦者所佩絲帶。《後漢書・百官志》:「古者君臣佩玉,尊卑有度,上有韍,貴賤有殊。佩所以章德,服之衷也,韍所以執事,禮之共也,故禮有其度,威儀之制,三代同之。五伯迭興,戰兵不息,佩非戰器,韍非兵旗,於是解去韍佩,留其係璲,以為章表,韍佩既廢,秦乃以采組連結於璲,光明章表,轉相結受,故謂之綬。漢承秦制,用而勿改」。

8 **白面皇家郎**　謂年少有為之才也,與「白面繡衣郎」同意,參閱五律〈趙少尹南亭送鄭侍御〉詩注。

9 **鳴鳳飛**　《詩・大雅》〈卷阿〉:「鳳皇鳴矣,于彼高岡」,鄭玄箋:「鳳皇鳴于山脊之上者,居高視下,觀可集止,喻賢者待禮乃行,翔而後集」。

10 **馮翊**　《元和郡縣志》:「馮翊,本漢臨晉縣,故大荔戎城,秦獲之,更名。晉武帝改為大荔縣,後魏改為華陰縣。大業三年改為馮翊縣,馮,輔也,翊,佐也,義取輔佐京師」。

11 **西嶽祠**　疑即華陰祠,《漢書・地理志》:「華陰縣太華山在南,有祠,武帝起」,參閱〈宿華陰東郭客舍憶閻防〉詩注。

12 **沙苑**　沙丘地也,在今陝西大荔縣南。《元和郡縣志》:「沙苑,一名沙阜,在同州馮翊縣南二十里,今以其處宜六畜,置沙苑監」。《水經注》:「洛水東經沙阜北,其阜東西八十里,南北三十里,俗名之曰沙苑」。

13 **蓮峰**　即蓮花峰。〈華山記〉:「太華山削成而四方直上至頂,列

為三峰，其西為蓮花峰，峰之石嵌隆不一，皆如蓮葉倒垂，故名是峰曰蓮花」。

14 **彈棊**　已見〈北庭貽宗學士道別〉詩注。

15 **州縣信徒勞**　《後漢書》〈梁統傳附子竦傳〉：「竦生長京師，不樂本土，自負其才，鬱鬱不得意，嘗登高望遠，歎息言曰：『大丈夫居世，生當封侯，死當廟食，如其不然，閑居可以養志，詩書足以自娛，州郡之職，徒勞人耳』」。高適〈同陳留崔司戶早春宴蓬池〉詩：「州縣徒勞那可度，後時連騎莫相違」。

送顏平原[1]並序

十二年春，有詔補尚書十數公為郡守，上親賦詩，觴群公宴于蓬萊前殿[2]，仍錫以繒帛，寵餞加等，參美顏公是行，為寵別章句。

天子念黎庶[3]，詔書換諸侯。仙郎[4]授剖符[5]，華省[6]輟分憂[7]。置酒會前殿，賜錢若山丘。天章降三光[8]，聖澤該九州。吾兄鎮河朔[9]，拜命宣皇猷[10]。駟馬辭國門，一星東北流。夏雲照銀印[11]，暑雨隨行輈[12]。赤筆[13]仍存篋，鑪香[14]惹衣裘。此地鄰東溟，孤城帶滄洲。海風掣金戟，導吏呼鳴騶[15]。郊原北連燕，剽劫[16]風未休。魚鹽隘里巷，桑柘[17]盈田疇。為郡豈淹旬，政成應未秋。易俗去猛虎[18]，化人似馴鷗[19]。蒼生[20]已望君，黃霸[21]寧久留。

【校】

① **題**　《全唐詩》序中「仍錫以繒帛」作「仍贈以繒帛」。宋本、鄭本、黃本、石印本、《全唐詩》序中「參美公」並作「參美顏公」。

② **存篋**　宋本、鄭本、黃本、石印本並作「在篋」。

③ **帶滄洲** 宋本、鄭本、黃本、石印本、《全唐詩》並作「弔滄洲」。案作「帶」字是。

④ **似** 宋本、鄭本、黃本、石印本並作「侣」，案二字同。

【注】

1 **顏平原** 謂顏真卿也。瑯琊臨沂人，北齊顏之推後，開元中舉進士，天寶末為平原太守，力抗安祿山。至德二載至鳳翔，授憲部尚書，加御史大夫。在朝剛正不阿，屢遭當權者楊國忠、元載、楊炎之忌，竄逐非一。德宗時李希烈反，宰相盧杞乃使真卿以太子太師往宣慰，遂遇害。平原郡，今山東陵縣。案留元剛〈顏魯公年譜〉：「天寶十二載，楊國忠以前事銜之，繆稱精擇，出公為平原太守。」殷亮〈顏魯公行狀〉（《全唐文》五四一）所記略同，又曰：「案十三載公有東方朔〈畫贊碑陰記〉云：『去歲拜此郡』，則以是年出守明矣。」

2 **蓬萊前殿** 《玉海》：「《兩京記》云：大明宮紫宸殿北曰蓬萊殿，其西曰還周殿，還周西北曰金鑾殿」。《雍錄》：「大明宮南端門名丹鳳，在平地門北，三殿相踏，皆在山上，至紫宸又北則為蓬萊殿」。案漢時長樂、未央、建章、甘泉諸宮皆有前殿，即正殿也（《玉海》：「周曰路寢，漢曰前殿」。）此蓬萊前殿，即蓬萊正殿也。

3 **黎庶** 《爾雅·釋詁》：「黎、庶、眾也」。《文選》班固〈西都賦〉：「膏澤洽乎黎庶」。

4 **仙郎** 案唐時稱尚書省諸曹郎官曰仙郎。王維〈重酬苑郎中〉詩：「仙郎有意憐同舍」。

5 **剖符** 《文選》潘岳〈馬汧督誄〉：「剖符專城，紆青拖墨之司」。李善注：「《東觀漢記》曰：韋彪上議曰，二千石皆以選出京師，剖符典千里」，張銑注：「剖符，謂剖竹分符，猶今之印也」。

6 **華省** 謂尚書省，《文選》潘岳〈秋興賦〉：「宵耿介而不寐兮，獨展轉於華省」。賦序云：「余以太尉兼虎賁中郎將，寓直于散騎

之省」。故華省今用為「郎署」之稱。沈約奏彈御史孔璕省壁悖慢事：「謬列華省。」

7 **分憂**　《晉書・宣帝紀》：「黃初五年，天子南巡，觀兵吳疆，帝留鎮許昌，改封向鄉侯，轉撫軍，假節，領兵五千，加給事中錄尚書事，帝固辭，天子曰：『吾於庶事，以夜繼晝，無須臾寧息，此非以為榮，乃分憂耳』」。

8 **三光**　《淮南子・原道訓》：「夫道，紘宇宙而章三光」高誘注：「三光，日月星也。」案日月星謂之三辰，亦曰三光。

9 **河朔**　謂黃河以北之地。《三國誌・魏志》〈袁紹傳〉：「振一軍之卒，攝冀州之眾，威振河朔，名重天下」。

10 **皇猷**　謂天子之謀也。《爾雅・釋詁》：「猷，謀也」。

11 **銀印**　《漢書・百官公卿表》：「凡吏秩比二千石以上，皆銀印青綬。」

12 **行輈**　古時行旅之車。朱駿聲云：「大車，左右兩直木為轅，一牛在中。兵車，乘車，一曲木居中為輈，穹窿而上，旁駕兩馬」。見《說文通訓定聲》。

13 **赤筆**　應劭《漢官儀》：「尚書令僕丞郎，月給赤管大筆一雙，篆題曰：北宮著作。又二千石以上，銀印龜紐，刻曰某官之章」。

14 **鑪香**　《新唐書・儀衛志》：「朝日殿上，設黼扆躡席，熏爐香案。」

15 **鳴騶**　《南史》〈到溉傳〉：「溉性不好交游，唯與朱異，劉之遴、張緜同志友密，及臥病，門可羅雀，唯三人歲時恒鳴騶枉道，以相存問」。《文選》孔稚圭〈北山移文〉：「鳴騶入谷，鶴書赴壠」。李善注：「騶馬，以給騶使乘之。騶，六人」。

16 **剽刦**　《史記・酷吏列傳》：「俱攻剽為群盜」，索隱：「剽，刦也」。《說文・刀部》：「剽，砭刺也，從刀㵞聲，一曰剽刦人也」。《漢書》〈王尊傳〉：「往者南山盜賊，阻山橫行，剽刦良民。」

17 **桑柘句**　案柘亦桑屬。《禮記・月令》：「季春之月，命野虞，無

伐桑柘」。鮑照〈代陽春登荊山行〉:「桑柘盈平疇」。

18 **易俗去猛虎** 《後漢書》〈宋均傳〉:「宋均,字叔庠,南陽安眾人也……遷九江太守,郡多虎暴,數為民患,常募設檻穽,而猶多傷害,均到,下記屬縣曰:『夫虎豹在山,黿鼉在水,各有所託,且江淮之有猛獸,猶北土之有雞豚,今為民害,咎在殘吏,而勞勤張捕,非憂恤之本也,其務退奸貪,思進忠善,可一去檻穽,除削課制』其後傳言,虎相與東游渡江」。

19 **化人似馴鷗** 《列子・黃帝》:「海上之人,有好漚鳥者,每旦之海上,從漚鳥遊,漚鳥之至者,百住而不止,其父曰:『吾聞漚鳥,皆從汝遊,汝取來吾玩之』。明日之海上,漚鳥舞而不下」。案漚同鷗。

20 **蒼生** 《書・益稷》:「帝光天之下,至於海隅蒼生。」《世說・排調》:「謝公在東山,朝命屢降而不動,後出為桓宣武司馬,將發新亭,朝士咸出瞻送,高靈時為中丞,亦往相祖,先時多少飲酒,因倚如醉,戲曰:『卿屢違朝旨,高臥東山,諸人每相與言,安石不肯出,將如蒼生何?』」案又見《晉書》〈謝安傳〉。

21 **黃霸** 《漢書・循吏傳》:「黃霸字次公,淮陽陽夏人也。霍光秉政,遵武帝法度,以刑罰痛繩郡下,由是俗吏上嚴酷以為能,而霸獨用寬和為名。會宣帝即位,在民間時知百姓苦吏急也,聞霸持法平,召以為廷尉正。數決疑獄,庭中稱平,上擢霸為揚州刺史,自漢興言治民吏,以霸為首」。

【箋】

一、黃徹曰:「岑參〈送顏平原詩序〉云:十二年春,有詔補尚書郎十數公為郡守,上親賦詩,觴群公於蓬萊,仍錫以繒帛,寵餞加等,故參為長篇述其事。安祿山亂,明皇曰:河北二十四郡,無一忠臣耶?及聞平原固守,乃曰:朕不識真卿何如人,所為如此,前日宴賓,真文具爾」(《碧溪詩話》)

二、案《燉煌古籍殘卷》伯三八六二有高適〈奉贈平原顏太守並序〉

詩。茲錄之於下，以供參考。

奉贈平原顏太守並序

初，顏公任蘭臺郎，與余有周旋之分，而於詞賦。特多深知。洎擢在憲司。而僕寓於梁宋。今南海太守張公之牧梁也。亦謬以僕為才。遂奏所製詩集於明主。而顏公又作四言詩數百字。並序之。張公吹噓之美。兼述小人狂簡之盛。遍呈當代群英。況終不才。無以為用。龍鍾蹭蹬。適負知己。夫意所感。乃形於言。凡廿韻。

皇皇平原守，馴馬出關東。銀印垂腰下，天書在篋中。自承到官後，高枕揚清風。豪富已低首，逋逃還力農。始余梁宋間，甘予麋鹿同。散髮對浮雲，浩歌追釣翁。如何顧疵賤。遂肯偕窮通。耿介出憲司，慨然見群公。賦詩感知己，獨立爭愚蒙。金石誰不仰，波瀾殊未窮。微軀枉多價，朽木懸良工。上將拓邊西，薄才忝從戎。豈論濟代心。願效匹夫雄。驊騮滿長皁，弱翮依雕籠。行軍動若飛，旋旆信嚴終。屢陪投醪醉，竊賀銘山功。誰無汗馬勞，且喜沙塞空。去去勿復道，所思積深衷。一為天涯客，三見南飛鴻。應念蕭關外，飄颻隨轉蓬。

送狄員外巡按西山軍[1] 得霽字

兵馬守西山[2]，中國非得計。不知何代策，空使蜀人弊。八州[3]崖谷深，千里雲雪閉。泉澆閣道[4]滑，水凍繩橋[5]肥。戰士常苦饑，糗糧[6]不相繼。胡兵猶不歸，空山積年歲，儒生識損益[7]，言事皆審諦[8]。狄子幕府郎，有謀必康濟[9]。胸中懸明鏡[10]，照耀無巨細。莫辭冒險艱，可以裨節制。相思江樓夕，愁見月澄霽[11]。

【校】

① **題**　宋本、鄭本、黃本、石印本詩題下並無「得霽字」三字。

② **饑** 《全唐詩》作「飢」。案二字通。

③ **糧** 《全唐詩》作「粮」。案二字通。

【注】

1 **題** 大曆元年秋，杜鴻漸入成都，以崔旰為成都尹、西川節度
行軍司馬、西山防禦使，軍府之事悉委之。此則令狄員外赴西
山巡按撫慰崔旰所部也，詩作於大曆元年冬。狄員外，《元和姓
纂》卷十：「天水（狄）仁傑生光嗣、光遠、景昭。光嗣，戶部
郎中，孫博通、博濟。博通生元範，光遠，袁州司馬，景昭，職
方員外。」《四校記》：「羅校云：『按景昭，唐表作『光昭』。按
開元七年闕里孔廟碑：「司馬天水狄光昭，字子亮，相門克開，
雅道踵武。」《山左金石記》亦作「光昭」。《新唐書‧宰相世系
表》：「光昭，字子亮，職方員外郎」，此狄員外當即狄光昭也。
此詩末云：「賴有冬官郎。」疑光昭時為此官。此詩指陪狄員外早
秋登府西樓節度使院時，岑與狄，均在幕中。

2 **西山** 案西山即雪山，又名雪嶺，在成都之西，控扼吐蕃，唐時
有兵戍之，杜甫詩：「西山白雪高」，「西山白雪三城戍」，正指此
地。《元和郡縣志》：「雪山在松州嘉城縣東八十里，春夏常有積
雪，故名。」又云：「傍便山與青城山連接，當吐蕃之界，溪口深
邃，夏積冰雪，此山所以隔中外也。

3 **八州** 舊《唐書‧地理志》：「劍南節度使，西抗吐番，南撫蠻
獠，統團結營及松、維、恭、逢、雅、黎、姚、悉等八州兵馬。」

4 **閣道** 棧道也。《史記高祖本紀》：「輒燒絕棧道」。索隱：「棧
道、閣道也，絕險之處，傍鑿山巖而施版築為閣」。《華陽國
志》：「諸葛亮相蜀，鑿石架空，為飛梁閣道。」

5 **繩橋** 《元和郡縣志》：「繩橋在茂州汶川縣西北三里、架大江
水，篾笮四條，以葛藤絡緯，布板其上，雖從風搖動，而牢固有
餘，夷人驅牛馬去來無懼，今按其橋，以竹為索，闊六尺，長十
步。」

6 **糗糧** 乾糧也。《周禮·天官》〈籩人〉:「糗餌粉餈」注:「鄭司農云:糗,熬大豆與米也;粉,豆屑也。茨字或作餈,謂乾餌,餅之也。玄謂:此二物皆粉稻米、黍米所為也,合蒸曰餌,餅之曰餈。糗者,擣粉熬大豆為餌,餈之黏著以粉之耳。餌言糗,餈言粉,互相足。」《呂氏春秋·悔過》:「惟恐士卒罷弊與糗糧匱乏,何其久也。」《集韻》:「糗,粮也」,案謂行軍之糧。

7 **損益** 《易》損卦:「損剛益柔有時,損益盈虛,與時偕行」。韓康伯注:「下不敢剛貴於上,行損剛益柔之謂也,剛為德長,損之不可以為常也」。孔穎達疏:「人之為德,須備剛柔,就剛柔之中,剛為德長,既為德長,不可恒減,故損之有時」。《後漢書》〈向長傳〉:「讀易至損、益卦,喟然歎曰:吾已知富不如貧,貴不如賤……」。

8 **審諦** 《風俗通》:「能行天道,舉錯審諦。」《說文》三上:「諦,審也。」《呂氏春秋·察微》:「公怒不審。」高誘注:「審,詳也。」

9 **康濟** 安和助益之也。《尚書·蔡仲之命》:「以蕃王室,以和兄弟,康濟小民。」《爾雅·釋詁》:「濟,安也。」

10 **懸明鏡** 喻見解清晰也。《漢書》〈韓安國傳〉:「清水明鏡,不可以形逃。」

11 **澄霽** 清澈晴朗也。謝靈運〈遊南亭詩〉:「時竟夕澄霽,雲歸日西馳。」

虢州¹送鄭興宗²弟歸扶風³別廬

佐郡已三載⁴,豈能長後時。出關少親友,賴汝常相隨。今且忽

言別，愴然俱淚垂，半（平）生滄洲意[5]，獨有青山知。州縣不
敢說，雲霄誰敢期。因懷陳（東）溪老[6]，最憶南峰緇。我為多
種藥，還山應未遲。

【校】

① **半生** 《全唐詩》作「平生」。案作「平生」是。

② **陳溪** 宋本、鄭本、黃本、石印本、《全唐詩》並作「東溪」，案
公有〈宿太白東溪李老舍寄弟姪〉、〈宋（應作宿，詳後），東溪
懷王屋李隱者〉二詩，皆作「東溪」，則所謂「東溪老」者，姓
李，應以「東溪」為正。

【注】

1 **虢州** 已見〈虢州郡齋南池幽興〉詩注。

2 **鄭興宗** 考《新唐書·宰相世系表》上：「南祖鄭氏，興宗父君
巖，湘源令，祖孝仁，臨洮郡司戶參軍，曾祖筠，綿州刺史。」

3 **扶風** 《唐書·地理志》：「關內道扶風郡，本岐州也，至德元
載，更郡名曰鳳翔，二載復名扶風」。案故治在今陝西鳳翔縣南。

4 **佐郡已三載** 案〈公佐郡思舊遊詩序〉：「己亥春三月，參自補
闕，轉起居舍人，夏四月署虢州長史」，己亥歲即肅宗乾元二
年，自乾元二年至上元二年（辛丑）為三年，詩當作於此時。又
案長史為郡守之輔佐，故曰「佐郡」。

5 **滄州意** 阮籍〈為鄭沖勸晉王牋〉：「臨滄洲而謝支伯，登箕山以
揖許由」。陸雲〈泰伯碑〉：「滄洲遁跡，箕山辭位」。案此滄州
皆泛指州渚而言。（《文選》謝朓〈之宣城出新林浦向版橋〉詩：
「既歡懷祿情，復協滄州趣」，呂延濟注：「滄州，洲名，隱者所
居〉，世人或引神異經，《水經注》之滄浪州，謬矣，甚有引杜陽
雜編隋大業中事者尤非。（說見趙殿成《王摩詰全集箋注》）。

6 **陳溪老** 案「陳溪」應作「東溪」（已見校中），據公〈宿太白
東溪李老舍寄弟姪〉及〈宿東溪懷王屋李隱者〉二詩觀之（均詳
後），則知此「東溪老」姓「李」，名則未詳。

潼關鎮國軍句覆使院早春寄王同州[1]

胡寇尚未盡，大軍鎮關門。旌旗①遍草木，兵馬如雲屯[2]。聖朝正用武，諸將皆承恩。不見征戰功，但聞歌吹[3]喧。儒生有長策[4]，閉口不敢言。昨從關東來[5]，思與故人論。何為廟廊②[6]器，至今居外藩。黃霸仍淹留，蒼生[7]望騰騫。捲簾見西岳[8]，仙掌[9]明朝暾[10]。昨夜聞春風，戴勝[11]過後園。各自限官守[12]，何由敘涼溫[13]。離憂[14]不可忘，襟背思樹萱[15]。

【校】

① **旌旗** 宋本、鄭本、黃本、石印本、《全唐詩》並作「旗旌」。
② **廟廊** 宋本、鄭本、黃本、石印本並作「廊廟」。

【注】

1 題 《舊唐書・地理志》：「至德之後，中原用兵，遂有防禦團練制，置之各要衝，大郡皆有節度之類，潼關防禦鎮國軍使其一也」。《新唐書・方鎮表一》：「上元二年，以華州置鎮國節度，亦曰關東節度。廣德元年，鎮國節度使李懷讓自殺，罷鎮國節度，置同華節度使」。案鎮國節度治華州，乃潼關之西，宜稱「關西節度」，表作「關東」，疑為字訛。公又有〈潼關使院懷王七季友〉詩，蓋即為關西節度判官時作，時在肅宗寶應元年。（說詳聞一多《岑嘉州繫年考證》）。潼關 《元和郡縣志》：「關內道華州華陰縣潼關，在縣東北三十九里，關西一里有潼水，因以名關」。案在今陝西潼關縣。王同州詳見〈岑參交遊考〉。

2 **如雲屯** 謂兵馬之多，如雲之堆積。《文選》陸機〈從軍行〉：「胡馬如雲屯，越旗亦星羅」。李善注：「《廣雅》曰：『屯者，聚也。』」

3 **歌吹** 謂歌與樂也。梁徐俳〈妻劉氏和婕好怨〉詩：「況復昭陽

近，風傳歌吹聲」。《文選》江淹〈恨賦〉：「黃塵匝地，歌吹四
起」。

4 **長策** 賈誼〈過秦論〉：「振長策而御宇內」，師古曰：「以乘馬為
喻也，策所以撾馬也」。《漢書》〈王吉傳〉：「欲治之主不世出，
公卿幸得遭遇其時，言聽諫從，然未有建萬世之長策，舉明主於
三代之隆者也」。

5 **昨從關東來** 請自虢州來也。

6 **廊廟器** 廊廟本謂朝庭。《國語·越語》：「范蠡進諫曰：謀之廊
廟，失之中原，其可乎？其姑勿許也。」，此喻宰相之器也。《三
國志·蜀志》〈許靖傳〉：評曰：「許靖夙有名譽，既以篤厚為
稱，又以人物為意，雖行事舉動，未悉允當，蔣濟以為『大較廊
廟器也』」。

7 **黃霸與蒼生** 並見〈送顏平原〉詩注。

8 **西岳** 《水經注》：「華山為西嶽，在弘農華陰縣西南」。〈華山
記〉：「山頂有池，生千葉蓮花，服之羽化，因曰華山」。參閱七
古〈寄西岳山人李岡〉詩注。

9 **仙掌** 《元和郡縣志》：「關內道華州華陰縣，本春秋魏之陰晉
邑，秦改曰寧秦，漢高帝八年，更名華陰，屬弘農郡，後魏屬華
州，隋大業五年移于今理，垂拱元年，改曰仙掌，尋復舊名」。
案故治在今陝西華陰縣。

10 **明朝暾** 《文選》謝靈運〈石門新營所住四面高山迴谿石瀨茂林修
竹〉詩：「早聞夕飆急，晚見朝日暾」，李善注：「楚辭曰：暾將
出兮東方。王逸注：日始出，其形暾暾而盛大也」。李周翰注：
「暾，日初出貌」。

11 **戴勝** 《爾雅·釋鳥》：「鵖鴀，戴鳻」。郭璞注：「鳻，即頭上勝
也，今亦呼為戴勝。頭上尾起，故曰戴勝，農事方起，此鳥飛鳴
於桑間，云五穀可布種也，故曰布穀。」《禮記·月令》：「季春之
月，鳴鳩拂其羽，戴勝降於桑。」

12 **官守** 魏文帝〈與朝歌令吳質書〉：「官守有限。」

13 **敘涼溫** 《文選》鮑照〈代東吳吟〉：「肌力盡鞍甲，心思歷涼溫。」敘涼溫，敘寒暑也。

14 **離憂** 《文選》、《楚辭·九歌》〈山鬼〉：「思公子兮徒離憂」，劉良注：「離、罹也」。謝朓〈新亭渚別范零陵〉詩：「心事俱已矣，江上徒離憂」。

15 **襟背思樹萱** 《詩·衛風》〈伯兮〉：「焉得諼草，言樹之背」，毛傳：「諼草令人忘憂」。《釋文》：「諼，本又作萱」。任昉《述異記》：「萱草，一名紫萱，又呼為忘憂草，吳中書生呼為療愁草，嵇中散〈養生論〉云：『萱草忘憂』」。《文選》陸機〈贈從兄車騎〉詩：「安得忘歸草，言樹背與襟」。

青山峽口泊舟懷狄侍御[1]

峽口秋水壯，沙邊且停橈[2]。奔濤[3]振石壁，峰勢如動搖。九月蘆花新，彌令客心焦[4]。誰念在江島[5]，故人滿天朝。無處愁心胸，憂來醉能銷。往來巴山道[6]，三見秋草彫[7]。狄生新相知[8]，才調凌雲霄。賦詩折造化[9]，入幕生風飆[10]。把筆判甲兵[11]，戰士不敢驕。皆云梁公後[12]，遇鼎還能調[13]。一別倏經時[14]，音塵殊寂寥。何當見夫子，不嘆鄉關[15]遙。

【校】

① **凌** 《百家選》作「陵」。

② **折造化** 《全唐詩》作「析造化」，百家選作「坼造化」，宋本、鄭本、黃本、石印本並作「拆造化」。

③ **一別** 《全唐詩》作「離別」。

【注】

1 **狄侍御** 〈唐御史台精舍碑〉，無姓狄者，此詩云：「入幕生風
飈」、「皆云梁公後」，似即指狄光昭以工部員外郎兼監察御史入
杜鴻漸幕也。參閱後〈陪狄員外早秋登府西樓呈院中諸公〉詩。
詩又云：「九月蘆花新」又云：「往來巴山道，三見秋草凋」，案
公自大歷元年初受杜鴻漸之辟入蜀，至大歷三年秋為三年，故詩
云云，據此，詩當為大歷三年九月作。

2 **橈** 《楚辭‧九歌》〈湘君〉：「蓀橈兮蘭旌」，王逸注：「橈，小
楫也」。《方言》九：「楫謂之橈。」，《韻會》：「櫂之短者，吳越
人呼為橈」。

3 **奔濤** 虞茂〈奉和望海〉詩：「長瀾疑浴日，連島類奔濤」。吳山
民曰：「奔濤振石壁，峯勢如動搖。語振盪。」

4 **客心焦** 《文選》阮籍〈詠懷詩〉：「終身履薄冰，誰知我心焦」。

5 **誰念在江島二句** 按此二句即「群公滿天闕，獨去過淮水」（見
〈送王大昌齡赴江寧〉詩）之意，亦即杜甫夢李白所謂：「冠蓋滿
京華，斯人獨憔悴」也。吳山民曰：「誰念四句，語雖簡，調卻
促。」

6 **巴山** 《一統志》：「四川保寧府有大巴嶺，在通江縣東北五百
里，與小巴嶺相接，世傳九十里巴山是也」。《通典》：「峽州夷陵
郡巴山縣北有山，曲折似巴字，因以為名」。

7 **三見秋草彫** 參閱註1。

8 **新相知** 《楚辭‧九歌》〈少司命〉：「悲莫悲兮生別離，樂莫樂兮
新相知」。

9 **折造化** 造化，謂天地也。《後漢書》〈張衡傳〉論：「制作侔造
化」。折造化，使造化為之而屈，猶言驚動天地也。

10 **入幕生風飈** 《晉書》〈郗超傳〉：「謝安與王坦之嘗詣論事，溫令
超帳中臥聽之，風動帳開，安笑曰：郗生可謂入幕之賓矣」。《文
選》孔稚圭〈北山移文〉：「還飈入幕，寫霧出楹」。

11 **把筆判甲兵** 吳綬眉曰：「詩云把筆判甲兵，則幕中人耳，節度

所奏御史，不掛朝籍世系，所以不載，把筆，乃庾子山語」（《刪定唐詩解》）。

12 **梁公後** 梁公，謂狄仁傑。案狄仁傑字懷英，并州太原人，武后朝，以鸞臺侍郎同平章事，常以調護皇家母子為意，后欲立武三思為太子，仁傑以姑姪母子之喻動之，后感悟，迎盧陵王於房州，唐祚賴以維繫。睿宗時，追封梁國公，新舊《唐書》俱有傳。唐汝詢曰：「案《新唐書·宰相世系表》，梁公之後無侍御，此疑誤」。

13 **遇鼎還能調** 《尚書·說命》：「若作和羹，爾惟鹽梅」。杜甫〈上韋左丞相〉詩：「調和鼎鼐新」。案「和羹」即調鼎之意，以喻輔佐也。應劭《漢官儀》：「三公助鼎和味」。

14 **經時** 《古詩十九首》：「此物何足貴，但感別經時」。

15 **鄉關** 《周書》〈庾信傳〉：「信在周，雖位望通顯，常有鄉關之思，乃作哀江南賦以致其意」。

【箋】

1 唐汝詢曰：「此自傷覊宦，慕同類也，言秋水方盛，驚濤洶湧，又足以動遊客之思，彼故人官于朝者甚眾，誰念我居江島乎？此中無可舒胸者，惟藉酒以消之耳，然吾遊宦此邦，三經秋暮，故人日稀，惟狄生為新知，而其才調卓犖，又我所深慕，今以御史監軍，其戰士罔不畏伏，是能繼梁公而作相者也，故我念其久別無書，而欲一見之，庶幾客思可以少舒耳」（《唐詩解》）。

2 楊慎曰：「平敘有軼氣」（《唐詩會通評林》）。

寄青城¹龍溪²奐道人³ 青城即丈人奐公有篇

五岳之丈人⁴，西望青瞢瞢⁵。雲開露崖嶠⁶，百里見石棱⁷。龍溪盤中峰，上有蓮華僧。絕頂小蘭若⁸，四時嵐氣⁹凝。身同雲虛無，心與谿清澄。誦戒龍每聽，賦詩人則稱。杉風吹袈裟¹⁰，石壁冷孤燈。久欲謝微祿，誓將歸大乘¹¹。願聞開士¹²說，庶以心相應。

【校】

① **題** 宋本、鄭本、黃本、石印本、《全唐詩》並同，惟無「青城」以下九字。《英華》作〈寄青城龍溪為道人〉，亦無「青城」以下九字。案字書無「奐」。惟《玉篇》卷二十三：「象」古文作「為」英華「奐」作「為」，當為「為」，古「象」字。

② **五岳** 宋本、鄭本、黃本、石印本、全唐詩，《英華》並作「五嶽」，案「岳」「嶽」二字同。

③ **瞢瞢** 《英華》作「懵懵」，《全唐詩》「瞢瞢」二字下注「一作懵懵」。

④ **蓮華** 《英華》作「蓮花」。案「華」、「花」二字同。

⑤ **小** 《英華》作「少」，全唐詩「小」字下注「一作少」。

⑥ **嵐氣** 《英華》作「嵐翠」，《全唐詩》「氣」字下注「一作翠」。

⑦ **虛** 宋本、鄭本、黃本、石印本、《全唐詩》，《英華》並作「虗」。案二字同。

⑧ **冷孤燈** 宋本、鄭本、黃本、石印本、《全唐詩》，《英華》並作「懸孤燈」。

【注】

1 **青城** 《元和郡縣志》：「青城山在青城縣西北三十二里，《仙經》云：此是第五洞天，上有流泉懸澍，一日三時灑落，謂之潮

泉」。杜光庭〈青城山記〉:「蜀之山近江源者,通謂之岷山,連峰接岫,千里不絕,青城乃第一峰也」。案在今四川灌縣西南。

2　**龍溪**　《元和郡縣志》:「龍溪在汶川縣南八十二里,遠通西域,公私經過,惟此一路」。《一統志》:「龍溪在洪雅縣西六十里,有二源,左為大龍溪,右為小龍溪,盤曲回抱如游龍,合流東北入青衣江」。

3　**道人**　謂僧人。《釋氏要覽》:「《智度論》云:得道者名為道人,餘出家者未得道者,亦名道人。」近世以來,道人但謂道士,不及僧徒。

4　**五岳之丈人**　《太平寰宇記》:「青城山在縣西北三十二里。道書《福地記》云:上有沒溺池,有甘露、芝草。」案杜甫有〈丈人山〉詩,仇注引《玉匱經》曰:「黃帝破山通道,遍歷五岳,封青城山為五岳丈人。乃岳瀆之土司,真仙之崇秩,一月之內,群岳再朝,六時灑泉,以代晷漏,一名赤城山,一名青城都,亦為第五大洞,寶仙九室之天,對郡之西北,在岷山之南,群峰掩映,互相連接」。

5　**瞢瞢**　「瞢」本作「𥄎」,《說文‧𥄉部》:「𥄎,目不明也,从𥄉从旬,旬,目數搖也」,段注:「𥄉,旬皆不明之意。」

6　**崖嶠**　通崖岸之山路也。

7　**石稜**　石之有稜角者,杜甫〈西閣雨望〉詩:「徑添沙面出,湍急石稜生」。

8　**蘭若**　吳曾《能改齋漫錄》卷四:「白漢明帝以來,天下之寺皆曰招提蘭若」。《釋氏要覽》:「蘭若,梵云阿蘭若,或云阿練若,唐言無諍。《四分律》云空淨處,《薩婆多論》云閒靜處,《智度論》云遠離處」。案即僧寺也。

9　**嵐**　《廣韻》:「嵐,山氣也」。

10　**袈裟**　《釋氏要覽》:「袈裟者,蓋從色彰稱也,梵音具云迦羅沙曳,此云不正色」。《慧苑音義》:「袈裟,具正云迦羅沙曳,此云染色衣,西域俗人,皆著白色衣也」。

11 **大乘** 《法華經》：「若有眾生從佛世尊聞法信受，勤修精進，愍念安樂無量眾生，利害天人，變脫一切，是為大乘」。《釋氏要覽》：「梵云摩訶衍，此云大乘，大者簡小之稱，乘者運載為義，小者簡非大也，謂如來觀根隨機，方便施設。」

12 **開士** 《釋氏要覽》：「開士經音疏云：開，達也，明也，解也，士則士夫也，經中多呼菩薩為開士。前秦苻堅賜沙門有德者，號開士。因而亦為和尚之尊稱。李雁湖（壁）曰：《妙華蓮花經》：『跋陀羅等，與其同伴十六開士』云云，開士者，能自開覺，又開他人，菩薩之異名也」。《白氏六帖》：「僧亦名開士」。李頎〈題璿公山池〉：「遠公遁跡廬山岑，開士幽居祇樹林」。

梁州對雨懷麴二秀才便呈麴大判官時疾贈余新詩[1]

江上雲氣黑，岵山[2]昨夜雷。水惡平明飛，雨從嶓冢[3]來。濛濛隨風過，蕭瑟鳴庭槐[4]。隔簾濕衣巾，當暑涼幽齋。麴生住相近，言語阻且乖。臥疾不見人，午時門始開。終日看本草[5]。藥苗滿前階。兄弟早有名，甲科皆秀才[6]。二人事慈母，不弱古老萊[7]。昨嘆攜手遲，未盡平生懷。愛君有佳句，一日吟幾回。

【校】

① **嘆** 宋本、鄭本、黃本、石印本、《全唐詩》並作「歎」。

② **攜** 《全唐詩》作「擕」，宋本、鄭本、黃本、石印本並作「携」，案三字同。

【注】

1 **題**　此詩大曆元年春受鴻漸之辟入蜀，經梁州時所作，詩云：「當暑涼幽齋」，則時已入夏，公又有〈早上五盤嶺〉詩（詳後注）：「松疏露孤驛，花密藏回灘，棧道溪雨滑，畬田原草乾」，景物與此詩相彷彿，則自梁州南行道中作也。梁州　《唐書・地理志》：「山南西道梁州興元府，隋漢川郡，武德元年置梁州總管府，開元十三年改梁州為襃州，依舊都督府，二十年又為梁州，天寶元年改為漢中郡，乾元元年復為梁州」。案故治在今陝西省南鄭縣。

2 **嶓山**　《一統志》：「旱山在漢中府南鄭縣西南」。《太平寰宇記》：「旱山在南鄭縣西南二十里，旁有石牛十二頭，蓋秦惠王所造，以鎮蜀者」。《輿地紀勝》：「旱山一名嶓山」。嶓音漢，河滿切。案嶓山有雲即雨，俗諺云：「牛頭戴笠嶓山晦，家中乾穀莫相貸」。

3 **嶓冢**　在陝西沔縣西南，接寧羌縣界，漢水所出。《尚書・禹貢》：「嶓冢導漾，東流為漢」。《水經・漾水注》：「《漢中記》曰：『嶓冢以東，水皆東流，嶓冢以西，水皆西流』，即其地勢源流所歸，故俗以嶓冢為分水嶺即此」。

4 **庭槐**　《文選》謝惠連〈擣衣詩〉：「白露滋園菊，秋風落庭槐」。

5 **本草**　趙翼《陔餘叢考》：「醫家本草，歷代所增，各自為書，今合而為一，非古本也。《唐書・方伎傳》云：『班固《漢書》，惟載《黃帝內外經》，而無《本草》，至齊《七錄》始有之。世謂神農嘗藥時，尚無文字，以識相付，至桐雷乃載之篇冊，然所載郡縣，多漢時地名，疑張仲景，華陀等竄記其語也』，是《本草》原書，乃始於後漢，至唐初尚有其本。〈方伎傳〉又云：『《別錄》者，魏晉以來，吳普、華當之所記，其言華葉形色，佐使相須，附經為說，故陶宏景合而錄之，謂之《別錄》』，是宏景所輯者，名曰《別錄》也。于志寧，李世勣等修《本草》，並圖合五十四篇，謂宏景以神農經及諸家《別錄》註之，江南偏方不能周知藥石，其謬誤至四百餘種，今考正之，又增後世所用百餘物。太宗

曰：『《本草》、《別錄》，何為而二』，是志寧等所修《本草》，與
《別錄》尚為二書也。陳藏器所著，則又名《本草拾遺》。宋以後
則合諸書並為一部，而總名之曰《本草》。明李時珍又著《本草
綱目》一書，益詳備矣」。

6 **甲科皆秀才** 顧炎武《日知錄》云：「杜氏《通典》：按令文，
科第秀才與明經，同為四等，進士與明法，同為二等，然秀才之
科久廢，而明經雖有甲乙丙丁四科，進士有甲乙二科，自武德以
來，明經惟有丙丁第，進士惟乙科而已。《舊唐書‧玄宗紀》：
『開元九年四月甲戌，上親策試應制舉人於含元殿，敕曰，近無甲
科，朕將存其上第。』〈楊綰傳〉：『天寶十三載，玄宗御勤政樓，
試舉人，登甲科者三人，綰為之首，超授右拾遺。其登乙科者
三十餘人』，然則今之進士而概稱甲科，非也。」又云：「《隋書》
〈李德林傳〉：楊遵彥銓衡深慎，選舉秀才擢第，罕有甲科，德林
射策五條，考皆為上，是則北齊之世，即已多無甲科者矣」。

7 **老萊** 按即老萊子，春秋楚人，年七十，常著五色斑斕衣，作嬰
兒戲，以娛其親。參見五律〈送崔全被放歸都觀省〉詩注。

【箋】

1 鍾惺曰：「隔簾濕衣巾，小雨真境」（《唐詩歸》）。
2 譚元春曰：「甲科皆秀才，醜話入詩不醜，見人本事」（《唐詩
歸》）。
3 唐汝詢曰：「酬贈詩，率而不俗，宜列中品。」（《唐詩解》）

潼關¹使院懷王七季友²

王生今才人，時輩咸所仰。何當見顏色，終日勞夢想。驅車到關

下，欲往阻河廣³。滿目徒春華⁴，思君罷心賞。開門見太華⁵，朝日映高掌。忽覺蓮花峰⁶，別來更如長。無心顧微祿，有意在獨往⁷。不負林中期⁸，終當出塵網⁹。

【校】

① **題** 《百家選》「王七季友」作「王七秀才」，誤。

② **才人** 《全唐詩》作「才子」。

③ **蓮花** 《唐詩紀事》作「蓮華」，案「花」、「華」二字同。

④ **在** 《百家選》作「佳」，誤。

【注】

1 **潼關** 已見〈潼關鎮國軍勾覆使院〉詩注。

2 **王季友** 《唐詩紀事》卷二十六：「季友，肅、代間詩人也，錢考功起有〈贈季友赴洪州幕下〉詩云：『列郡皆用武，南征所從誰。諸侯重才略，見子如瓊枝』。乃知季友曾遊江西之幕。」王應麟《困學紀聞》：「季友，肅、代間詩人也，殷璠謂其詩，放蕩愛奇務險」。《唐才子傳》：「王季友，河南人，暗誦書萬卷，論必引經，家貧賣屨，好事者多攜酒就之。酆城洪州刺史李公（李勉），一見傾敬，即引佐幕府，工詩，性磊浪不羈，愛奇務險，遠出常性之外，白首短褐，崎嶇士林，有集傳於世」。

3 **阻河廣** 《詩·衛風》〈河廣〉：「誰謂河廣，一葦杭之。誰謂宋遠，跂予望之。」此反用其意。

4 **春華** 猶春光也。此詩與前〈潼關鎮國軍句覆使院早春寄王同州〉詩，並為「關西節度判官」時所作，時在代宗寶應元年春。

5 **太華** 《元和郡縣志》：「太華山在華州華陰縣南八里」。《一統志》：「太華山在陝西華陰縣南十里，即西岳也，以西有少華山，故此曰太華」。

6 **蓮花峰** 已見〈冬宵家會餞李郎司兵赴同州〉詩注。

7 **獨往** 謂離群隱居。《列子·力命》：「獨往獨來，獨出獨入，孰能礙之」，《莊子·在宥》：「出入六合，遊乎九州，獨往獨來，是

謂獨有。」《文選》謝靈運〈入華子岡是麻源第三谷〉詩:「且申
獨往意,乘月弄潺湲」。李善注淮南王《莊子略要》曰:「江海之
士,山谷之人,輕天下細萬物而獨往者也。」

8 **林中期** 李白〈贈閭丘處士〉詩:「且眈田家樂,遂曠林中期。」
猶林下之期,謂隱遁也。

9 **塵網** 陶潛〈歸園田居〉詩:「誤落塵網中,一去三十年」。東方
朔〈與友人書〉:「不可使塵網名韁拘鎖。」

至大梁¹却寄匡城主人²

一從棄魚釣³,十載干明王。無由謁天階⁴,卻欲歸滄浪⁵。仲秋至
東郡,遂見天雨霜。昨夜夢故山,蕙帳⁶色已黃。平明辭鐵丘⁷,
薄暮遊大梁。仲秋蕭條景,拔剌⁸飛鵝鴰⁹。四郊陰氣閉,萬里無
晶光¹⁰。長風¹¹吹白茅,野火燒枯桑¹²。故人南燕吏¹³,籍籍¹⁴
名更香。聊以玉壺¹⁵贈,置之君子堂。

【校】

① 題 《全唐詩》作「至(一作官)大梁却寄匡(一作康)城主
人」,《唐詩紀事》作「至大梁却寄康城主人」。

② 魚釣 《唐詩紀事》作「魚鉤」,誤。

③ 蕙帳 《唐詩紀事》作「芳蕙」,全唐詩作「蕙草」。

④ 鐵丘 《唐詩紀事》作「鐵兵」,誤。

⑤ 陰氣 《全唐詩》「氣」字下注「一作氛」。

⑥ 晶光 宋本、鄭本、黃本、石印本、《唐詩紀事》並作「晶光」。

⑦ 更香 《唐詩紀事》作「皆香」。

⑧ 聊以 《唐詩紀事》作「聊似」,「似」字誤。

【注】

1 **大梁**　《史記・魏世家》：「惠王三十一年，徙治大梁」。《一統志》：「開封府，魏都於此，號大梁」。案「大梁」即滑州，隋時名東郡，唐武德元年，復曰滑洲，天寶元年改名靈昌郡。故地在今河南省開封縣。案高適有〈古大梁行〉。《文選》阮籍〈詠懷詩〉：「徘徊蓬池上，還顧望大梁。」

2 **匡城**　《左傳》僖公十五年：「盟於牡邱，遂次於匡」，杜預注：「匡，衛地，在長垣縣西南」。《元和郡縣志》：「匡城縣西北至滑州一百里，隋開皇十六年於此置匡城縣，屬滑州，故匡城在縣西南十里」。案在今河北長垣縣南十里。公又有〈醉題匡城周少府（此下疑奪『廳壁』二字）〉詩，則所謂「匡城主人」者，即周少府也。

3 **一從棄魚釣二句**　案公《感舊賦序》云（《全唐文》三五八）：「我從東山，獻書西周，出入二郡，蹉跎十秋」。案獻書事在開元二十二年，詩言「十載干明王」，「十載」乃舉成數言之，然數字虛用，八載冒稱十載可耳，若七載以下，似不宜稱十載，故此詩至早當作於開元二十九年，亦即獻書後八年也（說詳聞一多《岑嘉州繫年考證》）。《論語・為政》：「子張學干祿」集解：「鄭曰：干，求也，祿，祿位也」。

4 **天階**　張衡《東京賦》：「登聖皇於天階，章漢祚之有秩。」呂延濟注：「天階，天子位也。」

5 **滄浪**　《楚辭・漁父》：「滄浪之水清兮，可以濯吾纓，滄浪之水濁兮，可以濯吾足」案滄浪水，喻隱居之地，浪讀平聲，其時岑參隱居長安終南山下。

6 **蕙帳**　《爾雅・冀》：「蕙大抵似蘭，花亦春開，蘭先而蕙繼之，皆柔荑，其端作花，蘭一荑花，蕙一荑五六花，香次於蘭」。《文選》孔稚圭〈北山移文〉：「蕙帳空兮夜鶴怨。」

7 **鐵丘**　《左傳》哀公二年「晉趙鞅及鄭罕達戰于鐵」，杜預注：「鐵，丘名，在戚城南」。《一統志》：「鐵丘在大名府開州北五

里」，《左傳》：「衛與鄭戰，蒯瞶登鐵丘望之，今云此丘曰鐵
丘」。按地在今河北濮陽縣北。

8 **拔刺** 謂鳥之鳴聲也。

9 **鶬** 《本草》：「鶬者，水鳥也，食于田澤洲渚之間，大如鶴，青
蒼色，亦有灰色者，頂無丹，兩頰紅，高腳群飛，《爾雅》謂之
麋鴰，關西呼曰鴰鹿，山東呼曰鶬鴰，南人呼為鶬雞，江人呼為
麥雞，天將霜，鶬先知而鳴，不過旬日而霜下」。

10 **晶光** 《說文》七下：「晶，顯也，从三白，讀若皎、陶潛辛丑歲
七月赴假還江陵夜行途中作詩：「昭昭天宇闊，晶晶川上平。」李
善注：「晶，明也。」

11 **長風** 《文選》左思〈吳都賦〉：「習御長風」，劉淵林註：「長
風，遠風也」。

12 **枯桑** 《古樂府》〈飲馬長城窟行〉：「枯桑知天風，海水知天寒」。

13 **南燕吏** 謂滑州東郡史，即指匡城縣尉周少府也。

14 **籍籍** 《漢書》〈江都易王非傳〉：「國中口語籍籍」，顏師古註：
「籍籍，喧聒之意」。

15 **玉壺** 鮑照〈代白頭吟〉：「直如清絲繩，清如玉壺冰」王昌齡
〈芙蓉樓送辛漸〉：「洛陽親友如相問，一片冰心在玉壺。」言人品
清高如冰之潔。

宿華陰[1]東郭客舍憶閻防[2]

次舍[3]山郭近，解鞍鳴鐘時。主人炊新粒[4]，行子[5]充夜饑。關月
生首陽[6]，照見華陰[7]祠。蒼茫秋山晦，蕭瑟寒松悲。久從園廬[8]
別，遂與朋知辭[9]。舊塋蘭杜[10]晚，歸軒今已遲。

【校】

① **題**　《百家選》作「宿華陰郭東客舍憶閻防」。

② **饑**　《百家選》、《唐詩紀事》並作「飢」，案二字同。

③ **關月**　《唐詩紀事》作「閏月」。

④ **蒼茫**　《唐詩紀事》作「茫蒼」。

⑤ **朋知**　《全唐詩》、《唐詩紀事》「朋知」下並注「一作相知」。

【注】

1 **華陰**　《太平寰宇記》：「華州華陰縣，以在太華山之陰，故名之」。《元和郡縣志》：「關內道華州華陰縣，本魏之陰晉邑，秦改曰寧秦，漢高帝八年，更名華陰，屬弘農郡，後魏屬華州，隋大業五年移于今理，垂拱元年，改曰仙掌，尋復舊名」。案在今陝西華陰縣。

2 **閻防**　按：「閻防，河中人，開元二十二年李琚榜及第，後謫官長沙司戶，孟浩然有〈湖中旅泊寄閻九司戶防〉詩，顏真卿甚敬愛之，欲薦於朝，不屈。為人好古博雅，詩語真素，魂清魄爽，放曠山水，高情獨詣，於終南山豐德寺，結茅茨讀書，百丈溪是其隱處」。案儲光羲有〈貽閻處士防卜居終南〉詩，劉慎虛有〈寄閻防〉詩，下注：「防時在終南豐德寺讀書。」防亦有〈百丈谿新理茅茨讀書〉詩。

3 **次舍**　《漢書》〈吳王濞傳〉：「治次舍，須大王」，顏師古註：「次舍，息止之處也」。

4 **粒**　《尚書・益稷》：「烝民乃粒」，孔安國傳：「米食曰粒」，孔穎達疏：「《說文》云：粒，糂也，今人謂飯為米糂，遺餘之飯，謂之一粒二粒，是米食曰粒，言是用米為食之名也」。

5 **行子**　旅人也　江淹〈別賦〉：「是以行子腸斷，百感悽惻」。鮑照〈代東門行〉：「居人掩閨臥，行子夜中飯」。

6 **首陽**　已見〈送祁樂歸河東〉詩注。

7 **華陰祠**　《漢書・地理志》：「華陰縣，故陰晉邑，高帝八年，更

名華陰，太華山在南，有祠，武帝起」。

8　**園廬**　《文選》張華〈答何劭詩〉：「自昔同寮案，於今比園廬」，李善注：「南都賦曰：園廬，舊宅也」。

9　**朋知辭**　《文選》謝靈運〈初發石首城詩〉：「重經平生別，再與朋知辭」。

10　**蘭杜**　香草名。《文選》沈約〈早發定山詩〉：「忘歸屬蘭杜，懷祿寄芳荃」。

【箋】

1　唐汝詢曰：「言別鄉已久，朋好乖違，今故園芳草將凋，歸軒即駕，尚厭其遲，況又不能遽返乎！」（《唐詩解》）

2　吳綏眉曰：「商璠云：參詩語奇體峻，意亦造奇，此種排而不厭。」（《刪定唐詩解》）

3　桂天祥曰：「苦思無所不至，故意興佳。」（《批點唐詩正聲》）

春遇南使貽趙知音[1]

端居[2]春心醉，襟背思樹萱[3]。美人[4]在南州，為爾歌北門[5]。北風吹煙物，戴勝[6]鳴中園。枯楊[7]長新條，芳草滋舊根。網絲結寶琴[8]，塵埃被空樽。適過江海信[9]，聊與南客論。

【校】

①　**煙**　宋本、石印本並作「烟」，案二字同。

②　**長新條**　《全唐詩》「長」字下注「一作抽」。

【注】

1　**趙知音**　生平未詳。

2 **端居**　《梁書》〈傅昭傳〉：「終日端居，以書記為樂，雖老不衰。」
孟浩然〈臨洞庭〉詩：「欲濟無舟楫，端居恥聖明」。端居猶平居
也，言平素閒居之時。

3 **襟背思樹萱**　已見〈潼關鎮國軍句覆使院早春寄王同州〉詩注。

4 **美人**　代指賢者。《詩・邶風》〈簡兮〉：「云誰之思，西方美
人。」鄭箋：「我誰思乎？思周室之賢者。」

5 **北門**　《詩・邶風》〈北門〉。詩凡三章，其一章曰「出自北門，
憂心殷殷，終窶且貧。已焉哉，天實為之，謂之何哉？」序云：
「北門，刺仕不得志也，言衛之忠臣，不得其志爾。」趙蓋失志之
士。

6 **戴勝**　已見〈潼關鎮國軍句覆使院早春寄王同州〉詩注。

7 **枯楊**　《易》大過卦：「九二，枯楊生稊，老夫得其女妻」。

8 **寶琴**　《西京雜記》：「趙后有寶琴曰鳳凰」。謝朓《燭詩》：「曖色
輕幃裡，低光照寶琴」。

9 **江海信**　《世說・文學》：「司空鄭沖馳遣信就阮籍求文。」信，使
也。江海信，稱南使也。

郊行寄杜位[1]

嶕崒[2]空城煙，淒清寒山景。秋風引歸夢，昨夜到汝潁[3]。近寺聞
鐘聲，映陂見樹影。所思何由見[4]，東北徒引領[5]。

【校】

① **清**　《全唐詩》「清」字下注「一作涼」。

② **烟**　鄭本、黃本並作「煙」。案二字同。

【注】

1 **杜位** 案杜位，襄陽人，右拾遺甫之從弟，大歷元年與甫同在嚴武幕（杜甫〈寄杜位詩〉原注云：「頃者與位同在故嚴尚書幕。」）中，後貶新州，還為夔府司馬，歷司勳員外郎，見《全唐文》。《新唐書・宰相世系表》：「位，考功郎中，湖州刺史」又曾為右補闕。困學紀聞：「位，林甫諸婿也」。杜甫有〈寄杜位〉、〈杜位宅守歲〉詩，公集中又有「過燕支寄杜位」詩（參見《七絕》注），當即一人。

2 **嶕崒** 《集韻》：「嶕，嶕崒，山長而高貌」。《文選》班固〈西都賦〉：「巖峻嶕崒，金石崢嶸」，李善注：「嶕，高貌也，茲由切」。

3 **汝潁** 案「汝」謂「汝州」，《唐書・地理志》：「汝州臨汝郡」。地在今河南省臨汝縣。「潁」謂「潁陽」，地在今河南省登封縣。

4 **所思何由見** 沈約〈臨高臺〉詩：「所思竟何在，洛陽南陌頭。」

5 **東北徒引領** 左傳成公十三年：「及君之嗣也，我君景公引領西望曰：庶撫我乎！」。杜位時在河朔，故曰：「東北引領」。

懷葉縣²關操姚擴（曠）韓涉李叔齊¹

數子皆故人，一時吏宛葉³。經年總不見，書札徒滿篋。斜日空半庭⁴，旋風走梨葉。去君千里地，言笑何時接。

【校】

① **題** 石印本、宋本、鄭本、黃本「姚擴」並作「姚曠」。
② **總** 宋本、黃本、石印本並作「揔」。案兩字同。
③ **空半庭** 宋本、鄭本、黃本、石印本、《全唐詩》並作「半空庭」。

【注】

1 **題**　本文作於天寶十二載（七五三）癸巳，本年四月，獨孤及歸
汴梁，《毘陵集》卷十四〈宋州送姚曠之江東劉冉之河北序〉：
「春，葉尉吳興姚曠至自洛陽，中山劉冉至自長安，俱以文博我，
相與交歡於睢渙之涘……凡旬有五日，而姚適吳，劉濟河，余歸
梁。各有四方之事，將為千里之別。夏四月，抗手於盧門（宋州
城門），議別故也。」與岑詩「數子皆故人，一時吏宛葉」合，知
「擴」作「曠」是。《全唐文》卷五二二〈梁肅朝散大夫使持節常
州諸軍事守常州刺史……獨孤公（及）行狀〉：「二十餘以文章遊
梁宋間，……天寶十三載應詔至京師。」《毘陵集》卷七〈阮公嘯
台頌〉：「歲在玄黓，余登大梁之墟。」玄黓，當指天寶十一載壬
辰，其年獨孤及年二十八，在梁宋，岑參適在長安，詩當即作於
此年中。《全唐文》卷四五五有關播文一篇，小傳稱：「播，貞元
二年官刑部尚書。」新舊《唐書》有傳。官至中書侍郎同中書門
下平章事。陶宗儀《書史會要》：「關操，善真行草書，呂摠謂如
淵月沈珠，露花推錦。」關操，關播，當為兄弟行。李叔齊，不
詳。顏真卿〈靖居詩〉題名：「唐永泰二年，真卿以罪佐吉州，
聞青原靖居寺有幽絕之致，御史韓公涉，刺史梁公乘嘗見招，欲
同遊而不果。」《岑詩繫年》：「永泰二年，韓涉為御史」，此詩謂
韓涉「吏宛葉」則當在為御史之前，詩又曰：「去君千里地」長
安去葉縣千里，則時蓋作於長安。乾元初及廣德年間公在長安，
廣德距永泰為近，其時韓涉恐已為御史，則其官葉縣，當在乾元
初。詩曰：「旋風走梨葉」，秋日作也。

2 **葉縣**　《元和郡縣志》：「葉縣，本楚之葉縣，春科楚人遷許於
此，其後，楚使沈諸梁尹之，僭號稱公，謂之葉公。秦置郡縣，
隸於南陽。開元三年，於縣置仙州，以漢時王喬於此得仙也」。
案地在今河南葉縣南三十里。葉，書涉切，音設。

3 **宛葉**　《史記·項羽本紀》：「漢王之出滎陽，南走宛葉，得九江
王布，行收兵復入保成皋」案宛即宛縣，葉即葉縣。宛縣本春秋

楚邑，戰國時屬韓，秦置宛縣，漢為南陽郡治，隋改曰南陽，即今河南省南陽縣。

4 **空半庭** 何遜〈和蕭諮議岑離閨怨〉：「曉河沒高凍，斜月半空庭。」

初至西虢¹官舍南池呈左右省²及南宮³諸故人

黜官⁴自西掖⁵，待罪⁶臨下陽⁷。空積犬馬戀⁸，豈思鴛鷺行⁹。素多江湖意，偶佐山水鄉。滿院池月靜，卷簾溪雨涼。軒窻竹翠濕，案牘¹⁰荷花香。白鳥¹¹上衣桁¹²，青苔生筆床¹³。數公不可見，一別盡相忘。敢恨青瑣¹⁴客，無情華省¹⁵郎。早年迷進退¹⁶，晚節¹⁷悟行藏¹⁸。他日能相訪，嵩南¹⁹舊草堂。

【校】

① **鴛** 《全唐詩》作「鵷」，案二字同。

② **窻** 宋本、鄭本、黃本、石印本並作「悤」，案二字同。

【注】

1 **西虢** 案西虢，古國名，周武王弟虢仲之封地，故城在今陝西寶雞縣東；後平王東遷，西虢亦徙於上陽，改稱南虢，故城在今河南省陝縣東南。

2 **左右省** 《通典・職官》：「時謂門下省為左省，中書省為右省，或通謂之兩省」。

3 **南宮** 案唐人通呼尚書省為南宮。後人因禮部郎有南宮舍人之目，及杜工部寄禮部賈侍郎詩有南宮故人之句，遂謂南宮，專稱禮部，誤矣。（詳趙殿成《王摩詰全集箋注》）。

4 **黜官**　杜確〈岑嘉州集序〉:「入為右補闕（案至德二載六月，杜
甫等五人薦公可備諫職，詔即以公為右補闕，詳五律〈寄左省杜
拾遺〉詩注），頻上封草，指述權佞，改起居郎（案應作起居舍
人），尋出虢州長史」。案公〈佐郡思舊遊詩序〉:「己亥春三月，
參自補闕，轉起居舍人，夏四月，署虢州長史」，己亥歲為肅宗
乾元二年，是秋，杜甫自秦州寄詩問訊（杜甫有寄彭州高三十五
使君適虢州岑二十七長史參詩），則公之黜官，正在此年。黜宦
謂貶官。《說文》:「黜，貶下也」。《玉篇》:「黜，退也，贖也，
下也，去也，放也。」岑詩繫年:「此下皆乾元二年在虢州詩。」
詩云:「案牘荷花香」當是乾元二年六月所作。

5 **西掖**　《雍錄》:「《漢書》曰:朱虛侯章，從太尉勃，請卒千人，
入未央宮掖門。師古曰:「非正門而在兩旁，若人之臂掖也」。
《太平御覽》:「出禁省為殿門外，出大道為掖門」。則不特夾立正
門之旁，乃為掖門，雖殿門外，他出之門，皆可名為掖門也。唐
門下北省在日華門，名左掖，亦名東省，中書北省在月華門，名
右掖，亦名西掖。（參見前〈送許拾遺恩歸江寧拜親〉詩注）。

6 **待罪**　謝靈運〈命學士講書詩〉:「待罪豈久期，禮樂俟賢明」。

7 **下陽**　《左傳》僖公二年:「虞師晉師滅下陽」，杜預注:「下錫，
虢邑，在河東大陽縣」，案下陽本春秋北虢（即東虢）之都，故
地在今山西省平陸縣東北。

8 **犬馬戀**　喻臣下對帝王之忠心也。《魏書》〈游明根傳〉:「年踰
七十，表求致仕曰:『臣桑榆之年，蒙陛下之澤，首領獲全，犬
馬之戀，不勝悲塞』」。曹植《上責躬應詔詩表》:「不勝犬馬戀主
之情」。

9 **鵁鷺行**　《隋書·音樂志》:「懷黃綰白，鵁鷺成行」。案鵁或作
鶍，音冤。

10 **案牘**　謝朓〈落日悵望〉詩:「情嗜幸非多，案牘偏為寡」《北
史》〈陽昭傳〉:「昭學涉史傳，尤閑案牘。」案牘謂簿書公文。

11 **白鳥**　陸璣《詩疏》:「鷺，水鳥也，好而潔白，汶陽謂之白鳥，

齊魯之間，謂之春鉏，遼東樂浪吳揚人皆謂之白鷺，大小如鷗，青腳，高尺七八寸，尾如鷹尾，喙長三寸，頭上有毛十數枚，長寸餘，欲取魚時，則弭之」。

12 **衣桁** 即衣架。《正字通》：「桁，衣架，音下浪切」。《古樂府》〈東門行〉：「還視桁上無懸衣」。

13 **筆床** 即筆格，臥置毛筆之具。樹萱錄：「梁簡文製筆床，以四管為一床」。徐陵《玉臺新詠·序》：「琉璃硯匣，終日隨身，翡翠筆床，無時離手」。

14 **青瑣** 已見〈送許拾遺恩歸江寧拜親〉詩注。

15 **華省** 已見〈送顏平原〉詩注。

16 **進退** 猶言仕宦之升降，個人之去就也。《易》觀卦：「六三，觀我生進退。」孔融曰：「故時可則進，時不可則退，觀風相幾，未失其道，故曰觀我生進退。」

17 **晚節** 《文選》謝靈運〈擬魏太子鄴中集〉詩：「晚節值眾賢。」李周翰注：「晚節，暮年也。」

18 **行藏** 已見〈武威送劉單判官赴安西行營便呈高開府〉詩注。

19 **嵩南** 案嵩南，猶言嵩陽也。謂出仕與隱退也。公〈感舊賦序〉云：「十五隱於嵩陽」、「有嵩陽之一丘」。指二室舊廬，公舊年隱居之處。嵩陽，武后時改名登封，即今河南登封縣。

【箋】

近滕元粹曰：「句句幽雅之狀可想」（《箋註唐賢詩集》卷下）。

敬酬杜華[1]淇上[2]見贈兼呈熊耀[3]

杜侯實才子，盛名不可及。祇曾效一官，今已年四十。是君同時

者，已有尚書郎。怜君獨未遇，淹泊在他鄉。我從京師來，到此喜相見。共論窮途⁴事，不覺淚滿面。憶昨癸未⁵歲，吾兄自江東。得君江湖詩，骨氣凌謝公⁶。熊生尉淇上⁷，開館常待客。喜我二人來，歡笑復朝夕。縣樓壓春岸，戴勝⁸鳴花枝。吾徒在舟中，縱酒⁹兼彈棋¹⁰。三月猶未還，客愁滿春草。賴蒙瑤花¹¹贈，諷詠慰懷抱。

【校】

① **題**　宋本、鄭本、黃本、石印本、《全唐詩》並作「敬酬杜華淇上見贈兼呈熊曜」。案「詶」即「酬」字。

② **效**　《全唐詩》注「一作為」。

③ **怜**　宋本、鄭本、黃本、石印本、《全唐詩》並作「憐」，案二字同。

④ **復朝夕**　宋本、鄭本、黃本、石印本、《全唐詩》並作「朝復夕」。

⑤ **客愁**　《全唐詩》作「寒愁」。

⑥ **瑤花**　宋本、鄭本、黃本、石印本、《全唐詩》並作「瑤華」，案「花」、「華」二字同。

【注】

1 **杜華**　《元和姓纂》卷六：「濮陽杜氏。希彥，右補闕、太子洗馬，生華、萬、檢校郎中。」《新唐書・宰相世系表》：「太子洗馬杜希晏子華，未載何官，彥與晏，當有一誤。」《岑嘉州交遊事輯》：「《舊唐書・文苑》〈王澣傳〉：「（張）說既罷相，出澣為汝州長史，改仙州別駕，至郡，日聚英豪，從禽擊鼓，恣為歡賞，文士祖詠、杜華常在座」。《太平廣記》一四九引〈定命錄〉：「杜華嘗見陳留僧法晃云：『開封縣令沈庠合改畿令，十五月作御史中丞』，華信之。」

2 **淇上**　《詩・鄘風》〈桑中〉：「送我乎淇之上矣」。案淇水，源出

河南林縣東南之臨淇鎮，曲折東北流，折東南經湯陰縣至淇縣，
注衛河，《史記‧衛康叔世家》：「封康叔為衛君，居河淇間故商
墟。」《水經注》卷九：「淇水出河內深慮縣西大號山，東過內
黃縣南為白溝……又東北過清淵縣西，又東北過廣宗縣東，為
清河。」清淵在今山東臨清縣西南四十里。廣宗在今河北威縣東
二十里。按《新唐書‧地理志》：「貝州清河郡治清河，有臨清
縣」清河在今河北清河縣；臨清在今山東臨清縣。

3 **熊耀** 《元和姓纂》：「開元臨清尉熊躍」（按當作「曜」）《封氏聞
見記》：「熊曜為臨清尉，以幹蠱聞。」《全唐文》三五一作「熊
曜」，南昌人，開元中進士，為貝州參軍。《全唐詩》二八有熊曜
〈送楊諫議為河西節度判官兼呈韓王二侍御〉一首，又《全唐文》
卷三五一有〈瑯琊台觀日賦〉。

4 **窮途** 《吳越春秋》〈王僚使公子光傳〉：「子胥遂行至吳，疾於
中道，乞食溧陽，適會女子繫綿於瀨水之上，筥中有飯，子胥遇
之，謂曰：『夫人可得一餐乎？』女子曰：『妾獨與母居，三十未
嫁，飯不可得。』子胥曰：『夫人賑窮途，少飯亦何嫌哉？女子知
非恒人，遂許之』」。

5 **癸未歲二句** 吾兄，謂岑況也，況嘗官單父尉，與劉長卿友善。
長卿有〈曲阿對月別岑況徐說詩〉，又有〈旅次丹陽郡遇康侍御
宣慰兼別岑單父詩〉、〈以公梁園歌送河南王說判官〉詩（詳後七
古）原註：「時家兄宰單父」，及〈送楚丘麴少府赴官〉詩（詳後
五律）：「單父聞相近，家書早為傳」之句證之，此岑單父即公兄
況無疑也。案曲阿縣屬丹陽郡，天寶元年正月改潤州為丹陽郡，
同年八月二十四日改曲阿縣為丹陽縣。長卿二詩於郡稱新名，
縣稱舊名，疑作於天寶元年正月至八月之間，天寶元年，況在丹
陽，則詩中云：「憶昨癸未歲（案即天寶二年），吾兄自江東」，
當即指況。（說詳聞一多《岑嘉州繫年考證》。）

6 **謝公** 稱靈運，靈運有〈登江中孤嶼〉、〈石壁精舍還湖中作〉、

〈入彭蠡湖口〉等名作，句謂岑況自江東寄示杜華之詩，骨氣凌越靈運也。

7　**熊生尉淇上四句**　開館，開設會館，禮賢之意。王褒〈周太傅燕文公于謹碑銘〉：「昭王禮賢，郭隗開館。」喜我二人來（指杜與岑），知為岑參在淇上之作也。詩又云：「憶昨癸未歲」，癸未為天寶二年。又云：「三月猶未寒，客愁滿春草。」此詩當是岑公天寶四載後遊淇上之作，蓋天寶三載十月，岑公尚在長安也。

8　**戴勝**　已見〈潼關鎮國軍句覆使院早春寄王同州〉詩注。

9　**縱酒**　《漢書》〈田儋傳〉：「乃罷歷下守備縱酒」，顏師古注：「縱，放也，放意而飲酒」。

10　**彈棋**　已見〈北庭貽宗學士道別〉詩注。

11　**瑤花二句**　葛立方《韻語陽秋》：「《楚辭》（〈九歌・大司命〉）云：『折疎麻兮瑤華，將以遺兮離居』，瑤華謂麻之華白也。詩載木桃、木李、握椒、芍藥之類，皆相贈問之物，所謂疎麻者，所以贈問離居也。謝靈運南樓中望所遲客詩云：『瑤華未堪折，蘭苕已屢摘，路阻莫贈問，何以慰離析』，從斤竹嶺越嶺溪行云：『握蘭徒勤結，折麻心莫展』駱賓王思家詩云：『旅行悲泛梗，離恨斷疎麻』，錢起題輞川詩云：『折麻定延佇，乘月期相尋』，皆用楚詞意，用於離居也」。

【箋】

徐炬曰：「高適〈酬裴秀才〉云：『男兒貴得意，何必相知早。長卿無產業，季子慚妻嫂』。岑參〈宿東溪〉詩：『霜畦吐寒菜，沙雁噪河田』，其過淇上詩：『縣樓壓春岸，戴勝鳴花枝。吾徒在舟中，縱酒兼彈棋』。論者曰高岑不相上下，岑遒勁少讓達夫，而婉縟過之。選體岑差健，歌行亦奇瑰，高一起一伏，尤為正宗」（《事物原始・評詩》）。

酬成少尹¹駱谷²行見呈

聞君行路難³，惆悵臨長衢。豈不憚險巇⁴，王程⁵剩相拘。憶
昔蓬萊宮⁶，新授刺史符。明主仍賜衣，價值千萬餘。何幸承命
日，得與夫子俱⁷。攜手出華省⁸，連鑣⁹赴長途。五馬¹⁰當路
嘶，按節¹¹投蜀都。千崖信縈折，一徑何盤紆。層冰滑征輪，密
竹礙隼旗¹²。深林迷昏旦，棧道¹³凌空虛。飛雪縮馬尾，烈風擘
我膚。峰攢望天小，亭午¹⁴見日初。夜宿月近人，朝行雲滿車。
泉澆石罅拆，火入松心枯。亞尹¹⁵同心者，風流¹⁶賢大夫。榮祿
上及親，之官隨板輿¹⁷。高價振臺閣¹⁸，清詞出應徐¹⁹。成都春
酒香，且用俸錢沽²⁰。浮名何足道，海上堪乘桴²¹。

【校】

① 題　宋本、鄭本、黃本、石印本、《全唐詩》、《百家選》並作
　　〈酬成少尹駱谷行見呈〉，案應以諸本為正，「叢刊本」失之。

② 價值　宋本、鄭本、黃本、《全唐詩》並作「價直」。

③ 俱　黃本作「歸」。

④ 攜　宋本、鄭本、黃本、石印本並作「儶」，案二字同。

⑤ 千崖　《百家選》作「千巖」，《全唐詩》「千崖」下注「一作巖」。

⑥ 空虛　宋本、鄭本、黃本、石印本、《全唐詩》，《百家選》並作
　　「空虛」，案「虛」、「虛」二字同。

⑦ 馬尾　石印本、《全唐詩》、《百家選》並作「馬毛」。

⑧ 石罅拆　宋本、鄭本、黃本、石印本並作「石罅折」，《百家選》
　　作「石罅坼」。

【注】

1 成少尹　案石刻郎官石柱題名，左司郎中有「成賁」，《文苑英
　　華》五三四有「成賁對夷攻蠻假道判」，此成少尹即「賁」也。

公有〈與鮮于庶子自梓州成都（此下疑奪一『成』字）少尹自褒城同行至利州道中作〉及〈漢川山行呈成少尹〉二詩，詩中之成少尹，當即此人。又案獨狐及送成都成少尹赴蜀序（《全唐文》三百八十七）云：「歲次乙巳（案即永泰元年），定襄郡王英乂出鎮庸蜀，謀亞尹，僉曰：『左司郎成公可，溫良而文，貞固能幹，力足以參大略，弼成務』，既條奏，詔曰：『俞，往！』，公朝受命而夕撰日，卜十一月癸巳出車吉」。尚書諸曹郎四十有二人歎軒騎將遠，故相與載籩豆、醆斚刲羊、膾魴，脩飲餞於肅明觀，以為好。據此，則公實以本年（永泰元年）十一月受命（杜確〈岑嘉州集序〉：「相國杜公鴻漸，表公職方郎中，兼侍御史，列為幕府」），即以同月至官，與成少尹同行至蜀，故詩中有「攜手出華省」云云。

2 **駱谷**　《太平寰宇記》：「駱谷道，漢魏舊道也，南通蜀漢。曹爽伐蜀，入駱谷，三百餘里不得前，牛馬驢騾，以轉運死略盡，姜維出駱谷，軍于長城，即此谷道也。此道廢塞，武德七年復開，東北自鄠縣界，西南經盩厔縣，又西南入駱谷，出谷口，入洋州興勢縣界」。《陝西通志》卷九：「駱谷在（盩厔）縣西南三十里……為故駱谷關，通洋縣。」案駱谷道為由秦入蜀之道，在今陝西盩厔縣西南至洋縣北。

3 **行路難**　已見〈送李翥遊江外〉詩注。

4 **豈不憚險艱**　魏徵〈述懷詩〉：「豈不憚艱險，深懷國士恩。」

5 **王程**　朝廷所限之日程。劉孝儀〈與永豐侯書〉：「王程有限，時及玉關」。

6 **蓬萊宮**　已見〈送顏平原〉詩注。

7 **與夫子俱**　公有〈與鮮于庶子自梓州成都成少尹自褒城同行至利州道中作〉（詳後注）。

8 **華省**　已見〈送顏平原〉詩注。

9 **鑣**　《說文》：「鑣，馬銜也」。段注：「馬銜橫貫口中，其兩端外出者，繫以鑾鈴」。

10　**五馬**　案五馬為太守之美稱，詳五言排律〈送盧郎中除杭州赴任〉
詩注。

11　**按節**　緩行也。《文選》司馬相如〈子虛賦〉：「案節未舒」，郭
璞注引司馬彪曰：「案節，徐行得節，未舒，馬足未舒也」，李善
注：「天文志曰：案節徐行，服虔曰：謂行遲也」。

12　**隼旟**　州刺史之儀仗。《周禮・春官》〈司常〉：「鳥隼為旟」。

13　**棧道**　《史記・留侯世家》：「輒燒棧道」，集解：「棧道，閣道
也，崔浩云：險絕之處，傍鑿山巖而為閣」。

14　**亭午**　《初學記》：「日在午曰亭午」。《文選》孫綽〈遊天台山
賦〉：「爾乃羲和亭午，遊氣高褰。」，劉良注：「亭，至也。遊
氣，海氣也，褰，收也。言海氣蔽日，至午而氣乃高收而見日
也。」案秦嶺腹地山峰皆如石筍，排比而立，高插雲霄，即初夏
亦積雪不化。

15　**亞尹**　少尹，指成賁。《易・繫辭》：「二人同心，其利斷金，同
心之言，其臭如蘭。」韓康伯注：「君子出處語默，不違其中，則
其跡雖異，道同則應。」

16　**風流**　庾信〈枯樹賦〉：「殷仲文風流儒雅，海內知名」。

17　**板輿**　亦作版輿，自潘岳述閒居奉親之事，後人輒用為居官迎
養其親之詞。吳景旭《歷代詩話》：「潘安仁閒居賦：『太夫人乃
御板輿，升輕軒』，注云：『板輿，一名步輿，方四尺，素木為
之』，後遂以板輿為奉母故事」。

18　**臺閣**　《後漢書》〈仲長統傳〉：「雖置三公，事歸臺閣」章懷太子
註：「臺閣，謂尚書也」。言成賁為左司郎中，才德震動尚書省
也，觀其入蜀前，尚書曹郎餞送者達四十二人之眾，略可見也。

19　**應徐**　謂應瑒，徐幹也，皆三國時有文學者。《三國志・魏志》
〈王粲傳〉：「文帝為五官將，及平原侯植，皆好文學。粲與北海
徐幹字偉長，廣陵陳琳字孔璋，陳留阮瑀字元瑜，汝南應瑒字德
璉，東平劉楨字公幹，並見友善」。曹丕〈與吳質書〉：「偉長獨
懷文抱質……著中論二十餘篇，成一家之言，辭義典雅，足傳於

後，此子為不朽矣。德璉常斐然，有述作之意，其才學足以著
書，美志不遂。良可痛惜。」

20 **沽**　《說文》：「沽，買酒也」。

21 **乘桴**　《論語・公冶長》：「子曰：『道不行，乘桴浮於海』」，何晏
集解：「馬曰：桴，編竹木，大者曰栰（皇本作筏），小者回桴。」
邢昺疏：「此仲尼患中國不能行已之道也，欲乘其桴栰，浮渡於
海而居九夷，庶幾能行已道也」。

虢中訓陝西甄判官[1]贈

微才棄散地[2]，拙宦慙清時。白髮徒自負[4]，青雲[5]難可期。胡
塵暗東洛[6]，亞相方出師。分陝振鼙鼙[7]，二崤[8]滿旄旗。夫子廊
廟器[9]，迥然青冥姿。閫外[10]佐戎律，幕中吐兵奇[11]。前者驛使
來，忽枉行軍詩。畫吟庭花落，夜諷山月移。昔君隱蘇門[12]，浪
跡不可羈。詔書自徵用，令譽天下知。別來春草長，東望轉相
思。寂寞山城暮，空聞畫角悲[13]。

【校】

① **題**　《全唐詩》作〈虢中酬陝西甄判官見贈〉，宋本、鄭本、黃
本、石印本並作〈虢中酬陝西甄判官贈〉。

② **鼙鼙**　宋本、鄭本、黃本、石印本並作「鼓鼙」，案「鼙」、「鼓」
二字通。

【注】

1 **甄判官**　謂甄濟也。《新唐書・卓行列傳》〈甄濟傳〉：「字孟成，
定州無極人……家衛州……濟少孤，獨好學，以文雅稱，居青

巖山十餘年，採訪使苗晉卿表之，諸府五辟，詔十至，堅臥不
起……祿山至衛，使太守鄭遵意致謁山中，濟不得已為起，……
久之，察祿山有反謀，不可諫，……來瑱辟為陝西襄陽參謀，拜
禮部員外郎。……大歷初，江西節度使魏少遊表為著作郎兼侍御
史，卒。」此詩當作於上元元年季春來瑱為陝西節度使之時。陳
思《寶刻叢編》卷三〈唐王粲石井欄記〉：「魏侍中王粲故宅，在
襄陽，石欄至唐猶存，上元二年，山南節度使來瑱移之於剌史官
舍，參謀甄濟撰記，判官彭朝儀書。上元二年七月立。」《集古錄
目》：「甄濟者，韓愈所謂陽瘖避職，卒不污祿山父子者也，其文
得之為可喜，而朝儀書尤善，皆可喜者也。」《南豐集古錄》：「此
則甄濟於上元元年四月後赴襄陽所作。」

2 **散地** 《舊唐書》〈郭子儀傳〉：「授子儀邠寧、鄜坊兩鎮節度使，
仍留京師，言事者以子儀有社稷大功，今殘孽未除，不宜置之散
地。」謂閒散之地也。

3 **拙宦句** 宋之問〈酬李丹徒見贈之作〉：「以予慚拙宦，期子遇良
媒。」《文選》〈李陵答蘇武書〉：「策名清時」張銑注：「清時，
清平之時。」

4 **自負** 《史記・高祖本紀》：「高祖乃心獨喜，自負。」集解：「應
劭曰：負，恃也」《後漢書》〈梁統傳附竦傳〉：「自負其才，鬱不
得意。」

5 **青雲** 《史記》〈范睢傳〉：「須賈曰：『不意君能自致於青雲之
上』」。揚雄解嘲：「當途者升青雲，失路者委溝渠」。

6 **胡塵句** 案《佩文韻府》引前定錄：「天寶十五年，安祿山亂東
部，遺偽署西京留守，張通儒至長安，驅朝官至東洛」。參閱前
〈虢州郡齋南池幽興〉詩注。

7 **分陝振鼓鼙** 《史記・燕召公世家》：「其在成王時，召公為三
公，自陝以西，召公主之，自陝以東，周公主之。」集解：「何
休曰：陝者，蓋今弘農陝縣是也。」張說〈奉和聖製途次陝州應
制〉：「周召嘗分陝，詩書空復傳。」《禮記・樂記》：「鼓鼙之聲

謹，謹以立動，動以進眾，君子聽鼓鼙之聲，則思將帥之臣。」

8　**二崤**　《元和郡縣志》：「河南府永寧縣，二崤山又名嶺崟山，在縣北二十八里……自東崤至西崤三十五里，東崤長坂數里，峻阜絕澗，車不得方軌，西崤全是石坂十二里，險絕不異東崤。」今河南洛寧東北。

9　**廊廟器**　潘岳〈在懷縣作二首〉之一：「器非廊廟姿，屢出固其宜。」李善注：「慎子知忠曰：廊廟之材，非一木之技。」按《國語・越語》：「夫謀之廊廟，失之中原，其可乎？」呂向注：「廊廟，廟堂也。言無是材器，數出外職，固亦宜之。」

10　**閫外句**　郭門之外，猶城外、邊外。《史記》〈馮唐傳〉：「臣聞上古王者之遣將也，跪而推轂曰：『閫以內者，寡人制之，閫以外者，將軍制之』。集解：「韋昭曰：此郭門之閫也，門中橛曰閫」。正義：「閫，謂門限也」。

11　**吐兵奇**　案陳平嘗佐高祖平天下，高祖至平城，為匈奴所圍，七日不得食，陳平凡六出奇計，卒解圍。其計頗秘，世莫能聞。見《史記・陳丞相世家》。蕭統《文選・序》：「曲逆之吐六奇。」

12　**蘇門**　《晉書》〈阮籍傳〉：「籍嘗於蘇門山遇孫登，與商略終古及栖神道氣之術，登皆不應。」《元和郡縣志》：「蘇門山在（衛）縣西北十一里。」《太平寰宇記》：「蘇門山在（衛）縣西八十一里。」《十道志》云：「蘇門山，一名蘇嶺，俗又名五巖山。」《魏氏春秋》云：「即阮籍見孫登長嘯，有鳳凰集登隱之處，故號登為蘇門先生，青巖山，在淇縣（朝歌）西南六十里，唐天寶末，甄濟隱山……亦曰蒼峪山。」

13　**畫角悲**　《晉書・樂志》：「角，說者云，蚩尤氏帥魑魅，與黃帝戰於涿鹿，帝乃命始吹角，為龍鳴以御之」。《太平御覽》：「宋〈樂志〉曰：『角長五尺，形如竹筒，本細末稍大，未詳所起，今鹵簿及軍中用之，或以竹木，或以皮為之，無定制。按古軍法有吹角，此器俗名拔邏廻，蓋胡虜警軍之音，所以書傳無之。海內離亂，至侯景圍台城，方用之也』」。梁簡文帝〈折楊柳詩〉：「城

高短簫發，林空畫角悲」。

過梁州¹奉贈張尚書²大夫公

漢中³二良將，今昔各一時。韓信此登壇⁴，尚書復來斯。手把銅
虎符⁵，身總文（丈）人師⁶。錯落北斗星⁷，照耀黑水⁸湄。英雄
若神授，大材濟時危。頃歲遇雷雲，精神感靈祇。勳業振青史⁹，
恩德繼鴻私。羌虜昔未平，華陽¹⁰積彊（僵）屍。人煙絕墟落¹¹，
鬼火¹²依城池。巴漢¹³空水流，褒斜¹⁴惟鳥飛。自公布德政，
此地先生輝。百堵創里閭，千家恤惸嫠¹⁵。層城重鼓角¹⁶，甲士
如熊羆¹⁷。坐笑¹⁸（嘯）風自調，行春雨仍隨。芃芃¹⁹麥苗長，
藹藹²⁰桑葉肥。浮客相與來，群盜不敢窺。何幸承嘉惠，小年即
相知。富貴情易疏，相逢心不移。置酒宴高館，嬌歌雜青絲。錦
席繡拂廬，玉盤金屈卮²¹。春景透高戟，江雲彗長麾。櫪馬嘶柳
陰，美人映花枝。門傳大夫印，世擁上將旗。承家令名揚，許國²²
苦節施。戎幕寧久駐，台階不應遲。別有獬（彈）冠²³士，希君
無見遺。

【校】

① **文人師** 宋本、鄭本、黃本、石印本、《全唐詩》並作「丈人
師」，案作「丈人師」是。「文」「丈」二字形近而訛。

② **耀** 宋本、鄭本、黃本、石印本並作「曜」，案二字通。

③ **彊屍** 宋本、鄭本、黃本、石印本並作「僵屍」，案作「僵屍」
是也，「彊」「僵」二字，形近而訛。

④ **先生輝** 宋本、鄭本、黃本、石印本，《全唐詩》並作「生光
輝」。

⑤ **懆**　《唐詩紀》作「懍」。

⑥ **皷**　《全唐詩》、《唐詩紀》並作「鼓」，案二字同。

⑦ **坐笑**　《全唐詩》，《唐詩紀》並作「坐嘯」。

⑧ **卮**　《唐詩紀》作「巵」，案二字同。

⑨ **獌冠**　宋本、鄭本、黃本、石印本、《全唐詩》並作「彈冠」，案作「彈冠」是。

【注】

1 **梁州**　已見〈梁州對雨懷麴二秀才〉詩注。

2 **張尚書**　謂張獻誠，名將張守珪之子，陝州平陸人，天寶末陷賊，偽署汴州刺史，陳留節度使。寶應冬，史朝義敗逃汴州，獻誠閉門不納，詔拜汴州刺史。廣德二年，改山南西道節度使，永泰元年加檢校工部尚書，新舊《唐書》僅載封南陽郡公，鄧國公，不載為御史大夫，當為史之闕文也。案此詩乃公入蜀，過梁州時所作，參閱前〈梁州對雨懷麴二秀才便呈麴大判官〉詩注。

3 **漢中**　按唐時漢中郡，即梁州也，本名漢川，天寶元年，始更名漢中，隸山南西道，見《唐書・地理志》，其地在今陝西南鄭縣。

4 **登壇句**　《漢書・高帝紀》：「於是漢王齋戒，設壇場，拜信為大將軍，問以計策」。

5 **銅虎符**　《史記・孝文帝本紀》：「二年九月，初與郡國守相為銅虎符，竹使符」。集解：「應劭曰：『銅虎符第一至第五，國家當發兵，遣使者至郡合符，符合乃聽受之』。竹使符皆以竹箭五枚，長五寸，鐫篆書，第一至第五。」張晏曰：「符以代古之珪璋，從簡易也。」索隱：「漢舊儀，銅虎符發兵，長六寸」顏師古《漢書・文帝紀》注曰：「與郡守為符者，謂各分其半，右留京師，左以與之」。

6 **身總丈人師**　謂張以威嚴莊重統率師旅。尊重丈人，嚴莊之人也。《易經》師卦：「師貞丈人，吉無咎。」

7 **北斗星**　《晉書・天文志》：「北斗七星，在太微北，魁四星為璇

機，杓三星為玉衡，杓南三星及魁第一星，西三星，皆曰三公，主宣德化，調七政，和陰陽之官也」。

8 **黑水** 《尚書‧禹貢》：「華陽黑水惟梁州」。《一統志》：「黑水，在城固縣北，《水經‧沔水注》：（漢水又東，黑水注之）水出漢中南鄭縣北山，南流入漢。庾仲雍曰：黑水去高橋三十里，諸葛亮牋云，朝發南鄭，暮宿黑水，四五十里，指謂是水也」。

9 **青史** 《文選》江淹〈詣建平王上書〉：「俱啟丹冊，並圖青史」。李善注：「《漢書》有青史子（〈藝文志〉），音義曰：古史官記事」。

10 **華陽** 《華陽國志》：「地稱天府，名曰華陽」，是稱蜀地為華陽，其來舊矣。（詳王琦《李太白集注》）。

11 **墟落** 猶村落也，《文選》范雲〈贈張徐州稷詩〉：「軒蓋照墟落，傳瑞生光輝」。李善注：「《說苑》師曠謂晉平公曰：五鼎不當生墟落」，王維《渭川田家》：「斜陽照墟落，窮巷牛羊歸。」

12 **鬼火** 《淮南子》〈氾論訓〉：「老槐生火，久血為燐」劉文典集解：「陶方琦云：詩東山正義引許注兵死之血為鬼火。《說文‧粦下》云：兵死及中馬之血為粦，粦，鬼火也。」《列子‧天瑞》：「人血之為鬼火也」。

13 **巴漢** 謂巴水、漢水也。

14 **褒斜** 即褒斜谷，為四川及陝西交通要道，南口曰褒，在褒城縣北，北口曰斜，在郿縣西南，亦曰褒斜道，《後漢書‧班固傳》：「右界褒斜，隴首之險」，章懷太子注：「褒斜，谷名，南口曰褒，北口曰斜，在今梁州」。

15 **惸嫠** 《詩‧小雅》〈正月〉：「哀此惸獨」。《釋文》：「惸，獨也」。嫠，寡婦。《說文‧新附》：「嫠，無夫也，案嫠，音離。《周禮‧秋官》〈大司寇〉：「凡遠近惸獨老幼之欲有復欲上。」注：「無兄弟曰惸，無子孫曰獨。」

16 **鼓角** 軍鼓與警角也，見七絕〈獻封大夫破播仙凱歌〉詩注。

17 **甲士如熊羆** 甲士，帶甲之士，猶甲兵。熊羆，猛獸名，用諭

武士。《尚書・牧誓》:「勗哉!夫子尚桓桓,如虎如貔,如熊如羆,於商郊」。

18　**坐嘯**　謂以無為理政。《後漢書・黨錮傳》:「汝南太守宗資,任功曹范滂,南陽太守成瑨。亦委功曹。岑晊,二郡又為謠曰:汝南太守范孟博,南陽宗資主畫諾,南陽太守岑公孝,弘農成瑨但坐嘯。」范滂字孟博,岑晊字公孝,宗資,南陽人,成瑨,弘農人。成瑨坐嘯,謂不治事,後世轉為無為簡政以治郡義。

19　**芃芃麥苗長**　《詩・鄘風》〈載馳〉:「我行其野,芃芃其麥」,《朱子集傳》:「芃芃,麥盛長貌」。

20　**藹藹**　《文選》束晢〈補亡詩〉:「瞻彼崇丘,其林藹藹」,李善注:「藹藹,茂盛貌」。

21　**金屈巵**　已見〈冬宵家會餞李郎司兵赴同州〉詩註。

22　**許國**　孔稚圭〈白馬篇〉:「本持許國志,況復武功彰」。

23　**彈冠**　《漢書》〈王吉傳〉:「王吉字子陽,與貢禹(禹字少翁)為友,世傳王陽在位,貢禹彈冠,言其取捨路同也」。師古曰:「彈冠者,言入仕也。」按彈冠者,言其將入仕,而先整潔其冠。

冀州[1]客舍酒酣貽王綺[2]寄題南樓時王子應制舉欲西上

夫子傲常調[3],詔書下徵求。知君欲謁帝[4],(秣)扶馬趨西州[5]。逸足何駸駸[6],美聲實風流。富學贍清詞,下筆不能休[7]。君家一何盛,赫奕[8]難為儔。伯父四五人,同時為諸侯。憶昨始相值,值君客貝丘[9]。相看復乘輿,攜手到冀州。前日在南縣[10],與君上北樓。野曠不見山,白日落草頭。客舍梨花繁,深花隱鳴鳩[11]。南鄰新酒熟,有女彈箜篌[12]。醉後或狂歌,酒醒滿離憂。主人不

相識，此地難淹留¹³。吾廬¹⁴終南¹⁵下，堪與王孫¹⁶遊。何當肯相尋，灃上¹⁷一孤舟。

【校】

① **題** 宋本、鄭本、黃本、石印本並同，惟無「時王子」等九字。《全唐詩》題目同，「時王子應制舉欲西上」作「時王子欲應制舉西上」。

② **扶馬** 宋本、鄭本、黃本、石印本並作「抹馬」，《全唐詩》作「秣馬」。案作「秣馬」是。

③ **西州** 宋本、鄭本、黃本、石印本、《全唐詩》並作「西周」。

④ **富學** 《全唐詩》作「學富」。

⑤ **携** 宋本、鄭本、黃本、石印本並作「僑」，案二字同。

⑥ **肯** 宋本、鄭本、黃本、石印本並作「肎」，案二字同。

【注】

1 **冀州** 《唐書‧地理志》：「河北道冀州，龍朔二年，改為魏川，咸亨三年復故，天寶元年改為信都郡，乾元初仍復為冀州。故治在今河北冀縣。」

2 **王綺** 《新唐書‧宰相世系表》：「王綺，越州倉曹參軍。」案綺為北周王褒五世孫。錢易南部新書丙卷：「至德三年（即乾元元年）始置鹽鐵使，王綺首為也。」此詩所贈，當即其人，南樓，即冀州南門城樓。《新唐書‧選舉志》：「其天子自詔者曰制舉。」

3 **常調** 《河岳英靈集》卷上：「評事（稱高適）性落拓不拘小節，恥預常科」。《唐語林》卷三：「徐大理有功……其子預選，有司皆曰：徐公之子，安可拘以常調乎？」夫子，稱王綺。

4 **謁帝** 曹植〈贈白馬王彪〉詩：「謁帝承明廬，逝將歸舊疆。」

5 **西州** 潘岳〈西征賦〉：「秣馬皋門，稅駕西周。」又三本州作周，從明正德本。時玄宗居長安，故稱西州。而西周指洛陽。《舊唐書‧地理志》：「京兆府，隋京兆郡……武德元年改為雍

州……開元元年改雍州為京兆府。」西州即雍州也，對東都而言。

6 **逸足何駸駸**　傅毅〈舞賦〉：「良駿逸足」。李善注：「逸，疾
也。」《詩‧小雅》〈四牡〉：「駕彼四駱，載驟駸駸」，毛傳：「駸
駸，驟貌」。案駸駸，馬疾行也。

7 **下筆不能休**　《文選》魏文帝〈典論論文〉：「傅毅之於班固，伯
仲之間耳，而固小之，與弟超書曰：『武仲以能屬文，為蘭臺令
史，下筆不能自休』。」

8 **赫奕**　《文選》何晏〈景福殿賦〉：「赫奕章灼，若日月之麗天
也」。李善注：「赫奕章灼，光顯昭明也」。《玉篇》：「儔，侶
也」。

9 **貝丘**　《舊唐書‧地理志》：「博州清平縣，漢貝丘縣，隋改為清
平。」今山東高唐南清平縣西。按《左傳》莊公八年：「齊侯……
遂田於貝丘。」杜註：「樂安搏昌縣南有地名貝丘。」今山東博興
縣南。岑參與王綺相見當在清平，漢貝丘故縣。

10 **南縣**　疑即指清平縣，在冀州之南。

11 **鳴鳩**　《詩‧小雅》〈小宛〉：「宛彼鳴鳩，翰飛戾天。」毛傳：
「鳴鳩，鶻鵃也。」《釋文》：「雕，字作鵃，云骨鵃，少鳩也。
《草木疏》云：「鳴鳩，班鳩也。」《禮記‧月令》：「季春之月，
鳴鳩拂其羽。」

12 **箜篌**　樂器名。《史記‧孝武本紀》：「遂召歌兒作二十五弦及箜
篌瑟，自此起。」集解：「應劭曰：武帝令樂人侯調始造箜篌。」

13 **淹留**　已見〈送許拾遺恩歸江寧拜親〉詩注。

14 **吾廬**　陶潛〈讀山海經〉詩：「眾鳥欣有託，吾亦愛吾廬」。

15 **終南**　即終南山。《元和郡縣志》：「終南山在鄠縣東南二十
里」。《初學記五經要義》云：「終南山，長安南山也，一名太乙
（一）」。《漢書》曰：「太一山，古文以為終南山」參閱〈下外江
舟中懷終南舊居〉詩注。

16 **王孫**　《楚辭》〈劉安招隱士〉：「王孫遊兮不歸，春草生兮萋
萋」。王逸注：「隱士避世在山隅也」。

17 **灃上** 灃水之上。王應麟《通鑑地理今釋》：「灃水源出今陝西西安府鄠縣東南終南山，自紫閣而下，至咸陽東南入渭水」。參閱五律〈灃頭送蔣侯〉詩注。

北庭西郊候封大夫受降回軍獻上[1]

胡地首蓿[2]美，輪臺[3]征馬肥。大夫討匈奴，前月西出師。甲兵未得戰，降虜來如歸。橐駝[4]何連連，穹帳[5]亦纍纍。陰山[6]烽火滅，劍水[7]羽書[8]稀。卻笑霍嫖姚[9]，區區[10]徒爾為。西郊候中軍[11]，平沙懸落暉。驛馬從西來，雙節[12]夾路馳。喜鵲捧金印[13]，蛟龍盤畫旗。如公未四十，富貴能及時。直上排青雲，傍看疾若飛。前年斬樓蘭[14]，去歲平月支[15]。天子日殊寵，朝廷方見推[16]。何幸一書生，忽蒙國士[17]知。側身佐戎幕，歛袵[18]事邊陲。自逐定遠侯[19]，亦著短後衣[20]。近來能走馬，不弱并州兒[21]。

【校】

① **傍** 宋本、鄭本、黃本、石印本並作「徬」，案「旁」本作「㫄」，見說文上部。

② **袵** 宋本、黃本、石印本並作「衽」。

【注】

1 **題** 封大夫，謂封常清也。蒲州猗氏（今山西省臨猗縣）人，幼隨外祖流安西，及長，為高仙芝傔從。天寶六載，為安西節度判官，十一載為安西節度使。安祿山反，召回守東京，兵敗，唐玄宗斬之，新舊《唐書》有傳。胡三省《通鑑注》：「唐中世以前，率呼將帥為大夫，白居易詩，所謂『武官稱大夫』是也。」案天

寶十三載，安西四鎮節度使封常清入朝，加御史大夫，三月，權北庭都護伊西節度瀚海軍使，五月，常清出師西征，公在後方，六月，常清受降回軍。詩題云〈回軍北庭西郊〉，又稱封大夫，則是詩至早當作於十三載矣。受降回軍封常清於天寶十三載為北庭都護，伊西節度使，攝御史大夫。詳見〈走馬川行奉送封大夫出師西征〉詩，此詩言「前月西出師」，則為出師未戰，受降回軍也。

2 **苜蓿**　《史記・大宛傳》：「大宛左右以蒲萄為酒，富人藏酒至萬餘石，久者十萬歲不敗。俗嗜酒，馬嗜苜蓿，漢使取其實來，於是天子始種苜蓿、蒲萄」。《本草》苜蓿：「集解：時珍曰：雜記言苜蓿原出大宛，漢使張騫帶歸中國，然今處處田野有之。其葉似決明葉而小，如指頂，綠色碧艷，入夏及秋，開細黃花，結小莢，圓扁旋轉有刺，數莢累累，老則黑色，內有米，如穄米，可為飯，亦可釀酒」。

3 **輪臺**　已見〈北庭貽宗學士道別〉詩注。

4 **橐駝**　《史記・匈奴傳》：「其奇畜則橐駝」，集解：「橐駝，背肉似橐，故云橐也」。《說文》：「駝，負荷也，能負囊橐，故曰橐駝」，按即今之「駱駝」。

5 **穹帳**　與「穹廬」同義，即氈帳也。《史記・匈奴傳》：「匈奴父子同穹廬而臥」。顏注：「穹廬，旃帳也，其形穹隆，故曰穹廬」。集解：「穹廬，旃帳」。

6 **陰山**　《漢書・匈奴傳》：「侯應曰：臣聞北邊塞至遼東，外有陰山，東西千餘里，草木茂盛，多禽獸，本冒頓單于，依阻其中，治作弓矢，來出為寇，是其苑囿也。至孝武世，出師征伐，斥奪此地，攘之于漠北，建塞徼，起亭隧，築外城，設屯戍以守之，然後邊境得用少安。邊長老言，匈奴失陰山之後，過之未嘗不哭也」。案陰山起於河套西北，綿亙綏遠、察哈爾、熱河三省，與內興安嶺相接，隨地易名，蓋數千里，高度達五千零四十尺，自古為中原之屏障。」

7 **劍水** 即劍河。今葉尼塞河上游。《新唐書·回鶻傳》：「地當伊
吾之西，焉耆北白山之旁，阿熱駐牙青山……青山之東有水，曰
劍河，偶艇以度，水悉東北流，經其國，合而北入于海」。參閱
七古〈輪臺歌奉送封大夫出師西征〉詩注。

8 **羽書** 《漢書·高帝紀》：「吾以羽檄徵天下兵，未有至者」，師古
註：「檄者，以木簡為書，長尺二寸，用徵召也，其有急事，則
加以鳥羽插之，示速疾也」。虞羲〈詠霍將軍北伐〉詩：「羽書時
斷絕。」李善注：「羽書即羽檄也。」《楚漢春秋》曰：「黥布反，
羽書至，上大怒。」張銑注：「斷絕，謂路有寇，不通也。」羽書
稀，乃謂告急書少，邊庭較寧靜也。

9 **霍嫖姚** 《史記·衛將軍驃騎列傳》：「大將軍（衛青）姊子霍去
病，年十八，幸為天子侍中，善騎射，再從大將軍，大將軍受
詔，與壯士，為剽姚校尉」。案「剽姚」，《漢書》〈霍去病傳〉作
「票姚」。服虔曰：「音飄搖」，顏師古曰：「票，音頻妙反，姚，
音羊召反。票姚，勁疾之貌也」。荀悅《漢紀》作「票鷂」。蕭子
顯〈日出東南隅行〉：「漢馬三萬匹，夫婿士飄姚」，庾信〈畫屏
風〉詩：「寒衣須及早，將寄霍嫖姚」。案詩人均從服虔之說作平
聲用，公詩亦然。

10 **區區** 《左傳》襄公十七年：「宋國區區」。區區，言小也，徒爾
為，猶言徒然也。

11 **中軍** 案古制分兵為中、左、右三軍，中軍為發號指揮者。《左
傳》桓公五年：「王以諸侯伐鄭，王為中軍，虢公林父將右軍，
周公黑肩將左軍」。

12 **雙節句** 節度使之儀仗也。《唐書·職官志》：「天寶邊將故事加
節度使之號，連制數郡，奉獻之日賜雙節雙旌」。《新唐書·百
官志》：「節度使辭日，賜雙旌雙節，行則建節，豎六纛，入境州
縣，築節樓，迎以鼓角」。

13 **喜鵲捧金印** 人主印，高官之印。干寶《搜神記》卷九：「漢常
山張顥為梁州牧，天新雨後，有鳥如山鵲，飛翔入市，忽然墜

地，化為圓石，顥令椎破，得一金印，文曰：忠孝侯印，顥以上聞，藏之祕府，顥後官至太尉。」王勃〈上絳州高長史書〉：「鵲印蟬簪，金社發公侯之始」。

14 **斬樓蘭**　《漢書》〈傅介子傳〉：「樓蘭王後復為匈奴反間，數遮殺漢使，元鳳四年，大將軍霍光白遣平樂監傅介子往刺其王，介子輕將勇敢士，齎金帛，揚言以賜外國為名，既至樓蘭，詐其王欲賜之，王喜，與介子飲，醉，將其王屏語，壯士二人從後刺殺之，貴人左右皆散走，介子遂斬王。」嘗歸首，馳傳詣闕，懸首北闕下。詳《漢書》本傳。

15 **月支**　《漢書》〈張騫傳〉：「時匈奴降者，言匈奴破月氏王，以其頭為飲器」。顏師古注：「月氏，西域胡國也，氏音支」。按「月支」，《史記》、《漢書》皆作「月氏」。《史記》正義：「氏音支，涼、甘、肅、瓜、沙等州，本月氏國之地。《漢書》云：本居敦煌，祁連間是也，後人皆作月支」。

16 **見推**　被尊獎也。按見，受也。〈屈原列傳〉：「信而見疑，忠而被謗，能無怨乎？」推，獎舉也。

17 **國士**　《國策·趙策》：「豫讓曰：智伯以國士遇臣，臣故以國士報之。」

18 **歛袵**　曲身示敬也。《國策·楚策》：「一國之眾，見君莫不歛袵而拜。」《史記·留侯世家》：「楚必歛袵而朝。」《說文》：「袵，衣裣也。」《集韻》：「『裣』或作『襟』。」《類篇》作「衿」，歛袵言肅敬也。

19 **定遠侯**　《後漢書》〈班超傳〉：「故使軍司馬班超，安集于寘以西，超遂踰蔥嶺，迄縣度，出入二十二年，莫不賓從，改立其王，而綏其人，不動中國，不煩戎士，得遠夷之和，同異俗之心，而至天誅，蠲宿恥，以報將士之讎，其封超為定遠侯，邑千戶」。

20 **短後衣**　武士之衣。《莊子·說劍》：「然吾王所見劍士，皆蓬頭、突鬢、垂冠、曼胡之纓、短後之衣，瞋目而語難，王乃說

之。」《釋文》：「短後之衣，為便於事也」。案短後衣，謂衣之後幅較短，為便於操作者。

21 **走馬二句** 〈古襄陽歌〉：「時時能騎馬，倒著白接䍦，舉鞭問葛強，何如并州兒」。葛彊是山簡愛將。曹植〈白馬篇〉：「借問誰家子，幽并遊俠兒。」幽并、燕趙之地，多慷慨悲歌之士，故云。

使交河郡[1]郡在火山東腳，其地苦熱，無雨雪，獻封大夫。

奉使按胡俗[2]，平明發輪臺[3]。暮投交河城，火山赤崔嵬[4]。九月尚流汗，炎風吹沙埃。何事陰陽工[5]，不遣雨雪來。吾君方憂邊，分閫[6]資大才。昨者新破胡[7]，安西[8]兵馬回。鐵關[9]控天崖，萬里何遼哉。煙塵不敢飛，白草空皚皚[10]。軍中日無事，醉舞傾金罍[11]。漢代李將軍[12]，微功今可咍[13]。

【校】

① **題** 《全唐詩》、《百家選》並作「使交河郡，郡在火山腳，其地苦熱，無雨雪，獻封大夫」。宋本、鄭本、黃本、石印本題同，惟無「郡在火山」等十七字。

② **天崖** 《全唐詩》、《百家選》並作「天涯」。

③ **今可咍** 《全唐詩》作「合可咍」。

【注】

1 **交河郡** 原注：「郡在火山東腳，其地苦熱，無雨雪，獻封大夫」。《漢書·西域傳》：「車師前國王，治交河城，河水分流繞城下，故號交河，去長安八千一百五十里」。《元和郡縣志》：「交河縣本漢車師前王庭也。車師前王國，治交河城，自漢訖於後魏，

車師君長，相承不絕，後魏之後，湮滅無聞，蓋為匈奴所并，高
昌據其地。貞觀十四年，於此置交河縣，交河出縣北天山，水分
流於城下，因以為名」。案故地在今新疆吐魯番縣西。

2 **按胡俗**　奉使當指岑參為大理評事兼監察御史等職，公前有〈輪
臺即事〉詩云：「胡俗語音殊」，按胡俗，言按察胡地風俗。岑詩
繫年列此首為「天寶十四載」詩是也。詩云「奉使按胡俗，平明
發輪臺」、「九月尚流汗」，故推為本年九月後輪臺出使交河郡所
作。

3 **輪臺**　已見〈北庭貽宗學士道別〉詩注。

4 **崔嵬**　《文選》班固〈西都賦〉：「爾乃正殿崔嵬層構，厥高臨乎
未央。」李善注：「崔嵬，高貌。」

5 **陰陽工**　謂天地自然之力。古人以萬物變化，皆由陰陽之造化
也。賈誼《鵩鳥賦》：「且夫天地為爐兮，造化為工；陰陽為炭
兮，萬物為銅」。

6 **分閫**　已見〈虢中酬陝西甄判官〉詩注。

7 **新破胡**　當指破播仙事，詳七絕〈獻封大夫破播仙凱歌六首〉詩
注。

8 **安西**　已見〈武威送劉單判官赴安西行營便呈高開府〉詩注。

9 **鐵關**　即「鐵門關」。詳後〈題鐵門關樓〉詩注。

10 **皚皚**　劉歆〈遂初賦〉：「漂積雪之皚皚兮」。《說文》：「皚皚，霜
雪之白也。」

11 **金罍**　以黃金為飾之酒樽。《詩‧周南》〈卷耳〉：「我姑酌彼金
罍，維以不永懷」。《釋文》：「罍，酒鱒也」。孔穎達疏：「金
罍，酒器也，諸臣所酢，人君以黃金飾尊，大一碩，金飾龜目，
蓋刻為雲雷之象」。傅毅〈舞賦〉：「溢金罍而列玉觴。」

12 **李將軍**　《史記》〈李廣傳〉：「匈奴入殺遼西太守，敗韓將軍，
韓將軍後徙右北平。於是天子乃召拜廣為右北平太守，廣居右北
平，匈奴聞之，號曰漢之飛將軍，避之，數歲不敢入右北平」。
又「廣結髮與匈奴大小七十餘戰」。此二句言李廣微功不足道

也，以贊封常清，用借賓形主法也。

13 咍　《楚辭·九章》〈惜誦〉：「又眾兆之所咍」。王逸注：「咍，笑
也，楚人謂相啁笑曰咍」。《說文》：「咍，蚩笑也」。高適〈酬裴
員外以詩代書〉：「酬贈徒為爾，長歌還自咍」。咍音孩。

秋夜宿僊遊寺¹南涼堂呈謙道人

太乙²連太白³，兩山知幾重。路盤石門窄，匹馬行才通。日西
到山寺，林下逢支公⁴。昨夜山北時，星星⁵聞此鐘。秦女⁶去已
久，僊臺在中峰。簫聲不可聞，此地留遺蹤。石潭⁷積黛色⁸，每
歲投金龍⁹。亂流爭迅湍，噴薄¹⁰如雷風。夜來聞清磬，月出蒼山
空。空山滿清光，水樹相玲瓏¹¹。回廊映密竹，秋殿隱深松。燈
影落前溪，夜宿水聲中。愛茲林巒好，結宇¹²向溪東。相識惟山
僧，鄰家一釣翁。林晚栗初拆，枝寒梨已紅。物幽興易愜，事勝
趣彌濃。願謝區中緣¹³，永作金人宮¹⁴。寄報乘輦客¹⁵，簪裾¹⁶
爾何容。

【校】

① 題　《全唐詩》作〈冬夜宿仙遊寺南涼堂呈謙道人〉。案「僊」
「仙」二字同。「秋夜」作「冬夜」，誤。宋本、鄭本、黃本、石
印本並作〈秋夜宿仙遊寺南涼堂吳謙道人〉。

② 太乙　宋本、鄭本、黃本、石印本並作「太一」，案「太乙」即
「太一」，詳詩中注。

③ 拆　宋本、鄭本、黃本、石印本並作「折」。案作「拆」是，作
「折」，非也。

④ 永作　宋本、鄭本、黃本、石印本，《全唐詩》並作「永依」。

【注】

1 **仙遊寺**　陳鴻〈長恨歌傳〉：「太原白樂天自校書郎尉於盩厔，鴻與瑯琊王質夫家於是邑，暇日相攜遊仙遊寺。白居易有〈林院中感秋懷王質夫〉、〈仙遊寺獨宿〉、〈述仙遊山〉、〈送王十八歸仙遊寺〉、〈酬王十八見寄〉等詩。宋敏求《長安志》卷十八：「仙遊寺在盩厔縣東南三十五里。」《關中勝蹟圖志》卷七：「仙遊寺在盩厔縣南三十里仙遊潭。」

2 **太乙**　《文選》張衡〈西京賦〉：「於前則終南太一，隆崛崔崒」。李善注：「《漢書》曰：太一山，古文以為終南。《五經要義》（《初學記》）曰：太一，一名終南山，在扶風武功縣。此云終南，太一，不得為一山明矣。蓋終南，南山之總名，太一，一山之別號耳」。潘岳〈西征賦〉亦云：「面終南而背雲陽，跨平原而連幡冢，九嵕巖嶭（山峻險突兀之貌），太一巃嵷。」《唐書・地理志》：「京兆府武功縣有太一山，高十八里」。《一統志》：「山在終南山南二十里，連互秀特，上插雲霄」。皆以終南、太一為二山也。案「太一」即「太乙」。

3 **太白**　《水經・渭水注》：「渭水又經武功縣故城北。〈地理志〉曰：縣有太一山，古文以為終南，杜預以為中南也，亦曰太白山，在武功縣南，去長安二百里，不知其高幾何。俗云：武功太白，去天三百。杜彥達曰：太白山，南連武功山，于諸山最為秀傑，冬夏積雪，望之皓然」。案山在今陝西郿縣南。

4 **支公**　即支道林，謂支遁也，遁本姓關，學於支謙為支，此以喻謙道人。案劉峻《世說言語注》引〈高逸沙門傳〉：「支遁字道林，河內林慮人，或曰陳留人，本姓關氏，少而任心獨往，風期高亮，家世奉法，嘗於餘杭山，沈思道行，冷然獨暢，年二十五，始釋形入道，年五十三，終於洛陽」。

5 **星星**　皮日休〈病孔雀〉詩：「鈿毫金鏤一星星。」則言細小也。

6 **秦女四句**　《劉向・列仙傳》：「蕭史者，秦穆公時人也，善吹簫，能致孔雀、白鶴於庭。穆公有女字弄玉好之，公遂以女妻

焉。日教弄玉作鳳鳴,居數年,吹似鳳聲,鳳凰來止其屋。公為作鳳臺,夫婦止其上,不下數年,一日皆隨鳳凰飛去,故秦人為作鳳女祠於雍,宮中時有簫聲而已」。

7 **石潭** 案石潭,疑即太白湫。《一統志》:「太白湫在西安太白山頂,相傳湫下有神龍,歲旱,禱而多應。」

8 **黛色** 《說文》:「黛,畫眉墨也。」鮑照〈登大雷岸與妹書〉:「半山以下,純為黛色。」

9 **投金龍** 《關中勝跡圖志》卷三:「仙遊潭,寬二丈,即黑水潭,號五龍潭(今俗名黑龍潭),宋時每歲降中使投金龍祀之。」宋蓋因襲唐也。

10 **噴薄** 《文選》左思〈吳都賦〉:「混濤并瀨,潰薄沸騰。」五臣注:「水相激盪曰潰薄,言被浪湧起,而相沸騰也」。按杜詩注引此「潰」作「噴」。

11 **玲瓏** 《文選》孫綽〈遊天台山賦〉:「朱闕玲瓏於林間。」李善注:「晉灼《漢書注》曰:玲瓏,明見貌。」

12 **結宇** 謂築室也。《晉書》〈江逌傳〉:「屏居臨海,棄絕人事,翦茅結宇,耽翫載籍」。張協〈雜詩〉:「結宇窮岡曲,耦耕幽藪陰。」

13 **區中緣** 塵世俗緣。《文選》謝靈運〈登江中孤嶼詩〉:「想像崑山姿,緬邈區中緣」。張銑注:「區中,世間也。緣,塵緣也」。《說文》三上:「謝,辭去也。」句言辭去塵世之緣也。

14 **金人宮** 謂佛寺也。《後漢書·西域》〈天竺國傳〉:「世傳明帝夜夢金人,長丈餘,身有日光,飛空而至,以問群臣,有通事舍人傅毅對曰:『臣聞西域有神,其名曰佛,其形長丈餘,而黃金色,輕舉能飛,陛下之夢,得無是乎?』帝於是遣使取佛經,乃起白馬寺於雍門外」。兩句意謂願棄世學佛。

15 **乘輦客** 京中為高官者。輦,人牽之車也。魏文帝〈芙蓉池作詩〉:「乘輦夜行遊,逍遙步西園」。《後漢書》〈梁冀傳〉:「冀除壽,共乘輦車,張羽蓋,飾以金銀,遊觀第內。」《說文》:「輦,

輀車也。从車从夫，在車前引之。」《一切經音義》：「古者卿大夫亦乘輦，自漢以來，天子乘之。」乘輦客，謂顯宦也。

16　**簪裾**　顯貴之服。句言服簪裾，乘輦車之仕宦者，將何以自容乎？《南史》〈陸倕傳〉：「及昉為中丞，簪裾輻輳」。盧思道〈遊梁城詩〉：「賓遊多任俠，臺苑盛簪裾」。

【箋】

1　譚元春曰：「太乙連太白，兩山知幾重，起得妙，許多路程在十字內。昨夜山北時，只說昨夜妙，夜宿水聲中，每水寺中夜宿，思此二語，有如同歷」（《唐詩歸》）。

2　鍾惺曰：「星星聞此鐘，摹寫山寺夜鐘，靈昧在星星二字，尤妙在是見時憶，聞時境，空山滿清光，幽在滿字」（《唐詩歸》）。

3　近滕元粹曰：「一讀覺湍聲月色幻出於紙上，使人心骨清爽」（《箋注唐賢詩集》卷下）

4　黃徹曰：「漫叟〈無為洞口〉云：『洞旁山僧皆學禪，無求無欲亦忘年。無為洞口春水滿，無為洞旁春風白。』岑參〈宿仙遊寺〉云：『寄報乘輦客，簪裾爾何容』。」（《碧溪詩話》）

5　唐汝詢曰：「敘得有法長篇中亦是足采。」（《唐詩解》）

上嘉州[1]青衣山[2]中峰題惠淨上人幽居寄兵部楊郎中[3]并序

青衣之山，在大江之中，屹然迥絕，崖壁蒼峭，周廣七里，長波四匝。有惠淨上人，廬于其顛，唯繩床[4]竹杖而已。恒持蓮花經[5]，十年不下山。余自公浮舟，聊一登眺。友人夏官[6]弘農楊侯，清談之士也，素工為文，獨立于世，與余有方外[7]之約，每多獨往[8]之意。今者幽躅勝概，歎不得與此公俱。爰命

小吏，刮磨石壁，以識其事，乃詩之達楊友爾。

青衣誰開鑿，獨在水中央[9]。浮舟一躋攀，側逕沿穹蒼。絕頂訪老僧，豁然登上方。諸嶺一何小，三江[10]奔茫茫。蘭若[11]向西開，峨眉[12]正相當。猿鳥樂鐘磬，松蘿[13]泛天香[14]。江雲入袈裟[15]，山月吐繩牀。早知清淨[16]理，久乃機心[17]忘。尚以名宦拘，聿來[18]夷獠[19]鄉。吾友不可見，鬱為尚書郎。早歲愛丹經[20]，留心向青囊[21]。渺渺[22]雲智[23]遠，幽幽海懷長。勝賞欲與俱，引領遙相望。為政愧無術，分憂[24]幸時康。君子滿天朝，老夫憶滄浪。況值廬山[25]遠，抽簪[26]歸法王[27]。

【校】

① **題並序** 《英華》無「序文」。《全唐詩》「蓮花」作「蓮華」，「余」作「予」，「詩之達」作「詩以達」。

② **沿** 《唐詩紀》作「緣」。

③ **訪** 《全唐詩》，英華並作「詣」。

④ **鐘磬** 《英華》作「幽磬」。

⑤ **久乃** 宋本、鄭本、黃本、石印本並作「久巧」。

⑥ **渺渺** 《英華》作「耿耿」。

⑦ **欲與** 《英華》作「難與」。

⑧ **愧** 《全唐詩》作「媿」，案二字同。

【注】

1 **嘉州** 《通典·州郡五》：「嘉州，故夜郎國，漢武開之，置犍為郡，後漢晉宋齊皆因之。西魏置眉州，後周改為青州，尋又改為嘉州，並置平羌郡。隋煬帝置眉山郡，大唐為嘉州」。案故治在今四川樂山縣。

2 **青衣山** 《水經注》卷三六：「青衣水，出青衣縣西蒙山，東與沫水合，縣，故青衣羌國也」。《太平寰宇記》：「嘉州龍遊縣……按青衣水，濯衣即青。」又云：「嘉州龍遊縣，沫水自陽山縣流

入。」《漢書‧地理志》：「蜀守李冰鑿離堆（古堆字）避沫水之害。」《方輿勝覽》：「烏尤山，一名離堆山，在九頂山之左，舊名烏牛，突然於水中，如犀牛狀，至山谷題涪翁亭始謂之烏尤也。」《吳船錄》：「九頂山，舊名青衣山。青衣蠶叢氏之神也，舊屬平羌縣，縣廢，併屬龍遊。」《蜀中名勝記》：「岑參……詩（引）言青衣山在大江之中，屹然迴絕，崖壁蒼峭，周廣七里。」《蜀經》卷四：「烏尤山，岷江流繞其下，為三江會流處，中有洲為黑水尾，亦名青衣山。」

3 **楊郎中**　楊炎，鳳翔人，大歷初為兵部郎中，隨杜鴻漸入蜀，後以附元載，貶道州司馬，德宗時為相，改租庸調法為兩稅法，頗有政聲。後怨劉晏而貶殺之，朝野側目。後與盧杞構釁，建中二年貶崖州司馬，未至百里，賜死於道。楊氏皆稱弘農，蓋為楊震之族也。岑參大歷二年秋至嘉州任所，詩即其時之作。

4 **繩牀**　案繩牀，即胡牀也。《晉書》〈佛圖澄傳〉：「襄國城塹，水源暴竭，澄至故泉源上，坐繩牀，燒安息香，咒願數百言，如此三日，水大至，隍塹皆滿。」《通鑑‧唐紀》：「上見群臣於紫宸殿，御大繩牀。」胡三省注：「繩牀，以版為之，人坐其上，其廣前可容膝，後有靠背，左右有托手，可以閣臂，其下四足著地」。案又名交牀，交椅。

5 **蓮華經**　案《蓮華經》，即《妙法蓮華經》之簡稱，又名《法華經》，凡七卷，姚秦鳩摩羅什譯。此經說不可思議之一乘法，故曰「妙法」。蓮華有二義：一出水義，以所詮之理，超出二乘之泥濁水故，二開敷義，以勝妙之教，言開發真理故。

6 **夏官**　《通典‧職官》：「《尚書》下，兵部尚書，周禮夏官大司馬之職，掌以九伐之法正邦國，制軍詰禁，以糾邦國，領校人牧師職方司兵之屬，即今兵部之任也」。大唐光宅元年，改為夏官，神農之年復舊。

7 **方外**　《莊子‧大宗師》：「孔子曰：『彼，遊方之外者也，而丘，遊方之內者也』。司馬彪注：『方，常也，言彼遊心於常教之外

也。』。成玄英疏：『方，區域也，彼之二人齊一死生，不為教跡所拘，故遊心寰宇之外』。又云：『方外之士，冥於變化，一於死生』」後以稱僧道。

8 **獨往**　已見〈潼關使院懷王七季友〉詩注。

9 **水中央**　《詩・秦風》〈蒹葭〉：「溯迴從之，宛在水中央。」

10 **三江**　案三江之說甚多，此處既曰「嘉州」，則以指蜀之三江為是。案三江謂岷江（唐人稱大江），青衣江（唐人稱羊羌水，見元和志雅州嚴道縣）、大渡河。（沬水）三者會於嘉州。

11 **蘭若**　已見〈寄青城龍溪奐道人〉詩注。

12 **峨眉**　《元和郡縣志》：「峨眉大山，在嘉州峨眉縣西七里。〈蜀都賦〉云：『抗峨眉于重阻』，兩山相對，望之如峨眉，故名」。

13 **松蘿**　《詩・小雅》〈頍弁〉：「蔦與女蘿，施於松柏。」，《釋文》：「女蘿在草曰菟絲，在本曰松蘿。」《毛傳》：「蔦，寄生也。女蘿，菟絲，松羅也」。孔穎達正義：「釋草云：唐蒙，女蘿；女蘿，菟絲。毛意以菟絲為松蘿，故言松蘿也。陸璣疏云：女蘿，今菟絲蔓連草上生，黃赤如金，今合藥菟絲子是也，非松蘿。松蘿自蔓延松上生，枝正青，與菟絲殊異」。《埤雅》云：「在木為女蘿，在草為菟絲，後以為一物二名，然古詩：「與君為新婚，菟絲附女蘿」，又為二物也。

14 **天香**　《涅槃經》：「後分，一切諸天，雨無數百千種種上妙天香天華，遍滿三千大千世界」。庾信〈奉和同泰寺浮圖〉詩：「天香下桂殿，仙梵入伊笙」。

15 **袈裟**　已見〈寄青城龍溪奐道人〉詩注。

16 **清淨**　謂遠離顛倒煩惱也。《探玄記》四：「三業無失云清淨」，《俱舍論》：「暫永遠離一切惡行煩惱垢故，名為清淨」。

17 **機心**　心存機巧，謂不純樸人，《莊子・天地》：「有機械者，必有機事，有機事者，必有機心，機心存於胸中，則純白不備。」成玄英疏：「有機關之器者，必有機動之務，有機動之務者，必有機變之心」。

18 **聿來**　《說文》：「欥，詮詞也」，字或作「聿」，或作「遹」，或作「曰」，其實一字也。《毛鄭詩考正》曰：「《文選注》〈江賦〉引韓詩薛君章句云：『聿，辭也』，《春秋傳》引詩：『聿懷多福』（左傳昭公二十六年），杜注云：『聿，惟也』，皆以為辭助。案「聿，曰，遹三字互用」（說詳王引之《經傳釋詞》）。「聿來」，即「來」之意。

19 **夷獠**　《集韻》：「獠，西南夷謂之獠，或从犬，从人，亦作獽」。案犍為（即嘉州），古為僰國，南通六詔溪洞，夷獠雜居，故曰：「夷獠鄉」，參閱五律〈初至犍為作〉。

20 **丹經**　案「丹經」，謂煉丹之經。《文選》江淹〈從冠軍建平王登廬山香爐峰〉詩：「廣成愛神鼎，淮南好丹經」，李善注引《神仙傳》曰：「淮南王劉安者，漢高皇之孫也，好道術之士，於是八公乃往，遂授以丹經」。

21 **青囊**　「醫書」之代稱。《晉書》〈郭璞傳〉：「有郭公者，客居河東，精於卜筮，璞從之受業，公以青囊中書九卷與之，由是遂洞五行、天文、卜筮之術。」

22 **渺渺二句**　二句贊楊炎。雲智、海懷稱其有山林，江海之逸致。李白〈秋夕書懷〉詩：「海懷結滄洲，霞想遊赤城。」

23 **雲智**　高遠之識見也。喻高蹈之志。懷海、湖海之心志也，喻遯世之志。

24 **分憂**　已見〈送顏平原〉詩注。

25 **廬山**　《元和郡縣志》：「廬山在江州潯陽縣東三十二里，本名鄣山，昔匡俗字子孝，隱淪潛景，廬於此山，漢武拜為大明公，俗號廬君，故山取號，周環五百餘里」。案即今江西九江之廬山。廬山既云，殷周之際，匡俗遊此山，時人謂其所上為神仙之廬，因以名山。又周景式曰：「匡俗周武王時人，生而神靈，屢逃徵召，廬於此山，世稱廬君，山取號焉。」

26 **抽簪**　抽簪脫裾不為官也。《文選》張協〈詠史詩〉：「抽簪解朝衣，散髮歸海隅」。李善注：《倉頡篇》曰：簪，笄也，所以持冠

也」，張銑注：「簪，冠簪也」。按「抽簪」，謂去官也。

27 **法王**　佛為法王，謂如來佛也。後世尊有道高僧曰法王。《法華
經·譬喻品》：「我為法王，於法自在，安穩眾生，故現於世。」
又案：如來於三界中為大法王，以法教化一切眾生。《釋迦方
誌》：「凡人極位，名曰輪王，聖人極位，名曰法王」。《山堂肆
考》：「金仙子謂佛也，又曰法王」。

自潘陵尖¹還少室²居止秋夕憑眺

草堂近少室，夜靜聞風松。月出潘陵尖，照見十六峰。九月山葉
赤，溪雲淡秋容。火點伊陽村，煙深嵩角鐘³。尚子⁴不可見，蔣
生⁵難再逢。勝愜只自知，佳趣為誰濃。昨詣山僧期，上到天壇⁶
東。向下望雷雨，雲間見回龍。久與人群疏，轉愛丘壑中。心淡
水木會⁷，興幽魚鳥通。稀微了自釋⁸，出處⁹乃不同。況本無宦
情¹⁰，誓將依道風。

【校】

① 淡　《全唐詩》作「澹」，案二字同。

② 久　宋本、鄭本、黃本、石印本並作「夕」。

③ 壑　宋本、鄭本、黃本、石印本、全唐詩並作「壑」。

【注】

1 **潘陵尖**　太室山峰名。景日昣《說嵩十三》：「潘陵尖，隋道士潘
誕奉詔掘石髓、石膽處。」《通鑑》一八一隋煬帝大業八年，嵩高
道士潘誕自言三百歲，為帝合煉金丹……云金丹應用石膽石髓，
發石工鑿嵩高大石深百尺者數十處，凡二年，丹不成。」嵩高即

太室山，然何者為鑿山舊址，今不可考。《古今圖書集成・方輿彙編》〈山川典〉卷五十云：「潘陵尖列御砦三皇砦後，云三皇砦在少室西南，則潘陵尖當亦不遠。」岑參〈感舊賦序〉曰：「十五隱於嵩陽」又賦文曰：「有嵩陽之一丘」嵩陽謂少室，亦言太室。《新唐書・地理志》：「洛州河南郡有穎陽縣。」穎陽在少室山下。蓋以山言，則曰「少室」，以縣言，則曰「穎陽」，以水言，則曰「南溪」，其實一也。說詳聞一多《岑嘉州繫年考證》。

2 **少室**　《元和郡縣志》：「少室山在河南府告成縣西北五十里，登封縣西十里，高十六里，周回三十里，穎水源出焉」。案少室，即「穎陽」（《唐會要》七〇：「咸亨四年，分河南伊闕嵩陽等縣，置武林縣，開元十五年九月二日，改穎陽縣」。案故治在今河南省登封縣西南）。

3 **火點伊陽村二句**　《太平寰宇記》：「伊陽縣，本陸渾地，唐先天元年十二月，割陸渾縣，置伊陽縣，在伊水之陽，去伊水一里」。又「嵩角」，猶「嵩陽」也（今河南登封縣）。案少室距登封，與距伊陽道里略等，自此憑眺，東望嵩角，則暮煙深處，時聞遠鐘，南瞻伊陽，則數星村火，隱約可辨，故曰「火點伊陽村，煙深嵩角鐘」。

4 **尚子**　謂尚長也。《後漢書・逸民列傳》：「向長字子平，河內朝歌人也，性尚中和，好通老，易，建武中，隱居不仕，男女娶嫁既畢，勑斷家事勿相關，當如我死也，於是遂肆意，與同好北海禽慶，俱遊五岳名山，竟不知所終」。章懷太子注：「高士傳，向字作尚」。案今本〈高士傳〉作「向」，蓋後人所改。《文選》嵇康〈與山巨源絕交書〉及注引〈英雄記〉，皆作「尚」。

5 **蔣生**　嵇康〈高士傳〉：「蔣詡字元卿，杜陵人，為兗州刺史。王莽居宰衡，詡奏事到霸上，稱病不進，歸杜陵，荊棘塞門，舍中三徑，終身不出，時人諺曰：『楚國二龔（龔勝、龔舍），不如杜陵蔣翁』」。趙岐《三輔決錄》：「蔣詡字元卿，隱於杜陵，舍中三徑，唯求仲、羊仲從之遊，二仲皆挫廉逃名」。《文選》謝靈運

〈田南樹園激流植援〉詩：「唯開蔣生徑，永懷求羊蹤。」

6 **天壇** 唐武則天登天處，在太室中峰之巔。陳羽送友人遊嵩山詩：「嵩山歸路繞天壇。」葉封《嵩山記》：「太室中峰，即俗所謂嵩頂也，端正而安居，諸峰環繞左右，唐武后之封禪壇於此。」《一統志》：「天壇山，在懷慶府濟源縣西一百二十里，王屋山北，山峰突兀，其東曰日精，西曰月華，絕頂有石壇，名清虛」。

7 **水木二句** 水木、魚鳥皆山澤中物。《說文》五下：「會，合也」，與通字互文見意，四句言己善隱居。

8 **稀微了自釋** 玄妙之道，精微之理。《老子》：「聽之不聞名曰希，博之不得名曰微。」河上公注：「無聲曰希，無形曰微」《釋文》：「希，疏也，靜也；微，細也」。《廣雅釋詁》：「稀，疏也」《集韻》：「稀，通作希。」《梁書·隱逸傳》：「道義內足，希微兩亡，藏景窮巖，蔽名愚谷」。《國語·晉語》：「雖欲愛君，惑不釋也。」韋昭注：「釋，解也。」了自釋，猶言了悟。

9 **出處** 猶言去就進退也，處讀上聲。《易·繫辭》：「君子之道，或出或處，或默或語。」《三國志·魏志》〈王昶傳〉：「吾與時人從事，雖出處不同，然各有所取」。

10 **況本無宦情** 《晉書》〈王戎附從弟衍傳〉：「王衍字夷甫，……及越（東海王）薨，眾共推為元帥，衍以賊寇鋒起，懼不敢當，辭曰：「吾少無宦情，隨時推移，遂事於此，今日之事，安可以非才處之？」

【箋】

1 譚元春曰：「雲間見回龍，心目之際愴然」（《唐詩歸》）。

2 鍾惺曰：「照見十六峰，幽朗。煙深嵩角鐘，嵩角字新。」又曰：「況本無宦情，縱無宦情，對山水前一說，便俗」（《唐詩歸》）

陪狄員外早秋登府西樓因呈院中諸公[1]

常愛張儀樓[2]，西山[3]正相當。千峰帶積雪，百里臨城牆。煙氛掃晴空，草樹映朝光。車馬隘百井，里閈[4]盤二江[5]。亞相自登壇，時危安此方。威聲振蠻貊，惠化[6]鍾華陽[7]。旌節[8]羅廣庭，戈鋋[9]凜秋霜。階下貔虎士[10]，幕中鴛鷺行[11]。今我忽登臨，顧思不忘鄉。知己[12]猶未報，鬢毛颯已蒼[13]。時命難自知[14]，功業豈暫忘。蟬鳴秋城夕，鳥去江天長。兵馬休戰爭，風塵[15]尚蒼茫。誰當共攜手，賴有冬官[16]郎。

【校】

① 墙　《全唐詩》作「牆」。案《玉篇》：「墙，正體字作牆。」

② 貔虎士　宋本、鄭本、黃本、石印本、《全唐詩》並作「貔虎士」，案「貔」「貔」二字通用。

③ 鴛　《全唐詩》作「鵷」，案二字同。

④ 顧思　宋本、鄭本、黃本、石印本並作「顧恩」。

⑤ 戈鋋　宋本、鄭本、黃本、石印本並作「戈鋋」，非是，詳詩中注。

⑥ 攜　宋本、鄭本、黃本、石印本並作「攜」，案二字同。

⑦ 暫忘　《全唐詩》作「暫望」。

【注】

1 題　此府西樓之府，謂成都府也。公受鴻漸之辟入蜀，於大歷元年四月至益昌，六月至劍門，七月抵成都，詩曰：「亞相自登壇」（鴻漸本已為宰相，而此曰亞相者，專指其御史大夫之職而言，登壇則謂副元帥也。）明鴻漸尚在成都，則此早秋，謂本年七月也。史稱鴻漸八月至蜀，失之。（說詳聞一多《岑嘉州繫年考證》）。

2 **張儀樓** 《華陽國志》:「張儀築成都城,屢頹不立,忽有大龜周
行,旋走,巫言依龜行處築之,遂得豎立。城西南樓,百有餘
尺,名張儀樓,臨山瞰江」。《太平寰宇記》:「陽城門,李膺(益
州記):少城有九門,南面三門,最東曰陽城門,次西曰宣明門,
蜀時張儀樓,即宣明門樓也。」《元和郡縣志》:「益州州城,……
城西南樓百有餘尺,名張儀樓。」

3 **西山** 已見〈送狄員外巡按西山軍〉詩注。

4 **里閈** 里門也,鄉里也。《後漢書》〈馬援傳〉:「援素與述同
里閈」,章懷太子注:「說文曰:『閈,閭也。』」杜預注左傳:
「閈,閭門也」。《唐律‧賊盜》釋文:「里閈,里巷之閈門,謂之
閈」。《文選》左思〈蜀都賦〉:「外則軌躅八達,里閈對出」。劉
良注:「閈,里門也。」閈音ㄏㄢˋ。

5 **二江** 《文選》左思〈蜀都賦〉:「帶二江之雙流」,劉淵林注:
「江水出岷山,分為二江,經成都東南流經之,故曰帶也。《水經
注》:「成都縣有二江雙流其下,故揚子雲〈蜀都賦〉云:『兩江
珥其前者也』。」《太平寰宇記》:「秦李冰穿二江於成都城中,皆
可行舟,今謂內江外江是也。」

6 **惠化** 仁政以化下也。《晉書》〈王蘊傳〉:「王蘊為竟陵太守,有
惠化,百姓歌之」。

7 **華陽** 《華陽國志》:「〈蜀志〉云:地稱天府,名曰華陽。」是稱
蜀地為華陽,非實指二縣而言(案《唐書‧地理志》:蜀郡有華陽
縣,有新都縣)。晉常璩作《華陽國志》,述巴蜀漢中之事,習稱
巴蜀為華陽。

8 **旌節** 節度使儀仗。《周禮‧地官》〈掌節〉:「道路用旌節。」鄭
玄注:「旌節,今使者所擁節是也。」

9 **戈鋋** 《文選》班固〈東都賦〉:「元戎竟野,戈鋋彗雲」,李善
注:「《說文》曰:『鋋,小矛也。』《舊唐書》〈李嗣業傳〉:「戈
鋋鼓鞞,震曜山野」《說文》十二上:「戈,平頭戟也」凜秋霜言
其寒光如秋霜也。

10 **貔虎士**　《周禮・夏官》〈司馬〉：「虎士八百人」，鄭玄注：「不言徒，曰虎士，則虎士，徒之選有勇力者」。《書・牧誓》：「勖哉夫子尚桓桓，如虎、如貔、如熊、如羆，於商郊」。案「貔」通「豼」。《晉書》〈熊遠傳〉：「命貔貅之士，鳴檄前驅。」貔貅士，喻勇猛之軍隊。《史記・五帝本紀》：「黃帝教熊羆貔貅貙虎，以與黃帝戰於阪泉之野。」《說文》：「貔、豹屬」。《玉篇》：「貅、猛獸。」

11 **鴛鷺行**　已見〈初至西虢官舍南池呈左右省及南宮諸故人〉詩注。

12 **知己**　謂杜鴻漸也。公〈早上五盤嶺〉詩曰：「此行為知己，不覺蜀道難」，亦謂鴻漸。

13 **颯已蒼**　謝朓〈落日同何儀曹煦〉詩：「寧傷蓬私賓颯颯。」杜甫〈承沈丈東美除膳部員外郎阻雨未遂馳賀奉寄此〉詩：「颯颯鬢毛蒼。」

14 **時命難自知**　李康〈運命論〉：「夫治亂，運也，窮達，命也，貴賤，時也……吉凶成敗，各以數矣。」句言窮達貴賤，不自知也。

15 **風塵**　郭璞〈遊仙詩七首〉之一：「高蹈風塵外。」風塵言世事擾攘。孟浩然〈赴京途中遇雪〉詩：「迢遞秦官道，蒼茫歲暮天。」蒼茫，謂曠遠迷茫，句言時局尚未定也。

16 **冬官**　謂工部。《通典・職官》〈尚書・工部尚書〉：「武太后攻工部為冬官」。《事物異名錄》〈爵位〉：「歷代沿革，晉宋有起部尚書，不常置，隋有工部尚書，唐武后改為冬官，神龍中復舊，狄為工部員外，故稱之。」

登嘉州¹凌雲寺²作

寺出飛鳥外³，青峰戴朱樓⁴。搏壁躋半空⁵，喜得登上頭。殆知宇宙闊，下看三江⁶流。天晴見峨眉⁷，如向波上浮。迴野煙景⁸豁，陰森棕柟稠。願割區中緣⁹，永絕塵外¹⁰遊。回風¹¹吹虎穴，片雨當龍湫¹²。僧房雲濛濛，夏月寒颼颼¹³。回合俯近郭，寥落見遠舟。勝概無端倪¹⁴，天宮¹⁵可淹留。一官詎¹⁶足道，欲去令人愁。

【校】

① **殆知** 宋本、鄭本、黃本、石印本、《全唐詩》、英華並作「始知」，案作「始知」，於義為長。

② **迴野** 宋本、鄭本、黃本、石印本、《全唐詩》並作「迴曠」，《英華》作「廻曠」，案作「廻」字非是。

③ **棕柟** 宋本、鄭本、黃本、石印本、《全唐詩》並作「棕柟」，《英華》作「椶柟」，案「椶」同「棕」，「柟」同「柟」。

④ **永絕** 宋本、鄭本、黃本、石印本、《全唐詩》並作「永從」。

⑤ **回風** 《全唐詩》，《英華》並作「廻風」，案「回」「廻」二字通。

⑥ **吹** 《英華》作「旋」。

⑦ **片** 《英華》作「飛」。

【注】

1 **嘉州** 已見〈上嘉州青衣山中峰題惠淨上人幽居〉詩注。

2 **凌雲寺** 在今四川樂山市岷江對岸凌雲山之丹霞峰前，凌雲山有九峰，原各峰皆有寺，唐武宗時毀其八，惟留凌雲、寺前依山鑿石為大佛，即今樂山大佛是也。《一統志》：「凌雲寺，在嘉定府城東凌雲山，唐開元初，建有雨花臺，兜率宮，近河臺，浮玉亭諸勝」。《邵博聞見錄》：「天下山水之勝在蜀，蜀之勝在嘉州。嘉

州之勝在凌雲寺，寺之南山，又其勝也」。

3 **寺出飛鳥外**　公詩屢言：「亭高出鳥外」（〈早秋與諸子登虢州西
亭觀眺〉）、「紅亭出鳥外」（〈虢州西亭陪端公宴集〉）皆言寺之
高也。

4 **青峰戴朱樓**　青峰，凌雲山也。朱樓即寺之樓閣。

5 **博壁句**　博壁而躋，博壁之可握處而攀登之。孫綽〈遊天台山
賦〉：「跨穹隆之懸澄，臨萬丈之絕冥，踐莓苔之滑石，博壁立之
翠屏。」翠屏即石壁也。李白〈贈僧崖公〉詩曰：「自言歷天台，
博壁躡翠屏」。

6 **三江**　已見〈上嘉州青衣山中峰題惠淨上人幽居〉詩注。

7 **峨眉**　已見〈上嘉州青衣山中峰題惠淨上人幽居〉詩注。

8 **煙景**　江淹〈惜晚春應列秘書〉詩：「煙景抱空意，蘅杜綴幽
心。」李白〈春夜宴桃李園序〉：「況陽春召我以煙景，大塊假我
以文章。」

9 **區中緣**　已見〈秋夜宿仙遊寺南涼堂呈謙道人〉詩注。

10 **塵外**　謂塵世之外也，殷仲文〈南州桓公九井作詩〉：「哲匠感蕭
晨，肅此塵外軫。」李善注：「《莊子・大宗師》曰：「孔子彷徨
塵垢之外，逍遙無為之業。」郭象曰：「所謂塵垢之外，非伏於山
林而已。」

11 **回風**　《楚辭・九章》〈悲回風〉：「悲回風之搖蕙兮」，王逸注：
「回風謂之飄風」。《詩・小雅》〈何人斯〉：「彼何人斯，其為飄
風。」《毛傳》：「飄風，暴起之風」。

12 **龍湫**　瀑布下之深潭。杜甫〈寄從孫崇簡〉：「嵯峨白帝城東西，
南有龍湫北虎溪。」正字通：「湫，懸瀑水曰龍湫。」

13 **飀飀**　《說文・新附》：「飀，飀飀也」。案《集韻》「飀」作
「飀」，云飀飀，風聲。《玉篇》亦作飀，云飀飀，風聲。

14 **端倪**　頭緒，邊際也。《莊子・大宗師》：「反覆終始，不知端
倪」。《文選》謝靈運〈遊赤石進帆海詩〉：「溟漲無端倪，虛舟有
超越」，李周翰注：「端倪，猶涯際也」。

15 **天宮** 《圓覺經》：「地獄天宮，皆為淨士，有性無性，齊成佛
道」。蕭慤〈奉和冬至應教詩〉：「天宮初動磬，緹室已飛灰」。

16 **詎** 豈也，何也。《莊子‧大宗師》：「庸詎知吾所謂天之非人
乎？」又〈齊物論〉：「庸詎知吾所謂知之非不知邪？」《釋文》：
「詎，何也」。欲罷去官職也。

與高適²薛據³同登慈恩寺¹⁴

塔勢如湧出⁵，孤高聳天宮⁶。登臨出世界，磴道⁷盤虛空。突兀⁸
壓神州⁹，崢嶸¹⁰如鬼工。四角礙白日，七層摩蒼穹¹¹。下窺指高
鳥，俯聽聞驚風。連山若波濤¹²，奔湊似朝東。青槐夾馳道¹³，
官館何玲瓏¹⁴。秋色從西來，蒼然滿關中¹⁵。五陵¹⁶北原¹⁷上，
萬古青濛濛。淨理¹⁸了可悟，勝因¹⁹夙所宗。誓將掛冠²⁰去，覺
道資無窮。

【校】

① **題** 《全唐詩》作〈與高適薛據登慈恩寺浮圖〉。宋本、鄭本、黃
本、石印本並作〈與高適薛攄同登慈恩寺〉。案「攄」乃「據」之
俗字。

【注】

1 **題** 案天寶十一載秋，公與杜甫、高適、薛據、儲光羲等，同登
慈恩寺塔。杜甫有〈同諸公登慈恩寺塔〉詩（原注云：時高適、
薛據先有此作），高適、儲光羲並有此作，今惟薛詩不存。四家
詩中，所序時序並同。公詩云：「秋色從西來」，杜詩云：「少昊
行清秋」，高詩云：「秋風昨夜至」，儲詩云：「登之清秋時」。杜

詩，梁氏編在天寶十三載，誠近臆斷，而仇氏但云：「應在祿山陷京師以前，十載獻賦之後」，亦未確定何年。按此詩之作，應在天寶十一載，說詳聞一多《岑嘉州繫年考證》。

2 **高適**　高適字達夫，渤海蓨人，舉有道科，哥舒翰表掌書記，後為蜀、彭二州刺史，進成都尹，劍南西川節度使，召為刑部侍郎，轉散騎左常侍，封渤海縣侯，卒諡曰忠。適年過五十，始留意詩什，數年之間，體格漸變，以氣質自高，每吟一篇，已為好事者稱誦，有唐以來，詩人之達者，惟適而已。新舊《唐書》俱有傳。

3 **薛據**　《唐詩紀事》：「薛據，河中寶鼎人，中書舍人文思曾孫，父元暉，什邡令。開元天寶間，據與弟播、總，相繼登科，終禮部侍郎」。案據與杜甫，王維最善，又見《唐才子傳》。

4 **慈恩寺**　《長安志》：「慈恩寺，隋無漏寺故地，高宗在春宮時，為文德皇后立，故名慈恩‧浮圖（按即塔）六級，崇三百尺，永徽三年沙門玄奘所立，初惟五層，崇一百九十尺，塼表土心，倣西域窣堵波制度，後浮圖心內卉木鑽出，漸以頹毀，長安中，更坼改造，依東夏制表舊式，特崇於前」。《一統志》：「陝西西安府慈恩寺在咸寧縣東南（今併入長安縣）曲江北」。

5 **湧出**　《法華經‧寶塔品》云：「爾時佛前有七寶塔，高五百由旬，縱廣二百五十由旬，從地湧出，住在空中」。

6 **天宮**　《圓覺經》：「地域天宮，皆如淨土」。天宮謂天人；宮殿，猶言天堂。王僧孺〈懺悔禮佛文〉：「騰神淨國，縱駕天宮」。

7 **磴道**　《文選》班固〈西都賦〉：「凌隥道而超西墉，混連章而外屬。」，李善注引薛綜〈西京賦注〉曰：「隥，閣道也」。案隥同磴。磴道，謂塔內石級。

8 **突兀**　《文選》〈木華海賦〉：「魚則橫海之鯨，突杌孤遊」，李善注：「突杌，高貌」。案杌同兀。

9 **神州**　《史記‧孟子荀卿列傳》：「中國名曰赤縣神州，赤縣神州之內，自有九州，禹之序九州是也」。

10 **崢嶸** 《文選》班固〈西都賦〉:「金石崢嶸」,李善注:「郭璞
　　《方言注》曰:『崢嶸,高峻也』」。

11 **蒼穹** 謂天也,己見〈北庭貽宗學士道別別〉詩注。

12 **連山若波濤** 登塔南望秦嶺,山勢起伏如海浪。《莊子·外物》:
　　「白波如山,湖水震蕩。」《文選》〈木華海賦〉:「波如連山」。李
　　周翰注:「風起波高如山之連。此反用以波濤喻連山。」

13 **馳道句** 《史記·秦始皇本紀》:「二十七年,治馳道」,集解:
　　「應劭曰:馳道,天子道也」。賈山至言:「秦為馳道於天下,道
　　廣五十步,樹以青松」。

14 **玲瓏** 《文選》揚雄〈甘泉賦〉:「前殿崔巍兮,和氏玲瓏」,李善
　　注:「玲瓏,明見貌」。

15 **關中** 《史記·項羽本紀》:「或說項王曰:關中阻,山河四塞」。
　　顏師古《漢書·高帝紀》注:「自函谷關以西,總名關中」。今陝
　　西東有函谷關,南有嶢關,西有散關,北有蕭關,居四關之中,
　　故曰關中。

16 **五陵** 《文選》班固〈西都賦〉:「南望杜霸,北眺五陵」,李善
　　注:「漢書曰:高帝葬長陵,惠帝葬安陵,景帝葬陽陵,武帝葬
　　茂陵,昭帝葬平陵」,劉良注:「此五陵皆在(長安城)北」。

17 **北原** 庾信〈入重陽閣〉詩:「北原風雨散,南宮容衛疏」。

18 **淨理** 清淨妙理。出《瓔珞經》。

19 **勝因** 案謂修行之業,勝妙之善因。《佛說無常經》:「勝因生善
　　道,惡業墮泥犁」。

20 **掛冠** 辭官也。《後漢書·逸民列傳》:「逢萌字子康,北海都昌
　　人也,家貧,給事縣為亭長,後去之長安學,通春秋經,時王莽
　　殺其子宇,萌謂友人曰:三綱絕矣,不去,禍將及人,即解冠掛
　　東都城門,歸,將家屬浮海,客於遼東」。

【箋】

1 沈德潛曰:「登慈恩寺塔詩,少陵下,應推此作,高達夫,儲太

祝皆不及也。薛據詩失傳，無可考（《唐詩別裁》）。

2　翁方綱曰：「古人倡合，自生感激，若早朝大明宮之作，並出壯
　　麗，慈恩寺塔之詠，並見雄宕，率由興象互相感發（《石洲詩
　　話》）。

3　高棅曰：「唐人倡和之詩，多是感激，各臻其妙，如登慈恩寺塔
　　詩，杜甫云：『高標跨蒼穹，烈風無時休，俯視同一氣，焉能辨
　　皇州』，高適云：『秋風昨夜至，秦塞多清曠，千里何茫茫，五陵
　　鬱相望』岑參云：『秋色從西來，蒼然滿關中，五陵北原上，萬
　　古青濛濛』，是皆雄渾悲壯，足以凌跨百代」（《唐詩品彙》）。

4　王漁洋曰：「老杜高岑諸大家，同登恩寺塔詩，如大將旗鼓相
　　當，皆萬人敵」（《唐賢三昧集箋注》引）。

5　譚元春曰：「塔詩絕唱，如岑作之高逸，儲之杳冥，杜之奇老，
　　千載不能著手矣」。又曰：「從西來，妙妙，詩人慣將此等無指實
　　處，說得確然，便奇。萬古字入得博大，青濛濛字，下得幽眇」
　　（《唐詩歸》）。

6　鍾惺曰：「秋色四語，寫盡空遠，少陵以『齊魯青未了』五字盡
　　之，詳略各妙」（《唐詩歸》）。

7　吳綏眉曰：「起勢突兀。杜確序云：岑公迥拔孤秀，出於常情，
　　其以此歟？」（《刪定唐詩解》）。

8　施補華曰：「岑嘉州五言古，源出鮑照，而魄力已大，至〈慈恩
　　寺塔〉詩：『秋色從西來，蒼然滿關中，五陵北原上，萬古青濛
　　濛』，雄勁之概，真與少陵匹敵矣」（《峴傭說詩》）。

9　仇兆鰲曰：「岑、儲兩作，風秀熨貼，不愧名家。高達夫出之簡
　　淨，品格亦自清堅。少陵則格法嚴整，氣象崢嶸，音節悲壯。而
　　俯仰高深之景，盱衡今古之識，感懷身世之懷，莫不曲盡篇中，
　　真足壓倒群賢，雄視千古矣。三家結語，未免拘束，致鮮後勁，
　　杜於末幅，另開眼界，獨闢思議，力量百倍於人。」（《杜詩詳
　　註》）。

【附錄】

同時諸公登塔，各有題詠，茲錄之於下，以供參考。

〈同諸公登慈恩寺塔〉 杜甫

高標跨蒼穹，烈風無時休。自非曠士懷，登茲翻百憂。
方知象教力，足可追冥搜。仰穿龍蛇窟，始出枝撐幽。
七星在北戶，河漢聲西流。羲和鞭白日，少昊行清秋。
秦山忽破碎，涇渭不可求。俯視但一氣，焉能辨皇州。
迴首叫虞舜，蒼梧雲正愁。惜哉瑤池飲，日晏崑崙丘。
黃鵠去不息，哀鳴何所投。君看隨陽雁，各有稻粱謀。

〈同諸公登慈恩寺浮圖〉　 高適

香界泯群有，浮圖豈諸相。登臨駭孤高，披拂掀大壯。
言是羽翼生，迥出虛空上。頓疑身世別，乃覺形神王。
宮闕皆戶前，山河盡簷向。秋風昨夜至，秦塞多清曠。
千里何蒼蒼，五陵鬱相望。盛時慚阮步，末宦知周防。
輸效獨無因，斯焉可遊放。

〈同諸公登慈恩寺塔〉 儲光羲

金祠起真宇，直上青雲垂。地靜我亦閒，登之秋清時。
蒼蕪宜春苑，片碧昆明池。誰道天漢高，逍遙方在茲。
虛形賓太極，攜手行翠微。雷雨傍杳冥，鬼神中躑踃。
靈變在倏忽，莫能窮天涯。冠上閶闔開，履下鴻雁飛。
宮室低邐迤，群山小參差。俯仰宇宙空，庶幾了義歸。
崱屴非大廈，久居亦以危。

登北庭¹北樓呈幕中諸公

嘗讀〈西域傳〉²，漢家得輪台³。古塞千年空，陰山⁴獨崔嵬⁵。二庭近西海⁶，六月秋風來⁷。日暮上北樓，殺氣凝不開⁸。大荒無鳥飛，但見白龍堆⁹。舊國渺天末¹⁰，歸心日悠哉¹¹。上將新破胡¹²，西郊絕塵埃。邊域寂無事，撫劍空徘徊。幸得趨幕中，托身廁群才¹³。早知安邊計¹⁴，未盡平生懷。

【校】

① **題**　《百家選》、《唐詩紀事》題上並無「登」字。

② **白龍堆**　《全唐詩》注：「堆，即堆」。

③ **劍**　《百家選》，《唐詩紀事》俱作「劍」，案二同。

④ **托身**　宋本、鄭本、黃本、石印本、《唐詩紀事》並作「託身」，案「托」、「託」二字通。

【注】

1　**北庭**　已見〈北庭貽宗學士道別〉詩注。

2　**西域傳**　案《漢書》有「〈西域傳〉」，記西域各國情況及交通史實頗詳。

3　**漢家得輪臺**　《漢書・西域傳》：「自貳師將軍伐大宛之後，西域震懼，多遣使來貢獻，漢使西域者益得職，於是自燉煌西至鹽澤，往往起亭，而輪臺、渠犁，皆有田卒數百人，置使者校尉領護，以給使外國者」。案唐輪台縣在天山之北，《元和志》謂長安二年（702）置，雖用漢名，非漢城也，岑詩此句所言，但泛指西域之地，非實指也。

4　**陰山**　已見〈北庭西郊侯封大夫受降回軍獻上〉詩注。

5　**崔嵬**　已見〈使交河郡〉詩注。

6　**西海**　西方極遠之海，約當今阿拉伯海及地中海。

7 **六月秋風來**　地近西海，早涼，故云然也。

8 **殺氣凝不開**　《禮記・月令》：「仲秋之月，殺氣浸盛。陽氣日衰，水始涸凝不開即言陽氣衰也。」《文選》江淹〈雜體詩〉：「孟冬郊祀月，殺氣起嚴霜」，劉良注：「殺氣，寒氣也」。

9 **白龍堆**　《漢書・西域傳》：「樓蘭國最在東垂，近漢，當白龍堆，乏水草」，臣瓚曰：「近有龍堆，遠則蔥嶺」。案白龍堆，又名龍堆，白少堆積如龍形，故名。地在今新疆天山南路，今名庫穆塔塔（參閱七絕〈獻封大夫破播仙凱歌〉詩注）。案塠即「堆」字。

10 **舊國眇天末**　《莊子・則陽》：「舊國舊都，望之暢然。」陳子昂〈晚次樂鄉縣〉：「川原迷舊國，道路入邊城。」舊國，指故鄉。《文選》陸機〈為顧彥先贈婦〉詩：「借問歎何為？佳人眇天末。」按天末，謂天邊也。

11 **悠哉**　《詩・周南》〈關雎〉：「悠哉悠哉，輾轉反側」，毛傳：「悠，思也」。鄭箋：「思之哉！思之哉！」

12 **破胡二句**　案天寶十三載，安西四鎮節度使封常清入朝，加御史大夫，三月，權北庭都護伊西節度瀚海軍使。五月，常清出師西征，公在後方。六月，常清受降回軍（見前〈北庭西郊候封大夫受降回軍獻上〉詩注）。詩中云：「六月秋風來」，又曰：「上將新破胡」，則此詩當作於天寶十三載（岑參至北庭後不久）新破胡，當指西郊受降及破播仙等。

13 **托身廁群才**　司馬遷〈報任安書〉：「僕亦嘗廁下大夫之列。」李周翰注：「廁，間也。」一句言置身於群才間也。《晉書》〈杜預傳〉：「建安邊論，處軍國之要。」

14 **安邊計**　《南史》〈何承天傳〉：「時魏軍南伐，文帝訪群臣捍禦之略，承天上安邊論，凡陳四事」。高適〈薊中作〉詩：「豈無安邊書，諸將已承恩。」

登千福寺楚金禪師法華院多寶塔[1]

多寶滅已久，蓮華付吾師。寶塔凌太虛[2]，忽如湧出[3]時。數年功不成，一志堅自持。明主親夢見，世人今始知。千家獻黃金，萬匠磨琉璃[4]。既空秦山[5]木，亦罄天府[6]貲。焚香如雲屯[7]，幡蓋[8]珊珊[9]垂。窸窣[10]神繞護，眾魔不敢窺。作禮[11]覿靈境，聞香方證疑。庶割區中緣[12]，脫身[13]恒在茲。

【校】

① **太虛**　宋本、鄭本、黃本、石印本、《全唐詩》並作「太空」。

② **秦山**　宋本、鄭本、黃本、石印本、《全唐詩》並作「泰山」。

③ **窸窣**　宋本、鄭本、黃本、石印本、《全唐詩》並作「悉窣」。

④ **聞香**　宋本、鄭本、黃本、石印本、《全唐詩》並作「梵香」。

【注】

1 **題**　《全唐文》三七九有岑勛〈西京千福寺多寶佛塔感應碑〉，則此「千福寺」在長安城內安定坊東南隅，本章懷太子宅，咸亨四年捨為寺，見《長安志卷》十。碑文云：「有禪師，法號楚金，姓程，廣平人也，後為京兆盩厔人，七歲誦《法華經》，九載落髮入西京龍興寺為僧，天寶初起建多寶塔，四載建成，乾元二年，卒。六十二歲。多寶塔，多寶如來埋骨之塔，佛徒涅槃後火化，其骨曰舍利，建塔葬之，楚金禪師乃受佛感應而建多寶塔。」案《文苑英華》八五七岑勛〈西京千福寺多寶佛塔感應碑〉、《宋高僧傳》卷廿四〈楚金禪師傳〉，詳載法師生平及建塔事，可參看。

2 **太虛**　《文選》孫綽〈遊天台山賦〉：「太虛遼廓而無閡」，李善注：「太虛，天也」。

3 **湧出**　梁簡文帝〈玄圃園講頌〉：「靈塔將湧，天花乍落」。《法華

經·寶塔品》：「爾時佛前有七寶塔，高五百由旬，廣二百五十由旬，從地湧出」。

4 **琉璃** 玉石類，佛經七寶之一。《漢書·西域傳》：「罽賓有琥珀琉璃」，顏師古注：「大秦國出青、黃、黑、白、赤、紅、縹、紺、紫、綠等十種琉璃」。案琉璃，為青色寶玉，即佛經中所言七寶之一，字或作「瑠璃」、「流離」。

5 **秦山** 案杜甫〈同諸公登慈恩寺塔〉詩：「秦山忽破碎，涇渭不可求」。朱鶴齡注：「秦山，謂終南諸山也」。

6 **天府** 謂宮中府庫也。《晉書·武帝紀》：「詔以制幣，告于太廟，藏之天府」。

7 **如雲屯** 已見〈潼關鎮國軍句覆使院早春寄王同州〉詩注。

8 **幡蓋** 幡稱旗也，以帛為之，蓋表尊之傘也。二者佛寺中之飾物。沈約〈齊禪林寺尼淨秀行狀〉：「白日臥，開眼見佛入房，幡蓋滿屋。」

9 **珊珊** 宋玉〈神女賦〉：「拂墀聲之珊珊。」李周翰注：「珊珊，玉聲也。」杜甫〈鄭駙馬宅宴洞中〉詩：「自是秦樓壓鄭谷，時開雜珮聲珊珊。」

10 **窸窣** 狀聲詞。案杜甫〈自京赴奉先縣詠懷〉詩：「河梁幸未坼，枝撐聲窸窣」，仇注：「枝撐河梁，交柱窸窣，橋動有聲也。李賀〈神絃曲〉：『海神山鬼來座中，紙錢窸窣鳴飆風』，窸窣，蓋唐人方言也」。王琦注：「窸窣音悉速，聲小貌。」（李長吉《歌詩匯解》）。

11 **作禮** 致禮拜佛。梁簡文帝〈六根懺文〉：「懺悔已竟，誠心作禮」，《酉陽雜俎·廣動植木篇》：「菩提樹，出摩伽陀國，彼國四時，常梵香散化，繞樹作禮」。

12 **區中緣** 已見〈秋夜宿僊遊寺南涼堂呈謙道人〉詩注。《廣雅·釋詁》：「割，斷也。」

13 **脫身** 謂脫身出世而居此寺也，《漢書》〈卜式傳〉：「式脫身出……因宅財物盡與弟。」

宿太白東溪李老舍寄弟姪¹

渭上²秋雨過，北風正騷騷³。天晴諸山出，太白峰最高。主人東溪老，兩耳生長毫。遠近知百歲，子孫皆二毛⁴。中庭井欄上，一架獼猴桃⁵。石泉飯香粳⁶，酒甕⁷開新糟⁸。愛茲田中趣，始悟世上勞。我行有勝事⁹，書此寄爾曹¹⁰。

【校】

① **題** 《全唐詩》、《英華》並作〈太白東溪張老舍即事寄舍弟姪等〉。《唐文粹》作〈宿太白東谿張老舍寄弟姪〉。

② **正騷騷** 宋本、鄭本、黃本、石印本、《全唐詩》、《唐文粹》並作「何騷騷」，《英華》作「暮騷騷」。

③ **毫** 《唐文粹》作「豪」。

④ **主人** 鄭本作「王人」，非是。

⑤ **粳** 《英華》，《唐文粹》並作「秔」。《全唐詩》作「梗」，當是「稉」之誤。

⑥ **甕** 《英華》，《唐文粹》並作「瓮」。

⑦ **糟** 《全唐詩》作「槽」，誤。

⑧ **悟** 《英華》作「愰」。

【注】

1 **題** 按當是居終南山時出遊所作。太白，已見〈秋夜宿仙遊寺南涼堂呈謙道人〉詩注。

2 **渭上** 即渭水之上。《三輔黃圖》：「渭水出隴西首陽縣鳥鼠同穴山，東北至華陰入河」。《元和郡縣志》：「郿縣，縣在渭水南一里，太白山在縣東南五十里」。

3 **騷騷** 《文選》張衡〈思玄賦〉：「寒風淒其永至兮，拂雲岫之騷騷」。李善注：「騷騷，風勁貌」。呂向注：「騷騷，風聲」。

4 **二毛** 《禮記・檀弓》:「古之侵伐者,不斬祀,不殺厲,不獲二毛」。鄭玄注:「二毛,鬢髮斑白」。《左傳》僖公二十二年:「君子不重傷,不禽二毛」。杜預注:「:二毛,頭白有二色者也」。

5 **獼猴桃** 《海錄碎事》:「洋州雲台縣,生獼猴桃,甚甘酸,食之止渴」。《本草綱目》卷三十三:「獼猴桃,釋名:獼猴梨、藤梨、楊桃、木子」。時珍曰:「其形如梨,其色如桃,而獼猴喜食故有諸名,閩人呼為楊桃。」

6 **粳** 案「粳」字,《文苑英華》、《唐文粹》並作「秔」。《集韻》:「秔,說文稻屬,或作粳」。《韻會補》:「粳,俗秔字」。《玉篇》:「粳,稻不黏者」。邢昺《爾雅・釋草疏》:「秔、糯甚相類,黏不黏為異」。

7 **瓮** 《說文》十二下:「瓮,罌也」《玉篇》卷十六:「瓮,大罌。甕,同上。」

8 **糟** 《說文》:「糟,酒滓也,从米曹聲」,段注:「今之酒,但用沛者,直謂已漉之粕為糟,古則未沛帶滓之酒謂之糟,莊子音義,玄應書,皆引許君淮南注曰:粕,已漉粗漕也。然則糟,謂未漉者」。案糟本作䊰。

9 **勝事** 指遊賞之事。

10 **爾曹** 馬援〈誡兄子嚴敦書〉:「援兄子嚴敦,並喜譏議,而通輕俠客,援前在交阯,還書誡之曰:『吾欲汝曹聞人過失,如聞父母之名,耳可得聞,口不可得言也。』」杜甫〈戲為六絕句〉之三:「龍文虎脊皆君馭,歷塊過都見爾曹」此稱弟姪。

出關經華岳寺¹訪法華雲公

埜寺聊解鞍，偶見法華僧。開門對西嶽²，石壁青稜層。竹逕厚蒼苔，松門盤柴藤。長廊列古畫，高殿懸孤燈。五月山雨熱³，三峰⁴火雲蒸。側聞樵人言，深谷猶積冰。久願尋此山，至今嗟未能。謫宦忽東走，王程苦相仍。欲去戀雙樹⁵，何由窮一乘⁶。月輪吐山郭，夜色空清澄。

【校】

① **題**　宋本、鄭本、黃本、石印本、《全唐詩》「華岳寺」，並作「華嶽寺」。案「岳」「嶽」二字同。

② **埜**　宋本、鄭本、黃本、石印本、《全唐詩》並作「野」，案二字同。

③ **謫宦**　宋本、鄭本、黃本、石印本、《全唐詩》並作「謫官」。

【注】

1 **華岳寺**　周密《癸辛雜識》：「五岳惟華岳極峻，直上四十五里，遇無路處，皆挽鐵絙以上，有西岳廟，在山頂，望黃河，一衣帶水耳」。《新唐書·地理志》：「華州華陰縣有岳祠，有潼關」即西岳廟，在華陰縣。

2 **西嶽**　《水經注》：「華山為西嶽，在宏農華陰縣西南」。《太平寰宇記》：「太華山在華州華陰縣南八里，遠而望之，有若華狀，故名華山。」〈華山記〉云：「頂有池，生千葉蓮花，服之羽毛，因名華山」。

3 **五月山雨熱**　案杜確〈岑嘉州集序〉云：「入為右補闕，頻上封章，指述權佞，改為起居郎，尋出虢州長史」。公〈佐郡思舊遊詩序〉云：「己亥春三月，參自補闕，轉起居舍人，夏四月，署虢州長史」。則詩中云：「謫宦忽東走，王程苦相仍」，又曰：「五

月山雨熱」，則是五月始出關之任也。

4 **三峰** 案慎蒙〈名山記〉云：「華嶽有三峰，直上數千仞，基廣而峰峻，疊秀起於嶺表，有如削成」。案李白有〈西岳雲台歌送丹丘子〉詩：「三峰卻立如欲催，翠崖丹谷高掌開。」王琦注：「華山在今陝西西安府華陰縣南十里，高數千仞，石壁層疊，有如削成，上有芙蓉、落雁、玉女三峰」。

5 **雙樹** 佛入滅之處。《文選》王巾〈頭陀寺碑文〉：「然後拂衣雙樹，脫屣金沙。」，李善注：「涅槃經曰：佛在拘尸那國，力士生地，阿利羅拔提河邊，婆羅雙樹間，爾時世尊臨涅槃」。張銑註：「樹謂婆羅樹也」。

6 **一乘** 《法華經‧方便品》：「十方佛土中，唯有一乘法。」按《佛學大辭典》：「成佛唯一之教也，一乘為車乘，以譬佛教法，教法能載人運於涅槃岸，故謂之乘。」《法華經》專從一乘之理。故一乘法即《法華》之教義。參見〈送青龍招提歸一上人遠遊吳楚別詩〉詩注。

潭石淙望秦嶺微雨貽友人〔終南[1]雲際[2]精舍[3]尋法澄上人不遇歸高冠[4]東潭石淙望秦嶺[5]微雨作貽友人〕

昨夜雲際宿，旦從西峰回。不見林中僧，微雨潭上來。諸峰皆晴翠，秦嶺獨不開。石鼓[6]有時鳴，秦王安在哉。東南雲開處，突兀[7]獼猴臺。崖口懸瀑流，半空白皚皚。噴壁四時雨，傍村終日雷。北瞻長安道，日夕多塵埃。若訪張仲蔚[8]，衡門[9]滿蒿萊。

【校】

① **題**　《全唐詩》、《英靈集》並作〈終南雲際精舍尋法澄上人不
遇，歸高冠東潭石淙望秦嶺微雨，作貽友人〉，《英華》作〈終南
雲際精舍尋法澄上人〉，宋本、鄭本、黃本、石印本並作〈潭石
淙望秦嶺微雨，作貽友人〉。

② **旦從西峰回**　《英華》作「適從西風迴」，《英靈集》作「適從西
嶺迴」。

③ **晴翠**　宋本、鄭本、黃本、石印本、《全唐詩》並作「青翠」。

④ **東南雲開處四句**　案《英華》、《英靈集》皆無此四句，而作「水
潨（《英華》作深）斷山口，吼沫相喧豗」案木華〈海賦〉：「磊
匌匌而相豗」李周翰注：「豗，擊也」李白〈蜀道難〉：「飛湍瀑
流相喧豗」，喧豗，鬨聲。

⑤ **傍**　宋本、鄭本、石印本、《英靈集》並作「倚」，案「旁」本作
「㝱」，見《說文》上部。

⑥ **多**　《英華》作「生」，《英靈集》作「坐」。

⑦ **滿**　《英華》作「映」，《英靈集》作「應」。

【注】

1 **終南**　即終南山，即今所謂秦嶺也，亦曰中南，亦曰太乙，皆此
山也。《元和郡縣志》：「京兆府萬年縣，終南山在縣南五十里。」

2 **雲際**　《長安志》：「雲際山大定寺，在鄠縣東南六十里」。畢沅
《關中勝跡圖志》：「雲際山在鄠縣東南六十里，東接長安界。」山
在高冠谷東三十里，山上有寺，杜甫〈渼陂行〉：「船舷暝戛雲際
寺」是也。

3 **精舍**　案「精舍」本為講讀之地，《後漢書》〈劉淑傳〉：「遂隱
居，立精舍講授，諸生常數百人」。李善文選註：「精舍，今讀書
齋是也」。自晉武帝太元六年，初奉佛法，立精舍於殿內，引諸
沙門居之，因此世俗遂謂佛寺為精舍（詳趙殿成《王摩詰全集
箋注》）

4 **高冠** 山谷名，在鄠縣東南三十里。宋張禮〈遊城南記〉：「紫閣之東有高觀谷，岑參作『高冠』」，清毛鳳枝《南山谷口考》：「又西為高冠谷，一名高觀谷，在長安縣西南，鄠縣東南三十里有高冠谷水北流、會灃入渭。」

5 **秦嶺** 《一統志》：「秦嶺在咸寧、藍田二縣界，又東接商州界，即終南山脊也」。《文選》班固〈西都賦〉：「於是睎秦嶺，睋北阜」，李善注：「秦嶺，南山也」。《藍田縣志》：「秦嶺即南山別出之嶺，在縣東南接商州界，凡入商洛者，必越嶺而後達」。

6 **石鼓句** 天水冀縣南山有石，形如鼓，相傳鳴，則有兵事。《續漢書·郡國志》劉昭注：「《三秦記》曰：秦氏公都雍，陳倉城是也。有石鼓山，將有兵，此山則鳴。」〈華山記〉：「華山頂有石鼓，父老傳云：嘗有聞其鳴者。郭沫若有〈石鼓文研究〉，重印弁言謂：石鼓作於秦襄公時。李白古風五十九之三：「秦王（指始皇）掃六合，虎視何雄哉！」此詩之秦王則非僅謂始皇也。

7 **突兀** 已見〈與高適薛據同登慈恩寺〉詩注。

8 **張仲蔚** 《文選》江淹〈雜體詩〉三十首，〈左記室詠史〉：「顧念張仲蔚，蓬蒿滿中園。」，李善注：「趙岐《三輔決錄》註曰：『張仲蔚，扶風人也，少與同郡魏景卿隱身不仕，明天官，博學，好為詩賦，所居蓬蒿沒人也。』」（《高士傳》所記略同）

9 **衡門** 《詩·陳風》〈衡門〉：「衡門之下，可以棲遲」，毛傳：「衡門，橫木為門，言淺陋也」。

【箋】

1 黃香石曰：「結響高，真力滿，然已是唐人五古，至少陵，則大放厥詞矣。」又曰：「或問此詩，與前首（鞏北秋興寄崔明允」，詳後注）何以別？曰：「前首團斂渾厚，此首筆仗開放，已屬抖散，惟七古亦然，老杜團斂，李、蘇則有抖散處。」（《唐賢三昧集箋注》）。

2 桂天祥曰：「岑詩長篇穩深精錬，獨超前數公」（《批點唐詩正

聲》）。

3 潘德輿曰：「岑參『不見林中僧，微雨潭上來……』皆曲盡幽閑
之趣，每一誦味，煩襟頓滌。」（《養一齋詩話》）。

南池夜宿思王屋青羅舊齋[1]

池上臥煩暑[2]，不櫛[3]復不巾。有時清風來，自謂羲皇人[4]。天
晴雲歸盡，雨洗月色新。公事常不閑，道書[5]日生塵。早年家王
屋，五別青蘿春。安得還舊山，東溪垂釣綸[6]。

【校】
① 閑 黃本、鄭本並作「閒」，案二字同。
② 舊 鄭本作「舊」。

【注】
1 題 案公〈題汾橋邊柳樹詩〉（見五絕詩注），原注云：「曾客
居平陽郡八九年」（案平陽為帝堯之都，古城在今山西臨汾縣西
南。）是必公童年侍父僑寓於此，與本詩：「早年家王屋，五別青
蘿春之語正合」。又案：虢州詩多有「南池」字，此詩又有「公
事常不閑」句，當為上元年間住虢州長史時作。王屋 《太平寰宇
記》：「王屋山在澤州陽城縣南五十里」。《河南通志》：「王屋山
在懷慶府濟源縣西北九十里，接山西平陽府垣曲縣及澤州陽城縣
界，山有三重，其狀如屋。或曰，以其山形如王者車蓋，故名。
其絕頂曰天壇，山峰突兀，即濟水發源處」。案山在今山西陽城
縣西南。參閱〈自潘陵尖還少室居止秋夕憑眺〉詩注。
2 煩暑 暑熱也，韋應物〈冰賦〉：「睹頒冰之適至，喜煩暑之暫

清」。劉禹錫〈劉駙馬水亭避暑〉詩:「盡日逍遙避煩暑,再三珍重主人翁。」

3 **不櫛** 案「櫛」,謂梳髮也。《儀禮‧士虞禮》:「沐浴不櫛」,注:「不櫛,未在於飾也」。《禮記‧曲禮》:「父母在疾,冠者不櫛」。

4 **羲皇人** 伏羲氏,太古帝名,其時人恬淡無欲,心性自然。陶潛〈與子儼等疏〉:「嘗言五六月中,北窗下臥,遇涼風暫至,自謂是羲皇上人」。李白〈戲贈鄭溧陽〉詩:「清風北窗下,自謂羲皇人。」

5 **道書** 江淹〈自序傳〉:「山中無事,專與道書為偶及悠然獨往,或日夕忘歸,放浪之際,頗著文章自娛。」

6 **垂釣綸** 《文選》嵇康〈贈秀才入軍〉詩:「流磻平皋,垂綸長川」,李善注引鄭玄《毛詩箋》曰:「釣者,以絲為之綸」。《詩‧小雅》〈采綠〉:「之子于釣,言綸之繩」,鄭箋:「綸,釣繳也」。《晉書》〈嵇含傳〉:「圖莊子垂綸之象」句謂漁釣而隱居也。

題華嚴寺[1]環（瓌）公禪房

寺南幾十峰,峰翠晴可掬[2]。朝從老僧飯,昨日崖口[3]宿。錫杖[4]倚枯松,繩床[5]映深竹。東溪草堂路,來往行自熟。生事在雲山[6],誰能復羈束。

【校】

① **題** 宋本、鄭本、黃本、石印本、《全唐詩》並作「題華嚴寺瓌公禪房」。案「環公」作「瓌公」是。

【注】

1 **華嚴寺** 《唐會要》卷四十：「華嚴寺景行坊，景雲三年立為寺，開元二十年，改為同德寺」；《長安志》卷十一：「萬年縣華嚴寺，會聖院兵如塔，在縣南三十里，貞觀中建。」張禮〈遊城南記〉：「東上朱波，憩華嚴寺，下瞰終南之勝，霧巖、玉樂、圭峰、紫閣，粲在目前，不待足履而盡也……華嚴寺，貞觀中造，寺之北原，下瞰終南，可盡其勝，岑參詩所謂『寺南幾十峰，峰翠晴可掬』是也。」

2 **可掬** 可以兩手捧取也。《禮記・曲禮》：「受珠玉者以掬」。鄭玄注：「兩手曰掬」案謂兩手承取也。句言晴時，山峰翠色，如可掬取。

3 **崖口** 即崖口潭舊廬。

4 **錫杖** 已見〈送青龍招提歸一上人遠遊吳楚別詩〉詩注。

5 **繩床** 已見〈送嘉州青衣山中峰題惠淨上人幽居〉詩注。

6 **生事兩句** 即小人思掛冠之義也。

峨眉[1]東脚臨江聽猿[2]懷二室[3]舊廬

峨眉煙翠新，昨夜秋雨洗。分明峰頭樹，倒插秋江底。久別二室間，圖佗五斗米[4]。哀猿不可聽，北客[5]欲流涕。

【校】

① **圖佗五斗米** 《全唐詩》作「圖他五斗米」，宋本、鄭本、黃本、石印本並作「圖他五斗米」。「佗」與「他」通。

② **猿** 宋本、黃本、石印本並作「猨」，案二字同。

【注】

1 **峨眉** 已見〈上嘉州青衣山中峰題惠淨上人幽居〉詩注。案詩作於大曆二年秋，在嘉州。

2 **聽猿** 《水經·江水注》：「自三峽七百里中，兩岸連山，略無闕處，重巖疊嶂，隱天蔽日，自非亭午夜分，不見曦月。每至晴初霜旦，林寒澗肅，常有高猿長嘯，屬引淒異，空谷傳響，哀轉久絕，故漁者歌曰：『巴東三峽巫峽長，猿鳴三聲淚沾裳』」。

3 **二室** 《初學記》：「嵩高山者，五嶽之中嶽也。戴延之〈西征記〉云：其山，東謂太室，西謂少室，相去十七里，嵩高總名也。謂之室者，以其下各有石室焉。少室高八百六十丈，上方十里，與太室相埒，但小耳。」案合而言之為嵩高，分而名之則為二室。案公〈感舊賦序〉云：「十五隱於嵩陽」，〈初至西虢官舍南池呈左右省及南宮諸故人〉詩云：「他日能相訪，嵩南舊草堂」，則「嵩南草堂」，是其所謂二室舊廬矣。

4 **五斗米** 《宋書》〈陶潛傳〉：「陶潛為彭澤令，郡遣督郵至縣，吏曰：『應束帶見之』。潛歎曰：『我不能為五斗米折腰，向鄉里小人。即日解印綬去職，賦歸去來』」。

5 **北客** 公在蜀詩文，屢稱「北客」。〈巴南舟中思陸渾別業〉詩曰：「巴山北客稀」。公又作「招北客文。」

春半與群公同遊元處士[1]別業[2]

郭南處士宅，門外羅群峰。勝概忽相引，春華今正濃。山廚竹裡爨[3]，堑碓[4]藤間舂。對酒雲數片，捲簾花萬重。巖泉嗟到晚，州縣欲歸慵[5]。草色帶朝雨，灘聲兼夜鐘。愛茲清俗慮，何事老塵

容[6]。況有林下約，轉懷方外[7]蹤。

【校】

① **厨**　宋本、黃本、石印本並作「廚」。

② **爨**　黃本作「爨」。

③ **埜**　宋本、鄭本、黃本、石印本、《全唐詩》並作「野」，案二字同。

【注】

1 **處士**　《荀子・非十二子篇》:「古之所謂處士者，德盛者也，能靜者矣，修正者也，知命者也，箸是者也（劉台拱曰：『箸是，疑當作著定，與上文盛、靜等字為韻，言有定守不流移也』）」。當為虢州長史時，詩作於上元年間。元處士，名不詳。

2 **別業**　《南史》〈謝靈運傳〉:「修營別業，傍山帶江，盡幽居之美」。按別業，猶今言別墅、別莊也。

3 **爨**　《說文》:「爨，齊謂炊爨。𦥑，象持甑，冂為灶口，廾，推林內火，凡爨之屬皆从爨」。段注：「孟子趙注曰：爨，炊也，齊謂炊爨者，齊人謂炊曰爨」。

4 **埜碓**　案「埜」即「野」字。碓，臼也，舂米器。《說文》:「碓，所以舂也，从石佳聲」。《廣韻》:「碓，杵臼」。《廣雅》曰：「礴，碓也」，《通俗文》曰：「水碓曰轓車」。清陸廷燦《南村隨筆》:「水碓，閩浙最多，放翁詩：『虛窗熟睡誰驚覺，野碓無人夜自舂』，元周權詩：『野碓舂泉分澗急』，皆善於寫水碓者也」。

5 **慵**　嬾也。《說文》十下新附：「慵，嬾也。」

6 **塵容**　孔稚圭〈北山移文〉:「焚芰製而裂荷衣，抗塵容而走俗狀」。

7 **方外**　《莊子・大宗師》:「孔子曰：彼遊於方之外，而丘遊於方之內者也」。曹植〈七啟〉:「雍容暇豫，娛志方外」。世俗之外，

因以稱僧道。

【箋】

1 王堯衢曰:「處士居於郭南門外,羅列群峰,有此勝景,足引人入勝,況當春華濃艷之時乎!山廚水碓,在籐竹之間,自是山家實事。幽趣。至對酒而雲數片,捲簾而花萬重,非具清福,不能生受也。岩泉之勝,真是相見恨晚,州縣塵俗之地,欲歸反懶,況此中,朝暮清致更佳,朝來看雨後之草色,暮去聽泉聲與梵鐘,倘能留此,殊不寂寞也。」(《古唐詩合解》)

2 陸時雍曰:「對酒雲數片,捲簾花萬重。最是佳句」。又曰:「草色帶朝雨,灘聲兼夜鐘,亦不落寞。」(《唐詩鏡》)

終南兩峰草堂[1]

歛跡[2]歸山田,息心[3]謝時輩[4]。畫還草堂臥,但見雙峰對。興來資佳遊,事愜符勝概。著書[5]高窗下,日夕見城內。曩為世人誤,遂負生平愛。久與林垤辭,及來杉松大。偶茲精廬[6]近,數預名僧會。有時逐樵漁,盡日不冠帶[7]。崖口上新月,石門破蒼靄。色向群木深,光搖一潭碎。緬懷[8]鄭生谷[9],頗憶嚴子瀨[10]。勝事猶可追,斯人邈千載。

【校】

① 題 宋本、鄭本、黃本、石印本、《英靈集》並作〈終南雙峰草堂〉,《全唐詩》、《英華》並作〈終南山雙峰草堂作〉。

② 歛跡 《英華》作「歐路」,非是。

③ 息心 《英華》作「偃息」。

④ 但見　《全唐詩》、《英靈集》並作「但與」。《英華》作「但以」。

⑤ 資　《全唐詩》、《英靈集》並作「恣」。

⑥ 窓、宋本、鄭本、黃本、石印本並作「惚」，《英華》作「窓」，《全唐詩》作「牕」。案四字並同。

⑦ 生平愛　宋本、鄭本、黃本、石印本並作「平生愛」。

⑧ 塈　宋本、鄭本、黃本、石印本並作「墍」。

⑨ 精廬近　《全唐詩》、《英靈集》並作「近精廬」。

⑩ 數預　《全唐詩》、《英華》並作「屢得」。

⑪ 樵漁　《英靈集》作「漁樵」。

⑫ 盡日　《英靈集》作「永日」，《全唐詩》「盡」字下注「一作永」。

【注】

1 題　岑參前有〈因假歸白閣西草堂〉詩云：「東望白閣雲，半入紫閣松」，似終南雙峰草堂，即指白閣、紫閣二峰言。《岑詩繫年》：「『斂跡歸山田，息心謝時輩。』又曰：『久與林塈辭，及來杉松大。』考公天寶十三載后，未嘗歸田，則此詩當作於天寶十載由安西歸後，隱居終南二三年內。」

2 斂跡　謂晦藏其行跡也。《後漢書》〈李膺傳〉：「拜司隸校尉，時張讓弟朔為令暴橫，膺捕殺之，自此黃門侍郎，皆屏氣斂跡。」

3 息心　息止人世慾念也。《南史》〈何點傳〉：「豫章王嶷命駕造點，點從後門遁去，司徒竟陵王子良聞之曰：『豫章王尚望塵不及，吾嘗望岫息心』。」袁宏《後漢紀·孝明皇帝紀》：「沙門者，漢言息心，蓋息去欲而歸於無為也。」

4 時輩　《後漢書》〈竇章傳〉：「章謙虛下士，收進時輩，甚得名譽」。

5 著書　《史記》〈虞卿傳〉：「虞卿不得意，乃著書，上采春秋，下觀近世，凡八篇，世傳之曰《虞氏春秋》」。

6 精廬　《後漢書》〈姜肱傳〉：「盜聞而感悔，後乃就精廬，求見徵君」，章懷太子注：「精廬，即精舍也。」本為誦讀之學舍。

《北齊書》〈楊愔傳〉：「至碻磝戍，州內有愔家舊佛寺，入精廬禮
拜。」謂佛寺也。

7 **冠帶** 張衡〈西京賦〉：「冠帶交錯。」薛綜注：「冠帶，猶搢紳，
謂吏人也。」《禮記‧文王世子》：「文王有疾，武王不說（脫）冠
帶而養」。

8 **緬懷** 陶潛〈扇上畫贊〉：「緬懷千載」。廣韻：「緬，遠也。」

9 **鄭生谷** 《高士傳》：「鄭樸字子真，谷口人也，修道靜默，世服
其清高。成帝時，元舅大將軍王鳳以禮聘之，遂不屈。楊雄盛稱
其德，曰：谷口鄭子真，畊於巖石之下，名振京師。」《雍錄》：
「谷口在雲湯縣西四十里，鄭子真隱於此」。案地在今陝西醴泉縣
東北。

10 **嚴子瀨** 已見〈送李翥遊江外〉詩註。

【箋】

1 唐汝詢曰：「亦擬陶而少瀟灑之趣」（《刪定唐詩解引》）。

2 劉辰翁曰：「情與景會，遂成感慨，寫成自不覺」（《唐詩會通評
林》）

3 周明翊曰：「四語『崖口上新月，石門破蒼靄，色向群木深，光
搖一潭碎』，寫夜色妙」。（《唐詩會通評林》）。

4 陳繼儒曰：「草堂二篇，（另篇為緱山西峰草堂作），錘鑪騷選，
精氣灝發，如寧封掌火，上下千五色煙雲」（《唐詩會通評林》）。
又曰：「為世人誤，負平生愛，浮世多受此病。」又曰：『盡日不
冠帶』，正佳。『勝事猶可追，斯人邈千載』，遙慕得好。」（同
上）。

5 吳山民曰：「必曾受睨山靈，故能寫盡逸趣」（《唐詩會通評
林》）。

6 陸時雍曰：「景趣清絕」（《唐詩鏡》）。

7 周珽曰：「後八句，即草堂前所見之景，追慕古人遺世之高。」
又曰：「夫林壑之間，日科頭箕踞，時與名僧漁樵輩相逐笑談，

佳遊勝概，即鄭生嚴子不過如是。平生愛好豈終為世以誤邪？」（《唐詩會通評林》）。

8 近滕元粹評下句：「光搖一潭碎」曰：「天趣盎然」（《箋註唐賢詩集》卷下）然與上句言林中月色甚暗，相映方佳。

東歸留題太常徐卿草堂在蜀[1]

不謝[2]古名將，吾知徐太常。年纔三十餘，勇冠西南方。頃曾策匹馬，獨出持兩槍。虜騎無數來，見君不敢當。漢將小衛霍[3]，蜀將凌關張[4]。卿月[5]益清澄，將星[6]轉光芒。復居少城[7]北，遙對岷山[8]陽。車馬日盈門，賓客常滿堂[9]。曲池蔭高樹，小徑穿叢篁[10]。江鳥飛入簾，山雲來到床。題詩芭蕉滑，對酒櫻花香。諸將射獵[11]時，君在翰墨場[12]。聖主賞勳業，邊城最輝光。與我情綢繆[13]，相知久芬芳。忽作萬里別，東歸三峽[14]長。

【校】

① **題**　宋本、鄭本、黃本、石印本題下並無「在蜀」二字。

② **槍**　《全唐詩》作「鎗」。

③ **樹**　宋本、石印本並作「尌」，案二字同。

④ **櫻花**　宋本、鄭本、黃本、石印本、《全唐詩》並作「棕花」，案「棕」、「椶」二字同。

【注】

1 **題**　案公〈阻戎瀘群盜〉（詳後注）詩原注曰：「戊申歲，余罷官東歸。」戊申歲為大曆三年，是年公罷官東歸。故知此詩，至早當作於此時。《岑詩繫年》：「此大曆三年七月，自嘉州罷官東歸

詩。」按是年秋，岑參方阻於戎瀘間群盜，未能東歸。今此本及
《全唐詩》題下均有註云：「在蜀」，又詩中：「復居少城北」云
云，則非三年七月詩也。詩曰：「對酒櫻花香」櫻花為春夏間所
開，而大歷四年秋冬，岑尚在客舍中，則此詩為大歷五年春夏間
在成都作也。杜確〈岑嘉州集序〉：「旋軫有日，犯軷俟時。吉往
凶歸，嗚呼不祿。」欲歸未成，旋卒於成都旅舍，岑參最後絕筆
之作也。徐蓋為蜀將而以功贈太常卿者，《四川通志》卷四十八
謂「徐卿草堂在城北，今廢。」

2 **不謝** 案「不謝」，猶言「不慚」或「無愧」也，顏延年〈贈王
太常〉詩：「屬美謝繁翰，遙懷具短札。」李善注：「謝，猶慚
也。」說詳近人張相詩詞曲語辭匯釋。

3 **衛霍** 謂衛青、霍去病也，皆漢時大將。攻祁連，絕大漠，窮追
單于，斬首十餘萬級。

4 **關張** 《三國志·蜀志》〈先主傳〉：「先主與羽、飛恩若兄弟，
先主定益州，羽督荊州，攻曹仁於樊，降于禁，斬龐德，威震華
夏。先主伐吳，飛嘗率兵萬人，自閬中會江州，臨發，其帳下將
張達、范彊殺之，持其首順流而奔孫權，魏謀臣程昱等，咸稱
羽、飛萬人之敵」。

5 **卿月** 謂卿之官也。《尚書·洪範》：「卿士惟月，師尹惟日。」，
孔安國傳：「卿士各有所掌，如月之有別」。

6 **將星** 古人以大將上應天星，故有此稱。《隋書·天文志》：「天
將軍十二星在婁北，主武兵。中央大星，天之大將也。外小星，
吏士也。大將星搖，兵起，大將出，小星不具，兵發」。

7 **少城** 即成都小城。《華陽國志》：「秦惠王二十七年，張儀與張
若城成都」。《太平寰宇記》：「少城在成都縣南一百步，李膺記
云：與大城同築，惟西南北三壁，其東即太城之西墉，故蜀都賦
云：亞以少城，接乎其西」。（劉逵注：「少城，小城也，在大城
西，市在其中也。」《方輿勝覽》：「桓溫伐蜀，夷少城」。案少城
即今四川成都西城也，張儀既築太城，後又築少城。

8 **岷山**　《華陽國志》：「岷山，一曰汶焦山，岷嶺之最高者，遇大雪開泮，望見成都」。《元和郡縣志》：「汶山縣有汶山，即岷山也。南去青城山百里，天色晴朗，望見成都」。《通鑑地理今釋》：「岷山，跨古雍、梁二州，自陝西鞏昌府岷州衛以西，直抵四川成都府之西境，凡茂州之雪嶺，灌縣之青城，皆其支脈」。

9 **賓客常滿堂**　《漢書》〈陳遵傳〉：「性嗜酒，每大飲，賓客滿堂。」

10 **叢篁**　《文選》〈楚辭・九歌・山鬼〉：「余處幽篁兮，終不見天」，王逸注：「幽篁，竹林也」；《漢書》〈嚴助傳〉：「處溪谷之間，篁竹之中」注：「服虔曰，竹叢也，音皇。」呂向注：「篁，竹叢也」。

11 **射獵**　《史記》〈李廣傳〉：「頃之，家居數歲，廣家與故潁陰侯孫，屏野居藍田南山中射獵」。

12 **翰墨場**　魏文帝〈典論論文〉：「寄身於翰墨，見意於篇籍」。《文選》張協〈雜詩〉：「遊思竹素園，寄辭翰墨林」，李善注：「韋昭曰：翰，筆也」。杜甫〈壯遊詩〉：「往昔十四五，出遊翰墨場。」

13 **綢繆**　《文選》李陵〈與蘇武詩〉：「獨有盈觴酒，與子結綢繆」，李善注：「《毛詩》曰：綢繆束薪，毛萇曰：綢繆，纏綿之貌也」。孫盛《晉陽秋》（《世說・賞譽引》）：「祖逖與琨同辟司州主簿。情好綢繆，共被而寢。」

14 **三峽**　案三峽之說，論者紛紜，或以「西峽、巫峽、歸峽」為三峽，或以「廣溪峽，巫峽、西陵峽」為三峽，或以「巫峽，巴峽、明月峽」為三峽，蓋川河之中，峽名甚多，然據古歌：「巴東三峽巫峽長」一語推之，知古之所稱三峽者，皆在巴東。大抵起自夔州府奉節、巫山二縣之東，達於歸州、夷陵州之西，連山疊嶂，隱天蔽日，凡六七百里，水勢極速。在巫山下者為巫峽，巫峽之上為廣溪峽，巫峽之下為西陵峽。過西陵峽，則水漫為平流矣。或謂瞿塘為三峽之門，瞿塘峽即西陵峽，明月峽即廣溪峽一異其說，難可憑依矣。（詳王琦《李太白集注》）。

過王判官[1]西津所居

勝跡不在遠，愛君池館幽。素懷巖中諾，宛得塵外遊。何必到清溪^①，忽來見滄洲[2]。潛移岷山[3]石，暗引巴江[4]流。樹密晝先[5]夜，竹深夏已秋。沙鳥上筆床[6]，溪花篸簾鉤[7]。夫子賤簪冕[8]，注心[9]向林丘。落日出公堂，垂綸[10]乘釣舟。賦詩憶楚老[11]，載酒[12]隨江鷗。儵然^②[13]一傲吏[14]，獨在西津頭。

【校】

① 溪　宋本、鄭本、黃本、石印本、《全唐詩》並作「谿」，案二字同。

② 儵然　宋本、鄭本、黃本、石印本、《全唐詩》並作「倏然」。案作「儵然」是。

【注】

1 題　《岑嘉州繫年考證》：「詩曰：『潛移岷山石，暗引巴江流』，明在蜀中。詩又曰：『落日出公堂』，節度使幕有判官，出公堂，出使院也。此亦當為成都詩。其曰『竹深夏已秋』者，則夏令向盡，而秋未遽至，時在六月。王判官，生平未詳。」

2 滄州　隱者之居，已見〈虢州送鄭興宗弟歸扶風別廬〉詩注。

3 岷山　已見〈東歸留題太常徐卿草堂〉詩注。

4 巴江　《一統志》：「巴江在四川重慶府城東北，闐水與白水合流，曲折三回如巴字，因名」。參閱七律〈奉和相公發益昌〉詩注。

5 樹密二句　詩意謂「言日光因樹密而早斂，似白晝已先入夜也。竹中清涼，雖當夏日，儼有秋意，非謂已入秋序也」。

6 筆床　已見〈初至西虢官舍南池呈左右省〉詩注。

7 溪花篸簾鉤　庾信〈夢入堂內詩〉：「簾鉤銀蒜條。」倪璠注：「銀

鉤若蒜條，象其形也。」杜甫〈落日〉詩：「落日在簾鉤，溪邊春色幽」《說文》三十：「篲，竹也。篲或从竹。」句言花掃簾鉤也。

8 **簪冕** 貴官之服。冠簪與冕服，官者所御。

9 **注心** 志專之謂。《文選》曹植〈求通親親表〉：「至於注心皇極，結情紫闥，神明知之矣」。《晉書》〈庾冰傳〉：「朝野注心，咸曰賢相。」劉良注：「注結心情於天子之座」，此二句言賤仕宦而注心情於山林也。

10 **垂綸** 《晉書》〈嵇含傳〉：「闚莊生垂綸之象」謂漁釣也。參見〈南池夜宿思王屋青蘿舊齋〉詩注。

11 **楚老** 楚之隱者。西漢末年，彭城人龔勝夙勵名節，初仕哀帝為光祿大夫，及王莽專政，遂歸隱鄉里，莽篡位後，遣使徵之出，勝曰：「吾受漢家厚恩，豈以一身事二主哉？」語畢，絕食而死。其有老父哭之曰：「嗟虖！薰以香自燒，膏以明自銷，龔生竟夭天年，非吾徒也。」遂趨而出，莫知其誰，勝居彭城廉里，後世刻石表其里門。」謝靈運〈廬陵王墓下〉作：『楚老惜蘭芳』。」李善注：「《徐州先賢傳》曰：楚老者，彭城之隱人也。」見《漢書》〈龔勝傳〉。庾信〈哀江南賦序〉：「燕歌遠別，悲不自勝，楚老相逢，泣將何及」。

12 **載酒** 見五律〈與鄠縣源少府泛渼陂〉詩注。

13 **翛然** 《莊子·大宗師》：「翛然而往，翛然而來而已矣」。郭慶藩云：「翛音蕭，本又作儵。徐音叔，李音悠。向云：翛然，自然無心而自爾之謂。」成玄英疏：「翛然，無係貌」。其意當謂悠然獨化，任理遨遊，雖有死生，而不縈於懷也。

14 **傲吏** 《文選》郭璞〈遊仙詩〉：「漆園有傲吏，萊氏有逸妻」。

【箋】

陸時雍曰：「樹密書先夜，竹深夏已秋。沙鳥上筆床，溪在篝簾鉤。」四語寫景佳。(《唐詩鏡》)

田（因）假歸白閣[1]西草堂

雷聲傍太白[2]，雨在八九峰。東望白閣雲，半入紫閣[3]松。勝概
紛滿目，衡門[4]趣彌濃。幸有數畝田，得延二仲[5]蹤。早聞達士[6]
語，偶與心相通。悞徇一微官，還山愧塵容。釣竿不復把，野碓[7]
無人舂。惆悵飛鳥盡，南溪聞夜鐘[8]。

【校】

① **題** 宋本、鄭本、黃本、石印本、《全唐詩》並作「因假歸白閣
西草堂」，「田假」二字，義不可解，應作「因假」為是，「田」、
「因」二字，形近而訛。

② **傍** 鄭本作「傽」，案「旁」本作「丂」。

③ **悞** 《全唐詩》作「誤」。

④ **溪** 《全唐詩》作「谿」，案二字同。

【注】

1 **白閣** 案杜甫〈渼陂西南臺〉詩：「錯磨終南翠，顛倒白閣影」，
錢牧齋注引《（陝西）通志》云：「紫閣、白閣、黃閣三峰，俱在
圭峰東。紫閣，旭日射之，爛然而紫。白閣，陰森、積雪弗融。
黃閣不知。所謂，三峰相去不甚遠」。

2 **太白** 已見〈秋夜宿仙遊寺南涼堂呈謙道人〉詩注。

3 **紫閣** 《太平廣記》：「終南山紫閣峰，去長安城七十里」。《陝西
通志》：「紫閣峰，在西安府鄠縣東南三十里，旭日射之，爛然而
紫，其形上聳，若樓閣然。杜甫詩（〈秋興〉）云：『紫閣峰陰入
渼陂』，即此是也」。《一統志》：「陝西西安府紫閣峰，在鄠縣東
南」。縣志：「峰在縣東南三十里，迄東有白閣，黃閣峰，三峰相
距不甚遠」。

4 **衡門** 已見〈潭石淙望秦嶺微雨貽友人〉詩注。

5 **二仲** 謂求仲、羊仲。已見〈自潘陵尖還少室居止秋夕憑眺〉詩註。

6 **達士** 見解高超，不同凡俗之人。《後漢書》〈仲長統傳〉：「至人能變，達士拔俗。」《呂氏春秋・知分》：「達士者，達乎死生之分。」

7 **野硙** 已見〈春半與群公同遊元處士別業〉詩注。

8 **夜鐘** 江總〈入龍丘巖精舍詩〉：「暗谷留征鳥，空林徹夜鐘。」

【箋】

1 黃香石曰：「此作極有氣魄，起首數句突兀」「早開達士語」二句，轉筆豪後。（《唐賢三昧集箋注》）。

2 高步瀛曰：「起勢雄莽，結語微妙，魄力沈厚，意境幽渺」（《唐宋詩舉要》）。

3 鍾惺曰：「南溪聞夜鐘，結好」（《唐詩歸》）。

4 譚元春曰：「雨在八九峰，奇響。」又曰：「指定八九峰，誰人數過」（《唐詩歸》）。

5 唐汝詢曰：「嘉州五古運筆一法，選詩者宜去其雷同，才是精金」（《唐詩解》）

6 洪亮吉曰：「詩奇而入理，乃謂之奇，若奇而不入理，非奇也。盧玉川、李昌谷之詩，可云奇而不入理者矣。詩之奇而入理者，其惟岑嘉州乎！如〈遊終南山〉詩：『雷聲傍太白，雨在八九峰，東望白閣雲，半入紫閣松』。余嘗以乙巳春夏之際，獨遊南山紫、白兩閣，遇急雨，回憩草堂寺，時原空如沸，山勢欲頹，急雨劈門，怒雷奔谷，而後知岑詩之奇矣。大抵讀古人之詩，又必身親其地，身歷其險，而後知心驚魄動者，實由于耳聞目見得之，非妄語也」（《北江詩話》）。

7 近滕元粹評：「寓感慨之意，故氣魄可見也。」（《箋注唐賢詩集》卷下）

8 王士禛曰：「時返照初霽，亂雲乍歸，南望白閣，紫閣諸峰，紫

翠萬狀，岑詩『遙看白閣雲，半入紫閣松』，形容酷肖。」（《帶
經堂詩話》）

9 賀貽孫曰：「詩家化境，如風雨馳驟，鬼神出沒，滿眼空幻，滿
耳飄忽。突然而來，倏然而去，不得以字句詮，不可以跡相求，
如岑參〈歸白閣草堂〉起句云：『雷聲傍太白，雨在八九峰，東
望白閣雲，半入紫閣松』又〈登慈恩寺〉詩中間云：『秋色從西
來，蒼然滿關中。五陵北原上，萬古青濛濛』，不惟作者至此，
奇氣一佳，即諷者亦把捉不住。安得刻舟求劍，認影求真乎？近
見注詩者將『雨在八九』、『雲入紫閣』、『秋從西來』、『五陵』、
『萬古』語，強為分解，何異癡人說夢。」（《詩筏》）

太一¹石鱉²崖口潭舊廬招王學士

驟雨鳴淅瀝³，颮颮⁴溪谷寒。碧潭千餘尺，下見蛟龍蟠。石門
吞眾流，絕岸呀⁵層巒。幽趣倏萬變，奇觀非一端。偶逐干祿
徒⁶，十年皆小官⁷。抱板⁸尋舊圃，弊廬⁹臨迅湍。君子滿清朝¹⁰，
小人思掛冠¹¹。釀酒瀘松子¹²，引泉通竹竿。何必濯滄浪¹³，
不能釣嚴灘¹⁴。此地可遺老，勸君來考槃¹⁵。

【校】

① 淅瀝　宋本、鄭本、黃本、石印本並作「浙瀝」，誤。

【注】

1 太一　《舊唐書・地理志》：「京兆府武功縣，有太一山，高十八
里」。《一統志》：「太一山在終南山南二十里，連亙秀特，上插雲
霄」。參閱前〈秋夜宿仙遊寺南涼堂呈謙道人〉詩注。

2 **石鱉**　《長安志》：「萬年縣，石鱉谷在縣西南五十里」。又曰：「石鱉谷水北流一十五里，復而流一十里，入長安縣界」《一統志》：「石鱉谷在長安縣南，名勝志以谷口有巨圓石如鱉，故名。長安、咸寧，以此分界」。《陝西通志》卷九：「石鱉谷在（咸寧）縣西南五十五里，谷口大石如鱉，咸（寧）、長（安）以此分界，內有景陽川、梅花澗、九女潭、仙人跡……谷口有白圓石，其巨如屋，類鱉。」崖口潭當在其下，崖口潭舊廬，當即「高冠草堂」，王學士，生平未詳。

3 **淅瀝**　謝惠連〈雪賦〉：「霰淅瀝而先集」。劉良注：「淅瀝，細下貌，細者先下，後遂紛雜而多。」

4 **颮颸**　參見〈登嘉州凌雲寺作〉詩注。

5 **呀**　案「呀」猶「呀呷」。《文選》木華〈海賦〉：「猶尚呀呷，餘波獨湧」，李善注：「呀呷，波相吞吐之貌」。《說文》二上〈新附〉：「呀，張口貌」。

6 **干祿徒**　《論語・為政》：「子張學干祿」。注：「鄭曰：干，求也。祿，祿位也。干祿徒，謂干謁求官者」。

7 **十年皆小官**　案天寶十二載，公在長安，是春顏真卿出為平原太守，公有詩送之（見前注）。又案天寶三載，公解褐右內率府兵曹參軍（見杜確《岑嘉州詩序》）後，高仙芝表為右威衛錄事參軍，充節度使幕掌書記，前後所任為正九品下，正八品下，故云「皆小官也」。自三載至十二載為十年，公詩當作於此時（說詳聞一多《岑嘉州繫年考證》）。

8 **抱版**　《後漢書》〈范滂傳〉：「抱版棄官而去。」章懷太子注：「版，笏也。」《三國志・吳志》〈朱治傳〉：「治每進見孫權，常親近，執版交拜。」《世說・雅量》劉注引宋明帝〈文章志〉：「桓溫止新亭，大陳兵衛，呼（謝）安及（王）坦之，欲於座害之，王入失措，倒執手版。晉、宋以來之手版，此乃不經今還謂之笏，以法古名。」按抱板，猶執笏也，言居官也。

9 **弊廬**　《禮記・檀弓》：「有先人之敝廬在」。案「敝」與「弊」

通，弊廬猶言弊舍也。陶潛〈移居〉詩：「弊廬何必廣，取足蔽床席」。

10 **清朝**　政治清明之朝庭也。《後漢書》〈楊震傳〉：「損辱清朝，塵點日月。」

11 **掛冠**　已見〈與高適薛據同登慈恩寺〉詩注。

12 **漉松子**　《說文》：「漉，浚也，从水鹿聲。涤，漉，或从彔。一曰：水下貌也。」段注：「〈封禪文〉：『滋液滲漉』，後世言漉酒，是此義。《廣雅・釋言》：「漉，滲也。」松子，本草：松子味甚甘，道家服食，能絕粒，偓佺（古仙人名）好食松子。」

13 **濯滄浪**　《楚辭・漁父》：「漁父莞爾而笑，鼓枻而去，歌曰：『滄浪之水清兮，可以濯吾纓，滄浪之水濁兮，可以濯吾足』，遂去不復與言」。案《文選》五臣注云：「清喻明時，可以脩飾冠纓而仕也：濁喻亂世，可以抗足遠去」。

14 **嚴灘**　已見〈送李巉遊江外〉詩注。

15 **考槃**　《詩・衛風》〈考槃〉：「考槃在澗，碩人之寬」，《毛傳》：「考，成也，槃，樂也」。《朱子集傳》：「考，成也，槃，槃桓之意，言成其隱處之室也」。書言故事隱逸類：「遁身避世，自成其志曰考槃」。案賢者隱居避世，以成其樂也。

左僕射相國冀公東齋幽居 同黎拾遺所獻[1]

丞相百僚[2]長，兩朝[3]居此官。成功雲雷際[4]，翊聖[5]天地安。不矜南宮[6]貴，祇向東山[7]看。宅占鳳城[8]勝，窗中雲嶺寬。午時松軒夕，六月藤齋寒。玉佩賔[9]女羅[10]，金印[11]耀牡丹。山蟬上衣桁[12]，野鼠緣藥盤。有時披道書，竟日不著冠。幸得趨省闥[13]，

常欣在門闌。何當復持衡[14]，短翮期風摶[15]。

【校】

① **題**　《全唐詩》作〈左僕射相國冀公東齋幽居同黎拾遺賦獻〉，宋本、鄭本、黃本、石印本並無「同黎拾遺所獻」六字。

② **成功**　黃本、鄭本並作「成公」，誤。

③ **東山**　宋本、鄭本、黃本、石印本並作「山東」。

④ **窻**　宋本、黃本、石印本並作「窻」，鄭作作「窻」，《全唐詩》作「牕」，案「窻、窻、窻、牕」四字皆同。

【注】

1 **題**　《舊唐書・肅宗紀》：「至德元載七月甲子，即皇帝位於靈武……以御史史丞裴冕為中書侍郎同平章事。至德二載三月辛酉，以左相韋見素，平章事裴冕為左右僕射，並罷知政事，……十二月戊午，右僕射裴冕封冀國公。」〈代宗紀〉：「寶應元年九月丙午，右僕射裴冕貶施州刺史……廣德二年二月戊寅，以澧州刺史裴冕為左僕射兼御史大夫充東都、河南、江南、淮南轉運史。」《岑詩繫年》：「此詩云『左僕射相國冀公』當作於廣德二年」是也。「六月滕齋寒」、「山蟬上衣桁」是季夏之時。《岑嘉州交遊事輯》：「《元和姓纂》：『宋城黎氏，唐右拾遺黎昕』」。李白《與韓荊州書》：「中間崔宗之、房習祖、黎昕、許瑩之徒，或以才名見知，或以清白見賞」。王維有〈青龍寺三首與黎昕戲題〉、〈黎拾遺昕裴迪見過秋夜對雨之作〉又有〈臨高台送黎拾遺詩〉，黎拾遺，疑即此人。《舊唐書》〈裴冕傳〉：「河東人也，為河東冠族，天寶初，以門蔭再遷渭南縣尉，以吏道聞御史中丞王鉷充京畿採訪使，表為判官，遷監察御史，歷殿中待御史，冕雖無學術，守職通明，果於臨事，鉷甚委之，及鉷得罪伏法……冕獨收鉷屍，親自護喪，瘞於近郊，冕自是知名……累遷員外郎中，玄宗幸蜀至益昌郡，遙詔太子充天下兵馬元帥，以冕為御史中丞兼左庶子

之副……遇太子於平涼，見陳事勢，勸之朔方，亟入靈武。冕與
杜鴻漸、崔漪等勸進……肅宗即位。以定策功遷中書侍郎，同
中書門下平章事，倚以為政。會宰臣杜鴻漸卒，元載遂舉冕代
之……拜職未盈月，卒，大曆四年十二月也。」

2 **百僚** 《尚書‧皋陶謨》：「百僚師師。」孔安國傳：「僚，官也。」

3 **兩朝** 謂肅宗、代宗兩朝也。

4 **雲雷際** 風雲變幻之時。《易》屯卦：「象曰：雲雷屯，君子以經
綸」，孔穎達正義：「經謂經緯，綸謂綱綸，言君子此法屯象有為
之時，以經綸天下，約束於物」。

5 **翊聖** 案「翊」者，佐也。（見《漢書‧百官公卿表》集注引張
晏）。「翊」作「佐」意，乃假借。《說文通訓定聲》：「翊，假借
為翼」。「翊聖」即輔佐聖朝之意。杜甫〈諸將詩〉：「炎風朔雪天
王地，只在忠臣翊聖朝」。

6 **南宮** 已見〈初至西虢官舍南池呈左右省及南宮諸故人〉詩注。

7 **東山** 謂隱居地。《晉書》〈謝安傳〉：「安棲遲東土，屢召不至，
高崧謂之曰：卿屢違朝旨，高臥東山，諸人每相與言，安石不肯
出，將如蒼生何」及敗苻堅，朝野倚重。安雖受朝寄，然東山之
志始末不渝，每形於言色。案東山在今紹興府上虞縣西南四十五
里，安故居，今為國慶禪寺。

8 **鳳城** 案杜甫〈夜詩〉：「步蟾倚杖看北斗，銀漢遙應接鳳城」。
趙次公注：「秦穆公女吹簫，鳳降其城，因號丹鳳城，其後言京
城曰鳳城」。

9 **罥** 《玉篇》：「罥，掛也。」罥音ㄐㄩㄢˋ。

10 **女蘿** 已見〈上嘉州青衣山中峰題惠淨上人幽居〉詩注。

11 **金印** 漢丞相金印，唐內外官為銅印。《漢書‧百官公卿表》：
「相國、丞相皆秦官，金印紫綬，掌丞天子，助理萬機。」

12 **衣桁** 已見〈初至西虢官舍南池呈左右省及南宮諸故人〉詩注。

13 **省闥** 尚書省之門也。《爾雅‧釋宮》：「宮中之門，謂之闈」。
《後漢書》〈第五倫傳〉：「伏見虎賁中郎將竇憲，椒房之親，典司

禁兵，出入省闥。」

14 **持衡**　《唐書》：「天下之勢，猶持衡」。注：「衡，平也，此首
重，則彼尾輕」。《書言故事》卷九〈宰相類・鈞衡〉：「宰相秉鈞
持衡。《晉書》：中書地在禁近，秉鈞持衡，多承寵任」。案鈞，
均也，衡，平也。宰相秉國之政，得其均平。指宰相評量人才及
錄用，如持衡之輕重而得其平也，句言何時當復為相也。

15 **風搏**　已見「送張秘書充劉相公通汴河判官」詩注。

過緱山¹王處士黑石谷²隱居

舊居緱山下，偏識緱山雲。處士久不還，見雲如見君。別來逾十
秋³，兵馬日紛紛。青溪開戰場⁴，黑谷屯行軍。遂令巢由⁵輩，
遠逐麋鹿群⁶。獨有南澗水，潺湲⁷如昔聞。

【校】
①逾　百家選作「餘。」

【注】
1 **緱山**　《元和郡縣志》：「緱氏山在河南府緱氏縣東南二十九里，
王子晉得仙處」。按在今河南偃師縣南四十里，一名覆釜堆。《列
仙傳》謂周靈王太子晉，在此山乘白鶴升仙。案《列仙傳》：「王
子喬者，周靈王太子晉也。好吹笙，作鳳凰鳴，遊伊、洛之間，
道士浮邱公接以上嵩高山，三十餘年後，求之於山上見桓良曰：
『告我家七月七日，待我於緱氏山巔，至時，果乘白鶴、駐山頭，
望之不得升舉手謝時人而去』」。

2 **黑石谷**　案「黑石谷」，即「黑谷」。《一統志》：「黑谷在河南

府嵩縣西南八十里」。《古今圖書集成·方彙匯編·山川典》卷五十六：「黑石谷在少室北，唐岑參有〈緱山黑石谷〉詩。」

3 **十秋兩句** 《岑詩繫年》：「詩曰：『別來逾十秋』，謂天寶初自少室別業移家關中，迄今已十餘年也。又曰：『兵馬日紛紛』，謂安史之亂也。至德二載收復東京，乾元二年又失之，其前後公皆不能至緱氏，詩蓋乾元元年作。王處士，生平未詳。」

4 **青溪開戰場** 《水經注》：「《郡國志》：滎陽縣有廣武城，城在山上，漢所城也。高祖與項羽，臨絕澗對語，責羽十罪，羽射漢祖中胸處也」。《一統志》：「古戰場在開封府廣武山下，即楚漢戰處」。案李白有〈登廣武古戰場懷古〉詩，詩云「戰場」，疑即此處。

5 **巢由** 《高士傳》：「巢父者，堯時隱人也，山居，不營世利，年老，以樹為巢，而寢其上，故時人號曰巢父。」又：「許由字武仲，陽城槐里人也，為人據義履方，邪席不坐，邪膳不食，後隱於沛澤之中，堯讓天下於許由，由於是遁耕於中岳潁水之陽，箕山之下，終身無經天下事」。

6 **麋鹿群** 案麋亦鹿屬。《史記·淮南衡山列傳》：「臣聞子胥諫吳王，吳王不用，乃曰：『臣今見麋鹿遊姑蘇之臺也』」。劉峻〈廣絕交論〉：「是以耿介之士……歡與麋鹿同群。」《文選》左思〈魏都賦〉：「化為戰場，故今臣亦見宮中生荊棘，露霑衣也。」

7 **潺湲** 《文選》謝靈運〈七里瀨詩〉：「石淺水潺湲，日落山照曜」，李善注：「潺湲，水流貌」；呂延濟注：「潺湲，水聲」。

【箋】

陸時雍曰：「起處意致絕佳」（《唐詩鏡》）

林臥

偶得魚鳥¹趣，復茲水木涼。遠峰帶雨色，落日搖川光。臼中西山藥²，袖裡淮南方³。唯愛隱几⁴時，獨遊無何鄉⁵。

【校】

① **臼中**　鄭本作「日中」。誤。

【注】

1 **魚鳥**　《文選》嵇康〈與山巨源絕交書〉：「游山澤，觀魚鳥，心甚樂之，一行作吏，此事便廢」。按〈鞏北秋興寄崔明允〉詩：「所適在魚鳥」此詩云：「偶得魚鳥趣。」上篇云：「遂耽水木興」，此詩云：「復茲水木涼」（下篇又云：「心淡水木會，興幽魚鳥通」上篇云：「隱几閱吹葉」此篇云：「唯愛隱几時」「性本愛魚鳥，未能返巖谿」（〈虢州郡齋南池幽興因與閻二侍御道別〉），似同時或先後作。

2 **臼中西山藥**　魏文帝〈折楊柳行〉：「西山一何高，高高殊無極。上有兩仙僮，不飲亦不食。與我一丸藥，光耀有五色。服藥四五日，身輕生羽翼」。《文選》沈約〈宿東園詩〉：「若蒙西山藥，頹齡儻能度」。

3 **淮南方**　《水經注》：「淮南王劉安折節下士，篤好儒學，養方術之徒數十人，皆為俊異焉，多神仙秘法鴻寶之道，忽有八公，皆鬚眉皓素，詣門希見。門者曰：『吾王好長生，今先生無住衰之術，未敢相聞』，八公咸變成童，王甚敬之，八士並能鍊金化丹，出入無間，乃與安登山，埋金於地，白日升天，餘藥在器，雞犬舐之者，俱得上昇」。崔豹《古今注》：「淮南王，淮南小山之所作也。淮南服食求仙，徧禮方士，遂與八公相攜俱去，莫知所在，小山之徒，思戀不已，乃作淮南王之曲焉」。

4 **隱几** 《莊子·齊物論》:「南郭子綦隱几而坐」。《釋文》:「隱，
 馮也」。按隱，讀去聲。

5 **無何鄉** 《莊子·逍遙遊》:「今子有大樹，患其無用，何不樹之
 於無何有之鄉，廣莫之野」。成玄英疏:「無何有，猶無有也。
 莫，無也，謂寬曠無人之處，不問何物，悉皆無有，故曰無何有
 之鄉也。」

緱山西峰草堂作[1]

結廬[2]對中岳[3]，青翠常在門。遂耽[4]水木興，盡作漁樵言。頃來
闚章句[5]，但欲閑心寬[3]。日色隱空谷，蟬聲喧暮村。曩聞道士語[6]，
偶見清淨源[7]。隱几[8]閱吹葉[9]，乘秋眺歸根[10]。獨遊念求、仲[11]，
開逕招王孫[12]。片雨下南澗，孤峰出東原。棲遲[13]慮益澹，脫略
道彌敦[14]。野靄晴拂枕，客帆遙入軒。尚平[15]今何在，此意誰與
論。佇立[16]雲去盡，蒼蒼月開園。

【校】

① **岳** 宋本、鄭本、黃本、石印本、《全唐詩》並作「嶽」，案二字
 同。

② **閑** 鄭本、黃本、《全唐詩》並作「閒」，案二字同。

③ **寬** 宋本、鄭本、黃本、石印本並作「魂」，案二字同。

【注】

1 **題** 《太平寰宇記》卷四:「緱氏山，在縣東南二十里。」聞一多
 曰:公生平所居之地，見於詩者又有「緱山草堂」、「陸渾別業」
 及「王屋別業」疑皆天寶中遷長安以前所居之地，其遷徙年次，

則不詳。

2 **結廬** 陶潛〈飲酒詩〉:「結廬在人境,而無車馬喧」。

3 **中岳** 案中岳即嵩山,亦名嵩高山。《元和郡縣志》:「嵩高山在河南府登封縣北八里,亦名外方山,東曰太室,西曰少室,嵩高其總名,即中岳也。山高二十里,周圍一百三十里」。

4 **耽** 《尚書·無逸》:「惟耽樂之從。」孔傳:「過樂謂之耽。」

5 **闕章句** 《漢書》〈夏侯勝傳〉:「勝從父子建字長卿,自師事勝及歐陽高,左右采獲,又從五經諸儒問。與尚書相出入者,牽引以次章句,具文飾說,勝非之曰:『建所謂章句小儒,破碎大道』,建亦非勝為學疏略,難以應敵。」謂分析古書之章節句讀。

6 **曩聞道士語** 《晉書》〈王羲之傳〉:「山陰有一道士,養好鵝。羲之往觀焉。」道士指道教徒。宋僧宗密《盂蘭盆經疏》下:「佛者傳此方,呼僧為道士。」《說文》七上:「曩,曏也,不久也。」

7 **清淨源** 清淨,謂不煩擾也。《俱舍論》:「暫永遠離一切惡行煩惱垢故,名為清淨。」

8 **隱几** 已見〈林臥〉詩注。

9 **吹葉** 謂風吹葉落也。

10 **歸根** 《老子》:「夫物芸芸,各復歸其根」。《莊子·知北遊》:「今已為物也,欲復歸根,不亦難乎」。

11 **求仲** 已見〈因假歸白閣西草堂〉詩注。

12 **王孫** 《楚辭》〈劉安招隱士〉:「王孫遊兮不歸,春草生兮萋萋」。王逸注:「隱士避世在山隅也」。

13 **棲遲** 《詩·陳風》〈衡門〉:「衡門之下,可以棲遲」,毛傳:「棲遲,遊息」。

14 **脫略道彌敦** 案脫略者,謂超乎塵情之外也(即縱任不受拘束之意)。《文選》江淹〈恨賦〉:「脫略公卿,跌宕文史」,李善注:「杜預左氏傳注曰:脫,易也,賈逵《國語注》曰:略,簡也」。陳子昂〈感遇〉詩之十九:「清淨道彌敦」。

15 **尚平** 已見〈自潘陵尖還少室居止秋夕憑眺〉詩注。

16 **佇立** 《詩・邶風》〈燕燕〉:「瞻望弗及,佇立以泣」,毛傳:「佇立,久立也」。

【箋】

1 譚元春曰:「蒼蒼月開園,有此一句結,從前都精神起來,其妙在開字,然無蒼蒼二字,運用不出」。(《唐詩歸》)。

2 鍾惺曰:「幽而滿『頃來闋章句,但欲閒心魂』,大儒幽人,盡此二語。要知此二句,又不是不讀書人話頭。隱几二語,靜者之言,下句(「乘秋眺歸根」)尤閒細。『佇立雲去盡』,閒極。」(《唐詩歸》)。

3 周珽曰:「靈心綿綿,婉轉俊秀,便覺煙雲四起,可以自怡悅,亦復可人,隨想草堂中人物,閒靜之極」(《唐詩會通評林》)。

觀楚國寺[1]璋上人寫《一切經》[2]院南有曲池深竹

璋公不出院,群木閑深居。誓寫《一切經》,欲向萬卷餘。揮毫[3]散林鵲,研墨驚池魚。音飜四句偈[4],字譯五天書[5]。鳴鐘竹陰晚,汲水桐花初。雨氣濕衣鉢[6],香煙泛庭除。此地日清淨,諸天[7]應未如。不知將錫杖[8],早晚躡空虛。

【校】

① **閑深居** 宋本、鄭本、黃本、石印本並作「閉深居」。
② **飜** 宋本、鄭本、黃本、石印本並作「翻」,案二字同。
③ **濕** 《全唐詩》作「潤」。
④ **未如** 宋本、鄭本、黃本、石印本並作「來如」,非是。
⑤ **虛** 宋本、鄭本、黃本、石印本並作「虗」。

【注】

1 **楚國寺**　在唐長安晉昌坊西南隅，唐高祖為其被隋將所害之第五子智雲所立，水竹幽靜，類於慈恩。（計敏夫《長安志》）《唐會要》卷四十八：「楚國寺，晉昌坊，本隋廢興道寺，高祖起義太原，第五子智雲在京，為留守陰世師所害，後追封楚王，因立寺」。

2 **一切經**　佛經聚集之總量，亦稱《大藏經》，省曰《藏經》。《隋書・經籍志》：「開皇元年……京師及并州、相州、洛州等諸大都邑之處，並官寫一切經，置於寺內，而又別寫藏於秘閣」。按「一切經」之名，本此。詩當作於移居長安之後而赴安西之前，在開元末或天寶初。

3 **揮毫二句**　《晉書》〈王羲之傳〉：「曾與人書曰：張芝臨池學書，池水盡黑，使人耽之若是，未必復之也。」二句贊僧璋善書。

4 **四句偈**　案偈者，釋氏韻詞也。《翻譯名義集》：「偈者，《西域記》云：舊曰偈，或曰偈僂，梵音訛也，今從正音，宜云伽陀，此言頌，諸經雖五字、七字，為句不同，皆以四句為偈也」。天台《仁王經疏》中曰：「偈者，竭也，攝義盡，故名為偈。」偈音ㄐㄧˋ。

5 **五天書**　案「五天」者，五天竺之略，古印度東西南北中五區之稱。《大唐西域記》：「五印度之境，周九萬餘里，三垂大海，北背雪山，北廣南狹，形如半月」。王維〈六祖碑序〉：「談笑語言，曾無戲論，故能五天重跡，百越稽首」。

6 **衣缽**　佛家以衣缽為師弟傳授之法器，衣謂袈裟，缽謂食具。《六祖壇經》：「五祖忍大師，傳衣缽六祖能大師」，謂傳道也。

7 **諸天**　案佛書言三界（謂生死往來之世界有三界），共有三十二天，自四天王天，至非有想非無想天，總謂之諸天。《法華經》：「爾時忉利諸天，先為彼佛」。

8 **錫杖二句**　已見〈送青龍招提歸一上人遠遊吳楚別詩〉注。

驪姬墓¹

驪姬²北原上，閉骨³已千秋。澮水⁴日東注，惡名終不流。獻公⁵
恣耽惑，視子如仇讐。此事成蔓草⁶，我來逢古丘。蛾眉⁷山月
落，蟬鬢⁸野雲愁。欲吊二公子⁹，橫汾¹⁰無輕舟。

【校】

① 題 《全唐詩》、《英華》並作「驪姬墓下作 夷吾、重耳墓隔河相去
十三里」

② 耽 宋本、鄭本、黃本、石印本並作「躭」。

③ 讐 宋本、鄭本、黃本、石印本並作「讎」，案二字同。

④ 山月落 《全唐詩》、《英靈集》並作「山月苦」。

⑤ 舟 《英華》作「丹」，誤。

【注】

1 **驪姬墓** 《元和郡縣志》：「驪姬墓在河東府正平縣南八里。」案正
平，在今山西新絳縣西南，墓在澮水北岸。案此詩為遊河東途中
之作，河東詩當作於天寶十一、二載年初。

2 **驪姬** 案驪姬，春秋驪戎女，晉獻公伐驪戎，獲姬歸，立為夫
人。《左傳》莊公二十八年：「晉獻公又娶二女於戎，大戎狐姬
生重耳，小戎子生夷吾。晉伐驪戎，驪戎男、女以驪姬歸，生奚
齊……驪姬嬖，欲立其子，二五卒與驪姬譖群公子而立奚齊。」
《左傳》僖公四年：「太子祭（齊姜）於曲沃，歸胙於公，公曰：
姬實諸宮，六日，公至，毒而獻之，公祭之地，地墳，與犬，犬
斃，與小臣，小臣亦斃，姬泣曰：賊由太子。太子奔新城，……
於新城……，重耳奔蒲，夷吾奔屈。二十三年，晉公子重耳，遂
奔狄。後歷齊、楚、秦而歸，在位九年，卒。」

3 **閉骨** 《文選》江淹〈恨賦〉：「無不煙斷火紀，閉骨泉裡。」案閉

骨，猶言埋骨。

4 **澮水二句**　《左傳》成公六年：「晉景公謀去故絳，欲居郇瑕。韓獻子曰：不如新田，土厚水深，居之不疾，有汾、澮，以流其惡。」杜預注：「澮水出平陽絳縣南，西入汾。惡，垢穢。」案澮水源出山西翼城縣東南澮山下，西流經絳縣之北及曲沃縣之南，至新絳縣境入汾水。此二句言驪姬惡名終不隨澮水流去。

5 **獻公**　名詭諸，周成王弟唐叔虞之後，初封唐，南有晉水，二世改晉侯，十七傳稱武公，子為獻公，在位二十六年。

6 **蔓草**　《左傳》隱公元年：「蔓草，猶不可除，況君之寵弟乎！」李白〈古風五十九首〉之四十三：「靈跡成蔓草，徒悲千載魂。」

7 **蛾眉**　狀人之眉，謂美好也。《詩・衛風》〈碩人〉：「領如蝤蠐，齒如瓠犀，螓首蛾眉，巧笑倩兮，美目盼兮。」此以壯月，謂新月也。

8 **蟬鬢**　梳鬢髮如蟬翼者。梁元帝〈登顏園故閣〉詩：「妝成理蟬鬢，笑罷斂蛾眉。」兩句寫月，雲如彼美姬，但見之而苦愁，因其惡名之故。

9 **二公子**　謂夷吾、重耳也。原注：「夷吾、重耳墓，隔河相去十三里。」

10 **橫汾**　漢武帝〈秋風辭〉：「泛樓船兮濟汾河，橫中流兮揚素波。」今引此作馮弔之意，未必與漢武同意。

東歸晚次潼關懷古[1]

暮春別鄉樹，晚景低津樓。伯夷在首陽[2]，欲往無輕舟。遂登關城望，下見洪水流。自從巨靈[3]開，流血千萬秋。行行潘生賦[4]，

赫赫曹公謀⁵。川上多往事，淒涼滿空洲。

【校】

① **洪水** 宋本、鄭本、黃本、石印本並作「洪河」。

【注】

1 **題** 東歸，還嵩陽也，作此詩時，似已在開元末矣。《新唐書・
地理志》：「華洲華陰郡華陰縣，有晉祠。」《通典・州郡一》：
「華州華陰縣太華山在南，有潼關，左傳所謂桃林塞也，本名衝
關。河自龍門南流，沖激華山東，故以為名」。《元和郡縣志》：
「關內道華州華陰縣，潼關在華州華陰縣東北三十九里，古桃林
塞也，春秋時晉侯使詹嘉、處瑕以守桃林之塞是也。關西一里有
潼水，因以名關」。又云：「河在關內南流，衝激關山，因謂之衝
關」。案地在今陝西潼關縣。

2 **伯夷在首陽** 《史記》〈伯夷列傳〉：「伯夷，叔齊，孤竹君之二
子也。武王已平殷亂，天下宗周，而伯夷，叔齊恥之，義不食周
粟，隱於首陽山，采薇而食之」。《一統志》：「山西平陽府有首陽
山，在蒲州東南三十里，即禹貢雷首山也，殷伯夷、叔齊隱此，
有夷齊廟並墓」。案首陽山，在今山西永濟縣南。

3 **巨靈** 《水經・河水注》：「左邱明《國語》云：華岳本一山當
河，河水過而曲行，河神巨靈，手盪腳蹋，開而為兩，今掌足
之跡仍存」。《文選》張衡〈西京賦〉：「左有崤函重險，桃林之
塞，綴以二華，巨靈贔屭（案贔屭，作力之貌。贔，扶祕切，音
ㄅㄧˋ，屭，許備切，音ㄒㄧˋ），高掌遠蹠，以流河曲，厥跡
猶存」。薛綜注：「華，山名也。巨靈，河神也。巨，大也。古語
云：此本一山當河，水過之而曲行，河之神以手擘開其上，足蹋
離其下，中分為二，以通河流，手足之跡，於今尚在」。《藝文
類聚・山部》引郭緣生〈述征記〉云：「華山對河東首陽山，黃
河流於二山之間，云本一山，巨靈所開，今睹手跡於華岳，而腳

跡在首陽山下」。唐・趙彥昭〈奉和聖制登驪山高頂寓目應制〉：
「河看大禹鑿，山見巨靈開。」

4 **行行潘生賦** 案《文選》卷十有潘岳〈西征賦〉，李善注引臧榮
緒《晉書》曰：「岳為長安令，作西征賦，述行歷，論所經人物
山水也」。案岳，滎陽中牟人，晉惠帝元康二年，岳為長安令。
因行役之感而作此賦，岳家在鞏縣南，故言西征。

5 **赫赫曹公謀** 《文選》潘岳〈西征賦〉：「惱韓、馬之大憝，阻關
谷以稱亂，魏武赫以霆震，奉義辭以伐叛」，李善注：「《魏志》
曰：建安十六年，關中諸將馬超韓遂等反，超等屯潼關。曹公西
征，與超等夾關為戰，大破之」。《水經注》卷四：「郭緣生述征
記：漢末之亂，魏武征韓遂、馬超，運兵此地，今除河之西，有
曹公壘道。」〈西征賦〉：「魏武赫以霆震，奉茂辭以伐叛，彼雖眾
其焉用，故制勝於廟算。」謀謂廟算也。

楚夕旅泊古興[1]

獨鶴唳江月[2]，孤帆凌楚雲。秋風冷蕭瑟[3]，蘆荻花紛紜。忽思湘
州老[4]，欲訪雲中君[5]。騏麟[6]息悲鳴，愁見豺虎群[7]。

【校】

① **蕭瑟** 《英華》作「蕭索」。

② **花** 《英華》作「夜」。

③ **忽思湘州老** 《英華》作「忽見湘川老」，宋本、鄭本、黃本、石
印本並作「忽思湘川老」。

【注】

1 **題** 案此詩題，疑作〈秋夕旅泊古興〉。詩云：「秋風冷蕭瑟，蘆
荻花紛紜」，與〈晚發五溪〉詩（詳五律注）：「芋葉藏山徑，蘆
花雜渚田」，下外江舟中懷終南舊居詩（詳後五古注）：「水宿已
淹時，蘆花白如雪」，並言蘆花，疑為一時所作。詩有楚字，當
已至戎州，為大歷三年秋日作。

2 **獨鶴唳江月** 《集韻》：「唳，鶴鳴也」。《晉書》〈陸機傳〉：「華
亭鶴唳」。《文選》謝朓〈遊敬亭山〉詩：「獨鶴方朝唳，飢鼯此
夜啼」。

3 **秋風冷蕭瑟** 魏文帝〈燕歌行〉：「秋風蕭瑟天氣涼，草木搖落露
為霜」。

4 **湘州老** 《唐賢三昧集箋注》：「羅含〈湘中記〉：『湘川清照五六
丈，下見底石如樗蒲。』是也，蒲湘之名，湘水又北，汨水注
之，西為屈潭，屈原懷沙，自沈於此，按此則湘川老，疑即指屈
原。屈原〈九章〉有懷沙九歌，又有湘君，則湘川老，或指湘君
歟？兩存其說，可也。」

5 **雲中君** 按《楚辭·九歌》有「雲中君」，王逸注：「雲神，豐隆
也」。又《漢書·郊祀志》云：「晉巫祠五帝，東君、雲中君（顏
師古注：「雲中君，謂雲神也。」）、巫社、巫祠、族人炊之屬」。
翁方綱《石洲詩話》：「岑嘉州詩：『忽思湘川老，欲訪雲中君』，
此乃後人用雲中君之所本也，與九歌原旨不同」。二句有欲訪神
仙而不得之感。

6 **騏麟句** 同麒麟，古人傳說之仁獸也，何法盛〈徵祥記〉：「麒
麟，毛蟲之長，仁獸也，牡曰騏，牝曰麟，牡鳴曰游聖，牝鳴曰
歸昌，秋鳴曰養綏，夏鳴曰扶幼」。案麒同騏。《初學紀》卷二九
《毛詩陸疏廣要》：「騏麟善走，故良馬因之亦名騏麟也。」騏麟喻
賢才亦岑參自喻。

7 **豺虎句** 《文選》張載〈七哀詩〉：「季世喪亂起。賊盜如豺虎」。
比喻楊子琳等。

【箋】

1　黃香石曰：「題與詩並妙」（《唐賢三昧集箋注》）。

2　近藤元粹增評：「亦有寓意」（《箋注唐賢詩集卷下》）。

先主武侯廟[1]

先主與武侯，相逢雲雷[2]際。感通君臣分，義激魚水[3]契。遺廟空蕭然[4]，英靈貫千歲。

【校】

1　**題**　《蜀志・先主傳》：「先主姓劉諱備，字玄德，涿郡涿縣人，建安二十六年，……即皇帝位於成都武擔之南，章武三年夏四月癸已，先主殂於永安宮（在奉節）……五月，梓宮自永安還成都，諡曰昭烈皇帝……秋八月，葬惠陵。」〈諸葛亮傳〉：「諸葛亮字孔明，琅邪陽都人也……（後主）建興元年，封亮武鄉侯……十二年八月，亮疾病，卒於軍。」《太平寰宇記》：「先主祠，在府南八里，惠陵東七十步。……諸葛武侯祠，在先主廟西，府城西有故宅。」《元和郡縣志》卷三一：「成都府成都縣，先主廟在縣南一十里」。《四川通志》：「漢昭烈帝廟，在府南八里，惠陵東七十步，前殿祀昭烈帝，後殿祀武侯」「武侯祠，在城南，與昭烈合祀一廟。」一在城北。案成都武侯祠堂，附於先主廟，夔州則先主廟、武侯廟各別。

2　**雲雷**　《易》屯卦：「雲雷屯，君子以經綸」。參閱前〈左僕射相國冀公東齋幽居〉詩注。

3　**魚水**　《三國志・蜀志》〈諸葛亮傳〉：「先主於是與亮，情好日密，關羽、張飛等不悅，先主解之曰：『孤之有孔明，猶魚之有

水也』，願諸君勿復言，羽飛乃止」。案魚水契，喻君臣情感極深也。

4 **蕭然** 蕭條之狀。陶潛〈五柳先生傳〉：「環堵蕭然，不蔽風日」。

文公講堂[1]

文公[2]不可見，空使蜀人傳。講席何時散，高堂豈復全。豐碑[3]文字滅，冥寞[4]不知年。

【校】

① **高堂** 宋本、鄭本、黃本、石印本、《全唐詩》並作「高臺」。

② **文字** 叢刊本「文字」下，舊缺一字，檢宋本、鄭本、黃本、石印本並作「滅」，今據補。

③ **冥寞** 《全唐詩》作「冥漠」。

【注】

1 **題** 《水經注》：「文翁為蜀守，立講堂，作石室於南城」。《元和郡縣志》：「南外城中有文翁學堂，一名周公禮殿」。《華陽國志》：「文翁立文學精舍講堂，作石室，一曰玉堂，在城南。安帝永初，後堂遇火，太守陳留高眹，更修立，又增造一石室」。

2 **文公** 《漢書·循吏傳》：「文翁，廬江舒人也，景帝末為蜀郡守，仁愛好教化，見蜀地僻陋有蠻夷風，文翁欲誘進之，乃送郡縣小吏開敏有材者張叔等十餘人，親自飭厲，遣詣京師，受業博士⋯⋯蜀生皆成就還歸，文翁以為石城，⋯⋯又修起學宮於成都市中，招下縣子弟，以為學官弟子，由是大化，蜀地學於京師者，比齊魯焉，至武帝時，乃令天下郡國，皆立學校官，文翁為

之始。文翁終於蜀，吏民為立祠堂，歲時祭祀不絕，至今巴蜀好文雅，文翁之化也。」

3 **豐碑**　紀功德之碑也。隋煬帝為揚素立碑銘：「夫銘功彝器，紀德豐碑，所以垂名跡於不朽，樹風聲於沒世」。

4 **冥寞**　陸機〈弔魏武帝文〉：「憚繐帳之冥寞，怨西陵之茫茫。」顏延之〈拜陵廟〉作：「衣冠終冥寞，陵邑轉蔥青。」劉良注：「冥寞，虛無也。」

揚雄草玄臺[1]

吾悲子雲[2]居，寂寞人已去。娟娟[3]西江月，猶照草玄處。精怪憙[4]無人，睢盱[5]藏古樹。

【校】

① **怪**　宋本、黃本、石印本並作「恠」，案二字同。

② **憙**　《全唐詩》作「喜」。

③ **古樹**　宋本、鄭本、黃本、石印本、《全唐詩》並作「老樹」。

【注】

1 **題**　《太平御覽》：「〈成都記〉曰：『成都縣南百步，有嚴君平，司馬相如，揚雄宅，今草玄遺跡尚存』」。《太平寰宇記》：「子雲宅在益州少城西南角，一名草玄堂」。《一統志》：「揚雄宅，在成都府城內西南，內有草玄堂及墨池，今成都縣治，即其地也」。

2 **子雲**　《漢書》〈揚雄傳〉：「揚雄字子雲，蜀郡成都人也。……時雄校書天祿閣上，治獄事使者來，欲收雄，雄恐不能自免，乃從閣上自投下，幾死。……京師為之語曰：『惟寂寞，自投

閣。……』家素貧，嗜酒，人希至其門，時有好事者載酒肴，從
遊學，而鉅鹿侯芭嘗從雄居，受其《太玄》、《法言》焉。……年
七十一，天鳳五年，卒。」

3 **娟娟** 月統清麗貌。杜甫〈船下夔州郭宿雨溼不得上岸別王十二
判官〉詩：「依沙宿舸船，石瀨月娟娟」。

4 **憙** 《說文》：「憙，說也，从心，喜，喜亦聲」，段注：「說者，
今之悅字」。

5 **睢盱** 《莊子‧寓言》：「而睢睢盱盱，而誰與居」郭象注：「睢睢
盱盱，跋扈之貌」。

司馬相如琴臺[1]

相如[2]琴臺古，人去臺亦空。臺上寒蕭瑟，至今多悲風。荒臺漢
時月，色與舊時同。

【校】

① **蕭瑟** 宋本、鄭本、黃本、石印本並作「蕭條」。

【注】

1 **司馬相如琴台** 《初學記》卷二四：「王褒〈益州記〉曰：『司馬
相如宅，在州笮橋北百許步。李膺云：市橋西二百步，得相如舊
宅，今海安寺南有琴臺故墟』」。〈成都記〉：「相如琴臺在城外浣
花溪之海安寺南，今為金花寺，城內非其舊。元魏伐蜀，下營於
此，掘塹得大甕二十餘口，蓋所以響琴也」。《一統志》：「琴臺在
成都府城南五里。」

2 **相如** 《史記》〈司馬相如列傳〉：「司馬相如者，蜀郡成都人也。

字長卿，漢景帝時為武騎常侍，非所好，乃客遊梁，作〈子虛賦〉、〈上林賦〉等，武帝聞其名，召為郎，乃以辭賦事武帝。旋以中郎特使西南夷，又拜孝文園令，病免，家居茂陵，卒。」又「相如擅長鼓琴，是時卓王孫有女文君新寡，好音，故相如謬與令相重，而以琴心挑之⋯⋯文君夜亡奔相如。」《太平寰宇記》卷七十二：「相如宅在州西四里」《蜀記》云：「相如宅在市橋西，即文君當壚（相如滌器處）。」按《史記》本傳：「相如與俱之臨邛，盡賣其車騎，置一洒舍酤酒，而令文君當壚，相如滌器於肆中，乃在臨邛，非成都也。」又〈益部耆舊傳〉：「宅在少城中笮橋下，有百許步是也。又有琴台在焉。」今為金花寺。陸遊〈文君井〉詩原注：「相如琴台在成都城中。」

【箋】

1 唐汝詢曰：「此詩言月與漢時同，正見物物之不同」（《唐詩解》）。

2 杜甫〈琴台〉詩：「茂陵多病後，尚愛卓文君。酒肆人間世，琴台日暮雲，野花留寶靨，蔓草見羅裙。歸鳳求凰意，寥寥不復聞。」

嚴君平卜肆[1]

君平曾賣卜[2]，卜肆荒①已久。至今杖頭錢[3]，時時地上有。不知支機石[4]，還在人間否。

【校】

① 荒　宋本、鄭本、黃本、石印本並作「蕪」。

【注】

1 **題** 《元和郡縣志》:「漢州雒縣君平卜台,在縣東一里」。《太平寰宇記》:「君平宅在益州西一里,雁橋東有嚴君平卜處,土臺高數丈」。《方輿勝覽》:「君平宅,在府城西,今為嚴真觀,一名君平宅(卜)肆,其後有井,名通仙。相傳君平所浚。」《蜀中名勝記》:「〈益州記〉曰:雁橋東有嚴君平卜處,土台高數丈。」「亀城水中出金雁,因謂之雁橋也」。《錦里耆舊傳》:「嚴君平卜肆之井猶存,今為嚴真觀。」陸游〈嚴君平卜台〉詩:「道上猶傳舊卜台。」君平宅在益州西一里。

2 **君平曾賣卜** 《高士傳》:「嚴遵字君平,蜀人也,隱居不仕,曾賣卜於成都市,日得百錢以自給,卜訖,則閉肆下簾,以著書為事」。

3 **杖頭錢** 謂沽酒之錢也。《晉書》〈阮修傳〉:「常步行,以百錢掛杖頭,至酒店,便獨酣暢……家無儋石之儲,晏如也。」

4 **支機石** 相傳為織女之石。《集林》:「昔有一人尋河源,見婦人浣紗,問之,曰:此天河也,乃與一石而歸,問嚴君平,君平曰:此織女支機石也。」宋之問〈明河篇〉:「明河可望不可親,願得乘槎一問津。更將織女支機石,還問成都賣卜人」。

張儀樓[1]

傳是秦時樓,巍巍至今在。樓南兩江[2]水,千古長不改。曾聞昔時人,歲月不相待。

【注】

1 **題** 盧求〈成都記〉:「府城本呼為錦城,秦滅蜀張儀所築也。

每面各三里，周回十二里，高七丈，屢皆傾側，忽有大龜同行，隨其所躡而築之，功果就焉，故亦號為龜城。」《華陽國志・蜀志》：「張儀築成都城，屢頹不立，忽有大龜周行，旋走。巫言：依龜行處築之，遂得堅立，城西南樓，百有餘尺，名張儀樓，臨山瞰江」。《元和郡縣志》：「成都縣西南樓，百有餘尺，名張儀樓，臨山瞰江，蜀中近望之佳處也」。《太平寰宇記》：「張儀樓，即宣明門樓也，重閣複道，跨陽城門，故左思〈蜀都賦〉云：結陽城之延閣，飛觀樹乎雲中」。

2 **兩江**　《文選》左思〈蜀都賦〉：「帶二江之雙流」，劉淵林注：「江水出岷山，分為二江，經成都南東，流經之，故曰帶也」。《水經・江水注》：「江水又東，逕成都縣，縣以漢武帝元鼎二年立，縣有二江，雙流郡下，故揚子雲〈蜀都賦〉曰：『兩江珥其前者也』」。《太平寰宇記》：「秦李冰穿二江於成都城中，皆可行舟，今謂內江，外江是也」。

昇遷橋[1]

長橋題柱去，猶是未達[2]時。及乘駟馬車[3]，卻從橋上歸。名共東流水，滔滔[4]無盡期。

【校】

① **題**　鄭本、《全唐詩》並作「昇僊橋」，案作「昇僊橋」是也，詳詩中注。

【注】

1 **題**　此詩題宜作「昇僊（仙）橋」，僊、遷二字形近而訛。《元和

郡縣志》:「昇仙橋，在成都縣北九里，相如初入長安，題其門，
不乘高車駟馬，不過汝下」。《華陽國志・蜀志》:「蜀郡（成都）
城北十里，有昇仙橋，送客觀，司馬相如初入長安，題其橋曰：
大丈夫不乘赤車駟馬，不過汝下也」。《太平寰宇記》:「漢州雒縣
七星橋，昔秦李冰開江，置七星橋，橋各一鐵鎖，上應七星，故
世祖謂吳漢曰：安軍宜在七星間」。〈李膺記〉云:「一長星橋，
今名萬里，七曲星橋，今名昇仙」。《方輿勝覽》卷五十一:「昇
仙橋，橋次有送客亭，司馬相如嘗題柱言:『不乘駟馬車，不過
此橋。』」

2 **未達** 《晉書》〈羊祜傳〉:「使聖聽知勝臣者多，未達者不少」言
未顯達也。

3 **駟馬車** 《史記》〈司馬相如列傳〉:「乃拜相如為中郎將，建節往
使，副使王然于，壺充國，呂超人，馳四乘之傳，……至蜀，蜀
太守以下郊迎。縣令負弩矢先驅，蜀人以為寵。」

4 **滔滔** 《文選》陸機〈歎逝賦〉:「水滔滔而日度」。李善注:「毛
詩曰：滔滔江漢」；呂延濟注:「滔滔，水流貌」。二句言聲名與
橋下之流水，同無盡期，謂長存天地間也。

萬里橋[1]

成都[2]與維陽[3]，相去萬里地。滄江東流疾，帆去如鳥翅。楚客過
此橋，東看盡垂淚。

【注】

1 **題** 《華陽國志・蜀志》:「西南兩江有七橋，直西門埤江中沖治
橋，西南在中門曰市橋，下石犀所潛淵中也。城南曰江橋，南渡

流曰萬里橋」。唐國史補:「蜀郡有萬里橋,玄宗至而喜曰:吾常自知,行地萬里則歸」。《元和郡縣志》:「萬里橋,架大江水,在成都縣南八里,蜀使費禕聘吳,諸葛亮祖之,禕歎曰:『萬里之路,始於此橋,因以為名。』」《太平寰宇記》:「萬里橋,在州南二里,亦名篤泉橋,橋之南有篤泉。」

2 **成都** 《元和郡縣志》:「劍南道成都府成都縣,本南夷蜀侯之所理也,秦惠王遣張儀司馬錯定蜀,因築城而郡縣之,自秦漢至國初以來,前後移徙十餘度,所理不離郡郭」。按即今四川成都縣。揚雄《蜀王本紀》:「江水為害,蜀守李冰乍石犀五枚,二枚在府中,一枚在市橋下,二枚在水中,以壓水精,因曰石犀里也。」

3 **維揚** 即今之「揚州」。《書‧禹貢》:「淮海惟揚州」。《梁溪漫志》:「古今稱揚州為維揚,蓋取禹貢『淮海惟揚州』之語,今則易惟作維矣」。

石犀[1]

江水初蕩潏[2],蜀人幾為魚[3]。向無爾石犀,安得有邑居[4]。始知李太守[5],伯禹[6]亦不如。

【注】

1 **題** 《輿地廣記》卷二十九:「秦時李冰作石犀,以壓水精,穿石犀渠於南江,命之曰犀牛里,縣取此以為名耳,不在其地也。」《華陽國志‧蜀志》:「秦孝文王,以李冰為蜀守,冰乃外作石犀五頭,以壓水精,穿石犀溪於江南,命曰犀牛里」後轉置犀牛二頭,一在府市市傍門,今所謂石中門是也,一頭沉之於淵。《水

經注》：「市橋下謂之石犀淵，李冰昔作石犀五頭，以壓水精，後轉移犀牛二頭在府中，一頭在市橋，一頭沈之于淵也」。陸放翁《老學庵筆記》：「石犀在廟之東階下，亦粗似一犀，正如陝之鐵牛耳，但望之大概似牛耳，一足不備，以他石續之，氣象甚古」。《元和郡縣志》：「犀浦縣次畿，東至府二十七里，本成都縣之界，垂拱二年分置犀浦縣，昔蜀守李冰造五石犀，沈之於水以壓怪，因取其事為名。」

2 **蕩潏** 《說文》：「潏，水湧出也」，案蕩潏，謂大水橫流。

3 **幾為魚** 《左傳》昭公六年：「劉子曰：『美哉禹功……微禹，吾其魚乎！』」《後漢書・光武紀》：「故趙繆王子林說光武曰：『赤眉今在河東，但決水灌之，百萬之眾，可使為魚』，光武不答。」

4 **邑居** 《西都賦》：「名都對郭、邑居相承。」張銑注：「名都謂近都之縣，對都與京都相對，故云邑居相承。」

5 **李太守** 謂李冰也。

6 **伯禹** 即禹也。《書・舜典》：「伯禹作司空」，集傳：「禹姒姓，崇伯鯀之子也。」《群碎錄》：「堯封禹為夏伯，故謂之伯禹」。

龍女祠[1]

龍女何處來，來時乘風雨。祠堂青林[2]下，宛宛如相語。蜀人競祈恩，捧酒仍擊皷。

【校】

① **皷** 宋本、鄭本、黃本並作「鼓」，案二字同。

【注】

1 **龍女祠**　黃休復《益州名畫記》卷中:「值孟令今改元,興修諸
廟,(浦)呼訓盡江瀆廟、諸葛廟、龍女廟。」《方輿勝覽》:「中
興寺《成都志》:唐高僧智浩於此寺嘗誦《法華經》,鄰有龍女
祠,龍每夜聽之,一夕,旋一珠寶,浩曰:『僧家無用』,龍以
神力化大圓石榴而去,今以水澆之,則『龍宮石寶』四字隱隱可
見。」知龍女祠亦在「州域西北」,今青龍街西府南街一帶。蘇頲
〈武擔山寺〉詩有云:「武擔獨蒼然,墳山下玉泉。鱉雲時共盡,
龍女事何遷。」唐李朝威〈柳毅傳〉,敍柳毅代龍女傳書事,元雜
劇〈張羽煮海〉寫張羽與龍女瓊蓮相婚事。明・楊慎〈送余學官
歸盛江〉詩:「白雨下,娶龍女……我誦綿州歌,思鄉心獨苦。」
見唐以後,龍女事傳不衰也。

2 **青林**　指武擔山言。

初過隴山²途中呈宇文判官¹

一驛³過一驛,驛騎如星流。平明發咸陽⁴,暮到隴山頭。隴水⁵
不可聽,嗚咽⁶令人愁。沙塵撲馬汗,霧露凝貂裘⁷。西來誰家
子⁸,自道新封侯。前月發安西⁹,路上無停留。都護¹⁰猶未到,
來時在西州¹¹。十日過沙磧,終朝¹²風不休。馬走碎石中,四蹄
皆血流。萬里奉王事¹³,一身無所求。也知塞垣¹⁴苦,豈為妻子
謀。山口月欲出,光照關城樓¹⁵。溪流與松風,靜夜相颼飀¹⁶。
別家賴歸夢,山塞多離憂¹⁷。與子且携手,不(愁)肯前路脩。

【校】

① **暮到**　《全唐詩》、《百家選》並作「暮及」。

② **光照** 宋本、鄭本、黃本、石印本、《全唐詩》、《百家選》並作「先照」。

③ **溪** 宋本、鄭本、黃本、石印本、《百家選》並作「谿」，案二字同。

④ **攜** 宋本、鄭本、黃本、石印本並作「攜」，案二字同。

⑤ **不肯** 宋本、鄭本、黃本、石印本、《全唐詩》、《百家選》並作「不愁」，案作「不愁」是也。

【注】

1 **題** 杜確〈岑嘉州詩集序〉：「天寶三載進士高第，解褐右內率府兵曹參軍，轉右威衛錄事參軍，又遷大理評事兼監察御史充安西節度判官。」《岑嘉州繫年考證》：「天寶八載，安西四鎮節度使高仙芝入朝，表公為右衛錄事參軍充節度使幕掌書記，遂赴安西。」其辟公為幕僚，似在八載入朝之頃，則初去家時，宜為天寶八載，此與高仙芝節制安西合，初次入朝之年，適合符節。宇文判官，生平未詳。

2 **隴山** 《通典・州郡四》：「天水郡，郡有大阪，名曰隴坻，亦曰隴山。」《續漢書・郡國志》：「涼州漢陽郡之隴有大阪，名隴坻」，劉昭注引辛氏三秦記：「其阪九迴，不知高幾許，欲上者七日乃越，高處可容百餘家，清水四注下」。又引郭仲產〈秦州記〉曰：「隴山東西百八十里，登山嶺，東望秦川，四五百里，極目泯然，山東人行役升此而顧瞻者，莫不悲思」。案山在今陝西省隴縣西北。

3 **驛** 《漢書・高帝紀》：「（田）橫摧乘傳諸雒陽。」顏師古注：「傳者，若今之驛，古者以車，謂之傳車，其後又單置馬，謂之驛騎。」張衡〈東京賦〉：「煌火馳而西流。」李周翰注：「火馳星流，言急也。」

4 **咸陽** 《三輔黃圖》：「咸陽在九嵕山渭水北，山水俱在南，故名咸陽。」地在今陝西咸陽縣。

5　**隴水**　《水經・河水注》：「隴水，即山海經所謂濫水也，昔馬援
　　為隴西太守，六年，為狄道開渠，引水種秔稻，而郡中樂業，即
　　此水也」。案隴水，今名東峪河，源出甘肅省渭源縣西，注洮水。

6　**鳴咽句**　郭仲產〈秦川記〉曰：「隴西郡隴山，其上縣巖吐溜，
　　於中嶺泉亭，因名萬石泉，泉溢漫散而下，溝澮皆注，故北人升
　　此而歌。歌曰：『隴頭流水，流離四下。念我行役，飄然曠野。
　　登高望遠，涕零雙墮。隴頭流水，鳴聲幽咽。遙望秦川，肝腸斷
　　絕』」。

7　**貂裘**　《說文》：「貂，鼠屬，大而黃黑，出胡丁零國」。《國策・
　　趙策》：「李兌送蘇秦黑貂之裘」。

8　**誰家子**　曹植〈白馬篇〉：「借問誰家子，幽并游俠兒」。

9　**安西**　已見〈武威送劉單判官赴安西行營便呈高開府〉詩注。

10　**都護**　此指安西都護節度使高仙芝。仙芝於天寶六載代夫蒙靈督
　　為安西四鎮節度使，至天寶十載入為羽林大將軍。

11　**西州**　《新唐書・地理志》：「西州交河郡、治前庭」今新疆吐魯
　　番東西四十餘公里。不知是否高仙芝入朝將自西州過隴山也，如
　　然，則岑參是受辟也。

12　**終朝**　《詩・小雅》〈采綠〉：「終朝采綠，不盈一匊。」傳：「自
　　旦及食時為終朝」，《老子》：「飄風不終朝，驟雨不終日。」

13　**王事**　《詩・小雅》〈四牡〉：「王事靡盬，我心傷悲」，《孟子・萬
　　章》：「勞於王事，而不得養父母也。」

14　**塞垣**　庾信陝州弘農〈那五張寺經藏碑〉：「昔為畿服，今成塞
　　垣」《晉書》〈石勒載記〉：「魏武復冀州之境，……北至於塞
　　垣。」

15　**關城樓**　大震關城樓也。

16　**颼飀**　風聲也，已見〈太一石鱉崖口潭〉詩注。

17　**離憂**　已見〈冀州客舍酒酣貽王綺〉詩注。

【箋】

1 沈德潛曰：「馬走碎石中，四蹄皆血流，語意警絕」（《唐詩別裁》）。

2 鍾惺曰：「平調不嬾」又曰：「十日過沙磧，終朝風不休，馬走碎石中，四蹄皆血流，漢魏人邊塞語」（《唐詩歸》）。

3 譚元春曰：「別家賴歸夢，從來作鄉夢語，奇妙者多矣，為此賴字占先」（《唐詩歸》）。

東歸發犍為至泥溪舟中作[1]

前日解侯印[2]，泛舟歸山東。平日發犍為，逍遙信回風[3]。七月江水大，滄波漲秋空。復有峨眉僧[4]，誦經在舟中。夜泊防虎豹，朝行逼魚龍。一道鳴迅湍，兩邊走連峰。猿拂岸花落，鳥蹄崖樹重。煙靄吳楚連，泝船湖海通。憶昨在西掖[5]，復曾入南宮[6]。日出朝聖人，端笏[7]陪群公。不意今棄置[8]，何由豁心胸。吾當海上去，且學乘槎翁[9]。

【校】

① 崖樹　宋本、鄭本、黃本、石印本並作「巖樹」。

② 泝船　宋本、鄭本、黃本、石印本並作「泝沿」。

③ 乘槎　宋本、鄭本、黃本、石印本並作「乘桴」。

【注】

1 題　案公〈阻戎瀘間群盜〉詩（詳後五古注）原注云：「戊申歲，余罷官東歸」，戊申歲為大歷三年，詩中云「七月江水大，滄波漲秋空」，則公罷官東歸，乃在本年七月也。犍為　《舊唐

書・地理志》：「嘉州犍為郡，本隋眉山郡，天寶元年更名，郡有
犍為縣，屬劍南道，今四川敘州府嘉定州，即其地」。按故治在
今四川樂山縣。泥溪　《蜀水考》卷一〈陳一津〉分疏：「泥溪一
名龍門溪，相傳即擁斯茫水。」〈附記〉：「泥溪源出井研縣東北
山谷，南為龍門溪，又西南受芙蓉溪，又西南受麻坪水……又南
過萬渡入汶江。」又卷二分疏：「汶江又東南過犍為縣城東北……
東南過月波驛，受泥溪」。今地圖蕨溪西北有泥溪，距嘉州水路
二百餘里，或即所指。《蜀中名勝記》卷十：「嘉州東北四十里有
麻平河，流出千佛崖，與泥溪合。」《一統志》：「泥溪在樂山縣東
五里，源出井研縣西南，流入大江。按《寰宇記》：『平羌縣有四
望水，在縣東南六十里，源出仁壽縣界，流經縣界，入大江』，
道理計之，即此水」。

2　**解侯印**　謂解去嘉州刺史印授，即罷職也。岑參於永泰元年受命
為嘉州刺史，大歷元年以職方郎中兼侍御史列置劍南節度使杜鴻
漸幕府，秋至成都。二年夏，杜鴻漸還朝後，岑參方別嘉州，今
罷職東歸，時大歷三年七月也。在嘉州刺史任上實際年餘，但以
始受命為永泰元年冬，則已三年。其罷官東歸，似亦以疾病，觀
其二年後即歿於成都，不難窺知。知此詩為大歷三年秋來歸途中
所作。

3　**回風**　已見〈登嘉州凌雲寺作〉詩注。

4　**峨眉僧**　案崔顥〈贈懷一上人〉詩：「法師東南秀，世實豪家
子，削髮十二年，誦經峨眉裏」。盧藏用〈陳子昂別傳〉：「友人
趙貞固，鳳閣舍人陸餘慶，道人史懷一，皆篤歲寒之友」，峨眉
僧疑即此人。

5　**西掖**　謂中書省。岑參曾為右補闕，故云。

6　**南宮**　謂尚書省，已見〈初至西虢官舍南池呈左右省〉詩注。

7　**端笏**　笏，臣下見皇帝時所執手板。江淹〈從建平王遊紀南城〉
詩：「斂袵依光采，端笏奉仁明。」

8　**棄置**　放棄不用也。《文選》魏文帝〈雜詩〉：「棄置勿復陳，客

子常畏人」。

9 **乘槎翁** 張華《博物志》卷三：「舊說云：天河與海通，近世有
人居海濱者，年年八月有浮槎，去來不失期，人有奇志，立飛閣
於槎上，多齎糧乘槎而去，十餘日中，猶觀日月星辰，自後茫茫
忽忽，亦不覺晝夜，去十餘日，奄至一處，有城郭、屋舍甚嚴，
遙望宮中多織婦，見一丈夫牽牛渚次飲之，牽牛人乃驚問曰：
『何由至此？』此人具說來意，並問此是何處。答曰：『君還至蜀
郡，訪嚴君平則知之』。竟不上岸，因還如期。後至蜀，問君平
曰：『某年月日，有客星犯牽牛宿』，計其年月，正是此人到天河
時也」。杜甫〈秋興〉詩：「奉使虛隨八月槎」案槎，筏也。《論
語·公冶長》：「道不行，乘桴浮於海，縱我者，其由也與。」大
者曰筏，小者曰桴。

與鮮于庶子自梓州成都（成）少尹自褒城同行至利（州）道中作[1]

剖竹[2]向西蜀，岷峨[3]眇天涯。空深北闕[4]戀，豈憚南路賒。前日
登七盤[5]，曠然見三巴[6]。漢水出嶓冢[7]，梁山[8]控褒斜[9]。棧道[10]
（籠）寵迅湍，行人貫層崖。巖傾劣通馬，石窄難容車。深林怯
魑魅[11]，洞穴防龍蛇。水種新插秧[12]（秧），山田正燒畬[13]。夜
猿嘯山雨，曙鳥鳴江花。過午方始飯，經時旋及瓜[14]。數公各游
宦，千里皆辭家。言笑忘羈旅[15]，還如在京華[16]。

【校】

① **題** 宋本、鄭本、黃本、石印本、《全唐詩》「利」字下有「州」
字。案此詩題應作〈與鮮于庶子自梓州成都成少尹自褒城同行至

利州道中作〉，疑「成都」二字下奪一「成」字，詳詩中注。

② **寵**　宋本、鄭本、黃本、石印本、《全唐詩》並作「籠」。案作「籠」字是。

③ **插秧**　黃本作「插秧」。

④ **游宦**　宋本、鄭本、黃本、石印本、《全唐詩》並作「遊宦」。

【注】

1 **題**　此題宜作〈與鮮于庶子自梓州成都成少尹自襄城同行至利州道中作〉。案大歷元年二月，杜鴻漸為山南西道劍南東西川副元帥，表公職方郎中兼侍御史，列於幕府（見杜確〈岑嘉州詩集序〉）。是年，公與鴻漸同行入蜀，自春徂夏，留滯梁州（公有過梁州奉贈張尚書大夫公詩，梁州對雨懷麴二秀才便呈麴大判官時疾贈余新詩，均見前注）。四月至益昌（案益昌即利州，杜鴻漸嘗駐節於此，公有〈奉和杜相公發益昌詩〉可證，詳七律注），是亦與鴻漸同入蜀之一證。《舊唐書》〈李叔明傳〉：「字晉卿（據于邵〈唐劍南東川節度使鮮于公經武頌〉：名晉，字叔明，閬州新政人，本姓鮮于氏代為豪族，兄仲通，天寶末為京兆尹，劍南節度使，兄弟並涉學，輕財好施，叔明初為劍南節度使楊國忠判官，乾元後為司勳員外郎，副漢中王瑀使回紇，回紇接禮稍倨，叔明離位責之……，可汗改容加敬，復命，遷司門郎中，後為京兆少尹、無幾，以疾斷，除右庶子，出為邛州刺史，尋拜東川節度，遂州刺史，復移鎮梓州，檢校戶部尚書……大歷末……送表乞賜宗姓，代宗以戎鎮寄重，許之，……以本官右僕射迄骸骨，改太子大傳，致仕，卒」。　梓州，《唐書‧地理志》：「劍南道有梓州梓潼郡，本新成都，天寶元年更名」。案故治在今四川三台縣。　襄城　《讀史方輿紀要》：「襄城縣，古襄國，周幽王得襄姒於此，秦為襄縣，隋初曰襄內縣，唐貞觀三年，改為襄城縣」。案故治在今陝西省南鄭縣西北。　利州　《讀史方輿紀要》：「四川保寧府廣元縣，漢屬廣漢郡，隋初改縣曰綿谷，為利州治，大業

初改州為義城郡，唐復為利州，亦曰益昌郡」。案即今四川廣元縣。

2 **剖竹** 《文選》謝靈運〈過始寧墅〉詩：「剖竹守滄海，枉帆過舊山」。李善注：「《漢書》曰：初與郡守為使符。《說文》曰：符信，漢置，以竹分而相合。」呂延濟注：「凡為太守，皆剖竹使符也」。

3 **岷峨** 指岷山與峨眉山，為西蜀大山，南北蔓延二千餘里。

4 **北闕** 《漢書·高帝紀》：「蕭何治未央宮，立東闕、北闕」。顏師古注：「未央殿雖南向，而上書奏事謁見之徒，皆詣北闕」。班固〈詠史詩〉：「上書詣北闕」。孟浩然〈歲暮歸南山〉詩：「北闕休上書，南山歸弊廬」。

5 **七盤** 《輿地紀勝》：「四川保寧府廣元縣北百七十里，有七盤嶺」。案「七盤嶺」，一名「五盤嶺」（公有〈早上五盤嶺〉詩，詳後注），與陝西寧羌縣接界，為秦蜀分界處，石磴七盤而上。

6 **三巴** 《元和郡縣志》：「項羽封漢王王巴蜀，天下既定，乃分巴蜀，置廣漢郡，武帝又置犍為郡，劉璋為益州牧，於是分巴郡自墊江以下為永寧郡，先主又以固陵為巴東郡，於是巴郡分為三，號曰三巴」。李白〈長干曲〉：「早晚下三巴。」盧僎〈南樓望〉詩：「去國三巴遠，登臨萬里春。」

7 **漢水出嶓冢** 《水經·漾水注》：「常璩《華陽國志》曰：漢水有二源，東源出武都氏道縣漾山為漾水，〈禹貢〉：『導漾東流為漢』是也。西源出隴西縣嶓冢山，會白水，經葭萌入漢，始源曰沔」。「嶓冢」已見〈梁州對雨懷麴二秀才〉詩注。

8 **梁山** 案梁山，一名梁州山，在陝西省南鄭縣東南。

9 **褒斜** 《史記》正義：「《括地志》云：『褒、斜二谷名，在漢中郡褒城縣北五十里，南口曰褒，北口曰斜，長四百七十里，同為一谷』」。參閱前〈過梁州奉贈張尚書大夫公〉詩注。

10 **棧道** 已見〈酬成少尹駱谷行見呈〉詩注。

11 **魑魅** 《左傳》文公十八年：「投諸四裔，以御魑魅」。杜預注：

「魑魅，（服虔曰：「魑魅，人面獸身，四足，好惑人。」）山林異氣所生，為人害者。魑，山神，獸形。魅，老精物也。」宣公三年：「魑魅罔兩，莫能逢之。」杜注：「螭，山神，獸形；魅，怪物，罔兩，水神」。「螭」一作「魑」。

12 **插秭**　秭，稻桿也。《廣雅・釋詁》：「秭，稅也」。《廣韻》：「秭，禾租也。」插秭，當謂插秧。

13 **燒畬**　案劉禹錫〈竹枝詞〉云：「銀釧金釵來負水，長刀短笠去燒畬」，舊注：「楚俗燒榛種田曰畬，先以刀芟治林木曰斫。畬其刀以木為柄，刃向曲，謂之畬刀」。吳景旭《歷代詩話》：「江南人多畬田，先燎鑪（燎音遼，縱火燒草也；鑪，火燒山界也），俟經雨乃下種，歷三歲，土脈竭，不可復種藝，但生草木，復燎旁山。又夢得（即禹錫）適連州作畬詩：『何處好畬田，團團縵山腹，鑽龜得雨卦，上山燒臥木』，李文饒（李德裕）謫嶺南道中作詩：『五月畬田收火米』，則不獨江南為然矣」。案畬，詩車切，音奢。

14 **及瓜**　《左傳》莊公八年：「齊侯使連稱，管至父戍葵丘，瓜時而往，曰：『及瓜而代』。期戍，公問不至，請代，弗許。」杜注：「問，命也，期音基，本亦作朞」駱賓王〈晚渡吳山有懷京邑〉詩：「旅思徒漂梗，歸期未及瓜」。

15 **羈旅**　《左傳》莊公二十二年：「羈旅之臣」，杜預注：「羈，寄也。旅，客也」。

16 **京華**　《文選》謝靈運〈齋中讀書〉詩：「昔余遊京華，未嘗廢丘壑」。案京華，謂京都也。

下外江舟中懷終南舊居[1]

杉冷曉猿悲，楚客心欲絕。孤舟巴山[2]雨，萬里陽臺[3]月。水宿已淹時，蘆花白如雪。顏容老難赭[4]，把鏡悲鬢髮。早年好金丹[5]，方士[6]傳口訣。弊廬[7]終南下，久與真侶[8]別。道書誰更開，藥竈煙遂滅。頃來厭塵網[9]，安得有僊骨[10]。嚴壑歸去來[11]，公卿是何物[12]。

【校】

① 題 《全唐詩》作「下外江舟懷終南舊居」。

② 赭 《全唐詩》作「頳」。

③ 弊 《全唐詩》作「敝」，案二字通。

④ 猿 宋本、鄭本、黃本、石印本並作「猨」，案二字同。

⑤ 僊骨 宋本、鄭本、黃本、石印本、《全唐詩》並作「仙骨」，案「僊」「仙」二字同。

【注】

1 題 《方輿勝覽》卷十：「內外江，水自渝上合州者謂之內江，自渝西戎，瀘上蜀者，謂之外江」杜甫〈寄岑嘉州〉詩：「外江三峽且相接」，終南舊居，即高冠草堂也。終南，已見〈潭石淙望秦嶺微雨作貽友人〉詩注。

2 巴山 已見〈青山峽口泊舟懷狄狄御〉詩注。

3 陽臺 宋玉〈高唐賦〉：「妾在巫山之陽，高丘之阻，且為朝雲，暮為行雨，朝朝暮暮，陽臺之下」。《一統志》：「陽臺在夔州府巫山縣北，南枕大江。宋玉賦云：楚王遊於陽雲之臺，望高唐之觀，即此」。

4 赭 《說文》：「赭，赤土也，從赤者聲」，段注：「赭之本義為赤上，引申為凡赤」。

5　**金丹**　求仙者所服食之藥餌。《抱朴子・金丹》：「昔左元放於天柱山中精思，而神人授之金丹仙經。」又：「金液入口，則其身皆金色，老子受之於元君，是為金丹」。案金丹，即黃金液與丹砂煉成之還丹也，服之可不老。

6　**方士**　有方術之士也。楊炯和〈劉侍郎入隆唐觀〉詩：「方士燒丹液，真人泛玉杯」。

7　**弊廬**　已見〈太一石鱉崖口潭〉詩注。

8　**真侶**　謂道士也。參閱前〈送青龍招提歸一上人遠遊吳楚別詩〉詩注。

9　**塵網**　陶潛〈歸園田居〉詩：「誤落塵網中，一去三十年」。

10　**僊骨**　《神仙傳》：「嚴青居貧，有人以書與青曰：汝有仙骨，應得長生」。杜甫〈送孔巢父謝病歸遊江東兼呈李白〉詩：「自是君身有仙骨，世人那得知其故」。

11　**歸去來**　《宋書》〈陶潛傳〉：「陶潛為彭澤令，郡遣督郵至縣，吏曰：『應束帶見之』，潛歎曰：『我不能為五斗米折腰，向鄉里小人。即日解印綬去，賦歸去來』」。

12　**公卿是何物**　日沒賀延磧作：「悔向萬里來，功名是何物」此言「公卿是何物」意正同也。較之〈登嘉州凌雲寺〉作：「一官詎足道」尤屬憤語。

安西館中思長安[1]

家在日出處，朝來喜東風。風從帝鄉[2]來，不與家信通。絕域[3]地欲盡，孤城天遂（窮）穹。彌年[4]但走馬，終日隨飄蓬。寂寞不得意，辛勤[5]方在公。胡塵淨古塞，兵氣宅邊空。鄉路眇天

外，歸期如夢中。遙憑長房術⁶，為縮天山⁷東。

【校】

① 喜 宋本、鄭本、黃本、石印本、《全唐詩》並作「起」。

② 不與 宋本、鄭本、黃本、石印本、《全唐詩》並作「不異」，《百家選》作「異鄉」。

③ 穹 宋本、鄭本、黃本、石印本、《全唐詩》、《百家選》並作「窮」，案作「窮」字是。

④ 宅 《全唐詩》、《百家選》並作「屯」。

⑤ 邊 鄭本作「邉」。

【注】

1 題 詩云：「朝來喜東風」、「彌年但走馬」當是天寶九載或十載春在安西之作。又云：「終日隨飄蓬」，所謂館，似是客館。日出處，指長安，此兼言家在安西之極東。

2 帝鄉 《莊子・天地》：「乘彼白雲，至於帝鄉」。案詩意謂京都也。

3 絕域 極偏僻遙遠之地。《文選》孫綽〈遊天台山賦〉：「邈彼絕域」，李善注：「絕，遠也」。《漢書》〈陳湯傳〉：「討絕域不羈之君，係萬里難制之虜。」豈有比哉？

4 彌年 終年也。《爾雅・釋言》：「彌，終也」。郭璞注：「終，竟也。」

5 辛勤 辛苦勤勞也。《南史》〈劉懷珍傳〉：「懷珍年老，以禁旅辛勤，求為閑職」。陶潛〈擬古詩〉：「辛勤無此比，常有好容顏」。

6 長房術 謂費長房縮地之法。《後漢書・方術傳》：「費長房，汝南人，隨壺翁學道，十餘日不成，翁與一竹杖，令騎歸，投入葛陂，化為龍，家人謂其已死，葬之十年，開棺，但見一青竹，長安因能役使鬼神，後失其符，遂為眾鬼所殺，初不言能縮地」。葛洪《神仙傳》：「費長房遇壺公，有神術，能縮地脈，千里聚在

目前宛然，放之復舒如舊」，此二句言欲借費長房之神術，使天
山東縮以歸。

7　**天山**　已見〈北庭貽宗學士道別〉詩注。

暮秋山行

疲馬臥長坂，夕陽下通津[1]。山風吹空林，颯颯[2]如有人[3]。蒼旻[4]
霽涼雨，石路無飛塵。千念集暮節[5]，萬籟[6]悲蕭辰[7]。鶗鴂[8]昨
夜鳴，蕙草色已陳[9]。況在遠行客[10]，自然多苦辛[11]。

【校】

① **空林**　《唐詩紀事》作「長林」。

② **蒼旻**　《唐詩紀事》作「蒼梧」，誤。

【注】

1　**通津**　謝瞻〈王撫軍庾西陽集別作〉詩：「頹陽照通津，夕陰曖
平陸」。

2　**颯颯**　九歌山鬼：〈風颯颯兮木蕭蕭〉王逸注：「風木搖動以言恐
懼失其所也。」《廣雅・釋訓》：「颯颯，風也」《玉篇》卷二十：
「颯，風聲。」

3　**有人**　《楚辭・九歌》〈山鬼〉：「若有人兮山之阿」。

4　**蒼旻**　《說文》：「旻，秋天也，從日文聲。〈虞書〉說：「仁覆閔
下，則稱旻天」，段注：「秋氣或生或殺，故以閔下言之」。《爾
雅・釋天》：「秋為旻天」，邢昺疏：「李巡曰：秋萬物成熟，皆有
文章，故曰旻天」。

5　**千念集暮節**　《初學記》：「十二月曰暮節」。案詩意，當指暮

秋。《文選》謝靈運〈入彭蠡湖口〉詩:「千念集日夜,萬感盈朝昏」。又〈九日從宋公戲馬台集送孔令〉詩:「季秋邊朔苦,旅鴈違霜雪……良辰感聖心,雲旗興暮節。」謂暮秋時節。

6 **萬籟** 《初學記·天部上》:「風吹萬物有聲曰籟」。

7 **蕭辰** 《文選》殷仲文〈南州桓公九井作詩〉:「哲匠感蕭晨,肅此塵外軫」。李善注:「蕭晨,言秋晨也,言秋晨蕭瑟」。案五臣本「晨」作「辰」。謂秋風蕭瑟之時辰。

8 **鵜鴂** 《楚辭·離騷》:「恐鵜鴂之先鳴兮,使乎百草為之不芳」。王逸注:「鵜鴂,一名買鶬,常以春分鳴也。鵜一作鴂。」田藝衡《留青日札》卷十二:「鴃,一作博勞,伯勞……一名鵜鴂」。〈離騷〉:「恐鵜鴂之先鳴兮,百草為之不芳,蓋春分鳴,則眾芳生,秋分鳴則眾芳歇。」卷三十一:「子規,人但知其為催春歸去鳥……而不知亦為先春而鳴之鳥。或岑用服(虔):鵜鴂,一名鴃,伯勞說」,北地較寒,鳴亦較晚,「秋分早過,已至暮秋」觀此詩二句,似非虛寫。《廣雅·釋鳥》:「鵜鴂,買鶬、子鴂也」案:子鴂鴂又作「子規」,一名「杜鵑」,王念孫廣雅疏證以王逸說為是,而不從服虔伯勞之說。

9 **蕙草色已陳** 陸機〈悲哉行〉:「蕙草色已陳。」

10 **遠行客** 《古詩十九首》:「人生天地間,忽如遠行客」。

11 **苦辛** 《古詩十九首》:「無為守窮賤,轗軻長苦辛」。

【箋】

1 商璠曰:「參詩語奇體峻,意亦造奇,至如『長風吹白茅,野火燒枯桑』,可謂逸才。又『山風吹空林,颯颯如有人』,宜稱幽致也」(《河岳英靈集》)。

2 譚元春曰:「颯颯如有人,誦之心驚」(《唐詩歸》)。

3 鍾惺曰:「『千念集暮節』五字,苦調苦境,身歷始知」(《唐詩歸》)。

4 周珽曰:「晉人詩:茅茨隱不見,雞鳴知有人,此云:山風吹

空林，颯颯如有人，同一意法，由荒境中寫出真趣，幽奧自奇」（《唐詩會通評林》）。

5 范晞文曰：「岑參詩：疲馬臥長坂，夕陽下通津，山風吹空林，颯颯如有人。賈島云：數里聞寒水，山家少四鄰，怪禽啼曠野，落日恐行人。遠途悽慘之意，畢見於此」（《對床夜話》）。

6 劉永濟曰：「詩寫旅途荒野淒寂之狀，如在目前」。（《唐人絕句精華》）

7 王士禎曰：「岑詩『山風吹空林，颯颯如有人。』……余遊廬山，亦得句云：『薜荔衣怪樹，山風恐行人。各寫一時所見，而句法相似。然岑詩亦本古詩：『羅帷舒卷，似有人開』意非創也。」（《分甘餘話》）。按「羅帷舒卷」二句，乃李白獨漉篇語，古辭乃言「空林低帷，誰知無人」，王氏誤記。

8 桂天祥曰：「岑詩縝密精細，蕭曠自在裏評。」（《批點唐詩正聲》）

赴犍為經龍閣道[1]

側逕搏青壁，危橋透滄波。汗流出鳥道[2]，膽碎窺龍渦[3]。驟雨暗溪谷，歸雲網松蘿[4]。屢見羌兒笛，厭聽巴童歌。江路險復永[5]，夢魂愁更多。聖朝幸典郡[6]，不敢嫌岷峨[7]。

【校】

① **側逕搏青壁** 宋本、鄭本、黃本、石印本並作「側徑轉青壁」，《全唐詩》作「側逕轉青壁」，英華作「側逕轉月壁」。

② **危橋** 宋本、鄭本、黃本、石印本、《全唐詩》、《英華》並作「危梁」。

③ **龍渦** 《英華》作「魚窩」。

④ **溪谷** 《全唐詩》作「谿口」。

⑤ **屢見** 宋本、鄭本、黃本、石印本、《全唐詩》、《英華》並作「屢聞」。案作「屢聞」是也。

【注】

1 **題** 案詩為大歷元年夏，初過五盤嶺後經龍門閣時所作。《新唐書・地理志》：「嘉州犍為郡，本眉山郡，天寶元年更名。……縣八、龍遊、平羌、峨眉、夾江、玉津、綏山、羅目、犍為。治龍遊。」龍遊，在今四川樂山市。《元和郡縣志》：「龍門山，在（利州綿谷）縣東北十二里」《蜀中名勝記》卷二十四：「（廣元縣）北為棧閣道……其最險者為石欄橋，《方輿》云：自城北至大安軍界，管橋欄閣共萬五千三百六十一間，惟石欄，龍洞之其他閣道雖險，然在山腰，亦惟有徑，可以增置閣道，獨惟此閣，石壁斗立，虛鑿石竅而架木其上，比他處極險。」……岑參〈赴犍為經龍閣道〉詩（從略）……本志，北十里千佛崖即古龍門閣，先是懸崖架木作棧而行，後鑿石為千佛像，成通衢矣」。沈佺期有〈過蜀龍門閣〉詩，杜甫有〈龍門閣〉詩。《一統志》：「龍門閣在保寧府廣元縣嘉陵江上。」杜甫〈龍門閣〉詩：「清江下龍門，絕壁無尺土。」

2 **鳥道** 庾信〈秦州天水郡麥積崖佛龕銘〉：「鳥道乍窮，羊腸忽斷。」李善《文選注》引〈南中八志〉曰：「交阯郡治龍編縣，自興古鳥道四百里，以其險絕，獸猶無蹊，特上有飛鳥之道耳。」按後人稱高峻之徑曰鳥道，本此。案鳥道，謂連山高峻，甚少低缺處，惟飛鳥過此，以為徑路，總謂人跡所不能至也。李白〈蜀道難〉：「西當太白有鳥道，可以橫絕峨眉巔。」

3 **龍渦** 謂深潭旋渦也。郭璞〈江賦〉：「盤渦轂轉。」李善注：「渦，水旋流也。」參閱「江上阻風雨」「盤渦」詩注。

4 **松蘿** 已見〈上嘉州青衣山中峰題惠淨上人幽居〉詩注。

5　**永**　長也。《爾雅・釋詁》：「永，長也。」《詩・周南》〈漢廣〉：
　　「江之永矣，不可方思。」毛傳：「永，長也。」

6　**典郡**　主理州事，為刺史也。《漢書》〈雲敞傳〉：「唐林言敞可典
　　郡，擢為魯郡大尹。」典，主也。

7　**岷峨**　岷山，峨眉山，已見前注。

江上阻風雨¹

江上風欲來，泊舟未能發。氣昏雨未過，突兀²山復出。積浪成
高丘，盤渦³為嵌窟。雲低岸花掩，水漲灘草沒。老樹蛇脫皮，
崩崖龍退骨。平生抱忠信⁴，艱險殊可忽⁵。

【校】

①　**題**　《英華》作「江山阻風雨」。

②　**未過**　《全唐詩》、《英華》並作「已過」。

③　**蛇**　宋本、鄭本、黃本、石印本並作「虵」，案二字通。

④　**灘草**　《英華》作「艱草」，誤。

⑤　**退**　《英華》作「蛻」。

⑥　**樹**　《英華》作「樹」，案二字同。

【注】

1　**題**　案大歷二年四月，杜鴻漸入朝奏事，以崔寧知西川留後。六
　　月，鴻漸至京師，薦寧才堪寄任，上乃留鴻漸復知政事，罷使
　　職，於是幕府解散，而公乃離成都赴嘉州刺史之任。此詩與前
　　〈赴犍為經龍閣道〉詩，並為赴嘉州任途中所作。

2　**突兀**　已見〈登慈恩寺塔〉詩注。

3 **盤渦** 《文選》郭璞〈江賦〉:「盤渦轂轉,凌濤山頹」,李善注:
「渦,水旋流也」,張銑注:「盤渦,言水深風壯,流急相衝,盤
旋作深渦,如轂之轉」。楊炯〈廣溪峽詩〉:「驚浪迴高天,盤渦
轉深谷」。楊慎《升庵詩話》:「蜀江三峽中,水波圓折者,名曰
盤,音漩。杜甫〈愁詩〉:「盤渦鷺浴底心性,柳樹花發自分明。」
張蠙〈黃牛峽〉詩:「『盤渦逆入嵌崆地,斷壁高分繚繞天。』,
是也」。

4 **抱忠信** 《孔子家語》卷二〈致思〉:「孔子自衛反魯,息駕於河
梁而觀焉。……有一丈夫方將厲之,逆渡而出。孔子問之,……
丈夫對曰:『始吾之入也,先以忠信,及吾之出也,又從以忠
信』」楊炯〈巫狹〉詩:「忠信吾所蹈,泛舟亦何傷。」與此詩意
同。

5 **殊可忽** 言殊可不在意也。

經火山[1]

火山今始見,突兀蒲昌[2]東。赤焰燒虜雲,炎氛蒸塞空。不知陰
陽炭[3],何獨燃此中。我來嚴冬時,山下多炎風。人馬盡汗流,
孰知造化[4]功。

【校】
① **燃** 全唐詩作「然」,案二字通。

【注】
1 **題** 詩云:「火山今始見,突兀蒲昌東」,可知為岑參初赴安西,
行至蒲昌(今新疆鄯善)時所作。又云:「我來嚴冬時,山下多

炎風。」當為天寶八載冬日之作。案火焰山在新疆吐魯番盆地中
北部,《隋書》作「赤石山」東西長達一百公里,南北寬約十公
里,海拔約五百米,主要為紅砂石所構成,因夏季氣候乾熱,在
強烈陽光照射下,紅金砂岩熠熠發光,宛如陣陣烈焰,故名。
《文選》鮑照〈苦熱行〉:「赤阪橫西阻,火山赫南威。」李善注
引東方朔《神異經》曰:「南荒外有火山焉,長四十里,廣四五
里,其中皆生木,晝夜火燃,雖暴風雨,火不滅。」

2 **蒲昌**　《讀史方輿紀要》:「蒲昌城,在吐魯番西,高昌所置始
昌城也。唐貞觀中,置縣於此,屬西州,其東南有蒲類海,因
名」。案故治在今新疆鄯善縣。

3 **陰陽炭**　《文選》賈誼〈鵩鳥賦〉:「且夫天地為鑪兮,造化為
工;陰陽為炭兮,萬物為銅。」

4 **造化**,謂天地也。《淮南子‧原道訓》:「是故大丈夫與造化者
俱。」高誘注:「造化,天地也。」古人以為陰陽二氣,化生萬
物,此以為喻。《莊子‧大宗師》:「以天地為大爐,以造化為大
冶。」

題鐵門關樓[1]

鐵門天西涯,極目[2]少行客。關門一小吏,終日對石壁。橋跨千
仞危,路盤兩崖窄。試登西樓望,一望頭欲白[3]。

【校】

1 **題**　安西都護府,當時設於龜茲(今新疆庫車縣),鐵門關在焉
耆(今新疆焉耆縣)西五十里,從瓜州往安西,必須經過鐵門
關。鐵門關在新疆庫爾勒縣城北,扼孔雀河上游,長達十四公里

的陡峭峽谷的出口,是古代進入塔里木盆地重要孔道。晉代在此設關,因其穩固,故稱鐵門關。峽谷亦因之稱鐵關谷,也叫遮留谷,今通稱哈滿溝。這裡峭壁千仞,地勢險要,「橋跨千仞危,路盤兩岸窄」,唐代詩人岑參的〈題鐵門關樓〉,真實地描繪出這段絲綢之路的艱險。《新唐書·地理志》:「自焉耆西五十里,過鐵門關。」《大唐西域記》:「羯霜那國東南山行三十餘里,入鐵門。鐵門者,左右帶山,山極峭峻,雖有狹徑,加之險阻,兩傍石壁,其色如鐵,既設門扉,又以鐵錮,因其險固,遂以為名。」《釋迦方誌》:「鐵門關左右石壁,其色如鐵,鐵固門扉,懸鈴尚在,即漢塞之西門也。出鐵門關,便至睹貨邏國。」案地在今蘇屬中亞境內阿姆河之北。

2 **極目** 盡目力所及之遠望也。王粲〈登樓賦〉:「平原遠而極目兮,蔽荊山之高岑。」呂延濟注:「思故國之風而極目遠望,為荊山所蔽。」

3 **頭欲白** 《越絕書》卷十一:「晉鄭王聞而求之……於是楚王聞之,引泰阿之劍,登城而麾之……猛獸歐瞻,江水折揚,晉鄭之頭畢白。」謂鬚髮皆白也。言西望則荒遠可悲,髮將白矣。

早上五盤嶺[1]

平旦驅駟馬,曠然出五盤。江回兩崖鬥,日隱群峰攢。蒼翠煙景曙,森沉[2]雲樹寒,松疏露孤驛,花密藏回灘。棧道[3]溪雨滑,畬田[4]原草乾。此行為知己[5],不覺蜀道難[6]。

【校】

① **鬥** 宋本、黃本、石印本並作「鬪」,鄭本作「鬭」,《英華》作

「瀾」。

② **煙**　宋本、石印本並作「烟」，案二字同。

【注】

1 **題**　《岑嘉州繫年考證》：〈早上五盤嶺〉詩曰：「松疏露孤驛，花
　密藏回灘。棧道溪雨滑，畬田原草乾。」景物與前「梁州對雨」
　彷彿，蓋自梁州南行道中作也。詩又曰：「此行為知己，不覺蜀
　道難」，知己既謂杜鴻漸（註：〈陪狄員外早秋登府西樓因呈院
　中諸公〉詩曰：「知己猶未報，鬢毛颯已霜。」亦謂鴻漸）。此亦
　公與鴻漸同行入蜀之證。五盤嶺　案五盤嶺，即前詩（〈與鮮于
　庶子自梓州成都成少尹自襃城同行至利州道中作〉）所言之「七
　盤」。《方輿勝覽》：「五盤嶺屬利州」，利州，即今四川廣元縣。
　杜甫有〈五盤詩〉云：「五盤雖云險，山色佳有餘，仰凌棧道
　細，俯映江木疏」云云，可與本詩互參。《一統志》卷三九〇：
　「七盤嶺在保寧府廣元縣北一百七十里，一名五盤嶺。」

2 **森沉**　陰冷貌。鮑照過〈銅山掘黃精〉詩：「銅溪晝森沉，乳寶
　夜涓滴」。

3 **棧道**　已見〈酬成少尹駱谷行見呈〉詩注。

4 **畬田**　《廣韻》：「畬，燒榛種田，式車切」。《集韻》：「畬，火種
　也」。參閱前「與鮮于庶子自梓州成都成少尹自襃城同行至利州
　道中」詩注。

5 **知己**　謂杜鴻漸也。

6 **蜀道難**　案《樂府詩集》卷四十有〈蜀道難〉，郭茂倩引《古
　今樂錄》曰：「王僧虔技錄有〈蜀道難行〉，今不歌」。〈樂府解
　題〉：「〈蜀道難〉，備言銅梁玉壘之險」。案李白有〈蜀道難〉詩。

入劍門作寄杜楊二郎中時二公並為杜元帥判官[1]

不知造化[2]初，此山誰開拆。雙崖[3]倚天立，萬仞從地劈。雲飛
不到頂，鳥去難過壁。速駕畏巖傾，單行愁路窄。平明地仍黑，
停午[4]日暫赤。凜凜[5]三伏[6]寒，巉巉[7]五丁[8]跡。與時忽開閉，
作固[9]或順逆。磅礴跨岷峨，巍蟠限蠻貊。星當娵參[10]分，地起
西南僻。斗覺煙景殊，杳將華夏隔。劉氏[11]昔顛覆，公孫曾敗
績。始知德不脩[12]，恃此險何益。相公總師旅，遠近罷金革[13]。
杜母[14]來何遲，蜀人應更惜。暫回丹青慮[15]，少用開濟[16]策。二
友華省[17]郎，俱為幕中客。良籌佐戎律[18]，精理皆碩畫。高文出
詩騷，奧學窮討賾。聖朝無外戶[19]，寰宇被德澤。四海今一家，
徒然劍門石[20]。

【校】

① **作固** 叢刊本「作固」下脱一字，檢宋本、鄭本、黃本、石印
本、《全唐詩》並作「或」，今據補。

② **地起** 《全唐詩》作「地處」。

③ **斗覺** 《全唐詩》作「陡覺」。

④ **不脩** 宋本、鄭本、黃本、石印本並作「不修」，案「脩」「修」
二字同。

【注】

1 **題** 詩為大歷元年入蜀途中作。《岑嘉州繫年考證》：「詩曰：『凜
凜三伏寒』，則六月始入劍門也。」錢起有〈賦得青城山歌送楊、
杜二郎中赴蜀軍〉之作（詳後附）。獨孤及〈送吏部杜郎中兵部
楊郎中入蜀序〉：「二公罷東西曹草奏啟事之劇而參軍西南⋯⋯可
當天子命將帥以守四方，丞相秉鉞，為唐南仲，擇佐命介，宜先

才者。」（《毘陵集》卷十五）《新唐書・宰相世系表》：「京兆杜氏，秀容令繹之子亞字次公，檢校禮部尚書。」《舊唐書》〈杜亞傳〉：「字次公，自云京兆人也，少頗涉學，善言物理及歷代成敗之事，至德初，於靈武獻封章，言政事，授秘書郎，其年杜鴻漸為河西節度，辟為從事，累授評事，御史。後入朝，歷工、戶、兵、史四員外郎，永泰末……杜鴻漸以宰相出領山劍副元帥，以亞及楊炎並為判官。」《新唐書・宰相世系表》：「扶風楊氏，播子炎，字公南，相德宗。」《舊唐書》〈楊炎傳〉：「字公南，鳳翔人。……父播，登進士第，隱居不仕。玄宗徵為諫議大夫，棄官就養。……炎美鬚眉，風骨峻峙，文藻雄麗……釋褐，辟河西節度掌書記……後副元帥李光弼奏為判官，不應。微拜起居舍人，辭祿就養岐下……服闋，久之，起為司勛員外郎，改兵部，轉禮部郎中知制誥，遷中書舍人，與常袞並掌綸誥……自開元以來，言詔制之美者，時稱常楊焉。」遷吏部侍郎，修國史。德宗即位，議用宰相，崔祐甫薦炎有文學器用，上亦自聞其名，拜銀青光祿大夫，門下侍郎同平章事……建中二年十月，詔曰：「……俾從遠謫，以肅具察，可崖州司馬同正。……去崖州司馬百里賜死，年五十五。」《新唐書》〈杜鴻漸傳〉：「及逾劍門，懲艾張獻誠敗，且憚旰雄武，先許以不死，既見，禮遇之，不敢加譙責，反委以政，日與從事杜亞、楊炎縱酒高會，因薦旰為成都尹。」劍門　《唐六典註》：「劍閣在劍州普安縣界，今謂之劍門」。《太平寰宇記》：「劍門縣，本漢梓潼縣地，諸葛武侯相蜀，於此立劍門，以大劍山至此有隘束之路，故曰劍門，姜維距鍾會於此」。

2　**造化**　已見〈經火山〉詩注。

3　**雙崖二句**　《文選》張載〈劍閣銘〉：「惟蜀之門，作固作鎮，是曰劍閣，壁立千仞」，李善注：「酈元《水經注》曰：小劍戍北去大劍三十里，連山絕險，飛閣相通，故謂之劍閣也。」呂延濟注：「劍閣言其峰如劍，其勢如閣，壁立謂峻也，千仞言高也」。

4　**停午**　《初學記》：「《纂要》云：日在午曰亭午」，《文選》孫綽

〈遊天台山賦〉：「羲和亭午，遨氣高褰」，劉良注：「亭，至也」。
案亭、停二字通。

5 **凜凜** 《玉篇》：「凜凜，寒也」。言日光不到，盛暑猶寒也。

6 **三伏** 《初學記》卷四：「陰陽書曰：從夏至後第三庚為初伏，第
四庚為中伏，立秋後初庚為終伏，謂之三伏」。案伏者，隱伏避
盛暑也。

7 **巉巉** 案巉即漸之假借字，《詩·小雅》〈漸漸之石〉：「漸漸之
石，維其高矣」，毛傳：「漸漸，山石高峻之貌」。

8 **五丁** 《華陽國志·蜀志》：「時蜀有五丁力士，能開山，舉萬
鈞」。又：「秦惠王知蜀王好色，許嫁五女於蜀，蜀遣五丁迎之，
還到梓潼，見一大蛇入穴中，一人攬其尾掣之，不禁，至五人相
助，大呼拽蛇，山崩，時壓殺五人及秦五女，而山分為五嶺」。

9 **作固** 猶負固。張載〈劍閣銘〉：「惟蜀之門，作固作鎮。是曰劍
閣，壁立千仞。窮地之險，極路之峻。世濁則逆，道清斯順。閉
由往漢，開自有晉。」呂向注：「作固作鎮，大可為鎮，險可為固
也。」二句意本此銘，言蜀中或治或亂，劍門或開或閉。

10 **觜參** 案觜、參，二星名。古人以天上星宿分布與地域相附。觜
星，為二十八宿之一，白虎七宿之第六宿，本名娵觜，為觜巂、
座旗、司怪各星座所構成。參，三星，居西方七宿之末，隋〈丹
元子步天歌〉：「三星相近作參蒦，觜上座旗直指天，尊卑之位九
相連，司怪曲立座旗邊，四烏大近井鉞前」〈春秋玄命苞〉：「觜、
參流為益州」。觜音貲。

11 **劉氏二句** 《詩·王風》〈黍離序〉：「閔周氏之顛覆。」孔疏：
「閔傷周室之顛墜覆敗」《文選》張載〈劍閣銘〉：「興實在德，
險亦難恃。憑阻作昏，鮮不敗績，公孫既滅，劉氏銜璧。覆車之
軌，無或重跡。」李善注：「左氏傳曰：凡師大崩曰敗績。杜預
云：喪其功績（莊公十一年）也。」四句節用劍閣銘文。又案：
「范曄《後漢書》：公孫述為導江卒正，假稱蜀都太守，自立為天
子，蜀使吳漢伐之，述死，吳漢盡滅公孫氏。《蜀志》曰：後主

諱禪，先主子也，魏使鄧艾伐之，後主輿親自縛，詣壘門。」

12 **德不脩二句**　《史記》〈吳起傳〉：「魏文侯既卒，起事其子武侯，武侯浮西河而下，中流顧而謂吳起曰：美哉乎！山河之固，此魏國之寶也。吳起對曰：在德不在險。昔三苗氏左洞庭，右彭蠡，德義不修，禹滅之。夏桀之居，左河濟，右泰華，伊闕在其南，羊腸在其北，脩政不仁，湯放之。殷紂之國，左孟門，右太行，常山在其北，太河經其南，脩政不德，武王殺之。由此觀之，在德不在險。若君不脩德，舟中之人，盡為敵國也」。

13 **金革**　喻軍（兵）事也。

14 **杜母**　《後漢書》〈杜詩傳〉：「杜詩字君公，河內汲人，遷南陽太守，性節儉而政治清平，以誅暴立威，善於計略，省愛民役，造作水排，鑄為農器，用力少而見功多，百姓便之又修治陂池，廣拓土田，郡內比室殷足，時人方於召信臣，故南陽為之語曰：『前有召父，後有杜母』」。案此以杜母喻杜鴻漸，〈廉范傳〉：「遷蜀郡太守……百姓為便，乃歌之曰，廉叔度（范字），未何暮……」此二句合用之。

15 **丹青慮**　《說文》：「青，東方色也，从生丹，丹青之信言必然」，段注：「俗言信若丹青，謂其相生之理，有必然也」。《後漢書》〈公孫述傳〉：「帝乃與述書，陳言禍福，以明丹青之信」，章懷太子注：「揚雄《法言》曰：王者之言，炳若丹青」。

16 **開濟**　於君國盡輔導之責，於民物有救濟之功，謂之開濟也。時謂杜鴻漸有拯時濟世之略。杜甫〈蜀相〉詩：「三顧頻煩天下計，二朝開濟老臣心」。

17 **華省**　已見〈送顏平原〉詩注。

18 **良籌佐戎律**　《史記》〈留侯世家〉：「臣請藉前箸為大王籌。」良籌，善謀也。《晉書・職官志》：「初有軍師祭酒，參掌戎律」《魏書》〈羊祜傳〉：「及贊戎律，熊武斯裁。」《爾雅・釋詁》：「律，法也」佐戎律，言助掌軍法也。

19 **無外戶**　《公羊傳》隱公元年：「王者無外」何休解詁：「王者以

天下為家，無絕義。」庾信〈宮調曲〉：「永從文軌一，長無外戶
人」倪璠注：「言王者以天下為一家，四海之內，皆文軌所及，
故無外戶之人也。」

20　**劍門石**　〈劍閣銘〉末曰：「勒銘山河，敢告梁益」二句言今天下
一統，不慮叛逆，故云劍門石銘空而無用也，劍門石即謂刻銘也。

【箋】

錢起有〈賦得青城山歌送楊杜二郎中赴蜀軍〉詩，茲錄之於下，
以供參考：

蜀山西南千萬重，仙經最說青城峰。青城嶺岑倚空碧，遠壓峨嵋
吞劍壁。錦屏雲起易成霞，玉洞花明不知夕。星台二妙逐王師，
阮瑀軍書王粲詩，日落猿聲連玉笛，晴來山翠傍旌旗，綠蘿春月
營門近，知君對酒遙相思。

阻戎瀘間群盜[1] 戊申歲余罷官東歸，屬斷江路，時淹泊戎州作。

南州[2]林莽深，亡命[3]聚其間。殺人無昏曉，屍積填江灣。餓虎
銜髑髏，饑烏啄心肝[4]。腥裏[5]灘草死，血流江水殷[6]。夜雨風蕭
蕭[7]，鬼哭連楚山。三江[8]行人絕，萬里無征船。唯有白鳥[9]飛，
空見秋月圓。罷官自南蜀[10]，假道[11]來茲川。瞻望[12]陽臺[13]雲，
惆悵不敢前。帝鄉[14]北近日，瀘口[15]南連蠻。何當遇長房[16]，縮
地到京關。願得隨琴高[17]，騎魚向雲煙。明主每憂人，節使[18]恒
在邊。兵革方禦寇，爾惡胡不悛[19]。吾竊悲爾徒，此生安得全。

【校】

① **題**　宋本、鄭本、黃本、石印本並無「戊申歲」等十八字。

② **啄** 宋本、鄭本、黃本、石印本並作「啄」。

【注】

1 **題** 此大歷三年秋至戎州以兵亂留滯不得前行時所作也。原注：
「戊申歲，余罷官東歸，屬斷江路，時淹泊戎州作」。案《通鑑‧
唐紀》：「大歷三年四月，崔寧入朝，以弟寬為留後，瀘州刺史楊
子琳帥精騎數千，乘虛突入成都，寬與子琳戰，數不利。七月，
崔寧妾任氏出家財數十萬募兵，得數千人，帥以擊子琳，破之，
子琳走」。又：「大歷四年二月……，子琳既敗，還瀘州，招聚亡
命，得數千人，沿江東下，聲言入朝」。群盜或即指楊子琳。　戎
瀘　《舊唐書‧地理志》：「戎州，中都督府，謂犍為郡治僰道，」
今四川宜賓市。瀘州、下都督府，治瀘州，今四川瀘州市。

2 **南州句** 指戎州、瀘州。地在蜀南，故云。林莽謂草木叢生。

3 **亡命** 《史記》〈張耳陳餘列傳〉：「張耳嘗亡命游外黃」，索隱：
「晉灼曰：命者，名也。」崔浩曰：「亡、無也，命、名也，逃匿
則削除名籍，故以逃為亡命。」此謂逃亡之人也。

4 **飢烏啄心肝** 杜甫〈野望〉詩：「饑烏似欲向人啼」。《說文》二
上：「啄，鳥食也。」

5 **腥裛** 《集韻》：「裛，香襲衣也」。《論語‧鄉黨》：「君賜腥」。
《釋文》：「腥音星」。《說文》《字林》並作「胜」，云：不孰也。
邢昺疏：「生肉」。

6 **江水殷** 案杜甫〈諸將〉詩：「曾閃朱旗北斗殷」，錢牧齋注：
「殷，於顏切，紅色也。《左傳》：「左輪朱殷。」案殷，音烟。

7 **蕭蕭** 荊軻〈易水歌〉：「風蕭蕭兮易水寒」。

8 **三江** 已見〈登嘉州詩凌雲寺〉詩注。

9 **白鳥** 已見〈初至西虢宮舍南池呈左右省〉詩注。

10 **罷官自南蜀** 杜確〈岑嘉州集序〉：「無幾，使罷，寓居於蜀」，
案此謂罷嘉州刺史（南蜀當指嘉州），刺史亦稱使君，故曰使
罷。公於大歷三年（戊申歲）七月，罷官東歸，至戎州，阻群

盜，淹泊瀘口，久之，乃改計北行，遂卻至成都。參閱後〈西蜀
旅舍春歎寄朝中故人呈狄評事〉詩注。

11 **假道句** 《左傳》僖公二年：「晉荀息……假道於虞以伐虢」，杜
預注：「假，借也」。茲川，指戎州，亦在岷江濱，有金沙江流
入，故云。時參泊戎州。

12 **瞻望** 翹首遠望也，《詩·邶風》〈燕燕〉：「瞻望弗及，涕泣如
雨」。

13 **陽臺** 已見〈下外江舟中懷終南舊居〉詩注。

14 **帝鄉** 《莊子·天地》：「乘彼白雲，至於帝鄉」，案此謂京都也。

15 **瀘口** 金沙江與岷江交會之口。《水經·若水注》：「若水東北至
犍為朱提縣西為瀘江水，又東北至僰道縣入於江」。《元和郡縣
志》：「瀘水在西瀘縣西一百十二里，諸葛亮征越巂，上疏云：五
月渡瀘，深入不毛，謂此水也」。《一統志》：「按《水經注》，瀘
水在朱提界，武侯渡瀘在其地，蓋即今之金沙江」。

16 **長房兩句** 趙與虤《娛書堂詩話》：「《列仙傳》：費長房遇壺翁，
有神術，能縮地脈，千里聚在目前，放之如初。岑參詩云：帝鄉
北近日，瀘口南連蠻，何當遇長房，縮地到京關；又云：惟求縮
腳地，鄉路莫教賒，蓋取諸此」。

17 **琴高兩句** 《文選》郭璞〈江賦〉：「海童之所巡遊，琴高之所靈
矯」。《列仙傳》：「琴高，趙人也，以鼓琴為宋康王舍人，行涓、
彭之術，浮游冀州、涿郡之間，二百餘年，後辭入涿水中，取龍
子，與諸弟子期曰，明日，皆潔齋待於水旁設祠屋，果乘赤鯉來
出坐祠中，且有萬人觀之，留月餘，復入水去。」趙與時《賓退
錄》並謂今寧國涇縣東北二十里有琴溪，溪之側有石臺，高一
丈，曰琴高臺相傳琴高隱所。祖孫登〈蓮調〉：「願逐琴高戲，乘
魚入浪中。」

18 **節使** 稱節度使崔寧等。《後漢書》〈廉范傳〉：「范世在邊，廣因
地積財富，悉以賑宗族朋友。」在邊，居邊地守土也，遣節度使
居邊，亦明主憂民之所為。

19 **悛** 《左傳》隱公六年：「長惡不悛」杜注：「悛，止也」襄公四年：「羿狄不悛」。注：「悛，改也」句言爾之惡，何不改悔也。《說文》：「悛，止也，从心夋聲」，段注：「《方言》卷六：『悛、懌，改也，自山而東，或曰悛，或曰懌』」。

西蜀旅舍春歎寄朝中故人呈狄評事[1]

春與人相乖，柳青頭轉白。生平未得意，覽鏡心自惜。四海猶未安，一身無所適。自從兵戈動，遂覺天地窄。功業悲後時，光陰歎虛擲。卻為文章累，幸有開濟[2]策。何負當途人[3]，心無矜窘厄[4]。回瞻後來者，皆欲肆轀轢[5]。起草思南宮，寄言憶西掖。時危任舒卷[6]，身退知損益[7]。窮巷草轉深，閉門日將夕。橋西暮雨黑，籬外春江碧。昨者初識君，相看俱是客。聲華[8]同道術，世業[9]通往昔。早須歸天階[10]，不能安孔席[11]。吾先稅歸鞅[12]，舊國如咫尺[13]。

【校】

① **心自惜** 《全唐詩》、《英華》並作「私自惜」。

② **覽鏡** 《英華》並作「攬鏡」。

③ **歎** 《英華》並作「難」，誤。

④ **虛** 宋本、黃本、石印本並作「盧」，案二字同。

⑤ **心無** 《全唐詩》作「無心」。

⑥ **厄** 《英華》作「阨」。案二字通。

⑦ **回** 《英華》作「迴」。

⑧ **肆** 《英華》作「相」。

⑨ **閉門** 宋本、石印本並作「閑門」。鄭本、黃本並作「閒門」。

⑩ **初識君** 《英華》作「始識君」。

⑪ **吾先** 案叢刊本「吾先」二字下，舊脱一字，檢宋本、鄭本、黃本、石印本、《全唐詩》、《英華》並作「稅」，今據補。

【注】

1 **題** 杜確〈岑嘉州詩集序〉：「相國杜公鴻漸，表公職方郎中，兼侍御史，無幾，使罷，寓居於蜀」，使罷，謂罷嘉州刺史（已見阻戎瀘群盜詩）注）。詩云「旅舍」，則非佐幕時，亦非守郡時，此當為本年（大歷四年）春作。西蜀當指成都。詩又云：「吾先稅歸鞅，舊國如咫尺」，意欲取陸路北歸也。

2 **開濟** 已見〈入劍門作寄杜楊二郎中〉詩注。

3 **當途人** 《文選》揚雄〈解嘲〉：「當途者升青雲，失路者委溝渠。」當途人，指在位之權貴言。

4 **窘厄** 《十六國春秋・前趙錄》：「（劉）曜攻陷長安外城，……帝泣曰：『今窘厄如此，外無救援，勢不自知』」。

5 **輴轏** 《左傳》昭公十二年：「昔穆王欲肆其心」。杜預注：「肆，極也」，放肆之意。《漢書》〈司馬相如傳〉引〈上林賦〉：「觀徒車之所閴轏」，《史記》作「轔」，《文選》作「藺」六臣本作「輴」，顏注：「郭璞曰：徒步也。閴，踐也；轏，輾也」。杜甫〈莫相疑行〉：「晚將未契託年少，當面輸心背面笑」與此意似。輴轏，音ㄌㄧㄣ丶 ㄌㄧ丶。

6 **舒卷** 《晉書・宣帝紀》：「和光同塵，與時舒卷」。《文選》潘岳〈西征賦〉：「孔隨時以行藏，蘧與國而舒卷」，李善注：「言孔、蘧有知微知章之鑒，故隨否泰而行藏，與治亂而舒卷。《論語》：君子哉！蘧伯玉，邦有道則仕，邦無道，可卷而懷之」。

7 **損益** 《易》損：「損益盈虛，與時偕行」。益：「損上益下，人說（悅）無疆。」《後漢書・逸民列傳》：「向長字子平，河內朝歌人也，隱居不仕，性尚中和，好通老、易，貪無資食，好事者更饋焉，受之取是而反其餘，王莽大司空王邑辟之，連年乃至，欲薦

之於莽，聞辭乃止。潛逃於家。讀易至損益卦，喟然歎曰：『吾已知富不如貧，貴不如賤，但未知死何如生耳。』建武中，男女娶嫁既畢，敕斷家事勿相關，當如我死也。於是遂肆意與同好北海禽慶俱遊五岳名山，竟不知所終。」

8 **聲華**　謂聲譽也。孔稚圭〈為王敬則讓司空表〉：「故李通豪贍，以親寵登司，王基才勇，與聲華入選」。任昉〈宣德皇后令〉：「客遊梁朝，則聲華籍甚，薦名宰府，則延譽自高。」

9 **世業**　過去先祖之業績。岑文本相太宗，為功臣陪葬昭陵。狄仁傑相武后，為名相。《孔叢子・執節》：「仲尼重之以大聖，自茲以降，世業不替。」句言狄評事先世狄仁傑與岑參伯祖長倩於天授、長壽間先後相武后，所傳之世業，通於往昔也。

10 **天階**　《文選》潘尼〈贈侍御史王元貺詩〉：「遊麟萃靈沼，撫翼希天階」劉良注：「靈沼、天階，喻左右省閣也。」

11 **孔席**　《文選》班固〈答賓戲〉：「是以聖哲之治，棲棲遑遑，孔席不暖，墨突不黔」。李善注：「棲遑，不安居之意也。韋昭曰：暖，溫也，言坐不暖席也。文子曰：墨子無黔突，孔子無煖席，非以貪祿慕位，欲起天下之利，除萬民之害也」。

12 **稅歸鞅**　《文選》謝朓〈京路夜發〉詩：「行矣倦路長，無由稅歸鞅」，李善注：「《說文》曰：鞅，頸靼也，又曰：靼，柔革也。鞅，於兩切；靼，都達切」。李周翰注：「稅，息也；鞅，駕也」。案鞅，馬頸革，為駕之具。稅音脫，留止也。句言我將欲先歸息駕也。

13 **咫尺**　《左傳》僖公九年：「天威不違顏咫尺」，杜預注：「八寸曰咫」。舊國，故鄉也。《莊子・則陽》：「舊國舊都，望之暢然。」。注云：「以故鄉喻本性。」此謂長安，岑參原欲東歸陸渾，以江路不通，則欲返長安。

行軍二首 時扈從在鳳翔[1]

吾竊悲此生，四十幸未老。一朝逢世亂，終日不自保。胡兵奪長安[2]，宮殿生野草。傷心五陵[3]樹，不見二京[4]道。我皇在行軍，兵馬日浩浩[5]。胡雛[6]尚未滅，諸將懇征討。昨聞咸陽敗[7]，殺戮盡如掃。積屍若丘山，流血漲灃鎬[8]。干戈礙鄉國，豺虎[9]滿城堡。村落皆無人，蕭然空桑棗。儒生有長策[10]，無處豁懷抱[11]，□□□□□，□□□□□。塊然[12]傷時人，舉首哭蒼昊[13]。

【校】

① **題** 宋本、鄭本、黃本、石印本、《百家選》並無「時扈從在鳳翔」六字。

② **盡** 宋本、鄭本、黃本、《全唐詩》、《百家選》並作「淨」。

③ **灃** 宋本、鄭本、黃本、《全唐詩》、《百家選》並作「豐」。

④ **鎬** 《百家選》作「滈」。

⑤ **豺** 宋本、鄭本、黃本、《百家選》並作「犲」。

【注】

1 **題** 《岑嘉州繫年考證》：「至德二載二月，肅宗幸鳳翔，公亦旋至。六月十二日，杜甫等五人薦公可備諫職，詔即以公為右補闕。十月，扈從肅宗還長安。」詩曰：「偶從諫官列……未能匡吾君」，當為就任右補闕後之作，題曰行軍，時圖恢復也。下二篇亦均題言行軍，聞一多謂〈岐州北郭嚴給事別業〉詩皆作於鳳翔是也。案公又有〈鳳翔府行軍送程使君赴成州〉、〈行軍九日思長安故園〉詩，並皆作於此時。

2 **胡兵奪長安** 謂祿山之亂。

3 **五陵** 已見〈登慈恩寺塔〉詩注。

4 **二京** 指西京長安、東京洛陽。

5　**浩浩**　《尚書‧堯典》：「浩浩滔天。」《史記‧五帝本紀》：「浩浩懷山襄陵」。正義：「浩浩，盛大。」

6　**胡雛句**　《舊唐書‧肅宗紀》：「至德二載閏八月辛未，賊將遽寇鳳翔，崔光遠行軍司馬王伯倫、叛官李椿率眾捍賊，賊退⋯⋯伯倫與賊血戰而死。李椿力窮被執，然自是賊不敢西侵。」

7　**咸陽敗二句**　《舊唐書‧房琯傳》：「琯分為三軍，遣楊希文將南軍，自宜壽入，劉悊將中軍，自武功入，李光進將北軍，自奉天入，琯自將中軍為前鋒，（至德元載）十月庚子（二十日），師次便橋，辛丑二軍（中、北二軍）先遇賊於咸陽，敗之陳濤斜，接戰，官軍敗績⋯⋯為賊所殺戮四萬餘人，存者數千而已。癸卯，琯又率南軍即戰，復敗。」

8　**澧鎬**　謂澧水與鎬水也。《元和郡縣志》：「澧水出鄠縣東南終南山，自發源北流，經縣東二十八里，北流入渭」。鎬水，又作滈水。《三輔黃圖》：「鎬水在昆明池北」。《水經注》：「鎬水上承鎬池，北注於渭」。案鎬池在故長安城西南，今之鎬水，則發源於長安縣南，北流入潏。

9　**豺虎**　《詩經‧小雅》〈巷伯〉：「投畀豺虎，豺虎不食。」此喻賊軍。

10　**長策**　已見〈潼關鎮國軍勾覆使院〉詩注。

11　**豁懷抱**　王羲之〈蘭亭集序〉：「或取諸懷抱，晤言一室之內。」謝靈運〈擬魏太子鄴中集平原侯植詩〉：「娛寫懷抱」。《說文》十一下：「豁，通谷也。」《史記‧高祖本紀》：「意豁如也」。集解：「服虔曰：豁，達也」。《漢書‧高帝紀》：「豁然，開大之貌」。句言不得開懷暢言也。

12　**塊然**　《荀子‧君道》：「塊然獨坐，而天下從之如一體」，楊倞注：「塊然，獨居之貌」。《楚辭‧七諫》：「塊兮鞠」，王逸注：「塊，獨處貌」。

13　**蒼昊**　《文選》王延壽〈魯靈光殿賦〉：「據坤靈之寶勢，承蒼昊之純殷」，張載注：「春為蒼天，夏為昊天，蒼昊皆天之稱也」。

其二

早知逢世亂，少小謾[1]讀書。悔不學彎弓[2]，向東射狂胡。偶從諫官列，謬向丹墀[3]趨。未能匡[4]吾君，虛作一丈夫[5]。撫劍傷世路，哀歌泣良圖[6]。功業今已遲，覽鏡[7]悲白鬚。平生抱忠義[8]，不敢私微驅（軀）。

【校】

① **微驅** 宋本、鄭本、黃本、石印本、《全唐詩》、《百家選》並作「微軀」。案作「微軀」是。

【注】

1 **謾** 張相《詩詞曲語辭匯釋》：「漫本為「漫不經意」之漫，轉變而為「徒」義或「空」，字亦作「謾」。岑參〈行軍詩〉：「早知逢世亂，少小謾讀書，悔不學彎弓，向東射狂胡。」李白〈述德兼陳情上哥舒大夫〉詩：「衛青謾作大將軍，白起真成一豎子……此皆「徒」字、「空」字之義也。

2 **彎弓** 《文選》張衡〈西京賦〉：「彎弓射乎西羌」，薛綜注：「彎，挽弓也」。賈誼〈過秦論〉：「士不敢彎弓而抱怨」。謂引弓也。

3 **丹墀** 已見〈送許拾遺恩歸江寧拜親〉詩注。

4 **匡** 《莊子‧讓王》：「匡坐而絃」，《釋文》引司馬彪曰：「匡，正也」。

5 **一丈夫** 《孟子‧滕文公》：「成覸謂齊景公曰：『彼丈夫也，我丈夫也。吾何畏彼哉？』」。李頎〈別梁鍠〉詩：「還是昂藏一丈夫。」

6 **哀歌句** 左思〈詠史詩〉八首之六：「哀歌和漸離，謂若傍無人。」又之一：「鉛刀貴一割，夢想騁良圖。」

7 **覽鏡** 《晉書》〈王戎傳附王衍傳作〉：「在車中攬鏡自照。」

8 **抱忠義** 《宋書》〈謝靈運傳〉：「為詩曰：韓亡子房奮，秦帝魯連

恥。本自江海人，忠義感君子。」〈顧凱之傳〉：「凱之正色曰：卿乃以忠義笑人，（惠）淑有愧色」《晉書》有〈忠義列傳〉，載嵇紹等人事。

【箋】

范晞文曰：「王昌齡〈從軍行〉云：百戰苦風塵，十年履霜露。雖投定遠筆，未坐將軍樹。早知行路難，悔不理章句。怨其有功未報也。岑參云：早知逢世亂，少小漫讀書，悔不學彎弓，向東射狂胡，悲其所遇非時也。意雖反而實同」（《對床夜話》）。

郡齋閑坐 [1]

負郭無良田 [2]，屈身徇微祿 [3]。平生好疏曠 [4]，何事就羈束。幸曾趨丹墀 [5]，數得侍黃屋 [6]。故人盡榮達，誰念此幽獨。州縣非宿心，雲山忻滿目。頃來廢章句 [7]，終日披案牘 [8]。佐郡竟何成，自悲徒碌碌 [9]。

【校】

① 題　《百家選》作〈郡齋閑望〉。
② 徇　《全唐詩》、《百家選》、鄭本並作「狥」。
③ 榮達　宋本、鄭本、黃本、石印本、《百家選》並作「榮寵」。
④ 忻　《全唐詩》作「欣」。

【注】

1 題　《岑詩繫年》繫此詩於乾元二年在虢州時是也。此詩云：「幸曾趨丹墀，數得侍黃屋」下篇云：「幸得趨紫殿，卻憶侍丹墀」此詩云：「佐郡竟何成」下篇亦題曰「佐郡」知同為己亥（乾元

二年）虢州作也。

2 **負郭句** 《史記》〈蘇秦傳〉:「蘇秦喟然嘆曰:此一人之身富貴,則親戚畏懼之,貧賤則輕易之,況眾人乎?且使我有洛陽負郭田二頃,吾豈能佩六國相印乎?於是散千金,以賜宗族朋友」。索隱:「負,背也,枕也。近城之地,沃潤流澤,最為膏腴,故曰負郭」。

3 **徇祿** 《文選》謝靈運〈登池上樓〉詩:「徇祿反窮海,臥痾對空林」,李善注:「趙岐《孟子注》曰:徇,從也」;張銑注:「徇,求也」。

4 **疏曠** 案《文選》向秀〈思舊賦〉:「余與嵇康、呂安、居止接近,其人並有不羈之才,然嵇志遠而疏,呂心曠而放」。「疏曠」二字,蓋本於此。為性疏放曠達也。劉長卿〈自鄱陽還道中寄褚徵君〉詩:「白首無子孫,一生自疏曠。」

5 **丹墀** 已見〈送許拾遺思歸江寧拜親〉詩注。

6 **黃屋** 《史記·項羽本紀》:「紀信乘黃屋車」,正義:「李斐云,天子車以黃繒為蓋裡」。謂天子車蓋也,古時天子所乘之車,以黃繒為車蓋之裡曰黃屋車,轉為天子之敬稱。

7 **章句** 《漢書·儒林傳》:「費直治易,長於卦筮,無章句」。《後漢書》〈桓譚傳〉:「桓譚字君山,博學多通,遍習五經,皆訓詁大義,不為章句」。章懷太子注:「章句,謂離章辨句,委曲枝派也」。

8 **案牘** 《北史》〈陽昭傳〉:「學涉史傳,尤閑案牘,為齊文府墨曹參軍。」劉禹錫〈陋室銘〉:「無案牘之勞形。」

9 **碌碌** 《漢書》〈蕭何傳贊〉:「當時錄錄未有奇節」,顏師古注:「錄錄,猶鹿鹿,言在凡俗之中也」。案錄與碌通。

鞏北秋興寄崔明允¹

白露披梧桐²，玄蟬晝夜號³。秋風萬里動，日暮黃雲⁴高。君子佐休明⁵，小人事蓬蒿⁶。所適在魚鳥⁷，烏能徇錐刀⁸。孤舟向廣武⁹，一鳥歸城皋¹⁰。勝概日相與，思君心鬱陶¹¹。

【校】

① **烏能**　宋本、鄭本、黃本、石印本、《全唐詩》並作「焉能」。

② **城皋**　宋本、黃本、石印本、《全唐詩》並作「成皋」。

③ **徇**　鄭本作「狥」。

【注】

1 **題**　《唐會要》卷七十：「天寶元年，文辭秀逸科崔明允及第。」《冊府元龜》卷六四四：「天寶元年十月，文辭秀逸舉人崔明允等二十人，儒學博通劉訖等八人，軍謀越眾令狐朝等七人並科目各依資授官。」卷六四五：「天寶元年……有舉文辭秀逸科崔明允、顏真卿及第。」《唐才子傳》〈陶翰傳〉：謂翰：「開元十八年崔明允下進士及第。」《岑詩繫年》：「案詩曰：『君子』謂崔明允，『小人』則公自謂。『佐休明』，謂明允及第授官。『事蓬蒿』，蓋其時公猶隱居少室。《唐才子傳》謂明允開元十八年及第，與公居少室之時正相合。」舉文辭秀逸科及第乃日後事也。《新唐書·宰相世系表》：「博陵大房崔氏，刑部郎中誠，孫明允，禮部員外郎」乃其終職也，觀九、十句，知為鞏北汜水之作。據詩，明允時似任職成皋縣也，唐玄宗開元二十二年至二十四年居東都。岑參或於其時往來成皋與東都之間，詩即作於其時。《舊唐書·地理志》：「河南府河南郡有鞏縣。案明允，博陵人，天寶二年，官朝議郎，左拾遺內供奉。」（《全唐文》三〇三）

2 **白露披梧桐**　《楚辭·九辯》：「白露既下百草兮，奄離披此梧

楸」，王逸注：「萬物群生將被害也。」《文選》五臣注：「言秋氣傷物之甚也，既凋百草而梧楸同罹此患，百草喻百姓，林木喻賢人」。

3 **玄蟬晝夜號** 《說苑‧正諫》：「樹上有蟬蟬高居悲鳴，飲露」。《詩‧大雅》〈蕩〉：「式號式呼，俾晝作夜。」本言殷商沈湎，不視正事，使晝為夜，此借用其語，以狀蟬鳴無多寓意。

4 **黃雲** 《淮南子‧地形訓》：「黃泉之埃，上為黃雲」。《文選》江淹〈雜體詩〉：「黃雲蔽千里，遊子何時還」。

5 **休明** 《左傳》宣公三年：「定王使王孫滿勞楚子，楚子問鼎之大小輕重焉。對曰：德之休明，雖小，重也」。案休明，謂德美而明也。謝朓始〈出尚書省〉詩：「惟昔逢休明，十載朝雲陛」。

6 **蓬蒿** 《埤雅》：「《廣雅‧釋詁》：『佐，助也。』蓬蒿，草之不理者也，事蓬蒿，謂隱居也。《三輔決錄》：『張仲蔚者，平陵人也，與同郡魏景卿，俱隱居不仕。所處蓬蒿沒人。』其葉散生如蓬，末大於本故遇風輒拔而旋」。

7 **魚鳥** 嵇康〈與山巨源絕交書〉：「遊山澤，觀魚鳥，心甚樂之」。言已隱居不欲出仕也。

8 **錐刀** 《文選》劉峻〈廣絕交論〉：「競毛羽之輕，趨錐刀之末」，李善注：「《左傳》（昭公六年）：叔向曰：『錐刀之末，將盡爭之』」。案杜預注：「錐刀末，喻小事」。小刀之先端，喻微細之利也。

9 **廣武** 《水經注》：「〈郡國志〉云：滎陽縣有廣武城，城在山上，漢所城也。高祖與項羽臨絕澗對語，責羽十罪，羽射漢祖中胸處也」。《史記‧項羽本紀》：「項王……與漢俱臨廣武軍。」集解：「孟康曰，於滎陽築兩城相對為廣武，在敖倉西三皇山上。」正義引《括地志》：「東廣武，西廣武在鄭州滎陽縣西三十里。」

10 **城皋** 《漢書‧地理志》：「河南郡有成皋」。案成皋，本古東虢國，春秋鄭制邑，又名虎牢，漢置成皋縣，隋改縣為汜水，唐徙汜水於今治，今縣西北有成皋故城，城同成。

11 **鬱陶**　《尚書》〈五子之歌〉：「鬱陶乎余心」，孔安國傳：「鬱陶，
　　言哀思也」。

【箋】

1　黃香石曰：「神氣完足，格律蒼厚，直追漢魏，凡學古，不在襲
　　貌，而在神骨，此真偽之辨」（《唐賢三昧集箋注》）。
2　程元初曰：「情深意遠，非淺近可及」（《唐詩會通評林》）。

衙郡守邊（還）¹

世事何反覆，一身難可料²。頭白飜折腰³，歸家還自笑⁴。所嗟
無產業⁵，妻子嫌不調。五斗米留人，東溪憶垂釣⁶。

【校】

① **題**　宋本、鄭本、黃本、石印本、《全唐詩》、《百家選》並作
　　「衙郡守還」。案作「衙郡守還」是。
② **飜**　宋本、鄭本、黃本、石印本、《全唐詩》、《百家選》並作
　　「翻」，案二字同。
③ **歸家還自笑**　《全唐詩》、《百家選》並作「還家私自笑」。

【注】

1　**題**　洪邁《容齋隨筆》卷十四：「今監司、郡守、初上事，既受
　　官吏參謁。至晡時，僚屬復伺於客次，胥吏列立庭下通刺曰衙，
　　以聽進退之命，如是者三日。如主人免此禮，則翌旦又通謝刺。
　　此禮之起，不知何時，唐岑參為虢州上佐，有一詩，題為：〈衙
　　郡守還〉云云，然則由來久矣。《韓詩》曰：『如今便別官長去，
　　直到新年衙日來』。（送侯喜）疑是謂月二日也。」

2 **一身難可料** 肅代之時，朝政紊亂，杜甫後作〈釋悶〉詩亦有「江邊老翁錯料事」之嘆，此則一身難料，頗似杜在華州者矣。

3 **折腰** 《晉書・隱逸傳》：「陶潛為彭澤令，郡遣督郵至，縣吏曰：『應束帶見之』，潛歎曰：『我不能為五斗米折腰，拳拳事鄉里小人』。即日解印綬去職，賦歸去來」。按折腰，謂曲身也。

4 **歸家還自笑** 高適〈封丘縣詩〉云：「拜迎官長心欲碎，鞭撻黎庶令人悲。歸來向家問妻子，舉家盡笑今如此。」與此句及下二句相近而更可悲，均可見唐仕宦重內輕外任也。

5 **無產業** 《文選》左思〈詠史詩〉：「陳平無產業，歸來翳負郭」，李善注：「《漢書》曰：陳平家貧，好讀書，負郭窮巷，以席為門，然門外多長者車轍」。

6 **東溪句** 岑參前有〈還高冠潭口留別舍弟〉詩云：「東溪憶汝處，閑臥對鸕鶿」，又有〈終南東溪口作〉，此詩東溪亦指「終南高冠草堂」所在。

佐郡思舊遊[1] 并序

己亥春三月，參自補闕，轉起居舍人。夏四月，署虢州長史，適見秋草涼風[2]復來。晉桓譚[3]出為六安丞，常忽忽不樂[4]，今知之矣。悲州縣瑣屑[5]，思掖垣清閑，因呈左右省舊遊。

幸得趨紫殿[6]，卻憶侍丹墀。史筆[7]眾推直，諫書[8]人莫窺。平生恒自負，垂老此安卑。同類[9]皆先達[10]，非才獨後時。庭槐[11]宿鳥亂，階草夜虫悲。白髮今無數，青雲[12]未有期。

【校】

① **題** 宋本、鄭本、黃本、石印本、《全唐詩》並將此詩列入「五

言長律」內。各本序中「己亥」二字下並有「歲」字，又「晉桓譚」並作「昔桓譚」。案：詩作晉桓譚，疑緣梁僧佑《弘明集》卷五有「新論、形神」署晉桓譚而誤。案桓譚乃後漢人（詳詩中注），「晉」字必「昔」字之訛。「因呈左右省舊遊」句，《全唐詩》作「呈左右省舊遊」，無「因」字。

② **虫**　宋本、鄭本、黃本、石印本、《全唐詩》並作「蟲」，案二字同。

【校】

1　**題**　杜確〈岑嘉州詩集序〉：「入為右補闕，頻上封章，指述權佞，改為起居郎，尋出虢州長史」。案己亥歲，為肅宗乾元二年，是秋杜甫自秦州寄詩問訊，題為〈寄彭州高三十五使君適虢州岑二十七長史參〉，錢牧齋注引朱鶴齡曰：「適以至德二載，永王璘敗後，為李輔國所短，左授詹事，公有寄高詹事詩。此詩作於乾元二年之秋，題云彭州，其後始云高蜀州，則是適先刺彭而後移蜀也」。又曰：「岑參集，佐郡思舊遊詩，序云：己亥春三月，參自補闕，轉起居舍人，〈岑嘉州詩集序〉謂參改為「起居郎」。按「起居郎」屬「門下省」，而「起居舍人」屬「中書省」案應以「起居舍人」為正。夏四月，署虢州長史，適見秋草涼風復來。」知為秋日之作。長史為州刺史之佐貳，故稱佐郡，舊遊故交也。」則岑之黜官，正乾元二年之夏，公詩作於是秋也」。章懷太子注：「六安郡故城，在今壽州安豐縣南。」今安徽壽縣南。

2　**涼風**　《禮記·月令》：「孟秋之月，涼風至」。

3　**桓譚**　《後漢書》〈桓譚傳〉：「桓譚字君山，相人，雅好音樂，博學多通，遍習五經，善屬文辭，……上疏陳時政所宜……書奏不省，是時，帝（光武）方信讖，多以決定嫌疑。又醧賞少薄，天下不時安定，譚復上疏曰：……帝省奏愈不愧，其後有詔會議靈台所處，帝謂譚曰：吾欲讖決之，何如？譚默然，良久曰：臣不讀讖，帝問其故，譚復極言讖之非經，帝大怒曰：桓譚非聖無

法。將下斬之，譚叩頭流血，良久，乃得解，出為六安郡丞，竟忽忽不樂，後病卒。」

4 **忽忽不樂**　庾信〈枯樹賦〉：「殷仲文風流儒雅，海內知名，世異時移，出為東陽太守，常忽忽不樂。」

5 **瑣屑**　顧雲〈池陽醉歌贈匡廬處士姚巖傑〉：「呵叱潘陸鄙瑣屑」。瑣屑，煩碎也，句言州縣之職煩劇瑣碎為可悲也。

6 **紫殿**　天子所居之地曰紫殿。按天有紫微垣，乃人主之象，故天子所居之地曰紫殿。《三輔黃圖》卷八「漢宮」條：「武帝又起紫殿，雕文刻鏤黼黻，以玉飾之」。此借稱唐宮殿。

7 **史筆**　曹植〈求自試表〉：「使名掛史筆，事列朝榮。」《晉書》〈曹毗傳〉：「既登東觀染史筆。」此言起居舍人事。

8 **諫書**　《晉書》〈羊祜傳〉：「共嘉謨讜議，皆焚其草，故世莫用」杜甫〈晚出左掖〉詩：「避人焚諫草，騎馬欲雞棲」即人莫窺之意。此句言為右補闕事。

9 **同類**　《易》乾卦：「同聲相應，同氣相求。則各從其類也」。《孟子‧告子》：「故凡同類者，舉相似也，何獨至於人而疑之？聖人與我同類者」。《史記》〈伯夷列傳〉：「同明相照，同類相求」。此言同輩之人。

10 **先達**　謂先我而顯達者。《後漢書》〈朱暉傳〉：「暉以堪先達，舉手未敢對。」任昉〈為蕭揚州作薦士表〉：「故以暉映先達，領袖後進。」

11 **庭槐**　《文選》謝惠連〈搗衣詩〉：「白露滋園菊，秋風落庭槐。」

12 **青雲**　已見〈送王大昌齡赴江寧〉詩注。

尹相公¹京兆府中棠樹²降甘露³詩

相公尹京兆，政成人不欺。甘露降府庭，上天表無私⁴。非無他人家，豈少群木枝。被茲甘棠樹，美掩召伯詩⁵。團團甜如密⁶，晶晶凝若脂⁷。千柯玉光碎，萬葉珠顆垂。崑崙何時來，慶雲⁸相逐飛。魏宮銅盤⁹貯，漢帝金掌持¹⁰。玉潭布人和，精心動靈祇。君臣日同德，貞瑞方潛施。何術令大臣，感通能及茲。忽驚政化理，暗與神物期。卻笑趙張輩¹¹，徒稱今古稀。為君下天酒，麴蘗¹²將用時。

【校】

① 被　鄭本、黃本並作「披」。宋本、石印本作「彼」。

② 樹　宋本作「樹」，石印本作「尌」，案三字同。

③ 晶晶　宋本、鄭本、黃本、石印本並作「皛皛」。

④ 貞瑞　宋本、鄭本、黃本、《全唐詩》並作「禎瑞」。

⑤ 玉澤　宋本、鄭本、黃本、石印本並作「王澤」。

【注】

1　題　《岑詩繫年》：案「《舊唐書‧代宗紀》：「廣德元年正月，國子祭酒兼御史大夫京兆尹劉晏為吏部尚書同中書門下平章事」此詩曰：「相國尹京兆」，知詩題之尹相公即謂劉晏。此當為劉晏遷吏部尚書同中書門下平章事之初所作。《舊唐書》〈劉晏傳〉：「入為京兆尹，……貶通州刺史，復入為京兆尹，戶部侍郎判度支。」《冊府元龜》卷六七八：「劉晏為京兆尹，奏當時落荒地其末有能從業，請蠲免三年差科，如無復業者，請散給居人及客戶，並資蔭家，隨例納官稅，所冀田畝不荒，從之。」

2　棠樹　《詩‧召南》〈甘棠〉：「甘棠，美召伯也，召伯之教，行於南國。」《爾雅‧釋木》：「杜，甘棠」。郭璞注：「今之杜梨。」陸

機《毛詩草木鳥獸蟲魚疏》上云:「蔽芾甘棠」,甘棠,今棠梨,一名杜梨、赤棠也。《本草綱目》卷三十:「棠梨,野梨也,處處山林有之,樹似梨而小……結實如小棟子大,霜後可食。」董仲舒《春秋繁露》卷四「王道」:「五帝三皇之治天下,不敢有君民之心……故天為之下甘露。」《漢書‧宣帝紀》:「元康元年,三月詔曰:迺者鳳凰集泰山陳留,甘露降未央宮」。

3 **甘露** 美露也。《論衡‧講瑞》:「甘露,味如飴蜜,王者太平則降」。老子:「天地相和,以降甘露。」

4 **無私** 《呂覽‧貴公》:「甘露時雨,不私一物。」

5 **美掩召伯詩** 《詩‧召南》〈甘棠〉:「甘棠,美召伯也。召伯之教,行於南國」。《風俗通》:「召公當農桑之時,重為所煩勞,不舍鄉亭,止於棠樹之下,聽訟決獄,百姓各得其所,壽九十餘乃卒。後人思其德美,愛其樹而不敢伐,詩甘棠之所作也。詩云:蔽芾甘棠,勿剪勿伐,召伯所茇」。

6 **團團甜如蜜** 案團團,露凝貌。《文選》謝惠連〈七月七日夜詠牛女詩〉:「團團滿葉露,析析振條風」。「團團」二字,當本於此。《論衡講瑞》:「甘露味如飴蜜」。

7 **晶晶凝若脂** 案晶晶,光明貌。《文選》陶潛〈辛丑歲七月赴假還江陵夜行塗口〉詩:「昭昭天宇闊,皛皛川上平」,李善注:「《說文》曰:通白曰皛。皛,明也」。〈瑞應圖〉:「甘露,美露也,其凝如脂,其甘如飴」。

8 **慶雲** 《文選》曹植〈上責躬應詔詩表〉:「是以不別荊棘者,慶雲之惠也,七子均養者,鳲鳩之仁也」。李善注:「《史記》曰:若煙非煙,若雲非雲,郁郁紛紛,蕭索輪囷,是謂慶雲。」

9 **銅盤** 《魏志‧明帝紀》裴松之注引《魏略》:「太子舍人張茂……上書諫曰:……中尚方純作玩弄之物,炫耀後園,建承露之盤,斯誠快耳目之觀。」曹植〈承露盤銘序〉:「皇帝乃詔有司鑄銅建承露盤在芳林園中,莖長十二丈,大十圍,上盤逕四尺九寸,下盤逕五尺,銅龍繞其根,龍身長一丈,背負兩子,自立於

芳林園，甘露乃降」。曹集銓評：「晏案《三輔黃圖》卷一：『長
安洛城門，又名鸛雀台門，外有漢武承露盤，在台上，魏明帝仿
之。』漢武帝故事：帝作金莖、擎玉杯，以承雲表之露，擬和玉
屑服之以求仙。」「作銅承露盤，上有仙人掌，以承露也」（《太
平御覽》卷十二引）

10　**金掌**　《漢書・郊祀志》：「其後又作柏梁銅柱，承露仙人掌之屬
矣」。顏師古注：「《三輔故事》云：建章宮承露盤，高二十丈，
大七圍，以銅為之，上有仙人掌承露，和玉屑飲之」。班固〈西
都賦〉：「抗仙掌以承露」。

11　**趙張輩**　《漢書・趙尹韓張兩王列傳贊》：「自孝武置左馮翊右扶
風，京兆尹而吏民為之語曰：前有趙、張，後有三王（案指王
尊、王章、王駿三人）。趙謂趙廣漢，後用守京兆尹，滿歲為
真……京兆政清，吏民稱之不容口，長老傳以為漢興以來，治京
兆尹者莫能及」。張謂張敞，守京兆尹，略循趙廣漢之跡。

12　**麴糵**　酒母也，喻作相。《說文》：「糵，牙米」。《玉篇》：「糵，
麴也，牙生穀也」。《尚書・說命》：「若作酒醴，爾惟麴糵；若作
和羹，爾惟鹽梅」。孔安國傳：「酒醴須麴糵以成」。

【箋】

1　劉忠州（忠州乃後貶地）晏，通百貨之利，自言如見地上錢流。
每入朝乘馬，則為鞭算，居取便安，不慕華屋，食取飽食，不務
兼品，馬取穩健，不擇毛色，其人之善政與風範可見。」（《國史
補》卷上）

2　錢起有〈京兆尹廳前甘棠樹降甘露〉詩，茲錄之於下，以供參
考：
內史用堯意，理京宣惠茲。氣和祥則降，孰謂天難知。濟旱露為
兆，有如塤應篪。豈無夭桃樹，灑此甘棠枝。玉色與人淨，珠光
臨筆垂。協風與之俱，物性皆熙熙。何必鳳池上，方看作霖時。

劉相公中書江山畫帳[1]

相府徵墨妙[2]，揮毫天地窮。始知丹青筆[3]，能奪造化[4]功。瀟湘[5]
在簾間，廬壑橫座中。忽疑鳳凰池[6]，暗與江海通。粉白湖上雲，
黛青天際峰。畫日恆見月，孤帆如有風。巖花不飛落，澗草無春
冬。擔錫香爐緇，釣魚滄浪翁。如何平津意[7]，尚想塵外蹤[8]。富
貴心獨輕，山林興彌濃。喧幽趣頗異，出處事不同[9]。請君為蒼
生[10]，未可追赤松[11]。

【校】

① 壑　宋本、鄭本、黃本、石印本並作「壑」。
② 爐　《全唐詩》作「鑪」。

【注】

1 **題**　《新唐書‧宰相世系表》：「曹州南華劉氏，武公丞知晦子
昱、暹、晏。晏字士安，相肅宗、代宗。〈劉晏傳〉：「八歲獻頌
行在，……即授太子正字，……號神童，名震一時。天寶中，
累調夏令，舉賢良方正，補溫令……再遷侍御史……詔拜度支郎
中兼侍御史，領江淮租庸事……詔拜彭原太守，徙隴、華二州刺
史，遷河南尹。晏既被誣，而舊史推明其功，陳諫以為管、蕭之
亞，著論紀其詳。」《元和姓纂》卷五：「濟陰，左僕射彭城公
劉晏」〈四校記〉：「乾元時晏為隴州刺史，見《廣記》三三六引
《廣異記》：大曆七年為轉運史，吏部尚書，見同書三三八引《廣
異記》。」《岑嘉州繫年考證》：「本年（廣德三年）正月，劉晏
同中書門下平章事，明年正月罷。公有〈劉相公中書江上畫障〉
詩，此本年在京師之證一也。」〈岑嘉州交遊事輯〉：「郎士元有
〈題劉相公三湘圖〉（按即「江山畫障詩。）」
2 **墨妙**　古之文辭、書法、繪畫之精到者，稱墨妙、筆精。江淹

〈別賦〉：「淵、雲之墨妙，嚴、樂之筆精。」謂王褒（子淵）、揚雄（子雲）、嚴安、徐樂之筆墨精妙。

3　**丹青筆**　謂畫工之筆也。《漢書》〈司馬相如傳〉：「其土則丹青赭堊」，張揖注：「丹，丹沙也，青，青䥯也」。顏師古注：「丹沙，今之朱沙也，青䥯，今之空青也」。《古文苑》揚雄〈蜀都賦〉：「其中則有玉石嶜岑，丹青玲瓏」，章樵注：「丹，丹砂，青，碧石，擣汰之得青綠，畫家用之」。

4　**造化**　已見〈入劍門作寄杜楊二郎中〉詩注。

5　**瀟湘**　《方輿勝覽》：「湘水自陽海發源至零陵，與瀟水會，二水合流，謂之瀟湘」。《文選》謝朓〈新亭渚別范零陵詩〉：「洞庭張樂地，瀟湘帝子遊」。

6　**鳳凰池**　謂中書省。《通典‧職官》：「魏晉以來，中書監、令掌贊詔命，記會時事，典作文書，以其地在樞禁，多承寵任，是以人固其位，謂之鳳凰池焉」。參閱七律〈奉和中書賈至舍人早朝大明宮〉詩注。

7　**平津意**　《文選》陸厥〈奉答內兄希叔〉詩：「出入平津邸，一見孟嘗尊」，李善注：「《漢書》曰：封丞相公孫弘為平津侯，於是起客館，開東閣以延賢人，與參謀議」。《史記》〈平津侯主父列傳〉：「丞相公孫弘者，齊菑川國薛縣人也。……卒以弘為丞相，封平津侯。」《漢書》〈公孫弘列傳〉：「先是漢常以列侯為丞相，唯弘無爵，上於是下詔曰：……，其以高成之平津鄉戶六百五十，封丞相弘為平津侯。」

8　**塵外蹤**　已見〈登嘉州凌雲寺作〉詩注。

9　**出處事不同**　出處，猶言去就進退也，已見〈自潘陵尖還少室居止秋夕憑眺〉詩注。

10　**蒼生**　萬民百姓也，已見〈送顏平原〉詩注。

11　**赤松**　《文選》郭璞〈遊仙詩〉：「赤松臨上遊，駕鴻乘紫煙」，李善注：「《列仙傳》曰：赤松子者，神農時雨師也，服水玉，教神農，能入火自燒，至崑崙山上，常止西王母石室中，隨風雨上

下」。（炎帝少女追之，亦得仙俱去。）《史記》〈留侯世家〉:「願棄人間事，從赤松子游耳。」

秋夕聽羅山人彈三峽流泉[1]

皤皤[2]岷山老，抱琴鬢蒼然[3]。衫袖拂玉徽[4]，為彈三峽泉。此曲彈未半，高堂如空山。石林何颼飀[5]，忽在窗戶間。繞指[6]弄嗚咽[7]，青絲激潺湲[8]。演漾[9]怨楚雲，虛徐[10]韻秋煙。疑兼陽臺[11]雨，似雜巫山[12]猿。幽引鬼神聽[13]，淨令耳目便。楚客腸欲斷，湘妃淚班班[14]。誰裁青桐枝[15]，捊[16]以朱絲[17]絃。能含古人曲，遞與今人傳。知音[18]難再逢，惜君方老年。曲終月已落，惆悵東齋眠。

【校】

① 鬢　宋本、鄭本、黃本、石印本、《全唐詩》、《英華》並作「鬢」，案二字同。

② 窗　宋本、鄭本、黃本、石印本、《英華》並作「窻」，《全唐詩》作「牕」，案三字同。

③ 繞指　《英華》作「纖指」。

④ 虛徐　宋本、鄭本、黃本、石印本並作「虗徐」，案二字同。

⑤ 淨　《英華》作「靜」。

⑥ 班班　鄭本、《英華》並作「斑斑」。

⑦ 捊　宋本、鄭本、黃本、石印本並作「挰」，《全唐詩》作「綯」，《英華》作「亘」。

⑧ 遞　宋本、鄭本、黃本、石印本、《英華》並作「遆」。

【校】

1 **三峽流泉**　《才調集》卷十有女道士李冶〈從蕭叔子聽彈琴賦得三峽流泉歌〉：「憶昔阮公為此曲，能使仲容聽不足。」阮公指籍，仲容、阮咸字。咸，妙解音律。《樂府詩集》卷六十：「《琴集》曰：〈三峽流泉〉，晉阮咸所作也」。案唐李季蘭（冶），有三峽流泉歌。李白〈答杜秀才五松見贈〉詩：「袖拂白雪開素琴，彈為三峽流泉音」。《唐才子傳》卷二：「李季蘭名冶，以字行，峽中人也，女道士也。……專心翰墨，善彈琴，尤工格律。……天寶間，玄宗聞其詩才，詔赴闕，留宮中月餘，優賜甚厚，遣歸故山。」則所作當在岑參此詩之前。然《岑詩繫年》繫此詩於嘉州詩中，詩云：「高堂如空山」、「惆悵東齋眠」，似為嘉州署中所作。二詩各寫彈琴，全不相涉，似岑未嘗得見李作。

2 **皤皤**　《文選》班固〈辟雍詩〉：「皤皤國老，乃父乃兄」，李善注：「《說文》曰：皤，老人貌也」。宋景文筆記：「蜀人謂老為皤（音波），取皤皤黃髮義。」

3 **蒼然**　韓愈〈祭十二郎文〉：「吾年未四十，而視茫茫，而髮蒼蒼」蒼然，斑白貌。

4 **玉徽**　以玉飾之琴面識點也（按識點者，標識鼓琴時撫抑之處也）《漢書》〈揚雄傳〉：「今夫弦者，高張急徽」顏注：「徽，琴徽也，所以表發撫抑之處也。」李綽〈尚書故實〉：「蜀中雷氏斲琴，常自品第，上者以玉徽，次者以寶徽，又次者以金螺作徽」。

5 **颺颲**　風聲也，已見〈太一石鱉崖口潭〉詩注。

6 **繞指**　《文選》劉琨〈重贈盧諶詩〉：「何意百鍊鋼，化為繞指柔」。

7 **嗚咽**　蔡琰〈悲憤詩〉：「觀者皆歔欷，行路亦嗚咽。」此狀泉水聲。

8 **潺湲**　《九歌・湘夫人》：「橫流涕兮潺湲」王逸注：「潺湲，流貌。」

9 **演漾**　《說文》：「演，長流也」。案演漾，水流而動貌。阮籍〈詠

懷〉詩：「汎汎乘輕舟，演漾靡所望」。《釋名·釋言》語：「演，延也，言蔓延而廣也。句言琴聲如水流盪漾遠傳，浮雲悲怨。

10　**虛徐**　《淮南子·原道訓》：「原泉始出，虛徐流不止，以漸盈滿」。句言琴聲寬緩時，如秋煙之有韻致。

11　**陽臺**　宋玉〈高唐賦〉：「妾在巫山之陽，高邱之阻，旦為朝雲，暮為行雨，朝朝暮暮，陽臺之下」。《一統志》：「陽臺在夔州府巫山縣治西北，南枕大江，宋玉賦云：楚王遊於陽雲之台，望高唐之觀，即此」。句言琴聲疑兼雨聲。

12　**巫山**　《通典》：「夔州巫山縣，有巫山」。王阮亭曰：「巫山形絕肖巫字，其東即陽雲臺，在縣治西北五十步，高一百二十丈，二山皆土阜，殊乏秀色，而古今艷稱之，以楚大夫詞賦重耳」。《文選》江淹〈雜體詩〉：「相思巫山渚，悵望陽雲臺」。句言琴聲如雜猿鳴。

13　**幽引鬼神聽**　《詩·大序》：「動天地，感鬼神。」劉禹錫〈生公講堂〉詩：「生公說法鬼神聽」，句言琴聲幽微時，引動鬼神傾聽。

14　**湘妃淚斑斑**　任昉《述異記》：「舜南巡，崩於蒼梧之野，堯之二女娥皇、女英，追之不及，相與慟哭，淚下沾竹，竹上為之斑斑然」。

15　**誰栽青桐枝**　《詩·鄘風》〈定之方中〉：「樹之榛栗，椅桐梓漆，爰伐琴瑟」鄭箋：「樹山六才於宮者，曰其長大可伐以為琴瑟。」《風俗通》：「梧桐生於嶧山陽巖石之上，採東南孫枝為琴，聲甚清雅」（《太平御覽》九五六引，今本失載）。

16　**搄**　《說文》十二上：「搄，引急也，从手，恒聲」。《廣雅·釋詁》：「搄，急也」。「引也」「搄，竟也」。《淮南子·繆稱訓》：「大弦絚，則小弦絕。」高誘注：「絚，急也」。《楚辭·九歌》〈東君〉：「絚瑟兮交鼓」，王逸注：「絚，急張絃也。絚，一作絚」。洪興祖補注：「絚，古登切」。〈長笛賦〉（馬融）曰：「絚瑟促柱）。琴絃用紅絲為之，故云。」案各右旁均應作亙，搄與亙，古今字，「搄」同「搄」，俗「亙」，誤，「絚」省作「絚」，

俗譌作「綑」。捆音ㄍㄥˇ。

17　**朱絲**　《文選》鮑照〈白頭吟〉：「直如朱絲繩，清如玉壺冰」，李
　　善注：「朱絲，朱絃也。《禮記》：清廟之瑟，朱絃而疏越。《桓子
　　新論》：神農始削桐為琴，繩絲為絃」。

18　**知音**　王逸《楚辭章句》：「鍾子期死，伯牙破琴絕絃，不更
　　復鼓，以世無知音也」。曹丕〈與吳質書〉：「昔伯牙絕絃於鍾
　　期……痛知音之難遇。」

【箋】

　1　鍾惺曰：「高堂如空山，高情異境，惆悵東齋眠，不盡」（《唐詩
　　歸》）。

　2　譚元春曰：「抱琴鬢蒼然，寫景好笑，湘妃淚斑斑，入此等語不
　　遠」。又曰：「首尾含情」（《唐詩歸》）。

精衛[1]

負劍出北門，乘桴[2]過東溟[3]。一鳥海上飛，云是帝女靈。玉顏溺
水死，精衛空為名。怨積徒有志，力微竟不成。西山木石盡[4]，
巨塋何時平。

【校】

① **過**　宋本、鄭本、黃本、石印本、《全唐詩》並作「適」。
② **塋**　宋本、鄭本、黃本、石印本、《全唐詩》並作「壑」。

【校】

　1　**精衛**　《山海經・北山經》：「發鳩之山，其山多柘木，有鳥焉，
　　其狀如烏，文首、白喙，赤足，名曰精衛，其鳴自詨，是炎帝之

少女，名曰女娃。女娃遊於東海，溺而不返，化為精衛，常唧西
山之木石，以堙於東海」。（案任昉《述異記》所記略同）。

2 **乘桴** 已見〈酬成少尹駱谷行見呈〉詩注。

3 **東溟** 《文選》顏延年〈車駕幸京口侍遊蒜山〉詩：「元天高此
列，日觀臨東溟」，呂向注：「東溟，東海也」。

4 **木石二句** 《文選》江淹〈雜體詩〉：「精衛銜木石，誰能測幽
微」。

石上藤 得上字

石上生孤藤，弱蔓依石長。不逢高枝引，未得凌空上。何處堪託
身¹，為君長萬丈。

【校】

① **題** 宋本、鄭本、黃本、石印本、《英華》、《唐文粹》題下並無
「得上字」三字。

② **凌** 《英華》作「陵」。

③ **堪託身** 《英華》作「可堪托」。

【注】

1 **託身** 《文選》謝靈運〈還舊園作見顏范二中書〉詩：「託身青雲
上，棲巖挹飛泉」，李周翰注：「託，寄也」。

南池宴餞辛子賦得科斗字[1]

臨池[2]見科斗，羨爾樂有餘。不憂網與釣，幸得免為魚。且願充文字，登君尺素書[3]。

【校】

① **題**　案《全唐詩・韋應物集》亦收此詩，題目作〈南池宴錢子辛賦得科斗〉。案非韋詩，兩收誤。宋本、鄭本、黃本、石印本「科斗字」，並作「科斗子」。

② **幸得**　鄭本作「辛得」，非是。

【注】

1　**科斗**　孔安國〈尚書序〉：「魯共王好治宮室，壞孔子舊宅，以廣其居，於壁中得先人所藏古文虞夏商周之書，及傳《論語》、《孝經》、皆科斗文字，……悉以書還孔氏，科斗書廢已久，時人無能知者」，注：「科斗，蟲名，蝦蟆子，書形似之」。

2　**臨池**　《晉書》〈衛恆傳〉：「張伯英臨池學書，池水盡黑」。《法書要錄》：「弘農張芝（伯英），高尚不仕，善草書，精勁絕倫，家之衣帛，必先書而後練，臨池學書，池水盡墨」。

3　**尺素書**　《文選》〈飲馬長城窟行〉：「客從遠方來，遺我雙鯉魚。呼兒烹鯉魚，中有尺素書。」李善注：「鄭玄《禮記》注曰：素，生帛也。」

卷二　七言古詩

凡四十九首 補遺一首

韋員外家花樹歌[1]

今年花似去年好，去年人到今年老。始知人老不如花，可惜落花君莫掃。君家兄弟不可當，列卿[2]御史[3]尚書郎[4]。朝回花底恒會客，花撲玉缸[5]春酒香。

【校】

① **今年花**　《百家選》作「今年春」。

② **始知人老不如花**　《百家選》作「知人老去不及花」。

③ **掃**　《全唐詩》作「埽」。

④ **御史**　《百家選》作「太史」。

⑤ **恒**　《百家選》作「常」。

【注】

1 **題**　王應麟《困學紀聞》：「伊川曰：凡人家法，須月為一會以合族，古人有花樹，韋家宗會法可取也。宗會法今不傳。岑參有〈韋員外家花樹歌〉，君家兄弟不可當，列卿太史（今作御史、荊公《百家選》作太史）尚書郎，朝回花底常會客，花撲玉缸春酒香。韋員外失其名。此詩見一門華鄂之盛」。〈岑嘉州詩集序〉：「轉虞部、庫部二正郎」，轉虞部郎中疑在本年（廣德二正），旋復改屯田郎中，集序未載，據獨孤及〈同岑郎中屯田韋員外花樹歌〉知之。《岑嘉州繫年考證》：「獨孤及有〈同岑郎中屯田韋員外花樹歌〉公原唱〈韋員外家花樹歌〉今在集中。」《新唐書》一六二〈獨孤及傳〉：「天寶末以道舉高第，補華陰尉，辟江淮都統李峘府掌書記，代宗以左拾遺召，既至，上疏陳政。」《通鑑》載上疏事在永泰元年三月，李嘉祐〈送獨孤拾遺先輩先赴上都〉詩曰：「行春日已曉，桂楫逐寒煙。」又曰：「入京當獻賦，封事又聞天。」據此，獨孤及入京在春日，則是永泰元年春，甫

至京師即上疏也。既知獨孤及本年（永泰元年）春始至長安，而明年春公又已入蜀，則〈花樹歌〉之作，斷在本年春矣。」獨孤及之詩題〈岑郎中屯田〉猶盧全詩題稱〈韓員外職方〉然〈岑嘉州詩集序〉但言岑為虞部郎中，當是屯田與虞部同屬工部，轉遷未載也。《唐語林》卷二：「敬宗時吏部郎韋顗，宰相忠貞公見素之孫，大歷中刑部員外郎龔靈昌公益之子」《舊唐書》〈韋見素傳〉：「益終刑部員外郎」韋員外或即韋益。

2 **列卿** 《漢書》〈楊惲傳〉：「惲家方隆盛時，乘朱輪者十人，位在列卿，爵為通侯」。

3 **御史** 《通典·職官》：「御史之名，至秦漢為糾察之任，所居之署，漢謂之御史府。御史為風霜之任，彈糾不法，百僚震恐，官之雄峻，莫之比焉」。

4 **尚書郎** 《通典·職官》：「郎官謂之尚書郎，漢置四人，分掌尚書事。後漢尚書侍郎三十六人，主作文書起草，更直五日於建禮門內」。

5 **玉缸** 盛酒器。

【箋】

1 唐汝詢曰：「此美韋之能樂也，貴顯如此，而不忘花下之飲，是真能行樂者矣」（《唐詩解》）。

2 徐中行曰：「閒言冷語，分外緊峭有趣」。（《唐詩會通評林》引）。

3 程元初曰：「富貴一時，倏忽消滅，落花滿地，華豔何在，此詩婉而諷，彼諛佞富貴者，可同日語哉！」時獨孤及同作，其意與此同，而辭更委婉含蓄不露。」（《唐詩會通評林》）。

4 黃家鼎曰：「淺淺說，無限感慨」（《唐詩會通評林》）。

5 陸時雍曰：「流麗，足膾人口。」（《詩鏡》）

6 蔣一梅曰：「情到語到，遊戲三昧」（《唐詩會通評林》）。

7 吳昌祺曰：「蒼然無枝葉，惜花正是傷老」（刪定唐詩解）。

8 邢昉曰：「顧（璘）：結語（花撲玉缸春酒香），盪起一篇之意。」
（《唐風定》）

9 森大來曰：「此詩亦與劉廷芝詩『年年歲歲花相似，歲歲年年人
不同』之意相似，然三四兩句，其理趣更進一層，非謂花之可
惜，人老不如花，乃可惜耳，是謂透過一層寫法。次解自韋員外
家著筆，員外兄弟三人、為列卿、為御史、為尚書郎、即他人不
可當之原故。三人自朝而回，聚歡花下，在落花繽紛之間，置
酒會客，以餞春光，是真能知所謂可惜之意者也。『花撲玉缸春
酒香』，此七字，寫盡花下歡讌之狀，勝於他人之數十言，而其
中有無限之樂趣，又有無限之悲意，可謂含毫邈然，包羅一切」
（《唐詩選評釋》）。

10 案獨孤及有〈同岑郎中屯田韋員外花樹歌〉，茲錄之於下，以供
參考（據《全唐詩》）。
東風動地吹花發，渭城桃李千樹雪。芳菲可愛不可留，武陵歸客
心欲絕。金華省郎惜佳辰，祇持棣萼照青春。君家自是成蹊處，
況有庭花作主人。

蜀葵花[1]歌

昨日一花開，今日一花開。今日花正好，昨日花已老。人生不得
恒少年，莫惜牀頭沽酒錢[2]。請君有錢向酒家，君不見蜀葵花。

【校】

① **題**　《英華》作〈菠葵花歌〉，作者為「劉慎虛」，下注云「附見
《岑參集》」，就風格言，當屬岑作。《英靈集》作〈戎葵花歌〉。

② **昨日花已老**　《全唐詩》、《英靈集》此句下並有「始知人老不如

花，可惜落花君莫掃」二句。《全唐詩》下注云：「上二句與韋員外家花樹歌相重，他本多無此二句」。案此二句蓋涉「韋員外家花樹歌」而衍，宜刪。

③ **恒** 《全唐詩》、《英華》、《英靈集》並作「常」。

④ **請君有錢向酒家** 《英華》、《英靈集》並作「有錢向酒家」，無「請君」二字。

⑤ **蜀葵花** 《英華》作「茙葵花」，《英靈集》作「戎葵花」。

【注】

1 **蜀葵花** 《爾雅·釋草》：「菺、戎葵」，郭璞注：「今蜀葵也，似葵、華如木槿華」。傅玄〈蜀葵賦序〉：「蜀葵其苗如瓜瓠，嘗種之，一年引苗而生花，經二年春乃發。既大而結鮮，紫色曜日」。案蜀葵，屬錦葵科，宿根草本，莖高六七尺，葉頗大，互生，略似心臟形，並有五至七之淺裂，葉面有皺襞，六月頃，自各葉腋開花，形大，單瓣或複瓣，有紅紫白等色，頗鮮麗，根供藥用，又有戎葵，胡葵、吳葵等名。

2 **莫惜床頭沽酒錢** 《世說規箴》：「王夷甫雅尚玄遠，常嫉其婦貪濁，口未嘗言錢字，婦欲試之，令婢以錢遶牀，不得行，夷甫晨起，見錢閡行，呼婢曰：『舉卻阿堵物』」。鮑照〈擬行路難〉之十八：「但願樽中九醞滿，莫惜牀頭百個錢」。又之五：「且願得志數相就，牀頭恆有沽酒錢。」按沽酒錢，謂買酒之錢也。

【箋】

1 周珽曰：「合崔敏童、惠童宴城東二詩（案敏童詩云：「一年又過一年春，百歲曾無百歲人，能向花中幾回醉，十千沽酒莫辭頻」。惠童詩云：「一月人生笑幾回，相逢相值且銜杯，眼看春色如流水，今日殘花昨日開」），融化成歌，更掉尾一句，有許大博犀縛象之力」（《唐詩會通評林》）。

2 胡應麟曰：「李杜歌行，雖沈鬱逸宕不同，然皆才大氣雄，非子

建、淵明判不相入者比。太白幻語，為長吉之濫觴，少陵拙句，實玉川之前導。二公外，短歌可法者，岑參蜀葵花，登古鄴城，王維寒食，崔顥長安道，李頎送劉昱古意，皆初學易下手者」（《詩藪內篇》卷三）。

青門²歌送東臺³張判官¹

青門金鎖平日開，城頭日出使車迴。青門柳枝正堪折，路傍一日幾人別。東出青門路不窮，驛樓官樹灞陵⁴東。花撲征衣看似繡⁵，雲隨去馬色疑驄⁶。胡姬酒壚日未午⁷，絲繩玉缸酒如乳。灞頭⁸落花沒馬蹄，昨夜微雨花成泥。黃鸝⁹翅濕飛屢低，關東¹⁰尺書醉懶題。須臾望君不可見，揚鞭飛鞚¹¹疾於箭。借問使乎¹²何時來，莫作東飛伯勞西飛燕¹³。

【校】

① 鎖　《百家選》作「鏁」。

② 迴　宋本、鄭本、黃本、石印本、《全唐詩》、《百家選》並作「回」。

③ 傍　鄭本作「徬」。

④ 繡　《百家選》作「錦」。

⑤ 驄　宋本、鄭本、黃本、石印本並作「騘」，案二字同。

⑥ 黃鸝　《百家選》作「鸝黃」。非是。

⑦ 懶　宋本、鄭本、黃本、石印本、《全唐詩》、《百家選》並作「嬾」，案二字同。

⑧ 伯勞　宋本、鄭本、黃本、石印本並作「百勞」。

【注】

1 **題** 《岑詩繫年》:「玩詩題與詩意,疑在安祿山亂前所作。」詩
云:「花撲征衣看似繡,雲隨去馬色疑驄」,知張為御史台之判官
也。使車迴,歸東台也。

2 **青門** 《三輔黃圖》:「長安城東出南頭第一門曰霸城門,民見門
色青、名曰青城門、亦曰青門」。

3 **東臺** 《唐書・職官志》:「門下省,龍朔中改為東臺」。

4 **灞陵** 《太平寰宇記》:「灞陵在咸陽縣東北二十五里」。《元和郡
縣志》:「白鹿原在萬年縣東二十里,亦謂之霸上,漢文帝葬其
上,謂之霸陵。王仲宣詩曰:『南登霸陵岸,回首望長安』,即此
也」。《三輔黃圖》:「灞橋,在長安東,跨水作橋,漢人送客至此
橋,折柳贈別。」《水經》卷十九:「渭水又東過霸陵縣北,霸水
從(長安)縣西北流經之。」

5 **繡衣** 《漢書・百官公卿表》:「侍御史有繡衣直指」,顏師古注:
「衣以繡者,尊寵之也」。

6 **驄馬** 《說文》:「驄、馬青白雜毛也」。《後漢書》〈桓典傳〉:
「桓典拜侍御史,時宦官秉權,典執正無所迴避,常乘驄馬,京師
畏憚,為之語曰:行行且止,避驄馬御史」。案繡衣,驄馬皆御
史之事,此以喻張判官。

7 **酒壚二句** 辛延年〈羽林郎〉:「胡姬年十五,春日獨當壚,就我
求清酒,絲繩提玉壺」。吳均〈行路難〉:「白酒甜鹽甘如乳」。

8 **灞頭** 《雍錄》:「霸上、霸水之上也,亦曰霸頭」。

9 **黃鸝** 張華《禽經注》:「倉庚,今謂之黃鶯,黃鸝是也,野民曰
黃栗留,語聲轉耳。詩云黃鳥,以色呼也,北人呼為楚雀。此鳥
鳴時,蠶事方興,蠶婦以為候」。

10 **關東** 指洛陽等地。岑參有〈澷水東店送唐子歸嵩陽〉詩(詳後
五律,亦曰:「鄉書醉懶題。」王堯衢曰:「主賓同醉,而尺書懶
題,馮君傳語報平安也。」(《古唐詩合解》)

11 **飛鞚** 虞世基〈出塞詩〉:「揚鞭上隴阪」。鮑照〈擬古詩〉:「獸

肥春草短，飛鞚越平陸」。李善注：「《埤蒼》曰：「鞚，馬勒。」
李周翰注：「飛鞚，走馬也。」《玉篇》：「鞚、馬勒也」。

12　**使乎**　《論語・憲問》：「蘧伯玉使人於孔子、孔子與之坐而問
焉，曰：夫子何為？對曰：夫子欲寡其過而未能也。使者出、子
曰：使乎！使乎！」。集解：「陳曰，再言使乎者，善之也，言使
得其人。」

13　**伯勞句**　《古樂府》：「東飛伯勞西飛燕，黃姑織女時相見」。
《詩・豳風》〈七月〉：「七月鳴鵙」傳：「鵙，伯勞也。」《留青日
札》：「伯勞，鵙也。……伯勞五更鳴不息、至曙乃息」，燕晝語
夜息，伯勞夏至來，冬至去，燕，春分來，秋分去，伯勞聲惡，
燕語善，伯勞單飛獨栖，燕匹栖雙飛，每每相反而不相合，故
《樂府》云：「伯勞東去燕西飛，喻離別也。」

【箋】

1　楊慎曰：「溫麗頗勝諸作，蓋意興處佳耳」（《唐詩會通評林》
引）。

2　周珽曰：「句句字字風豔，何如大珠小珠落玉盤」（《唐詩會通評
林》）。

3　吳山民曰：「盤空老鶻，三疊青門不厭重，花撲征衣二句，歌行
中有此麗語，陡見生色」（《唐詩會通評林》）。

4　郭濬曰：「盤旋轉折，頗自得手，落句用樂府亦老」（《唐詩會通
評林》）。

5　顧璘曰：「爽透語，不削薄，乃其高處」（《唐詩會通評林》）。

6　唐汝詢曰：「此因張判官道出青門，作歌以紀其事，且送別於此
也。言旦而門開，使車發矣，折柳而別者，幾何人也。從此而
往，路方遙，景方麗，盍就當壚以取醉乎！竟君必馳馬而去，不
復能留，聊欲問爾歸期，毋若伯勞，飛燕之不相見也。」繡、驄
字、點出東臺，用事化（《唐詩解》）。

7　吳綏眉曰：「題曰東臺詩，又曰繡衣驄馬，豈以判官有侍御之銜

耶。醉懶題，既見其醉，又見其速於去也，黃鸝似興其嬾」（《刪
定唐詩解》）。

8 王堯衢曰：「此篇凡六韻，兩句一韻者三，四句一韻者三，參錯
成章，結句獨用九字，是歌辭體也。」（《古唐詩合解》）

9 王夫之曰：「情景事合成一片，無不奇麗絕世，嘉州於此體中，
即供奉（李白）亦當讓一席也」（《唐詩評選》）。

梁園[1]歌送河南王説判官

君不見梁孝王脩竹園[2]，頹墻隱轔[3]勢仍存。嬌娥[4]曼臉成草蔓，
羅帷珠簾空竹根[5]。大梁一旦人代改，秋月春風不相待。池中幾
度雁新來[6]，洲上千年鶴應在。梁園二月梨花飛[7]，卻似梁王雪下
時。當時置酒延枚叟[8]，肯料平臺[9]狐兔走。萬事翻覆如浮雲[10]，
昔人空在今人口。單父[11]古來稱處生[12]，祇今為政有吾兄[13]。猶
軒[14]若過梁園道，應傍琴臺[15]聞政聲。

【校】

① 脩　宋本、鄭本、黃本、石印本並作「修」，案二字同。

② 娥　宋本、鄭本、黃本、石印本並作「蛾」。

③ 曼　宋本、鄭本、黃本、石印本並作「慢」。

④ 翻　宋本、鄭本、黃本、石印本並作「翻」、案二字同。

⑤ 處　《全唐詩》作「宓」。

⑥ 傍　鄭本作「傷」。

【注】

1 梁園　《一統志》：「梁園在河南開封府城東南，一名梁苑、漢梁

孝王遊賞之所」。案李白有〈梁園吟〉。王說，生平未詳。

2 **修竹園**　《史記・梁孝王世家》：「於是孝王築東苑，方三百餘里，廣睢陽城七十里。大治宮室，為複道，自宮連屬於平台，五十餘里。」正義引葛洪〈西京雜記〉云：「梁孝王苑中有落猿巖，栖龍岫、雁池、鶴洲、鳧島，諸宮觀相連，奇果佳樹，瑰禽異獸，靡不畢備，俗人言梁孝王竹園也」。李周翰注：「皆山勢高峻長遠之貌。」

3 **頹牆隱轔**　司馬相如〈上林賦〉：「頹牆填塹，使山澤之人得志焉。」劉良注：「頹，崩也。言崩去苑牆，以通山澤之利。」《文選》司馬相如〈上林賦〉：「隱轔鬱嶙、登降施靡。」、郭璞注：「隱轔、鬱嶙、堆壟不平貌」。

4 **嬌娥二句**　《說文》十二下：「娥，秦晉謂好曰娃娥」《西京雜記》卷二：「孝王日與賓客弋釣其中。」嬌娥曼臉指宮人羅帷珠簾，形容其豪侈。如今但見蔓草竹根而已。

5 **竹根**　酒器也。庾信〈謝趙王賜酒詩〉：「始聞傳上命，定是賜中尊，野爐燃樹葉，山杯捧竹根」。杜甫〈少年行〉：「傾銀注玉驚人眼，共醉終同臥竹根」，錢牧齋注引〈段氏蜀記〉云：「巴州以竹根為酒注子，為時珍貴」。

6 **雁鶴二句**　案梁園中有雁池、鶴州。《西京雜記》卷二：「又有雁池，池間有鶴湖、鳧渚」。又案梁王時，距天寶近九百年，此云千年，蓋舉成數也。

7 **梁園句**　《西京雜記》：「梁孝王好營宮室苑囿，樂作曜華之宮，築兔園、奇果異樹，珍禽怪獸畢備。」《元和郡縣志》：「兔園在（宋城）縣東南十里。」杜甫〈寄李十二白二十韻〉：「醉舞梁園夜，行歌泗水春」仇注：「《一統志》：梁園，一名兔園，在歸德府城東。」嘉慶重修本卷一九四作「梁苑，在商邱縣東，一名兔園，亦名修竹園。」案蕭子顯〈燕歌行〉：「洛陽梨花落如雪。」梨花色白，用以喻雪。

8 **延枚叟**　《文選》謝惠連〈雪賦〉：「歲將暮，時既昏，寒風積，

愁雲繁，梁王不悅，游於兔園。迺置旨酒，命賓客，召鄒生、延枚叟。相如末至，居客之右。俄而微霰零，密雪下，王迺歌北風於衞詩，詠南山於周雅」。李善注：「《漢書》：梁孝王待士，鄒陽從孝王游。又曰：枚乘為弘農都尉，去官游梁」。

9　**平臺句**　《漢書》〈文三王傳〉：「（梁孝王）廣睢陽城七十里，大治宮室為複道，自宮連屬於平臺三十餘里」。如淳曰：「平臺在大梁東北，離宮所在也」。晉灼曰：「或說在城中東北角」。師古曰：「今其城東二十里所，有故臺基，其處寬博士，俗云平臺也」。王先謙補注引沈欽韓曰：「任昉《述異記》：梁孝王平臺，至今存有兼葭洲，鳧藻洲，梳洗潭。《元和志》：平臺在宋州虞城縣西四十里」。張相《詩詞曲語辭匯釋》：「肯，豈也。……肯料，猶云豈料也。」

10　**浮雲**　《論語・述而》：「不義而富且貴，於我如浮雲。」集解：「鄭曰：富貴而不以義者，於我如浮雲，非己之有」。此謂如浮雲之飄忽無定。

11　**單父**　案唐河南道宋州睢陽郡有宋城縣，郭下有單父縣，在州之東北一百四十九里。故城在今山東單縣南一里。單父音善甫。

12　**宓生**　《史記・仲尼弟子列傳》：「宓不齊字子賤，少孔子四十九歲，嘗為單父宰」。《韓詩外傳》卷二：「子賤（姓宓，名不齊）治單父，彈鳴琴，身不下堂而單父治」。

13　**吾兄**　原注：「家兄時宰單父」，案吾兄謂岑況也。況與劉長卿友善，長卿有〈曲阿對月別岑況徐說詩〉，又有〈旅次丹陽郡遇康侍御宣慰兼別岑單父詩〉，以本詩及〈送楚丘麴少府赴官〉詩（詳五律注）：「單父聞相近，家書早為傳」之句證之，此岑單父即公兄況無疑，而杜甫〈渼陂行〉：「岑參兄弟皆好奇」，王昌齡〈留別岑參兄弟〉：「岑家雙瓊樹，騰光難為儔」，蓋皆謂況也。聞一多謂天寶元年正月改潤州為丹陽郡，同年八月二十日改曲阿縣為丹陽縣，長卿二詩於郡稱新名，縣稱舊名，疑作於天寶元年正月至八月之間。案長卿前詩曰：「金陵已蕪沒，函谷復埃塵」後

詩曰：「羈人懷上國，驕虜窺中原。胡馬暫為害，漢官多負恩。羽書晝夜飛，海內風塵昏」明為天寶末年亂後所作。非天寶元年正月至八月也。丹陽郡至乾元元年方復為潤州也、彼詩題稱「岑單父」，疑稱舊官，此詩云：「輶軒若過梁園道」知王未嘗過梁園，此詩非梁園作也，蓋王說為河南道採訪處置使之判官，岑送之赴任，宋州梁園屬河南道，疑亦岑參所嘗遊者，改繫於天寶十二、三載間在長安時。詩云「梁園二月梨花飛」春日作也。

14 **輶軒** 《風俗通序》：「周秦常以歲八月遣輶軒之使，求異代方言，還奏籍之，藏於秘室」。《文選》左思〈吳都賦〉：「輶軒蓼擾」，李周翰注：「輶軒，輕車也，昔人多以輶軒為使車之通稱」。《隋書・高祖紀》：「輶軒出使。」

15 **琴臺** 《一統志》：「琴台在單縣東南一里舊城北。」《太平寰宇記》：「琴臺在單父縣北一里，高三丈，即子賤彈琴之所在」。

白雪歌¹送武判官歸京

北風卷地白草²折，胡天八月即飛雪。忽如一夜春風來，千樹萬樹梨花開³。散入珠簾濕羅幕⁴⁵，狐裘不暖錦衾薄。將軍角弓不得控⁶，都護⁷鐵衣⁸冷難着。瀚海⁹闌干¹⁰百尺冰，愁雲慘淡萬里凝。中軍¹¹置酒飲歸客，胡琴琵琶¹²與羌笛¹³。紛紛¹⁴暮雪下轅門¹⁵，風掣紅旗凍不翻¹⁶。輪臺¹⁷東門送君去，去時雪滿天山¹⁸路。山迴路轉不見君，雪上空留馬行處。

【校】

① **題** 《百家選》、《唐詩紀事》並作〈白雪歌送武判官〉。

② **忽如** 《全唐詩》、《唐詩紀事》並作「忽然」。

③ **暖** 《全唐詩》作「煖」，案二字同。

④ **角弓** 《唐詩紀事》作「雕兮」，非是。《全唐詩》「角」字下注：「一作雕」。

⑤ **百尺** 宋本、鄭本、黃本、石印本、《全唐詩》，並作「百丈」。《百家選》，《唐詩紀事》並作「千尺」。

⑥ **鐵衣** 《唐詩紀事》作「鐵衣」，誤。

⑦ **慘淡** 《全唐詩》作「黪淡」，《百家選》作「黪澹」，《唐詩紀事》作「慘澹」，案淡，澹二字通。

⑧ **風掣** 《唐詩紀事》作「風擊」。

⑨ **飜** 《唐詩紀事》作「翻」，案二字同。

⑩ **迴** 宋本、鄭本、黃本、石印本並作「回」。案二字通。

【注】

1 **白雪歌** 案《樂府詩集》卷五十七琴曲歌辭有〈白雪歌〉二首，不錄此篇。郭茂倩云：「高宗顯慶二年，太常言白雪琴曲，本宜合歌，今依琴中舊曲，以御製雪詩，為〈白雪歌辭〉」。柴劍虹《岑參邊塞詩繫年補訂》：「詩云：『胡天八月即飛雪』又云：『輪台東門送君去』，證明八月作於輪台，又岑參十三載八月，尚在北庭治所，是時武判官亦初到西州不久（見〈馬料賬〉所載），故推此詩作於十四載八月。」案「岑詩繫年同」，武判官名不詳。

2 **白草** 已見〈武威送劉單判官赴安西行營便呈高開府〉詩注。

3 **梨花開** 蕭子顯〈燕歌行〉：「洛陽梨花落如雪」。案梨花色白，故用以喻雪。

4 **羅幕** 絲織之帷幕。《文選》陸機〈君子有所思行〉：「邃宇列綺窗，蘭室接羅幕」。

5 **珠簾句** 《文選》謝惠連〈雪賦〉：「終開簾而入隙」。梁簡文帝〈雪朝詩〉：「復視珠簾濕」。

6 **角弓不得控** 《說文·手部》：「控、引也」，段注：「引者，開弓也」。《文選》鮑照〈出自薊北門行〉：「馬毛縮如蝟，角弓不可

張」。

7 **都護** 已見五古〈武威送劉單判官赴安西行營便呈高開府〉詩注。

8 **鐵衣** 《古樂府・木蘭詞》:「朔氣傳金柝,寒光照鐵衣」。鐵衣,戰士所穿之鎧甲也。

9 **瀚海** 《史記・匈奴傳》:「驃騎將軍與左賢王接戰,左賢王將皆遁走,驃騎將軍封於狼居胥山,禪姑衍,臨翰海而還」。集解:如淳曰:「翰海,北海名」;正義:「翰海,自一大海名,群鳥解羽伏乳於此,因名也」。案翰海,即瀚海,又稱戈壁。本指西伯利亞之貝加爾湖,言群鳥解羽之大澤,漢以後始稱沙漠曰瀚海,唐時置瀚海都督府,今外蒙古地。

10 **闌干句** 《文選》左思〈吳都賦〉:「珠琲闌干」劉淵林注:「闌干,猶縱橫也」。《古樂府・善哉行》:「月落參橫,北斗闌干」。
   百尺冰 《神異經》、《北荒經》:「北方層冰萬里,厚百丈。」

11 **中軍** 已見〈北庭西郊候封大夫受降回軍獻上〉詩注。

12 **琵琶** 《釋名・釋樂器》:「琵琶,本出於胡中,馬上所鼓也,推手前曰琵,引手却曰琶」象其鼓時,因以為名也。

13 **羌笛** 案《說文・手部》:「笛、七孔筩也,羌笛、三孔」。馬融〈長笛賦〉曰:「近世雙笛從羌起,羌人伐竹未及已,龍鳴水中不見己,截竹吹之聲相似,剡其上孔通洞之,裁以當簻便易持,易京君明識音律,故本四孔加以一,君明所加孔後出,是謂商聲五音畢」,然則羌笛本三孔,後人加一孔,京房又加一孔,與今之六孔者不同也。

14 **紛紛** 張衡〈四愁詩〉:「欲往從之雪紛紛」。

15 **轅門** 《周禮・天官》〈掌舍〉:「設車宮轅門」。鄭玄注:「謂王行止宿阻險之處,備非常,次車以為藩,則仰車,以其轅表門」;賈公彥疏:「謂仰兩乘車轅,相向以表門,故名為轅門」。案後人稱軍門為轅門本此。

16 **凍不飄** 虞世基〈出塞詩〉:「霧烽黯無色,霜旗凍不翻」。案翻同飄。

17 **輪臺** 已見〈北庭貽宗學士道別〉詩注。

18 **天山** 《漢書·武帝紀》:「天漢二年,貳師將軍三萬騎,出酒
泉,與右賢王戰於天山」。晉灼注:「在西域,遲蒲類國,去長安
八千餘里」。《元和郡縣志》:「隴右道伊州伊吾縣天山,一名白
山,一名折羅漫山、在州北一百二十里,春夏有雪,出好木及金
鐵,匈奴謂之天山,過之者皆下馬拜」。《一統志》:「天山、一名
祁連山、一名雪山、一名白山、一名折羅漫山,西域中幹,以天
山為總名,東西六千餘里」。

【箋】

1 吳綏眉曰:「回環絕有情緻,從古詩『前日風雪中,故人從此去』
脫出」(《刪定唐詩解》)。

2 周啟琦曰:「千樹萬樹梨花開,風掣紅旗凍不翻,二語畫出雪景」
(《唐詩會通評林》)。

3 王夫之曰:「顛倒傳情,神爽自一,不容元白問花源津渡,胡琴
琵琶與羌笛,但用柏梁一句,神采驚飛」(《唐詩評選》)。

4 方東樹曰:「奇峭,起風爽,忽如六句、奇才奇氣、奇情逸發,
令人心神一快,須日誦一過,心摹而力追之。」瀚海一句換氣,
起下「歸客」。(《昭昧詹言》)。

5 黃香石曰:「起得勢,忽如四語精鑿,首尾完善,中間精整」。又
曰:「用三頓句,故遲其聲以收,音節入妙」。(《唐賢三昧集箋
注》)。

6 章燮曰:「此詩連用四雪字,第一雪字、見送別之前,第二雪
字,見餞別之時,第三雪字,見臨別之際,第四雪字,見送歸之
後,字同而用意不同耳」(《唐詩三百首注疏》)。

7 徐焯云:「悲壯蒼涼,橫絕千古」。(《全唐詩錄》)

8 邢昉曰:「細秀嬝娜,絕不一味縱筆,乃見煙波」(《唐風定》)。

9 吳瑞榮曰:「從雪生情,雪字四見,不嫌逗露太多,此盛唐高率
處。」(《唐詩箋要》)

熱海¹行送崔侍御還京

側聞²陰山³胡兒語，西頭熱海水如煮⁴。海上眾鳥不敢飛，中有
鯉魚長且肥⁵。岸傍青草常不歇⁶，空中白雲遙旋滅。蒸沙爍石燃
虜雲，沸浪炎波煎漢月。陰火潛燒天地爐⁷，何事偏烘西一隅。
勢吞月窟⁸侵太白⁹，氣連赤坂¹⁰通單于¹¹。送君一醉天山郭，正
見夕陽海邊落。柏臺¹²霜威¹³寒逼人，熱海炎氣為之薄。

【校】

① **陰山**　鄭本、黃本並作「陰中」。

② **長且肥**　《全唐詩》、《唐詩紀》、叢刊本下注云：「海中有赤鯉」。

③ **白雲**　宋本、鄭本、黃本、石印本並作「白雪」。

④ **爍**　《百家選》作「礫」。

⑤ **燃**　《全唐詩》作「然」，案二字同。

⑥ **為之薄**　《百家選》作「為君薄」。

【注】

1 **熱海**　《大慈恩寺三藏法師傳》卷二：「清池亦云熱海，見其對凌
山不凍，故傳此名，其水未必溫也，周千四五百里，東西長南北
狹，望之森然，無待激風而洪波數丈。」杜環《經行紀》：「勃達
嶺北行千餘里，至碎葉川，其川東頭有熱海，此地寒而不凍，故
云熱海，一名大清池，又名鹹海。」《通典》：「熱海即前蘇聯吉
爾吉斯之伊塞克湖，由雪海至熱海，不過八十里。」按「西頭熱
海」，言西邊熱海，非熱海西頭，熱海東西長，亦四台里左右。
徐松《西域水道記·特穆爾圖淖爾下》：「清池、熱海皆斯水舊
名，其產魚似鯉，今西域競網取之。無復向時祈禱之異，又溝干
河下：『（勃達）嶺中又有二池，周各十許丈，在冬不冰，淵然澄
澈，其熱海之儔矣。』」案熱海，即今蘇屬土耳其斯坦之亦息庫爾

湖，土耳其語，謂熱曰亦息，湖曰庫爾，故名。今中亞伊塞克湖。

2 **側聞** 《漢書》〈司馬遷傳〉：「亦嘗側聞長者遺風矣」。邱遲〈答徐侍中為人贈婦〉詩：「側聞洛陽客，金蓋翼高車」。李善注：「側聞，謙辭也」。

3 **陰山** 已見〈北庭西郊候封大夫受降回軍獻上〉詩注。

4 **如煮** 《釋名》：「暑，煮也，熱如煮物也。」王維〈贈吳官〉詩：「長安客舍熱如煮」。

5 **鯉魚句** 原注：「海中有赤鯉」。岑詩不言赤也。甯戚〈飯牛歌〉：「滄浪之水白石粲，中有鯉魚長尺半」二句用魚鳥以寫熱海，絕奇，二句中又有反有正，古詩偶句如此方妙。

6 **常不歇** 此二句亦用同樣表現手法，常不歇，長不枯也。

7 **陰火句** 《文選》〈木華海賦〉：「陽冰不冶、陰火潛然」，李善注：「言其陽，則有不冶之冰，其陰則有潛然之火也，說文曰：冶、銷也」。賈誼〈鵩鳥賦〉：「且夫天地為鑪兮，造化為工，陰陽為炭兮，萬物為銅」。

8 **月窟** 已見〈北庭貽宗學士道別〉詩注。

9 **太白** 已見〈武威送劉單判官赴安西行營便呈高開府〉詩注。

10 **赤坂** 《漢書·西域傳》：「又歷大頭痛、小頭痛之山，赤土身熱之坂，令人身熱無色，頭痛嘔吐，驢畜盡然」。《文選》鮑照〈苦熱行〉：「赤坂橫西阻，火山赫南威」。

11 **單于** 顏師古《漢書》注：「單于，匈奴天子之號也」。案此謂匈奴居地。

12 **柏臺** 《漢書》〈朱博傳〉：「是時御史府吏舍百餘區，井水皆竭，又其府中列柏樹，常有野烏數千，棲宿其上，晨出暮來，號曰朝夕烏」。 案後人名御史府為柏臺，本此。

13 **霜威** 《通典》：「大唐皆曰御史門北闢，主陰殺也，故御史為風霜之任，糾彈不法，百僚震恐，官之雄峻，莫之比焉，故曰霜威。

走馬川行奉送出師西征[1]

君不見走馬川[2]行雪海[3]邊，平沙莽莽[4]黃入天。輪臺九月風夜吼，一川碎石大如斗[5]。隨風滿地石亂走，匈奴[6]草黃馬正肥。金山[7]西見煙塵飛，漢家大將西出師。將軍金甲[8]夜不脫，半夜軍行戈相撥[9]。風頭如刀面如割，馬毛帶雪汗氣蒸[10]。五花[11]連錢[12]旋[13]作冰，幕中草檄[14]硯水凝。虜騎聞之應膽懾，料知短兵[15]不敢接。車師[16]西門佇獻捷[17]。

【校】

① **題**　《百家選》、《唐詩紀事》並作〈走馬川行奉送出師西行〉。

② **走馬川行雪海邊**　《百家選》，《唐詩紀事》並作「走馬滄海邊」。

③ **平沙**　《百家選》作「平砂」。

【注】

1　**題**　《唐詩別裁》作「走馬川行奉送封大夫出師西征。」沈德潛曰：「即封常清也，參嘗從常清屯兵輪臺，故多邊塞之作」。案此詩作於天寶十三載秋。

2　**走馬川**　案走馬川，近雪海，即今俄羅斯領中亞細亞伊斯色克湖，有吹河注於湖，唐人謂之碎葉川、川旁之城曰碎葉城。據《唐書·地理志》，雪海屬安西道，東距碎葉城三百餘里，則此走馬川，即碎葉川，亦即吹河。

3　**雪海**　《新唐書·西域傳》：「勃達嶺西南至蔥嶺，贏二千里，水南流者，經中國入於海，北流者，經胡入於海，北三日行度海，春夏常雨雪」。杜環《經行紀》：「勃達嶺，其水嶺南流者盡過中國而歸東海，嶺北流者盡經胡境而入北海，又北行數日，度雪海，其海在山中，春夏常雨雪，故曰雪海」。

4　**莽莽**　《小爾雅》：「莽，大也」。案莽莽，空闊貌，即廣大無邊之

意。

5 **太如斗** 《晉書》〈周顗傳〉:「今年殺豬賊奴,取金印如斗大,繫肘後。」

6 **匈奴** 《史記》〈匈奴傳〉:「五月大會龍城,祭其先天地鬼神,秋,馬肥,大會蹛林。」

7 **金山** 案金山,即「阿爾泰山」,蒙古語謂「金」為「阿爾泰」。程大昌《北邊備對》:「隋唐間,突厥阿史那氏,得古匈奴北部之地,居金山之陽」,胡三省《通鑑注》:「金山形如兜鍪,其後突厥居之,即此山」。或引《元和志》:「金山在甘肅玉門縣東六里」。《一統志》:「金山在陝西永昌衛城北二里」,恐未確。

8 **金甲** 蔡琰〈悲憤詩〉:「金甲耀日光。」王昌齡〈從軍行〉七首之四:「黃沙百戰穿金甲,不破樓蘭終不還。」

9 **撥** 聞人倓《古詩箋》:「撥,觸撥也,句言戈相觸而相除也。」

10 **汗氣烝** 《戰國策·楚策》:「服鹽車而上太行……白汗交流。」汗氣烝與馬毛帶雪有關。

11 **五花** 朱景玄《唐朝名畫錄》:「開元後內廄有飛黃、照夜、浮雲、五花之乘」,李白〈將進酒〉:「五花馬、千金裘」、王琢崖(琦)注:「五花馬,謂馬之毛色作五花文者,讀杜甫〈高都護驄馬行〉云:『五花散作雲滿身』,厥狀可睹矣。《杜陽雜編》謂:代宗御馬九花虬,以身被九花,故名,亦是此義。或謂據《圖畫見聞志》云:唐開元天寶之間,承平日久,世尚輕肥,三花飾馬舊有家藏韓幹畫〈貴戚閱馬圖〉,中有三花馬,兼曾見蘇大參家有韓幹畫三花御馬,晏元獻家張萱畫〈虢國出行圖〉,中有三花馬。三花者,剪鬣為三瓣,白樂天詩云:鳳篋裁五色,馬鬣剪三花,乃知所謂五花者,亦是剪馬鬣為五瓣耳。其說亦通」。

12 **連錢** 《爾雅·釋畜》:「青驪、驎驒」,郭璞注:「色有深淺,班駁隱粼,今之連錢驄」。《北史》〈楊休之傳〉:「乘連錢之驄馬」。吳均〈從軍行〉:「陣頭橫卻月,馬腹帶連錢」。

13 **旋** 謂馬之旋毛也。

14 **草檄**　《陳書》〈蔡景歷傳〉：「高祖將討王僧辯，召命草檄，景歷援筆立成，辭義感激，事皆稱旨」。

15 **短兵**　《楚辭・九歌》〈國殤〉：「車錯轂兮短兵接」，王逸注：「短兵、刀劍也，言戎車相迫，輪轂交錯，長兵不施，故用刀劍，以短接擊也」。

16 **車師**　案車師，漢西域國名，分前後二王，前王庭治交河城，在今新疆吐魯番縣西二十里，後王庭治務塗谷，在今新疆孚遠縣北。

17 **佇獻捷**　《左傳》成公二年：「蠻夷戎狄，不式王命，淫湎毀常，王命伐之，則有獻捷，王親受而勞之，所以懲不敬，勸有功也」。《穀梁傳》僖公二十一年：「楚人使宜申來獻捷。」楊士勳疏：「國君而稱人，明為執宋公（襄公），貶也。」獻捷猶獻俘。《漢書・外戚傳》顏注：「佇，待也。」

【箋】

1 沈德潛曰：「勢險節短，句句用韻，三句一轉，此嶧山碑文法也。唐中興頌亦然」（《唐詩別裁》）。

2 方東樹曰：「走馬川行奉送封大夫出師西征，奇才奇氣，風發泉湧。平沙句，奇句」（《昭昧詹言》）。

3 吳喬曰：「岑參走馬川行，以刺妄奏邊功者」（《圍爐詩話》）。

4 黃香石曰：「大如斗者，尚謂之碎石，是極寫風勢，此見用字之訣」。又曰：「其精悍處，似獨闢一面目，杜亦未有此」（《唐賢三昧集箋注》）。

5 洪亮吉曰：「詩奇而入理，乃謂之奇，若奇而不入理，非奇也。盧玉川、李昌谷之詩，可云奇而不入理者矣。詩之奇而入理者，其惟岑嘉州乎！余嘗以已未冬杪，謫戍出關，祁連雪山，日在馬首。又晝夜行戈壁中，沙石嚇人，沒及髁膝，而後知岑詩『一川碎石大如斗，隨風滿地石亂走』之奇而實確也。大抵讀古人之詩，又必身歷其地，身歷其險，而後知心驚魄動者，實由於耳聞目見得之，非妄語也」（《北江詩話》）。

6 近滕元粹曰:「第一解二句,餘皆三句一解,格法甚奇」老杜
〈飲中八仙歌〉中多用三句一解,而不換韻,此首云解,換韻,平
仄互用,別自一奇,格也。」(《箋註唐賢詩集》卷下)

7 郭麐《靈芬館詩話》:「走馬川詩三句一換韻,後山谷諸人效之,
號走馬川體」。不知以前即有之,富嘉謨《明冰篇》是也。案富
嘉謨〈明冰篇〉:「陽春二月朝始暾,春光澹(潭)沱(沲)度千
門,明冰時出御主尊。」每三句換韻,凡七轉,即古樂府之解數
也。

輪臺[2]歌奉送封大夫[3]出師西征[1]

輪臺城頭夜吹角[4],輪臺城北旄頭落[5]。羽書[6]昨夜過渠黎[7],單
于已在金山[8]西。戌樓[9]西望煙塵黑,漢兵屯在輪臺北。上將擁
旄[10]西出征,平明吹笛[11]大軍行。四邊伐鼓[12]雪海[13]涌,三軍大
呼陰山[14]動。虜塞[15]兵氣連雲屯,戰場白骨纏草根。劍河[16]風急
雲片闊,沙口石凍馬蹄脫。亞相[17]勤王[18]甘苦辛,誓將報主靜邊
塵[19]。古來青史[20]誰不見,今見功名勝古人。

【校】

① 渠黎 《唐詩紀事》作「梁黎」,非是。
② 平明 《唐詩紀事》作「小胡」。非是。
③ 伐鼓 《唐詩紀事》作「戌鼓」。誤,「伐」、「戌」二字形近而訛。
④ 涌 宋本、鄭本、黃本、石印本、《全唐詩》、《百家選》、《唐詩
紀事》並作「湧」,案二字同。
⑤ 甘苦辛 《唐詩紀事》作「甚苦辛」,非是。

【注】

1 **題**　明正德濟南刊本題下注：「封大夫，封常清也。天寶四載以高仙芝為安西四鎮節度使，仙芝署常清為判官，任以軍事，仙芝嘗破小勃律王及其旁二十餘國，題云西征，必此時也。」此大誤，不僅四載仙芝未為安西四鎮節度使，乃六載十二月事。其時岑參又尚未赴安西也。蜀中刻本題下但註「封常清」三字是也。又天寶六年，又從高仙芝破小勃律，不言播仙，疑史之闕文也。據所錄之秩序，知此詩當與「走馬川行」所述，均抗禦回紇寇邊之戰役也，當與前篇為同時所作，即同時在天寶十三載九月。《太平寰宇記》：「輪臺縣（庭州）西四百二十里，與蒲類、金滿二縣同時置，輪臺者，取漢輪臺為名。」謂在貞觀中置也。《岑嘉州繫年考證》：「常清破播仙事，史傳失載，今從〈輪台歌奉送封大夫出師西征〉及〈獻封大夫破播仙凱歌六章〉諸詩考得之」。〈輪台歌〉曰：「劍河風急雲片闊，沙石名凍馬蹄脫」，〈凱歌〉曰：「蒲海曉霜凝馬屋，蔥山夜雪撲旌竿」知與前者五月西征，非一事，明年十一月，常清被召還京，則破播仙，必在本年冬。

2 **輪臺**　參閱〈走馬川行奉送出師西征〉及五古〈北庭貽宗學士道別〉詩注。

3 **封大夫**　即封常清也。《唐書》〈封常清傳〉：「封常清，蒲州猗氏人，天寶十一載，為安西副大都護，攝御史中丞，持節充安西四鎮節度經略支度營田副大使，知節度事，十三載入朝，攝御史大夫，俄而北庭都護程千里，入為右金吾大將軍，乃令常清權知北庭都護，持節充伊西節度等使」。案詩疑作於此時。

4 **吹角**　《晉書·樂志》：「蚩尤氏率魑魅，與黃帝戰於涿鹿，帝乃命始吹角，為龍鳴以御之」。參閱五古〈虢中酬陝西甄判官贈〉詩注。

5 **旄頭落**　《史記·天官書》：「昴曰髦頭，胡星也」，正義：「昴七星為髦頭，胡星，亦為獄事，明，天下獄訟平，暗為刑罰濫。六星明與大星等，大水且至，其兵大起，搖動若跳躍者，胡兵大

起，一星不見，皆兵之憂也」。今其星落，謂胡兵減也。案旄同
旍。

6 **羽書** 《漢書‧高帝紀》：「吾以羽檄徵天下兵，未有至者」。顏師
古註：「檄者，以木簡為書，長尺二寸，用徵召也。其有急事，
則加以鳥羽插之，示速疾也。〈魏武奏事〉云：今邊有警，輒露
檄插羽」。

7 **渠黎** 《漢書》〈鄭吉傳〉：「初置校尉屯田渠黎。」又〈西域傳〉：
「渠黎城至龜茲五百八十里，自武帝初通西域，置校尉，屯田渠
黎」。案故地在今新疆輪臺縣，尉犁縣之間，策達雅及車爾楚地
方之南，塔里木河以北之地。黎、或作犁。

8 **金山** 已見〈走馬川行奉送出師西征〉詩注。

9 **戍樓** 庾信〈和宇文內史春日遊山詩〉：「戍樓侵嶺路，山村落獵
圍」。

10 **擁旄** 謂大將指揮也。班固〈涿邪山祝文〉：「杖節擁旄，鉦人伐
鼓」。《文選》任昉〈宣德皇后令〉：「及擁旄司部，代馬不敢南
牧」，李周翰注：「擁、持也、旄、旌旗之屬，以麾眾者也」。案
旄，旄中尾也，注之竿首，用以指揮，亦作旄旗也。《周禮‧春
官》〈旄人〉注：「旄，旄中尾，舞者所持以指麾。」

11 **吹笛句** 《太平御覽》卷五八○〈樂部〉十八引〈樂纂〉曰：「司
馬法：軍中之樂，鼓笛為上，使聞之者，壯勇而和樂。細絲高竹
不可用也，慮悲聲感人，士卒思歸之故也。」

12 **伐鼓** 《詩‧小雅》〈采芑〉：「伐鼓淵淵、振旅闐闐」。案伐猶擊
也。

13 **雪海** 已見〈走馬川行奉送出師西征〉詩注。

14 **陰山** 《史記‧秦始皇本紀》：「西北斥逐匈奴，自榆中並河以
東、屬之陰山」。集解引徐廣曰：「在五原北」。案此在綏遠以北
至烏拉忒旗，然以地勢言，距輪臺，渠犁頗遠，此蓋借用耳，否
則當指騰格里等山而言。

15 **虜塞** 《漢書‧匈奴傳》：「遣人之西河虎猛制虜塞下」。顏師古

注：「虎猛、縣名，制虜塞，在其界。」

16 **劍河** 《新唐書・回鶻傳》：「回鶻以北六百里，得仙娥河，河東北曰雪山，地多水泉，青山之東，有水曰劍河，偶艇以渡，水悉東北流經其國，合而北入于海」。

17 **亞相** 謂封常清也，《漢書・百官公卿表》：「御史大夫位上卿，掌副丞相」，《容齋續筆》：「漢制，御史大夫謂之亞相」。

18 **勤王** 謂盡力王事也。《周禮・春官》〈大宗伯〉：「秋見曰覲」，鄭玄注：「覲之言勤也，欲其勤王之事」。

19 **靜邊塵** 江淹〈征怨詩〉：「何日邊塵淨，庭前征馬還」。

20 **青史** 《文選》江淹〈詣建平王上書〉：「俱啟丹冊，並圖青史」，李善注：「《漢書》（〈藝文志〉）有青史子，音義曰：古史官記事」。

【箋】

1 周珽曰：「起敍出師，兩軍對壘，先有破敵之勢，中詠封進兵，威聲震赫，與戰場風氣凜烈，末美其忠心報主，必獲成功，垂名青史也。按嘉州嘗從封常清西征，屯兵輪臺，故有此作。唐仲言曰：既云上將，又云亞相，蓋言才兼文武，為天子重臣也。起伏結構，語語壯健」（《唐詩會通評林》）。

2 唐陳彞曰：「旌頭落見，便有勝徵，四邊伐鼓二語，大有氣色。韻經七轉，如赤驥過九折坂，履險若平，足不一蹶」（《唐詩會通評林》）。

3 顧璘曰：「上將擁旄四句快意，劍河風急二語峭」（《唐詩會通評林》）。

4 黃香石曰：「立筆何減少陵」（《唐賢三昧集箋注》）。

5 吳闓生曰：「起首特為警湛」（《唐宋詩舉要引》）。

6 沈德潛曰：「起法磊磊落落，送別之作，應以嘉州為則」（《說詩晬語》）。

7 李瑛曰：「此詩前十四句，句句用韻，兩韻一轉，節拍甚緊，後

一韻衍作四句，以舒其氣，聲調悠揚，有餘音矣」（《詩法易簡
錄》）。

8 章燮曰：「白居易行李元昌制，亞相之秩，威重寵榮。江淹上建
平王書，俱啟丹冊，並圖青史。亞相，封大夫也」（《唐詩三百首
注疏》）。

9 沈德潛曰：「封大夫，即封常清也。參嘗從常清屯兵輪臺，故多
邊塞之作。句句用韻，三句一轉，此嶧山碑文法也，唐中興頌亦
然」（《唐詩別裁》）。

10 旋補華曰：「輪臺歌：四邊伐鼓雪海湧，三軍大呼陰山動……兵
法所謂其節短，其勢深也。」（《峴傭說詩》）

11 近藤元粹評：「二句一解，平仄互用，末一解，四句作收結，格
法森嚴。」（《箋注唐賢詩集》卷下）

敷水歌送竇漸入京[1]

羅敷[2]昔時秦氏女，千載無人空處所。昔時流水至今流，萬事皆
逐東流去。此水東流無盡期，水聲還似舊來時。岸花仍自羞紅
臉，堤柳猶能學翠眉[3]。春去秋來不相待，水中月色長不改。羅
敷養蠶[4]空耳聞，使君五馬[5]今何在。九月霜天水正寒，故人西
去度征鞍。水底鯉魚[6]幸無數，願君別後垂尺素。

【校】
① 堤 《全唐詩》作「隄」。

【注】
1 題 《新唐書‧宰相世系表》：「竇毅六世孫鴻漸，應城令。」其從

兄弟有津、潔、汲、溫、淳等，時代相當，或即其人。《岑詩繫年》：「此詩蓋公充關西節度判官居華州時作，當在寶應元年秋九月。敷水，在陝西 華陰縣西。」《水經・渭水注》：「渭水又東，敷水注之，水南出石山之敷谷，北經告平城東。……敷水又北逕集靈宮西。」〈地理志〉曰：「華陰縣有集靈宮。」《新唐書・地理志》：「華州華陰郡有華陰縣，西二十里有敷水渠，開元二年，姜師度鑿之以泄水害，五年，刺史樊忱復鑿之，使通渭漕。」

2 **羅敷** 〈日出東南隅行〉：「秦氏有好女，自名為羅敷。」崔豹《古今注》：「陌生桑，出秦氏女子。秦氏，邯鄲人、有女名羅敷、為邑人千乘王仁妻。仁後為趙王家令，羅敷出採桑於陌生，趙王登臺，見而悅之，因飲酒欲奪焉。羅敷力彈箏，乃作陌上桑之歌以自明，趙乃止。」。吳兢《樂府古題要解》：「古辭言羅敷採桑，為使君所邀，羅敷盛誇其夫以拒之，與前說不同」。白居易〈過敷水〉詩：「垂鞭欲渡羅敷水，處分鳴騶且緩驅。秦氏雙蛾久冥漠，蘇台五南尚跢躅。」又以敷水為羅敷水，未詳所據。

3 **翠眉** 崔豹《古今注》：「魏宮人好畫長眉，今多作翠眉，警鶴髻」。江總〈宛轉歌〉：「翠眉結恨不復開，寶鬢迎秋度前亂」。

4 **養蠶** 《古樂府・陌上桑》：「羅敷善蠶桑，采桑城南隅」。空耳聞，言今不見。

5 **五馬** 案五馬之說，古今不一。胡仔《苕溪漁隱叢話》云：「唐人詠太守，多用五馬。如『人生五馬貴』，『五馬爛生光』之類甚多；或引詩「子子干旄，良馬五之」，以太守比州長之建旄為解，則本篇「四之」「六之」，又何獨不用也？宋龐機先云：古制，朝臣乘駟馬車，漢時太守出，則增一馬，《遯齋閑覽》及《學林新編》引之，然不如潘子真之說為確。子真云：禮，天子六馬，左右驂。三公九卿駟馬，左驂。漢制，九卿秩中二千石，亦右驂，太守則駟馬而已，其有功德加秩中二千石者，亦右驂。故以五馬為之美稱云」。詳王琦《李太白集注》。

6 **鯉魚二句** 尺素，謂書簡。古人作書用之。楊慎《升庵詩話》：

「古樂府：尺素如殘雪，結成雙鯉魚，要知心裡事，看取腹中書。據此詩，古人尺素結為鯉魚形，即緘也。《文選》：客從遠方來，遺我雙鯉魚，即此事也；下云呼兒烹鯉魚，中有尺素書，亦譬況之言，非真烹也。五臣及劉履，謂古人多於魚腹寄書，引陳涉罩魚倡禍事證之，何異癡人說夢」。

【箋】

案此詩綿邈流塵，似從陌上桑古辭化出，茲錄於下，以供參考：（據《全漢三國晉南北朝詩》）。

日出東南隅，照我秦氏樓。秦氏有好女，自名為羅敷，羅敷善蠶桑，采桑城南隅。青絲為籠系，桂枝為籠鉤。頭上倭墮髻，耳中明月珠。綠綺為下裳，紫綺為上襦。行者見羅敷，下擔捋髭須。少年見羅敷，脫巾著帩頭。耕者忘其耕，鋤者忘其鋤。來歸相怨怒，但坐觀羅敷。使君從南來，五馬立踟躕（案同跢躇）。使君遣吏往，問此誰家姝。秦氏有好女，自名為羅敷。羅敷年幾何，二十尚未滿，十五頗有餘。使君謝羅敷，寧可共載不。羅敷前致詞，使君一何愚。使君自有婦，羅敷自有夫。東方千餘騎，夫婿居上頭。何用識夫婿，白馬從驪駒。青絲繫馬尾，黃金絡馬頭。腰間鹿盧劍，可直千萬餘。十五府小吏，二十朝大夫。三十侍中郎，四十專城居。為人潔白皙，鬑鬑頗有鬚。盈盈公府步，冉冉府中趨。坐中數千人，皆言夫婿殊。

函谷關歌送劉評事使關西 [1]

君不見函谷關，崩城毀壁至今在。樹根草蔓遮古道，空谷千年長不改。寂寞無人空舊山，聖朝無事 [2] 不須關。白馬公孫 [3] 何處去，青牛老子 [4] 更不還。蒼苔白骨空滿地，月與古時長相似。野

花不省見行人，山鳥何曾識關吏。故人方乘使者車，吾知郭丹⁵卻不如。請君時憶關外客⁶，行到關西多致書。

【校】

① **無事** 《全唐詩》、《百家選》並作「無外」。

② **老子** 宋本、鄭本、黃本、石印本、《全唐詩》、《百家選》並作「老人」。

③ **時憶** 《百家選》作「時懷」。

④ **致書** 《百家選》作「寄書」。

【注】

1 **函谷關** 《岑詩繫年》列此詩入未能編年詩，然觀「請君時憶關外客」似赴洛後，往來京洛間所作。《括地志》：「函谷關，在陝州桃林縣西南十二里」。《雍錄》：「秦函谷關，在唐陝州靈寶縣南十里。靈寶縣者，漢弘農縣也。路在谷中，深險如函，故以為名。其中劣通行路，東西四十里，絕岸壁立，巖上柏林蔭谷中，常不見日。關去長安四百里。日入則閉，雞鳴則開。東自殽山，西至潼津，通名函谷，實為天險」。漢函谷關，在唐河南府新安縣之東一里，蓋漢世楊僕移秦函谷關而立之於此也，以比秦舊，則移東三百七十八里。楊僕者，宜陽縣人，漢武帝時，數立大功，以其家居宜陽。宜陽者，靈寶縣東，其地即在秦函關之外矣。僕恥其家不在關內，乞移秦關而東之，使關反在外，武帝允焉。僕自以其家僮築立關隘，是為漢世函關。自此關移在河南府新安縣，而秦關之在靈寶者廢矣。按函谷關起於周秦，徙於漢，廢於唐，漢武帝元鼎三四年，徙關於新安縣，以故關為弘農縣，唐置潼關、函谷遂廢。

2 **無事** 《文選》班固〈兩都賦序〉：「臣竊見海內清平，朝廷無事。」案不須關，因唐置潼關，函谷關已廢，故云。

3 **白馬公孫** 劉向《七略》：「公孫龍持白馬之論以度關」。

4 **青牛老子**　劉向《列仙傳》:「老子乘青牛過西關」。《高士傳》:
「老子生於殷時,為周柱下史,後周德衰,乃乘青牛車去,入大
秦,過西關,關令尹喜望氣先知焉,乃物色遮候之,已而老子果
至,乃強著書,作《道德經》五千餘言,為道家之宗」。魏文帝
〈折楊柳行〉:「老聃適西戎,於今竟不還」。

5 **郭丹**　《後漢書》〈郭丹傳〉:「郭丹字少卿,南陽穰人(今鄧縣東
北)也,七歲而孤,從師長安,買符入函谷關,慨然歎曰:『丹
不乘使者車,終不出關』。既至京師,常為都講。更始二年,三
公舉丹賢能,徵為諫議大夫,持節使歸南陽。安集受降。丹自去
家十有二年,果乘高車出關,如其志焉」。

6 **關外客**　聞人倓《古詩箋》:「關外客,公自謂也」《漢書·武帝
紀》:「元鼎三年文:「徙函谷關於新安」。註:「應劭曰:時樓船
將軍楊僕數有大功,恥為關外民,上書乞徙東關,以家財給其
用度,武帝意亦好廣闊,於是徙關於新安,去弘農(故關改縣)
三百里。」

【箋】

1 周珽曰:「此因評事度關,作歌相贈也。城壁荒涼,草樹薦寒,
豈朝廷清平,無藉於關乎?白馬青牛,從此過者,已成故跡,無
情花鳥,寧知今古之有變遷也。後四句,美劉之才,足樹功名於
關內,欲其無忘舊交也」(《唐詩會通評林》)。

2 吳山民曰:「通篇歌函谷關,而以送別意作結,悠遠。白馬青牛
二句實事,跟不須關來」(《唐詩會通評林》)。

3 郭濬曰:「情詞促促,妙在句句見函谷關。野花二句如此說,花
鳥有情」(《唐詩會通評林》)。

4 唐汝詢曰:「蒼苔以下四句,因唐置潼關,函谷關已廢,故云」
又曰:「花鳥無情,安知行人關吏之屢更夫?」(《唐詩解》)。

5 吳綏眉曰:「不須關,亦非正論,此事何日不如此,而達人何寡
也」(《刪定唐詩解》)。

天山雪歌送蕭治歸京[1]

天山雪雲常不開，千峰萬嶺雪崔嵬[2]。北風夜卷赤亭[3]口，一夜天山雪更厚。能兼漢月照銀山[4]，復逐胡風過鐵關[5]。交河[6]城邊鳥飛絕，輪臺[7]路上馬蹄滑。晻靄[8]寒氛萬里凝，闌干[9]陰崖千丈冰。將軍狐裘臥不暖，都護[10]寶刀凍欲斷。正是天山雪下時，送君走馬歸京師[11]。雪中何以贈君別，惟有青青松樹枝[12]。

【校】

① **題**　《百家選》，《唐詩紀事》並作〈天山雪送蕭沼歸京〉。

② **天山雪雲**　《全唐詩》，《百家選》，《唐詩紀事》並作「天山有雪」。

③ **鳥飛絕**　《全唐詩》，《百家選》，《唐詩紀事》並作「飛鳥絕」。

④ **晻靄**　《百家選》，《唐詩紀事》並作「晻澹」。

⑤ **雪中**　《百家選》，《唐詩紀事》並作「客中」。

【注】

1　**題**　詩云：「北風夜卷赤亭口」、「交河城邊鳥飛絕，輪臺路上馬蹄滑」當是使交河郡時之作。又云：「一夜天山雪更厚」當作於天寶十四載冬。蕭治，其人不詳，《百家選》、《唐詩紀事》並作「蕭沼」。陸游〈夜讀岑嘉州詩集〉詩：「群胡自魚肉，明主方北顧，頌公天山篇，流涕思一遇。」（《劍南詩稿》卷四）當指此篇與〈白雪歌〉等作也。

2　**崔嵬**　已見〈與高適薛據同登慈恩寺〉詩注。

3　**赤亭**　前〈武威送劉單判官赴安西行營便呈高開府〉詩曰：「曾到交河城，風土斷人腸。……赤亭多飄風，鼓怒不可當。」知赤亭在西州交河城也。

4　**銀山**　見〈銀山磧西館〉詩注。

5 **鐵關** 已見五古〈題鐵門關樓〉詩注。

6 **交河** 已見五古〈使交河郡〉詩注。

7 **輪臺** 已見〈走馬川行奉送出師西征〉詩注。

8 **晻藹** 《離騷》:「揚雲霓之晻藹兮」。洪興祖補注:「晻藹,暗
也,冥也。藹,《釋文》作「蘙」,「一作靄」。

9 **闌干** 已見〈白雪歌送武判官歸京〉詩注。

10 **都護** 已見五古〈武威送劉單判官赴安西行營便呈高開府〉詩注。

11 **京師** 《公羊傳》桓公九年:「京師者何?天子之居也。京者何?
大也。師者何?眾也。天子之居,必以眾大之辭言之。」

12 **青青松樹枝** 劉楨〈贈從弟三首〉:「風聲一何盛,松枝一何勁」
句言此松枝贈別,寓歲寒後凋之意。

胡笳歌送顏真卿赴河隴[1]

君不聞胡笳[2]聲最悲,紫髯[3]綠眼[4]胡人吹。吹之一曲猶未了,愁
殺樓蘭[5]征戍兒。涼秋八月[6]蕭關[7]道,北風吹斷天山[8]草。崑崙
山[9]南月欲斜,胡人向月吹胡笳。胡笳怨兮將送君,秦山[10]遙望
隴山[11]雲。邊城月月多愁夢,向月胡笳誰喜聞。

【校】

① **題** 宋本、鄭本、黃本、石印本,《全唐詩》並作「胡笳歌送顏
真卿使赴河隴」。

② **綠眼** 《全唐詩》「綠」字下注云:「一作碧」。

【注】

1 **題** 殷亮〈顏魯公行狀〉(《全唐文》五四一)云:「天寶七載,

又充河西、隴右軍試覆屯交兵使」（留元剛〈顏魯公年譜〉同）。
公詩當作於此時。案行狀言，六載使河東朔方，七載使河西隴
右。《舊唐書》一二八〈顏真卿傳〉，載使河朔事，在使河隴前，
而不書何年（《太平廣記》三二引〈仙傳拾遺〉與本傳同），蓋亦
以六載使河朔，七載使河隴，《舊唐書》一一四〈魯炅傳〉云：
「天寶六年，顏真卿為監察御史，使至隴右」，誤也。　顏真卿，
案顏真卿字清臣，京兆長安人，博學工辭章，事親孝，開元中舉
進士，又擢制科，調醴泉尉，累遷殿中侍御史，忤宰相楊國忠，
出為平原太守。安祿山反，河朔盡陷，獨平原城守具備，使司兵
參軍李平馳奏，明皇大喜，即拜戶部侍郎。真卿立朝，正色剛而
有禮，非公言直道，不萌於心，天下不以姓名稱，而獨曰魯公。
善正草書，筆力遒婉，世寶傳之。新舊《唐書》俱有傳。

2 **胡笳**　《集韻》：「笳、胡人卷蘆葉吹之也」。《史記・樂書》：「胡
　笳、似觱栗而無孔，伯陽避入西戎，卷蘆葉吹之也」。《文選》李
　陵〈答蘇武書〉：「涼秋九月，塞外草衰，夜不能寐，側耳遠聽，
　胡笳互動，牧馬悲鳴，吟嘯成群，邊聲四起，晨坐聽之，不覺淚
　下」。

3 **紫髯**　《三國志・吳志》〈孫權傳〉：「張遼問吳降人曰：向有紫髯
　將軍，長上短下，便馬善射，是誰？降人曰：是孫會稽也」。

4 **綠眼**　《高僧傳》：「達摩眼紺青色，稱綠眼胡僧」。李白〈猛虎
　行〉：「胡雛綠眼吹玉笛。」

5 **樓蘭**　《漢書》〈西域傳〉：「鄯善國，本名樓蘭王，治扜泥城，
　去陽關千百里，去長安六千一百里」。曹嘉之《晉書》：「劉疇曾
　避亂塢壁，賈胡百數欲害，疇無懼色，援笳而吹之，為出塞（入
　塞）之聲，動其遊客之思，於是群胡皆倚泣而去。」（《藝文類聚》
　卷四十四引）《太平御覽》卷五八（引「出塞」下多「入塞」二
　字）。

6 **涼秋句**　《文選》虞羲詠〈霍將軍北伐〉詩：「涼秋八九月，虜騎
　入幽并」。

7 **蕭關** 《史記·匈奴傳》:「漢孝文皇帝十四年,匈奴單于十四萬騎,入朝那蕭關,殺北地都尉卬」。《元和郡縣志》:「關西道原州平高縣蕭關故城,在縣東南三十里」。《一統志》:「甘肅平涼府蕭關故城,在固原州東南」。案今改固原縣。

8 **天山** 已見〈白雪歌送武判官歸京〉詩注。

9 **崑崙** 《元和郡縣志》:「崑崙山在肅州酒泉縣西南八十里,周穆王見西王母,樂而忘歸,即此山。」《晉書》〈劉琨傳〉:「在晉陽,嘗為胡騎所圍數重,城中窘迫無計,琨乃乘月登樓清嘯,賊聞之皆悽然長歎,中夜奏胡笳,賊又流涕歔欷,有懷土之切,向晚復吹之,賊並棄圍而走。」

10 **秦山** 謂終南諸山,即今陝西之秦嶺。

11 **隴山** 已見〈初過隴山途中呈宇文判官〉詩注。

【箋】

1 沈德潛曰:「只言笳聲之悲,見河隴之不堪使,而惜別在言外矣」(《唐詩別裁》)。

2 吳綏眉曰:「起得健,朗誦數過,不減劉疇之響矣」(《刪定唐詩解》)。

3 王世貞曰:「感慨悲歌,響入妙境」(《唐詩會通評林引》)。

4 汪道昆曰:「詞采壯麗,音律流逸,戀戀之情可掬」(《唐詩會通評林》)。

5 周珽曰:「多愁夢三字深」(《唐詩會通評林》)

6 唐汝詢曰:「邊庭之悲者莫甚於笳,故作歌以紀顏之客況也。」(《唐詩解》卷十七)

7 黃培芳評曰:「錢籜石(載)所謂一聲聲唱出來」(《唐賢三昧集箋注》卷下)

8 徐焯曰:「余所見本有不知何人手批:有此歌方堪送此人,千載如生。」(《全唐詩錄》)

9 邢昉評此二句「崑崙山南月欲斜,胡人向月吹胡笳。轉折跌頓」

（《唐風定》卷八〇）

10　近滕元粹增評：「悲壯淒絕，以這樣詩送人，恐使征人斷腸不已也。」（《箋注唐賢詩集》卷下）

11　森大來曰：「誰喜聞三字，下得悲壯，一面體諒其萬里客之情緒，一面又勗其效身於王事。從來解者，以此三字，為不過於抒悲緒，未足以得詩之真意」（《唐詩選評釋》）。

火山¹雲歌送別

火山突兀赤亭²口，火山五月火雲³厚。火雲滿山凝未開，飛鳥千里不敢來。平明乍逐⁴胡風斷，薄暮渾隨塞雨回。繚繞⁵斜吞鐵關⁶樹，氛氳⁷半掩交河⁸戍。迢迢⁹征路火山東，山上孤雲隨馬去。

【注】

1　**火山**　案此詩天寶十四載五月作，火山已見〈經火山〉詩注。

2　**赤亭**　已見〈天山雪歌送蕭治歸京〉詩注。

3　**火雲**　盧思道〈納涼賦〉：「火雲赫而四舉」。

4　**乍逐二句**　通首均寫火雲，此四句則寫雲凝鳥懼，風吹雲斷。雨來雲回。《孟子・公孫丑》：「今人乍見孺子將入於井。」趙岐注：「乍，暫也。」《詩詞曲語辭匯釋》卷二：「渾猶運也。杜甫〈十六夜翫月〉詩：『巴童渾不寢，半夜有行舟。』渾不寢，猶云還未寢也，渾隨塞雨回，還隨塞雨回也。」

5　**繚繞**　《文選》〈潘岳射雉賦〉：「周環迴復，繚繞盤辟」，徐爰注：「繚繞，回從往復，不正之貌。」

6　**鐵關**　已見五古〈題鐵門關樓〉詩注。

7 **氛氳** 《文選》謝惠連〈雪賦〉:「散漫交錯,氛氳蕭索」、李善注:「王逸楚辭注曰:氛氳,盛貌」。

8 **交河** 已見五古〈使交河郡〉詩注。

9 **迢迢** 《文選》古詩:「迢迢牽牛星,皎皎河漢女」,呂延濟注:「迢迢,遠貌」。

秦箏歌送外甥蕭正歸京

汝不聞秦箏[2]聲最苦,五色纏絃十三柱。怨調慢聲[3]如欲語,一曲未終日移午。紅亭水木不知暑,忽彈黃鍾[4]和白紵[5]。清風颯來[6]雲不去,聞之酒醒淚如雨。汝歸秦兮彈秦聲[7],秦聲悲兮聊送汝。

【校】

① **題** 宋本、鄭本、黃本、石印本並作〈秦箏歌送外生蕭正歸京〉。

【注】

1 《岑詩繫年》「未能編年詩。」按岑參〈虢州西亭陪端公夜集〉詩曰:「紅亭出鳥外,驄馬繫雲端」。〈虢州西山亭子送范端公〉詩曰:「百尺紅亭對萬峰」。〈暮春虢州東亭送李司馬歸扶風別盧〉詩曰:「紅亭綠酒送君還」。虢州詩言紅亭者,此外尚多。此詩云:「紅亭水木不知暑」當為虢州之作,始繫上元元年夏日。

2 **箏** 《說文》:「箏、五弦筑身樂也,从竹爭聲。」按古五弦施於竹如筑,蒙恬改為十二絃,變形如瑟,易竹从木,唐以後加十三弦。段注:「各本作鼓弦竹身,不可通,今依《太平御覽》正。今并、梁二州,箏形如瑟,不知誰所改作也。或曰秦蒙恬所造。

據此，知古箏五弦，形似竹，恬乃改十二弦，變形如瑟耳。魏晉
以後，箏皆如瑟十二弦。唐至今十三弦。筑似箏細項，古筑與箏
相似，不同瑟也」《宋書・樂志》：「箏，秦聲也，傅玄〈箏賦序〉
曰：『世以為蒙恬所造，今觀其體合法度、節究哀樂，乃仁智之
器，豈亡國之臣所能關思哉？』」《文選》曹植〈箜篌引〉：「秦箏
何慷慨，齊瑟和且柔」，張銑注：「秦人善彈箏，慷慨猶激揚也」。

3　**慢聲**　謂聲長而緩也。

4　**黃鐘**　《周禮・春官》〈大司樂〉：「奏黃鐘，歌大呂，舞雲門，以
祀天神。」《禮記・月令》：「仲冬之月，其音羽，律中黃鐘」，鄭
玄注：「黃鐘者，律之始也，九寸，仲冬氣至，則黃鐘之律應」。

5　**白紵**　《宋書・樂志》：「白紵舞，案舞辭有巾袍之言。紵本吳地
所出，宜是吳舞也。〈晉俳歌〉云：皎皎白緒，節節為雙。吳音
呼緒為紵，疑白緒，即白紵也」。吳兢《樂府古題要解》：「白紵
歌，古辭盛稱舞者之美，宜及芳時行樂，其譽白紵曰：質如輕雲
色如銀，制以為袍餘作巾，袍以光軀巾拂塵」。《舊唐書・音樂
志》：「梁武帝又令沈約改其辭，其四時白紵之歌，約集所載是
也。今中原有〈白紵曲〉，辭旨與此全殊」。此詩所言當是中原
〈白紵曲〉也。

6　**颯來**　《文選》宋玉〈風賦〉：「有風颯然而至」，李周翰注：「颯
然，風聲也」。

7　**秦聲**　李斯〈上秦始皇諫逐客書〉：「夫擊甕扣缶，彈箏搏髀，
而歌嗚嗚快耳者，真秦之聲也」。楊惲〈報孫會宗書〉：「家本秦
也，能為秦聲。」李周翰注：「謂作樂也秦聲，擊缶也。」此秦聲
則指秦箏言。

與獨孤漸道別長句兼呈嚴八侍御[1]

輪臺[2]客舍春草滿，潁陽[3]歸客腸堪斷。窮荒絕漠鳥不飛，萬磧千山夢猶懶[4]。憐君白面一書生[5]，讀書千卷未成名。五侯[6]貴門腳不到，數畝山田身自耕。興來浪跡無遠近，及至辭家憶鄉信。無事垂鞭信馬頭[7]，西南幾欲窮天盡。奉使三年[8]獨未歸，邊頭詞客舊來稀。借問君來得幾日，到家不覺換春衣。高齋清晝卷羅幕，紗帽[9]接羅[10]慵不著。中酒[11]朝眠日色高，彈棋[12]夜半燈花落。冰片高堆金錯盤[13]，滿堂凜凜[14]五月寒。桂林[15]蒲萄新吐蔓，武城[16]刺蜜[17]未可餐。軍中置酒夜撾鼓[18]，錦筵紅燭月未午[19]。花門[20]將軍善胡歌，葉河[21]蕃王能漢語。知爾園林壓渭濱[22]，夫人堂下泣紅裙[23]。魚龍川[24]北盤溪[25]雨，鳥鼠山[26]西洮水[27]雲。臺中嚴公於我厚，別後新詩滿人口。自憐棄置[28]天西涯，因君為問相思否。

【校】

① 懶　《全唐詩》作「嬾」、接二字通。

② 畝　鄭本作「甽」、宋本、黃本、石印本並作「畆」。

③ 羅幕　《全唐詩》作「帷幕」。

④ 接羅　宋本、鄭本、黃本、石印本並作「接離」。

⑤ 彈棋　宋本、鄭本、黃本、石印本並作「彈基」。按棋，基二字同。

⑥ 蒲萄　宋本、黃本、鄭本並作「蒲桃」。

⑦ 紅裙　宋本、鄭本、黃本、石印本並作「羅裙」。

⑧ 自憐　宋本、鄭本、黃本、石印本、《全唐詩》並作「自憐」。案憐，憐二字同。

【注】

1 **題** 《岑詩繫年》:「此下皆至德元載(即天寶十五載)詩。杜甫
有〈奉贈嚴八閣老〉及〈寄岳州賈司馬六丈巴州嚴八使君兩閣老
五十韻〉二詩,嚴八皆謂嚴武。《新唐書》一二九〈嚴武傳〉:
「累遷殿中侍御史,從玄宗入蜀,擢諫議大夫,至德初赴肅宗行
在。」按詩云:「春草滿」,又稱嚴武為侍御,知嚴武尚未入蜀
也,時在天寶十五載春。詩蓋公與獨孤同客輪臺,因獨孤之歸,
不覺深感,為賦長句以道別,兼致意於嚴八侍御也。

2 **輪臺** 已見五古〈北庭貽宗學士道別〉詩注

3 **穎陽** 按舊《唐書·地理志》云:「河南府有穎陽縣,本名武
林,至德元年,析河南,伊闕、嵩陽三縣置,開元十五年,更名
穎陽。」案故地在今河南省登封縣西南。

4 **夢猶懶** 言夢歸亦畏路途之遠而難行也。

5 **白面書生** 《宋書》〈沈慶之傳〉:「沈慶之謂上曰:『為國譬如治
家,耕當問奴,織當問婢』,陛下今欲伐國,而與白面書生輩謀
之,事何由濟?」

6 **五侯** 稱顯赫之貴族,已見五古〈送許子擢第〉詩注。

7 **信馬頭** 李白〈贈郭將軍〉詩:「薄暮垂鞭醉酒歸」(《古詩
箋·七言詩歌行鈔》卷四)聞人倓曰:「信,任也,任其所之」白
居易〈且遊〉詩:「弄水迴船尾,尋花信馬頭。」上句言不加鞭於
馬,任馬前行而歸。

8 **奉使三年** 沈德潛《唐詩別裁注》:「奉使,言自己也」。案公於
天寶十三載夏赴輪臺,至肅宗至德二載夏,適為三周年。參閱五
律〈首秋輪臺〉詩注。

9 **紗帽句** 《中華古今注》:「武德九年十一月,太宗詔曰:自今以
後,天子服烏紗帽,百官士庶,皆同服之,《新唐書·車服志》:
烏紗帽者,視事及燕見賓客之服也」。《說文》十下新附:「幧,
嬾也。」句言獨孤漸疏放,不著用紗帽與頭巾也。

10 **接䍦** 《廣韻》:「接䍦,白帽也」。

11 **中酒** 《史記‧樊酈滕灌列傳》:「項羽既饗軍士,中酒」,集解:
「張晏曰:『酒酣也』」;顏師古注《漢書》〈樊噲傳〉:「飲酒之中
也,不醉不醒,故謂之中。中音竹仲反」。姚福曰:「中酒作去
聲,於義為長,蓋中有中傷之義」(《唐賢三昧集箋注》引)

12 **彈棋** 已見〈北庭貽宗學士道別〉詩注

13 **金錯盤** 以黃金鑲嵌在紋之盤也,聞人倓古詩箋:「金錯盤者,
以金錯其文也」。案《文選》張衡〈四愁詩〉:「美人贈我金錯
刀」,亦是此意。

14 **凜凜** 《玉篇》:「凜凜、寒也」。

15 **桂林** 西州盛產葡萄,桂林當在吐魯番附近。《中國名勝詞典》:
「葡萄溝,在新疆吐魯番縣,為火焰山西側的一個峽谷,這裏水
渠縱橫,樹木茂密,空氣濕潤……盛產葡萄。」疑是其地。柴劍
虹〈桂林武城考〉據《太平廣記》卷八十一引《梁四公記》,稱蒲
萄涔林者佳,涔林當在交河故城到葡萄溝一帶。

16 **武城** 《太平寰宇記》卷一五六:「庭州,……以有武城,俗謂之
五城之地。」《西域地名》:「阿斯塔納,今屬吐魯番縣,考斯坦因
在其地所得〈西州高昌縣武城城主范羔墓誌〉:此地應為唐之武
城。……火州西五里,即阿斯塔納。」柴劍虹以為當在高昌故城
以西十華里左右,《元和郡縣志》卷四十:「西州貢賦:開元貢:
氈毛、刺蜜、乾葡萄。」又:「交河,在(前庭)縣西,高昌國,
土良沃,穀麥一歲再熟,澤間有草,名為羊刺。」按《周書‧異
域傳》:「高昌者,車師前王之故地,……有草曰羊刺。其上生蜜
焉」。

17 **刺蜜** 《本草》:「刺蜜味甘、無毒,止渴除煩」。《正字通》:「刾
、俗刺字」。

18 **撾鼓** 《韻會》:「撾、擊也」,《後漢書》〈禰衡傳〉:「衡方為
漁陽摻撾,蹀躞而前,聲節悲壯,聽者莫不慷慨」。李賢注:
「《文士傳》曰:『衡擊鼓作漁陽參撾,蹋地來前,……,鼓聲甚
悲……』臣賢案:撾及撾並擊鼓杖也。參撾是擊鼓之法。」

19 **月未午**　聞人倓《古詩箋》:「月未午、夜未半也」。

20 **花門**　《唐書‧地理志》:「甘州領縣二,張掖、刪丹。刪丹縣北
渡張掖河。西北行,出合黎山峽口,傍河東壖屈曲車北行千里,
有寧寇軍,故同城守捉也。天寶二載為軍,軍之東北有居延海,
又北三百里有花門山堡,又東北千里,至回紇衙帳」。蓋花門在
回紇東南,置堡於此。所以為控扼也。案杜甫有〈留花門〉詩。

21 **葉河**　《新唐書》〈王方翼傳〉:「初方翼次葛、水暴漲,師不可
度,沈祭以禱,師涉而濟。又七月次葉河,無舟,而冰一昔合,
時以為祥」。案葉河,西域地,《西域地名》:「《西域記》曰葉
河,今名『錫爾河』在中亞細亞,源出天山西麓,經浩罕平原注
入鹹海。」聞人倓注二句:「言漢將能胡歌,胡人亦能漢語也」。

22 **渭濱**　即渭水之濱。《三輔黃圖》:「渭水出隴西首陽縣鳥鼠同穴
山、東北至華陰入河。」

23 **泣紅裙**　江淹〈別賦〉:「送愛子兮霑羅裙」呂延濟注:「涕淚霑於
裙也。」岑參有〈送李明府赴睦州便拜覲太夫人〉詩曰:「夫人江
上泣羅君。」(詳後七絕詩注)此詩「夫人」亦當謂「太夫人」,
即獨孤漸之母也。堂上,指北堂。

24 **魚龍川**　《水經‧渭水注》卷十七:「汧水出汧縣西北,闞駰
《十三州志》與此同,後以汧水為龍魚水。」汧水有二源,一水
出縣西山,世謂之小隴山,其水東北流,歷澗注以成淵,潭漲不
測,出五色魚,俗以為靈,而莫敢採捕,因謂是水為龍魚水,自
下亦通渭之龍魚川,川水東徑汧縣故城北」。案諸家注引龍魚,
皆作魚龍(《太平御覽‧地部》引亦作魚龍水。《舊唐書‧太宗
紀》云:貞觀四年冬十月幸隴州,校獵於魚龍川,亦作魚龍川)。

25 **盤溪**　《水經‧渭水注》:「渭水之右,磻溪水注之,……東南隅
有一石室,蓋太公所居也。水次平石釣處,即太公垂釣之所也,
其投竿跽餌,兩膝遺跡猶存,是有磻溪之稱也」。案地在今陝西
寶雞縣東南八十里。「磻」通「盤」。

26 **鳥鼠山**　《水經‧渭水注》:「渭水出隴西首陽縣渭谷亭南鳥鼠

山，禹貢所謂『導渭自鳥鼠同穴』者也」。《元和郡縣志》:「關
內道渭州渭源縣鳥鼠山，今名青雀山，在縣西七十六里，渭水
所出」。案在今甘肅省渭源縣西。杜甫〈秦州雜詩〉:「水落魚龍
夜，山空鳥鼠秋。」正與岑參同，

27 **洮水** 《說文》:「洮水、出隴西臨洮，東北入河」。段注:「今甘
肅蘭州府狄道州，州西南有臨洮城，漢縣也。今洮河出洮州衛西
南邊外之西傾山東麓，東北流經狄道州，南至蘭州府西境入河」。

28 **棄置二句** 曹丕〈雜詩〉二首之二:「棄置勿重陳，客子常畏
人。」沈約〈別范安成〉詩:「夢中不識路，何以慰相思。」結聯
有望嚴武薦引之意。

【箋】

1 沈德潛曰:「此詩硬轉突接，不須蛛絲馬跡，古詩中另是一格」
（《唐詩別裁》）。

2 唐汝詢曰:「興來二句，浪蕩人中有情者」（《唐詩會通評林》
引）。

3 周珽曰:「此與送魏叔卿篇（詳後注），鋪敘有法。其曰:『借問
君來得幾日』，『因君為問相思否』，與『問君今年三十幾』，『因
君為問平安否』，此等語，具堪入騷。」又曰:「夢猶懶，三字
妙。」（《唐詩會通評林》）。

4 吳山民曰:「首句紀所與別地，兼述時景，貴門腳不到，高潔，
山田身自耕，可自活人，冰片高堆八語，瑰麗」（《唐詩會通評
林》）。

5 顧璘曰:「要說便說，更無艱難」（《唐詩會通評林》）。

6 郭濬曰:「詳密而不冗，雖皆平調，卻使人不可刪」（《唐詩會通
評林》）。

7 近滕元粹評:「四句一解，平仄互用，七古正體」，又曰:「夢猶
懶，字奇。」（《箋註唐賢詩集》卷下）

送郭乂雜言[1]

地上青草出，經冬方始歸。博陵[2]無近信，猶未換春衣。憐汝不忍別，送汝上酒樓。初行莫早發，且宿灞橋頭。功名須及早，歲月莫虛擲。早年已工詩，近日兼注易。何時過東洛[3]，早晚渡盟津[4]。朝歌[5]城邊柳㯮[6]地，邯鄲道[7]上花撲人。去年四月初[8]，我正在河朔[9]。曾上君家縣北樓，樓上分明見恆嶽[10]。中山明府[11]待君來，須計行程及早回。到家速覓長安使，侍汝書封我自開。

【校】

① **題** 《百家選》作「送郭乂」，無「雜言」二字。

② **方始歸** 宋本、鄭本、黃本、石印本，《全唐詩》，《百家選》並作「今始歸」。

③ **博陵** 宋本、鄭本、黃本、石印本，《全唐詩》，《百家選》並作「博陵」、按作「博陵」是也。

④ **灞陵** 宋本、鄭本、黃本、石印本並作「灞橋」。

⑤ **工詩** 《百家選》作「攻詩」。

⑥ **覓** 《全唐詩》、《百家選》作並作「覓」。案二字同。

⑥ **侍汝** 《百家選》作「待汝」。案作「待汝」是也。

【注】

1 **題** 《岑嘉州繫年考證》：「〈送郭乂雜言詩〉有『初行莫早發，且宿灞橋頭』及『到家速覓長安使，待汝書封我自開』等句，則作於長安。開元二十九年在河朔」；又曰：「地上青草出，經冬方始歸」，則詩當作於天寶元年春。題為「雜言」，因是五、七言名句雜用。

2 **博陵** 《唐書・地理志》：「河北道定州，後漢中山國、後魏置安州，尋改為定洲。隋改博陵郡。武德四年，平竇建德，移置定

州。天寶元年改為博陵郡，乾元元年復為定州」。案故治在今河北省定縣。

3 **東洛**　洛陽在長安東，故云。《太平廣記》一四八引《前定錄》：「天寶十五年，安祿山亂東都，遣偽署西京留守張通儒至長安驅朝官就東洛。」韓愈〈縣齋有懷〉詩：「求官去東洛，犯雪過西軍。」

4 **盟津**　《史記・夏本紀》：「又東至於盟津」，索隱：「盟，古孟字，孟津在河陰。《十三州記》云：河陽縣在於河上，即孟津是也。《括地志》云：盟津、周武王與八百諸侯，會盟津、亦曰孟津，又曰富平津。《水經》云小平津，今云河陽津是也」。案在今河南省孟縣。

5 **朝歌**　《史記》〈鄒陽傳〉：「邑號朝歌，墨子迴車」。《淮南子・說林訓》：「墨子非樂，不入朝歌」。案朝歌，古沬邑，殷自帝乙以至紂，俱都此。周武王滅紂，以其地封康叔。漢置朝歌縣，隋廢。故城在今河南淇縣北。

6 **柳鬂**　《廣韻》：「鬂，垂下貌」。案公詩中屢用「鬂」字，如「柳鬂拂窗條」（〈和刑部成員外秋寓直臺省寄知己〉，詳五言長律注），「柳鬂嬌嬌花復殷」（〈暮春虢州東亭送李司馬歸扶風別廬詩〉，詳七律注）皆是此意。鬂，丁左切，音墮。

7 **邯鄲道**　《一統志》：「廣平府邯鄲縣，本戰國趙都，秦置邯鄲郡，漢廢郡為縣」。《唐書・地理志》：「河北道惠州，本磁州，有邯鄲縣」，案故地在今河北邯鄲縣西南十里。《文選》謝靈運〈擬魏太子鄴中集詩〉：「西顧太行山、北眺邯鄲道」。

8 **去年二句**　案公於開元二十九年遊河朔，春自長安至邯鄲，歷井陘，抵貝丘，暮春自貝丘抵冀州，八月由匡城，經鐵丘，至滑州，遂歸潁陽。詳聞一多《岑嘉州繫年考證》。

9 **河朔**　《尚書・堯典》：「宅朔方，曰幽都」，《爾雅・釋訓》：「朔，北方也」郭璞注：「謂幽朔」《後漢書》〈荀彧傳〉：「袁紹既兼河翔之地，有驕氣。」曹植〈與楊德祖書〉：「仲宣獨步於漢

南，孔璋鷹揚於河朔。」

10　**恆嶽**　即恆山，為五嶽中之北嶽，漢時避文帝諱，改稱常山，唐
　　時屬河北道定州恆陽縣。

11　**中山明府**　《新唐書・地理志》：「定州博陵郡治安喜」今河北定
　　縣。《輿地廣記》卷十一：「中山府……戰國初為中山國，後為魏
　　所併……大唐改為定州。」明府　《容齋隨筆》：「唐人呼縣令為明
　　府，丞為贊府，尉為少府。」《嬾真子》：「令呼明府，政尉呼少
　　府，以亞於縣令」。公有〈唐博陵郡安喜縣令岑府君墓銘〉，「中
　　山明府」，當即其人。

【箋】

　　明俞弁《山樵暇語》云：「陸放翁〈宿北巖院詩〉云：『車馬紛
紛送入朝，北巖燈火夜無聊。中年到處難為別，也似初程宿灞橋。』
岑參〈送郭乂詩〉云：『初程莫早發，且宿灞橋頭』，放翁結句本
此。趙與虤《娛書堂詩話》，指為參寥詩，不考之過也」（案又見
《逸老堂詩話》）。

送費子歸武昌[1]

漢陽[2]歸客悲秋草，旅舍葉飛愁不掃。秋來倍憶武昌魚[3]，夢著只
在巴陵[4]道。曾隨上將過祁連[5]，離家十年恆在邊。劍峰可惜虛用
盡，馬蹄[6]無事今已穿。知君開館[7]恆愛客，摽蒲百金每一擲[8]。
平生有錢將與人，江上故園空四壁[9]。吾觀費子毛骨奇[10]，廣眉
大口仍赤髭[11]。看君失路[12]尚如此，人生貴賤那得知。高秋[13]八
月歸南楚[14]，東門一壺聊出祖[15]。路指鳳凰山[16]北雲，衣沾鸚鵡
洲[17]邊雨。莫歎蹉跎[18]白髮新，應須守道勿羞貧[19]。男兒何心戀

妻子²⁰，莫向江村老卻人。

【校】

① 草　《百家選》作「艸」。案二字同。

② 恆在邊　《全唐詩》，《百家選》作「常在邊」。

③ 莫歎　《百家選》作「勿歎」。

④ 何心　宋本、鄭本、黃本、石印本、《全唐詩》，《百家選》並作「何必」。

⑤ 卻　《百家選》作「郤」。案二字通。

【注】

1 武昌　《新唐書·地理志》：「鄂州江夏郡有武昌縣」。《讀史方輿紀要》：「武昌縣，春秋時楚封鄂王於此，漢屬江夏郡，三國吳改武昌縣，置武昌郡治焉。晉太康初，別立鄂縣，並隸武昌郡，隋廢郡，又省鄂縣入武昌，唐亦為武昌縣，屬鄂州。故治在今湖北鄂城市。」《岑詩繫年》：「玩詩意，當作於天寶八載以前，詩云『東門一壺聊出祖』，當作於長安。此詩風格悲壯，近上篇（〈胡笳歌送顏真卿使赴河隴〉），故名。思想與前此諸詩不同，故亦定為七載作。」

2 漢陽　《唐書·地理志》：「江南西道鄂州漢陽縣，漢安陸縣地，屬江夏郡，晉直池陽縣，隋初為漢津縣，煬帝改為漢陽。武德四年，平朱粲，分沔陽郡，置沔州，治漢陽縣」。案故地在今湖北漢陽縣。

3 武昌魚　《晉書·五行志》曰：「吳孫皓初童謠。按皓尋遷都武昌，民泝流供給，咸怨舊焉。寧飲建業水，不食武昌魚。寧還建業死，不止武昌居」（案此童謠，又見《三國志·吳志》〈陸凱傳〉）。

4 巴陵　《唐書·地理志》：「江南西道岳州巴陵郡，本巴州也，武德六年更名」。《元和郡縣志》：「后羿屠巴蛇於洞庭湖，其骨若

陵，因曰巴陵」。案故治在今湖南省岳陽縣。

5 祁連　即祁連城。《括地志》：「祁連山在甘州張掖縣西南二百里」《史記》〈李將軍列傳〉正義引：「今甘肅張掖西南。」《元和郡縣志》卷四十：「肅州福祿縣，祁連戍在縣東南一百二十里」。福祿縣在今甘肅高台西北，岑參後有〈送李副使赴磧西官軍〉詩曰：「知君慣度祁連城。」知此所指亦當是言祁連城。

6 馬蹄句　《莊子・馬蹄》：「馬蹄可以踐霜雪」，沈炯〈詠老馬〉詩：「翻霜屢損蹄」言馬蹄今已磨穿而事無成也。

7 開館　王褒《周太傅・于謹碑》：「昭王禮賢，郭槐開館」。

8 摴捕句　《珊瑚鉤詩話》：「摴捕起自《老子》（案《博物志》云：老子入胡，自作摴蒱），今謂之呼盧，取純色而勝之之義以名之耳」。《宋書・武帝紀》：「劉毅家無儋石之儲，摴蒱一擲百萬」。馬融〈摴蒱賦〉：「昔有玄通先生遊於京都，道德既備，好此樗蒱，伯陽入戎，以斯消憂」。張華《博物志》佚文：「老子入胡作摴蒱。」（《藝文類聚》卷七十四引）

9 空四壁　《史記》〈司馬相如傳〉：「文君夜亡奔相如，相如乃與馳歸，家居徒四壁立」，集解：「郭璞曰：四壁，言貧窮也」。

10 毛骨奇　《晉書・元帝紀》：「瑯琊王毛骨非常，殆非人臣之相也」。

11 廣眉句　《漢書》〈馬廖傳〉：「城中人好廣眉，四方且半額」。《宋書・符瑞志》：「禹虎鼻大口」，梁簡文帝〈大法頌序〉：「高彼廣膝赤髭」，《說文》：「髭，口上鬚也」。

12 失路　揚雄〈解嘲〉：「當塗者升青雲，失路者委溝渠」。《文選》阮籍〈詠懷詩〉：「北臨太行道，失路將如何」。

13 高秋　《歲華紀麗》：「九月曰高秋，亦曰暮秋」。

14 南楚　《史記・貨殖列傳》：「衡山，九江，江南，豫章，長沙是南楚也」此指武昌。

15 出祖句　《詩・大雅》〈韓奕〉：「韓侯出祖，出宿於屠，顯父餞之，清酒百壺」，孔穎達疏：「言韓侯出京師之門，為祖道之祭，

為祖若訖，將欲出宿于屠地，於祖之時，王使卿士之顯父，以酒
餞送之，其清美之酒，乃多至於百壺」。鄭玄《儀禮注》：「將行
而飲酒曰祖」顏師古《漢書》〈劉屈氂傳〉注：「祖者，送行之祭
因設宴飲焉」。

16 **鳳凰山** 《方輿勝覽》卷二十八：「鳳凰山，在江夏縣北二里，其
形如鳳故名。」《輿地紀勝》：「吳黃龍元年，夏口言鳳凰見，因以
名山」。案山在湖北武昌縣北。

17 **鸚鵡洲** 《一統志》：「鸚鵡洲在武昌府城南，跨城西大江中，尾
直黃鵠磯，乃黃祖殺禰衡處，衡嘗作鸚鵡賦，因遇害地得名」。

18 **蹉跎** 《說文》：「蹉跎，失時也」。《晉書》〈周處傳〉：「欲自修
而年已蹉跎」。

19 **守道勿羞貧** 《論語·泰伯篇》：「篤信好學，守死善道」。《古
詩》：「採葵莫傷根，傷根葵不生。結交莫羞貧，羞貧交不成」。

20 **何心戀妻子** 阮籍〈詠懷〉八十二首之三：「一身不自保，何況
戀妻子」案榮悴去就，此人本無保身之術，況復妻子者乎？此使
用之。

【箋】

1 許文雨曰：「案此送費歸武昌，在建康餞行也。首言費之作客悲
秋，時思歸去，次歷述費之曾事邊遊，虛有壯慨，而無殊建。至
其豪舉俠骨，洵屬非常，竟坐寥落，可勝慨哉！高秋祖餞，山雲
滿目，增其悽悽，寒雨沾衣，行程可念。末復致望費子守道勿
渝，更莫以戀家自墜壯志也」（《唐詩集解》）。

2 黃香石曰：「收場音節好」（《唐賢三昧集箋注》）。

3 顧璘曰：「開館愛客四語，豪士每如此痛快，看君失路二語，活」
（《唐詩會通評林》）。

4 郭濬曰：「不知其人何如，觀此詩，其懷抱磊落自見」（《唐詩會
通評林》）。

5 邢昉評此二句：「劍鋒可惜虛用盡，馬蹄無事今已穿」，悲壯在

此，蒼涼滿目。」（《唐風定》卷八）

6　近滕元粹評：「四句一解，平仄互用，體格又正」又：「夢著字奇」又曰：「一結稍強人意。」（《箋注唐賢詩集》卷下）

送魏升卿擢第歸東都[1]因懷魏校書陸渾[2]喬潭[3]

井上梧桐雨，灞亭[4]卷秋風。故人適戰勝[5]，匹馬歸山東[6]。問君今年三十幾，能使香名滿人耳。君不見三峰[7]直上五千仞，見君文章亦如此。如君兄弟天下稀，雄詞健筆皆若飛。將軍金印[8]騨紫綬，御史鐵冠[9]重繡衣。喬生作尉別來久，因君為問平安否。魏侯校理[10]復何如，前日人來不得書[11]。陸渾山水[12]佳可賞，蓬閣閑時亦應往。自料青雲[13]未有期，誰知白髮偏能長。壚頭[14]青絲白玉瓶，別時相顧酒如傾。搖鞭舉袂忽不見，千樹萬樹空蟬鳴[15]。

【校】

① **題**　《全唐詩》「魏升卿」下注云：「一作叔虹」，餘同。《百家選》作〈送魏叔虹擢第歸東京因懷魏校書陸渾喬潭〉。

② **梧桐雨**　宋本、鄭本、黃本、石印本並作「桐葉雨」，《百家選》作「桐葉赤」。

③ **匹馬**　《百家選》作「走馬」。

④ **今年**　《百家選》作「如今」。

⑤ **山水**　《全唐詩》作「山下」。

⑥ **亦應往**　宋本、鄭本、黃本、石印本、《全唐詩》並作「日應往」。

⑦ **酒如傾**　《百家選》作「酒初醒」。

【注】

1 **題** 《岑詩繫年》：「案公天寶十三載後已赴北庭，此詩明寫秋景，必十三載秋公赴北庭之前所作。」詩題〈東都〉，當從王荊公《唐百家詩選》作〈東京〉，天寶元年已改東都為東京。《唐百家詩選》「魏升卿」作「叔虹」。《元和姓纂》卷八：「兩祖，魏絳生孟馴、叔敖、仲犀、叔虹、季龍、……叔虬，京兆戶曹。」〈四校記〉：「岑嘉州詩有進士魏叔虬，一作升卿，時代相當，諒即其人。」以彼昆仲……仲犀、季龍……等名觀之，則作「虬」者近是」。《岑嘉州交遊事輯》：「《唐摭言》卷四：喬潭，天寶十三年及第，任陸渾尉（按公詩曰：「喬生作尉別來久」時元魯山客死是邑，潭減俸禮葬之，復卹其孤。」（《新唐書》一九四〈卓行‧元德秀傳〉：「南遊陸渾，喬潭等皆號門弟子，天寶十三載卒，潭時為陸渾尉，庀其葬。」李華〈三賢論〉：「梁國喬潭、德源、昂昂有古風。」其〈元魯山墓碣銘〉亦曰：「名高之士陸渾尉梁國喬潭，賻以清白之俸，遂其喪葬。」（喬潭能文，《文苑英華》卷二有喬潭〈秋晴曲江望太一納歸雲賦〉、卷二九有〈群玉山賦〉，卷八二有〈裴將軍劍舞賦〉及其他賦等。卷八一二有〈中渭橋記〉，《唐文粹》卷七十一、《全唐文》卷四五一另有〈女媧陵記〉一篇。按岑參十三載四月赴北庭，此應是十二載秋作。

2 **陸渾** 《元和郡縣志》：「河南道陸渾縣，本陸渾戎所居。春秋時，秦晉遷陸渾之戎於伊川，至漢為陸渾縣，屬弘農郡，後漢改為伏流縣，隋大業元年，省伏流縣，移陸渾縣於今理」。案故治在今河南省嵩縣北三十里。

3 **喬潭** 案潭字源梁，梁人，天寶十三年進士，官陸渾尉，見《全唐文》。

4 **灞亭** 已見五古〈送祁樂歸河東〉詩注。

5 **戰勝** 《韓非子‧喻老》：「子夏見曾子，曾子曰：『何肥也？』對曰：『戰勝故肥也』。曾子曰：何謂也？子夏曰：『吾入見先王之義則榮之，出見富貴之樂，又榮之，兩者戰于胸中，未知勝負，

故臞，今先王之義勝，故肥。』」《文選》謝靈運〈初去郡〉詩：「戰勝臞者肥，止監流歸停。」

6 **山東** 案杜甫〈兵車行〉：「君不聞漢家山東二百州」，楊倫注引閻若璩：「山東，華山以東」。

7 **三峰句** 《初學記》卷五〈地部〉上：「太華之山，削成而四方，高五千仞，其廣千里，其上有三峰直上，晴霽可觀」。案李白有〈西岳雲臺歌送丹邱子〉詩，王琦注：「今陝西西安府華陰縣南十里，高數千仞，石壁層疊，有如削成，上有芙蓉，落雁，玉女三峰」。

8 **金印句** 《漢書·百官公卿表》：「元狩四年，初置大司馬，以冠將軍之號……成帝綏和元年，初賜大司馬金印紫綬。」《後漢書·輿服志》：「公、侯，將軍紫綬。」鞶已見〈送郭乂雜言〉詩注。

9 **鐵冠句** 《漢書》〈張敞傳〉：「且當以柱後惠文彈治之耳。」註：「應劭曰：柱後，以鐵為柱，今法冠是也。一名惠文冠。」晉灼曰：「……秦制、執法服、今御史服之。」《漢書·百官公卿表》：「侍御史有繡衣直指，出討奸猾、治大獄」，顏師古注：「衣以繡者，尊寵之也」。

10 **魏侯校理** 校理，謂魏校書校理典籍也。復何如，承上別來久，言別來又何如也。魏校書似為魏升卿族人，時亦在洛陽，故云然也。

11 **不得書** 句言東都有人來而未得魏之書函也。

12 **陸渾山水** 《唐書》〈元德秀傳〉：「愛陸渾佳山水，乃定居，不為墻垣扃鑰，家無僕妾，歲飢，日或不爨，嗜酒，陶然彈琴以自娛」。

13 **青雲** 已見〈送王大昌齡赴江寧〉詩注。

14 **壚頭** 《漢書》〈司馬相如傳〉：「乃令文君當壚」，顏師古注：「賣酒之處，累土為壚，以居酒甕，四邊隆起，其一面高，形如鍛壚，故名壚耳。而俗之學者，皆謂當壚，為對溫酒火壚，失其義矣」。案壚同壚。

15 **空蟬鳴** 《禮記·月令》：「孟秋之月……涼風至，白霞降，寒蟬鳴」此二句頗類錢起：「省試湘靈鼓瑟」之「曲終人不見，江上數峰青」而各有其趣也。

【箋】

1 黃徹曰：「子美寄〈李員外〉云：『遠行無自苦，內熱比何如』，〈寄旻上人〉云：『舊來好事今能否，老去新詩誰與傳』。岑參云：『喬生作尉別來久，因君為問平安否，魏侯校理復何如，前日人來不得書』，『夫子素多疾，別來未得書，北庭苦寒地，體內今何如』（案此乃公寄韓樽詩，見五絕注）。樂天〈寄夢得〉云：『病後能吟否，秋來曾醉無』。亦皆書一通也」（《碧溪詩話》）。

2 桂天祥曰：「意興絕佳」（《批點唐詩正聲》）。

送張獻心充副使歸河西²雜句¹

將門子弟君獨賢，一從受命常在邊。未年三十已高位，腰間金印色赭然³。前日承恩白虎殿⁴，歸來見者誰不羨。篋中賜衣⁵十重餘，案上軍書十二卷⁶。看君謀智若有神，愛君詞句皆清新。澄湖萬頃⁷深見底，清冰一片⁸光照人。雲中昨夜使星⁹動，西門驛樓出相送。玉瓶素蟻¹⁰臘酒香，金鞍白馬紫遊韁¹¹。花門¹²南，燕支¹³北，張掖¹⁴城頭磧雲黑，送君一去天外憶。

【校】

① **將門子弟君獨賢** 《百家選》作「將門子，君獨賢」。

② **未年** 《全唐詩》作「未至」。

③ **常在邊** 《百家選》作「恆在邊」。

④ **赭** 《百家選》作「艳」。

⑤ **詞句** 《百家選》作「詩句」。

⑥ **玉瓶** 《百家選》作「玉缾」。

⑦ **磧雲黑** 《全唐詩》，《百家選》並作「雲正黑」。

【注】

1 **題** 《元和郡縣志》:「武德二年討平李軌，改為涼州，置河西節度使，備羌胡。」《舊唐書・吐蕃傳》:「及潼關失守，河洛阻兵，於是盡徵河隴、朔方之將，鎮兵入靖國難，謂之行營，曩時軍營邊州無預備，乾元之後，吐番乘我間陸，曰蠹邊城，或為虜掠傷殺，或轉死溝壑，數年之後，鳳翔之西，邠州之北，盡舊戎之境，堙沒者數十州，此詩稱張「一從受命常在邊」，又云:「前日承恩白虎殿」、「玉瓶素蟻臘酒香」必至德二載十月，岑參隨肅宗還長安後，而作於歲末也。且題云「充副使歸河西」，副使當謂節度副使，可知河西判官崔稱率眾討平蓋庭倫，河西固未失，尚有守軍也。《舊唐書・職官志》:「節度使有副使一人」據《舊唐書・肅宗紀》:「至德二載五月，以武部侍郎杜鴻漸為河西節度。」張獻心疑是張獻誠之從弟。《新唐書・百官志》:「節度使幕屬，有副大使知節度事，行軍司馬、副使、判官、支使、掌書記、巡官、衙推各一人。其兼支度營田討詔經略使者，則又有副使、判官各一人。」案唐節度使下有副大使知節度事一人，行事司馬下又有副使一人。

2 **河西** 《唐書・地理志》:「河西道（此又從隴右道分出，不在十道之內），貞觀元年，分隴坻以西為隴右道，景雲二年，以江山闊遠，奉使者艱難，乃分山南為東西道，自黃河以西，分為河西道」。案唐景雲初，置河西節度使，治涼州，在今甘肅武威縣治。

3 **金印句** 《晉書》〈周顗傳〉:「今年殺諸賊奴，取金印如斗大繫肘」《說文》十下:「赭，赤土也」。《百家選》作「艳然」。《玉篇》卷二十一:「頳，赤白色也」（《一切經音義》引字林作「赤

兒」，疑「白」為「兒」之殘，《集韻》：「頩，赤色。」

4 **白虎殿** 《漢書》〈杜欽傳〉：「上盡召直言之士，諸白虎殿對策」顏注：「此殿在未央宮也」此借喻唐宮殿。

5 **賜衣** 已見五古〈送許拾遺恩歸江寧拜親〉詩注。

6 **軍書十二卷** 《古樂府·木蘭詞》：「昨夜見軍帖，可汗大點兵，軍書十二卷，卷卷有爺名」。聞人倓註：《說文》：帖，帛書署也。按軍帖，軍書也。」下句言謀智，或指兵書。

7 **萬頃句** 《世說·德行》：「叔度汪汪如萬頃之陂，澄之不清，擾之不濁，其器深廣，難測量也」。此喻張獻心人格潔淨，猶〈送王著作赴淮西幕府〉詩中「湛湛萬頃陂」也。

8 **清冰句** 《文選》鮑照〈白頭吟〉：「直如朱絲繩，清如玉壺水」。王昌齡〈芙蓉樓送辛漸〉：「一片冰心在玉壺」，此亦以清冰一片狀其心志之清潔光瑩也。

9 **使星** 已見五古〈送張秘書充劉相公通汴河判官〉詩注。

10 **素蟻** 《文選》張衡〈南都賦〉：「酒則九醞甘醴、十旬兼清、醪敷徑寸，浮蟻若萍（案即萍字），李善注：「釋名曰：酒有汎齊，浮蟻在上，汎汎然如萍，或秋藏冬發或春醞夏成」。曹植〈酒賦〉：「或雲沸潮湧，或素蟻浮萍」。

11 **紫遊韁** 《晉書·五行志》：「每西公太和中，百姓歌曰：青青御路楊，白馬紫遊韁。汝非皇太子，那得甘露漿」。

12 **花門** 山名，在甘州北磧外，已見〈與獨孤漸道別長句兼呈嚴八侍卸〉詩注。

13 **燕支** 山名，一作焉支，在張掖東南，《元和郡縣志》：「焉支山，一名刪丹山，山在甘州刪丹縣南五十里東西百餘里，南北二十里，水草茂美，與祁連同。匈奴失祁連，焉支二山，乃歌曰：『亡我祁連山，使我六畜不繁息，失我燕支山，使我婦女無顏色。』」

14 **張掖** 《通典·州郡四》：「張掖郡，漢初為匈奴所居，武帝開之，置張掖郡（應劭曰：張國臂掖，故曰張掖），後漢魏晉並

同。沮渠蒙遜始都於此，西魏置西涼州，尋改為甘州（因州東
甘峻山為名）。後周置張掖郡，隋初廢，煬帝初復置。大唐為
甘州，或為張掖郡」。按故治在今甘肅張掖縣西北。《元和郡縣
志》：「居延海在（張掖縣東北一百六十里，即居延澤，古文以為
流沙者，風吹流行，故曰流沙」胡渭《禹貢錐指》謂流沙即沙磧。

送魏四落第還鄉¹

東歸不稱意²，客舍戴勝³鳴。臘酒飲未盡，春衫縫已成。長安柳
枝春欲來，洛陽⁴梨花在前開。魏侯池館⁵今尚在，猶有太師⁶歌
舞臺。君家盛德豈徒然，時人注意在吾賢。莫令別後無佳句，祇
向壚頭⁷空醉眼。

【校】
① **題**　《百家選》作〈送魏四落第還都〉。
② **稱意**　《百家選》作「得意」。

【注】
1　《岑詩繫年》：「天寶十三載有〈魏升卿擢第歸東都因懷魏校書陸
　　渾喬潭〉詩與此詩意多相合，魏四蓋即魏升卿，然則此詩當作於
　　天寶十三載之前數年間。《唐詩紀事》卷三十：「開元中進士唱第
　　尚書省，落第者至省門散去。」考試不中者稱落第或下第。
2　**稱意**：合於心願也，《戰國策・齊策六》：「寡人憂勞百姓，而單
　　亦憂之，稱寡人之意。」
3　**戴勝**　已見五古〈潼關鎮國軍勾覆使院〉詩注。
4　**洛陽**　《唐書・地理志》：「河南府河南郡有洛陽縣」。案即今河南

省洛陽縣。

5 **魏侯池館** 謂魏徵宅，在洛陽勸善坊東北隅，徐松《唐兩京城坊
考》：「魏徵宅山地院，有進士鄭光義畫山水為時所重」案高適
〈三君詠序〉：「開元中，適游於魏郡（案魏郡，本漢魏郡元城縣
之地，天寶元年改為魏郡，故治在今河北元城縣東十里），北有
故太師鄭公舊館（案《唐書》〈魏徵傳〉：魏徵字玄成，鉅鹿曲城
人也，進封鄭國公，十六年拜太子太師）」。詩中魏侯池館，當係
此地。

6 **太師** 《唐書・太宗紀》：「貞觀十六年九月丁巳，特進鄭國公魏
徵為太子太師，知門下省事如故」。《新唐書・百官志》：「左子太
師，太傅，太保各一人，從一品，掌輔導皇太子」。

7 **壚頭句** 壚上。《晉書》〈阮籍傳〉：「鄰家少婦有美色，當壚沽
酒，籍嘗詣諸飲，醉、便臥其側，籍既不自嫌，其夫察之，亦不
疑也。」

送韓巽入都覲省便赴舉[1]

槐葉蒼蒼柳葉黃，秋高八月天欲霜。青門[2]百壺送韓侯[3]，白雲千
里連嵩丘[4]。北堂[5]倚門[6]望君憶，東歸扇枕[7]後秋色。洛陽才子[8]
能幾人，明年桂枝[9]是君得。

【注】

1 **題** 韓巽，未詳其人。詩言八月：則應為永泰元年作，廣德二年
九月，始有東郡舉，大歷元年，岑參已入蜀也，《岑詩繫年》：
「案舊書代宗紀：廣德二年九月，尚書左丞楊綰知東京選禮部侍
郎，賈至知東都舉，兩都分舉隙，自此始也。」此詩送韓入東都

赴舉，又在八月，則當作於永泰元年八月，其後公即赴蜀，永別長安矣！」

2 **青門** 已見〈青門歌送東台張判官〉詩注。

3 **百壺送韓侯** 《詩・大雅》〈韓奕〉：「韓侯出祖，出宿於屠，顯父餞之，清酒百壺」。

4 **嵩丘** 《藝文類聚》：潘岳〈懷舊賦〉：「前瞻太室，旁眺嵩丘」，李善注：「小說曰：傅亮北征，在黃河中垂至洛，遙見嵩高山，於時同從客在坐，問傅曰：潘安仁懷舊賦云：前瞻太室，旁眺嵩邱。嵩邱、太室，故是一山，何以言旁眺？傅曰：有嵩邱山，去太室七十里，此是書寫誤耳。《河南郡圖經》：嵩丘在縣西南十五里」。案邱同丘。

5 **北堂** 王楙《野客叢書》：「今人稱母曰北堂，蓋祖《毛詩・伯兮》：『焉得萱草，言樹之背。』按注：萱草令人忘憂。背，北堂也，其意謂，君子為王前驅，過時不返，家人思念之切，安得萱草，種於北堂，以忘其憂。蓋北堂幽陰之地，可以種萱，初未嘗言母也，不知何以遂相承為母事」。借謂北堂居幽陰之地，則凡婦人，皆可以言北堂矣，何獨母哉。

6 **倚門** 《戰國策・齊策》：「王孫賈年十五，事閔王，王出走，失王之處，其母曰：汝朝出而晚來，則吾倚門而望，汝暮出而不還，則吾倚閭而望。汝今事王，王出走，女不知其處，女尚何歸」。

7 **扇枕** 《東觀漢紀》：「黃香父況，舉孝廉，為郡五官掾，貧無奴僕，香躬勤左右，盡心供養，冬無被袴，而親極滋味，暑即扇床枕，寒即以身溫席」。

8 **洛陽才子** 《文選》潘岳〈西征賦〉：「賈生，洛陽之才子」，李善注：「賈誼，雒（洛）陽人也，年十八，以能誦詩屬書，稱於郡中，文帝召以為博士，時年二十餘」。案詳《史記・屈賈列傳》。

9 **桂枝** 《晉書》〈郤詵傳〉：「郤詵字廣基，濟陰單父人，博學多才，以對策上第拜議郎，詵遷雍州刺史，武帝於東堂會選，問詵

曰：『卿自以為何如？』對曰：『臣舉賢良對策第一，猶桂林之一枝，崑山之片玉』。」

【箋】

《南部新書》乙卷：「長安舉子自六月以後，落第者不出京謂之過夏。……」七月後投獻新課，並於諸州府拔解，人為語曰：「槐花黃，舉子忙。」《本草綱目》：「槐四月、五月開黃花，六月、七月結實」二句謂夏日早過，韓故八月入都赴舉也。

送李副使赴磧石（西）官軍[1]

火山[2]六月應更熱，赤亭[3]道口行人絕。知君慣度祁連[4]城，豈能愁見輪台[5]月。脫鞍暫入酒家壚，送君萬里西擊胡。功名祇向馬上取，真是英雄一丈夫[6]。

【校】

宋本、鄭本、黃本、石印本、《全唐詩》並作「送李副使赴磧西官軍」。案作「磧西」是也。

【注】

1 題 《岑參邊塞詩繫年補訂》：「李副使疑即河西節度副使李光弼，詩云：『火山六月應更熱』，『知君慣度祁連城』當亦作於臨洮客舍。」按《舊唐書》〈李光弼傳〉：「營州柳城人，……幼恃節行，善騎射，能讀班氏漢書，少從戎，嚴毅有大略，起家左衛郎。……祿山之亂……玄宗眷求良將，委以河北、河東之事。」光弼八載後，十一載前，確為河西節度副使。按《舊唐書》〈封常清傳〉：「天寶十載，王正見代高仙芝為安西四鎮節度使，次

年死，李光弼似於高仙芝出師擊大食時，奉命往援，惟史無明文紀載，此詩似可補史之不足也。《舊唐書・職官志》：「節度使一人，副使一人，行軍司馬一人」。《唐會要》卷七十八：「開元十二年以後，咸稱磧西節度，或稱四鎮節度，至廿一年十二月，王斛斯除安西四鎮節度使，遂為定額。」《岑詩繫年》：「玩詩意，似公東歸次臨洮時所作，時天寶十載六月也。」磧西，即安西，唐人或稱安西節度為磧西。

2 **火山**　已見五古〈經火山〉詩注。〈經火山〉詩曰：「我來嚴冬時，山下多炎風。」〈武威送劉判官赴磧西行軍〉詩曰：「火山五月人行少。」此云「火山六月應更熱，赤亭道口行人絕。」

3 **赤亭**　已見〈天山雪歌送蕭治歸京〉詩注。

4 **祁連**　已見〈送費子歸武昌〉詩注。

5 **輪台**　已見五古〈北庭貽宗學士道別〉詩注。

6 **英雄一丈夫**　語意豪壯、李頎〈別梁鍠〉詩云：「忽然遣躍紫騮馬，還是昂藏一丈夫。」

送宇文南金放後歸太原²寓居因呈太原郝主簿¹

歸去不得意，北京³關路賒⁴。卻投晉山老⁵，愁見汾陰⁶花。飜作灞陵客，憐君丞相家⁷。夜眠旅舍雨，曉醉春城鴉。送君繫馬青門⁸口，胡姬壚頭勸君酒⁹。為問太原賢主人，春來更有新詩否。

【校】

① **飜**　宋本、鄭本、黃本、石印本並作「翻」，案二字同。

【注】

1 **題** 《岑詩繫年》：「詩云：『北京關路賒。』北都，天寶元年曰北京」。知此詩當作於天寶元年至八年赴安西前之數年間。宇文南金（見註釋7）。郝主簿，生平未詳。

2 **太原** 《唐書・地理志》：「河東道北京太原府，隋為太原郡，武德元年，改為并州總管，龍朔二年，進為大都督府，天授元年置北都兼都督府，開元十一年又置北都，改并州為太原府，天寶元年，改北都為北京」。案即今山西太原縣。

3 **北京** 即太原。武后天授元年置北都，玄宗天寶元年改北京，因太原為唐高祖舉兵之地也。

4 **賒** 《韻會》：「賒，遠也。」

5 **晉山老** 《太平寰宇記》卷四十：「人物」，尚有郭泰、太原介休人，太原先君、先賢多矣，所謂晉山老，疑指是。劉長卿〈送薛據宰涉縣〉詩：「縣前漳水綠，郭外晉山翠。」晉山如非指崇山或瘦姑肥婦山，則泛言晉地之山。晉山與漳水對舉，紅非泛稱，且在涉縣，涉縣，河東道上黨郡屬縣。

6 **汾陰** 《史記・秦本紀》：「惠文君九年，渡河，取汾陰」，正義：「《括地志》云：汾陰故城，俗名殷湯城，在蒲州汾陰縣北也」。案汾陰，戰國時魏地，漢為汾陰縣，汾水南流過縣，故曰汾陰，今山西榮河縣北九里有汾陰故城是也，武帝時得寶鼎於此。

7 **丞相家** 《元和姓纂》：「宇文氏本出遼東南單于之後……鮮卑俗呼天子為宇文，因號宇文氏。」詩言丞相家，宇文氏宰相三人。宇文士及，武德八年，檢校侍中，九年為中書令，貞觀元年罷。宇文節，永徽二年同中書門下三品，四年流桂州，節孫融，開元十七年六月，同中書門下平章事，九月貶汝州刺史。《新唐書・宰相世系表》：「宇文節字大禮，相高宗，融相玄宗，又士及相高祖。」此被放之宇文南金，疑是宇文融之子姪，融子審有兄弟，見《新唐書・宰相世系表》及宇文融傳，蓋融於開元中得罪，貶昭州，再配流州於途也（《舊唐書》本傳）

8 **青門**　已見〈青門歌送東台張判官〉詩注。

9 **胡姬壚頭勸君酒**　辛延年〈羽林郎〉：「胡姬年十五，春日獨當
　壚。」壚頭，壚旁也，庾信〈結客少年場行〉：「隔花遙勸酒，就水
　更移床。」王維〈送元二使安西〉詩：「勸君更盡一杯酒。」

【箋】

　　案公送行、因寄、因呈，兼呈之作，手法每多相同。〈與獨孤
漸道別長句兼呈嚴八侍御〉詩曰：「借問君來能幾日，因君為問相思
否？」，〈送魏升卿擢第歸東都因懷魏校書陸渾喬潭〉詩曰：「問君今
年三十幾，因君為問平安否。」本詩曰：「為問太原賢主人，春來更
有新詩否？」

西亭子[1]送李司馬

高高亭子郡城西，直上千尺與雲齊[2]。盤崖緣壁試攀躋，群山[3]向
下飛鳥低。使君[4]五馬天半嘶，絲繩[5]玉壺為君提。坐來一望無
端倪[6]，紅花綠柳鶯亂啼。千家萬井[7]連回溪，酒行未醉聞暮雞。
點筆操紙[8]為君題，惜解攜[9]，草萋萋[10]，沒馬蹄。

【校】

① **回溪**　《全唐詩》作「迴溪」。案回，迴二字通。

② **為君題**　宋本、鄭本、黃本、石印本並作「為君題，為君題」。

③ **攜**　宋本、鄭本、黃本、石印本並作「攜」，案二字同。

【注】

1 **西亭子**　虢州西亭也。

2 **雲齊**　《古詩十九首》：「西北有高樓，上與浮雲齊」。

3 **群山句** 案群山向下，飛鳥覺低，極言亭子之高。

4 **使君句** 使君，指李司馬。五馬，太守之美稱。古樂府〈陌上桑〉：「使君從南來，五馬立踟躕」。案馬嘶天半，亦言亭之高也。

5 **絲繩句** 辛延年〈羽林郎〉：「就我求清酒，絲繩提玉壺」。沈君攸〈薄暮動弦歌〉：「絲繩玉壺傳綺席，秦箏趙瑟響高堂」。

6 **端倪** 《莊子‧大宗師》：「反覆終始，不知端倪」。《文選》謝靈運〈遊赤石進帆海〉詩：「溟漲無端倪，虛舟有超越」，李周翰注：「端倪，涯際也」。

7 **萬井** 地方萬里也。《漢書‧刑法志》：「地方一里為井。一同百里，提封萬井」。

8 **操紙** 《文選》潘岳〈秋興賦序〉：「於是染翰操紙，慨然而賦」。李善注：「翰，筆毫也。」

9 **解携** 離別也，《文選》陸機〈赴洛詩〉：「撫膺解携手，永歎結餘音」。駱賓王〈與博昌父老書〉：「古人云：別易會難，不其然也。自解携襟袖一十五年，交臂存亡，略無半在。」

10 **草萋萋** 《說文》：「萋，草盛也」。《楚辭‧劉安招隱士》：「王孫遊兮不歸，春草生兮萋萋」。

【箋】

1 周珽曰：「首五句詠亭子之高，次四句即宴別望山之景，末因酒闌賦別，不勝芳草王孫之思，忽著短句，峭拔足奇」(《唐詩會通評林》)。

2 唐陳彝曰：「柏梁體之高古者」(《唐詩會通評林》)。

3 吳綏眉曰：「此詩殊有韻致」(《刪定唐詩解》)。

4 王堯衢曰：「此篇用疊韻，而以三言結，一步緊一步」(《古唐詩合解》)。

臨河客舍呈狄明府兄留題縣南樓[1]

鳳陽城南雪正飛，黎陽[2]渡頭人未歸。河邊酒家堪寄宿，主人小
女能縫衣。故人高臥黎陽縣[3]，一別三年不相見。邑中雨雪偏著
時，隔河[4]東郡人遙羨。鄴都[5]唯見古時丘，漳水[6]還如舊日流。
城上望鄉應不見，朝來好是[7]懶登樓。

【校】

① **題** 《百家選》「臨河」二字下有一「縣」字，餘同。

② **鳳陽城** 《全唐詩》作「黎陽城」。

③ **人未歸** 《全唐詩》「人未歸」三字下注云：「一作渡口人渡稀」。

④ **懶** 《全唐詩》，《百家選》並作「嬾」，案二字同。

【注】

1 **題** 《元和姓纂》卷十：「天水，狄仁傑生光嗣，光遠、景（羅
校及四校記，謂當作「光」）昭，光嗣，戶部郎中，光遠，州司
馬，景（光）昭，職方員外。」《舊唐書》〈狄仁傑傳〉：「開元七
年，光嗣自汴州刺史轉揚州大都督府長史，坐贓貶歙州司馬，
故此之狄明府，未知為何人。《岑詩繫年》謂此及下篇皆天寶三
載作，詩云：『故人高臥黎陽縣，一別三年不相見』，似指開元
二十九年河朔之遊歸後至天寶三載再遊時言也。」《舊唐書・地
理志》：「相州臨河縣，隋分（衛州）黎陽縣置，貞觀十七年改屬
相州。」今河南濮陽縣西六十里。又衛州有黎陽縣，今河南濬縣
東北。觀詩云：「黎陽城南雪正飛，黎陽渡頭人未歸」、「故人高
臥黎陽縣」又題云：「留題縣南樓」，則其時岑參在黎陽縣而不
在臨河縣，狄明府當為黎湯縣令而非臨河縣令，縣南樓亦謂黎陽
縣城南樓，而非臨河縣城南樓，然則何以言「臨河客舍」而不言
「黎陽客舍」，詩云：「河邊酒家堪寄宿」，則客舍臨河，臨河客

舍，即河邊酒家，非指縣名言也，臨河又或為黎陽津驛之名。明
府　《賓退錄》：「明府，漢人以稱太守，唐人以稱縣令」。

2　**黎陽**　《元和郡縣志》卷八：「黎陽津一名白馬津，在（滑州白
馬）縣北三十里鹿鳴城之西南隅」卷十六：「衛州黎陽縣，白馬
故關在縣東一里五步……後更名黎陽津」黎陽渡頭指此。

3　**黎陽縣**　《元和郡縣志》：「河北道衛州黎陽縣，古黎侯國，漢為
黎陽縣，在黎陽山北，屬魏郡。後魏屬黎陽郡。隋開皇三年屬衛
州。大業二年，省黎州縣屬衛州。皇朝武德二年，重置黎州縣屬
焉。貞觀十七年黎州廢，復屬衛州」。案故城在今河南濬縣東北。

4　**隔河句**　案黎陽，在滑州白馬縣北三十里（見《史記》正義引
《括地志》）。滑州在黃河之南，屬河南道，黎陽在黃河之北，屬
河北道，雖各隸一方，而中間僅隔一水，對岸可見。

5　**鄴都**　《一統志》：「鄴在彰德府臨漳縣西二十里，本戰國之鄴
邑，三國魏都此」。案故城在今河南省臨漳縣西。《新唐書·地
理志》：「相州鄴都本魏郡，有鄴縣」《元和郡縣志》：「魏武帝受
封於此，至文帝受禪，呼此為鄴都，今河北臨障西與黎陽相距不
遠，故詠及之。」

6　**漳水**　《元和郡縣志》：「濁漳水，在（鄴）縣北五里，西門豹為
鄴令引漳水，以富魏之河內」。正義：「《括地志》云：漳水一名
濁漳水，源出潞州長子縣西力黃山。《地理志》云：濁漳水出長
子鹿谷山，東至鄴入清漳」。案漳水有清漳，濁漳二源。清漳源
出山西樂平縣西南之少山，入彰德府涉縣南境，過磁州南，至臨
漳縣西，而合於濁漳。此詩漳水，似指濁漳而言。

7　**好是**　按《漢書·食貨志》注：「韋昭曰，好，孔也」，〈小雅·
鹿鳴〉：「德音孔昭」鄭箋：「孔，甚也」好是，甚是也。

寄西岳山人李岡[1]

君隱處，當一星[2]。蓮花峰頭飯黃精[3]，仙人掌[4]上演丹經[5]。鳥可到，人莫攀。隱來十年不下山。袖中短書[6]誰為達，華陰道士賣藥還[7]。

【校】

① **題**　英華作〈寄華陰山人李岡〉。《全唐詩》作〈贈西嶽山人李岡〉。宋本、鄭本、黃本、石印本並作〈寄西嶽山人李岡〉。

【注】

1 **李岡**　當即李崗，孫逖「一處分高蹈不仕舉人敕云」其華陰郡李崗等十六人，雖所舉有名，或稱疾不到，宜令本部取諸色官物二十段，以充藥物之資。」逖逖於開元二十四年拜中書舍人，居職八年。天寶三載遷刑部侍郎，敕文稱郡，當在天寶初，李岡隱於華山，徵召不出，名聲更當大振。岑參去虢州在十七年之後，其時李岡當仍在世，隱十年云云，或為約數。

2 **當一星**　謂華山當白金星之位也。漢人重木、火、土、金、水五星，以為主東南中西，北五方位，及春夏秋冬四季，唐人更以五岳，上應五星。《新唐書·天文志》：「……鶉首，實沉以負西海，其神主於華山，太白（金星）位焉……《漢書·天文志》：『太白，曰西方，秋、金』一星謂太白（金星）也焉……」。

3 **黃精**　張華《博物志》：「天老謂黃帝曰：太陽之草，名曰黃精，餌而食之，可以長生」。《文選》嵇康〈與山巨源絕交書〉：「聞道士遺言，餌木黃精」，李善注：「餌、食也。《本草經》曰：木黃精，久服輕身延年」。

4 **仙人掌**　《一統志》：「陝西同州府太華山。華嶽志曰：嶽頂東峰曰仙人掌，峰側石上有痕，自下望之，宛然一掌，五指俱備，人

呼為仙掌」。崔顥〈行經華陰〉詩：「武帝祠前雲欲散，仙人掌上
雨初晴」。參閱五古〈東歸晚次潼關懷古〉詩注。

5 **丹經**　煉丹之書。《文選》江淹〈從冠軍平王登廬山香爐峰〉
詩：「廣成愛神鼎，淮南好丹經」，李善注：「神仙傳曰：淮南王
劉安者，漢高皇之孫也，好道術之士，於是八公乃往，遂授以丹
經」。

6 **袖中短書**　梁元帝〈玄覽賦〉：「報蕩子之長信，逸仙人之短書。」
《文選》江淹〈雜體詩〉：「袖中有短書，願寄雙飛燕」，李周翰
注：「短書，謂小書也」。

7 **賣藥句**　《後漢書》〈韓康傳〉：「韓康字伯休，京兆霸陵人，常
採藥名山，賣於長安市，口不二價，三十餘年，時有女子從康買
藥，康守價不移，女子怒曰：公是韓伯休那，乃不二價乎？康歎
曰：我本欲避名，今小女子皆知有我焉，何用藥焉？乃遁入霸陵
山中」。郭璞〈遊仙詩〉十九首之二：「青谿千餘仞，中有一道
士。」《新唐書‧地理志》：「華州華陰郡有華陰縣。」

玉門關[1]蓋將軍[2]歌

蓋將軍，真丈夫。行年[3]三十執金吾[4]，身長七尺頗有鬚。玉門關
城迥且孤，黃沙萬里百草枯。南鄰犬戎[5]北接胡，將軍到來備不
虞[6]。五千甲兵膽力麤[7]，軍中無事但歡娛。暖屋[8]繡簾紅地爐，織
成壁衣[9]花氍毹[10]。燈前侍婢瀉玉壺，金鐺[11]亂點[12]野酡酥[13]。紫
紱[14]金章[15]左右趨，問著即是蒼頭奴[16]。美人一雙閑且都[17]，朱
唇翠眉映明眸[18]。清歌一曲世所無，今日喜聞鳳將雛[19]。可憐絕
勝秦羅敷[20]，使君[21]五馬謾踟躕。野草繡窠紫羅襦[22]，紅牙鏤馬

對撐蒲²³。玉盤纖手撒作盧²⁴，眾中誇道不曾輸²⁵。櫪上昂昂皆駿駒²⁶，桃花叱撥²⁷價最殊。騎將獵向城南隅，臘日射殺千年狐²⁸。我來塞外按邊儲²⁹，為君取醉酒剩沽³⁰。醉爭酒盞相喧呼，忽憶咸陽舊酒徒³¹。

【校】

① **金吾**　《唐詩紀事》作「全吾」，誤。
② **百草**　《全唐詩》作「白草」。
③ **鬚**　《唐詩紀事》作「鬢」。
④ **䟤𧾳**　《百家選》、《唐詩紀事》並作「氍毹」，案「䟤𧾳」同「氍毹」。
⑤ **野酡酥**　《百家選》作「野馳酥」，《唐詩紀事》作「野馳酥」。
⑥ **閑且都**　鄭本，黃本並作「閒且都」。
⑦ **脣**　《百家選》，《唐詩紀事》並作「脣」。
⑧ **明眸**　《全唐詩》作「明矑」，《唐詩紀事》作「月眸」。
⑨ **撐蒲**　宋本、鄭本、黃本、石印本並作「樗蒱」，《百家選》作「樗蒲」。
⑩ **撒作盧**　《百家選》作「樕作盧」，《唐詩紀事》作「撥作盧」。
⑪ **沽**　《百家選》，《唐詩紀事》並作「酤」，案二字通。
⑫ **喧**　《唐詩紀事》作「誼」。
⑬ **忽憶**　《百家選》作「卻憶」，《全唐詩》「忽」字下注：「一作卻」。

【注】

1 **玉門關**　《元和郡縣志》：「玉門故關，在龍勒縣西北百一十八里，謂之北道，西趣車師前庭及疏勒，此西域之門戶也。班超在西域上疏曰：臣不敢望到酒泉郡，但願生入玉門關，即此是也」。案在今甘肅敦煌縣西一百五十里。
2 **蓋將軍**　題稱玉門關蓋將軍者，謂蓋庭倫，以河西兵馬使奉命守

關防吐蕃，回紇之侵冠也，所守自是唐關。《岑參邊塞詩繫年補訂》：「是時詩人離北庭東歸，途經玉門關，蓋庭倫尚未叛亂是也。」案此詩為至德元載十二月八日後作，而蓋庭倫之叛，乃在二載正月十七日。」案《通鑑・唐紀》：「至德二載正月，河西兵馬使蓋庭倫，與武威九姓商胡安門物等殺節度使周佖，聚眾六萬。」（案玉門關在瓜州晉昌縣東二十里，屬河西節度管內），據此，則蓋將軍，當即指河西兵馬使蓋庭倫也。公於肅宗至德元載丙申歲，始領伊西北庭支度副使（見〈優鉢羅花歌序〉），詩中云：「我來塞外按邊儲」，則此詩至早當作於本年。詩又曰：「暖屋繡簾紅地爐，臘日射殺千年狐，」明年六月已歸鳳翔，則詩必本年臘日所作，詩既作於本年，而蓋庭倫本年適在河西，則蓋將軍為庭倫益無疑矣。

3 **行年** 所經歷之年歲。

4 **執金吾** 《漢書・百官公卿表》：「中尉、秦官、掌徼循京師，有兩丞、候、司馬、千人。武帝太初元年，更名執金吾」。應劭注：「吾者，禦也，掌執金革，以禦非常」。顏師古注：「金吾，鳥名也，主辟不祥，天子出行，職主先導，以禦非常，故執此鳥之象，因以名官」。崔豹古今注：「漢朝執金吾亦棒也，以銅為之，黃金塗兩末，謂為金吾。御史大夫，司隸校尉，亦得執焉」。

5 **犬戎** 《國語・周語》：「穆王將征犬戎」，韋昭解：「犬戎，西戎也」。此指吐蕃。胡指回紇，匈奴苗裔也。

6 **備不虞** 謂非常寇盜之事，蓋庭倫本奉命守玉門關，以防異族侵犯者，不料次年乃有殺節度使之事。可見唐軍將之跋扈。《左傳》隱公五年：「君子曰：不備不虞，不可以師」。又桓公十七年：「疆場之事，慎守其一，而備其不虞。」杜預注：「虞，度也，不度，猶不意也。案不虞，猶言非意料所及」。

7 **膽力麤** 《說文》：「麤，行超遠也，从三鹿」。《三國志・魏志》：「樂進以膽氣粗烈，從太祖」。案麤同粗。

8 **暖屋句** 聞人倓《古詩箋》：「案邊地苦寒，詩言暖屋，所以誇美

之也」。

9 **壁衣**　所以飾壁石，聞人倓《古詩箋》：「案壁衣，所以衣壁者，謂織花氀毺以衣之也」案壁衣，今稱壁毯或掛毯。

10 **氀毺**　又作氍毹，謂毛織地毯之屬。《廣韻》：「氀，聲類曰氀毺，毛席也」。《正字通》：「毺，風俗通，織毛褥曰氍毹」。《杜陽雜編》：「新羅進五色氀毺以藉地」。《古樂府》〈隴西行〉：「請客北堂上，座客氈氍毺」。案氍毹，謂地氈。

11 **金鐺**　《說文》：「鐺，鋃鐺也，从金當聲」。段注：「今俗用為酒鎗字」。《釋名》：「鐺，三足溫酒器也」。《集韻》：「鐺，釜屬。」

12 **點**　《增韻》：「點，注也」，案即滴注之意。

13 **野酡酥**　《本草》：「駝峰脂，在峰內謂之峰子油，以野駝者為良」。《韻會》：「酥，酪屬，牛羊乳為之。李時珍曰：『臞仙《神隱書》曰：造法以乳入釜，煎二三沸，傾入盆內冷定，待面結皮，取皮再煎，油出，去滓，入鍋內，即成酥油』」。案酡字《百家選》作「馳」，《唐詩紀事》作「酏」。實則馳即駝之或字，酏即酡之或字（並見《集韻》），四字並通。

14 **紫綬**　謂官服也，蔡邕〈讓高湯候印綬符策表〉：「退有金龜紫綬之飾，非臣容體所當服佩」。

15 **金章**　《文選》孔稚圭〈北山移文〉：「紐金章，綰墨綬」，李善注：「漢書曰：萬戶以上為令，秩千石至六百石。又曰：秩六百石以上，皆銅印墨綬」。劉良注：「金章，銅印也，銅章墨綬，縣令之章飾也」。由此可知非如河西兵馬使蓋庭倫者莫屬。

16 **蒼頭奴**　漢世奴僕。《漢書》〈鮑宣傳〉：「使奴從賓客漿酒霍肉，蒼頭盧兒，皆用致富」，孟康注：「黎民，黔首，黎、黔皆黑也。下民陰類，故以是為號，漢名奴為蒼頭非絕黑也，以別於良人。」《通俗編·稱謂篇》：「孔穎達禮記疏：漢家僕隸，謂之蒼頭，以蒼巾為飾，異於民也」。

17 **閑且都**　《詩·鄭風》〈有女同車〉：「彼美孟姜，洵美且都」，毛傳：「都，閑也」；鄭箋：「言孟姜信美好，且閑習婦禮」。

18 **明眸** 案明眸，言眼之黑白分明也。《文選》曹植〈洛神賦〉：「明眸善睞」，劉良注：「眸，目也」。

19 **鳳將雛** 《古樂府》〈隴西行〉：「鳳凰鳴啾啾，一母將九雛。」案葛立方《韻語陽秋》云：「鳳將雛曲，吳兢《樂府古題要解》云：『漢世樂曲名也』，而郭茂倩《樂府詩集》中無此詞，獨《通典》載應璩〈百一詩〉云：『為作陌上桑，反言鳳將雛』，張正見〈置酒高殿上〉云：『琴挑鳳將雛』，當是用相如鼓琴挑云『鳳兮歸故鄉，四海求其凰』之義，則此曲其來久矣。按《晉書‧樂志》：『吳聲十曲，一曰子夜，二曰上柱，三曰鳳將雛』。此三曲，自漢至梁有歌，今不傳矣。故東坡〈寄劉孝叔詩〉云：『平生學問止流俗，眾裡笙竽誰比數，忽令獨奏鳳將雛，倉卒欲吹那得譜』，言古有名而今無譜也。岑參〈蓋將軍歌〉云：『美人一雙閑且都，朱脣翠眉映明矑，清歌一曲世所無，今日喜聞鳳將雛』，非謂歌鳳將雛也，但取世所無之義爾」。

20 **秦羅敷** 〈日出東南隅行〉：「秦氏有好女，自名為羅敷，羅敷善蠶桑，采桑城南隅。」

21 **使君句** 《古樂府》〈陌上桑〉：「使君從南來，五馬立踟躕」。

22 **繡窠句** 衣上綵繡之紋。聞人倓《古詩箋》：「《教坊記》云：『聖壽樂』舞，衣襟皆各繡一大窠，皆隨其衣本色，製純縵衫，下纔及帶，若短汗衫者以籠之，所以藏繡窠也」。《史記‧滑稽列傳》：「羅襦襟解」。紫羅襦，紫綾所作之短上衣。謝朓〈贈王立簿詩〉：「輕歌急綺帶，含笑解羅襦。」

23 **紅牙句** 案馬，即摴蒲子也，鏤紅牙（紅漆象牙）以為之。馬融〈摴蒲賦〉：「馬則玄犀象牙，是磋是礱」。元人宋元〈無題〉詩（《佩文韻府》引）：「翠履駕寒憀鬥草，紅牙馬暖罷摴蒲」。摴蒲已見〈送費子歸武昌〉詩注。

24 **撒作盧** 《古詩十九首》之十：「纖纖擢素手，扎扎弄機杼」玉盤用以擲骰，撒作盧謂擲成盧子。戴侗《六書故》：「撒、擲也」。《晉書》〈劉毅傳〉：「劉毅於東堂，聚摴蒲大擲，一判應至數百

萬，餘人並黑犢以還，唯劉裕及毅在後，毅次擲得雉，大喜，褰衣繞床叫，謂同坐曰：非不能盧，不事此耳，裕惡之。因挼（音那，《說文》：「挼，兩手相切摩也。」）五木，久之，曰：老兄試為卿答，既而四子俱黑，一子轉躍未定，裕厲聲喝之，即成盧」。程大昌《演繁露》曰：「凡投子者，五皆現黑，則其名盧，在摴蒲為最高之采。四黑一白，其采名雉，比盧降一等。自此而降，白黑相雜，每每不同」（詳見《杜詩錢注》引）。

25 **輸** 《增韻》：「俗謂勝負為輸贏」。杜甫〈今夕行〉：「君莫笑劉毅從來布衣願，家無儋石輸百萬。」

26 **駒** 《說文》：「駒、馬二歲曰駒」。案此泛指馬，非用《說文》本義。《楚辭・卜居》：「寧昂昂若千里之駒乎」。

27 **桃花叱撥** 聞人倓《古詩箋》：「《紀異錄》云：天寶中大宛國進汗血馬六匹，一曰紅叱撥，二曰紫叱撥，三曰青叱撥，四曰黃叱撥，五曰丁香叱撥，六曰桃花叱撥」。

28 **千年狐** 鄭氏《玄中紀》：「千歲之狐為淫婦，百歲之狐為美女。」

29 **邊儲句** 案公於肅宗至德元載（即天寶丙（景）申歲，領伊西北庭支度副使（見〈優鉢羅花歌序〉）。詩云〈我來室外按邊儲〉；當即指此。

30 **剩沽** 《說文》：「賸，物相增加也，賸同剩。」酒剩沽言增買酒也。

31 **咸陽酒徒** 《史記》〈酈食其傳〉：「初，沛公引兵過陳留，酈生踵軍門上謁。使者入通，沛公方洗，問使者曰：何如人也？使者對曰：狀貌類大儒，衣儒衣，冠側注。沛公曰：為我謝之，言我方以天下為事，未暇見儒人也。酈生瞋目案劍，叱使者曰：走。復入言沛公，吾高陽酒徒也，非儒人也」。

【箋】

1 周珽曰：「嘉州諸歌，識可以役風雲，力可以鞭龍虎，故每承接轉應，無不供其驅斥」（《唐詩會通評林》）。

2 顧璘曰：「燈前侍女二語，人絕不曾說，後結，豪絕豪絕」（《唐詩會通評林》）。

3 吳喬曰：「岑參〈蓋將軍歌〉，真是具文見意之譏刺，以通篇無別意故也」（《圍爐詩話》）。

4 邢昉曰：「豪情狀采，橫絕毫端，快意傾寫，皆人所未道，而音節之妙，細入微芒。」（《唐風定》）

贈酒泉¹韓太守²

太守有能政，遙聞如古人。俸錢盡供客，家計亦清貧。酒泉西望玉關³道，千山萬磧皆白草⁴。辭君走馬歸長安，思君⁵倏忽令人老。

【校】

① 亦 《全唐詩》，《百家選》並作「常」。

② 思君 《百家選》作「憶君」。宋本，石印本並作「隱君」，鄭本、黃本並作「隱居」。

【注】

1 酒泉 《岑詩繫年》：「至德元載東歸途中作」《岑參邊塞詩繫年補訂》：「詩云：『辭君走馬歸長安，憶君倏忽令人老。』」可見亦為東歸途經酒泉時所作。《唐書‧地理志》：「酒泉縣，漢福祿縣，屬酒泉郡。郡城下有金泉，泉味如酒，故為郡名。此月支地，匈奴令休屠昆邪王守之。漢武時，昆邪來降，乃置酒泉郡。張軌、李暠、沮渠蒙遜，皆都於此。後周改為甘州，隋分甘州置肅州，皆治酒泉。義寧元年，置酒泉縣」，案故治即今甘肅酒泉縣。

2　**韓太守**　即韓樽也。公有〈喜韓樽相過〉,〈酒泉太守席上醉後作〉,〈偃師東與韓樽同詣景雲暉上人即事〉,〈寄韓樽〉等詩（均詳後注）。

3　**玉關**　即玉門關。按玉門關,屬甘肅酒泉郡,去長安三千六百里,漢霍去病破走月支,開玉門關,即此,見《唐書·地理志》。參閱前〈玉門關蓋將軍歌〉注。

4　**白草**　已見〈白雪歌送武判官歸京〉詩注。

5　**思君句**　古詩:「思君令人老,歲月忽已晚」。

銀山磧[1]西館

銀山峽口風似箭,鐵門關[2]西月如練。雙雙愁淚沾馬毛,颯颯[3]胡沙迸人面。丈夫三十未富貴,安能終日守筆硯[4]。

【注】

1　**銀山磧**　《新唐書·地理志》:「自州西南有南平,安昌兩城,百二十里至天山西南入谷,經礧石磧,二百二十里至銀山磧,又四十里至焉耆界,呂光館。」《新唐書·地理志》之銀山磧,在今新疆托克遜縣治西南,磧西館當即為惠館。案銀山磧,在西州（已見五古〈冀州客舍酒酣貽王綺寄題南樓〉注）西南三百四十里,又四十里,至焉耆界,有呂光館,詩題當即指此,在安西時所作也。彼時所守職事,似為掌書記。

2　**鐵門關**　已見五古〈題鐵門關樓〉詩注。《新唐書·地理志》引賈躭〈安西入西域道〉:「自焉耆西五十里,過鐵門關。」謝朓〈晚登三山還望京邑〉詩:「澄江靜如練」句言鐵門關西月光如練帛之也。按銀山磧西館距鐵門關,道途尚遠,當是遠望之景。

3 **颯颯** 謂風聲也。《楚辭‧九歌》〈山鬼〉：「風颯颯兮木蕭蕭」
《玉篇》：「进，散也」。

4 **守筆硯** 《後漢書》〈班超傳〉：「兄固被召詣校書郎，超與母隨
至洛陽，家貧，常為官傭書以供養，久勞苦，嘗輟業投筆歎曰：
大丈夫無他志略，猶當效傅介子，張騫立功異域，以取封候，
安能久事筆硯間乎？帝乃除超為蘭台令史，後坐事免官：永平
十六年，奉車都尉竇固出擊匈奴，以超為假司馬，將兵別擊伊
吾。……封超為定遠侯。」

邯鄲客舍歌¹

客從長安來²，驅馬邯鄲道³。傷心叢臺⁴下，一旦生蔓草。客舍
門臨漳水⁵邊，垂楊下繫釣魚船。邯鄲女⁶兒夜沽酒，對客挑燈
誇數錢⁷。酩酊⁸醉時日正午，一曲狂歌壚上⁹眠。

【校】
① **一旦** 《全唐詩》作「一帶」，案作「一旦」是也。

【注】
1 **題** 此亦同年（開元二十九年）北遊至邯鄲作。上篇云：「東風
吹野火」此詩云：「垂楊下繫釣魚船」、〈冀州客舍酒醋貼王綺寄
題南樓〉詩亦云：「客舍梨花繁，深花隱鳴鳩」，時令均合。

2 **客從長安來** 《文選》樂府（〈飲馬長城窟行〉）：「客從遠方來」。
案公於開元二十九年遊河朔，春自長安至邯鄲，歷井陘（公有
〈題井陘雙溪李道士所居〉詩，見五絕注。井陘，即今河北井陘
縣），抵貝丘（地在今山東清平縣西南，見五古〈冀州客舍酒醋

貽王綺〉詩注），暮春自貝丘抵冀州，八月由匡城經鐵丘，至滑州，遙歸潁陽。」詩當係遊河朔途中作也，說詳聞一多《岑嘉州繫年考證》。

3 **邯鄲道** 《史記》〈張釋之傳〉：「從行至霸陵，居北臨廁，是時慎夫人從，上指示慎夫人新豐道曰：此走邯鄲道也」。梁武帝〈邯鄲歌〉：「回頭霸陵上，北指邯鄲道」。邯鄲已見〈送郭乂雜言〉詩注。

4 **叢臺** 《漢書·高后傳》：「趙王宮叢臺災」，顏師古注：「連聚非一，故名叢臺，蓋本六國時趙王故臺也，在邯鄲城中。《一統志》：「叢臺在廣平府邯鄲縣北，趙武靈王所築，因其叢雜而名」。《水經注》卷十：「其水（拘水）又東徑叢台南，六國時趙王之臺也。〈郡國志〉曰：「邯鄲有叢台」。

5 **漳水** 已見〈臨河客舍呈狄明府〉詩注。

6 **邯鄲女** 鮑照〈白紵辭〉：「朱唇動，素袖舉，洛陽少年邯鄲女」。

7 **數錢** 《後漢書·五行志》：「桓帝時童謠云：『河間姹女工數錢，以錢為室金為堂』。」

8 **酩酊句** 《玉篇》：「酩酊，醉甚也」。《晉書》〈山簡傳〉：「山公出何許，往至高陽池。日夕倒載歸，酩酊無所知」。言半夜時月正當空如日之午也。

9 **壚上** 《漢書》〈司馬相如傳〉：「乃令文君當壚」，顏師古注：「賣酒之處，累土為盧，以居酒甕，四邊隆起，其一面高，形如鍛壚，故名壚耳，而俗之學者，皆謂當盧，為對溫酒火爐，失其義矣」。王先謙補註：「字當作壚，通作鑪，盧則文省也，壚上，壚旁也。」

【箋】

1 吳山民曰：「女兒誇錢，東漢童謠語。以之入詩，便是詩料」（《唐詩會通評林》）。

2 郭濬曰：「妙於寫事，不復為愁語」（《唐詩會通評林》）。

3 周珽曰：「遠過趙地，致慨故臺之蕪沒，以初至客舍敘起，門臨
漳水，柳繫漁舟，客舍之景足佳也。沽酒女兒，挑燈誇錢，客舍
之事可趣也。狂歌痛醉，晝而猶臥，客舍之樂自得也。逸調卻有
神色」（《唐詩會通評林》）。

宿蒲關²東店憶杜陵³別業⁴¹

關門鎖歸路，一夜夢還家。月落河上曉，遙聞春樹鴉。長安二月
歸正好，杜陵樹邊純是花。

【校】
① **春樹** 宋本、鄭本、黃本、石印本並作「秦樹」。

【注】
1 **題** 岑氏杜陵別業，宋世已湮沒，張禮〈遊城南記〉：「嘗讀唐人
詩集，岑嘉州有杜陵別業，而石鱉谷，高冠谷，皆有其居，今皆
湮沒，漫不可尋。」此遊河東詩，當作於天寶十一、二載初。

2 **蒲關** 即蒲津關。《元和郡縣志》：「河中府河東縣有蒲版圖，一
名蒲津關，在河東縣西四里。〈魏志〉曰：『太祖西征，馬超、韓
遂遂夜渡蒲津關』，即謂此也。今造舟為梁，其制甚盛，亦關河
之巨防焉」今山西永濟縣西。 《讀史方輿紀要》：「蒲津關在平
陽府蒲州西門外黃河西岸，西至陝西朝邑縣三十五里。左傳文二
年，秦伯伐晉，濟河焚舟，即此處也。戰國時，魏置關於此」。

3 **杜陵** 《元和郡縣志》：「杜陵在京兆府萬年縣東南二十里」。《太
平寰宇記》：「杜陵、漢縣，在今萬年縣東十五里。〈漢志〉註
云：古杜柏國也。漢宣帝以杜東原上為初陵，更名杜縣為杜陵，

後魏改為杜城縣，周建德二年置」。《雍錄》：「杜陵在長安東南二十里」。

4 **別業**　杜陵別業，即高冠草堂

感遇二首

五花驄馬[1]七香車[2]，云是平陽[3]帝子家。鳳凰城[4]頭日欲斜，門前高樹鳴春鴉。漢家魯元君[5]不聞，今作城西一古墳。昔來唯有秦王女[6]，獨自吹簫乘白雲。

【校】

① **題**　《全唐詩》作「感遇」，無「二首」二字。

② **樹**　宋本、鄭本、黃本、石印本、《全唐詩》並作「樹」，案二字同。

③ **驄馬**　宋本、鄭本、黃本、石印本並作「驄馬」，案「驄」、「驄」二字同。

【注】

1 **五花驄馬**　《說文》：「驄，馬青白雜毛也」。五花，謂馬之毛色作五花文者，詳見〈走馬川行奉送出師西征〉詩注。

2 **七香車**　《古文苑》魏武帝〈與太尉楊彪書〉：「今謹贈足下四望通幰，七香車二乘。」章樵注：「七種香木為車」。梁簡文帝〈烏棲曲〉：「青年丹轂七香車，可憐今夜宿倡家」盧照鄰〈長安古意〉詩：「長安大道連狹斜，青牛白馬七香車。」

3 **平陽**　平陽公主，唐高祖李淵第三女，柴紹之妻，居長安。李淵將起兵，柴紹簡行赴太原，公主歸鄠縣莊所，招引亡命，得七萬

人，掠地京兆以西下之，封平陽公主。《新唐書‧諸公主列傳》：「高祖第三女平陽昭公主，太穆皇后（竇）所生，下嫁柴紹。」

4 **鳳凰城** 即鳳城。謂京都長安，秦穆公女弄玉吹簫，引鳳凰來京城，因名京城為鳳凰城。

5 **魯元君** 《史記‧高祖本紀》：「呂公女，乃呂后也，生孝惠、魯元公主」集解：「元，長也，食邑於魯，韋昭曰：元，諡也。」案魯元公主，漢高祖長女，呂后所生，嫁張耳子敖。張守節云：「魯元公主墓在咸陽西北十五里。」

6 **秦王女二句** 《列仙傳》云：「春秋秦繆公女弄玉為吹簫，一旦隨鳳仙去。」

其二

北山有芳杜[1]，靡靡[2]花正發。未及得採之，秋風忽吹殺。君不見拂雲百丈青松柯，縱使秋風無奈何。四時長作青黛色[3]，可憐杜花不相識。

【校】

① **北山** 鄭本作「北來」。

② **長作** 宋本、鄭本、黃本、石印本、《全唐詩》並作「常作」。

③ **採** 《全唐詩》作「采」，案二字通。

【注】

1 **芳杜** 《楚辭‧九歌》〈湘君〉：「采芳洲兮杜若，將以遺兮下女。」，又〈湘夫人〉：「搴汀洲兮杜若」。案杜若，香草也。《爾雅翼》：「杜若，苗似山薑，花黃赤，子赤色，大如棘子，中似荳

寇，有杜連、白連、白岑、若芝之名，一名杜衡」。呂向注：「芳
杜，薛荔皆香草。」

2 **靡靡** 謝朓〈杜若賦〉：「景奕奕以四照，枝靡靡而葉傾」。「靡
靡」二字，似本於此。

3 **黛色** 戴侗《六書故》：「黛，青黑色也，用為畫眉墨」，案引伸
為凡物色青黝之稱。鮑照〈登大雷岸與妹書〉：「半山以下，純為
黛色」。徐鍇《語文繫傳》卷十九：「黱，畫眉墨也。……」古人
云：「衛之處子，粉白黱黑」今俗作「黛」字。此言青松柯，青
黛色者，則綵色與青黑色也。

客舍悲秋有懷兩省²舊遊呈幕中諸公¹

三度為郎³便白頭，一從出守五經秋⁴。莫言聖主長不用，其那⁵
蒼生⁶應未休。人間歲月如流水，客舍秋風今又起¹。不知心事向
誰論，江上蟬鳴空滿耳。

【校】

① **題** 《英華》「有懷」作「雨懷」，案作「有懷」是也。鄭本「舊」
作「舊」，餘同。

② **客舍** 《英華》作「客裡」。

③ **蟬鳴** 《英華》作「蟬聲」。

【注】

1 **題** 案此詩，乃大歷四年秋，作於成都旅舍也，題曰「客舍」，
則與前〈西蜀旅舍春歎寄朝中故人呈狄評事〉詩之「旅舍」同，
既非佐幕時，亦非守郡時，即杜序所云「無幾使罷，寓居於蜀」

者是也。其曰「幕中諸公」，則與前詩曰「西蜀旅舍」者正合。
是公詩作於成都之證也。

2 **兩省** 兩省見前〈初至西虢官舍南池呈左右省及南宮諸故人〉詩
注、詩兩省謂中書、門下兩省也。

3 **三度為郎** 岑參曾為祠部考功二員外郎故虞部、屯田、庫部郎
中，後又為職方郎中（據《岑嘉州詩集序》）故云。《史記‧鄒陽
列傳》：「語曰：有白頭如新，傾蓋如故」，用憑唐白首屈於郎署
事。

4 **出守句** 案公自永泰元年（即西元七六五年）出守，至大歷四年
（即西元七六九年），恰為五年，故曰「一從出守五經秋」。

5 **其那** 《韻會》：「那，語助也，乃箇切，音與奈同」。《後漢書》
〈韓康伯傳〉：「公是韓伯休那」，章懷太子注：「那，語餘聲也，
音乃賀反」。王引之《經傳釋詞》卷六：「那者，奈之轉也。那者
奈何之合聲也」，宣二年《左傳》曰：「棄甲則那」杜註：「那，
猶何也。」《日知錄》卷三十二：「直言之曰那，長言之曰奈何，
一也。」

6 **蒼生** 已見五古〈送顏平原〉詩注。

衛節度赤驃馬歌[1]

君家赤驃[2]畫不得，一團旋風[3]桃花色[4]。紅纓[5]紫鞶[6]珊瑚鞭[7]，
玉鞍[8]錦韉[9]黃金勒[10]。請君輤[11]出看馬騎，尾長窣地[12]如紅
絲。自矜諸馬皆不及，卻憶百金初買時。香街[13]紫陌[14]鳳城[15]
內，滿城見者誰不愛。揚鞭驟急白汗流[16]，弄影行驕碧蹄[17]碎。
紫髯胡雛[18]金剪刀，平明翦出三騣[19]高。櫪[20]上看時獨意氣，

眾中牽出偏雄豪。騎將獵向南山口，城南狐兔不復有。草頭一點
疾如飛，卻使蒼鷹翩向後。憶昨看君朝未央[21]，鳴珂[22]擁蓋滿路
香。始知邊將真富貴，可憐人馬相輝光[23]。男兒稱意得如此，駿
馬長鳴北風起。待君東去掃胡塵，為君一旦行千里。

【校】

① **題** 《百家選》，《唐詩紀事》並作〈衛尚書赤驃馬歌〉。

② **桃花色** 《唐詩紀事》作「柳花色」，誤。

③ **紫鞍** 宋本、鄭本、黃本、石印本並作「紫韁」。

④ **韝** 《百家選》，《唐詩紀事》並作「鞁」，《全唐詩》作「韝」，
下注云：「一作鞁」。宋本、鄭本、黃本、石印本並作「韝」。

⑤ **看馬騎** 宋本、鄭本、黃本、石印本，《全唐詩》，《百家選》，
《唐詩紀事》並作「看君騎」。

⑥ **卻憶** 《全唐詩》、《百家選》、宋本、鄭本、黃本、石印本並作
「郤」，案「却」、「郤」二字通。

⑦ **初買** 宋本、鄭本、黃本、石印本、《全唐詩》、《百家選》、《唐
詩紀事》並作「新買」。

⑧ **滿城** 《百家選》、《唐詩紀事》並作「行人」。

⑨ **翦** 《全唐詩》、《唐詩紀事》並作「剪」，案二字同。

⑩ **騣** 《全唐詩》作「鬃」。案二字通。

⑪ **紫髯** 《百家選》作「紫髥」，案「髯」、「髥」二字同。

⑫ **飜** 宋本、鄭本、黃本、石印本、百家選、《唐詩紀事》並作
「翻」，案二字同。

⑬ **稱意** 《唐詩紀事》作「意氣」。

【注】

1 **題** 衛節度，衛伯玉也。天寶中為安西員外諸衛將軍，又轉隴右
神策軍為將，肅宗即位，以神策軍兵馬使出鎮陝州。乾元二年
十二月破安祿山將李歸仁，遷四鎮行營節度使，上元元年八月為

神策軍節度使，曾破史思明於長水，永寧間，復為荊南節度使，
大歷十一年入朝，卒於長安。新舊《唐書》俱有傳。案本篇美赤
驃馬之雄俊，而勉衞節度以及時建功也。

2 **赤驃** 《說文》:「驃、黃馬發白色，一曰白髦尾也，从馬、票
聲」。段注:「發白色者，起白點斑駮也。白髦尾者，謂黃馬而白
鬣尾也」。此言赤驃馬，則黃紅色馬也。

3 **旋風** 高適〈畫馬篇〉:「荷君剪拂與君用，一日千里如旋風」。
喻行疾也。

4 **桃花色** 謂馬毛色如桃花也。庾信〈謝滕王賚馬啟〉:「臨源猶
遠，忽見桃花」。梁簡文帝〈馬詩〉:「桃花紫玉珂」。

5 **紅繮** 紅色之繁繮（案《文選》張衡〈東京賦〉:「咸龍旂而繁
繮」，李善注:「鞶，今之馬大帶也，繮、馬鞅也。周禮曰:玉
路錫樊纓，鄭玄曰:樊讀如鞶，謂今之馬大帶也。繁與鞶，古字
通」）也。

6 **紫鞊** 《玉篇》:「鞊、馬勒也」。吳均〈贈周散騎興嗣〉詩:「朱
輪玳瑁車，紫鞊連錢馬」。

7 **珊瑚鞭** 任昉《述異記》:「珊瑚、碧色、生海底、一樹數十枝，
枝間無葉，大者高五六尺」。梁元帝〈紫騮馬〉詩:「宛轉青絲
鞊，照耀珊瑚鞭」。

8 **玉鞍** 《說文》:「鞍，馬鞁具也」，段注:「此為跨馬設也」。劉孝
威〈謝賚馬啟〉:「加之玉鞍，飾之金絡」。

9 **錦韉** 馬身加鞍，鞍下藉以軟物曰韉，此以綢緞類為韉也。《說
文》新附:「韉、馬鞁具也」。案韉乃鞍下褥，錦韉者，以錦為
之也。《古樂府》〈木蘭詞〉:「西市買鞍韉」。王仁裕開元天寶遺
事，看花馬:「長安俠少每至春時，結朋聯黨各置矮馬，飾以錦
韉金珞」。

10 **黃金勒** 以黃金飾勒也。《說文》:「勒，馬頭落銜也」，段注:
「落、絡、古今字。釋名:勒，絡也，絡其頭而引之」。王僧孺
〈白馬篇〉:「千里生冀北、玉鞘黃金勒」。

11 **鞴** 鞍鞴，繫之以備乘也。王昌齡〈塞上曲〉：「遙見胡地獵，鞴馬宿嚴霜。」案鞴字，各本並作「韝」（案《說文》、《廣韻》、《集韻》、《韻會》，並有韝無鞴，惟《玉篇》書作鞴，《正字通》云：同韝是也）。荊公《百家詩選》，計敏夫《唐詩紀事》並作「鞁」。《說文》：「韝，臂衣也（射箭時護左臂之革套也」。又「鞁、車駕具也」。案此字，各本互有出入。

12 **窣地** 《說文》：「窣，從穴中卒出，从穴卒聲」，形容馬尾之長，窣，音ㄙㄨㄟˋ。案「窣地」，謂拂地也。唐玄宗〈入秦川路途寒食之〉詩：「洛陽芳樹映天津，灞岸垂陽窣地新。」

13 **香街** 《北史》〈魏臨淮王潭傳〉：「或表諫以為漢祖創業，香街有太上之廟」。

14 **紫陌** 長安京城之街市也，見七律〈奉和中書賈至舍人早朝大明宮〉詩注。

15 **鳳城** 謂京城也。杜甫〈夜詩〉：「步蟾倚杖看北斗，銀漢遙應接鳳城」，趙次公注：「秦穆公女弄玉吹簫，鳳集其城，因號丹鳳城，其後言京城曰鳳城」。

16 **白汗流** 《戰國策·楚策》：「汗明見春申君曰：君亦聞驥乎？夫驥之齒至矣，服鹽車而上太行。蹄申膝折，尾湛胕潰，漉汁灑地，白汗交流」中阪遷延，負轅不能上。注：「白汗，不緣暑而汗也」。

17 **碧蹄** 碧，青色玉。碧蹄，貴之也，唐人多用之。張仲素〈天馬辭〉：「來時欲盡金河道，猇猇輕風在碧蹄。」

18 **胡雛** 《晉書》〈石勒載記上〉：「石勒上黨武鄉羯人也。年十四，隨邑人行販洛陽，倚嘯上東門，王衍見而異之，顧謂左右曰：向者胡雛，吾觀其聲，視有奇志，恐將為天下之患」。

19 **三鬉句** 戴侗《六書故》：「鬣、馬鬣之勁者」。案鬉、鬣二字通。吳景旭《歷代詩話》：《唐六典》：外牧歲進良馬，印以三花飛鳳之字。東坡筆記言：李將軍思訓，作〈明星摘瓜圖〉，嘉陵山川，帝乘赤驃，起三鬉，與諸王嬪御十數騎，出飛仙嶺下，初

見平陸、馬皆驚,而帝馬見小橋不進,不知三驄謂何?今見岑參有〈赤驃馬歌〉云:紫髯胡雛金剪刀,平明翦出三驄高,乃知唐禦馬,多翦治,而三驄其飾也。《名畫錄》言:開元、天寶、世尚輕肥,多愛三花飾馬。郭若虛藏韓幹畫〈貴戚閱馬圖〉,中有三花馬,蘇大參家,有韓幹畫三花御馬,晏元獻家,有〈虢國出行圖〉,亦畫三花馬,蓋三花者,翦鬃為三辮耳。白居易〈和春深詩〉:「鳳箋裁五色,馬鬃剪三花。」

20 **櫪** 《韻會》:「櫪,牛馬皁也,通作歷,蓋今之馬槽也」。魏武帝〈龜雖壽〉詩:「老驥伏櫪,志在千里」。

21 **未央** 《一統志》:「未央宮在長安縣西北。《漢書‧高帝紀》:七年,蕭何治未央宮」。

22 **鳴珂** 《唐書‧輿服志》:「馬珂一品以下九子,四品七子、五品五子」。《爾雅翼》:「貝大者為珂、黃黑色、其骨白,可以飾馬,蓋此等飾,非特取其容,兼取其聲」。《韻會》:「服虔《通俗》文曰:勒飾曰珂」。何遜車中見新林分別甚盛詩:「隔林望行幰,下阪聽鳴珂」,蓋馬行則珂響,故曰鳴珂也,徐陵〈洛陽道〉詩:「飛著響鳴珂」。

23 **人馬句** 〈曹操別傳〉:「呂布驍勇,且有駿馬名赤兔,常騎乘之,時人為之語曰:人中有呂布,馬中有赤兔」(見逯欽立《全漢三國晉南北朝詩》)。

【箋】

1 張震曰:「有抑揚,有褒刺,善得風體」(《唐詩會通評林》)。

2 吳喬曰:「岑參赤驃馬歌,前念五句,皆言衛節度而帶及馬,末三句,言馬而帶及衛節度,得賓主映帶法」(《圍爐詩話》)。

3 顧璘曰:「自矜句以後,便覺生氣,草頭二句,下語高。結寓諷」(《唐詩會通評林》)

4 吳山民曰:「起二句,一匹活馬。次二句,浮艷。揚鞭二句、得馬情。櫪上二句,有氣。草頭二句,有驍騰之勢。結得體」(《唐

詩會通評林》)。

5 劉辰翁曰：「氣骨裝束都好，末語與少陵驄馬行『為君老』意同」（《唐詩會通評林》)。

6 唐汝詢曰：「描寫赤驃、曲盡情態，縱橫變化，奇勢橫出，亦長篇高手」（《唐詩會通評林》)。

7 沈德潛曰：「草頭一點疾如飛，卻使蒼鷹翻向後，與少陵『豈有四蹄疾于鳥，不與八駿俱先鳴』（驄馬行），同一意，而語更奇警」（唐詩別裁）。

8 許文雨曰：「此篇美赤驃馬之雄姿，而勉衛節度，當及時建功立業也。前段狀赤驃之奇姿，及馭具之珍貴。復追溯初買之時，長安城內，誰不愛羨。汗飛蹄亂，見馳驟之迅疾，翦刷高驤，見雄豪之絕世，獵盡狐兔，疾逾蒼鷹，其氣概信不凡矣，後段言衛節度乘坐名騎，人馬輝映，還當驍行千里，破滅胡虜，則男兒駿馬，始相得益彰耳」（《唐詩集解》)。

9 黃培芳評：「七古須知對疊銜接，紅纓紫韀珊瑚鞭，玉鞍錦韉黃金勒」，對而疊。」又曰：「騎將獵向南山口、以下分三層寫，出獵，上朝，立功塞外，每段相銜接，四句一韻。「卻憶百金初買時，接此句妙。」（《唐賢三昧集箋注》)

10 近滕元粹增評：「主意卻在此（指立功）時時插入對句，甚妙。」（《箋注唐賢詩集》)

11 邢昉曰：「與少陵（高都護作）同工並絕，後人無復措手處矣。」（《唐風定》卷八）

12 吳昌祺曰：「以此較子美詠馬諸篇，真有駑駿之別。」（《刪定唐詩解》)

13 施補華曰：「岑嘉州赤驃馬歌『草頭一點疾如飛，卻使蒼鷹翻向後』，寫盡馬之才矣，少陵諸馬詩，並能寫馬之德，所以更高一層」（《峴傭說詩》)。

14 田藝衡曰：「杜工部，關山同一點」岑嘉州「嚴灘一點舟中月」（〈送李明府赴睦州便拜覲太夫人詩〉) 又〈赤驃馬歌〉：「草頭一

點疾如飛」又「西看一點是關樓」（〈五月四日送王少府歸華陰詩〉）。朱灣〈白馬翔翠微〉詩：「淨中雲一點。」花蕊夫人云，冰肌玉骨清無汗，水殿風來暗香滿，繡簾一點月窺人，欹枕釵橫雲繚亂。起來庭戶悄無聲，時見疏星渡河漢，屈指西風幾時來，不道流年暗中換（此為東坡〈洞仙歌辭〉）宋張安國詞：洞庭青草近中秋，更無一點風色，玉界瓊國三萬頃，著我扁舟一葉。」夫月、雲、風、馬也，樓也，皆謂之一點，甚奇。（《留青日札》）

田使君美人如蓮花北鋌歌[1]

美人舞如蓮花旋，世人有眼應未見。高臺滿地紅氍毹[2]，試舞一曲天下無。此曲胡人傳入漢，諸客見之驚且歎。慢臉[3]嬌娥纖復穠，輕羅金縷花蔥蘢[4]。回裙[5]轉袖若飛雪，左鋌[6]右鋌生旋風。琵琶[7]橫笛[8]和未匝[9]，花門[10]山頭黃雲合。忽作出塞入塞聲[11]，白草[12]胡沙寒颯颯。颭身入破[13]如有神，前見後見回回新。始知諸曲不可比，採蓮[14]落梅[15]徒聒耳[16]。世人學舞只是舞，姿態豈能得如此。

【校】

① 題 《全唐詩》作〈田使君美人舞如蓮花北鋌歌此曲本出北同城〉，《百家選》，《唐詩紀事》並作〈田使君美人如蓮花北鋌歌〉，《百家選》題下注：「此曲本出北同城」。宋本、本、黃本、石印本並作「田使君美人如蓮花北鋌歌」。

② 美人舞如蓮花旋 《百家選》作「如蓮花，舞北旋」。

③ 高臺 《百家選》作「高堂」。

④ 紅氍毹 《百家選》作「紅氈毹」，《唐詩紀事》作「鋪氍毹」。

⑤ **嬌娥**　宋本、鄭本、黃本、石印本並作「嬌蛾」。

⑥ **纖復穠**　《唐詩紀事》作「纖復濃」。

⑦ **金縷**　《百家選》，《唐詩紀事》並作「金縷」。

⑧ **葱蘢**　《唐詩紀事》作「蔥蘢」，宋本、鄭本、黃本、石印本並作「葱籠」。窗、葱二字同。

⑨ **回裙**　宋本、鄭本、黃本、石印本、《全唐詩》，《百家選》並作「回裾」。

⑩ **左鋌右鋌**　宋本、鄭本、黃本、石印本並作「左鋌右鋌」，《百家選》，《唐詩紀事》並作「左錠右錠」。

⑪ **币**　宋本、鄭本、黃本、石印本、《唐詩紀事》並作「匝」。

⑫ **花門**　《百家選》作「花開」非是。

⑬ **胡沙**　《百家選》作「明沙」，非是。

⑭ **飜**　《百家選》作「翻」，案二字同。

⑮ **不可比**　《唐詩紀事》作「不可能」。

⑯ **採蓮**　《全唐詩》作「采蓮」。

⑰ **聒耳**　《唐詩紀事》作「聒人」。

⑱ **只是**　宋本、鄭本、黃本、石印本，《全唐詩》、《唐詩紀事》並作「祇是」。

⑲ **姿態**　《全唐詩》作「恣態」。

【注】

1 **題**　原注：「此曲本出北同城，蓮花、北鋌、樂府舞名，未詳。一作『如蓮花，舞北鋌』，亦回旋之意，如長河（沙）定王來朝，稱壽歌舞，但張袖小舉（手）曰：臣國小地狹，不足回旋之義也」。案《漢書》〈長沙定王傳〉：「長沙定王發，以其母微無寵，故王卑濕貧國」，應劭注：「景帝後二年，諸王來朝，有詔更前稱壽歌舞，定王但張袖小舉（手），左右笑其拙，上怪問之。對曰：臣國小地狹，不足回旋，帝乃以武陵，零陵，桂陽益焉」。《岑詩繫年》：「詩曰：『花門山頭黃雲合』，蓋與前篇同時

作。」按詩當作於涼州、武威或甘州張掖，花門山乃虛寫，非在花門山下作也。北同城即寧寇軍同城守捉也，田使君謂武威或張掖太守，名不詳。（北同城即寧寇軍，原為同城守捉，《元和志》卷四十甘州刪丹縣：寧寇軍在居延水兩汊中，天寶二年置。」《資治通鑑》卷二○三：「武后垂拱元年六月，同羅、僕固等諸部叛，遣左豹韜衛將軍劉敬同發河西騎士出居延海以討之，同羅、僕固等皆敗，敕僑置安北都護府於同城以納降者。」注：「同城即刪丹之同城守捉，天寶二載，改為寧寇軍。」）《舊唐書》〈高仙芝傳〉：「田仁琬為安西節度使，在開元末年，時岑參尚未西行。美人，謂歌伎。舞如蓮花旋：岑參集校注改首句為「如蓮花，舞北旋」，以北旋為舞名，即胡旋一類。」樂府雜錄「有胡旋、胡騰、旋、甘州。按胡旋，出自康居國。《舊唐書·音樂志》稱其舞「疾轉如風。」安祿山能作胡旋舞，亦疾如風。此詩所言，雖旋轉而較慢「若飛雪」即不能太疾。

2 氍毹　已見〈玉門關蓋將軍歌〉詩注。《古樂府》〈隴西行〉：「請客北堂上，坐客氈氍毹。」

3 慢臉句　蛾謂蛾眉。《詩·衛風》〈碩人〉：「螓首蛾眉。」大招：「娥眉曼只」王逸注：「蛾眉曼澤，異於眾人也。」慢臉，當作曼臉。《漢書》〈司馬遷傳〉：「曼辭以自解」注：「如淳曰：曼，美也。」宋玉〈神女賦〉：「穠不短，纖不長」呂向注：「穠，肥。纖，細也。言長短合度。」曹植〈洛神賦〉：「穠纖得中，修短合度。」

4 葱蘢　《文選》郭璞〈江賦〉：「潛薈葱蘢」，李善注：「葱蘢，青盛貌也」。言花枝茂盛，指衣繡。

5 回裾　案叢刊本「裾」作「裙」，各本皆作「裾」（詳本詩校），案作「裾」，於義為長。《說文》：「裾，衣裒也」，段注：「裒，各本作袍，今依韻會正，裒，裏也。裒物謂之裒，因之衣前襟，亦謂之裒」。案若依郭注方言，則衣後裾，謂之袿（《方言》：袿謂之裾），與段說不同。

6 **左鋌句**　案鋌字、各本作「鋌」，荊公《百家選》，計敏夫《唐詩紀事》並作「錠」。案字書無「錠」字，當是「旋」。

7 **琵琶**　已見〈白雪歌送武判官歸京〉詩注。

8 **橫笛**　橫吹之笛，即今之七孔笛，對古笛之直吹者而言。《唐書‧禮樂志》：「寧王善吹橫笛，達官大臣慕之」。《夢溪筆談‧樂律一》：「後漢馬融所賦長笛，剡上有孔，五孔，一孔出其洞，洞空無底，正似今之尺八。李善為之注云：七孔，長一尺四寸，此乃今之橫笛耳」。

9 **帀**　周也，遍也。《說文》：「帀，匝也」，段注：「匝，各本作周，誤，今正。勹部：匝，帀徧也，是為轉注。」《史記‧高祖本紀》：「更旗幟，黎明，圍宛城三匝」。

10 **花門**　已見〈與獨孤漸道別長句〉詩注。

11 **出塞入塞聲**　《樂府詩集》卷二十一：「《晉書‧樂志》曰：《出塞》《入塞》曲，李延年造。曹嘉之《晉書》曰：劉疇嘗避亂塢壁，賈胡百數欲害之。疇無懼色，援笳而吹之，為《出塞》、《入塞》之聲，以動其遊客之思，於是群胡皆垂泣而去。」按《西京雜記》曰：「戚夫人善歌〈出塞〉、〈入塞〉、〈望歸〉之曲，則高帝時已有之，疑不起延年。唐又有〈塞上〉、〈塞下曲〉，蓋出於此」。

12 **白草**　已見〈白雪歌送武判官歸京〉詩注。

13 **入破句**　《新唐書‧五行志》：「天寶後，詩人多為憂苦流寓之思，及寄興於江湖僧寺，而樂曲亦多以邊地為名，有伊州、甘州、涼州等，至其曲遍繁聲，皆謂之入破。」孔融〈薦禰衡表〉：「思若有神」此言如入神境也。

14 **採蓮**　《樂府‧清商曲》〈辭江南弄〉七曲之一。《樂府詩集》卷五十：「《古今樂錄》曰：梁天監十一年冬，武帝改西曲，製〈江南上雲樂〉十四曲，江南弄七曲，一曰江南弄，二曰龍笛曲，三曰採蓮曲」。案採蓮曲，詞中多述男女相思之情，其曲本於江南曲，而賦漢代采蓮之事。梁簡文帝，元帝、昭明太字，吳均，陳

後主等，均有擬作。

15 **落梅** 《樂府詩集》卷二十四：「梅花落，本笛中曲也。按唐大角曲，亦有〈大單于〉，〈小單于〉，〈大梅花〉、〈小梅花〉等曲，今其聲猶有存者」。李白〈與史郎中欽聽黃鶴樓上吹笛〉：「黃鶴樓中吹玉笛，江城五月落梅花」。

16 **聒耳** 《說文》：「聒、讙語也」。《楚辭‧九思》〈疾世〉：「鵾鷄鳴兮聒余」，王逸注：「多聲亂耳為聒」。

【箋】

邢昉曰：「嘉州豪壯，此篇形容妙舞，入細入微。」（《唐風定》卷八）

裴將軍宅蘆管[1]歌

遼東[2]九月蘆葉斷，遼東小兒採蘆管。可憐新管清且悲[3]，一曲風飄海頭滿。海樹蕭索天雨霜[4]，管聲寥亮[5]月蒼蒼。白狼河[6]北堪愁恨，玄菟城[7]南皆斷腸。遼東將軍長安宅，美人蘆管會佳客。弄調啾颼[8]勝洞簫[9]，發聲窈窕[10]欺橫笛[11]。夜半高堂客未回，祇將蘆管送君盃。巧能陌上驚楊柳[12]，復向園中誤落梅[13]。諸客愛之聽未足，高捲珠簾列紅燭。將軍醉舞不肯休，更使美人吹一曲。

【校】

① **採** 《全唐詩》作「采」，案二字通。
② **樹** 宋本、黃本並作「樹」，案二字同。
③ **君盃** 宋本、黃本、石印本並作「君杯」，案「盃」、「杯」二字同。

【注】

1 **蘆管** 樂器名，陳氏（暘）《樂書》曰：「觱栗，一名悲篥，一名笳管，羌胡、龜茲之樂也，以竹為管，以蘆為首，狀類胡笳而九竅。《文獻通考》卷十五：「蘆管，胡人截蘆為之，大概與觱篥相類，出於北國。唐宣宗善吹蘆管，自製新楊柳枝、新傾杯二曲」。今日本奈良正倉院有唐蘆管，其管為竹木，以蘆葉為簧也。案《岑詩繫年》：「玩詩意，疑永泰前數年間，公在長安為郎時作。」

2 **遼東** 《新唐書・地理志》：「河北道安東上都護府，總章元年，李勣平高麗國，得城百七十六，分其地為都督府九、州四十二、縣一百，置安東都護府於平壤城以統之，用其酋渠為都督、刺史、縣令，上元三年，徙遼東郡故城，儀鳳二年，又徙新城。」今遼寧遼陽，地在遼河以東。《漢書・地理志》：「遼東郡、秦置、屬幽州」。案秦置之遼東，有今遼寧省東南部，遼河以東地，治襄平，在今遼寧省遼陽縣北。晉為遼東國，後魏以後，地入高麗，唐克高麗，以其地置遼州，尋廢。

3 **清且悲** 《文選》王粲〈公讌詩〉：「管絃發徽音，曲度清且悲」。

4 **天雨霜** 鮑照〈代白紵曲〉：「催絃急管為君舞，窮秋九月荷葉黃，北風驅雁天雨霜，夜長酒多樂未央」。

5 **寥亮** 向秀〈思舊城〉：「鄰人有吹笛者，發聲寥亮。」《文選》嵇康〈琴賦〉：「新聲㥯亮，何其偉也」，李善注：「㥯亮，聲清澈貌」。案廖、㥯二字通。

6 **白狼河** 《水經注》卷十四：「遼水右會白狼水，水出右北平白狼縣東南，楊守敬疏，以為即大凌河，由遼寧凌源縣經朝陽、錦州入遼東灣。」沈佺期〈古意呈補闕喬知之〉詩：「白狼河北音書斷，丹鳳城南秋夜長」二句由此變來，遼東郡在白狼河東北，故云白狼河北。

7 **玄菟城** 《漢書・武帝紀》：「元封三年夏，朝鮮斬其王右渠降，以其地為樂浪、臨屯、玄菟、真番郡。」《續漢書・郡國志》：「幽

州玄菟郡轄高句驪，遼陽等六城。」高句驪在今遼寧新賓北。徐陵〈勸進梁元帝表〉：「東漸玄菟，西踰白狼」。吳兆宜注：「《晉地理志》：高靈以并州刺史鎮白狼」此白狼城乃在遼寧凌源縣南。高適〈信安王幕府詩〉：「倚弓玄菟月，飲馬白狼川。」中唐長孫佐輔〈關山月〉：「始經玄菟塞，終照白狼河。」

8 啾颸　《文選》潘岳〈閑君賦〉：「管啾啾而並吹」，李善注：「啾啾，鳴聲也」。案啾颸猶啾啾。

9 洞簫　《漢書・元帝紀》：「鼓琴瑟，吹洞簫」，如淳注：「洞簫，簫之無底者」。《宋書・樂志》：「前世有洞簫，其器今亡。蔡邕曰：簫，編竹有底，然則邕時無洞簫矣」。

10 窈窕　《說文》：「窈，深遠也。窕，深肆極也」。案此謂發聲長遠也。

11 橫笛　《新唐書・禮樂志》：「帝（玄宗）又好羯鼓而寧王善次橫笛，達官大臣慕之，皆喜言音律。」

12 楊柳　《樂府詩集》卷二十二：「《唐書・樂志》曰：梁樂府有胡吹歌云：上馬不捉鞭，反拗楊柳枝，下馬吹橫笛，愁殺行客兒。此歌辭原出北國，即鼓角橫吹曲（折楊柳枝）是也」。

13 落梅　已見〈田使君美人如蓮花北鋌歌〉注。《宋書・五行志》：「晉武帝太康末，京洛始為〈折楊柳〉，「歌其曲始有兵革苦辛之詞」」。

太白胡僧歌并序[1]

太白中峰絕頂有胡僧，不知幾百歲，眉長數寸，身不製繒帛[2]，衣以草葉。恒持楞加經[3]，雲壁迥絕，人跡罕到。嘗果峰有鬪虎，弱者將死，僧杖而解之。西湫有毒龍，久而為患，僧器而貯之。商叟[4]前來採茯苓[5]，深入太白，偶值

此僧訪我，予恒有獨往⁶之意，聞而悅之，乃為歌曰：

聞有胡僧在太白，蘭若⁷去天三百尺。一持《楞伽》入中峰，世
人難見但聞鐘。窗邊錫杖⁸解兩虎⁹，床下缽盂¹⁰藏一龍。草衣¹¹
不針復不線，兩耳垂肩眉覆面。此僧年紀那得知，手種青松今
十圍。心將流水同清淨¹²，身與浮雲¹³無是非。商山¹⁴老人已曾
識，願一見之何由得。山中有僧人不知，城裡看山空黛色。

【校】

① **序**　《百家選》「恒持」作「常持」。宋本、黃本、石印本、《全唐
詩》、《百家選》「嘗果峰」並作「嘗東峰」，案作「嘗東峰」是
也。宋本、鄭本、黃本、石印本、《全唐詩》、《百家選》「商叟」
並作「商山趙叟」。宋本、鄭本、黃本、石印本、《全唐詩》、《百
家選》「訪我」並作「訪我而說」。《百家選》「予」作「余」，案
二字同義。

② **窗**　鄭本、《全唐詩》並作「牕」、宋本、黃本、石印本並作
「牎」，《百家選》作「窗」。案「窗、牕、牎、窗」四字同。

③ **藏**　《百家選》作「盛」。

④ **覆面**　鄭本作「後面」，非是。

⑤ **不針復不線**　《百家選》作「不針亦不線」。

⑥ **年紀**　宋本、鄭本、黃本、石印本、《全唐詩》並作「年幾」。

⑦ **同清淨**　《百家選》作「日清淨」。

⑧ **人不知**　宋本、鄭本、黃本、石印本並作「人不識」。

【注】

1 **題**　此詩《岑詩繫年》歸入〈未能編年詩〉，前〈秋夜宿仙遊寺
南涼堂呈謙道人〉詩云：「太乙連太白」上篇題云：「宿太白東
溪」疑此亦同時作，改繫於此。「太白」已見〈秋夜宿仙遊寺南
涼堂呈謙道人〉詩注。

2 **繒帛**　《說文》：「繒，帛也，从系曾聲」。《文選》謝惠連〈雪

賦〉：「裸壞垂繒，」李善注：「字林曰：繒，帛總名也」。

3 **楞伽經** 案楞伽，本師子國（即今錫蘭）之山名，楞伽為寶名，
又曰，不可到，難入之義，謂楞伽山險絕，常人難入，佛嘗於此
說大乘經，名《楞伽經》。《翻譯名義集》：「駿迦佛住南海濱，
入楞伽國摩羅耶山，而說此經，梵語楞伽，此云不可往，唯神通
人，方能到也」。

4 **商叟** 案各本皆作「商山趙叟」，李白有〈送方士趙叟之東平〉
詩，趙叟疑即其人。

5 **茯苓** 《本草》：「《釋名》：伏靈、茯菟、松腴、不死麵、抱根
者名茯神。時珍曰：『茯苓，史記龜策傳作茯靈，蓋松之神靈之
氣，伏結而成，故謂之茯靈。茯、神也。仙經言：茯靈大如拳
者，佩之，令百鬼消滅，則神靈之氣，亦可徵云。俗作苓者，傳
寫之訛爾。下有茯靈，上有兔絲，故又名茯兔』。」《淮南子・說
山訓》：「千年之松，下有茯苓，上有兔絲」，高誘注：「茯苓，千
歲松脂也」。

6 **獨往** 已見五古〈潼關使院懷王七季友〉詩注。

7 **蘭若** 佛寺之異名，已見五古〈寄青城龍溪奐道人〉詩注。

8 **錫杖** 已見〈送青龍招提歸一上人遠述吳楚別詩〉詩注。

9 **解兩虎** 《續高僧傳》十六〈齊鄴兩龍山雲門寺釋稠傳〉云：「僧
稠俗姓孫，鉅鹿人，備通經史，徵為太學博士，二十八歲覽佛經
乃出家為僧，曾求道於趙州、定州，少林寺、嵩岳寺，後遊懷
州王屋山，「聞兩虎交鬥，乃以錫仗中解，各散而去。」

10 **鉢盂** 案鉢盂，僧侶之食器也。《佛學大辭典》：「鉢盂，或作盋
盂，鉢為梵語，盂為漢語，梵漢雙舉之名。……《演繁露》曰：
『東方朔傳』注：『盂，食器也，若盋而大，今之所謂盋盂，盋音
撥。』今僧家名其食器為鉢，則中國古有此名，而佛徒用之。」按
《說文》五上：「盂，飯器也。」新附：「盋，盋器，盂屬。」

11 **草衣** 謂隱者之服。《後漢書・黨錮傳論》：「或起徒步而仕執
珪，解草衣以升卿相」。

12 **清淨** 《俱舍論》十六：「諸身語意三種妙行，名身語意三種清
淨，暫永遠離一切惡行煩惱垢故，名為清淨。」

13 **浮雲** 《維摩詰經》：「是身如浮雲，須臾變滅」。李白〈古風〉：
「白日掩徂暉，浮雲無定端」。《論語・述而》：「不義而富且貴，
於我如浮雲。」集解：「鄭曰：「富貴而不以義者，於我如何雲，
非己所有。」陶潛〈歸去來辭〉：「雲無心以出岫」此喻言身如浮
雲，無所是非也。

14 **商山** 案李白有〈商山四皓〉詩，王琦注：「《雍勝略》：商山，
去商州東南九十里，一名楚山，一名商洛山，形如商字，湯以為
國號，郡以為名，漢四皓隱處。盛弘之〈荊州記〉曰：商州上洛
縣有商山，其地險阻，林壑深邃，四皓隱處」。

【箋】

1 徐中行曰：「瀟灑亦不乏工緻」（《唐詩會通評林》）。

2 唐汝詢曰：「疏暢清遠」（《唐詩會通評林》）。

3 鍾惺曰：「序中杖而解之，說得輕妙」（《唐詩歸》）。

4 蔣一梅曰：「畫出一個羅漢。」（《唐詩會通評林》）

5 周珽曰：「有降龍伏虎之德力，兼服飾相貌非常，身心空寂入
妙，真非凡僧也。人生惟願識盡世間異人，今與眾同耳而無目，
不猶城裡看山，空著想耶。一歌於胡僧，似傳、似銘、似寫影」
（《唐詩會通評林》）。

6 朱孟震曰：「古人詩，得意句不厭重複。王右丞〈桃源行〉有
云：峽裡誰知有人事，世中遙望空雲山。蓋兩用之，此其妙在有
意之間，雖右丞不覺也。而岑嘉州〈太白胡僧歌〉云：『山中有
僧人不識，城裡看山空黛色』，即右丞意也。嘉州豈蹈襲人者？
蓋觸景寫微，冥索神會，意之所到，自然合作，乃知理在人心，
亙千萬人千萬世，無不妙合，寧獨王與岑也」（《續玉笥詩談》）。

7 沈德潛曰：「言城裡但知有山也，足上一句意」（《唐詩別裁》）

范公叢竹歌并序¹

職方郎中兼侍御史范公，迺於陝西使院內種竹，新製叢竹詩以見示，美范公之清致雅操，遂為歌以和之。

世人見竹不解愛，知君種竹府庭內。此君²託根幸得所，種來幾時聞已大。盛夏脩脩³叢色寒，閑宵摵摵⁴葉聲乾。能清案牘簾下見，宜對琴書窗外看。為君成陰將蔽日。迸笋穿階踏還出。守節⁵偏凌御史霜⁶，虛心願比郎官筆⁷。君莫愛南山松樹枝，竹色四時也不移⁸。寒天草木黃落盡，猶自青青君始知。

【校】

① **序** 宋本、鄭本、黃本、石印本、《全唐詩》「范公迺」，並作「范公乃」、案「迺」、「乃」二字通。

② **府庭** 《全唐詩》作「府城」。

③ **幸得所** 宋本、鄭本、黃本、石印本、《全唐詩》並作「幸得地」。

④ **盛夏** 《全唐詩》作「盛暑」。

⑤ **窗外** 宋本、鄭本、黃本、石印本並作「牎外」，案「窗」、「牎」二字同。

⑥ **閑宵** 鄭本、黃本、石印本並作「閒宵」，案「閑」、「閒」，二字同。

⑦ **摵摵** 宋本、鄭本、黃本、石印本並作「槭槭」。

⑧ **階** 宋本、黃本、石印本並作「堦」。案二字同。

⑨ **虛** 宋本、鄭本、黃本、石印本、《全唐詩》並作「虗」，案二字同。

【注】

1 **題** 《新唐書·方鎮表》：「乾元二年置陝虢華節度使領潼關防禦

團練鎮守等使，治陝州。上元元年，改陝虢華節度為陝西節度兼神策軍使，二年，陝西節度罷領華州。」《岑嘉州交遊事輯》：「范季明　岑參有〈范公叢竹歌〉、〈原頭送范侍御〉、〈虢州西山亭子送范端公〉、〈虢州西亭陪范瑞公宴集〉。《元和姓纂》：『職方郎中范季明，代居懷州。云自敦煌徙焉』。」按公有〈范公叢竹歌序〉曰：「職方郎中兼侍御史范公乃於陝西使院內種竹，詩以見示。」以《姓纂》證之知即季明也。杜甫有〈泛舟送魏十八倉曹還京因寄岑中允參范郎中季明〉詩，錢起有〈和范郎中宿直中書晚酞清池贈南省同僚兩垣遺補〉詩，《岑詩繫年》：「杜甫有〈泛舟送魏十八倉曹還京因寄岑中允參范郎中季明〉詩，……岑公改太子中允，在寶應元年，……此詩蓋亦是年作。……鶴注曰此當是廣德元年，……誤矣。」按詩序曰：「於陝西使院內種竹。」自當在上元元年陝虢華節度使改陝西節度年之後。《繫年》定杜詩為寶應元年作，不誤。但杜、錢之詩，均作於岑參、范季明在京城時，此岑、范唱和疑當在其前也。二人已在虢州宴飲，岑又屢有贈詩，故范以所製〈叢竹〉詩相彙，改繫於上元二年陝西節度、潼關防禦等使，當即郭英乂也。參《舊唐書‧肅宗紀》上元元年四月及〈代宗紀〉寶應元年十月。

2 **此君**　《世說‧任誕》：「王子猷嘗暫寄人空宅住，便令種竹。或問暫住何煩爾，王嘯詠良久，直指竹曰：何可一日無此君」（案又見《晉書》〈王徽之傳〉）。書言故事花木類：「竹曰此君」。

3 **翛翛**　草木青翠茂盛貌。謝朓〈冬日晚郡事隟〉詩：「颯颯滿池荷，翛翛蔭窗竹」。又《古樂府》〈塘上行〉：「樹木何翛翛」。

4 **摵摵**　案摵音索。《文選》盧諶〈時興〉詩：「摵摵芳葉零，榮榮芬華落」，呂延濟注：「摵摵，葉落聲」。

5 **守節**　劉孝先〈詠竹詩〉：「無人賞高節，徒自抱貞心」。

6 **御史霜**　《通典‧職官》：「故御史為風霜之任，彈糾不法，百僚震恐，官之雄峻，莫之比焉」。

7 **郎官筆**　《宋書‧百官志》：「《漢官儀》：尚書丞郎，月賜赤管大

筆一雙，隃糜墨一丸」。

8 **不移** 賀循〈竹詩〉：「逢秋葉不落，經寒色詎移」。

【箋】

1 周珽曰：「《字書》：竹，草也，而冬不死。考之《詩・淇澳》一篇三章，皆以綠竹起興，以美衛武公之德，則竹可以托喻君子，尚矣。陳子昂〈修竹篇〉（〈與東方左史虯修竹篇並書〉），寫盡貞士出處之心，今嘉州亦借竹以喻范公之得士，謂當愛重，始終不怠，而彼抱貞潔堅直之性者，自不變節相報也」（《唐詩會通評林》）。

2 王荊公曰：「寫盡竹之性情，并植竹之人有可想者。又李咸用、秦韜玉，亦有竹詩，雖居晚唐，深潤皆有足觀」（《唐詩會通評林》）。

案李咸用有〈題友人叢竹〉詩云：

菊華寒露濃，蘭愁曉霜重。指佞不長生，蒲蓳今無種。安知植叢篁，他年待棲鳳。大則化龍騎，小可釣璜用。留煙伴獨醒，迴陰冷閒夢。何妨積雪凌，但為清風動。乃知子猷心，不與常人共（據《全唐詩》）。

秦韜玉有〈題竹〉詩云：

削玉森森幽思清，陡家高興尚分明，捲簾陰薄漏山色，欹枕韻寒宜雨聲。斜對酒缸偏覺好，靜籠棋局最多情。卻驚九陌輪蹄外，獨有溪煙數十莖（據《全唐詩》）。

優鉢羅花歌并序[1]

參嘗讀佛經，聞有優鉢羅花[2]，目所未見。天寶景申歲，參忝大理評事，攝監察御史，領伊西北庭（支度）副使[3]。自公多暇，乃於府庭內，栽樹種藥，為

山鑿池，婆娑[4]乎其間，足以寄傲[5]。交河[6]小吏有獻此花者，云得之於天山[7]之南，其狀異於眾草，勢龍嵸[8]如冠弁，嶷然上聳，生不傍引，攢花中拆，駢葉外包，異香騰風，秀色媚景，因賞而歎曰：「爾不生於中土，僻在遐裔，使牡丹價重，芙蓉譽高，惜哉！夫天地無私，陰陽無偏，各遂其生，自物厥性，豈以偏地而不生乎？豈以無人而不芳乎？適此花不遭小吏，終委諸山谷，亦何異懷才之士，未會明主，擯[9]於林藪耶？」因感而為歌，歌曰：

白山[10]南，赤山[11]北。其間有花人不識，綠莖碧葉好顏色。葉六瓣，花九房。夜掩朝開多異香，何不生彼中國兮生西方。移根在庭[12]，媚我公堂。恥與眾草之為伍，何亭亭而獨芳。何不為人之所賞兮，深山窮谷委嚴霜[13]。吾竊悲陽關[14]道路長，曾不得獻于君王。

【校】

① **景申**　宋本、鄭本、黃本、石印本、《全唐詩》並作「庚申」。案清瞿鏞《鐵琴銅劍樓藏書目錄》云：「《岑嘉州集》七卷，明刊本，唐岑參撰。此刻本分七卷，原出華泉邊貢所藏，猶是宋元以來相傳之舊本，較別本為勝。如〈優鉢羅花歌序〉云：「天寶景申歲，參忝大理評事」云云。案「景申」即「丙申」，唐人諱丙為景，是為天寶十五載七月。肅宗改元至德七月以前，猶是天寶紀年，此詩蓋作於是時。別本改景為庚，不知天寶無庚申也」。又案清丁丙《善本書室藏書志》亦云：「《岑嘉州詩》七卷，影寫明正德十五年熊相刊本，前載京兆杜確序。按〈優鉢羅花歌序〉云：「天寶景申歲，參忝大理評事」。景申即丙申，唐諱丙為景，是為天寶十五載七月。肅宗改元至德七月以前，猶是天寶紀年，此詩作於是時。別八卷本改為庚申，誤矣」。

② **足以**　鄭本作「及也」，誤。

③ **中拆**　宋本、鄭本、黃本、石印本、《全唐詩》並作「中折」。

④ **異香**　叢刊本「異香」二字下，舊缺二字，檢宋本、鄭本、黃本、石印本、《全唐詩》並作「騰風」，今據補。

⑤ **傍引** 鄭本作「傍引」。

【注】

1 **題** 《岑嘉州繫年考證》:「至德元載,在輪臺。領伊西北庭支度副使。支度副使,見〈優鉢羅花歌序〉。」《岑詩繫年》:「案序曰:『天寶庚申歲』,「庚申」當作「丙申」,天寶十五載「丙申」明正德二本作「景申」,「景申」,作「丙申」,避高祖父「昞」諱而改。吳長元《辰垣識略》卷五:「禮部儀制司有優鉢羅花,開必四月八日,至冬結實,如鬼蓮蓬,脫去其衣,中有金色佛一尊,今無存。」岑參《邊塞詩繫年補訂》:「據詩序及詩中描述詩人所得之花似即長於天山冰雪中之雪蓮花。李嘉言「岑參西北行謂此歌兩用,三三七句法,又作於西域,疑受敦煌俗曲影響。」(李嘉言《古典文學論文集》二九七頁)備參。

2 **優鉢羅花** 《翻譯名義集》:「優鉢羅,此云青蓮花。《涅槃經》云:如優鉢羅花,鉢頭摩花,拘物頭花,分陀利花,生於汙泥,而終不為淤泥所汙」。《慧苑音義》:「優鉢羅,具正云尼羅烏鉢羅。尼羅者,此云青。烏鉢羅者,花號也。其葉狹長,近下小圓,向上漸尖,佛眼似之。經多為喻,其花莖似藕,稍有刺也」。《新疆風物誌》:「即今所謂雪蓮者」。《岑參邊塞詩繫年補訂》:「據詩序及詩中描述,詩人所得之花似長於天山冰雪中之雪蓮花。」

3 **支度副使** 案戶部郎官稱度支,各道節度使屬僚之判官,當稱支度,二名各不相混,此詩各本皆作「度支副使」,必傳寫誤倒,說詳錢大昕《十駕齋養新錄》十。並參閱《聞一多岑嘉州繫年考證》。

4 **婆娑** 《爾雅釋訓》:「婆娑,舞也」。郭璞注:「舞者之容」。邢昺疏:「李巡曰:婆娑,盤辟舞也。郭云:舞者之容。孫炎曰:舞者之容婆娑,然則婆娑,舞者之狀貌也」。

5 **寄傲** 陶潛〈歸去來辭〉:「倚南窗以寄傲,審容膝之易安」。案

寄傲，謂曠放不受拘束。

6 **交河**　已見五古〈使交河郡〉詩注。

7 **天山**　已見〈白雪歌送武判官歸京〉詩注。

8 **巃嵸**　《文選》司馬相如〈上林賦〉：「崇山矗矗，巃嵸崔巍」，李善注：「郭璞曰：皆高峻貌也」。巃，力孔切，嵸，音總。

9 **擯**　棄也。《莊子‧徐无鬼》：「以擯寡人久矣」。

10 **白山**　即天山。《元和郡縣志》：「隴右道伊州伊吾縣天山，一名白山，一名折羅漫山，在州北一百二十里，春夏有雪，出好木及金鐵，匈奴謂之天山，過之者皆下馬拜」。

11 **赤山**　即赤坂。《漢書‧西域傳》：「又歷大頭痛，小頭痛之山，赤土身熱之坂，令人身熱，無色，頭痛，嘔吐，驢畜盡然」。

12 **移根在庭**　謝惠連〈塘上行〉：「幸有忘憂用，移根託君庭」。

13 **委嚴霜句**　窮谷，深谷也，王褒〈與周弘讓書〉：「鏟跡幽谿，銷戶窮谷。」謝朓暫〈使下都夜發新林至京邑贈西府同僚〉詩：「常恐鷹隼擊，時菊委嚴霜」。

14 **陽關**　《漢書‧地理志》：「敦煌郡龍勒，有陽關玉門關」。《元和郡縣志》：「陽關在沙州壽昌縣西六里，以居玉門關之南，故曰陽關，本漢置也，謂之南道，西趨鄯善，莎車」。案地在今甘肅敦煌縣西南一百三十里黨河之西。王維〈送元二使安西〉詩：「勸君更盡一杯酒，西出陽關無故人」。

【箋】

1 周珽曰：「此喻抱經濟之奇才，遠在邊境，不得居朝廷之上，以展其才猷也」（《唐詩會通評林》）

2 陸時雍曰：「喜其語有節制，一縱，則無不之矣」（《唐詩會通評林》）。

3 許顗曰：「岑參詩，亦自成一家，蓋嘗從封常清軍，其記西域異事甚多，如優鉢羅花歌，熱海行，古今傳記所不載者也」（《彥周詩話》）。

醉後戲與趙歌兒

秦州[1]歌兒歌調苦，偏能立唱濮陽女[2]。座中醉客不得意[3]，聞之
一聲淚如雨。向使逢著漢帝憐，董賢[4]氣咽不能語。

【注】

1 **秦州** 《太平寰宇記》：「秦州，本秦隴西郡，漢武帝分隴西置天
水郡。王莽末，隗囂據其地，後漢更天水為漢陽郡。魏初，中分
隴右為秦州。唐武德二年，仍置秦州。天寶元年改天水郡，乾元
元年復為秦州」。秦故治在今甘肅天水縣。

2 **濮陽女** 崔令欽《教坊記曲名》有濮陽女《樂府詩集》卷八十，
近代曲辭有〈濮陽女〉一曲，引〈樂苑〉曰：「〈濮陽女〉，羽調
曲也。」其詞曰：「雁來書不至，月照獨眠房。賤妾多愁思，不堪
秋夜長。」蓋亦離別愁恨之音也。《萬首唐人絕句》卷二為崔國輔
作。《唐會要》卷三十三林鍾羽有〈濮陽女〉又黃鐘羽〈百舌鳥〉
改為〈濮陽女〉，據崔詩〈濮陽女〉非言桑間濮上之事。《禮記・
樂記》：「桑間、濮上之音，亡國之音也。」鄭注：「濮水之上，地
有桑間者，昔殷紂使師延作靡靡之樂，已而自沈於濮水。」

3 **不得意** 《史記》〈虞卿列傳〉：「不得意，乃著書。」太史公曰：
「……虞卿非窮愁。亦不能著以自見於後世云。」座中醉客，岑參
自謂也。

4 **董賢** 《漢書・佞幸傳》：「字聖卿，雲陽人也。為人美麗自喜，
哀帝望見，說其儀貌，常與臥起，賞賜無數。嘗晝寢身藉帝袖，
帝欲起，不欲動賢，乃斷袖而起。二十二歲官大司馬，為三公，
哀帝卒。太后收其印綬，賢自殺，斥賣董氏財凡四十三萬萬。」
詳《漢書》本傳。梁元帝〈宮殿名〉詩：「旗亭覓張放，香車迎董
賢。」

【箋】

譚元春曰：「最後一句，巧於立言」（《唐詩歸》）。

漁父

扁舟¹滄浪叟，心與滄浪清。不自道鄉里，無人知姓名。朝從灘上飯，暮向蘆中宿。歌竟還復歌，手持一竿竹。竿頭釣絲長丈餘，鼓枻²乘流無定居。世人那得識深意，此翁取適非取魚。

【校】

① 題　《英靈集》作「觀釣翁」。

② 鼓枻　《全唐詩》，《英靈集》並作「鼓栧」，案《集韻》：「栧、楫，謂之枻，或从曳」，宋本、鄭本、黃本、石印本並作「鼓栧」，案作「拽」，誤也。

③ 識　《英靈集》作「解」。

【注】

1 扁舟　小船也。《史記・貨殖列傳》：「范蠡既雪會稽之恥，乃乘扁舟，浮於江湖」。集解：「漢書音義曰：特舟也」。索隱：「國語云：范蠡乘輕舟」。王昌會《詩話類編》：「或問予，詩人多用扁舟，何處為始乎？案《南史》：天淵池新製鯿魚舟（形闊而短之舟）形甚狹，故小舟稱扁舟。六朝詩，惟王由禮有〈扁舟夜向江頭泊〉之句，至唐人則多用之。」

2 鼓枻　《玉篇》：「枻，楫也」。案舟旁撥水之具，長者曰櫂，短者曰楫。《楚辭・漁父》：「漁父莞爾而笑，鼓枻而去。歌曰：滄浪之水清兮，可以濯吾纓。滄浪之水濁兮，可以濯吾足。」王逸

注：「鼓枻，叩船舷也」。枻一作栧。洪興祖補注：「枻音曳，
舷，船邊也。」

【箋】

案高適有〈漁父歌〉一首，與公此詩，命意相同，茲錄之於下，
以供參考：

幽岸深潭一山叟，駐眼看鉤不移手。世人欲得知姓名，良久問他
不開口。箇皮笠子荷葉衣，心無所營守釣磯。料得孤舟無定止，
日暮持竿何處歸。

醉題匡城周少府[1]

婦姑城[2]南風雨秋，婦姑城中人獨愁。愁雲遮卻望鄉處，數日不
上西南樓。故人薄暮公事閑，玉壺美酒琥珀殷[3]。潁陽[4]秋草今黃
盡，醉臥君家猶未還。

【校】

① 題　宋本、鄭本、黃本、石印本並作〈醉題匡城周少府廳壁〉，
《百家選》作〈題匡城周少府廳壁〉。
② 閑　宋本、黃本、鄭本、石印本並作「閒」，案二字同。
③ 琥珀　《百家選》作「虎魄」。

【注】

1 題　此題宜作〈醉題匡城周少府廳壁〉，疑「周少府」下，奪
「廳壁」二字。周少府，即所謂「匡城主人」。匡城，今河南省長
垣縣西南，參閱〈至大梁卻寄匡城主人〉詩注。
2 婦姑城　《一統志》：「婦姑城在長垣縣南（案即今河南長垣縣）

十里，縣舊治於此，故墟猶存」。《太平寰宇記》：「開封府雍邱
縣：婦姑城，在縣東十里。」按戴延之《西征記》云：「梁東百
里古有婦人寡居，養姑孝謹，鄉人義之，為築此城，故名曰婦姑
城。後人音訛，呼為婦固城。」

3　**琥珀句**　松脂化石。《漢書・西域傳》：「罽賓國出珠璣，珊瑚，
虎魄，璧流離」。《本草》：「時珍曰：虎死，則精魄入地，化為
石，此物狀似之，故謂之虎魄，俗文從玉，以其類玉也」。《海錄
碎事》：「《廣志》：博平有虎珀，生地中，其上及旁不生草，深者
八九尺，大者如斛，削去外皮，中成琥珀如升，初如桃膠，凝堅
成也。」杜甫〈鄭駙馬宅宴〉詩：「春酒杯濃琥珀薄，冰漿椀碧瑪
瑙寒」。案殷音一ㄢ。赤黑色（見《左傳》成公二年杜注）

4　**穎陽**　已見〈與獨孤漸道別長句兼呈嚴八侍卸〉詩注。

燉煌太守後庭歌

燉煌[1]太守才且賢，郡中無事高枕眠。太守到來山出泉，黃沙磧
裡人種田。燉煌耆舊[2]鬢皓然，願留太守更五年。城頭出月星滿
天，曲房[3]置酒張錦筵。美人紅妝色正鮮，側垂高髻插金鈿[4]。醉
坐藏鉤[5]紅燭前，不知鉤在若箇[6]邊。為君手把珊瑚鞭[7]，射得半
段黃金錢[8]。此中樂事亦已偏。

【校】

① **出月**　宋本、鄭本、黃本、石印本、《百家選》，《全唐詩》並作
「月出」。案作「月出」是也。

② **耆舊**　《百家選》作「耆老」。

③ **紅妝**　宋本、鄭本、黃本、石印本並作「紅粧」，案「妝」、「粧」

二字通。

【注】

1 **燉煌** 《唐書・地理志》:「燉煌,漢郡縣名,月氏戎之地,秦漢
之際來屬,漢武開西域,分酒泉治燉煌郡及縣,周改燉煌為鳴沙
縣,取縣界山名,隋復為燉煌」。案燉煌,本作敦煌,《說文》作
「燉煌」(段氏云:燉煌,郡名。燉,他昆初,此必出《漢書》音
義,當是本作敦,淺人改燉)。案故治即今甘肅敦煌縣。

2 **耆舊** 謂耆老故舊也。《漢書》〈蕭育傳〉:「拜育為南郡太字,上
以育耆舊名臣」。

3 **曲房** 《文選》枚乘〈七發〉:「往來游宴,縱恣于曲房隱間之
中」。

4 **金鈿** 謂婦人首飾,嵌金花者。徐陵《玉臺新詠・序》:「反插金
鈿,橫抽寶樹」。

5 **藏鉤** 《藝文類聚》:「〈風土記〉曰,義陽臘日,飲祭之後,叟
嫗兒童,為藏鉤之戲,分為二曹,以較勝負,若人偶即敵對,人
奇即使一人為游附,或屬上曹,或屬下曹,名為飛鳥,以齊二曹
人數,一鉤藏在數手中,曹人當射知所在,一藏為一籌,三籌為
一賭。辛氏三秦記曰:昭帝母鉤弋夫人,手拳而有國色,先帝寵
之,世人藏鉤法此也」。李白〈宮中行樂詞〉:「更憐花月夜,宮
女笑藏鉤」。

6 **若箇** 案若箇,猶言「那箇」,蓋唐人俗語。

7 **珊瑚鞭** 已見〈衛節度赤驃馬歌〉注。

8 **黃金錢** 《漢書・惠帝紀》:「視作斥土者,將軍四十金」,晉灼
注:「凡言黃金,真金也,不言黃,謂錢也。食貨志:黃金一斤
直萬錢」。張謂〈題長安主人壁〉詩:「世人結交須黃金,黃金不
多交不深」。

【箋】

1　顧璘曰：「稱頌語，不俗，後豪極」（《唐詩會通評林》）。

2　周珽曰：「郡守惟才且賢，一以無事為政，乃能化民成治，山川呈瑞，百姓願留，己始得高枕宴樂也。此前六句贊美太守德政洽民，城頭月出以下，專歌後庭宴飲之事，如太守為郡，多事害民，民且怨，欲其速去，何能獨樂，如斯則其人可知矣。調高金石，響遏行雲」。（《唐詩會通評林》）

3　錢良擇曰：「句句用韻，此柏梁體也。」

梁（涼）州¹館中與諸判官夜集

彎彎月出挂城頭，城頭月出照梁（涼）州。梁（涼）州七里十萬家，胡人半解彈琵琶²。琵琶一曲腸堪斷，風蕭蕭兮³夜漫漫。河西⁴幕中多故人，故人別來三五春。花樓門⁵前見秋草，豈能貧賤相看老。一生大笑⁶能幾回，斗酒⁷相逢須醉倒。

【校】

① **題**　《全唐詩》、《百家選》並作〈涼州館中與諸判官夜集〉，案作「涼州」是也，詩中「河西幕中多故人」可證。宋本、黃本、石印本、鄭本、叢刊本並作「梁州」，誤。

② **照梁州**　《百家選》作「照涼州」，《全唐詩》「梁」字下注云：「一作涼」。案作「涼州」是也。

③ **梁州七里**　《全唐詩》作「涼州七里一作城」，《百家選》作「涼州七城」。

④ **花樓門前**　《全唐詩》、《百家選》並作「花門樓前」。案作「花門樓前」是也。

⑤ **挂** 宋本、鄭本、黃本、石印本並作「掛」，案二字通。

【注】

1 **涼州** 《唐書‧地理志》：「河西道涼州中都督府，隋武威郡，武德二年平李軌，置涼州總管府，管涼、甘、瓜、肅四州。天寶元年改為武威郡，督涼、甘、肅三州，乾元元年復為涼州」。案故治在今甘肅武威縣。

2 **琵琶** 已見〈白雪歌送武判官歸京〉詩注。

3 **蕭蕭句** 《史記》〈荊軻傳〉：「士皆垂淚涕泣，又前而歌曰：風蕭蕭兮易水寒，壯士一去兮不復還」。寧戚〈飯牛歌〉：「從昏飯牛薄夜半，長夜漫漫何時旦」。

4 **河西** 已見〈送張獻心充副使歸河西雜句〉詩注。

5 **花門** 《唐書‧地理志》：「居延海又北三百里，有花門山堡，又北千里，至回紇衙帳。」參閱前〈與獨孤漸道別長句兼呈嚴八侍御〉詩注。

6 **大笑** 《莊子‧盜跖》：「人上壽百歲，中壽八十，下壽六十，除病瘦、死喪、憂患，其中開口而笑者，一月之中，不過四五日而已矣。」

7 **斗酒** 《古詩十九首》：「斗酒相娛樂，聊厚不為薄。」

喜韓樽¹相過

三月灞陵²春已老，故人相逢耐³醉倒。甕頭春酒黃花脂，祿米只充沽酒⁴資。長安城中足年少，獨共韓侯開口笑⁵。桃花點地紅斑斑⁶，有酒留君且莫還。與君兄弟日攜手，世上虛名好是閑。

【校】

① 只　《百家選》作「祇」，案二字通。

② 沽酒　《百家選》作「酤酒」，案「沽」、「酤」二字通。

③ 斑斑　宋本、鄭本、黃本、石印本、《百家選》並作「班班」，案「斑」、「班」二字通。《全唐詩》「紅斑斑」下注云：「一作如錦」。

④ 虛名　鄭本、宋本、黃本、石印本並作「虛名」，《全唐詩》「虛」字下注云：「一作浮」。

⑤ 閑　黃本作「閒」，案二字同。

【注】

1 韓樽　與公情好甚篤，集中詩屢見，惟生平未詳。

2 灞陵　已見〈青門歌送東臺張判官〉詩注。

3 耐　猶能也。《禮記・禮運》：「故聖人耐以天下為一家」，鄭玄注：「耐，古能字」。李白〈秋浦歌〉：「耐可乘明月，看花上酒船」，王琦注引田汝成曰：「杭人言寧可曰耐可，音如能可。」

4 沽酒　《說文》：「沽，買也。」

5 開口笑　已見〈涼州館中與諸判官夜集〉詩注。

6 斑斑　亂貌。《楚辭・離騷》：「斑陸離其上下。」王逸注：「斑，亂貌，斑一作班。」

【箋】

1 吳綏眉曰：「亦淺而不弱」（《刪定唐詩解》）。

2 唐汝詢曰：「景亦宜飲」（《唐詩會通評林》）。

3 陸士銋曰：「有情致語，格亦高」（《唐詩會通評林》）。

4 吳山民曰：「大有興趣，祿米只充酒資，達識韓侯，虛名真不關人」（《唐詩會通評林》）。

酒泉太守[1]席上醉後作

酒泉太守能劍舞，高堂置酒夜擊鼓。胡笳[2]一曲斷人腸，座上相看淚如雨[3]。琵琶長笛曲相和，羌兒胡雛齊唱歌。渾炙[4]犁牛[5]烹野駞[6]，交河[7]美酒金叵羅[8]。三更醉後軍中寢，無奈秦山[9]歸夢何。

【校】

①**題** 此詩，宋本、鄭本、黃本、石印本，《全唐詩》，《唐詩紀》，並將「酒泉太守能劍舞」以下四句，編入「七言絕句」內。案清瞿鏞《鐵琴銅劍樓藏書目錄》云：「《岑嘉州集》七卷，明刊本，唐岑參撰。此本分七卷，原出華泉邊貢所藏，猶是宋元以來相傳之舊本，較別本為勝。如卷二中〈酒泉太守席上醉後作〉一首，別本以起四句，另為一首，編入七絕，大誤」。又案清丁丙《善本書室藏書志》亦云：「《岑嘉州詩》七卷，影寫明正德十五年熊相刊本，前載京兆杜確序。按第二卷〈酒泉太守席上醉後作〉一首，八卷本，以起四句為一首，編入七絕，大誤」。此詩宜以明刊本（即叢刊本）為正。

②**野駞** 《全唐詩》作「野駝」，案駞，駝二字通。

③**金叵羅** 宋本、鄭本、黃本、石印本並作「歸叵羅」，《全唐詩》作「歸一作金叵羅」。

【注】

1 **酒泉太守** 即前詩所云之「韓樽」。酒泉已見〈贈酒泉韓太守〉詩注。

2 **胡笳** 已見〈胡笳歌送顏真卿使赴河隴〉詩注。

3 **淚如雨** 魏武帝〈善哉行〉：「守窮者貧賤，惋歎淚如雨」。

4 **炙** 《說文》：「炙、炮肉也，从肉在火上」。

5　**犁牛**　犁當為犛，音毛，以其形近犛而誤音為犁。古籍或作氂牛、
　　氄牛，旄牛，漢文之犛牛，西南夷長氄牛也。犛，音ㄇㄠˊ。

6　**野駝**　《佩文韻府》引〈馬志〉：「野駝生塞北河西，其胎在兩峰
　　內」。《集韻》卷三：「駝或從佗」案駞，駝二字通。

7　**交河**　已見〈使交河郡〉詩注。

8　**金叵羅**　《北齊書》〈祖珽傳〉：「後為神武中外府功曹，神武宴僚
　　屬，於坐失金叵羅，竇泰令飲酒者皆脫帽，於珽髻上得之，神武
　　不能罪也。」案金叵羅，乃酒杯之美者。李白〈對酒詩〉：「葡萄
　　酒、金叵羅，吳姬十五細馬馱」。

9　**秦山**　已見〈胡笳歌送顏真卿使赴河隴〉詩注。

【箋】

1　唐汝詢曰：「古朴有情，具體正調」（《唐詩解》）。

2　吳綏眉曰：「本屬豪強，卻生哀感，正言酒泉之難堪耳」（《刪定
　　唐詩解》）。

3　李瑛曰：「有含蓄不盡之意」（《詩法易簡錄》）。

4　周珽曰：「舞劍置酒，擊鼓鳴笳，太守宴客亦樂矣。致一曲斷
　　腸，坐客揮淚，其中悽絕之思，寧待明言乎？坐客，嘉州自謂
　　也。倦遊興感，不覺動情耳。苦語悲歌，剴切動人」（《唐詩會通
　　評林》）

登古鄴城[1]

下馬登鄴城，城空復何見。東風吹野火[2]，暮入飛雲殿[3]。城隅南
對望陵臺[4]，漳水[5]東流不復回。武帝宮中人去盡，年年春色為誰
來。

【校】

① **城空** 《百家選》作「空城」。

② **暮入飛雲殿** 《全唐詩》下注云:「一作入暮飛雲電」,《百家選》作「日暮飛雲電」。

【注】

1 **題** 《岑嘉州繫年考證》:「是年(開元廿九年)遊河朔,春自長安至邯鄲,歷井陘,抵貝丘,暮春自貝丘抵冀州,八月由匡城經鐵丘,至滑州,遂歸潁陽。」又謂「〈送郭乂雜言詩〉曰:『去年四月初,我正在河朔』集中又有河南北詩數首,是公嘗有河朔之遊也。《元和郡縣志》卷十六云:「(周)大象二年,自故鄴城移相州於安陽城,即今州理是也。隋大業三年,改相州為魏郡,武德元年,復為相州。」所轄有鄴縣「故鄴城,縣東五十步,本春秋時,齊桓公所築也,自漢至高齊,魏郡鄴縣並理之。今按魏武帝受封於此。主文帝受禪,呼此為鄴郡。」《舊唐書‧地理志》:「天寶元年改為鄴郡,治安陽,所屬有鄴縣。」鄴城在今河北臨漳縣西。

2 **野火** 《列子‧天瑞》:「人血之為野火也」。《淮南子‧氾論訓》:「老槐生火,久血為燐。」

3 **飛雲殿** 《唐詩選評釋》:「飛雲殿,當是鄴都之宮名」。漢宮殿名:「長安有飛雲殿」(《太平御覽》卷一七五引)

4 **望陵臺** 案:《水經》卷十「濁漳水」:「又東出山,過鄴縣西」,注:「城之西北有三臺,皆因城為之基,巍然崇舉,其高若山,建安十五年,魏武所起,中曰銅雀臺,高十丈,有屋百餘間」臺成命諸子登之,並使為賦,陳思王下筆成章,美捷當時。《樂府詩集》卷三十一〈銅雀臺〉題下注曰:「一曰銅雀妓,鄴都故事曰:魏武帝遺命諸子曰:吾死之後,葬於鄴之西崗上,與西門豹祠相近,無藏金玉珠寶,餘香可分,諸夫人不命祭;吾妾與妓人,皆著銅雀臺,臺上施六尺床,下繐(凡布細而疏者謂之

繐，古人用為靈帳之衣。）帳，朝晡，上酒脯糧糒之屬，每月
朝、十五輒向帳前作伎，汝等時登臺，望吾西陵墓田」陸翽《鄴
中記》：「銅爵、金鳳、泳井三臺，皆在鄴都北城西北隅因城為
基址。……銅雀臺高一十丈。有屋一百二十間，周圍彌復。」據
此，則望陵臺，即所謂「銅雀臺」也。

5 **漳水**　已見〈臨河客舍呈狄明府〉詩注。

【箋】

1 吳綏眉曰：「詩亦清雅」（《刪定唐詩解》）。

2 蔣一梅曰：「黯然之情」（《唐詩會通評林》）。

3 何良俊曰：「此作格調，摹之〈滕王閣〉」（《唐詩會通評林》）。

4 李夢陽曰：「隻言片語，不盡欷歔，結有無邊光景」（《唐詩會通
評林》）。

5 森大來曰：「城空無物，只吹東風之野火，飛入壞殿而已。舉目
淒涼，不堪回首。銅雀雖存，漳水不迴，宮人盡散，傷心已極，
聲調淒麗纏綿」（《唐詩選評釋》）。

6 胡震亨曰：「諸家懷古感舊之作，如「年年春色為誰來」（岑參
〈登古鄴城〉），「惟見江流去不回」（竇鞏〈南遊感興〉），「惟有
年年秋雁飛」（李嶠〈汾陰行〉），「只今惟有西江月，曾照吳王宮
裡人」（李白〈越中覽古〉）等句，非不膾炙人口，奈詞意易為倣
效，竟成悲吊海語，不足貴矣。諸賢生今，不知又作如何洗刷？」
（《唐音癸籤》）

7 胡應麟曰：「李杜外，短歌可法者，岑參「蜀葵花」、「登古鄴城」
（《詩藪‧內篇》卷三）

8 王夫之曰：「韻無留而意不竭。」（《唐詩評選》）

偃師¹東與韓樽同詣景雲暉上人即事

山陰老僧解《楞伽》²，穎陽³歸客遠相過。煙深草濕昨夜雨，雨後秋風渡漕河⁴。空山終日塵事⁵少，平郊遠見行人小。尚書磧⁶上黃昏鐘，別駕渡⁷頭一歸鳥。

【校】

① **題** 《英華》作〈偃師東與韓樽同詣暉上人即事〉，《英靈集》「同詣」作「同訪」，餘同。

② **平郊** 《英華》作「出郊」。

③ **行人小** 《英華》作「行人渺」，《全唐詩》「行人小」三字下注云：「一作人行渺」。

【注】

1 **偃師** 《唐書・地理志》云：「河南府河南郡有偃師縣」。《元和志》卷五：「武王伐紂，於此築城，偃息戎師，因以名焉。」案即今河南省偃師縣。暉上人，疑是中大雲寺釋圓暉，見贊寧《宋高僧傳》卷五。

2 **楞伽** 晁公武《郡齋讀書志》：「《楞伽經》四卷，宋天竺僧那跋陀羅譯。楞伽，山名也，佛為大慧演道於此山。元魏時，僧達摩，以付僧慧可曰：吾觀中國所有經教，唯《楞伽》可以印心。」謂此書也，今存有四卷、七卷、十卷三本，七卷本為唐譯。參閱〈太白胡僧歌〉詩注。

3 **穎陽** 在今河南省登封縣西南，已見〈與獨孤漸道別長句〉詩注。

4 **漕河** 《說文》：「漕，水轉轂也，一曰人之所乘及船也」案：車運轂曰轉，水運轂曰漕。《新唐書・食貨志》：「唐都關中，土地狹，所出不足京師，嘗漕東南之粟，開元二十九年，陝郡太守，李齊物鑿砥為門以通漕」。以長安令韋堅代之，兼水陸運使，堅

治漢隋運渠，起關門，抵長安，通山東租賦。」《太平寰宇記》卷二十九：「韋堅為……陝州刺史，開漕河。」在華陰東北合渭水，此指洛河。

5 **塵事** 《文選》陶潛〈辛丑歲七月赴假還江陵夜行塗口〉詩：「閒居三十載，遂與塵事冥」，李善注：「塵事，塵俗之事」。

6 **尚書磧** 羅隱〈送鄭州嚴員外〉詩：「滿扇好風吹鄭圃，一車甘雨別皇州。尚書磧冷鴻聲晚，僕射陂寒樹影秋。」因羅隱詩而知尚書磧當在鄭州。

7 **別駕渡** 白居易〈欲到東洛得楊使君書因以此報〉詩：「使君灘上久分手，別駕渡頭先得書。」知別駕渡亦當在偃師東鄭州西南地。

【箋】

1 鍾惺曰：「雨後秋風渡漕河，來得飄然而細」（《唐詩歸》）

2 邢昉評：「顧云：『妙意不知自何而得』，又云：『闊大中須點此等語，方破粗氣』。」（《唐風定》卷八）

補遺一首

江行遇梅花之作

江畔梅花白如雪，使我思鄉腸欲絕。摘[1]得一枝在手中，無人遠向金閨[2]說。願得青鳥[3]銜此花，西飛直送到吾家。胡姬[4]正在臨窗下，獨織留黃[5]淺碧紗。此鳥銜花胡姬前，胡姬見花知我憐。千說萬說由不得[6]，一夜抱花空館眠。

　　此詩據《敦煌唐詩選鈔》卷（伯二五五五）與《岑詩繫年》所錄全同。《繫年》以該殘卷中「冀國夫人歌詞七首為岑參之作」，並云：「聞一多先生曰：敦煌唐寫殘卷影片此六首（第五首全缺）不著名氏，在岑參〈江行遇梅花〉之作後，又格調視餘篇較高，疑亦岑詩。」是知聞氏以「江行」為岑詩，然《岑詩繫年》則云：「案岑參江陵人，而足跡不及江陵以東，此曰『西飛直送到吾家』，其非岑作，明矣。」

　　案此說尚不能證明此詩非岑作。蓋未細考岑參身世，蓋江陵與岑參一家無涉，其父、祖均不居江陵，岑參本人更一生足跡不及江陵，此詩實借梅花述其思鄉之情，以青鳥稱使者，欲致書於家而不得也。

　　此詩風格、詩、語亦均似岑（如詩曰：「梅花白如雪」、「下外江舟中懷終南舊居」詩亦曰：「蘆花白如雪」又屢有詩，寫梨花似雪，雪似梨花，不用置疑。

　　江行者，沿錦江而行也。梅花，蜀中甚多，杜甫〈江海詩〉：「梅蕊臘前破，梅花年後多，絕知春意早，最奈客愁何！」又和裴迪〈登蜀州東亭客逢早梅相憶見寄〉詩曰：「江邊一樹垂垂發，朝夕催人自白頭」，浣花溪上亦有梅花，高適〈人日寄杜二拾遺〉詩亦云：「人日題詩寄草堂，遙憐故人思故鄉，柳條弄色不忍見：梅花滿枝空斷腸」既見草堂之多梅花，亦睹梅柳而思鄉也。此詩若非大曆元年冬，二年春在成都作，即為三年冬，四年春所作。

【注】

1 **摘** 《集韻》卷十：「摘，取也，或从適。」

2 **金閨** 謂朝廷。江淹〈別賦〉：「金閨之諸彥，蘭台之群英。」李善注：「金閨，金馬門也」。《史記》：宦者署，承明金馬，著作之庭。東方朔曰：「公孫弘等待詔金馬門是也」《爾雅‧釋宮》：「宮中之門謂之闈，其小者謂之閨。」因以稱內寢，女子所居亦稱閨中或金閨，岑詩所言，固有閨閣義，然亦可作雙關語用，隱指朝廷也。

3　**青鳥**　《史記》〈司馬相如列傳〉：「吾乃今日睹西王母曬然白首，戴勝而穴處兮，亦幸有三足烏為之使。」正義：「張（揖）云：「三足烏，青鳥也，主為西王母取食，在昆侖之北。」按《山海經・西山經》：「三危之山，三青鳥居之。」郭璞傳：「三青鳥，主為西王母取食者，別自棲息於此山也。」後世以青鳥為傳信之使。

4　**胡姬句**　《樂府》〈羽林郎〉：「胡姬年十五，春日獨當壚。」當謂酒家胡女。公〈送宇文南金放後歸太原寓居因呈太原郝主簿〉詩：「送君繫馬青門口，胡姬壚頭勸君酒」，亦同。

5　**留黃**　《樂府》〈相逢行〉：「大婦織羅綺，中婦織流黃」。亦作留黃，黃綃也。李白〈烏夜啼〉：「機中織錦秦川女，碧紗如煙隔窗語。」紗，紡絲而織之，輕者為紗，暑日服之也。

6　**千說句**　言不得由人，無可如何之意。

卷三　五言律詩

凡一百六十九首（誤收詩一首）補遺四首

磧西頭送李判官入京[1]

一身從遠使，萬里向安西[2]。漢月垂鄉淚，胡沙[3]費馬蹄。尋河愁地盡，過磧[4]覺天低。送子軍中飲，家書醉裡題。

【校】

① 費 《全唐詩》「費」字下注「一作損」。

【注】

1 **題** 《新唐書》〈李栖筠傳〉：「李栖筠字貞一，世為趙人，幼孤，有遠度，莊重寡言，體貌軒特，喜書，多所通曉，為文章勁迅有體要，不妄交遊。族子華每稱有王佐才，士多慕向。始居汲共城山下，華固請舉進士，俄擢高第（《登科記考》在天寶七載），調冠氏主簿，太守李峴視若布衣交，遷安西封常清節度府判官。常清被召，表攝監察御史，為行軍司馬。肅宗駐靈武，發安西兵，栖筠料精卒七千赴難。撰殿中侍御史，……三遷吏部員外郎，判南曹，……遷山南防禦觀察使。（代宗）引拜栖筠為（御史）大夫。」《資治通鑑》卷二一八：「至德元載七月，上又徵兵於安西，行軍司馬李栖筠發精兵七千人，勵以忠義而遣之。」此詩題稱李判官，當在為行軍司馬之前。茲從《岑詩繫年》定為天寶十三載。《岑參邊塞詩繫年補訂》：「李繫年斷此詩為天寶十三載作，然詩云『一身從遠使，萬里向安西。』，……似應作於八載冬。」蓋未註及李判官之為栖筠，本傳稱為「遷安西封常清節度判官」也。繫年不誤。題云「磧西頭」，當在伊州、西州一帶所作。《岑嘉州交遊事輯》：「《金石萃編》九九〈黃石公祠記〉，布衣趙郡李卓撰，〈碑陰記〉云：『序所題趙郡李卓，即今臺長栖筠。』是卓乃栖筠之初名也。」按《新唐書·宰相世系表》：「趙郡西祖李氏，載子栖筠字貞，贊皇文獻公。貞乃卓或貞一之訛。」

2　**安西**　已見五古〈武威送劉單判官赴安西行營便呈高開府〉詩注。

3　**胡沙**　《漢書・匈奴傳》：「嚴尤曰：胡地沙鹵，多乏水草」。

4　**磧**　《北邊備對》：「幕者，漠也，言沙磧廣漠，望之漠漠然也。漢以後史家，變稱為磧。磧者，沙磧也，其義一也」。

滻水¹東店送唐子歸嵩陽

野店臨官路，重城壓御堤。山開灞水²北，雨過杜陵³西。歸夢秋能作，鄉書醉懶①題。橋⁴迴②忽不見，征馬尚聞嘶。

【校】

① **懶**　《全唐詩》，《百家選》並作「孏」，案二字同。

② **迴**　宋本、鄭本、黃本、石印本、《全唐詩》、《百家選》並作「回」，案二字通。

【注】

1　**滻水**　《長安志》：「滻水在萬年縣東北，流四十里入渭」。《一統志》：「滻水在陝西西安府城東一十五里，源出藍田縣，合金谷水北流入灞水」。《陝西通志》：「滻水在（咸寧）縣東十五里，自藍田縣流來，合灞水。」武伯綸《西安歷史述略》謂：「滻水位置在西安東郊五公里處，源出藍田縣西南秦嶺山中，……流至西安十里鋪北光泰廟附近，與灞水會合入於渭河。滻河流在白鹿原與少陵原之間，河谷寬闊，形成平疇沃野，與樊川、御宿川號為長安三大川。」滻水東店在長安城東十五里外。**嵩陽**　《水經注》卷二十二：「潁水又東，五渡水注之，其水導源崈高縣東北太室東溪縣，漢武帝置，以奉太室，俗謂之嵩陽城」。案故地即今河南

省登封縣。

2 **灞水**　《三輔黃圖》：「灞水出藍田谷西北入渭」。案源出陝西省藍田縣東，西南流，納藍水，折西北，納輞水，又西北經長安，過灞橋，會滻水，北流入渭水。

3 **杜陵**　已見七古〈宿蒲關東店憶杜陵別業〉詩注。

4 **橋**　橋謂灞橋。《三輔黃圖》：「霸橋在長安東跨水作橋，漢人送客至此橋，折柳送別。」《水經注》卷十九：「灞水又北經枳道。在長安縣東十三里。……水上有橋，謂之霸橋。」王仁裕《開元天寶遺事》：「長安東灞陵有橋，來迎去送，皆至此橋，為離別之地，故人呼為銷魂橋也。」

【箋】

1 周珽曰：「前二聯，寫野店之景，後二聯，敘送別之情。唐汝詢謂：唐子蓋參之鄉人，因其歸而起故園之想，夢與俱逝，書不能題者，醉後之情緒難堪耳。於是目送其行，至人馬皆隱，而猶察其聲。摸寫惜別之懷，令人宛然在目」（《唐詩會通評林》）。

2 吳山民曰：「次聯開闊，醉懶題，醉字真切。結寫瞻望意，從『瞻望勿及』化出」（《唐詩會通評林》）。

3 邢昉評此詩後幅曰：「高音亮節，自成悲壯。」（《唐風定》卷十三）

4 近藤元粹評：「第五（指歸夢句）奇警」又曰：「七、八寫出逼真，使人不勝藹然之情」（《箋注唐賢詩集》卷下）。

送張子尉南海[1]

不擇[2]南州尉，高堂有老親。樓臺重蜃氣[3]，邑里雜鮫人[4]。海暗

三（山）⁵江雨，花明五嶺⁶春。此鄉多寶玉⁷，慎莫厭清貧。

【校】

① **題** 《英華》作〈送楊瑗尉南海〉，《全唐詩》作〈送楊瑗（一作張子）尉南海〉。

② **樓臺** 《百家選》、《英華》並作「縣樓」。

③ **三江** 宋本、鄭本、黃本、石印本、《全唐詩》、《百家選》、《英華》並作「三山」。案作「三山」是也。

④ **花** 《百家選》、《英華》並作「江」，《全唐詩》「花」字下注云：「一作江」。

⑤ **鄉** 《英華》作「方」。

【注】

1 **南海** 《唐書·地理志》：「嶺南道廣州中都督府，隋南海郡，武德四年討平蕭銑，置廣州總管府，天寶元年改為南海郡，乾元元年復為廣州」。案故治即今廣東廣州市。

2 **不擇二句** 《說苑·建本》：「子路曰：家貧親老者，不擇祿而仕也」。

3 **蜃氣** 陸佃《埤雅》：「蜃形似蛇，而大腰以下鱗盡逆，一曰狀似螭龍，有耳有角，背鬣作紅色，噓氣成樓臺，望之丹碧，隱然如在煙霧，高鳥倦飛，就之以息，喜且至，氣輒吸之而下，今俗謂之蜃樓，將雨即見。《史記》（〈天官書〉）：『海旁蜃氣象樓臺，廣野氣成宮闕然』，即此是也」。

4 **鮫人** 木華〈海賦〉：「其垠則有天琛水怪，鮫人之寶」。張華〈博物志〉卷二：「南海外有鮫人，水居如魚，不廢織績，其眼（當作眼）能泣珠。」《文選》左思〈吳都賦〉：「泉室潛織而卷綃，淵客慷慨而泣珠」。劉淵林注：「俗傳鮫人從水中出，曾寄寓人家，積日賣綃。綃者，竹孚俞也。鮫人臨去，從主人索器，泣而出珠滿盤，以與主人」（案任昉《述異記》，干寶《搜神記》所記略同）。

5 **三山** 案南州臨海，有三山。三山者，番山、禺山、堯山也（見
　　王堯衢《古唐詩合解》）。

6 **五嶺** 《漢書》〈張耳傳〉：「南有五嶺之戍」，顏師古注：「西自衡
　　山之南，東窮於海，一山之限耳，而別標名，則有五焉」。裴氏
　　〈廣州記〉曰：「大庾、始安、臨賀、桂陽、揭陽，是為五嶺」。

7 **寶玉** 《晉書・良吏傳》：「廣州包帶山海，珍異所出，一篋之
　　寶，可資數世。吳隱之為刺史，在州清操踰厲，常食不過菜及乾
　　魚而已，歸舟之日，裝無餘資」。

【箋】

1 唐汝詢曰：「張子為親而仕，故不擇地而處此，南州固鮫蜑之所
　　出沒也。海暗而雨，花明而春，卑溼多暑之鄉也。地雖多寶，豈
　　可以貪，故而變其操乎？唐人語語多虛詞，獨此有規諷意」（《唐
　　詩解》）。

2 黃香石曰：「結勵以清節，首尾仍是一意，即孟子辭富居貧之意」
　　（《唐賢三昧集箋注》）。

3 沈德潛曰：「著眼起結，唐人結意，虛詞游衍者多，此種規諷有
　　體」。又曰：「諷以不貪，而云勿厭清貧，忠告善道，自宜爾爾」
　　（《唐詩別裁》）。

4 譚元春曰：「雜鮫人三字，寫盡殊俗」。又曰：「不曰勿貪，而曰
　　莫厭貧，立言妙絕，溫厚直諒」（《唐詩歸》）。

5 王堯衢曰：「首重其養，終規以廉，而中聯俱切南海」（《古唐詩
　　合解》）。

6 李鍈曰：「一結得朋友贈言之義」（《詩法易簡錄》）。

7 森大來曰：「起調亦作逆勢而下，快捷無比，在凡手寫此常情，
　　殆將出以安慰之詞而已。看他輕輕提起，絕不費力，一言喝破，
　　勢如破竹。只此十字，勝於千萬言之回護文字，以作送行者開
　　卷，足以感泣矣」。又曰：「前句曰多寶玉，後句曰勿厭清貧，則
　　勿貪之意，躍然言下，不肯說破，圓轉滑脫之筆也」（《唐詩選評

釋》）。

8 俞陛雲曰：「嘉州〈送友作尉〉云：『不擇南州尉，高堂有老親』。毛義孝思，較為貧而仕，尤為慨切。與王禹稱詩：『親老不擇祿』同意，殆有合於小雅怨悱之旨乎？」（《詩境淺說》）。

9 楊際昌曰：「盛唐人送仕宦詩不作泛語，如『此鄉多寶玉，慎莫厭清貧』、『別後能為政，相思淇水長』之類」（《國朝詩話》）。

10 王壽昌曰：「何謂忠厚，曰：平子（四愁）恐路遠之莫致，子建（七哀）願為風以入懷」，他如岑嘉州之「不擇南州尉，慎莫厭清貧，雖不必為忠厚之語，而忠厚之義盎然於楮墨之間」（《小清華園詩說》）。

送都尉東歸[1]

白羽[2]綠弓弦，年年只在邊。還家劍鋒盡，出塞馬蹄穿。逐虜西踰海，平胡北到天。封侯[3]應不遠，燕頷豈徒然。

【校】

① 題 《全唐詩》作〈送張都尉東歸〉，《百家選》、《瀛奎律髓》並作〈送張都尉歸東都〉，《唐詩別裁》作〈送張子東歸〉。

【注】

1 題 原注：「時封大夫初得罪」。《岑詩繫年》：「案舊書玄宗記：天寶十四載十一月，封常清自安西入奏，命禦胡，十二月與賊戰，敗被斬。此詩蓋作於十四載之歲終。」按《舊唐書》〈封常清傳〉：「天寶十四載入朝，十一月謁玄宗於華清宮，時祿山已叛，……以常清為范陽節度，俾募兵東討，其日，常清乘驛赴

東京召募，旬日得兵六萬，皆傭保市井之流……十二月，（常清軍殺賊數十百人，屢戰不勝……）西奔至陝郡，……仙芝遂退守潼關，玄宗聞常清敗，削其官爵，令白衣與仙芝軍效力，……遣（邊）令誠齎勑至軍誅之。」〈玄宗紀〉：「十二月丙午，斬封常清、高仙芝於潼關。」又常清上表稱「自今月七日交兵，至於十三日不已。」被斬已在是月之廿一日，則封之得罪消息傳至北庭，張都尉東歸，恐當在十五載（即至德元載）之初。張都尉，據王素《吐魯番文書》中有關岑參的一些資料謂《吐魯番出土文書》第十冊有〈折衝張子奇〉於天寶十三載十一月十五日新任此職，「張都尉」或即此人。參閱《岑參交遊考》。

2 **白羽**　司馬相如〈上林賦〉：「彎蕃弱，滿白羽」，文穎注：「以白羽羽箭，故言白羽也」。《文選》鮑照〈擬古詩〉：「留我一白羽」，李善注：「白羽，矢名」；呂向注：「白羽，箭也」。

3 **封候二句**　《後漢書》〈班超傳〉：「班超行詣相者，曰：祭酒布衣諸生耳，而當封侯萬里之外。超問其狀，相者指曰：生燕頷虎頭，飛而食肉，此萬里侯相也。後使西域，西域五十餘國，悉皆納質內屬焉，下詔封超為定遠侯」。徐陵〈薊北門行〉：「平生燕頷相，會自得封侯」。

【箋】

1 沈德潛曰：「只第三句見送歸意，下皆追敘其功」（《唐詩別裁》）。

2 王壽昌曰：「至若陸士衡之，鮮膚一何潤，秀色若可餐」，岑嘉州之「逐虜西逾海，平胡北到天，……一韻之響，遂能振起百倍精神，此不可不知者。」（《小清華園詩談》下）

祁四再赴江南別詩[1]

萬里來又去，三湘[2]東復西。別多人換鬢，行遠馬穿蹄。山驛秋
雲冷，江帆暮雨低。憐君不解說[3]，相憶在書題。

【注】

1 **題** 祁四，即畫家「祁樂」也，已見五古〈送祁樂歸河東〉詩
注。案〈于邵送家令祁丞序〉（見《全唐文》）云：「去年（即代
宗廣德元年）八月，閩越納貢，而吾子實董斯役，水陸萬里，寒
暄浹年，三江五湖，夐然復遊，遠與為別，故人何情，虞部郎中
岑公贈詩一篇，情言兼至，當時之絕也」。案公於廣德二年轉虞
部郎中（杜確《岑嘉州詩集序》：入為祠部考功二員外郎，轉虞
部庫部二正郎），則序中所云「岑公」，謂參也，所贈詩篇，當即
指此。「三江五湖，夐然復遊」，即「再赴江南」也。《舊唐書》
一八八〈于邵傳〉：「轉巴州刺史，夷獠圍州獵眾，邵與賊約，
出城受降而圍解，節度使李抱玉以聞，超遷梓州，以疾不至，遷
兵部郎中。」《舊唐書》一八三〈李抱玉傳〉：「廣德元年冬，兼
山南西節度使」，則其表奏于邵受降解圍，及邵辭梓州，遷兵部
事，至早當在本年。本年于邵始至京師，序稱公為虞部郎中，則
本年公已轉此官矣。」又云：「詩有云『山驛秋雪冷』，據于邵
〈序〉，今作是詩時尚為虞部郎中，則轉庫部，當在去年（指廣德
二年）秋後，本年（永泰元年）十一月出刺嘉州以前。」
2 **三湘** 李白〈悲清秋賦〉：「見三湘之漵溪。」王琦注：「《隋書五
行志》：「巴陵南有地名三湘」。《太平寰宇記》：「湘潭、湘鄉、湘
源，是為三湘」。
3 **解說** 同解悅，謂愉懌也。《史記·梁孝王世家》：「太后乃解
說，即使梁王歸就國」。

虢州¹送天平²何丞入京市馬

關樹晚蒼蒼，長安近夕陽。回風³醒別酒，細雨濕行裝。習戰邊塵黑，防秋⁴塞草黃。知君市駿馬⁵，不是學燕王。

【校】

① **樹** 宋本、石印本並作「樹」，案二字同。

【注】

1 **虢州** 在今河南省靈寶縣南四十里，已見五古〈虢州郡齋南池幽興因與閻二侍御道別〉詩注。

2 **天平** 《唐書地理志》：「虢州湖城，漢湖縣，復加城字，乾元元年改為天平縣，大歷四年復為湖城。」

3 **回風** 旋風也，已見五古〈武威送劉單判官赴安西行營便呈高開府〉詩注。

4 **防秋** 案唐時突厥、吐番等，常以秋入寇，故於其時調兵守邊，謂之防秋。高適〈九曲詞〉：「青海只今將飲馬，黃河不用更防秋」。

5 **駿馬二句** 《戰國策·燕策》：「燕昭王收破燕後即位，卑身厚幣，以招賢者，欲將以報讎，故往見郭隗先生，郭隗先生曰：臣聞古之人君，有以千金求千里馬者，三年不能得。涓人言於君曰：請求之。君遣之，三月得千里馬，馬已死，買其首五百金，反以報君。君大怒曰：所求者生馬，安事死馬而捐五百金。涓人對曰：死馬且買之五百金，況生馬乎？天下必以王能市馬，馬今至矣。於是不期年，千里之馬至者三。今王誠欲致士，先從隗始，隗且見事，況賢於隗者乎！豈遠千里哉！於是昭王為隗築宮而師之，樂毅自魏往，鄒衍自齊往，劇辛自趙往，士爭趨燕」。兩句謂何丞買馬，乃為備戰，非學於燕王之求賢也，此用典而出

以翻案法。

【箋】

1 吳綏眉曰:「虢近京師,望關而想,夕陽之間,乃君冒雨而往者
也。今邊塞方急,故往市馬,豈與昭王求賢相似哉?唐(汝詢)
以朝無人為言,失之」(《刪定唐詩解》)。

2 陸時雍曰:「回風醒別酒」兩句,乃盛唐氣格。(《唐詩鏡》)

3 唐陳彝曰:「淡而有情」(《唐詩會通評林》)。

4 唐孟莊曰:「習戰兩句,映帶尾聯。」(《唐詩會通評林》)

陝州²月城樓³送辛判官入奏¹

送客飛鳥外,樓頭城最高。樽前遇風雨,窗裡動波濤。謁帝⁴向
金殿,隨身唯寶刀⁵。相思灞陵⁶後,祇有夢偏勞。

【校】

① **樓頭城最高** 宋本、黃本、鄭本、石印本、《全唐詩》並作「城
頭樓最高」。案作「城頭樓最高」是也。

② **窗** 宋本、黃本、石印本並作「牕」。案二字同。

③ **灞陵後** 宋本、黃本、鄭本、石印本、《全唐詩》並作「灞陵
月」。案作「灞陵月」,於義為長。

【注】

1 **題** 〈岑嘉州詩集序〉:「聖上潛龍藩邸,總戎陝服,參佐僚史,
皆一時之選,由是委公以書奏之任。」《舊唐書·代宗紀》:「寶應
元年十月,詔天下兵馬元帥雍王(适,即德宗)……討史朝義,
會軍於陝州。」《岑詩繫年》:「此當是寶應元年十月為雍王掌書記

在陝州作。辛判官蓋即上元二年以詩酬贈之辛侍御，侍御可兼充判官，公嘗以殿中侍御史充關西節度判官。」

2　**陝州**　《元和郡縣志》：「河南道陝州，漢為弘農郡之陝縣，後魏孝文帝太和十一年置陝州，隋義寧元年，改置弘農郡，武德元年改為陝州」。案故治即今河南省陝縣。《新唐書‧地理志》：「陝州陝郡治陝縣，有大陽故關，即茅津，一曰陝津。」茅津在今山西平陸縣西南二里，即今之大陽渡，對岸即河南陝縣。

3　**月城樓**　案月城，築城為偃月形，以資防守。《通鑑‧隋紀》：「李密兵敗，帥麾下精騎度洛南，餘眾東走月城」，胡三省注：「月城，蓋臨洛水築偃月城」。又「月城者，臨水築城，兩頭抱水，形如卻月」。

4　**謁帝**　《兩京記》：「蓬萊殿西龍首山支隴起平地，上有殿名金鑾殿。」曹植〈贈白馬王彪〉詩：「謁帝承明廬，逝將歸舊疆」。

5　**寶刀**　穀梁傳僖公元年：「孟勞者，魯之寶刀也」。高適〈送蹇秀才赴臨洮〉詩：「倚馬見雄筆，隨身唯寶刀」。

6　**灞陵**　已見七古〈青門歌送東臺張判官〉詩注。

【箋】

1　沈德潛曰：「起手貴突兀，王右丞『風勁角弓鳴』，杜工部『莽莽萬重山』，『帶甲滿天地』，岑嘉州『送客飛鳥外』等篇，直疑高山墜石，不知其來，令人驚絕」（《說詩晬語》）。

2　沈德潛曰：「入手須不平，宋人不講此，所以單弱」（《唐詩別裁》）。

3　譚元春曰：「樓最高，朴妙。遇字寫風雨驟至，甚簡」（《唐詩歸》）。

送王七錄事赴虢州[1]

早歲即相知，嗟君最後時。青雲[2]仍未達，白髮欲成絲。小店關門樹，長河華岳祠[3]。弘農[4]人吏待，莫使馬行遲。

【注】

1 **題** 王七錄事，虢州錄事參軍事王季友也。此詩云：「小店關門樹」疑亦潼關作。虢州，已見五古〈虢州郡齋南池幽興因與閻二侍御道別〉詩注。

2 **青雲** 已見五古〈虢中酬陝西甄判官〉詩注。

3 **華岳祠** 已見五古〈宿華陰東郭客舍憶閻防〉詩注。

4 **弘農**《舊唐書‧地理志》：「河南道：虢州望：漢弘農郡。天寶元年改為弘農郡，乾元元年後為虢州。以弘農為緊縣，盧氏、朱陽、王城為望縣。」案故治在今河南省靈寶縣南四十里。

【箋】

1 周珽曰：「次聯所謂最後時也。三聯即赴虢州途徑所歷。末言老得一官，蒞政澤民，在所宜急。此以知己之情，為贈言者」（《唐詩會通評林》）。

2 黃培芳評此詩：「三四貴流動，宜寫情。五六防塌陷，宜寫景，故是要訣」。（《唐賢三昧集箋注》卷下）

3 近藤元粹評此二句「早歲即相知，嗟君最後時」：「三、四讀之，應有歎嗟之人。」（《箋注唐賢詩集》卷下）

4《全唐詩》二四七有〈獨孤及送虢州王錄事之任〉詩，似為同賦，茲錄之於下，以供參考：
謂子文章達，當年羽翼高。一經俄白首，三命尚青袍。未遇須藏器，安卑莫生勞。盤根儻相值，試用發硎刀。

送羽林¹長孫將軍²赴歙州³

剖竹⁴向江潰⁵，能名計日聞。隼旗⁶新刺史，虎劍舊將軍。驛舫宿湖月，州城浸海雲。青門酒樓上，欲別醉醺醺。

【注】

1　**羽林**　《漢書・百官公卿表》：「羽林掌送從，次期門，武帝太初元年初置，名曰建章營騎，後更名羽林騎。」《後漢書・順帝紀》：「使虎賁羽林士屯南北宮諸門。」李賢注：「武帝太初元年，初置建章營騎，後更名羽林，以天有羽林之星，故取名焉。」《漢官儀》：「羽林者，言其為國羽翼，如林盛也。」《太平御覽》卷二四二引《晉書・天文志》：「羽林四十五星，在營室南，一曰天軍，主軍騎，又主翼王也。」《唐書・百官志》：「左右羽林軍大將軍各一人，正三品，將軍各三人，從三品，掌統北衙禁兵，督攝左右廂，飛騎儀仗。」

2　**長孫將軍**　謂長孫全緒也。《元和姓纂》卷七：「河南洛縣。（長孫）端……生績、全緒。全緒，右金吾將軍，宋州刺史」。《新唐書・宰相世系表》：「（長孫）守貞，鴻臚卿，生全緒，寧州刺史。」《岑詩繫年》：「知全緒為羽林將軍在廣德元年，而此詩送之出刺歙州當在其後，姑繫永泰元年。」按《全唐詩》卷二四七獨孤及有〈送長孫將軍拜歙州〉云：「五兵常典校，四十又專城。」當為同時作。「四十專城居」乃「日出東南隅行」語，亦略見長孫全緒年正壯也。

3　**歙州**　《唐書・地理志》：「歙州、隋新安郡，武德四年平汪華，置歙州總管，管歙、睦、衢三州。貞觀元年，罷都督府。天寶元年，改為新安郡。乾元元年，復為歙州。」《新唐書・地理志》：「歙州新安郡，治歙。」今安徽歙縣。所領有休寧縣。下註：「永泰元年資方清陷州，州民拒賊，保於山險，二年賊平，因析置歸

德縣。」長孫全緒之拜歙州刺史,當受命平方清,故〈獨孤及贈詩〉有云:「島夷今可料,繫頸有長纓。」殆謂此也。

4　**剖竹**　已見〈與鮮于庶子自梓州成都成少尹自褒城同行至利州道中作〉詩注。

5　**江濆**　鮑照〈還都道中〉詩:「急流騰飛沫,回風起江濆」。《說文》:「濆,水厓也」。案厓同涯。

6　**隼旗**　猶「隼旐」,見五古〈酬成少尹駱谷行見呈〉詩注。

【箋】

案獨孤及有〈送長孫將軍拜歙州之任〉詩,茲錄之於下,以供參考:(據《全唐詩》)。

臨難敢橫行,遭時取盛名。五兵常典校,四十又專城。浪逐樓船破,風從虎竹生。島夷今可料,繫頸有長纓。

送懷州吳別駕[1]

灞上[2]柳枝黃,壚頭[3]酒正香。春流飲去馬,暮雨濕行裝。驛路通函谷[4],州城接太行[5]。覃懷[6]人總喜,別駕得王祥[7]。

【校】

① **函谷**　《百家選》作「幽谷」,誤。

② **人**　叢刊本「人」字下舊脫一字,檢宋本、鄭本、黃本、石印本、《全唐詩》並作「總」,今據補。

【注】

1　**題**　〈岑嘉州詩集序〉:「入為祠部,考功二員外郎」。《岑詩繫年》:「案上元二年及寶應元年(按指春日)公不在長安,且其時

東京未復，懷州路恐不通，此詩殆廣德元年春所作。」詩云：「灞上柳枝黃」。知送行之地在長安，時為春日，岑參方入為祠部員外郎未久也。吳別駕，生平未詳。懷州，《唐書・地理志》：「河北道懷州、隋河內郡，武德四年，於濟源西南栢崖城置懷州，領大基、河陽、集城、長泉四縣。天授元年，改為河內郡。乾元元年，復為懷州」。案故治在今河南省沁陽縣。　別駕　《唐書・百官志》：「武德十年，改太守曰刺史，加使持節丞曰別駕」。《北堂書鈔》：「庾亮答郭豫書：別駕舊與刺史別乘，同宣王化於萬里者，其任居刺史之半，安可任非其人」。

2 **灞上**　《雍錄》：「灞上，灞水之上也，亦曰灞頭」。案古人多於此地折柳送別。

3 **壚頭**　已見七古〈送魏升卿擢第歸東都〉詩注。

4 **函谷**　已見七古〈函谷關歌送劉評事使關西〉詩注。

5 **太行**　《元和郡縣志》：「太行山在懷州河內縣北二十五里」。《河南通志》：「太行山在懷慶府北，其山西自濟源，東北接河內，修武、輝縣、林縣、至磁州界，綿亙數十里，其間峰谷巖洞，景物萬狀，雖各因地立名，實太行一山也，為中州巨鎮」。

6 **覃懷**　《書・禹貢》：「覃懷底績，至于衡漳」。蔡沈《集傳》：「覃懷，地名。〈地志〉：河內懷郡有懷縣，今懷州也」。

7 **別駕得王祥**　《晉書》〈王祥傳〉：「王祥字休徵，琅邪臨沂人，隱居廬江三十餘年，不應州郡之命……，徐州刺史呂虔檄為別駕，祥年垂耳順，固辭不受，（王）覽勸之，為具車中，祥乃應召，虔委以州事，于時寇盜充斥，祥率勵兵士，頻討破之，州界清靜，政化大行。時人歌之曰：海沂之康，實賴王祥。邦國不空，別駕之功」。

【箋】

1 方回曰：「岑參送人詩，皆壯浪宏闊，非晚唐手可望」（《瀛奎律髓》）。

2 周珽曰：「餞別當柳黃之候，隨流帶雨，不憚關山阻遠，跋涉勞
苦，總之，為國為民也，及致懷州人民，果得別駕如王祥之慶，
則此別不令我懷念少尉乎！」（《唐詩會通評林》）

送襄州[1]任別駕

別乘向襄州，蕭條楚地秋。江聲官舍裡，山色郡城樓①。莫羨黃公
蓋[2]，須乘彥伯舟[3]。高陽諸醉客[4]，唯見古時丘[5]。

【校】

① **樓** 宋本、黃本、鄭本、石印本、《全唐詩》並作「頭」。案作
「頭」是也。

【注】

1 **襄州** 《岑詩繫年》：「此廣德元年秋所作」任別駕，生平未詳。
《唐書・地理志》：「山南東道襄州，隋襄陽郡。武德四年平王世
充，改為襄州，因隋舊名，領襄陽、安養、漢南、義清、南漳、
常平六縣。州置山南道，天寶元年改為襄陽郡，十四載置防禦
使，乾元元年復為襄州」。案故治即今湖北省襄陽縣。

2 **黃公蓋** 《漢書・黃霸傳》：「黃霸字次公，淮陽陽夏人也……上
擢霸為揚州刺史，三歲，宣帝下詔曰：制詔御史，其以賢良高
策，揚州刺史霸，為潁川太守，秩比二千石，居官賜車蓋，特
高一丈，別駕主簿車，緹油屏泥於軾前，以章有德。」《周禮・
冬官》〈考工記〉：「輪人為蓋」方言曰：「蓋在上，如屋舍之復
蓋。」〈釋名・釋車〉：「蓋在上，覆蓋人也。」

3 **彥伯舟** 《晉書》〈文苑傳〉：「袁宏字彥伯，有逸才，文章絕美，

曾為詠史詩。少孤貧，以運租自業，謝尚時鎮牛渚，秋夜乘月，率爾與左右微服泛江，會宏在舫中諷詠，聲既清會，辭又藻拔，遂駐聽，久之，乃遣問訊。答曰：是袁臨汝郎誦詩，即其詠史之作也。即迎升舟，與之談論，申旦不寐」。自此名譽日茂。二句言勿羨位高賞重，須乘舟諷詠也。

4　**高陽句**　《晉書》〈山簡傳〉：「山簡鎮襄陽，唯酒是耽，諸習氏荆土豪族有佳園池，簡每出遊戲，多之池上置酒，輒醉，名之曰高陽池」。劉峻《世說・任誕注》引〈襄陽記〉曰：「漢侍中習郁於峴山南，依范蠡養魚法作魚池，池邊有高隄，種竹及長楸，芙蓉菱芡覆水，是遊燕名處也，山簡每臨此池，未嘗不大醉而還，曰：此是我高陽池，襄陽小兒歌之。」。參閱後〈與鮮于庶子泛漢江〉詩注。

5　**唯見古時丘**　陶潛〈擬古〉詩：「不見相知人，唯見古時丘」。

送崔員外入奏¹因訪故園

欲謁明光殿²，先趨建禮門³。仙郎⁴去得意，亞相⁵正承恩。竹裡巴山⁶道，花間漢水⁷源。憑將兩行淚，為訪邵平園⁸。

【校】
①　**入奏**　宋本、黃本、鄭本、石印本、《全唐詩》並作「入秦」，誤。
②　**仙郎**　鄭本作「僊郎」，案「仙」、「僊」二字同。

【注】
1　**題**　崔員外，謂崔寧也。案大歷二年四月，杜鴻漸入朝奏事，以

崔寧知西川留後。六月，鴻漸至京師，薦寧才堪寄任，上乃留鴻漸復知政事。詩曰：「竹裡巴山道，花間漢水源」，明時在蜀中（成都）；詩又曰：「仙郎去得意，亞相正承恩」，知崔乃為杜鴻漸入奏，詩當作於本年（大曆二年）四月，鴻漸未還朝前。說詳《聞一多岑嘉州繫年考證》。

2 **明光殿**　漢尚書郎奏事之殿，以金玉珠璣為簾箔，晝夜光明。《雍錄》：「尚書郎握蘭含雞舌香奏事，此之明光殿，約其方向，必在未央正字殿中。」

3 **建禮門**　漢尚書郎更值之所。《文選》沈約〈和謝宣城詩〉：「晨趨朝建禮」，李善注：「漢書典職曰：尚書郎，晝夜更直於建禮門內」。

4 **仙郎**　唐稱尚書諸曹郎為仙郎。已見五古〈送顏平原〉詩注。

5 **亞相**　謂杜鴻漸也。「亞相」已見五古〈輪臺歌奉送封大夫出師西征〉詩注。

6 **巴山**　已見五古〈青山峽口泊舟懷狄侍御〉詩注。

7 **漢水**　已見五古〈與鮮于庶子自梓州成都成少尹自襄城同行至利州道中作〉詩注。

8 **邵平園**　《史記·蕭相國世家》：「召平者，故秦東陵侯，秦破，為布衣，貧，種瓜於長安城東，瓜美，故世俗謂之東陵瓜，從召平以為名也」。案召同邵。《三輔黃圖》：「長安城東出南頭第一門曰霸城門，民見門色青，名曰青城門，或曰青門，門戶舊出佳瓜，廣陵人邵平為秦東陵侯，秦破為布衣，種瓜青門外，瓜美，故時人謂之東陵瓜。」

送韋侍御[1]先歸京得寬字

聞欲朝龍闕[2]，應須拂豸冠[3]。風霜[4]隨馬去，炎暑為君寒。客淚題書落，鄉愁對酒寬。先憑親友報，後月到長安。

【校】

① **親友報** 宋本、黃本、鄭本、石印本、《全唐詩》、《英華》並作「報親友」。

② **到長安** 宋本、黃本、鄭本、石印本並作「客長安」，《全唐詩》「到」字下注云「一作客」。

【注】

1 **侍御** 《因話錄》：「御史台三院，一曰台院，其僚曰侍御史，眾呼為端公。二曰殿院，其僚曰殿中侍御史，眾呼為侍御。三曰察院，其僚曰監察侍御，眾呼亦曰侍御」。不知韋為何屬。

2 **龍闕** 謂宮闕也。張九齡〈龍門旬宴〉詩：「中席傍魚潭，前山倚龍闕」。

3 **豸冠** 即獬豸冠也。古執法者之服。《舊唐書·輿服志》：「法冠，一名獬豸冠，以鐵為柱，其上施珠兩枚，為獬豸之形，左右御史流內九品以上服之。」已見五古〈送張秘書充劉相公通汴河判官〉詩注。

4 **風霜** 案御史為風霜之任，彈糾不法，百僚震恐，官之雄峻、莫之比焉。見《通典·職官》〈六御史台〉。

【箋】

案張謂有〈送韋侍御赴上都〉詩，茲錄之於下，以供參考：（據《全唐詩》）。

天朝辟書下，風憲取才難。更謁麒麟殿，重簪獬豸冠。月明湘水夜，霜重桂林寒。別後頭堪白，時時鏡裡看。

武威春暮聞宇文判官西使還已到晉昌[1]

片雲過城頭，黃鸝[2]上戍樓[3]。塞花飄客淚，邊樹挂鄉愁。白髮悲明鏡[4]，青春換弊裘[5]。君從萬里使，聞已到瓜州[6]。

【校】

① **題** 《百家選》作〈武威春暮聞宇文判官安西使還已到晉昌〉，《英華》作〈武城春寒聞宇文判官西使還已到晉昌〉。案「武威」作「武城」，非是。

② **片雲** 《全唐詩》、《百家選》並作「片雨」。按作「片雨」是也。

③ **邊樹** 宋本、黃本、鄭本、石印本、《全唐詩》、《百家選》、《英華》並作「邊柳」。

④ **挂** 《英華》作「送」。

【注】

1 **題** 《岑嘉州繫年考證》：「天寶十載正月，高仙芝入朝，三月，除武威太守，河西節度使，代安思順，於是仙芝幕僚群趨武威，公亦同至。」仙芝從大食，據《通鑑》在四月，而幕僚則三月已到武威，此必諸人聞仙芝除河西之命，即趨赴武威，其後安思順復來，仙芝不果就鎮，即暫留其地，直至仙芝征大食還，始同歸長安也。案詩疑作於天寶十載。公有〈武威送劉單判官赴安西行營便呈高開府〉（已見前注）詩云：「都護新出師，五月發軍裝」。又有〈武威送劉判官赴磧西官軍〉（見後七絕注）詩云：「火山五月行人少」。所言時序與前詩正合，此劉判官雖未必即劉單，然二詩皆作於天寶十載四、五月間，則可斷言也。據此，知公等四、五月間在武威，此曰暮春則三月已來矣。宇文判官，參前「初過隴山途中呈宇文判官」、「寄宇文判官」二詩。武威，即今甘肅省武威縣。已見五古〈武威送劉單判官赴安西行營便呈高

開府〉詩注。晉昌《唐書·地理志》:「晉昌,漢冥安縣,屬燉煌郡。冥,水名。周改晉昌為永興,隋改為瓜州,武德七年,復為晉昌」。案故治在今甘肅省安西縣東。

2 **黃鸝** 已見七古〈青門歌送東臺張判官〉詩注。

3 **戍樓** 庾信〈和宇文內史春日遊山〉詩:「戍樓侵嶺路,山村落獵圍」,《說文》十二下:「戍,守邊也,从人持戈。」

4 **白髮句** 左思〈白髮賦〉:「星星白髮,生于鬢垂,始覺明鏡,惕然見惡」。

5 **弊裘** 《戰國策·秦策》:「(蘇秦)說秦王書十上,而說不行,黑貂之裘弊,黃金百鎰盡,資用乏絕,去秦而歸」。

6 **瓜州** 《元和郡縣志》:「瓜州,本漢酒泉郡,元鼎六年,分酒泉置燉煌郡,今州即酒泉、燉煌二郡之地。晉惠帝又分二郡置晉昌郡,周武帝改為永興郡,隋開皇罷郡。案隋瓜州,即今沙州也。大業三年,改瓜州為燉煌郡,武德五年,改瓜州,別於晉昌置瓜州,地出美瓜,故取名焉」。案故地在今甘肅省安西縣東。

【箋】

1 周敬曰:「嘉州大好起語,如『片雨過城頭,黃鸝上戍樓』,『灞上柳枝黃,壚頭酒正香』等,真是奇峰疊秀手筆,唐人所少」(《唐詩會通評林》)。

2 沈德潛曰:「因判官之歸,慨已之滯於武威也」(《唐詩別裁》)。

3 紀昀曰:「起四句灑然而來,語極新脆,結句只一對照便住,筆墨超絕」(《瀛奎律髓刊誤》卷三〇)。

4 方回曰:「三四與『孤燈燃客夢,寒杵搗鄉愁』(案:此二句乃公〈宿關西客舍寄山東嚴許二山人〉詩,詳後注)同調」(《瀛奎律髓》)。

5 吳綏眉曰:「上六句是武威暮春,結言君到瓜州,相見有日,可以慰我客愁矣,此意亦佳,以其於上六句有關也」(《刪定唐詩解》)。

6　周珽曰：「雨過鶯啼，花飄柳挂，皆他鄉愁景，足以觸人旅思
　　者，對此有不發衰老代謝之悲乎？末因判官之還，不無興念歸鄉
　　之意，塞花若客淚之飄，邊柳儼鄉愁之挂。飄、挂不特二詩眼，
　　且用字巧而幻」（《唐詩會通評林》）。

7　王夫之曰：「溫雅，是嘉州第一首五言詩，直到尾聯，方知具結
　　構之妙」（《唐詩評選》）。

8　邢昉曰：「起語之工，無出其上，中唐誇暮蟬之句（指郎士元詩）
　　謂工於發端，陋矣。」（《唐風定》十三）

尋少室張山人聞與偃師²周明府同入都¹

中峰鍊金客³，昨日遊人間。葉縣鳧共去⁴，葛陂龍暫還⁵。春雲
湊深水，愁雨懸空山。寂寞青谿上，空餘丹竈⁶閑。

【校】

① **寂寞**　宋本、黃本、鄭本、石印本、《全唐詩》、《百家選》並作
　　「寂寂」。

② **閑**　鄭本、黃本並作「閒」，案二字同。

【注】

1　**題**　此亦居少室時所作，戴延之《西征記》：「其山東謂太室，西
　　謂少室，相去十七里。（顧炎武《天下郡國利病書》）原編第十三
　　冊范守己（豫譚）謂太室少室相去殆二十里是也。」嵩其總名
　　也，謂之室者，以其下各有石室焉。少室高八百六十丈，上方十
　　里，與太室相埒，但小耳。《初學記》卷五引豫譚謂「嵩高山在
　　偃師縣東南登封境內，綿延周二百里，其山之最高者曰太室，少

室，東西對峙。」洪邁《容齋隨筆》卷一：「唐人呼縣令為明府，
丞為贊府，尉為少府。」嬾真子：「令乎明府，故尉呼少府，以亞
於縣令。」周明府，名不詳。入都，謂入東都。《新唐書·地理
志》：「東都，天寶元年曰東京。」此言入都，當作於開元中。山
人，山中隱居修道人之稱，張山人，名亦未詳。

2 **偃師** 《文選》曹大家〈東征賦〉：「夕余宿乎偃師」，李善注：
「《漢書》曰：河南郡有偃師縣，在洛陽東三十里」。案偃師縣，
本殷西亳地，漢置偃師縣，以周武王伐紂，嘗於此築城，息偃戎
師，故名。故治在今河南省洛陽縣東。

3 **鍊金客** 謂燒鍊金丹之人，指張山人。嵇康〈答難養生論〉：「赤
斧以鍊丹頹髮，涓子以木精久延」。

4 **葉縣句** 《後漢書》〈王喬傳〉：「王喬者，河東人也，顯宗世，為
葉令，喬有神術，每月朔望，於是候鳧至。常自縣詣臺朝，帝怪
其來數，而不見車騎，密令太史伺望之，言其臨至，輒有雙鳧從
東南飛來，舉羅張之，但得一隻舄焉，乃詔上方診視，則四年中
所賜尚書官屬履也」。蕭愨〈奉和元日〉詩：「遙見飛鳧下，懸知
葉縣來」。

5 **葛陂句** 謂張山人也。《元和郡縣志》：「葛陂，周迴三十里，在
平輿縣東北四十里，費長房投杖成龍處」。案在今河南省新蔡縣
北。《後漢書·方術傳》：「費長房，汝南人，曾為市掾，市有老
翁賣藥，懸一壺於肆頭，及市罷，輒跳入壺中，市人莫之見，唯
長房睹之，遂欲求道，隨入深山，長房辭歸，翁與一竹杖曰：騎
此，任所之，則自至矣。既至，可以杖投葛陂中也。長房乘杖，
須臾來歸，自謂去家適經旬日，而已十餘年矣，即以杖投陂，顧
視則龍也」。吳均〈遙贈周承〉詩：「伯魚留蜀郡，長房還葛陂」。

6 **丹竈** 謂煉丹之竈也。《文選》江淹〈別賦〉：「守丹竈而不顧」。

【箋】

范晞文曰：「王荊公謂老杜，暝色赴春愁，下得赴字，大好，若

下見字、起字，即小兒言語。予觀唐詩，知此句乃皇甫冉詩，荊公誤記也。其詩云：暝色赴春愁，歸入南渡頭。渚煙空翠合，湖月碎光流云云。王昌齡亦有『寒鳥赴荒園』之句，似不逮前，雖句中不可無好字，亦看人用之何如耳。岑參有句云：『秋雨懸空山』，『懸』字不易及。裴說用之云『嶽面懸青雨』，點化既工；尤勝於岑，李嶠有『星月懸秋漢』，唐僧有『雪溜懸南嶽』，又『懸燈雪屋明』，皆於『懸』字上見工」（《對床夜話》）。

歲暮磧外寄元撝[1]

西風傳戍鼙[2]，南望見前軍。沙磧人愁月，山城犬吠雲。別家逢逼歲，出塞獨離群[3]。髮到陽關[4]白，書今遠報君。

【校】

① 鼙　宋本、黃本、鄭本、石印本並作鼓，案二字同。

【注】

1 題　《舊唐書》〈韋堅傳〉：「（天寶）二年四月，進銀青光錄大夫，左散騎常侍，陝郡太守，水陸轉運使，句當緣河及江淮南租庸轉運使並如故。又以判官元撝、豆盧友除監察御史。」〈李林甫傳〉：「子婿……元撝為京兆府戶曹。」《新唐書》〈李林甫傳〉：「諸婿若張博濟、鄭平、杜位、元撝……皆貶官。」《唐御史臺精舍碑》卷三監察御史有元撝。《元和姓纂》卷四：「河南洛陽縣。後《魏書・官氏志》曰：『拓拔氏改為元氏。……』（元）平叔，綿州長史，生挹、撝、持。……撝，太常博士。持，都官郎中。」太常博士乃撝終職。

2 **戌鼓**　劉孝綽〈夕逗繁昌浦〉詩：「隔山聞戌鼓，傍浦喧棹謳」。

3 **離群**　《禮記・檀弓》：「吾離群而索居，亦已久矣」。

4 **陽關**　《漢書・地理志》：「龍勒縣有陽關、玉門關。」《元和郡縣志》卷四十：「涼州壽昌縣，陽關在縣西六里。」

高宮谷¹口招鄭鄠

谷口²來相訪，空齋不見君。澗花然暮雨³，潭樹暖春雲。門徑⁴稀人跡，簷峰下鹿群⁵。衣裳與枕席，山靄碧氛氳⁶。

【校】

① **題**　《全唐詩》作「高冠谷口招鄭鄠」，《英華》作〈高宮谷口贈鄭鄠〉。案「高宮谷」即「高冠谷」，見詩中注。

② **暖**　《全唐詩》作「煖」，案二字同。

③ **碧**　《英華》作「綠」。

【注】

1 **高宮谷**　即「高冠谷」。《一統志》：「高冠谷，在陝西西安府鄠縣東南三十里，紫閣峰東內有高冠潭，又有太平谷，在雞頭山東，谷內有長嘯洞，重雲閣，為縣勝處」。鄭鄠，生平未詳。

2 **谷口**　案此詩為招「鄭鄠」，故用「鄭子真」事以比之也（《高士傳》：「鄭樸字子真，谷口人也，修道靜默，世服其清高。成帝時，元舅大將軍王鳳以禮聘之，遂不屈。揚雄盛稱其德，曰：谷口鄭子真，畊於巖石之下，名振京師」）。《雍錄》：「谷口在（陝西）雲陽縣西四十里，鄭子真隱於此」。

3 **澗花句**　梁元帝〈宮殿名〉詩：「林間花欲燃」。庾信〈奉和趙王

隱士詩〉:「山花焰火然」句言雨後溪花紅如火。

4 **門徑句** 《高士傳》:「張仲蔚隱居,絕人往來,蓬蒿滿門徑」。張協〈雜詩〉:「溪壑無人跡」。

5 **鹿群** 簷前山上,鹿成群而下,亦不見人跡之意。

6 **氛氳** 《文選》謝惠連〈雪賦〉:「散漫交錯,氛氳蕭索」,李善注:「氛氳,盛貌」。

【箋】

1 周珽曰:「寫景入畫,句字整細有彩」(《唐詩會通評林》)。

2 梁有譽曰:「用字有意趣」(《唐詩會通評林》)。

3 沈德潛曰:「三四然字、暖字工於烹鍊」(《唐詩別裁》)。

4 何焯評:「三、四暗寓風雨思朋友之意」(《唐三體詩卷五》)。

寄左省杜拾遺[1]

聯步趨丹陛[2],分曹[3]限紫薇[4]。曉隨天仗[5]入,暮惹御香[6]歸。白髮[7]悲花落,青(雲)春[8]羨鳥飛。聖朝無闕事[9],自覺諫書稀。

【校】

① **題** 《英華》作〈寄左省杜拾遺甫〉。

② **青春** 宋本、鄭本、黃本、石印本、《全唐詩》、《英華》、《唐詩選》、《刪定唐詩解》、《瀛奎律髓》、《唐詩歸》並作「青雲」,案作「青雲」是也。

③ **羨** 鄭本、黃本並作「得」。

【注】

1 **題** 杜拾遺,謂杜甫也。案《唐書》〈杜甫傳〉:「十五載,祿山

陷京師，肅宗徵兵靈武。甫自京師宵遁，赴河西，謁肅宗於彭原郡，拜右拾遺」。《新唐書・文藝傳》：「祿山亂，天子入蜀，甫避走三川。肅宗立，自鄜州羸服，欲奔行在，為賊所得。至德二載，亡走鳳翔，謁上，拜左拾遺」。案應以《新唐書》為正，《唐書》作「右拾遺」及「彭原郡」均誤。(〈唐授左拾遺誥〉云：「襄陽杜甫，爾之才德，朕深知之，今特命為宣義郎，行在左拾遺，授職之後，宜勤是職，毋怠。命中書侍郎張鎬，齎符告諭，至德二載五月十六日行」)。案杜甫拜左拾遺後，尋於同年（至德二載）六月十二日，與裴薦、孟昌浩、魏齊聃、韋少遊等人，薦公可備諫職，詔即以公為右補闕。今薦狀，見存杜集中。其文曰：「宣議郎、試大理評事、攝監察御史，賜緋魚袋、岑參。右臣等竊見岑參識度清遠，議論雅正，佳名早立、時輩所仰。今諫諍之路大開，獻替之官未備，恭惟近侍，實藉茂材。臣等謹詣閤門奉狀，陳薦以聞，伏聽進止。至德二載六月十二日，左拾遺內供奉臣裴薦、右拾遺內供奉臣孟昌浩、右拾遺內供奉臣魏齊聃、左拾遺內供奉臣杜甫、左補闕臣韋少遊等狀」。自是而後，公與子美，王維、賈至諸人，倡和甚盛，如本篇及〈奉和中書賈至舍人早朝大明宮〉（見七津注），〈送許拾遺恩歸江寧拜親〉（杜甫同賦，已見前注）諸詩，並皆作於此時。案本詩作於乾元元年春，在長安。左省，案杜甫官拾遺，拾遺屬門下省，門下省在掖廷之左，故曰左省，亦曰左掖。《唐書・職官志》：「門下省，龍朔中改為東臺，亦曰左省」。拾遺《唐書・職官志》：「門下：左拾遺二員，從八品上。拾遺之職，掌供奉諷諫，扈從乘輿，凡發令與事，有不便於時，不合於道，大則廷議，小則上封。若賢良之遺滯於下，忠孝之不聞於上，則條其事狀而薦言之」。又「中書省：右拾遺二員，從八品上，拾遺掌事同左省」。

2 **丹陛**　薛道衡〈隋高祖頌序〉：「趨事紫宸，驅馳丹陛」。《玉篇》：「陛，天子階也」。

3 **分曹**　曹謂東西二曹。朱鶴齡《杜詩注》：「參為補闕，屬中書，

居右署，公為拾遺，屬門下，居左署，故曰分曹」。

4 **限紫薇** 《唐書・職官志》:「開元元年，改中書省為紫微省，五年復紫微省為中書省」。〈花木考〉:「紫薇俗名怕癢，省中植此，取其花久也」(或謂紫微，本為帝座，天有紫微宮，是上帝之所居，王者立宮，象而為之。則薇當作微)。此謂己官中書省，杜官門下省，職司不同，故云限也。

5 **天仗** 天子之儀丈，亦曰仙仗。《新唐書・儀衛志》:「朝會之仗有五，皆帶刀、捉仗，列於東西廊下」。案朝衛之儀仗，從外而入，故曰「隨」。沈佺期〈白蓮花亭侍宴應制〉詩:「九月隨天仗，三秋幸禁林」。

6 **御香** 《新唐書・儀衛志》:「朝日殿上，設黼扆躡席，熏爐香案」。何遜〈九日侍宴樂遊苑〉詩:「晴軒連瑞氣，同惹御香歸」。

7 **白髮句** 謂悲己白髮之年，慘同花落也。此自傷年老，無可建白。

8 **青雲句** 王嗣奭《杜臆》:「青雲，比新進年少驟用者」。案青雲，有二義:一喻官位之高顯者，一謂神仙之逍遙於世外者，此處所用，實兼二義;蓋一則能早脫官爵之羈絆，以放浪於邱壑林泉，而高杜之人品。一則白頭纔拜補闕之官，沉屈下僚，不能遽望榮顯，以卑己之境遇也。《文選》陸機〈赴洛詩〉:「仰瞻凌霄鳥，羨爾歸飛翼」。

9 **闕事** 《左傳》襄公元年:「謀事補闕，禮之大者也」，杜預注:「闕猶過也」。

【箋】

1 黃徹曰:「岑參〈寄杜拾遺〉云:『聖朝無闕事，自覺諫書稀』，退之〈贈崔補闕〉云:『年少得途未要忙，時清諫疏尤宜罕』。皆謬承荀卿有聽從無諫諍之語，遂使阿諛奸佞，用以藉口，以是知凡造意立言，不可不預為天下後世慮」(《䂬溪詩話》)。

2 胡震亨曰:「至德初，岑參與子美同為諫職。子美詩:『避人焚諫草，騎馬欲雞栖』，又『明朝有封事，數問夜如何』。參詩則

云：『聖朝無闕事，自覺諫書稀』。時安史之亂未夷，上皇在蜀，朝野騷然，可云無闕事耶？亦語病也」（《唐音癸籤》引〈老杜補遺〉）。

3　薛雪曰：「岑嘉州『聖朝無闕事，自覺諫書稀』，正謂闕事甚多，不能覼縷上陳，託此微詞，後人不察其心，至有以奸諛目之，亦屬恨事」（《一瓢詩話》）。

4　吳喬曰：「岑參〈寄杜拾遺〉云：『聖朝無闕事，自覺諫書稀』，反言以見意也，宋人譏其為順從，以活句為死句矣。呵！呵！」（《圍爐詩話》）。

5　沈德潛曰：「下聯自傷遲暮，無可建白，感歎語以回護出之，方是詩人之旨」。又曰：「子美以建言獲譴，平時必多露圭角，此詩有規之之意，而但言自甘衰朽，浮沈時世，則詩人溫厚之旨也」（《唐詩別裁》）。

6　紀曉嵐曰：「五六寓意深微，末二句，語尤婉至。聖朝既以為無闕，則諫書不得不稀矣，非頌語，乃憤語也。或乃覼縷陳天寶闕事駁此句，殆未足與言詩」（《紀批瀛奎律髓》）。

7　施補華曰：「聖朝無闕事，自覺諫書稀，頌揚得體；明朝有封事，數問夜如何。忠愛切心，皆得三百篇意」（《峴傭說詩》）。

8　謝榛曰：「岑參〈寄左省杜拾遺詩〉云：『聯步趨丹陛，分曹限紫微。曉隨天仗人，暮惹御香歸。白髮悲花落，青雲羨鳥飛。聖朝無闕事，自覺諫書稀』。杜甫〈答岑補闕見贈〉云：『窈窕清禁闥，罷朝歸不同。君隨丞相後，我往日華東。冉冉柳枝碧，娟娟花蕊紅。故人得佳句，獨贈白頭翁』。岑詩警絕，杜作殊不愜意，譬如善弈者，偶爾輕敵，輸此一著」（《四溟詩話》）。

9　唐汝詢曰：《詩，大雅，烝民》：「袞職有闕，維仲山甫補之。岑參為右補闕，故有是語」（《唐詩解》）。

10　鍾惺曰：「勿認作頌聖諛語」（《唐詩歸》）。

11　邢昉曰：「正與少陵：『避人焚諫草』（晚出左掖）一詩相發」。（《唐風定》）。

12 仇兆鰲曰：「諫書稀少，豈聖朝無闕事乎？諷語得體」（《杜詩詳
　　注》卷六附〈岑詩注〉）

春興思南山舊廬招柳建正字[1]

終歲不得意，春風今復來。自憐蓬鬢改，羞見梨花開。西掖[2]誠
可戀，南山思早回。園廬[3]幸接近，相與歸蒿萊[4]。

【注】

1 **題**　《岑詩繫年》：「玩詩意，當係到虢州之次年，即上元元年所
　　作。南山舊廬，謂終南高冠草堂也。《新唐書・宰相世系表》：
　　「柳氏，延州司馬初，子建，金部郎中。」〈郎官石柱題名〉：「金
　　部郎中有柳建」是金部郎中乃其卒官也。《岑嘉州交遊事輯》：
　　「元和姓纂七：河東解縣柳氏，止戈（四校記據〈宰相世系表〉及
　　〈河東集補遺〉、〈柳元方誌〉當補五代二字）孫建，金部郎中。
　　南山，即終南山。《一統志》：「終南山在陝西西安府城南五十
　　里，一名南山，東西連亘藍田、咸寧、長安、盩屋四縣之境」。
　　正字，《新唐書・百官志》：「司經局正字二人，從九品上，掌校
　　刊經史。秘書及門下皆設正字，秘書省正字屬校書郎，掌讎校典
　　籍，刊正文章。」柳建，生平未詳。
2 **西掖**　已見五古〈初至西虢官舍南池呈左右省及南宮諸故人〉詩
　　注。
3 **園廬**　岑參與柳建均有園廬在終南山，故云。張華〈答何劭詩〉：
　　「自昔同寮案，於今比園廬」李善注：「〈南都賦〉註曰：園廬，
　　舊宅也。」呂向注：「比園廬，謂並宅也即接近之意。」
4 **蒿萊**　《韓詩外傳》：「原憲居魯環堵之室，茨以蒿萊」。趙岐《三

輔決錄》：「張仲蔚，扶風人也，少與同郡魏景卿隱身不仕，明天官博物，好為詩賦，所居蓬蒿沒人也」。

酬崔十三侍御登玉壘山¹思故園見寄

玉壘天晴望，諸峰盡覺低。故園江樹北，斜日嶺雲西。曠野看人小，長空共鳥齊。山高徒仰止²，不得日攀躋³。

【校】

① **山高**　《全唐詩》作「高山」。

【注】

1 **玉壘山**　《文選》左思〈蜀都賦〉：「包玉壘而為宇」，劉淵林注：「玉壘，山名，湔水出焉，在成都西北，岷山界在後，故曰宇也」。《元和郡縣志》三十一：「玉壘山在彭州導江縣西北二十九里」。《一統志》：「玉壘山在成都府灌縣西北二十九里」。今灌縣西九里，當為本詩所指。范成大《吳船錄》卷七：「永康軍西門，名玉壘關，自門少轉，登浮雲亭。……取杜子美詩『玉壘浮雲變古今』之句。」

2 **仰止**　《詩·小雅》〈車舝〉「高山仰止，景行行止」。毛傳：「景、大也」。鄭箋：「景、明也。古人有高德者，則慕仰之，有明行者，則而行之」。

3 **躋**　《說文》：「躋，登也」。

【箋】

1 王堯衢曰：「結句寫奉酬意也。高山雖云玉壘，借以比侍御也。言彼則高山望野，攀援而躋其顛，而我於此處，徒深景仰之思，

不得追隨也」(《古唐詩合解》)。

2 唐汝詢曰:「前三聯摹寫侍御登山之景、末聯歎己之不得從遊也」
(《刪定唐詩解》)。

奉和杜相公[1]初(夏)發京城作

按節[2]辭黃閣[3],登壇[4]戀赤墀[5]。銜恩期報主,授律[6]遠行師。野
鵲迎金印[7],郊雲拂畫旗。叨陪[8]幕中客,敢和出車詩[9]。

【校】

① **題** 《全唐詩》、《英華》並作〈奉和杜相公初發京城作〉。詩題杜
相公下有「初夏」,「夏」字應刪。

② **期** 《英華》作「思」。

③ **出車詩** 宋本、黃本、鄭本、石印本並作「出詩車」,誤。

【注】

1 **杜相公** 謂杜鴻漸。《舊唐書・代宗紀》:「大歷元年二月,壬
子,命黃門侍郎,同平章事杜鴻漸兼成都尹、持節充山南西道、
劍南東川等道副元帥,仍充劍南西川節度使,以平郭英乂之亂
也。案永泰元年四月,劍南節度使嚴武卒,都知兵馬使郭英幹等
請以右僕射郭英乂為節度使。西山都知兵馬使崔旰則請大將王
崇俊為節度使,朝廷命英乂、及至蜀,誣殺王崇俊,召崔旰還成
都,並絕其糧餉。旰轉入深山,英乂攻之。英乂入成都居玄宗行
官,撤去玄宗鑄金真容,崔旰言英乂反,率部襲成都,英乂敗逃
簡州,為刺史韓澄所殺。崔旰據成都,邛州牙將柏茂琳,瀘州牙
將楊子琳、劍州牙將李昌夒各舉兵討旰,蜀中大亂,朝廷乃命杜

鴻漸平亂也。」杜確〈岑嘉州詩集序〉曰：「副元帥相國杜公鴻漸表公職方郎中兼侍御史，列為幕府。」公隨杜出發，乃有此和詩也。杜原詩，今佚。

2 **按節**　已見〈酬成少尹駱谷行見呈〉詩注。

3 **黃閣**　《宋書·禮志》：「三公黃閣，前史無其義。夫朱門洞啟，當陽之正色也，三公之與天子，禮秩相亞，故黃其閣以示謙，不敢斥天子。蓋是漢以來制也。」（《藝文類聚》卷四十五引）〈漢舊儀〉曰：「丞相……聽事閣曰黃閣」。明周祈《名義考》：「唐門下省，以黃塗門，謂之黃閣」。王應麟《困學紀聞》：「給事中屬門下省，開元曰黃門省，故曰黃閣」。杜甫〈奉贈嚴八閣老〉詩：「黃閣開帷幄，丹墀侍冕旒。」

4 **登壇**　已見五古〈過梁州奉贈張尚書大夫公〉詩注。

5 **赤墀**　已見五古〈送張秘書充劉相公通汴河判官〉詩注。

6 **授律**　授之以師律，謂出師也。易師有「師出以律」，後世乃謂命將出師為授律。

7 **鵲印句**　已見〈北庭西郊候封大夫受降回軍獻上〉詩注。

8 **叨陪**　《華嚴經音義》：「叨，忝也」。王勃〈滕王閣序〉：「他日趨庭，叨陪鯉對」。

9 **出車詩**　《詩·小雅》〈出車序〉：「出車，勞還率也」。孔穎達疏：「作出車詩，勞還師也，謂文王所遣伐玁狁西戎之將帥，以四年春行，五年春反，於其反也，述其行事之苦，以慰勞之，六章皆勞辭也」。

漢川¹山行呈成少尹²

西蜀方攜手，南宮³憶比肩⁴。平生猶不淺，羈旅⁵轉相憐。山店雲迎客，江村犬吠船。秋來取一醉，待倚①月光眠。

【校】

① **待倚** 宋本、黃本、鄭本、石印本、《全唐詩》並作「須待」。

【注】

1 **漢川** 詩曰：「秋來取一醉」，大歷元年秋日作也。詩又曰：「西蜀方攜手」，其時已入蜀矣。《華陽國志・漢中志》：「梓潼郡晉壽縣，本葭萌城，劉氏更曰漢壽，水通於巴西，又入漢川，有金銀礦，民今歲歲洗取之」，則漢川當謂嘉陵江也。《方輿勝覽》卷六十六：「西漢水一名嘉陵江，在綿谷西一里。」陳登龍《蜀水考》卷三：「嘉陵江自陝西寧羌州流入蜀省，又西南入廣元縣界，即百漾水也，亦曰西漢水。」

2 **成少尹** 謂成賁也。已見五古〈酬成少尹駱谷行見呈〉詩注。

3 **南宮** 已見五古〈初至西虢官舍南池呈左右省及南宮諸故人〉詩注。

4 **比肩** 猶並肩也。《漢書》〈賈山傳〉：「比肩而立」。

5 **羈旅** 已見五古〈與鮮于庶子自梓州成都成少尹自襄城同行至利州道中作〉詩注。

與鄠縣郡官泛渼陂¹

萬頃浸天色，千尋窮地根²。舟移城入樹，岸闊水浮村。閑鷺驚
簫管，潛虯³傍酒罇。暝來喧小吏，列火儼歸軒⁴。

【校】

① 題　《英華》作〈與鄧縣郡官泛渼陂〉，誤。

② 樹　宋本、黃本、石印本、《英華並》作「樹」，案二字同。

③ 潛虯　《英華》作「潛蛇」，誤。

④ 傍　鄭本作「傷」。

⑤ 罇　《全唐詩》作「樽」，案二字通。

⑥ 喧　宋本、黃本、鄭本、石印本並作「呼」。

【注】

1 題　《元和郡縣志》卷二：「渼陂，在（鄠）縣西五里。周迴十四
里。」宋敏求《長安志》卷十五：「渼陂出終南山諸谷，合胡公泉
為陂。十道志曰：有五味陂，陂魚甚美，因誤名之。」《岑詩繫
年》：「天寶十三載杜甫有渼陂行曰：「岑參兄弟皆好奇，携我遠
來遊渼陂。」知公此篇為同賦之作。此曰「萬頃浸天色」即杜之
「天地黤慘忽異色，波濤萬頃堆琉璃」。又曰：「閑鷺驚簫管」，即
杜之「鳧鷖散亂棹謳發，絲管啁啾空翠來」。是遊蓋及暝方罷故
此曰「暝來呼小吏，列火儼歸軒」。杜亦曰「船舷暝戛雲際寺，
水面月出藍田關。」按〈渼陂行〉云：「菱葉荷花淨如拭」，當是
盛夏，恐在天寶十二載，蓋天寶十三載四月，岑參已赴北庭矣。
此為岑等與鄠縣吏同泛舟作。鄠縣，夏時扈國，秦為鄠邑，漢置
鄠縣。故治在今陝西鄠縣，鄠音ㄏㄨ丶。

2 地根　地之最深處。

3 潛虯　《文選》謝靈運〈登池上樓〉詩：「潛虯媚幽姿，飛鴻響遠

音。」《說文》十三上:「虬,龍子有角者。」

4 **儼歸軒** 歸軒,已見〈宿華陰東郭客舍憶閻防〉詩注。《玉篇》
卷三:「儼,矜莊貌。」《詩·陳風》〈澤陂〉:「碩大且儼。」

【箋】

潘德輿曰:「詩不盡於句法,初學好以此求詩,因即拈此示之。
偶與兒輩談及〈元僧圓至〉詩云:「春路晴猶滑,山亭晚更涼」,欲
求句法,先準諸此,便無直率雜湊病。兒輩常憶此語,予笑曰:此清
矣,未厚也。如岑嘉州「舟移城入樹」、錢仲文「煙火隔雲深」一句
凡幾轉折,此乃句法之正傳耳。然此厚矣,未化也。子建「明月照
高樓」,陶公「依依墟里煙」斯入於化,以此求三百篇風旨不遠矣。」
(《養一齋詩話》)。

終南¹東溪口作

溪水碧於草,潺潺²花底流。沙平堪濯足³,石淺不勝舟⁴。洗藥
朝與暮,釣魚春復秋。興來從所適,還欲向滄洲⁵。

【校】

① **題** 宋本、黃本、鄭本、石印本、《全唐詩》、《百家選》並作
〈終南東溪中作〉。

【注】

1 **終南** 即終南山,已見五古〈下外江舟中懷終南舊居〉詩注。岑
詩繫年》:「此與上兩篇,〈太一石鱉崖口譚舊廬招王學士〉、〈題
華嚴寺環公禪房〉蓋同時所作。」

2 **潺潺** 水聲也。魏文帝〈丹霞蔽日〉行:「谷水潺潺,木落翩

翩」。

3 **濯足**　《楚辭‧漁父》:「漁父莞爾而笑,鼓枻而去,歌曰:滄浪
之水清兮,可以濯吾纓。滄浪之水濁兮,可以濯吾足」。

4 **石淺句**　謂水淺多石而不能行舟。《說文》十三下:「勝,任也」
讀平聲。

5 **滄洲**　謂隱居處也。已見五古〈虢州送鄭興宗弟歸扶風別廬〉詩
注。

【箋】

1 方回曰:「句句明白,不見其用力處」(《瀛奎律髓》)。

2 許文雨曰:「案此詠谿遊清適,甚洽逸趣也。言澗花與清流,紅
碧參映,河平石淺,皆洗濯游釣之所,興之所適,殆欲向滄洲而
棲隱矣」(《唐詩集解》)。

3 近滕元粹評此下四語曰:「一起如畫」(《箋註唐賢詩集卷下》)。

與鄠縣源少府泛渼陂¹得人字

載酒²入天色,水涼難醉人³。清搖縣郭動,碧洗雲山新。吹笛驚
白鷺⁴,垂竿跳紫鱗⁵。憐君公事後,陂上日娛賓。

【校】

① **題**　宋本、黃本、鄭本、石印本並同,惟無「得人字」三字。

【注】

1 **題**　與上篇同時作,杜甫同賦。案杜甫有〈與鄠縣源大少府宴渼
陂〉詩,詩云:「應為西陂好,金錢罄一餐,飯抄雲子白,瓜嚼
水精寒」云云,子美得寒字,公得人字,蓋公與子美頻遊渼陂

也。鄠縣、渼陂均已見前注。

2 **載酒** 《漢書・揚雄傳》:「雄家素貧,嗜酒,人希至其門,時有
好事者,載酒肴從其學」。

3 **難醉人** 三字言飲酒不能袪除涼意。

4 **白鷺** 《爾雅・釋鳥》:「鷺、舂鉏」,郭璞注:「白鷺也,頭翅背
上皆有長翰毛」。

5 **紫鱗** 《文選》左思〈蜀都賦〉:「觴以清醥,鮮以紫鱗」。李周翰
注:「紫鱗,魚也。」

【箋】

案杜甫〈秋興詩〉云:「昆吾御宿自逶迤,紫閣峰陰入渼陂。香
稻啄殘鸚鵡粒,碧梧棲老鳳凰枝。佳人拾翠春相問,仙侶同舟晚更
移。綵筆昔曾干氣象,白頭吟望苦低垂」。錢牧齋箋云:「此記遊宴
渼陂之事也。仙侶同舟,指岑參兄弟也。公詩云:氣衝星象表,詩
感帝王尊,(〈奉留贈集賢院崔于二學士〉)所謂『綵筆昔曾干氣象』
也。公與岑參輩宴遊,在天寶獻賦之後,窮老追思,故有白頭吟望之
歎焉」。

與鮮于庶子[1]泛漢江[2] 得遲字

急管更須吹,杯行莫遣遲。酒光紅琥珀[3],江色碧瑠璃[4]。日影浮
歸棹,蘆花[5]裊釣絲。山公醉不醉[6],問取葛彊知。

【校】

① **題** 宋本、黃本、鄭本、石印本、《全唐詩》並同,惟無「得遲
字」三字。

② **杯行**　《英華》作「金盃」。

③ **葛彊**　《英華》作「葛強」，案彊、強二字同。

【注】

1 **題**　此詩為鮮于叔明出為邛州刺史時，岑參在梁州作，《岑嘉州交遊事輯》：「《舊書》一二二、《新書》一四七，各有〈李叔明傳〉。鮮于叔明，其傳記詳見〈與鮮于庶子自梓州成都成少尹自襄城同行至利州道中作〉。庶子，《通典・職官》：「古者天子有庶子之官職，諸侯卿大夫之庶子，掌其戒令與其教理，有大事，則帥國子而致於太子。大唐亦各二人，分掌左右春坊事，龍朔二年改左右庶子為左右中護，咸亨初復舊，左擬侍中，而右擬中書令」。

2 **漢江**　即漢水。已見五古〈與鮮于庶子自梓州成都成少尹自襄城同行至利州道中作〉詩注。

3 **琥珀**　已見七古〈醉題匡城周少府〉詩注。

4 **瑠璃**　青色寶玉，即佛經中所言七寶之一，字或作「琉璃」、「流離」。參閱五古〈登千福寺楚金禪師法華院多寶塔〉詩注。

5 **胥**　《文選》木華〈海賦〉：「或掛胥於岑嵒之峰」，李善注：「《聲類》曰：胥，係也」。

6 **山公二句**　《世說・任誕》：「山季倫為荊州，時出酣暢，人為之歌曰：山公時一醉，徑造高陽池。日暮倒載歸，茗艼（案同酩酊，醉甚也）無所知。復能乘俊（案同駿）馬，倒著白接羅。舉手問葛彊，何如并州兒。高陽池在襄陽，彊是其愛將，并州人也」。案《晉書》〈山簡傳〉所記略同。《廣韻》：「接羅，白帽也」。參閱〈送襄州任別駕〉詩注。

登總持閣¹

高閣逼諸天²，登臨近日邊。晴開萬井³樹，愁看五陵⁴煙。檻外
低秦嶺⁵，窻^①中小渭川⁶。早^②知清淨理⁷，常願奉金仙⁸。

【校】

① 窻　宋本、黃本、石印本並作「牕」，鄭本、《全唐詩》並作
「牎」。案窻、牕、牎三字同。

② 早　《全唐詩》作「蚤」，案二字同。

【注】

1 **總持閣**　徐松《唐兩京城坊考》卷四：「皇城西第三街次南和平
坊，坊內南北街之東，築入莊嚴寺，街之西築入總持寺。」《元和
郡縣志》：「京兆府萬年縣，渭水在縣北五十里。」《北齊書・武成
帝紀》：「河清二年，詔以城南雙堂閏位之苑，建大總持寺」。李
嶠有〈九日幸總持寺浮圖應制〉詩。案「總持」，佛家語，梵語
陀羅尼。持惡不生，無所漏忌謂之持。意為「持善不失之義。以
念定慧為體，菩薩所修之念定慧，具此功德者」。

2 **諸天**　案佛書言三界共有三十二天，自四天王天至非有想非無想
天，總謂之諸天。《法華經》：「爾時忉利諸天，先為彼佛」。

3 **萬井**　《漢書・刑法志》：「地方一里為井，一同百里，提封萬
井」。註：「李奇曰：提，舉也。舉四封之內也。」

4 **五陵**　已見五古〈登慈恩寺塔〉詩注。

5 **秦嶺**　《文選》班固〈西都賦〉：「於是睎秦嶺，睋北阜」，李善
注：「秦嶺，南山也」。

6 **渭川**　即渭水。《三輔黃圖》：「渭水出隴西首陽縣鳥鼠同穴山，
東北至華陰入河」。

7 **清淨**　《探玄記》四：「三業無失云清淨」。《俱舍論》：「遠離一切

惡行煩惱垢故，名為清淨」。

8 **金仙**　謂佛也。案因緣九十一劫，身皆金色，故佛稱「金仙」。

【箋】

1 周珽曰：「前三聯，摸寫登閣之景，末恨於清淨之理，未能早悟，致此心無所歸依也」(《唐詩會通評林》)。

2 王堯衢曰：「檻外覺秦嶺之低，窗中見渭川之小，不但閣高眺遠，要知三千大千世界，從法眼視若微塵，所以轉到清淨理耳」(《古唐詩合解》)。

3 俞陛雲曰：「登高之作，須寫其大者，遠者。此詩秦嶺、渭川，皆歸一覽。余嘗登鳳嶺吳涪王祠，秦地諸山，若拱揖於闌前，登萬壽閣，望西北渭河如帶，明滅於林陰野邑間，知此詩低字、小字之能盡其勝概也。唐詩遠眺之作甚多，如杜審言之『楚山橫地出，漢水接天回』(〈登襄陽城詩〉)，與岑詩之意境同，而句法不同；王維之『窗中三楚盡，林外九江平』(〈登辨覺寺〉)，稍嫌誇泛，以三楚不能盡見也」(《詩境淺說》)。

4 唐汝洵曰：「低小二字有拔山禦川之力。」(《唐詩解》)

5 蔣一葵曰：「評者以為低秦樹，見得高，小渭川，見得遠，余謂總是高意。」(《唐詩會通評林》)

6 案孟浩然有〈登總持寺浮屠〉詩：
半空躋寶塔，晴望盡京華。竹遶渭川遍，山連上苑斜。四門開帝宅，千陌俯人家。累劫從初地，為童憶聚沙。一窺功德見，彌益道心加。坐覺諸天近，空香送落花。

題金城¹臨河驛樓

古戍依重險，高樓見五涼²。山根盤驛道，河水浸城墻。庭樹巢鸚鵡，園花隱麝香³。忽如江浦上，憶作捕魚郎⁴。

【校】

① 題　案《全唐詩》一九七張謂集內，亦載此詩，惟題作〈登金陵臨江驛樓〉。據《全唐文》卷三七五有張謂「為封大夫謝敕賜衣及縷絲衣」，知張謂亦曾在封常清幕中供職，似為掌書記。詩中詞句亦稍異。「五涼」作「五梁」，「忽如」作「忽然」，「墻」作「牆」。案宋本、黃本、鄭本、石印本載此詩，俱作「岑參」，按作「岑參」是。

【注】

1　金城　《舊唐書・地理志》：「關內道延州中都督府，敷政，隋固城縣，武德二年，移治於金城鎮，改為金城縣，天寶元年，改金城為敷政」。又「隴右道蘭州，天寶元年改金城郡」。《新唐書・地理志》：「蘭州金城郡治五泉，下。咸亨二年更名金城，天寶元年復故名，北有金城關。」今甘肅蘭州市。臨河驛樓當在蘭州城北黃河岸。

2　五涼　崔鴻《十六國春秋》有前涼錄，西涼錄，北涼錄，後涼錄，南涼錄，所謂五涼，與四燕、三秦、二趙、夏、蜀共為十六國也。案唐時五涼所據之地，皆在今甘肅省境，故世人沿稱其地為五涼。張九齡〈益州長史權置酒宴別序〉：「前拜小司馬，兼擁旌於五涼，再命左常侍，仍總戎於三蜀」。

3　麝香　陸佃《埤雅》：「陶氏云：麝形似獐，今謂之香獐，常食柏葉，故《養生論》云：麝食柏而香也」。唐慎微《證類本草》卷十六：「《圖經》曰：麝香出中台山谷及益州雍州山中……而

秦州、文州諸蠻中尤多，形似鼶而小。」王維〈戲題輞川別業〉詩：「藤在欲暗藏猱子，柏葉初齊養麝香。」語亦相類。

4 **捕魚郎**　岑參〈送滕亢擢第歸蘇州拜親〉詩曰：「江村人事少，時作捕魚郎」，按陶潛〈桃花源記〉：「晉太元中，武陵人捕魚為業，緣溪行，忘路之遠近，忽逢桃花林……便舍船，從口入。」此二句因見景而羨，憶舊日之隱居生活。

【箋】

方回曰：「老杜亦有鸚鵡、麝香之聯，當時人詩體亦相似。」（《瀛奎律髓》）

紀昀曰：「嘉州詩難此輕倩。」（《瀛奎律髓刊誤》卷三十）

攜琴酒尋閻防²崇濟寺所居僧院¹得濃字

相訪但尋鐘，門寒古殿松。彈琴醒暮雨，捲幔²引諸峰。事愜林中語，人幽物外³蹤。吾廬⁴幸相近，茲地興偏濃。

【校】

① **題**　宋本、黃本、鄭本、石印本、《全唐詩》並同，惟無「得濃字」三字。

② **捲**　《全唐詩》作「卷」，案二字通。

③ **濃**　《全唐詩》、宋本、黃本、鄭本、石印本並作「慵」。案作「墉」意不相屬，誤也。

【注】

1 **題**　段成式《寺塔記》卷下：「招（昭）國坊崇濟寺，寺內有天后織成蛟龍披襖及繡衣六事。」（《酉陽雜俎續集》卷六）宋敏求

《長安志》卷八：「昭國坊，西南隅崇濟寺，本隋慈恩寺，開皇三年魯郡夫人孫代立。」知此寺在長安外郭城昭國坊，詩為岑參在長安所作。

2 **閻防** 已見五古〈宿華陰東郭客舍憶閻防〉詩注。

3 **物外** 猶言世俗之外。《莊子・秋水》：「若物之外，若物之內」。《唐書》〈元德秀傳〉：「彈琴讀書，陶陶然遺身物外」。

4 **吾廬** 陶潛〈讀山海經〉詩：「眾鳥欣有託，吾亦愛吾廬」。

喜華陰王少府使到南池宴集[1]

有客至鈴下[2]，自言身姓梅[3]。仙人掌[4]裡使，黃帝鼎[5]邊來。竹影拂棋局，荷香隨酒杯。池前堪醉臥，待月未須回。

【注】

1 **題** 王少府，謂王季友也。先任華陰尉，後轉虢州錄事參軍，尋復為華陰尉者，參後〈送王錄事卻歸華陰〉詩註。《岑詩繫年》：「案《元和郡縣志》：虢州湖城縣即黃帝鑄鼎之處。此詩曰：黃帝鼎邊來，知即作於虢州。」《新唐書・地理志》：「華州華陰，垂拱元年更名仙掌，神龍元年復曰華陰，上元二年曰太陰，此詩稱華陰，或作於上元元年。」使，出使。南池，虢州南池也。

2 **鈴下** 《晉書》〈羊祜傳〉：「在軍常輕裘緩帶，身不披甲，鈴閣之下，侍衛者不過十數人。」鈴閣謂將帥治事之所，官府亦稱之。又對將帥、太守之敬稱，言由鈴下以達，猶言左右。王志堅《表異錄》：「唐稱太守曰節下，又云鈴下，又曰第下。」此指虢州刺史之府署言。

3 **姓梅句** 《漢書・梅福傳》：「梅福字子真，九江壽春人，少學長

安，明尚書，穀梁春秋。為郡文學，補南昌尉，後去官，歸壽春，……是時成帝委任大將軍王鳳，鳳專執擅朝，……臺下莫敢正言，福復上書曰：……上逐不納。後上書曰：……福孤遠，又譏切王氏，故終不見納。至元始中，王莽專政，福一朝棄妻子，去九江，至今傳以為仙。其後人有見福於會稽者，變名姓，為吳市門卒云。」因梅福曾為南昌尉，「自言身姓梅」即自言為縣尉也。唐人每稱縣為仙尉或少仙。詳《漢書》本傳。

4　**仙人掌**　《華岳志》：「嶽頂東峰曰仙人掌，峰側石上有痕，自下望之，宛然一掌，五指具備，人呼為仙掌。」王宏嘉《華山志概》：「仙掌即東峰北壁，遠望之如人五指，遂傳為巨靈掌蹟，即之乃蒼白石相間耳。王涯以為偶為掌形」（《全唐文》卷四四八王涯〈太華山仙掌辯〉近是）。

5　**黃帝鼎**　《史記・封禪書》：「黃帝采首山銅，鑄鼎於荊山下，鼎既成，有龍垂胡髯下迎黃帝，黃帝上騎，群臣後宮從上者七十餘人，龍乃上去……故後世因名其處曰鼎湖。」《元和郡縣志》卷六：「虢州湖城縣，荊山在縣南，即黃帝鑄鼎之處」。杜佑《通典》：「弘農郡湖城縣，故曰胡，漢武帝更為湖縣，有荊山，黃帝鑄鼎於荊山，其下曰鼎湖，即此也」。湖城縣在今河南靈寶之西。

奉陪封大夫[1]九日登高[2]

九日黃花酒[3]，登高會昔聞。霜威[4]逐亞相[5]，煞氣[6]傍中原。橫笛[7]驚征鴈，嬌歌落塞雲。邊頭幸無事，醉舞荷吾君。

【校】

①　**中原**　宋本、黃本、鄭本、石印本、《全唐詩》並作「中軍」。

② **煞氣** 宋本、黃本、鄭本、石印本、《全唐詩》並作「殺氣」。案煞、殺二字通。

③ **傍** 鄭本作「傷」。

④ **鴈** 《全唐詩》作「雁」，案二字同。

【注】

1 **封大夫** 謂封常清也。已見七古〈輪臺歌奉送封大夫出師西征〉詩注。按《岑詩繫年》將此詩繫於天寶十四載。

2 **登高** 梁吳均《續齊諧記》：「汝南桓景，隨費長房遊學累年，長房謂之曰：九月九日，汝家中當有災厄，宜急去，令家人各作絳囊，盛茱萸以繫臂，登高飲菊酒，此禍可消。景如言，舉家登山，夕還，見雞、犬、牛、羊一時暴死。長房聞之曰：此可代矣」。

3 **黃花酒** 《禮記·月令》：「季秋之月，菊有黃花」，鄭玄注：「菊色不一而專言黃者，秋令在金，以黃為正也」。

4 **霜威** 案御史為風霜之任，故曰霜威。時封常清攝御史大夫，故云。

5 **亞相** 已見七古〈輪臺歌奉送封大夫出師西征〉詩注。

6 **殺氣** 禮記月令：「仲秋之月，殺氣浸盛」。《文選》江淹〈雜體詩〉：「殺氣起嚴霜」，劉良注：「殺氣，寒氣也」。

7 **橫笛** 已見七古〈田使君美人如蓮花北鋋歌〉注。

陪封大夫宴瀚海亭納涼[1]得時字

細管[2]雜青絲，千杯倒接羅[3]。軍中乘輿[4]出，海上納涼時。日沒鳥飛急，山高雲過遲。吾從大夫後[5]，歸路擁旌旗。

【校】

① **題**　宋本、黃本、鄭本、石印本並同，惟無「得時字」三字。

② **青絲**　宋本、黃本、鄭本、石印本並作「清絲」。

③ **雜**　鄭本作「襍」，案二字同。

【注】

1 **題**　《元和郡縣志》卷四十：「庭州，北庭下都護府，管瀚海軍，北庭都護府城中。長安二年初置燭龍軍，三年郭元振改為瀚海軍，開元中蓋嘉運重加修築，管兵一萬二千人，馬四千兩百匹焉。」《岑參邊塞詩繫年補訂》：「瀚海亭即為建於城南天山北麓之烽亭。」下篇云：「西邊虜盡平，何處更專征。」此詩所寫暇豫景象，當非十三載秋初勝之時。《岑嘉州繫年考證》謂：「天寶十四載在輪台間至北庭」是也。

2 **細管**　庾信〈奉和趙王春日詩〉：「細管調歌曲，長衫教舞兒」。細管謂簫笛，青絲指琴瑟。已見七古〈白雲歌送武判官歸京〉詩注。

3 **倒接羅**　用山簡倒著白接羅事，已見前〈與鮮于庶子泛漢江〉詩注。

4 **乘興**　已見五古〈送祁樂歸河東〉詩注。

5 **吾從大夫後**　《論語・先進》：「以吾從大夫之後，不可徒行也」。又憲問：「以吾從大夫之後，不敢不告也」。

梁州陪趙行軍龍岡寺北泛舟宴王侍御[1]

誰宴霜臺[2]使，行軍粉暑郎[3]。唱歌江鳥沒，吹笛岸花香。酒影搖新月，灘聲聒[4]夕陽。江鐘聞已暮，歸棹[5]綠川長。

【校】

① **題** 《英華》、《全唐詩》題下並有「得長字」三字。

【注】

1 **題** 《岑嘉州繫年考證》：「又有〈梁州陪趙行軍龍岡寺北（「庭」字疑誤）泛舟〉詩：「唱歌江鳥沒，吹笛岸花香」，亦是春景，此併〈龍岡寺泛舟〉詩（詳七古）疑皆本年（大歷元年）所作。」按岑參平生僅此年春夏在梁州，自當屬之本年。《舊唐書》職官志：「節度使一人，副使一人，行軍司馬一人……」此詩趙行軍，即山南西道節度使張獻誠之行軍司馬。《古今圖書集成·方輿彙編、職方典卷》五二九：「興元府南鄭縣，龍岡山，在府城四十里，相傳梁天監中龍鬥此岡，故名。」《清一統志》卷二三七：「龍岡山，在南鄭縣西。」龍岡寺當即在龍岡山。觀下篇云：「漢水天一色，寺樓波底看。」梁州，已見五古〈梁州對雨懷麴二秀才〉詩注。

2 **霜臺** 《通典·職官》：「故御史為風霜之任，彈糾不法，百僚震恐，官之雄峻，莫之比焉」霜台即柏臺，指御史台，霜台使稱王侍御。

3 **粉署郎** 《通典·職官》：「郎官謂之尚書郎，明光殿省，省中以胡粉塗壁」。〈白帖〉：「諸曹郎曰粉署，亦曰仙署」。《漢官儀》：「尚書郎，奏事明光鎮，省皆胡粉塗畫古賢人烈士」，句言趙司馬為郎官也。

4 **聒** 《楚辭·九思》〈疾世〉：「鴝鵒鳴兮聒余」，王逸注：「多聲亂耳為聒」。

5 **棹** 案棹，即「櫂」之或字。《方言》：「楫，或謂之櫂」。楫者，在舟之旁，撥水以進舟者也。一說短者曰楫，長者曰棹。

過酒泉¹憶杜陵²別業

昨夜宿祁連³，今朝過酒泉。黃沙西際海，白草⁴北連天。愁裡難消日，歸期尚隔年。陽關萬里夢⁵，知處杜陵田。

【注】

1 **酒泉**　《新唐書‧地理志》：「肅州酒泉郡治酒泉。」案酒泉郡，本匈奴昆邪王分地，漢武帝開置酒泉郡（應劭曰：其水若酒，故曰酒泉也），隋廢，分置肅州，尋廢，唐復置肅州，尋為酒泉郡。故地即今甘肅酒泉縣治。《岑詩繫年》：「案《元和郡縣志》（卷四十）甘州張掖縣有祁連山。在縣西南二百里，張掖、酒泉二界上，此詩曰：『昨夜宿祁連，今朝過酒泉』當作於西去途中，公兩度西去，未審何次所作，姑繫十三載赴北庭時，杜陵別業，即終南高冠草堂也。」

2 **杜陵**　《元和郡縣志》：「杜陵在京兆府萬年縣東南二十里」。參閱七古〈宿蒲關東店憶杜陸別業〉詩注。

3 **祁連**　已見七古〈送費子歸武昌〉詩注。

4 **白草**　已見七古〈白雪歌送武判官歸京〉詩注。

5 **陽關萬里夢**　庾信〈重別周尚書〉詩：「陽關萬里道，不見一人歸」。「陽關」已見七古〈優鉢羅花歌〉注。

【箋】

　　方回曰：「三四壯，五六麗」（《瀛奎律髓》）。

宿鐵關¹西館

馬汗踏成泥²，朝馳幾萬蹄。雪中行地角³，火處宿天倪⁴。塞迥心常怯，鄉遙夢⁵亦迷。那知故園月，也到鐵關西。

【校】
① 踏　《百家選》作「踢」。

【注】
1 **鐵關**　此過鐵門關至關西館留宿之作，鐵關，即鐵門關，已見五古〈題鐵門關樓〉詩注。

2 **馬汗踏成泥**　言馬汗和土成泥，晨出數萬步，借馬行之急，言行役之苦，二語想像誇張，句奇。

3 **地角**　地盡處。徐陵〈為陳武帝與嶺南酋豪書〉：「天涯藐藐，地角悠悠」。

4 **天倪**　《莊子‧齊物論》：「和之以天倪」，陸德明注：「倪，李云分也。崔云：或作霓，際也。天倪，謂天之邊際也」。

5 **鄉夢句**　沈約〈別范安成〉詩：「夢中不識路，何以慰相思。」李善注：「繆襲《嘉夢賦》曰：『心灼爍其如陽，不識道之焉如』。」《韓非子》曰：「六國時張敏與高惠二人為友，每相思不能得見，敏便於夢中往尋，但行至半道，即迷不知路，遂回，如是者三。」按：所引不見於今本韓非子，當是佚文。

【箋】
1 方回曰：「五六勝三四，以有議論而自然，末句爽逸已甚」（寓見月思鄉意，曲折出之而不說破。）（《瀛奎律髓》）。

2 紀昀曰：「六句沉著」（《瀛奎律髓刊誤》卷三〇）。

3 陸放翁曰：「岑參〈在西安（案應為安西）幕府〉詩云：『那知故園月，也到鐵關西』。韋應物作郡守時，亦有詩云（〈樓中月

夜〉）：『寧知故園月，今夕在西樓』。語意悉同，而豪邁閒澹之趣，居然自異。」（《老學庵筆記》）。

發臨洮[1]將赴北（庭）[2]留別 得飛字

聞說輪臺[3]路，連年見雪飛。春風不曾到，漢使亦應稀。白草通疏勒[4]，青山過武威[5]。勤王[6]敢道遠，私向夢中歸。

【校】

① **題**　宋本、鄭本、石印本、《全唐詩》並作〈發臨洮將赴北庭留別〉，黃本作〈登臨洮將赴北庭留別〉。叢刊本「北」字下奪一「庭」字，誤，今據補。

② **不曾到**　《全唐詩》作「曾不到」。

③ **勤王敢道遠**　《全唐詩》作「不敢道遠思」。

【注】

1 **臨洮**　《唐書・地理志》：「隴右道洮州，隋臨洮郡，武德二年置洮州，貞觀五年移州治於洪和城，後復移還洮陽城，今州治也。開元十七年廢，併入岷州臨潭縣，天寶元年改為臨洮郡」。案故治在今甘肅省臨潭縣西南。詩為天寶十三載四月赴北庭途經臨洮所作。

2 **北庭**　已見五古〈北庭貽宗學士道別〉詩注。

3 **輪臺**　已見五古〈北庭貽宗學士道別〉詩注。

4 **疏勒**　漢西域國名。在伽師縣西，古疏勒國地，唐時嘗置疏勒都督府於此。鐵關為安西四鎮之一，地在今新疆喀什市。

5 **武威**　已見五古〈武威送劉單判官赴安西行營〉詩注。

6 **勤王** 《書・金縢》:「昔公勤勞王家」《周禮・春官》〈大宗伯〉:
「秋見曰覲。」注:「覲之言勤也,欲其勤王之事。」謂盡力於王
事。《晉書・桓玄傳》:「先臣(溫)蒙國殊遇……常欲以身報
德,勤王之師,功非一捷。」敢道遠不敢言遠也。

【箋】

　　清冒春榮曰:「詩腸之曲……岑參『勤王敢道遠,私向夢中歸』
本怨赴邊庭,歸期難必,卻反意不敢道遠,夢中可歸。」(《葚原詩
說》)

首秋輪臺[1]

異域[2]陰山[3]外,孤城雪海[4]邊。秋來唯有鴈,夏盡不聞蟬。雨拂
氈牆[5]濕,風搖毳幕[6]羶。輪臺萬里地,無事歷三年。

【校】

① 鴈　鄭本、《全唐詩》並作「雁」,案二字同。
② 牆　鄭本、《全唐詩》並作「牆」。案《玉篇》:「墻,正字作牆」。

【注】

1 題　案天寶十三載,安西四鎮節度使封常清入朝,三月,權北庭
都護,持節充伊西節度瀚海軍使(見《唐書》〈封常清傳〉),表
公為大理評事,攝監察御史,充安西北庭節度判官,公遂赴北
庭。五月,常清出師西征,六月,常清受降回軍(參見五古〈北
庭西郊候封大夫受降回軍獻上〉及〈登北庭北樓呈幕中諸公〉詩
注)。七月,公自北庭赴輪臺,詩曰:「輪臺萬里地,無事歷三
年」,自十三載夏,至至德二載夏,適為三周年。此詩題曰「首

秋」。而至德二載六月公已歸至鳳翔（見〈五古行軍詩注〉），則詩必作於至德元載之秋矣。

2　**異域**　《文選》李陵〈答蘇武書〉：「生為別世之人，死為異域之鬼」。

3　**陰山**　已見五古〈北庭西郊候封大夫受降〉詩注。

4　**雪海**　已見七古〈走馬川行奉送出師西征〉詩注。

5　**氎墻**　〈烏孫公主歌〉：「穹廬為室兮氈為牆」。案「氈」，又作「氎」。《說文》：「氎，撚毛也」，段注：「撚者，蹂也。撚毛者，蹂毛成氎也」。墙即牆字。

6　**毳幕**　《文選》李陵〈答蘇武書〉：「韋韝毳幕，以禦風雨。羶肉酪漿，以充飢渴。」李善注：「毳幕，氈帳也」。

【箋】

方回曰：「唐之盛時，漢之所棄輪臺，亦奄有之，然勤於遠略，不如修實德，以悅近人也。氎、墻二字新」（《瀛奎律髓》）。

北庭作¹

鴈塞²通塩澤³，龍堆⁴接醋溝⁵。孤城天北畔，絕域⁶海西頭⁷。秋雪春仍下，朝風夜不休。可知⁸年四十，猶自未封侯。

【校】

① **鴈**　《全唐詩》作「雁」，案二字同。

② **塩**　宋本、黃本、鄭本、石印本、《全唐詩》並作「鹽」，案二字同。

【注】

1 **題**　此天寶十四載春日詩也。《岑詩繫年》:「所編甚是」是岑參
此次赴邊,當在四月初,至北庭當在夏末,故此詩實為天寶十四
載春日之作。北庭已見〈北庭貽宗學士道別〉詩注。《岑參邊塞
詩繫年補訂》:「繫於天寶十三載四月,並稱詩人初到北庭,對北
疆風物,斯有此嘆。」按「秋雪春仍下」不當在四月,而在正月
至三月。《舊唐書‧玄宗紀》:「天寶十三載三月乙丑,左羽林上
將軍封常清權北庭都護,伊西節度使。」

2 **雁塞**　劉澄之〈梁州記〉:「梁州縣界有雁塞山,傳云此山有大池
水,雁棲集之,故因名曰雁塞。」(《初學記》卷三十引)

3 **鹽澤**　即今新疆省鄯善南之羅布泊。漢曰蒲昌海,亦曰鹽澤,古
為產鹽之澤,故有此名。《水經‧河水注》:「泑澤水積鄯善之東
北,龍城之西南,地廣千里,皆為鹽而堅剛也。……故蒲昌亦有
鹽澤之稱」。

4 **龍堆**　即白龍堆,已見五古〈登北庭北樓呈幕中諸公〉詩注。

5 **醋溝**　宋‧鄭剛中〈西征道里計〉:「四日,八角鎮,醋溝,宿
中牟。五日,白河鎮,圃田,宿鄭州」知醋溝在鄭州中牟東也。
周嬰曰:「醋溝必在涼州之外,……若雁塞越四千五百里而西與
(蔥嶺)河東之澤連,龍堆越五千里而東與中牟之水接,作詩者,
無乃太憒憒乎?」(《巵林》),按詩為北庭作,北庭在今新疆孚遠
縣,以道理計之,醋溝地應在北庭附近。

6 **絕域**　極遠之地,已見五古〈安西館中思長安〉詩注

7 **海西頭**　隋煬帝〈泛龍舟歌〉:「借問揚州在何處,淮南江北海西
頭」。

8 **可知**　猶言「豈知」或「那知」也。說詳近人張相《詩詞曲語辭
匯釋》。

【箋】

1 方回曰:「鹽澤人所共知,醋溝則未之知也,甚新。中四句皆如

鑄成」(《瀛奎律髓》)。
2 紀批:「此等但以宏壯取之。(《瀛奎律髓刊誤》卷三〇)說不相
　悖,可以並存。」

輪臺即事[1]

輪臺風物異,地是古單于[2]。三月無青草,千家盡白榆[3]。蕃書文
字別,胡俗語音殊。愁見流沙[4]北,天西海一隅。

【注】

1 **題**　岑參於至德元載有〈首秋輪台〉詩曰:「輪台萬里地,無事
　歷三年」則始至輪台,為天寶十三載(見前〈輪台歌奉送封大夫
　出師西征〉)此詩曰「三月無青草」知天寶十四載暮春之作也。
　輪臺,即今新疆輪臺縣,已見五古〈北庭貽宗學士道別〉詩注。
2 **古單于**　按此句謂輪台乃古單于所屬,非言單于為地名也。
3 **白榆**　《詩‧陳風》〈東門之枌傳〉:「枌,白榆也」《爾雅‧釋
　木》:「榆、白枌」郭璞注:「枌,榆先生葉,卻著莢,皮色
　白」。邢昺疏:「榆之皮色白,名白榆。」《古樂府》〈隴西行〉:「天上
　何所有,歷歷種白榆」。
4 **流沙**　《元和郡縣志》:「居延海在甘州張掖縣東北一千六百里,
　即居延澤,古文以為流沙者,風吹流行,故曰流沙」。《太平御
　覽》:「流沙在玉門關外」,《唐書‧西域傳》:「吐谷渾西北有流沙
　數百里。」

【箋】

　　方回曰:「唐人雖奄有輪臺,然詩人終只以為蕃書、胡語也,其

可久有之哉」（《瀛奎律髓》）。

晚發五谿（渡）[1]

客厭巴南[2]地，鄉鄰劍北[3]天。江村片雨外，野寺夕陽邊。芋葉藏山逕，蘆花雜渚[4]田。舟行未可住，乘月且須牽[5]。

【校】

① 題　宋本、鄭本、黃本、石印本、《全唐詩》、《英華》並作〈晚發五渡〉。案作〈晚發五渡〉是也。

② 雜　《英華》作「間」。

【注】

1 **五渡**　《唐三體詩》卷五釋圓至註：「蜀先主於五溪立黔安郡，今肇慶府也。五溪者，酉溪、辰溪、巫溪、武溪、沅溪」。何焯《批校康熙錢塘高氏刊本唐三體詩》謂：「五溪當在嘉州，註（釋圓至謂在黔安郡）誤。」《蜀中名勝記》卷十二：「（青神）縣之名勝，在乎三巖，三巖者，上巖、中巖、下巖也。自縣解維，始由芙蓉溪，以兩岸多芙蓉也。繼由五渡溪，以溪水曲折，凡五渡也。」《岑詩繫年》據《岑嘉州繫年考證》定為「大歷三年自嘉州東歸滯留巴南詩」，未確。當是大歷二年六月後岑參赴嘉州任過青神縣五渡溪作。《新唐書・地理志》：「眉州通義郡，上。武德二年析嘉州置。有青神縣。」今四川青神縣。

2 **巴南**　謂巴山以南，《新唐書・地理志》：「巴州清化郡治化城」。今四川巴中縣。巴州屬山南西道，劍南道在其南，故云巴南地。

3 **劍北**　大劍山在四川劍閣縣北。

4 **渚**　《爾雅・釋水》:「小洲曰陼。」《說文》十一上引作「小洲曰
　　渚。」郝懿行〈義疏〉:「陼當為渚。」

5 **乘月且須牽**　二句寫晚發,言當乘夜月牽舟前行也。

【箋】

1 徐禎卿曰:「不用深情奧語,自是老手」(《唐詩會通評林》)。

2 周珽曰:「首節客行境地,次即晚發時景,三即五溪風土,末言
　　舟行入夜未已,總見客思無窮也。」(《唐詩會通評林》)。

3 周敬曰:「江村句,語雋字新」(《唐詩會通評林》)。

4 方回曰:「詩律往往健整平實,非晚唐纖碎可比」(《瀛奎律
　　髓》)。

5 邢昉曰:「忽爾幽細」(《唐風定》卷十三)。

巴南舟中夜書事

渡口欲黃昏,歸人爭渡喧[1]。近鐘清野寺,遠火點江村。見鴈[2]思
鄉信,聞猿[3]積淚痕。孤舟萬里夜,秋月不堪論。

【校】

① **題**　《全唐詩》作〈巴南舟中夜市〉,《英華》作〈巴南舟中夜事〉。

② **點**　《英華》作「照」。

③ **鴈**　《全唐詩》、《百家選》並作「雁」,案二字同。

④ **猿**　宋本、黃本、鄭本、石印本並作「猨」,案二字同。

⑤ **萬里夜**　《全唐詩》作「萬里外」。

【注】

1 **爭渡喧**　詩為大歷三年秋,淹泊戎州時作,庾信〈同州還〉詩:

「上林催獵響，河橋爭渡喧」。

2 見雁句 《漢書》〈蘇武傳〉：「數年，匈奴與漢和親，漢求武等，匈奴詭言武死，後漢使復至匈奴，常惠請其守者與俱得，夜見漢使，具自陳過，教使者謂單于言，天子射上林中，得雁足，有係帛書，言武等在某澤中，使者大喜，如惠語以讓單于」。

3 聞猿句 《水經・江水注》：「每至晴初霜旦，林寒潤蕭，常有高猿長嘯，屬引淒異，空容傳響，哀轉久絕，故漁者歌曰：巴東三峽巫峽長，猿鳴三聲淚霑裳」。

【箋】

1 周珽曰：「此水宿而書事也，起聯便有思歸之想，俄而寺鐘起，村火明，見雁聞猿，舟中景物、已多悲感。夫旅思對月轉殷，結曰不堪論，更含無限深情」（《唐詩會通評林》）。

2 周敬曰：「撫時寫景，思鄉憶遠，情見乎辭。玉屑（魏慶之）謂五六羈旅句法」（《唐詩會通評林》）。

3 徐充曰：「清字、點字，應遠近意，甚妙。思字、積字亦工」（《唐詩會通評林》）。

4 鍾惺曰：「論字，著秋月上便妙」（《唐詩歸》）。

5 譚元春曰：「清字，妙。積字有身分，第五句使事化。不堪論三字，於秋月，乃是確評，移用三字不得」（《唐詩歸》）。

6 方回曰：「句句分曉，無包含而自在，起句十字尤絕唱」（《瀛奎律髓》）。

7 胡仔曰：「浩然〈夜歸鹿門歌〉：『山寺鳴鐘晝已昏，漁梁渡頭爭渡喧』，不若岑參〈巴南舟中即事〉詩：『渡口欲黃昏，歸人爭渡喧』，岑詩語意警絕，優於孟也」（《苕溪漁隱叢話》）。

8 唐汝詢曰：「秋月雖佳，非所論於旅泊之夜也。」（《唐詩解》）

9 何焯曰：「清字，點字，襯出遠近，自覺生動」（《批校三體唐詩》）。

初至犍為¹作

山色軒檻²內，灘聲枕席間。草生公府³靜，花落訟庭閑。雲雨連三峽⁴，風塵接百蠻⁵。到來能幾日，不覺鬢毛斑⁶。

【校】

① 閑　黃本、鄭本並作「閒」，案二字同。

② 鬢　宋本、石印本並作「髩」，案二字同。

【注】

1 **犍為**　《唐書・地理志》：「嘉州犍為郡，本隋眉山郡，天寶元年更名。郡有犍為縣，屬劍南道，今四川敘州府嘉定州，即其他」。案故治在今四川省樂山市。

2 **軒檻**　王粲〈登樓賦〉：「憑軒檻以遙望兮，向北風而開襟。」案：《漢書》〈史丹傳〉曰：「天子自臨軒檻上，隤銅丸以擿鼓。」師古曰：「軒檻，闌版也。」

3 **公府二句**　《北齊書》：「宋士良為清河太守，公門虛寂，無復頌者」。《文選》謝靈運〈齋中讀書〉詩：「虛館絕諍訟，空庭來鳥雀」。

4 **三峽**　已見五古〈東歸留題太常徐卿草堂〉詩注。

5 **百蠻**　《後漢書》〈杜篤傳〉：「屠裂百蠻」，章懷太子注：「百蠻，夷狄之總稱也」。案犍為，古為僰國，南通六詔，溪洞夷獠雜居，種類非一，故曰「百蠻」。

6 **鬢毛斑**　杜甫〈涪江泛舟送韋班歸京〉詩：「天涯故人少，更益鬢毛斑。」形客憂愁之甚。

【箋】

1 唐汝詢曰：「此守嘉州而嘆其地之險惡也。山色、灘聲盈乎坐側，草生花落，幾沒公庭，民務之鮮可知。況地連三峽，而雲

雨常昏，境接百蠻，而風塵不靜，是以到官未幾而髮為之變也」
（《唐詩解》）。

2 吳綏眉曰：「上截言幽，下截言僻」（《刪定唐詩解》）。

3 方回曰：「頗似老杜詩，而無其悲憤，末句亦不堪遠仕矣，然為
刺史，則勝如為客之流離也」（《瀛奎律髓》）。

4 紀昀曰：「嘉州詩難得如此清圓。」（《瀛奎律髓》卷六及〈刊
誤〉）。

5 周珽曰：「景幽事閒，何不可怡情，幾日間，鬢忽欲斑，以所涖
風土惡劣故耳。善寫宦遊情況，如怨如訴」（《唐詩會通評林》）。

詠郡齋壁畫片雲得歸字

雲片何人畫，塵清粉色微[1]。未曾行雨[2]去，不見逐風歸。只恠偏
凝壁，回看欲惹衣。丹青[3]忽（忩）借便，移向帝鄉[4]飛。

【校】

① 題　宋本、鄭本、黃本、石印本並同，惟無「得歸字」三字。

② 塵清　宋本、鄭本、黃本、石印本、《全唐詩》並作「塵侵」。

③ 恠　《全唐詩》作「怪」，正字通：「恠，俗怪字」。

④ 忩　宋本、鄭本、黃本、石印本、《全唐詩》並作「忽」，案作
「忽」是。

【注】

1 粉色微　謂畫粉之色淡薄不明。

2 行雨　《文選》宋玉〈高唐賦〉：「妾在巫山之陽，高丘之阻，旦
為朝雲，暮為行雨，朝朝暮暮，陽臺之下」。

3　**丹青**　《古文苑》〈蜀都賦〉:「其中則有玉石簪岑,丹青玲瓏」,
　　章樵注:「丹,丹砂。青,碧石。擣汰之得青綠,畫家用之」。

4　**帝鄉**　天帝之都也。《莊子‧天地》:「華封人曰:千歲厭世,去
　　而上仙,乘彼白雲,至於帝鄉」。

臨洮龍興寺玄上人院同詠青本(木)香叢[1]

移根[2]自遠方,種得在僧房。六月花新吐,三春葉已長。抽莖高
錫杖[3],引影到繩床[4]。只為能除病,傾心向藥王[5]。

【校】

① **青本香**　宋本、鄭本、黃本、石印本、《全唐詩》並作「青木
　　香」,案作「青木香」是。本、木二字形近而訛。

② **除病**　宋本、鄭本、黃本、石印本並作「除疾」。

【注】

1　**題**　《新唐書‧地理志》:「臨州臨洮郡治臨潭。」今甘肅臨潭西
　　南。又「臨州狄道郡治狄道,有臨洮軍。」今甘肅臨洮。《唐會
　　要》卷四十八:「龍興寺,寧仁坊。……至神龍二年二月改為中
　　興寺,右補闕張景源上疏曰:伏見天下諸州,各置一大唐中興寺
　　觀。……竊有未安。……因降敕曰:……其天下大唐中興寺觀,
　　宜改為龍興寺觀,諸如此類,並即令改。」《隋書》〈樊子蓋傳〉:
　　「五年,車駕西巡,將入吐谷渾,子蓋以彼多鄣氣,獻青木香以
　　禦霧露。」唐慎微《證類本草》卷六:「木香一名蜜香,生永昌
　　山谷。陶隱居云:此即青木香也。永昌不復貢,今皆從外國舶
　　上來。乃云:大秦國以療毒腫。」李時珍《本草綱目‧草部》卷

十四:「木香,草類也。本名蜜香,因其香氣如蜜也。緣沉香中有蜜香,遂訛此為木香,昔人謂之青木香。」

2 **移根** 已見七古〈優鉢羅花歌〉注。

3 **錫杖** 已見七古〈太白胡僧歌〉注。

4 **繩床** 已見五古〈上嘉州青衣山中峰題惠淨上人幽居〉詩注。

5 **藥王** 佛家語,菩薩之簡稱。《維摩結經》:「佛告天帝,過去無量阿僧祇劫時,此有佛號曰藥王」。

宿關西客舍寄山東嚴許二山人時天寶高道舉徵[1]

雲送關西雨,風傳渭北秋。孤燈然客夢,寒杵搗鄉愁。灘上思嚴子[2],山中憶許由[3]。蒼生[4]今有望,飛詔下林丘[5]。

【校】

① **題** 《全唐詩》、《英華》並作〈宿關西客舍寄東山嚴許二山人時天寶初七月初三日在內學見有高道舉徵〉。宋本、黃本、鄭本、石印本並作〈七月三日在內學見有高道舉徵宿關西客舍寄東山嚴許二山人〉。《百家選》作〈宿關西客舍寄東山嚴許二山人時天寶高道舉徵〉。

② **渭北** 《英華》作「渭水」,誤。

③ **搗** 《英華》、《百家選》並作「擣」。案二字同。

【注】

1 **題** 案此詩,各本互異,當以《全唐詩》、《英華》作〈宿關西客舍寄東山嚴許二山人時天寶七月初三日在內學見有高道舉徵〉為正。據此,則公詩當作於此時(即天寶元年)七月在潼關西客舍

所作。

2 **嚴子** 即嚴子陵，《後漢書·逸民列傳》：「嚴光字子陵，會稽餘姚人，少有高名，與光武同遊學。及光武即位，乃變名姓，隱身不見。帝思其賢，令以物色訪之。後齊國上言，有一男子，披羊裘，釣澤中，帝疑其光，備安車玄纁，遣使聘之，三反而後至，除為諫議大夫，不屈，乃耕於富春山，後人名其釣處為嚴陵瀨焉」。詳《後漢書》本傳。

3 **許由** 譙周《古史考》：「許由，堯時人也，隱箕山，恬泊養性，無欲於世，堯禮待之，終不肯就，時人高其無欲，遂崇大之曰：堯將以天下讓許由，由恥聞之，乃洗其耳」。案此詩為寄「嚴許二山人」，故以嚴子陵、許由比之。

4 **蒼生** 已見五古〈送顏平原並序〉詩注。

5 **林丘** 《文選》謝惠連〈西陵遇風獻康樂〉詩：「零雨潤墳澤，落雪灑林丘」。《獨異志》卷上：「陶弘景隱居茅山，梁武帝每有大事，飛詔與之參決，時人謂隱居為山中宰相。」

【箋】

1 唐汝詢曰：「此感時懷友，冀其出仕也。」（《唐詩解》）

2 周珽曰：「即客舍秋候景地，興感旅思，因援嚴許同姓兩高士比二山人，言道舉既已見徵，二子亦當被召，以蒼生殷望，冀其出仕也」（《唐詩會通評林》）。

3 徐用吾曰：「起聯便見大家口氣筆力」（《唐詩會通評林》）。

4 唐孟莊曰：「起得闊遠，結引道舉例」（《唐詩會通評林》）。

5 方回曰：「然、搗二字眼，響」（《瀛奎律髓》）。

6 馬位曰：「李洞『藥杵聲中搗殘夢，茶鐺影裡煮孤燈』。不及岑參『孤燈燃客夢，寒杵搗鄉愁。』」（《秋窗隨筆》）

7 吳綏眉曰：「然夢、搗愁，用字甚尖，與前飄客淚、挂鄉愁相似」（《刪定唐詩解》）。

長門怨[1]

君王嫌妾妒，閉妾在長門。舞袖垂新寵，愁眉結舊恩。綠錢[2]生
履跡，紅粉濕啼痕。羞被桃花笑[3]，看君（春）獨不言。

【校】

① 在　宋本、黃本、鄭本、石印本並作「向」。

② 生　《全唐詩》、《英華》並作「侵」。

③ 跡　宋本、黃本、鄭本、石印本並作「迹」，案二字同。

④ 桃花　《全唐詩》、《英華》並作「夭桃」。

⑤ 看君　宋本、鄭本、黃本、石印本、《全唐詩》、《百家選》、《英
　　華》、《樂府詩集》並作「看春」，案作「看春」是。

【注】

1 **長門怨**　《漢書・外戚傳》：「孝武陳皇后，長公主嫖女也。曾祖
　父陳嬰，……為堂邑侯，年尚長公主，生女，初武帝得主為太
　子，長主有力，取主女為妃，及帝即位，立為皇后，擅寵驕貴，
　十餘年而無子，聞衛子夫得幸，幾死者數焉。上愈怒，后又挾婦
　人媚道，頗覺，元光五年，上遂窮治之。……罷退居長門宮。」
　吳兢《樂府古題要解》：「長門怨者，為漢武帝陳皇后也。后，
　長公主嫖有女，字阿嬌，及衛子夫得幸，后退居長門宮，愁悶悲
　思，聞司馬相如工文章，奉黃金百斤，令為解愁之辭，相如作長
　門賦，帝見而傷之，復得親幸者數年，後人因其賦而為長門怨
　焉」。案梁柳惲、費昶、唐沈佺期、李白、劉長卿等，皆有長門
　怨之作。

2 **綠錢**　崔豹《古今注》：「苔蘚，空室中無人行則生，或紫或青，
　一名圓蘚，一名綠錢，一名綠蘚」。沈約〈冬節後至丞相第諸世
　子車中〉作：「賓階綠錢滿，客位紫苔生。」

3　**桃花笑二句**　《左傳》莊公十四年：「楚子滅息，以息嬀歸，生堵
敖及成王焉，未言，楚子問之，對曰：吾一婦人而事二夫，縱弗
能死，其又奚言？」案王維有〈息夫人〉詩，杜牧有〈題桃花夫
人廟〉詩，皆詠此事。維詩云：「莫以今時寵，難忘舊日恩。看
花滿眼淚，不共楚王言」。牧詩云：「細腰宮裡露桃新，脈脈無言
度幾春。至竟息亡緣底事，可憐金谷墜樓人」。

【箋】

施補華曰：「少陵『浣花溪裡花饒笑』，青蓮『武陵桃花笑殺
人』，玉谿『東風為開了，卻擬笑東風』，李敬芳『不向花前醉，花
應解笑人』，岑參『羞被桃花笑，看春獨不言』，各有意致」（《峴傭
說詩》）。

夜過盤石（豆）隔河望永樂寄閨中效齊梁體[1]

盈盈[2]一水隔，寂寂二更初。波上思羅襪[3]，魚邊憶素書[4]。月如
眉已畫[5]，雲似鬢新梳。春物知人意，桃花笑索居[6]。

【校】

①　**盤石**　宋本、鄭本、黃本、石印本並作「盤豆」，案作「盤豆」
是。

②　**笑**　宋本、黃本、鄭本、石印本並作「咲」，案二字同。

【注】

1　**題**　《周書》〈于謹傳〉：「大統元年……大軍東伐，謹為前鋒，
至盤豆，……攻破之，拔虜其卒，又因此拔弘農，擒東魏陝州
刺史李徽柏。」鄭剛中《西征道理計》：「十八日乾伯鋪、盤豆，

攢節店，宿閿鄉縣。」盤豆城在今河南閿鄉縣西南三十里。《隨園詩話》卷十四引陶庭珍〈盤豆驛〉詩云：「叢山如破衣，人似虱緣縫。盤旋一線中，欲速不得縱。」蓋即其地。《元和郡縣志》卷十二：「河中府有永樂縣。河水在縣南二里。」《新唐書·地理志》：「河中府河東郡有永樂縣，次畿。」今山西永濟縣東南一百二十里，黃河北岸。岑參之家室時在永樂，此為自京返家途中所作。《岑詩繫年》：「以下列諸篇考之，公此遊蓋自陝、虢一帶渡河，歷永樂、絳州、平陽等地，入蒲關以返京師。後由題平陽郡汾橋邊柳樹一詩驗之，平陽郡天寶元年以前曰晉州，此曰平陽，當作於天寶元年以後。天寶五六兩年公行事不明，遊永樂，平陽疑即在此二年間。」又案此篇曰〈春物知人意〉，〈宿蒲關東店憶杜陵別業〉曰：「長安二月歸正好」，蓋此遊始於春日，至翌春乃歸耳。《滄浪詩話·詩體》：「以時而論則有……齊梁體。」原註：「通兩朝而言之。」馮班《鈍吟雜錄》卷五「嚴氏糾謬」條：「齊時如江文通詩，不用聲病，梁武不知平上去入，其詩仍是太康，元嘉舊體，若直言齊梁諸公，則混然矣。齊代短祚，王元長、謝元（玄）暉皆歿於當代，不絡天年。沈休文、何仲言、吳叔庠、劉孝綽、皆一時名人，並入梁朝，故聲病之格，通言齊梁；若以詩體言，則直至唐初，皆齊梁體也。白太傅、李義山、溫飛卿皆有齊梁格詩，但律詩已盛，齊梁體遂微。若明辨詩體，當云齊梁體創於沈、謝，南北相仍，以至唐景雲、龍紀始變為律體，如此方明。」其說甚細，然此亦律詩，稱齊梁體者，不過言靡艷之內容耳。紀昀批：「中四句本為小巧，然題目明言效齊梁體，則竟以齊梁體論，不以盛唐法論矣。」

2 **盈盈** 《古詩十九首》：「迢迢牽牛星，皎皎河漢女……盈盈一水間，脈脈不得語。」劉良註：「盈盈，端麗貌。……喻端麗之女在一水之間，而自矜持不得交語。」

3 **羅襪** 《文選》曹植〈洛神賦〉：「凌波微步，羅襪生塵。」呂向註：「步於水波之上如塵生也。」

4 **素書**　蔡邕〈飲馬長城窟行〉:「客從遠方來,遺我雙鯉魚。呼兒
烹鯉魚,中有尺素書,長跪讀素書,書中竟何如?上言加餐食,
下言長相憶。」李善注:「鄭玄《禮記註》曰:素,生帛也。」呂
向註:「尺素,絹也,古人為書多書於絹。」

5 **眉已畫**　《漢書》〈張敞傳〉:「為婦畫眉,長安中傳張京兆眉憮。」

6 **索居**　《禮記‧檀弓》:「吾離君而索居,亦已久矣」。鄭注:
「群,朋友也,索猶散也。索居猶獨居也。」

【箋】

　　方回曰:「波、魚、月、雲,所睹之四物也;襪、書、眉、鬢,
所思之四事也,可謂工矣」(《瀛奎律髓》)。

敬酬李判官¹使院即事見呈

公府日無事,吾徒只是閑。草根侵柱礎²,苔色上門關。映硯時
見鳥,卷簾晴對山。新詩吟未足,昨夜夢東還。

【校】

① **映硯**　宋本、鄭本、黃本、石印本、《全唐詩》並作「飲硯」。

【注】

1 **李判官**　即〈磧西頭送李判官入京〉之李判官,謂李栖筠也。其
生平事蹟,詳見該篇註解。「使院即事」者李判官原詩之題也。
《全唐詩》卷二一五僅存李栖筠詩二首,又《對床夜話》卷五引
〈桂花曲〉,足證其能詩,但無此首,知已佚。

2 **柱礎**　柱下石也。陸佃《埤雅》:「柱礎皆汗,鬱蒸成雨」。《淮南
子‧說林訓》:「山雲蒸而柱礎潤」。

【箋】

1 方回曰：「天寶年間詩，皆如此飽滿」（《瀛奎律髓》）。

2 紀昀曰：「次句，率。三四已逗（姚）武功一派」（《瀛奎律髓刊誤》卷四十二）。

3 李栖筠能詩，對床夜話盛贊其桂花曲，結云：「曲終卻從仙官去，萬戶千門空月明。」而謂錢起〈省試湘靈鼓瑟〉詩：「曲終人不見，江上數峰青」。「雖詞約而深，不出前意也。贊皇（栖筠）詩人少知之，而錢以此名也，亦可見幸不幸耳。」（《全唐詩補逸》卷五）

趙少尹南亭送鄭侍御歸東臺[1]得長字

江亭酒甕香，白面繡衣郎[2]。砌冷蟲喧坐，簾疏月到牀。鐘催離思急，絃逐醉歌長。關樹應皆落，隨君滿路霜。

【校】

① **題** 宋本、鄭本、黃本、石印本、《全唐詩》、《英華》、《百家選》並作〈趙少尹南亭送鄭侍御歸東臺〉，《全唐詩》題下有「得長字」三字。

② **江亭** 《全唐詩》、《百家選》並作「紅亭」。

③ **甕** 《英華》、《百家選》並作「瓮」，案二字同。

④ **月** 宋本、鄭本、黃本、石印本、《全唐詩》、《英華》、《百家選》並作「雨」。

⑤ **離思** 宋本、鄭本、黃本、石印本、《全唐詩》、《英華》、《百家選》並作「離興」。

⑥ **絃逐** 《百家選》作「絃緩」。

⑦ **皆**　宋本、鄭本、黃本、石印本、《英華》、《百家選》並作「先」。

⑧ **滿路**　《全唐詩》作「滿鬢」。

【注】

1 **東臺**　已見七古〈青門歌送東臺張判官〉詩注。

2 **白面繡衣郎**　案與「白面皇家郎」同意，謂年少之才也。《南史》〈沈慶之傳〉：「陛下今欲伐國，而與白面書生謀之。」

【箋】

　　何焯曰：「砌冷、簾疏二句，透出惜別，結句收出侍御，仍與三四映發，不嫌陳熟」（《批注三體唐詩》）。

晚過磐石寺禮鄭和尚

暫詣高僧話，來尋野寺孤。岸花藏水碓[1]，溪竹映風爐[2]。頂上巢新鶴，衣中得舊珠。談禪[3]未得去，輟棹且踟躕[4]。

【校】

① **鶴**　宋本、鄭本、黃本、石印本、《全唐詩》、《英華》並作「鵲」。

② **談**　鄭本作「譚」，案二字同。

③ **棹**　《全唐詩》作「櫂」，案「棹」即「櫂」之或字。

④ **未得**　《英華》作「未帶」，誤。

【注】

1 **水碓**　已見五古〈春半與群公同遊元處士別業〉詩注。

2 **風爐** 烹茶之器也。《茶經》:「風爐,以銅鐵鑄之,如古鼎形,厚三分,緣闊九分,令六分虛中,致其圬墁,凡三足,其灰承作三足鐵柈檯之」。

3 **談禪** 談說禪定之佛理也。梵語禪那、禪定,棄絕諸惡之意。

4 **踟躕** 《詩‧邶風》〈靜女〉:「愛而不見,搔首踟躕」。案踟躕者,欲行不進之貌。踟音池,躕音除。

【箋】

1 方回曰:「水碓、風爐,自然成對」(《瀛奎律髓》)。

2 紀昀曰:「三句寺外之景,四句禪房之景。前四句有致,五六敷衍,遂減全篇之色」。(《瀛奎律髓》卷四十七及刊誤)。

送李太保充渭北節度[1]

詔出未央宮[2],登壇近總戎[3]。上公[4]周太保[5],副相[6]漢司空。弓抱關西月,旗飜渭北風。弟兄皆許國[7],天地荷成功。

【校】

① **題** 宋本、鄭本、黃本、石印本、《全唐詩》、《百家選》、《英華》、《唐詩紀事》並作〈奉送李太保兼御史大夫充渭北節度使即太尉光弼弟也〉。

② **總** 宋本、黃本、石印本並作「緫」,《英華》、《唐詩紀事》並作「揔」,案總、緫、揔三字同。

③ **飜** 《全唐詩》、《百家選》、《英華》並作「翻」,案二字同。《唐詩紀事》作「飛」,誤。

【注】

1 **題**　原注：「即太尉光弼弟也。」楊炎〈唐贈范湯大都督忠烈公李公楷一神道碑銘並序〉：「少子太保，御史大夫渭北鄜坊等州節度使，武威郡王光進」（《全唐文》卷四二二）《新唐書》〈李光進傳〉：「弟光進，字太應，初為房琯裨將，將北軍，戰陳濤斜，兵敗奔行在，肅宗宥之，代宗即位，拜檢校太子太保，封涼國公。吐番入寇，至便橋，郭子儀為副元帥，光進及郭英乂佐之，自至德後，與李輔國並掌禁兵，委以心膂。光弼被譖，出為渭北邠寧（當作鄜坊）節度使。永泰初，封武威郡王，累遷太子太保，卒。」詩作於廣德二年正月。

2 **未央官**　已見七古〈衛節度赤驃馬歌〉注。

3 **登壇近總戎**　「登壇」已見五古〈過梁州奉贈張尚書大夫公〉詩注。薛道衡〈重酬楊僕射山亭〉詩：「寂寂無與晤，朝端去總戎」。杜甫〈奉寄高常待〉詩：「總戎楚蜀應全未」。指出任節度使。

4 **上公**　《晉書·職官志》：「太宰與太傅、太保，皆為上公」。《唐六典》：「三師，訓導之官也，其名即周之三公。漢哀平間，始尊師傅之位，在三公之上，謂之上公」。

5 **太保**　《唐書·職官志》：「正一品太保一員，三師訓導之官，天子所師。從三品御史大夫一員，掌持邦國刑憲典章，以肅正朝庭」。

6 **副相句**　《漢書·百官公卿表》：「御史大夫，秦官，位上卿，掌副丞相，成帝綏和元年，更名大司空」。案光進本非司空，此殆借漢之御史兼司空者以況之耳。

7 **許國**　弟兄謂光進與兄光弼。顏真卿有〈唐太尉李公神道碑銘〉，據碑銘：「李（弟）曰光進，開府儀同三司，太子太保兼御史大夫，渭北節度使，涼國公。」孔雅圭〈白馬篇〉：「本持許國志，況復武功彰。」

【箋】

1　吳綏眉曰：「雄偉宏麗，與題相稱。關西、渭北，因其官而言
　之，此意亦佳」（《刪定唐詩解》）。

2　沈德潛曰：「弓與旗，皆隨常景，點入關西、渭北，便切渭北節
　度。而抱字、翻字，尤使句中有力」（《唐詩別裁》）。

3　唐汝詢曰：「按光弼以程元振之故不赴吐蕃之難」（《舊唐書》）本
　傳：「程元振尤疾之。」代宗疑其有變，因厚遇光弼以安其心，故
　此詩以許國諷之，而以成功慰之也。」（《唐詩解》）

4　譚元春曰：「次聯（指副相漢司空）典質可敬，尾二語，極易酸
　餡，此等用之，則莊重典雅，經史奪目，老杜有此手段，而嘉州
　以清韻筆奄有之，可見何所不能」（《唐詩歸》）。

5　鍾惺曰：「莊重雄渾，須如此等，喧者不能。」（《唐詩歸》）

6　周珽曰：「光弼以程元振之故，不赴吐蕃之難，代宗疑其有變，
　因厚遇光弼，以安其心，故此詩以許國諷之，復以成功勉之也」
　（《唐詩會通評林》）。

7　吳喬曰：「李光進掌禁兵，以兄光弼被譖，而出為渭北節度使，
　岑參送之云：『弟兄皆許國，天地荷成功』，可謂非詩史乎」（《圍
　爐詩話》）。

8　胡應麟曰：「山隨平野盡，江入大荒流，太白壯語也。杜『星垂
　平野闊，月湧大江流。』骨力過之。……『弓抱關西月，旗翻渭北
　風』，嘉州壯語也，杜『北風隨爽氣，南斗避文星』，風神過之。」
　（《詩藪》卷四）

9　吳瑞榮曰：「此詩與王灣『北固』，崔顥『潼關』，祖詠『旅情』
　俱盛唐傑制。」（《唐詩箋要》）

餞李尉武康[1]

潘郎[2]腰綬新，霅上[3]縣花春。山色低官舍，湖光映吏人。不須嫌邑小，莫即恥家貧。更作東征賦[4]，知君有老親。

【校】

① **題** 《百家選》作〈餞李郎尉武康〉，宋本、鄭本、黃本、石印本、《全唐詩》並作〈送李郎尉武康〉。

【注】

1 **武康** 《新唐書・地理志》：「湖州吳興郡有武康縣。」《讀史方輿紀要》：「武康縣，漢烏程縣餘不鄉之地。後漢初平中，孫氏析置永安縣，吳寶鼎初，屬吳興郡；晉太康初，改永康，又改今名，仍屬吳興郡。唐初李子通於此置安州，又改武州，唐武德七年州廢」。案故治在今浙江省吳興縣南。

2 **潘郎** 即潘岳。案岳，晉中牟人，出為河陽令，勤於政績，累遷給事黃門侍郎，美姿容，為文詞藻絕麗，尤長於哀誄，有悼亡詩三首，為世傳誦，見《晉書》本傳。

3 **霅上** 《太平寰宇記》：「凡四水會為一溪，自浮玉山曰苕溪，自銅峴山曰前溪，自天目山曰餘不溪，自德清縣北流至州南興國寺曰霅溪，東北流四十里合太湖」。按《字書》云：「霅，四水激射之聲也。霅上，霅溪之上，稱武康。案霅，丈甲切，音雜。」

4 **東征賦** 案《文選》有曹大家（音姑）〈東征賦〉。李周翰注：「後漢書曰：扶風曹世叔妻者，同郡班彪之女名昭，字惠姬，和帝數召入宮，令皇后貴人師事焉，號曰大家。子穀，為陳留長垣縣長，大家隨至官，作東征賦，以敘行歷而見志焉」。詩用此語蓋李郎亦奉母之官也。

送秘書虞校書¹虞卿²丞

花綬傍腰新，關東縣欲春。殘書厭科斗³，舊閣別麒麟⁴。虞坂⁵
臨官舍，條山⁶映吏人。看君有知己，坦腹⁷向平津⁸。

【校】

① **題** 宋本、黃本、石印本並作〈送祕省虞校書赴虞卿丞〉，《全唐詩》、《百家選》並作〈送秘書虞校書赴虞鄉丞〉，鄭本作〈送祕省虞校書赴虞卿丞〉。案應以《全唐詩》、《百家選》為正。

② **厭** 《百家選》作「猒」。

③ **傍** 鄭本作「傷」。

【注】

1 **校書** 《唐書・百官志》：「宏文館有校書郎二人，集賢殿書院有校書四人，祕書省有校書郎十人，著作局有校書郎二人，皆九品官」。

2 **虞鄉** 《元和郡縣志》：「河中府河東郡有虞鄉縣，次畿，西至府七十里」今山西虞鄉（屬永濟縣）。

3 **科斗** 即科斗文。孔子壁中書也。已見五古〈南池宴餞辛子賦得科斗字〉詩注。

4 **麒麟閣** 漢蕭何造麒麟閣以藏秘書處賢才。此喻秘書省。

5 **虞坂** 古之顛軨坂，在今山西省安邑縣南。《水經注》卷四：「（河水）又東過大陽縣北……橋之東北有虞原，原上道東有虞城。……其城北對長坂二十許里，謂之虞坂」。戴延之曰：「自上及下，七山相重。」《戰國策》曰：「昔騏驥駕鹽車，上於虞坂，遷延負轅，而不能進，此蓋其困處也。」

6 **條山** 即中條山。《元和郡縣志》：「河中府河東縣，雷首山，一名中條山，在縣南十五里。」案山在今山西省永邑縣東南，山狹

而長，東太行，西華岳，此山居中，故曰中條又曰條山。

7 **坦腹**　《世說・雅量》：「郗太傅在京口，遣門生與王丞相書，求女婿，丞相語郗信，君往東廂，任意選之。門生歸，白郗曰：王家諸郎，亦皆可嘉，聞來覓婿，咸自矜持，唯有一郎在東床上坦腹臥，如不聞。郗公云：此正好，訪之乃是逸少，因嫁女與焉」。謂無挂慮也。

8 **平津**　《讀史方輿紀要》：「（鹽山）縣有平津鄉，武帝封公孫弘為平津侯，蓋邑於此」。案故地在今河北省鹽山縣南。

崔駙馬山池¹重送宇文明府分得苗字

竹裡²過紅橋，花間藉綠苗。池涼醒別酒，山翠拂行鑣³。鳳去粧樓閉，鳧飛⁴葉縣遙。不逢秦女⁵在，何處聽吹簫。

【校】

① **題**　宋本、鄭本、黃本、石印本並同，惟無「分得苗字」四字。《全唐詩》題下注「得苗字」，無「分」字。

② **粧**　《全唐詩》作「妝」，案二字同。

【注】

1 **崔駙馬山池**　案杜甫有〈崔駙馬山亭宴樂〉詩，錢牧齋注：「即京城東駙馬崔惠童山池也。」案山池即山亭，亦即城東莊也（崔惠童有〈宴城東莊〉詩，已見卷二〈蜀葵花〉詩注。《新唐書・諸公主傳》：「晉國公主（玄宗第十女），始封高都，下嫁崔惠童。」《岑詩繫年》：「案上篇（送宇文舍人出宰元城）謂宇文舍人出為元城縣令也，唐稱縣令曰明府。」故此篇又稱之曰宇文明

府。杜甫天寶十三載有〈崔駙馬山亭宴集〉詩，蓋與此篇同時所作。按彼為宴集。此則餞別，或時間略有先後。案此詩當作於十三載之前，據《舊唐書》〈哥舒翰傳〉，崔惠童池亭在京城東。

2 **竹裡二句** 《世說・言語》：「過江諸人，每至美日，輒相邀新亭藉卉飲宴」。

3 **行鑣** 梁武帝〈擣衣詩〉：「沉思慘行鑣，結夢在空床。」《說文》十四上：「鑣，馬銜也。」

4 **裊飛句** 已見〈尋少室張山人聞與偃師周明府同入都〉詩注。

5 **秦女句** 《列仙傳》：「蕭史者，秦穆公時人也，善吹簫，能致孔雀，白鶴於庭。穆公有女，字弄玉，好之，公遂以女妻焉。日教弄玉作鳳鳴，居數十年，吹似鳳聲，鳳凰來止其屋。公為作鳳台，夫婦止其上，不下數年，一旦皆隨鳳凰飛去，故秦人為作鳳女祠於雍，宮中時有簫聲而已」。

【箋】

案杜甫有〈崔駙馬山亭宴集〉詩，茲錄之於下，以供參考。

蕭史幽棲地，林間踏鳳毛。洑流何處入，亂石閉門高。客醉揮金椀，詩成得繡袍。清秋多宴會，終日困香醪。

送張郎中赴隴右覲省[1] 時張卿公亦充節度留後

中郎鳳一毛[2]，世上獨賢豪。弱冠[3]已銀印[4]，出身惟寶刀[5]。還家鄉（卿）月[6]迥，度隴將星高[7]。幕下多相識，邊書[8]醉懶操。

【校】

① **題** 《全唐詩》、《百家選》、《英華》並作〈送張郎中赴隴右覲省

卿公〉下注云：「時張卿公亦充節度留後」。宋本、鄭本、黃本、
石印本並作〈送張郎中赴隴右觀省卿公〉。

② **賢豪**　《英華》作「賢豪」，《百家選》作「英豪」。

③ **鄉月**　宋本、鄭本、黃本、石印本、《全唐詩》、《英華》、《百家
選》並作「卿月」，案作「卿月」是。

④ **懶**　《全唐詩》、《百家選》並作「孄」，案二字同。

【注】

1 **題**　《新唐書・地理志》：「隴右道，蓋古雍、梁二州之境，分為
州十九，都護府二，縣六十。」案節度使朝覲、行軍，或朝官
兼節度使而不出京，均以他官統領府事，名曰留後。（《舊唐書》
〈封常清傳〉：「仙芝每出征討，常令常清知留後事。」《通鑑》卷
二二二胡三省注：「唐藩鎮命帥未授旌節者，先以為節度留後。」
卿公，邊將有功者加鴻臚卿等官銜，非實職也。《岑詩繫年》：
「玩末二句，似作於自北庭東歸後不久，姑繫乾元初。」按元載故
〈定襄王郭英乂神道碑〉：「至德二年，詔公為鳳翔太守，轉西平
太守，加隴右節度，兼御史大夫……」《舊唐書》〈郭英乂傳〉：
「至德初，肅宗興師朔野，英乂以將門子特見任用，遷隴右節度
使，兼御史中丞，既收二京，徵還闕下，掌禁兵，遷羽林軍大將
軍。」收二京事在至德二載九月及十月，則郭英乂之離隴右還京
在至德二載十月後，元年，英乂去職後即張為隴右節度留後也。」
茲從繫年，定詩作於乾元元年。

2 **鳳毛**　謂人子文采似父者。《世說・容止》：「王敬倫（劭、導子）
風姿似父，作侍中，加授桓公，公服從大門入，桓公望之曰：大
奴固自有鳳毛」。杜甫〈奉和賈至舍人早朝大明宮〉詩：「欲知世
掌絲綸美，池上於今有鳳毛」。

3 **弱冠**　〈禮記・曲禮〉：「二十曰弱，冠。」，孔穎達疏：「二十曰
弱冠者，二十成人，初加冠，體猶未壯，故曰弱也。至二十九通
得名弱冠，以其血氣未定故也。」《後漢書》〈胡廣傳〉：「終賈

揚聲，亦在弱冠。」終軍年弱冠請纓，賈誼年二十餘為博士、弱
冠，言其近二十也。

4 **銀印** 《漢書・百官公卿表》：「御史大夫，秦官，位上卿，銀印
青綬」。

5 **寶刀** 已見〈陝州月城樓送辛判官入奏〉詩注。

6 **卿月** 用《尚書》〈卿士惟月傳〉：「卿士各有所掌，如月之有別」
後也乃以月稱卿。（此句寫張父為卿，疑如封常清之兼鴻臚卿。）
《說文》：「迴，遠也。」

7 **將星高** 《隋書・天文志》：「天將軍十二星在婁北，主武兵，中
央大星，天之大將也……大將星搖，兵起，大將出。」此句謂張
父充節度留使。

8 **邊書** 《漢書》〈蘇武傳〉：「言天子射上林中，得鴈，足有係帛
書。」此言寄邊之書也。《說文》十二上：「操，把持也。」段
注：「把，握也」句言嬾於持筆寄書與隴右幕中故人也。暗寓致
問之意。

送鄭少府赴滏陽[1]

子真[2]河朔尉，邑里帶清漳[3]。春草迎袍色[4]，晴花拂綬香。青山
入官舍，黃鳥度宮牆[5]。若到銅臺上[6]，應憐魏寢[7]荒。

【校】

① **晴花** 《英華》作「晴光」。

② **度** 《英華》作「出」。

③ **寢** 宋本、黃本、石印本、《全唐詩》並作「寢」。

【注】

1 **滏陽**　《舊唐書‧地理志》：「河北道、磁州、滏陽，漢武安縣地，隋置滏陽縣，州所治。」

2 **子真句**　案此詩為送「鄭少府」，故以「子真」比之。《漢書》〈王吉等傳序〉：「鄭子真，嚴君平皆未嘗仕，然其風聲足以激貪厲俗。」此切其姓，謂隱於一尉也。《書‧泰誓》：「王次於河朔」傳：「渡河而誓，既誓而止於河之北」曹植〈與楊德祖書〉：「孔璋鷹揚於河朔。」李善注：「（陳）孔璋，廣陵人，在冀州為袁紹記室，故曰河朔」李周翰注：「朔，北也。」

3 **清漳**　案漳水有二源，一為清漳，一為濁漳。清漳源出山西樂平縣西南之少山，入漳德府涉縣南境，過磁州南，至臨漳縣西入衛河，而合於濁漳。濁漳出潞州長子縣界，西力黃山。見《史記‧河渠書》（正義引《括地志》）。

4 **春草句**　《古詩》：「青袍似春草，長條隨風舒」。

5 **黃鳥句**　《詩‧周南》〈葛覃〉：「黃鳥于飛」，陸璣疏：「黃鳥，黃鸝留也，或謂之黃栗留，幽州人謂之黃鶯，一名倉庚」。虞炎〈玉階怨〉：「紫藤拂花樹，黃鳥度青枝」。

6 **銅臺**　即銅雀臺，已見七古〈登古鄴城〉詩注。

7 **寢**　謂園陵也，程大昌《演繁露》：「古不墓祭，祭必於廟，廟皆有寢故也」。魏寢，魏武陵寢，即西陵墓田也。

【箋】

1 周珽曰：「統言魏武舊都，山水花鳥，俱足娛其宦況，但臺寢荒蕪，不能不動弔古之思耳」（《唐詩會通評林》）。

2 唐汝詢曰：「少府無他可頌，故於題外求意，稱子真者，因其姓云，與今點鬼簿者自別」（《唐詩解》）。

3 桂天祥曰：「青山入官舍，澹雅，極興趣」（《批點唐詩正聲》）

送四鎮¹薛侍御東歸

相送淚沾衣，天涯獨未歸。將軍初得罪²，門客復何依。夢去湖山闊，書停隴鴈³稀。園林幸接近，一為到柴扉⁴。

【校】

① 鴈　鄭本、《全唐詩》並作「雁」，案二字同。

② 扉　鄭本作「靡」，誤。

【注】

1　題　《岑詩繫年》：「定此詩為天寶十載作，然詩云：『將軍初得罪，門客復何依』即上篇（〈送東尉東歸〉）題注所云：『時封大夫初得罪』也，當為同時作，即天寶十五載初。四鎮，《小學紺珠‧地理類》：『唐西域四鎮，即龜茲、于闐、焉耆、疏勒』。案唐時四鎮，皆安西都護所統。

2　將軍初得罪二句　將軍，謂封常清，謂天寶十四載十二月封常清兵敗，被斬於潼關之事。門客，薛侍御與岑參也。

3　隴雁稀　《漢書‧蘇武傳》：「教使者謂單于，言天子射上林中，得雁足有系帛書。言武等在某澤中。」《文選》江淹〈恨賦〉：「隴雁少飛，代雲寡色」。

4　柴扉　《文選》范雲〈贈張徐州謖〉詩：「還聞稚子說，有客款柴扉」。李善注：「柴扉即荊扉也」；劉良注：「扉，門也」。

【箋】

1　譚元春曰：「幸字，一為字，思鄉之意，悽滄難言」（《唐詩歸》）。

2　唐汝詢曰：「調不深厚，聲調可喜」（《唐詩解》）。

送張卿郎（君）¹赴硤石²尉

卿家送愛子，愁見灞頭³春。草羡青袍色⁴，花隨黃綬⁵新。縣西函谷⁶路，城北大陽津⁷。日暮征鞍去，東郊一片塵。

【校】

① **題**　宋本、鄭本、黃本、石印本、《全唐詩》並作〈送張卿郎君赴硤石尉〉。案作〈送張卿郎君赴硤石尉〉是。

② **大陽津**　鄭本作「太陽津」，誤。

【注】

1 **郎君**　《文選》應璩〈與滿公琰書〉：「外嘉郎君謙下之德」，張銑注：「滿炳（公琰）父寵為太尉，璩嘗事之，故呼其子曰郎君」。

2 **硤石**　《讀史方輿紀要》：「硤石城在陝州東南七十里，本後魏崤縣之硤石塢，唐貞觀十四年，移崤縣治硤石塢，因名硤石縣，屬陝州」。案故治在今河南省陝縣東南，今名硤石鎮。《元和郡縣志》：「陝州陝郡有硤石縣，望，西至（陝）州五十里。」今為陝縣硤石鎮，岑參乾元年間有〈送張郎中赴隴右覲省卿公〉詩，謂張郎中「弱冠銀印」，此赴任硤石尉者當非其人，而此張卿亦必另一人也。

3 **灞頭**　已見七古〈青門歌送東臺張判官〉詩注。

4 **青袍句**　已見〈送鄭少府赴滏陽〉詩注。

5 **黃綬**　《漢書・百官公卿表》：「凡吏秩比二百石以上，皆銅印黃綬」。

6 **函谷**　已見七古〈函谷關歌送劉評事使關西〉詩注。

7 **大陽津**　《一統志》：「大陽津，本古茅津，《左傳》文公三年：『秦伯伐晉，濟河焚舟，晉人不出，遂自茅津濟，封殽尸而還』。注：『茅津在河東大陽縣西』，《水經注》：『河水經陝城北，對大

陽茅城津，亦曰陝津』。案大陽津即茅津也。在今山西平陸縣西
南二里，對岸即河南陝縣，而硤石尚距七十里。」

送揚州¹王司馬²

君家舊淮水³，水上到揚州。海樹青官舍，江雲黑郡樓。東南隨
去馬，人吏⁴待行舟。為報吾兄⁵道，如今已白頭。

【校】

① **題**　鄭本、黃本並作〈送揚州王司〉，誤。

② **隨去馬**　宋本、鄭本、黃本、石印本、《全唐詩》並作「隨去
鳥」。

【注】

1 **揚州**　上篇〈送人歸江寧〉云：「吾兄應借問，為報鬢毛霜。」
此詩云：「為報吾兄道，如今已白頭」為同時作。《唐書・地理
志》：「淮南道揚州大都督府，隨江都郡，武德三年，杜伏威歸
國，於潤州江寧縣置揚州，天寶元年改為廣陵郡，乾元元年復為
揚州」《新唐書・地理志》：「揚州廣陵郡，大都督府，治江都。」
案故治即今江蘇省江都縣。

2 **司馬**　《唐書・百官志》：「刺史之僚佐，有司馬一人，位在別駕
長史之下」。

3 **淮水**　已見五古〈送許子擢第〉詩注。

4 **人吏**　《後漢書・第五倫傳》：「蜀地肥饒，人吏富貴。」《南史・
張續傳》：「大通中，裴子野為吳興太守，居郡省煩苛，人吏便
之。」人吏，民吏也。

5 **吾兄**　謂岑況也，已見五古〈敬酬杜華淇上見贈〉詩注。

【箋】

　　謝榛曰：「岑嘉州〈送王司馬〉詩：『海樹青官舍，江雲黑郡樓。』何仲言（遜）〈下方山〉詩：『繁霜白曉岸，苦霧黑晨流』。謝惠連〈搗衣詩〉：『宵月皓空閨。』李嘉祐〈送王收詩〉：『細草綠汀洲』。此皆以聲色字為虛活用者。蓋有所祖。《春秋》：『丹桓宮楹』（莊公二十三年）〈周頌〉：『亦白其馬』（有客）。丘為〈題農父廬舍〉詩：『東風何時至，已綠湖上山。』王安石〈泊船瓜州〉詩：『春風又綠江南岸。』《漢書》：『二千石朱兩轓』。班孟堅〈燕然山銘〉：『朱旗絳天』。揚子雲〈解嘲〉：『客徒朱丹吾轂』。此法用者多矣，非文之宗匠弗知也」（《四溟詩話》）。

題永樂¹韋少府廳壁

大河南郭外，終日氣昏昏²。白鳥³下宮府，青山當縣門。故人是邑尉⁴，過客駐征軒。不憚煙波闊，思君一咲言。

【校】

① **咲**　宋本、黃本、石印本並作「笑」鄭本、全唐詩並作「笑」，案三字同。

【注】

1 **永樂**　在黃河北岸，故云「大河南郭外」。「終日氣昏昏」言黃河水氣迷漫也，永樂已見〈夜過盤豆隔河望永樂寄閨中效齊梁體〉詩注。韋少府，生平未詳。

2 **昏昏**　《孟子・盡心》：「今以其昏昏，使人昭昭」，集注：「昏

昏，闇也」。陰鏗〈行經古墓〉詩：「霏霏野霧合，昏昏隴日沈」。

3 **白鳥** 已見五古〈初至西虢官舍南池呈左右省及南宮諸故人〉詩注。

4 **邑尉** 《漢書・百官公卿表》：「縣令長皆秦官，掌治其縣，皆有丞尉」。

【箋】

1 許文雨曰：「此客遊永樂，感其清適，題語廳壁也。言地臨大河，長空黯淡，而公府之內，日與青山靜對，復見白鳥閒飛，故入居此悠然遠俗之境，一尉雖微，究非俗吏之比，爰駐征車，少敘契闊，征途勞遠，得此暫遺」（《唐詩集解》）。

2 方回曰：「三四好、晚唐人多用之」（《瀛奎律髓》）。

3 姚鼐曰：「三四勝太白『山鳥下廳事』一聯」（《今體詩選》）。

4 黃香石曰：「一氣旋折，不在著力」（《唐賢三昧集箋注》）。

宿岐州¹北郭嚴給事別業

郭外山色暝，主人林館秋。疏鐘入臥內²，片月到床頭。遙夜³惜已半，清言⁴殊未休。君雖在青瑣⁵，心不忘滄洲⁶。

【注】

1 **岐州** 《舊唐書》〈嚴武傳〉：「中書侍郎挺之子也。神氣雋爽，敏於聞見，幼有成人之風。讀書不究精義，涉獵而已，至德初，肅宗興師靖難，大收才傑，武杖節赴行在，宰相房琯，以武名臣之子，素重之，及是首薦才略可稱，累遷給事中。」《唐書・地理志》：「關內道鳳翔府，隋扶風郡，武德元年改為岐州，天寶元

年，改為扶風郡」。案故治在今陝西省鳳翔縣南。

2 **臥內**　《史記・魏公子列傳》：「嬴聞晉鄙之兵符常在王臥內。」
《後漢書》〈竇融傳〉：「帝愍融年老，遣中常傅竭者即其臥內，強
進酒食」臥內謂寢室。

3 **遙夜**　張九齡〈望月懷遠〉詩：「情人怨遙夜，竟夕起相思」。遙
夜，謂深夜。

4 **清言**　《晉書》〈郭象傳〉：「郭象少有才理，好老莊，能清言」。

5 **青瑣**　已見五古〈送許拾遺恩歸江寧拜親〉詩注。

6 **滄洲**　已見五古〈虢州送郭興宗弟歸扶風別廬〉詩注。

【箋】

方回曰：「仕宦而常欲退者，必吉人，尾句不急而有味」（《瀛奎
律髓》）。

巴南舟中思陸渾¹別業

瀘水²南州³遠，巴山⁴北客稀。嶺雲撩亂起，溪鷺等閒⁵飛。鏡
裡愁衰鬢，舟中換旅衣。夢魂知憶處，無夜不先歸。

【校】

① **題**　《英華》作〈巴南舟中陸渾別業〉，遺一「思」字。

② **南州**　《英華》作「南舟」。

③ **憶**　《英華》作「遠」。

【注】

1 **陸渾**　已見七古〈送魏升卿擢第歸東都〉詩注。

2 **瀘水**　一名瀘江水，考其源，約有二說：（1）在四川省瀘縣附

近。《水經·若水注》:「若水,東北至犍為朱提縣西為瀘江水,又東北至僰道縣入於江」。(2)在雲南省雅礱江下流,源出四川省冕寧縣西北。《元和郡縣志》:「瀘水在西瀘縣西,諸葛亮表曰:五月渡瀘,深入不毛。謂此水也」。《一統志》:「按《水經注》:瀘水在朱提縣界,武侯渡瀘,在其地,蓋即今之金沙江。自唐宋以來,始專以若水為瀘水」。

3 **南州** 已見五古〈阻戎瀘間群盜〉詩註。

4 **巴山** 已見五古〈青山峽口泊舟懷狄侍御〉詩注。

5 **等閒** 猶言隨便也。說詳近人張相《詩詞曲語辭匯釋》。

南樓送魏(衛)馮 分得歸字[1]

近縣多過客,似君誠亦稀。南樓取涼好,便送故人歸。鳥向望中滅,雨侵晴處飛。應須乘月去,且為解征衣。

【校】

① **魏馮** 宋本、鄭本、黃本、石印本、《全唐詩》、《百家選》並作「衛馮」,案作「衛馮」是。

② **過客** 《百家選》作「來客」。

③ **稀** 《百家選》作「希」,案二字通。

【注】

1 **衛憑** 案馮官左威衛錄事參軍,見《全唐文》。《岑詩繫年》詩曰:「南樓取涼好」與上篇「夏初醴泉南樓」之事合,又曰:「近縣多過客」醴泉正為近畿之縣。此三篇皆天寶十三載在醴泉詩。《岑嘉州交遊事輯》:「《寶刻叢編》引〈集古錄目〉曰:〈貞一先

生碑〉，左威衛錄事參軍衛憑撰。」按《金石錄》六：「天寶六載
七月立」，貞一，司馬承禎也。」案《金石錄》卷七：「〈唐貞一
先生廟碣〉衛憑撰。薛希昌八分書。」又有「〈唐陳隱王祠碣〉，
衛憑撰，八分書無姓名，天寶九載五月，知作衛憑者是也。

【箋】

1　鍾惺曰：「似君誠亦稀，是極有眼光邑吏話頭。南樓二句，想其
無官家高會送客套頭。侵字，寫景入微。」（《唐詩歸》）。

2　譚元春曰：「南樓二句，作吏不村俗。雨侵晴處飛，又亮又深。」
（《唐詩歸》）。

送王伯倫應制授正字歸[1]

當年最稱意，數子不如君。戰勝[2]時偏許，名高人總聞。半天城
北雨，斜日嶺西雲。科斗[3]皆成字，無令錯古文[4]。

【校】

① **總聞**　宋本、鄭本、黃本、石印本、《全唐詩》並作「共聞」。

② **嶺西**　宋本、鄭本、黃本、石印本、《全唐詩》並作「灞西」。

【注】

1　**題**　〈唐故鄴郡司倉參軍張公（貞慎）墓誌銘並序〉：「秘書省正
字王伯倫撰，稱「以天寶九載八月九日寢疾，終於豐財里（豐財
里在東都）之私第，享年七十四，即以其載十一月十七日卜兆於
首陽山之南原」（《千唐誌齋藏誌》）則其應誌始授正字歸，必在
九載十一月之前，而八載公已赴安西，十載始歸長安，故繫於天
寶八載赴安西前，作於長安。《舊唐書·肅宗紀》：「至德二載閏

八月辛未，賊將遽寇鳳翔，崔光遠行軍司馬王伯倫，判官李椿率
眾捍賊，賊退，乘勝至中渭橋，殺賊守橋眾千人。追擊入苑中。
時賊大軍屯武功，聞之燒營而去。伯倫與賊血戰而死。李椿力窮
被執。終自是賊不敢西侵。」伯倫所撰墓誌銘文既工致，書法尤
佳，未署書者，宜即其手蹟，可謂文武全才而又義薄雲天者矣。
《新唐書・選舉志》：「其天子自詔者曰制舉，所以待非常之才
焉。」《唐六典》卷十：「秘書省有正字四人，正九品下，掌詳定
典籍，正其文字。」《新唐書・肅宗紀》：「二載，八月閏中……辛
未，京畿採訪使崔光遠及慶緒戰於駱谷敗之，行軍司馬王伯倫戰
於苑北，死之。」是則詩必作於至德二載前。按王伯倫此前曾任
北庭節度掌書記。

2 **戰勝** 已見七古〈送魏升卿擢第歸東都〉詩注。

3 **科斗** 已見五古〈南池宴餞辛子賦得科斗字〉詩注。

4 **古文** 《水經注》：「古文出于黃帝之世，蒼頡本鳥跡為字，取其
孳乳相生，故文字有六義焉。自秦用篆書，焚燒先典，古文絕
矣。魯恭王得孔子宅書，不知有古文，謂之科斗書，蓋因科斗之
名，遂效其形耳」。

送宇文舍人出宰元城[1]分得陽字

雙鳧[2]出未央[3]，千里過河陽[4]。馬帶新行色，夜聞舊御香。縣花
迎墨綬[5]，關柳拂銅章。別後能為政，相思淇水長[6]。

【校】

① **題** 宋本、鄭本、黃本、石印本並同，惟無「分得陽字」四字。

【注】

1 **元城** 亦當為天寶十三載前之詩，《新唐書・地理志》：「魏州魏郡有元城縣，望。」今河北大名縣。

2 **雙鳧** 已見〈尋少室張山人聞與偃師周明府同入都〉詩注。

3 **未央** 已見七古〈衛節度赤驃馬歌〉注。

4 **河陽** 《左傳・僖公二十八年》：「天王狩于河陽」，杜預注：「晉地，今河內有河陽縣」。案河陽縣，漢置，晉潘岳嘗宰是邑，遍種桃李，傳為美談。隋移今孟縣南。故治在今河南省孟縣西。言過河陽者，以從衛河行舟赴任也，又切縣令事。

5 **墨綬** 《漢書・百官公卿表》：「縣令、長，皆秦官，掌治其縣，萬戶以上為令。凡吏，秩比六百石以上，皆銅印墨綬」庾肩吾〈九日侍宴樂遊苑應令〉：「花綬接鵷鴻」，唐明皇〈千秋節並序〉：「月銜花綬鏡，露綴綵絲囊」此云縣花，河陽縣花也。

6 **淇水句** 《詩・衛風》〈竹竿〉：「籊籊竹竿，以釣于淇。豈不爾思，遠莫致之。淇水滺滺，檜楫松舟，駕言出遊，以寫我憂」。〈小序〉云：「竹竿，衛女思歸也，適異國而不見答，思而能以禮者也。」說文：「淇，淇水，出河內共北山，東入河」。案淇水，源出河南省林縣東南之臨淇鎮，曲折東北流，折東南經湯陰縣至淇縣，注衛河。

陪使君[1]早春西亭送王贊府[2]赴選分得歸字

西亭繫五馬[3]，為送故人歸。客舍草新出，關門花欲飛。到來逢歲酒[4]，却去換春衣。吏部[5]應相待，如君才調[6]稀。

【校】

① 題　宋本、鄭本、黃本、石印本並同，惟無「分得歸字」四字。

【注】

1　**使君**　王奇光也。《岑詩繫年》：「此下蓋皆上元二年在虢州詩」，詩云：「吏部應相待」，謂王丞赴吏部之選也。漢以後稱刺史郡守為使君，此詩謂虢州刺史。已見七古〈西亭子送李司馬〉詩注。

2　**贊府**　《容齋四筆》：「唐人好以它名標牓官稱，如稱縣令曰明府。丞曰贊府、贊公。尉曰少府、少公、少仙」。

3　**五馬**　已見七古〈敷水歌送竇漸入京〉詩注。

4　**歲酒**　元旦所飲之酒。盧照鄰〈元日述懷〉詩：「人歌小歲酒，花舞大唐春。」丁仙芝〈京中守歲〉詩：「開正獻歲酒，千里間庭幃。」謂新歲酒也。句言王丞自縣來虢州之時，正當歲初。

5　**吏部**　《唐六典》：「吏部郎中二人，從五品上」，注云案吏部郎中，後漢置之，職在選舉」。

6　**才調**　《隋書》〈許善心傳〉：「徐陵大奇之，謂人曰：『才調極高，此神童也。』」才調猶言才氣也。

同劉郎將[1]歸河東[2]同用邊字

借問虎賁將[3]，從軍凡幾年。殺人寶劍缺，走馬貂裘[4]穿。山雨醒別酒，關雲迎渡船。謝君賢主將[5]，豈忘輪臺邊[6]。參曾北庭事趙中丞故有下句。

【校】

① 題　宋本、鄭本、黃本、石印本並同，惟無「同用邊字」四字。

《全唐詩》作〈送劉郎將歸河東〉。

② **寶劍**　《全唐詩》作「寶刀」。

【注】

1　**郎將**　《新唐書・地理志》:「河中府河東郡,赤、本蒲州,今山西永濟。」劉郎將當為右羽林大將軍趙玼。郎將。《岑詩繫年》:「玩末二句及原註云:當係自北庭歸後所作,姑繫乾元初」《唐書・百官志》:「左右十四衛及太子左右六率府,皆有郎將,乃五品官也」。

2　**河東**　已見五古〈送祁樂歸河東〉詩注。

3　**虎賁將**　《書・牧誓》〈序〉:「武王戎車三百兩,虎賁三百人」。孔穎達疏:「若虎之賁(同奔)走逐獸,言其猛也」。案周禮夏官之屬有虎賁氏,掌先後王而趨以卒伍;漢置虎賁中郎將,虎賁郎主宿衛事,歷代因之。

4　**貂裘**　《國策・秦策》:「(蘇秦)書十上而說不行,黑貂之裘弊」。

5　**謝君賢主將**　謝,以辭相告。賢主將,指趙中丞。似即曾為北庭節度之趙玼,《通鑑》卷二二○:「乾元元年九月庚午朔,以右羽林大將軍趙玼為蒲、同、虢三州節度使。此詩,當作於是年九月」。

6　**輪臺句**　原註:「參曾北庭事趙中丞,故有下句。」案公〈送郭司馬赴伊吾郡請示李明府〉詩(見後注)題下原注曰:「郭子是趙節度同好」,集中又有〈趙將軍歌〉(見《七絕注》),似即一人。考《新唐書・方鎮表》,北庭節度無姓趙者。《唐書》卷二○四〈高仙芝傳〉,討小勃律時,「使疏勒守捉使趙崇玼統三千騎趣吐番連雲堡,自北谷入,使撥換守捉使賈崇瓘自赤佛堂路入」(案《通鑑》卷二二○,乾元元年九月,庚午朔,以右羽林大將軍趙玼為蒲、同、虢三州節度使。「崇」字,舊傳誤涉下「賈崇瓘」之「崇」字而衍)。趙本安西將領,或天寶十四載,封常清被召入朝後,代為北庭節度者。說詳聞一多《岑嘉州繫年考證》。

西亭¹送蔣侍御還京_{分得來字}

忽聞驄馬至，喜見故人來。欲語多時別，先愁計日回。山河宜晚
眺，雲霧待君開。為報烏臺²客，須憐白髮催。

【校】

① 題　宋本、鄭本、黃本、石印本並同，惟無「分得來字」四字。

② 驄馬　宋本、黃本並作「駿馬」，石印本作「驄馬」，秦驄、駿、
驄三字同。

【注】

1　西亭　虢州詩多有西亭字，此亦為虢州西亭，詩作於上元年間，
〈唐御史台精舍碑〉卷二監察御史有蔣沈、蔣岑。卷三有冽等，未
知此是何人。

2　烏臺　謂御史臺也。《白孔六帖》：「御史大夫曰烏臺」。《事物異
名錄》：「《漢書》〈朱博傳〉：御史府中列柏樹，嘗有烏數千栖其
上，因名為烏臺。又名烏府，又名柏臺」。

水亭送劉顒使還歸節度¹_{分得低字}

無計留君住，應須絆馬蹄²。紅亭莫惜醉，白日眼看低。解帶³憐
高柳，移床愛小溪。此來相見少，王事⁴各東西。

【校】

① 題　宋本、鄭本、黃本、石印本並同，惟無「分得低字」四字。

② 王事　全唐詩作「正事」。宋本、鄭本、黃本、石印本並作「政

事」。

【注】

1 **題**　《元和姓纂》卷五：「彭城。劉正，給事中。正生顗、顗。顗，殿中侍御史。」《新唐書·宰相世系表》：「劉顗，殿中侍御史。」《姓纂》脫「傳」字。時被陝西節度使遣往虢州，使還返陝州，岑參為此詩以送之。《新唐書·方鎮表》：「乾元二年置陝虢華節度，領潼關防禦團練鎮守等使，治陝州。上元元年改陝虢華節度為陝西節度，兼神策軍使，尋置觀察使。」又據《舊唐書·肅宗紀》：「乾元三年四月己未（二十九日）以陝州刺史來瑱為襄州刺史，充山南東道襄鄧等十州節度觀察處置等使，庚申（三十日）以右羽林大將軍郭英乂為陝州刺史、陝西節度、潼關防禦等使。」詩云：「解帶憐高柳，移床愛小溪。」似夏日作。

2 **絆馬蹄**　吳質〈答東阿王書〉：「猶絆良驥之足，而責以千里之任。」《莊子》有〈馬蹄篇〉，此作留客之語。

3 **解帶二句**　庾信〈結客少年場行〉：「隔花遙勸酒，就水更移床」與此二句意同。

4 **王事句**　《詩·小雅》〈四牡〉：「王事靡鹽，不遑啟處」，各東西，言相別。

送王錄事充使
（送楊錄事充潼關判官¹得江字）

夫子方寸²裡，清秋澄霽江。關西望第一³，郡內政無雙⁴。俠室⁵下珠箔⁶，連宵傾玉缸。使乎⁷仍未醉，斜月隱高囱。

【校】

① **題** 宋本、鄭本、黃本、石印本並作〈送楊錄事充使〉。《全唐詩》、《英華》並作〈送楊錄事充潼關判官得江字〉。案作〈送楊錄事充潼關判官得江字〉是。

② **清秋** 《全唐詩》、《英華》並作「秋天」。

③ **俠室** 宋本、鄭本、黃本、石印本、《全唐詩》並作「狹室」。案俠、狹二字通。

④ **使乎** 《全唐詩》、《英華》並作「平明」。

⑤ **仍** 《全唐詩》、《英華》並作「猶」。

⑥ **斜月** 《英華》作「斜日」。

⑦ **高囱** 《全唐詩》作「書牕」。宋本、黃本、石印本並作「吟窓」，鄭本作「吟窻」，《英華》作「高窻」。案囱、牕、窓、窻四字同。

【注】

1 **題** 《岑詩繫年》：「案判官為節度等使僚屬，潼關判官蓋謂鎮國節度判官，此當是。

2 **方寸** 謂心也。《三國志・蜀志》〈諸葛亮傳〉：「徐庶辭先主而指其心曰：本欲與將軍共圖王霸之業者，以此方寸之地也，今已失老母，方寸亂矣，無益於事，請從此別。」

3 **關西望第一** 《後漢書》〈楊震傳〉：「楊震字伯起，弘農華陰人也。……震少好學，受歐陽尚書於太常桓郁，明經博覽，無不窮究，諸儒為之語曰：關西孔子楊伯起。……年五十乃始仕州郡……永寧末年，代劉愷為司徒。……延光二年，代劉愷為太尉。……夜遣使者，策收震太尉印綬。……震五子。長子牧，富波相，牧孫奇，靈帝時為侍中。……震少子奉，奉子敷，篤志博聞，議者以為能世其家，敷早卒，子眾，亦傳先業，……拜傳中。震中子秉，……代劉矩為太尉，……秉子賜……復拜太尉，……後代張溫為司空。賜子彪，……代朱儁為太尉，錄尚書

事。……自震至彪，四世太尉，德業相繼，與袁氏皆為東京名族也。」《唐國史補》卷上：「楊氏自楊震號為關西孔子，葬於潼亭，至今七百年，子孫猶在閿鄉故宅，天下一家而已。」

4　**無雙**　《史記‧淮陰侯列傳》：「至如韓信者，國士無雙」。

5　**狹室**　喻室之窄狹也。

6　**珠箔**　與珠簾同，《漢武故事》：「武帝起神室，以白珠織為箔」。李白〈相逢行〉：「秀色誰家子，雲車珠箔開」。

7　**使乎**　已見七古〈青門歌送東臺張判官〉詩注。

送裴判官自賊中再歸河陽幕府¹

東郊未解圍²，忠義似君稀。誤落胡塵裡，能持漢節歸³。卷簾山對酒，上馬雪沾衣。卻向嫖姚⁴幕，翩翩⁵去若飛。

【注】

1　**題**　《岑詩繫年》：「《舊唐書‧肅宗紀》：上元元年冬十一月乙巳，李光弼奏收懷州，次年二月又失，此詩改送裴某再歸河陽，則當作於上元元年冬。既收懷州之後，詩曰：『上馬雪沾衣』是其證，懷州即今河南沁陽，在河陽東北七十里，詩未言收懷州，疑作於乾元二年冬或上元元年十一月收懷州以前，姑繫於此，自賊中，當是自洛陽城中。」

2　**東郊未解圍**　《舊唐書‧玄宗紀》：「乾元二年九月庚寅，逆胡史思明陷洛陽，副元帥李光弼守河陽，汝、鄭、滑等州陷賊，十月乙巳，李光弼奏破賊於城下。」

3　**漢節句**　《漢書》〈蘇武傳〉：「天漢元年，武帝遣蘇武，以中郎將使持節至匈奴，武杖漢節牧羊，臥起操持，節旄盡落。武留匈奴

凡十九年，始以強壯出，及還，鬚髮盡白」。詳《漢書》本傳。

4 **嫖姚** 已見五古〈北庭西郊候封大夫受降回軍獻上〉詩注。

5 **翩翩** 《詩·小雅》〈四牡〉：「翩翩著雛，載飛載下」，《朱子集傳》：「翩翩，飛貌」。《說文》四上：「翩，疾飛也。」

送陝縣王主簿赴襄城（陽）成親¹

六月襄陽道²，三星³漢水⁴邊。求凰⁵應不遠，去馬騰須鞭⁶。野店愁中雨，江城夢裡蟬。襄陽多故事⁷，為我訪先賢。

【校】

① **題** 宋本、鄭本、黃本、石印本、《全唐詩》並作〈送陝縣王主簿赴襄陽成親〉，案作「襄陽」是。

② **襄陽道** 宋本、黃本、鄭本、石印本、《全唐詩》並作「襄山道。」

【注】

1 **題** 《元和郡縣志》：「陝縣，本漢縣也，後魏改為陝中縣，西魏去中字，周明帝於陝城內置崤郡，以陝、崤二縣屬焉。隋開皇罷郡，以縣屬陝州。《新唐書·地理志》：「陝州陝郡大都督府治陝縣。望。」今陝西陝縣。《岑詩繫年》：「此蓋王主簿赴襄陽，道出虢州，公送之而作，乾元二年及上元元年，襄州阻兵，不得是此二年間事，故繫上元二年。」按《舊唐書·肅宗紀》：「襄州康楚元，張嘉延作亂在乾元二年八、九月，張維瑾作亂在上元元年四月。」乾元元年六月襄州尚未亂，據《通鑑》卷二二一，乾元元年十一月，商州刺史韋倫擒康楚元，上元元年四月，來瑱為山南

東道節度使，至襄州，張維瑾等皆降。此年六月亦未阻兵。然詩云：「三星漢水邊」，則因亂婚遲也，姑繫上元二年。

2 **襄陽**　唐時襄陽郡，即襄州也。《唐書·地理志》：「山南東道襄州，隋襄陽郡，武德四年平王世充，改為襄州，天寶元年改為襄陽郡，乾元元年復為襄州」。案故治即今湖北省襄陽縣。

3 **三星**　《詩·唐風》〈綢繆〉：「綢繆束薪，三星在天。今夕何夕，見此良人」。毛傳：「興也，綢繆，猶纏綿也。三星，參也，在天，謂始見東方也。男女待禮而成婚，若薪芻待人事而後束也，三星在天，可以嫁娶矣，良人，美室也。」。鄭箋：「三星，謂心星也，心有尊卑夫婦父子之象，又為二月之合宿，故嫁娶者以為候焉」。

4 **漢水**　已見五古〈與鮮于庶子自梓州成都成少尹自襄城同行至利州道中作〉詩注。

5 **求凰**　謂男子求偶也。司馬相如〈琴歌〉：「鳳兮鳳兮歸故鄉，遨遊四海求其凰。」

6 **賸須鞭**　《說文》六下：「賸，物相增加也。」段注：「以物相益曰賸，字之本義也。」賸須鞭，益須鞭也。言求速也」。

7 **襄陽多故事**　故事，謂往古之事也。《隋書·經籍志》：「《襄陽耆舊記》，五卷，習鑿齒撰。」記龐德公、司馬德操，諸葛亮、龐統、馬謖、向朗諸人之事，見（《後漢書·蜀志》本傳所引）又有《楚國先賢傳贊》十二卷，晉張方撰。載郭攸之、楊儀、羊祜、山簡之事。故曰訪先賢。

賦得孤島石送李卿分得離字

一片他山石[1]，巉巉[2]映小池。綠窠攢[3]剝蘚[4]，尖頂坐鸕鶿[5]。水底看常到，花邊勢欲敧。君心能不轉[6]，鄉（卿）月[7]豈相離。

【校】

① **題** 宋本、黃本、鄭本、石印本、《全唐詩》並作〈送李卿賦得孤島石〉，全唐詩題下注云：「得離字」。

② **尖頂** 宋本、黃本、鄭本、石印本並作「尖碩」。

③ **常到** 《全唐詩》作「常倒」。

④ **鄉月** 宋本、鄭本、黃本、石印本、《全唐詩》並作「卿月」，案作「卿月」是。

【注】

1 **他山石** 《詩·小雅》〈鶴鳴〉：「他山之石，可以為錯。他山之石，可以攻玉」。鄭玄箋：「他山，喻異國」。孔穎達疏：「取他山之石，可以錯物，興異國之賢，可以理國。國家得賢匡輔以成治，猶寶玉得石錯琢以成器」。

2 **巉巉** 《集韻》：「嶃，高峻貌，或从毚」。

3 **攢** 《文選》張衡〈西京賦〉：「攢珍寶之玩好」，薛綜注：「攢，聚也」。

4 **蘚** 即苔蘚。崔豹〈古今注〉：「空室中無人行，則生苔蘚」。案苔蘚，屬隱花植物，多生於潮溼之牆垣及陰地巖石上。

5 **鸕鶿** 《埤雅》：「鸕鶿、水鳥，似鶂而黑，一名鷧，嘴曲如鉤，食魚入喉則爛，其熱如湯，其骨主鯁及噎，蓋以類推之者也。此鳥吐而生子，神農書所謂鸕鶿不卵生，口吐其雛，獨為一異，是也」。

6 **君心能不轉** 《詩經·邶風》〈柏舟〉：「我心匪石，不可轉也」杜

甫〈八陣圖詩〉:「江流石不轉」此言帝心如能不移也。

7 **卿月**　已見五古〈東歸留題太常徐卿草堂〉詩注。

送二十二兄北遊尋羅中

斗柄欲東指[1]，吾兄方北遊。無媒謁明主，失計干[2]諸侯。夜雪入穿履，朝霜凝敝裘[3]。遙知客舍飲，醉裡聞春鳩[4]。

【校】

① **敝裘**　宋本、黃本、石印本並作「弊裘」。案敝、弊二字同。

【注】

1 **斗柄句**　《鶡冠子・環流》:「斗柄東指，天下皆春」。何休公羊傳注:「昏斗指東方曰春」。案北斗七星像杓形，其第五至第七星，恰在杓柄部分，故曰斗柄。《公羊傳》隱公元年:「春者何？歲之始也。」何休解詁:「春者，天地開闢之端，養生之首，法象所出，四時本名也，昏斗指東方曰春，指南方曰夏，指西方曰秋，指北方曰冬。」《後漢書》〈崔駰傳〉:「建天樞，執斗柄」李賢注:「《春秋運斗樞》曰:北斗七星，第一名天樞，第二至第四為魁，第五至第七為杓，杓即柄」。句謂歲盡，春將至也。

2 **干**　《論語・為政》:「子張學干祿」。何晏《集解》:「干，求也」。

3 **敝裘**　已見〈武威春暮聞宇文判官西使還已到晉昌〉詩注。

4 **春鳩**　《禮記・月令》:「鳴鳩拂其羽。」郭璞云:「今江東亦呼為鶻鵃，似山鵲而小，短尾，青黑色多聲」即是此也。《文選》曹植〈贈徐幹〉詩:「春鳩鳴飛棟，流焱激欞軒」。

送王錄事卻歸華陰 [1] 王錄事自華陰尉授虢州錄事參軍，旬日卻復舊官。

相送終狂歌 [2]，其如此別何。攀轅 [3] 人亦借，解印 [4] 日無多。仙掌 [5] 雲重見，關門路再過。雙魚 [6] 莫不寄，縣外是黃河 [7]。

【校】

① **人亦借**　宋本、鄭本、黃本、石印本、《全唐詩》並作「人共惜」。

【注】

1 **題**　原註：「王錄事自華陰尉授虢州錄事參軍，旬日卻復舊官」。卻復舊官，謂還復華陰尉也。參閱〈喜華陰王少府使到南池宴集〉詩。《岑詩繫年》：「案上篇（〈送王七錄事赴虢州〉）及此篇題註云云，自是寶應元年十月公為雍王掌書記在陝州時王錄事旬日之內兩度過此送之而作。華陰，上元二年曰太陰，寶應元年復故名，此詩稱華陰，亦作於寶應元年之證。王七錄事當即本年春在潼關使院所懷之王七季友。」懷王詩曰：「開門見太華，朝日映高掌。」乃言季友所在之地；太華、高掌皆指華陰，與此王錄事嘗為華陰尉之事正合。又案唐稱縣尉曰少府，則上元元年屢為酬贈之華陰王少府亦當是王季友矣。上元元年夏，季友已為華陰府，及寶應元年冬猶未罷，則季友為此官至少有三年之久。雖寶應元年十月間季友嘗授為虢州錄事參軍，但不過十日即復舊官。此由岑詩對季友事跡之斑斑可考者識之。

2 **狂歌**　《論語・微子》：「楚狂接輿歌而過孔子」何晏《集解》：「孔曰：接輿，楚人，佯狂而來歌，欲以感切孔子。」

3 **攀轅**　攀車也。轅謂車前供引之二直木。《東觀漢紀》：「第五倫為會稽太守，為事徵，百姓攀轅扣馬，呼曰：捨我何之？」《華陽國志・巴志》：「巴郡嚴王思為揚州刺史，惠愛在民，每當遷官，吏民塞路攀轅，詔遂留之。」

4 **解印**　謂辭官也。《史記》〈范睢傳〉：「虞卿度趙王終不可說，乃解其相印，與魏齊亡間行」。日無多，謂旬日也。

5 **仙掌**　已見五古〈潼關鎮國軍勾覆使院〉詩注。

6 **雙魚**　《古樂府》〈飲馬長城窟行〉：「客從遠方來，遺我雙鯉魚，呼兒烹鯉魚，中有尺素書」。參閱七古〈敷水歌送竇漸入京〉詩注。

7 **縣外是黃河**　《元和郡縣志》：「潼關，在（華陰）縣東北三十九里。」潼關與風陵渡夾黃河而相對，故云縣外是黃河，兼切鯉魚。

送鄭甚歸東京[1]氾水[2]別業分得閑字

客舍見春草，忽聞思舊山。看君灞陵[3]去，匹馬成皋[4]還。對酒風與雪，向家河復關。因悲宦遊子[5]，終歲無時閒。

【校】

① **題**　黃本、鄭本、《全唐詩》並作〈送鄭堪歸東京氾水別業〉。

② **春草**　《英華》作「青草」。

③ **匹馬**　《英華》作「疋馬」，案匹、疋二字同。

④ **河復關**　《英華》作「何復閑」。誤。

⑤ **宦遊子**　《英華》作「官遊子」，誤。

⑥ **閒**　宋本、黃本、鄭本、石印本、《全唐詩》、《英華》並作「閑」。案二字同。

【注】

1 **東京**　猶東都，謂洛陽也。《元和郡縣志》：「天寶元年改東都為東京，謂洛陽也。」《岑詩繫年》：「案題曰東京，當作於天寶

中，姑繫三、四載間。」鄭甚，生平未詳。《全唐詩》，「甚」作
「堪」。

2 **汜水** 《元和郡縣志》：「汜水縣，古東虢國，鄭之制邑，漢之成
皋縣，一名虎牢。隋開皇十八年，改成皋為汜水縣。垂拱四年，
改名廣武縣。神龍元年，復為汜水」。案故治即今河南省汜水縣。

3 **灞陵** 已見七古〈青門歌送東臺張判官〉詩注。

4 **成皋** 已見五古〈鞏北秋興寄崔明允〉詩注。

5 **宦遊子** 因求官而出遊也。鮑照〈行藥至城東橋〉詩：「擾擾宦
遊子，營營市井人」。

【箋】

1 譚元春曰：「向家河復關，妙句」（《唐詩歸》）。

2 鍾惺曰：「忽聞思舊山，聞字，指他人說，便別有情思。向家河
復關，直寫好」（《唐詩歸》）。

3 近滕元粹評：「頸聯奇構。」（《箋注唐賢詩集》卷下）

送崔全被放歸都覲省[1]

夫子不自衒[2]，世人知者稀。來傾阮氏酒[3]，去著老萊衣[4]。渭北
草新出，關東花欲飛。楚王猶自惑，片（宋）玉[5]且將歸。

【校】

① **片玉** 宋本、鄭本、黃本、石印本、《全唐詩》並作「宋玉」。案
作「宋玉」是。

【注】

1 **題** 《岑詩繫年》：「案題曰『歸都』，謂歸東都，東都，天寶元年

曰東京，此或作於天寶元年以前公在長安之時，開元二十八年公在長安，參〈送王大昌齡赴江寧。〉詩曰：「謂北草新出」，至遲當作於開元二十八、九年間。

2 **衒**　音ㄒㄩㄢˋ，本作衒。《說文》：「衒，行且賣也，从行言。衒，衒，或从玄」《戰國策・燕策》：「蘇代對曰：……且夫處女無媒，老且不嫁，舍媒而自衒，弊而不售。」《漢書》〈東方朔傳〉：「武帝初即位，徵天下舉方正賢良文學材力之士，待以不次之位。四方士多上書言得失，自衒鬻者以千數」。顏師古注：「衒，行賣也」。句謂崔全不自衒鬻其才以求售，自衒，猶言自誇也。

3 **阮氏酒**　《晉書》〈阮籍傳〉：「阮籍聞步兵廚人善釀，有貯酒三百斛，乃求為步兵校尉」。

4 **老萊衣**　《藝文類聚》：「〈列女傳〉曰：老萊子孝養二親，行年七十，嬰兒自娛，著五色采衣，嘗取漿上堂，跌仆，因臥地為嬰兒啼，或弄烏鳥於親側」。（按〈列女傳〉無此文，當為〈孝子傳〉之誤。）

5 **宋玉**　《史記》〈屈原列傳〉：「屈原既死之後，楚有宋玉、唐勒、景差之徒者，皆好辭而以賦見稱」。王逸〈楚辭序〉：「宋玉，屈原弟子」。

送孟孺卿落第歸濟陽[1]

獻賦頭欲白，還家心已穿。羞過灞陵[2]樹，歸種汶陽田[3]。客舍少鄉信，床頭[4]無酒錢。聖朝徒側席[5]，濟上[6]獨遺賢。

【校】

① **題** 《百家選》作〈送孟孺卿落第歸濟州〉。

② **心已穿** 宋本、鄭本、黃本、石印本、《全唐詩》、《百家選》並作「衣已穿」。

【注】

1 **濟陽** 按包何有〈賦得秤送孟孺卿〉詩。《水經·濟水注》:「濟水又東,經濟陽縣故城,城在濟水之陽,故以為名」。案故城在今山東省曹縣西南五十里。《新唐書·地理志》:「鄆州東平郡盧縣,以東本濟州,武德四年析東平郡置。隋曰濟北郡,天寶元年更名濟陽郡,領盧、平陰、長清、東阿、陽穀、范六縣。……天寶十三載郡廢。」盧縣在今山東荏平西南,此詩當為天寶中作。

2 **灞陵** 已見七古〈青門歌送東臺張判官〉詩注。

3 **汶陽田** 《左傳》僖公元年:「公賜季友汶陽之田」,杜預注:「汶陽田,汶水北地,汶水出泰山萊蕪縣西,入濟」。《太平寰宇記》:「故汶陽縣在兗州龔邱縣東北五十四里,其城側田沃壤,故魯號汶陽之田。成公二年:齊人歸我汶陽之田是也」。案汶陽故城,在今山東省寧陽縣東北五十四里。

4 **床頭句** 鮑照〈擬行路難〉十八首之十八:「但願樽中九醞滿,莫惜床頭百個錢。」

5 **側席** 《後漢書·章帝紀》:「朕思遲直士,側席異聞」,章懷太子注:「思猶希望也。側席謂不正坐,所以待賢良也」。《文選》羊祜〈讓開府表〉:「側席求賢,不遺幽賤」。

6 **濟上句** 即濟水之上,指濟陽。《元和郡縣志》:「河北道鄆州須昌縣濟水,南自鄆城縣界流入,去縣西二里」。《書·大禹謨》:「嘉言罔攸伏,野無遺賢,萬邦咸寧。」元結〈喻友〉:「相國晉公(李)林甫以草野之士猥多,恐洩露當時之機。……已而布衣之士,無有第者,遂表賀人主,以為野無遺賢。」

送裴校書¹從大夫淄川²郡覲省

尚書東出守，愛子向青州³。一路通關樹，孤城近海樓。懷中江橘⁴熟，倚處戟門秋⁵。更奉輕軒⁶去，知君無客愁。

【校】

① **題** 宋本、鄭本、黃本、石印本、《全唐詩》並作〈送裴校書從大夫淄川觀省〉。

② **東出守** 《全唐詩》作「未出守」，下注云：「應作東」。

【注】

1 **裴校書** 謂裴敦復也，案《通鑑》卷二五：「天寶四載三月，以刑部尚書裴敦復充嶺南五府經略等使，五月，敦復坐逗留不之官，貶淄川太守」。大夫，當即指敦復。校書，敦復之子也。詩曰「尚書東出守，愛子向青州」，疑敦復赴淄川後，其子旋往省侍，故詩又有「倚處戟門秋」之語。孫逖〈授裴敦復刑部尚書制〉：「朝議大夫守河南尹攝御史大夫，裴敦復……可銀青光祿大夫，守刑部尚書。」（《全唐文》卷三○八）

2 **淄川** 《唐書·地理志》：「淄川，漢盤陽縣，武德初屬淄州」。案故治即今山東省淄川縣。

3 **青州** 《唐書·地理志》：「河南道青州，隋北海郡，武德四年，置青州總管府。天寶元年，改青州為北海郡，乾元元年復為青州」。案故治在今山東省益都縣。《左傳》宣公二年：「趙盾請以括為公族，曰：君姬氏之愛子也。」江淹〈別賦〉：「攀桃李兮不忍別，送愛子兮霑羅裙。」《書·禹貢》：「海岱雄青州」此言青州當即指北海郡。《新唐書·地理志》：「青州北海郡治益都。」今山東益都縣。句謂裴校書往北海郡省視其母。

4 **江橘句** 用三國陸績懷橘事，《吳志·陸績傳》：「績年六歲，於

九江見袁術，術出橘，績懷三枚去，拜辭墮地，術謂曰：『陸郎
作賓客而懷橘乎？』績跪答曰：『欲歸遺母』，術大奇之。」

5 **戟門句** 戟門同棘門。《周禮·天官》〈掌舍〉：「為壇壝宮棘
門」。注：「鄭司農云：棘門，以戟為門」。《唐書》〈盧坦傳〉：
「舊制，官階勳俱三品，始聽立戟。後雖轉四品官，非貶削者戟不
奪。坦為戶部侍郎，時階朝議大夫，勳護軍，以嘗任宣州刺史三
品，請立戟，許之」。

6 **輕軒** 輕車也。潘岳〈閒居賦〉：「大夫人乃御板輿，升輕軒，遠
覽王畿，近周家園」劉良注：「輕軒，輕車。言岳母乘車覽矚郊
節，遊行家園」句言奉母離北海郡往淄川郡也。

送楊千牛趁歲赴汝南郡¹觀省便成親分得寒字

問吉²轉征鞍，安仁道姓潘³。歸期明主賜，別酒故人懽⁴。珠箔⁴
障爐暖，狐裘耐臘寒。汝南遙倚望，早去入（及）春盤⁵。

【校】

① **題** 《全唐詩》、《英華》並作〈送楊千牛趁歲赴汝南郡觀省便成
婚〉。

② **懽** 宋本、黃本、鄭本、石印本、《全唐詩》、《英華》並作
「歡」，案二字同。

③ **暖** 《全唐詩》、《英華》並作「煖」，案二字同。

④ **早** 《全唐詩》作「蚤」，案二字同。

⑤ **入** 宋本、黃本、鄭本、石印本、《全唐詩》、《英華》並作
「及」，案作「及」是。

【注】

1 **汝南郡**　此詩題稱汝南郡，當為天寶年間作，《唐書・地理志》：「蔡州，隋汝南郡，武德三年四月，平王世充，置豫州總管府。開元四年以西平屬仙州，天寶元年改為汝南郡，乾元元年復為豫州」。案故治在今河南省汝南縣。

2 **問吉**　劉孝威〈謝晉安王賜婚錢啟〉：「孝威問吉已通，請期有日」。

3 **安仁句**　《晉書》〈潘岳傳〉：「潘岳字安仁，滎陽中牟人也。……少以才穎見稱，鄉邑號為奇童……岳美姿儀，辭藻絕麗。」

4 **珠箔**　已見〈送王錄事充使〉詩注。

5 **春盤**　《摭遺》：「東晉李鄂，立春日，命以蘆菔芹芽為菜盤，相餽貺」。《通俗編・飲食》〈春盤〉：「《四時寶鑑》：唐立春日，春餅、生菜、號春盤」。王三聘〈古今事物考〉：「立春日，春餅生菜相餽食，號春盤，唐以前有之」。杜甫〈立春詩〉：「春日春盤細生菜，忽憶兩京梅發時」。

送胡象落第歸王屋[1]別業

看君年尚少，不第莫淒然。可即被獻賦，山村歸種田。野花迎短褐[2]，河柳拂長鞭。置酒聊相送，青山一醉眠。

【校】

① **題**　《英華》作〈送胡象下第歸王屋別集〉。

② **年尚少**　《英華》、《全唐詩》並作「尚少年」。宋本、黃本、鄭本、石印本並作「尚年少」。

③ **不第**　《英華》作「下第」。

④ **淒然** 宋本、黃本、鄭本、石印本、《英華》並作「悽然」。案
淒、悽二字通。

⑤ **可即** 叢刊本「可即」下，缺一字，檢宋本、黃本、鄭本、石印
本並作「被」，今據補。《全唐詩》、《英華》「被」作「疲」。案
此處疑有脫誤，被、疲二字，均不可解。

⑥ **青山** 宋本、黃本、鄭本、石印本、《全唐詩》、《英華》並作
「青門」。

【注】

1 **王屋** 已見五古〈南池夜宿思王屋青蘿舊齋〉詩注。

2 **短褐** 《列子·力命》：「衣則裋褐，食則粢糲」。《淮南子·覽冥
訓》：「短褐不完」，高誘注：「褐，毛布，如今之馬衣也」。《史
記·秦始皇本紀》：「夫寒者利短褐，而饑者甘糟糠」，徐廣曰：
「裋，一作短。小襦也，音豎」。索隱：「趙岐曰：褐以毛毳織
之，若馬衣，或以褐編衣也。裋一音豎」。謂褐布豎裁，為勞役
之衣，短而且狹，故謂之短褐，亦曰豎褐。《漢書·貢禹傳》：
「裋褐不完」，師古曰：「裋者，謂僮豎所著布長襦也。褐，毛布
之衣也，裋音豎」。案裋褐，粗服，裋音樹，僮豎所著之衣，短
而且狹，褐，棉布之衣。

【箋】

　　鍾惺曰：「後四句不稱」。（《唐詩歸》）。按五六寫歸途景色，結
聯餞送，亦是送別詩常語。

送顏韶¹分得飛字

遷客²猶未老，聖朝今復歸³。一從襄陽⁴住，幾度梨花飛⁵。世事了可見，憐君人亦稀。相逢貪醉臥，未得作春衣。

【校】

① 題　宋本、黃本、鄭本、石印本並同，惟無「分得飛字」四字。

【注】

1 題　《岑嘉州交遊事輯》：「顏真卿（顏）惟貞碑」……勝、式、宣、韶，並進士。」（《全唐文》卷三四〇）顏真卿〈晉侍中石光祿大夫本州大中正西平靖侯顏公大宗碑〉：「韶有才氣，工詩策，進士，濮陽尉。」（《全唐文》卷三三九）《登科記考》卷二十七附考：「顏韶，進士，魯公姪，見顏真卿〈顏含碑〉。

2 遷客　《文選》江淹〈恨賦〉：「遷客海上，流戍隴陰」。《山堂肆考》：「凡人臣有位，而見貶謫，謂之逐臣，又謂之遷客」。

3 聖朝今復歸　馮衍〈說鄧禹書〉：「聖朝享堯舜之榮」李密〈陳情表〉：「伏惟聖朝以孝治天下」。

4 襄陽　已見〈送陝縣王主簿赴襄陽成親〉詩注。

5 梨花飛　梨花色白，用以喻雪，參閱七古〈梁園歌送河南王說判官〉詩注。

【箋】

1 鍾惺曰：「幾度梨花飛，梨花，想即眼前事，妙！妙！憐君人亦稀，知己之言，使人忘其窮」（《唐詩歸》）。

2 譚元春曰：「世事了可見，妙在此句說在前。憐君人亦稀，真交情相念語」（《唐詩歸》）。

送杜佐¹下第歸陸渾²別業

正月今欲半，陸渾花未開。出關見青草，春色正東來。夫子且歸去，明時³方愛才⁴。須還及秋賦⁵，莫即隱蒿萊⁶。

【校】

① **須還** 《全唐詩》作「還須」。

【注】

1 **杜佐** 《元和姓纂》卷六：「京兆杜氏，自遠生佐，大理正。」《四校記》孫星衍，洪瑩校云：「案〈唐世系表〉，自遠生繁、繁生佐，與此不同。」余案《舊書》一七七〈審權傳〉：稱萊成公如晦六代孫，祖佐，位終大理正……，與此以佐為淹後者異（淹為如晦之叔）案佐，蓋甫之從子。杜甫有〈示姪佐〉、〈佐還山後寄三首〉均乾元二年秦州作，劉長卿有〈送杜越江佐觀省往新安江〉詩，亦當作於杜佐入仕之後，此詩則下第東歸，當在天寶以前。案《新唐書·宰相世系表》：「佐出襄陽杜氏，殿中侍御暐之子」。

2 **陸渾** 已見七古〈送魏升卿擢第歸東都〉詩注。

3 **明時** 已見五古〈送王大昌齡赴江寧〉詩注。

4 **愛才** 《後漢書》〈皇甫規傳〉：「吾當為朝庭愛才」。

5 **秋賦** 《全唐詩話》：「唐舉子先投所業於公卿之門，謂之行卷。裴說只行五言十九首，至來年秋賦，復行舊卷，人有譏之者」。《南部新書》乙卷：「長安舉子，自六月以後，落第者不出京，謂之過夏……。七月復投獻新課，並於諸州府拔解，人為語曰：槐花黃，舉子忙。」

6 **蒿萊** 《韓詩外傳》卷一：「原憲居魯環堵之室，茨以蒿萊。」

【箋】

1 黃香石曰：「忠厚之旨」（《唐賢三昧集箋注》）。

2 沈德潛曰：「芙蓉生在秋江上，不向東風怨未開」（按為高蟾「下第後上永崇高侍郎」詩句，安份語耳。此詩純用慰勉，心和氣平，盛唐人身份故不易到（《唐詩別裁》）。

3 鍾惺曰：「高岑五言律，只如說話，本極真，極老，極厚」。又曰：「春色正東來，不說得下第人敗興」。又曰：「不作一感憤語，使淺躁人讀之，心自平，氣自厚」（《唐詩歸》）。

4 譚元春曰：「明時方愛才，良友真情寫出，令後之讀者，不敢自薄」（《唐詩歸》）。

5 近藤元粹評後四句：「篤厚之旨，似讀韓文（〈送董邵南序〉）」（《箋注唐賢詩集》卷下）。

送楚丘[1]麴少府赴官

青袍美少年，黃綬[2]一神仙。微子城[3]東面，梁王苑[4]北邊。桃花色似馬[5]，榆莢小於錢[6]。單父[7]聞相近，家書早為傳。

【注】

1 **楚丘** 《左傳》隱公七年：「戎伐凡伯於楚丘以歸」，杜預注：「楚丘，衛地，在濟陰城武縣西南」。《一統志》：「楚丘城在曹縣東南五十里，春秋時戎州己氏之邑，漢改為己氏縣，隋改曰楚丘」。《新唐書·地理志》：「宋州襄陽郡有楚丘縣，緊。」今山東曹縣東南。

2 **黃綬** 已見〈送張卿郎君赴碳石尉〉詩注。

3 **微子城** 《史記·宋微子世家》：「命微子開代殷後，奉其先祀，作『微子之命』以申之，國於宋。」集解：「駰案《世本》曰：「宋更曰睢陽」〈元和郡縣志〉：「宋州睢陽。武王封微子於宋，

自微子至君偃三十三世，為齊、楚、魏所滅，三分其地，魏得其
梁、陳留。齊得濟陰、東平。楚得沛。按梁即今州地，微子城，
今河南商邱南，楚丘在宋城東北，故云東面。」

4 **梁王苑** 《史記・梁孝王世家》：「孝王築東苑，廣睢陽城七十
里，大治宮室，自宮連屬於平臺，五十餘里」。楚丘在梁孝王東
苑之北，故云北邊。

5 **桃花句** 庾信〈燕歌行〉：「桃花顏色好如馬」。杜審言〈獻贈趙
使君美人〉詩：「紅粉青蛾映楚雲，桃花馬上石榴裙」。

6 **榆莢句** 《文選》王融〈永明九年策秀才文〉：「榆莢難輕重之
權」，李善注：「《漢書》（〈食貨志〉）曰：漢興，以為秦錢重難
用，更令民鑄榆莢錢。如淳曰：如榆莢也」。庾信〈燕歌行〉：
「榆莢新開巧似錢」《本草綱目》：「榆有數十種，黃榆、白榆，皆
大榆也。有赤白二種，白者名枌，其木甚高大，未生葉時，枝條
間先生榆莢，形狀似錢而小，色白成串，俗呼榆錢。」

7 **單父二句** 《舊唐書・地理志》：「天寶元年改宋州為睢陽郡，有
單父縣。今山東單縣南一里，地在楚丘縣東，故云相近」。案公
〈梁園歌送河南王說判官〉詩：「單父古來稱處生，祇今為政有吾
兄。」原註：「家兄時宰單父」，家兄，謂岑況也。參閱〈梁園歌
送河南王說判官詩〉注。

送蜀郡李掾[1]

飲酒俱未醉，一言聊贈君[2]。功曹[3]善為政，明主還應聞。夜宿劍
門[4]月，朝行巴水[5]雲。江城橘花發，滿道香氛氳[6]。

【校】

① **題**　《全唐詩》作〈送蜀郡李掾一作接非〉。鄭本、黃本並作「送蜀
郡李椽，誤」。

② **橘花**　《全唐詩》作「菊花」。

【注】

1　**題**　《岑詩繫年》：「案此詩作訓誨語，蓋公為考功員外郎時作，
訓誨語者謂『功曹善為政，明主還應聞。』也，詩又云：『江城橘
花發』，當作於廣德二年春夏間。《舊唐書・地理志》：『天寶元
年，改益州為蜀郡，……至德二年十月駕迴西京，改蜀郡為都、
府，長史為尹。……治成都。』」今四川成都市。

2　**贈言**　《史記・孔子世家》：「老子送之曰：吾聞富貴者送人以
財，仁者送人以言」。《荀子・非相》：「故贈人以言，重於金石珠
玉。」

3　**功曹**　《通典・職官》：「州之佐吏，漢有別駕、治中、主簿、功
曹、書佐、簿曹」。《事物紀原》：「秦漢有功曹史，蕭何為書史掾
功曹是也。後漢有功曹史，主選功勞，北齊為參軍」。

4　**劍門**　張載〈劍閣銘〉：「惟蜀之門，作固作鎮，是曰劍閣，壁立
千仞。」《元和郡縣志》：「劍州劍門縣，聖歷二年置，因劍門山為
名也，梁山在縣西南二十四里，即劍門山也。」山在今四川劍閣
縣東北。

5　**巴水**　已見五古〈過王判官西津所居〉詩注。

6　**氛氳**　《文選》謝惠連〈雪賦〉：「散漫交錯，氛氳蕭索」，李善
注：「氛氳，盛貌」。

【箋】

　　鍾惺曰：「飲酒俱未醉，一言聊贈居。俱未醉三字，行者與送者
許多苦情，皆在其中，若既醉，則憒然矣。然未醉而知其苦，與既醉
而忘其苦，各有一段無可奈何之情」（《唐詩歸》）。

還高冠潭口留別舍弟[1]

昨日山有信，祇今耕種時。遙傳杜陵叟[2]，恠我還山遲。獨向潭上釣，無人林下期。東溪憶汝處，閒臥對鸜鵒[3]。

【校】

① **昨日** 宋本、鄭本、黃本、石印本並作「作日」，誤。

② **恠** 鄭本、《全唐詩》並作「怪」，案正字通：「恠，俗怪字」。

③ **釣** 《全唐詩》作「酌」。

④ **期** 宋本、黃本、鄭本、石印本、《全唐詩》並作「萁」。

⑤ **閒** 宋本、黃本、鄭本、石印本、《全唐詩》並作「閑」，案二字同。

【注】

1 **題** 案岑參於天寶元年歸至長安，居高冠草堂。三載進士及第、授官後曾還高冠潭，此當為是年四月所作。據《新唐書·宰相世系表》參有弟秉、垂。疑垂是岑參子佐公之名致誤。此所別者似為岑秉，舍弟猶家弟。高冠潭，《一統志》：「高冠谷在鄠縣東南三十里紫閣峰東，內有高冠潭」。

2 **杜陵叟** 《唐賢三昧集箋》注卷下：「杜陵叟未詳所指」按當為岑參居高冠後親友中之年長者。《元和郡縣志》：「京兆府萬年縣，杜陵在縣東南二十里」今陝西西安市東南。已見七古〈宿蒲關東店憶杜陵別業〉詩注。

3 **鸜鵒** 已見〈賦得孤島石送李卿〉詩注。

【箋】

1 黃香石曰：「味在酸鹹之外」（《唐賢三昧集箋注》）。

2 譚元春曰：「祇今耕種時，兄弟務本之言」。又曰：「不曰家信，而曰山有信，便是下六句杜陵叟寄來信矣。針線如此」（《唐詩

歸》）

3　鍾惺曰：「此詩千年來，惟作者與譚子知之。」曰：「還山遲以下四句，就將杜陵叟、寄來信寫在自己別詩中，人不知以為岑公自道也。憶汝，汝字指杜陵叟，謂岑公也，粗心人看不出，以為汝指弟耳。」「自己歸家與別弟等語俱未說出，俱說出矣。」（《唐詩歸》）

4　賀貽孫曰：「詩家有一種至情，寫未及半，忽插數語，代他人詰問，更覺情淋漓。最妙在不作答，一答便無味矣。……漢魏以來，此法不傳久矣。惟唐岑參〈昨日山有信〉一首，末四句只代杜陵叟說話便止，全不說別弟及還東谿語，深得古人之意。」（《詩筏》）。案「怪我」有異於自道，謂為「全不說別弟，及還東谿語」恐非。「東溪憶汝處」二句正寓別弟及還東谿意，由未來東谿相憶，見出現時之別，亦甚曲折有致，不必深解。

醴泉¹東溪送程皓²元鏡微³入蜀 得寒字

蜀郡路漫漫⁴，梁州⁵過七盤⁶。二人來信宿⁷，一縣醉衣冠。溪逼春衫冷，林交宴席寒。西南如噴酒⁸，遙向雨中看。

【校】

① **題**　宋本、黃本、鄭本、石印本並同，惟無「得寒字」三字。

② **溪**　宋本、黃本、鄭本、石印本、《全唐詩》並作「谿」，案二字同。

【注】

1　**醴泉**　《元和郡縣志》：「關西道京兆府醴泉縣，本漢谷口縣也，

在九嵕山東、當涇水出山之處，後漢及晉，為池陽縣。後魏改為寧夷縣。隋開皇十八年，改為醴泉縣，以縣界有周醴泉宮，因以為名」。案故治在今陝西醴泉縣東北十里。

2 **程皓** 《岑嘉州交遊事輯》：「《封氏聞見記八》：大歷中，刑部郎中程皓家在相州，宅前有小池，有人造劍，於池中得之，蛇魚皆死。」又卷九：「檢討刑部郎中程皓，性周慎，不談人短。」《全唐文》卷四四〇程皓有〈駁顏真卿論韋陟不得諡忠孝議〉小傳稱：「代宗朝太常博士。」趙鉞等〈唐尚書省郎官石柱題名考〉卷十九：《集古錄目》：「唐昭義節度薛嵩碑，禮部郎中程浩撰，……大歷八年立，在夏縣。《寶刻叢編》十又〈唐贈司徒馬璘新廟碑〉禮部郎中程浩撰，吏部尚書顏真卿書，……大歷十四年七月立。」岑仲勉〈郎官石柱題名新考訂〉：「楊本天寶十四年」〈雲公故夫人獨孤氏誌〉題：「通直郎行河南府洛陽縣主簿程浩撰。」《文苑英華》卷八〇六、八一四有程浩文二篇。《全唐文》卷四四三有程浩文，小傳稱「代宗朝駕部郎中」，存文三篇。

3 **元鏡微** 《交遊事輯》又云：「鄭溆〈左武衛郎將元府君夫人鄭氏墓誌銘〉」（《全唐文》四四〇）：「適河南元鏡遠」。一多案：誌云鄭氏卒於大歷四年，則鏡遠，肅、代時人，疑鏡微是其弟兄。」

4 **路漫漫** 《楚辭·離騷》：「路曼曼其脩遠兮」，《釋文》：「曼作漫」。呂延濟注：「漫漫，遠貌」。

5 **梁州** 已見五古〈梁州對雨懷麴二秀才〉詩注。

6 **七盤** 在今四川廣元縣北一百七十里，一名五盤領，與陝西寧強縣接界，嶺有七盤關，為入蜀要道。

7 **信宿** 《左傳》莊公三年：「凡師一宿為舍，再宿為信，過信為次。」。《文選》孫綽〈遊天台山賦〉：「陟降信宿，迄于仙都」。

8 **噀酒** 《後漢書》〈欒巴傳〉注引《神仙傳》云：「巴自守相徵拜為尚書，正朝大會而後到，又飲酒向西噀之，有司責巴不敬。巴曰：『臣本縣成都市失火，臣故因酒為雨以滅火，臣不敢不敬。』驛書問成都，果有正旦大火，有雨從東北來，火乃息，雨皆酒臭

云。」嘆者，嘖也。

夏初醴泉¹南樓送太康²顏少府³

何地堪相餞，南樓出萬家。可憐高處送，遠見故人車。野果新成子，庭槐⁴欲作花。愛君兄弟好，書向穎中⁵誇。

【注】

1 **醴泉**　已見前詩註。

2 **太康**　《新唐書・地理志》：「陳州淮陽郡有太康縣，緊。」今河南太康縣。

3 **顏少府**　高適有〈同顏少府旅宦秋中〉，〈九月九日酬顏少府〉詩，疑為縣卿之兄春卿或弟曜卿，此顏少府天寶末猶為太康縣尉。不知即此人否。

4 **庭槐句**　兩句寫夏初之景。《本草綱目・木部》第三十五卷：「槐，蘇頌曰：今處處有之。其木有柱高大者。四月，五月開黃花，六月，七月結實。」

5 **穎中**　《一統志》：「潁水在河南府登封縣西四十里」。案潁通潁。

【箋】

1 譚元春曰：「高處送妙。二語從滿肚別恨，心目相關，忽然得此苦語妙語」（《唐詩歸》）。

2 鍾惺曰：書向穎中誇，好不妒忌心腸，所謂「豁達常推海內賢」（高適〈崔司錄宅燕大理李卿〉句）也。

送嚴諤擢第歸蜀¹

巴江秋月新，閣道發征輪²。戰勝³真才子，名高動世人。工文能似舅⁴，擢第去榮親⁵。十月天官⁶待，應須早赴秦。

【注】

1 **題** 《元和姓纂》卷五：「廣漢，稱君平之後，唐檢校左僕射嚴震，世居梓州鹽亭……震從祖兄侁兼御史中丞。」岑仲勉《四校記》卷五：「《（權）載之集》（〈嚴公墓誌銘〉）云：「從父兄侁，歷中執法，剖符盧山。岑嘉州詩有進士嚴諤，時代相當，未知即此人否。」

2 **征輪** 王維〈觀別者〉詩：「揮涕逐前侶，含悽動征輪」。征輪，行車也。

3 **戰勝** 已見七古〈送魏升卿擢第歸東都〉詩注。

4 **似舅** 《晉書》〈何無忌傳〉：「何無忌，劉牢之之甥，酷似其舅」。王維〈選嚴秀才還蜀〉詩云：「寧親為令子，似舅即賢甥。」

5 **榮親** 《文選》曹植〈求自試表〉：「事父尚於榮親，事君貴於興國」。

6 **天官** 《周禮·天官》〈冢宰〉：「乃立天官冢宰，使帥其屬，而掌邦治。」李林甫《唐六典註》：「吏部尚書，周之天官卿也，陳、梁隋吏部尚書並正第三品，皇朝因之，掌文官選舉，……光宅元年改為天官尚書，神龍元年復故，吏部侍郎，周之天官小宰中大夫也。」

【箋】

案王維有〈送嚴秀才還蜀〉詩，茲錄之於下，以供參考（據《全唐詩》）：

寧親為令子，似舅即賢甥。別路經花縣，還鄉入錦城。山臨青塞

斷，江向白雲平。獻賦何時至，明君憶長卿。

送張直公歸南鄭拜省[1]

夫子思何速，世人皆歎奇。萬言不加點[2]，七步猶嫌遲[3]。對酒落日後，還家飛雪時[4]。北堂[5]應久待，鄉夢從征期。

【校】

① **飛雪**　《英華》作「飛絮」。

② **久待**　《英華》作「多望」。

③ **從征期**　宋本、鄭本、黃本、石印本、《全唐詩》並作「促征期」。《英華》作「促復明」，誤。

【注】

1 **南鄭**　《新唐書・地理志》：「興元府漢中郡治南鄭。」今陝西漢中市，《唐書・地理志》：「山南道興元府有南鄭縣」。案南鄭，古為褒國附庸之地，東周之初，鄭桓公死於犬戎，其民南奔居此，因號南鄭。秦為南鄭邑，項羽立沛公為漢王，都南鄭，即此。漢置縣，故城在今陝西南鄭縣東。

2 **萬言不加點**　《文選》禰衡〈鸚鵡賦序〉：「時黃祖太子射（音亦），賓客大會，人有獻鸚鵡者，射舉酒於衡前曰：禰處士，今日無用娛賓，竊以此鳥，自遠而至，明慧聰善，羽族之可貴，願先生為之賦，使四坐咸共榮觀，不亦可乎？衡因為賦，筆不停綴，文不加點」。李白〈與韓荊州〉書：「請日試萬言，倚馬可待。」《舊唐書》〈張涉傳〉：「遷國子博士，亦能為文，嘗清有司，日試萬言，時乎張萬言，德宗在春宮，授經於涉。」

3 **七步猶嫌遲** 《世說・文學》:「文帝嘗令東阿王七步中作詩,不成者行大法,應聲便為詩曰:煮豆持作羹,漉菽以為汁。其在釜下燃,豆在釜中泣。本自同根生,相煎何太急。帝深有慚色」。案東阿王者,曹植也(植於太和三年徙封東阿王)。

4 **還家飛雪時** 謝安、胡兒、謝道韞等〈詠雪聯句〉:「大雪紛紛,何所似,撒鹽空中差可擬,未若柳絮因風起。」

5 **北堂** 已見七古〈送韓巽入都覲省便赴舉〉詩注。

臨洮泛舟趙仙舟自北庭罷使還京[1]

白髮輪臺[2]使,邊功[3]竟不成。雲沙萬里地,孤負一書生[4]。池上風回舫,橋西雨過城。醉眠鄉夢罷,東望羨歸程。

【校】
① 回 《全唐詩》作「迴」,案二字通。

【注】
1 **題** 與上篇(〈發臨洮將赴北庭留別〉)同時作,罷使言去職也。王維有〈河上送趙仙舟〉詩,見《國秀集》卷中,《河岳英靈集》卷上作〈淇上別趙仙舟〉。《王右丞集》卷四及《全唐詩》卷一二五作〈齊州送祖三〉。**臨洮** 《元和郡縣志》:「洮州臨潭縣……其城東西北三面並枕洮水,洮水出縣西南三百里強台山」《史記・夏本紀》正義引《括地志》:「強台山在洮州臨洮縣西南,三百三十六里。」《太平寰宇記》:「山在(臨潭)縣西南二百三十六里,即吐谷渾界,……山東即洮水源也。即禹貢西傾山也」是則臨潭與狄道均有洮水,題謂泛舟於洮水中也。

2 **輪臺**　已見五古〈北庭貽宗學士道別〉詩注。

3 **邊功**　《新唐書》〈姚崇宋璟傳贊〉：「崇勸天子不求邊功，璟不肯當邊臣。」

4 **孤負一書生**　《吳志》〈陸遜傳〉：「僕雖書生，受命主上。」《南史》〈沈慶之傳〉：「陛下今欲伐國，而與白面書生謀之。」

送周子下第遊京南

足下[1]復不第，家貧尋故人。且傾湘南酒[2]，羞對關西春。山店橘花發，江城楓葉新[3]。若從巫峽[4]過，應見楚王神[5]。

【校】

① **題**　宋本、黃本、鄭本、石印本、《全唐詩》並作〈送周子落第遊荆南〉。

② **春**　《全唐詩》作「塵」。

【注】

1 **足下**　《戰國策·燕策》：「武安君（蘇秦）謂燕王曰：……臣之不信，是足下之福也。」劉敬叔《異苑》：「介子推逃祿隱跡，抱樹燒死，文公拊木哀嘆，伐而製屐，每懷割股之功（莊子盜跖：「介子推，至忠也，自割其股，以食文公。」）俯視其屐曰：「悲乎足下」足下之稱，將起於此。此稱周子。

2 **湘南二句**　《舊唐書·地理志》：「荆州江陵府，天寶元年改為江陵郡，乾元元年三月復為荆州大都督府。自至德後，中原多故，襄鄧百姓，兩京衣冠盡投江湘，故荆南井邑，十倍其初，乃置荆南節度使。」《新唐書·方鎮表》：「至德二載，置荆南節度，亦

曰荊灃節度。……上元二年，荊南節度增領涪、潭……」詩曰：
「且傾湘南酒。」當作上元二年荊南節度增領衡、潭等州之後，又
曰：「羞對關西春」為長安作。今繫於廣德元年春。

3 **楓葉新**　《楚辭・招魂》：「湛湛江水兮上有楓。」阮籍〈詠懷
詩〉：「湛湛長江水，上有楓樹林。」

4 **巫峽**　《一統志》：「巫峽在夔州府巫山縣東三十里，與西陵峽、
歸峽、並稱三峽，連山七百里，略無斷處，自非亭午夜分，不見
日月」。

5 **楚王神**　《文選》宋玉〈高唐賦序〉：「昔者楚襄王與宋玉，遊於
雲夢之臺，望高唐之觀，其上獨有雲氣，崒兮直上，忽兮改容，
須臾之間，變化無窮。王問玉曰：此何氣也？對曰：所謂朝雲者
也。王曰：何謂朝雲？玉曰：昔者先王嘗遊高唐，怠而晝寢，夢
見一婦人曰：妾，巫山之女也，為高唐之客，聞君遊高唐，願薦
枕席，王因幸之」。

【箋】

　　鍾惺曰：「家貧尋故人，家常知人甘苦語」（《唐詩歸》）。

送薛彥偉擢第東都覲省 [1]

時輩似君稀，青春戰勝[2]歸。名登郄詵第[3]，身著老萊衣[4]。稱意[5]
人皆羨，還家馬若飛。一枝[6]誰不折，棣萼獨相輝[7]。

【校】

① **題**　《全唐詩》作〈送薛彥偉擢第東歸〉，宋本、鄭本、黃本、石
印本並作〈送薛彥偉擢第東都〉。

② **棣萼** 《全唐詩》作「棣萼」。

【注】

1 **題** 《岑詩繫年》：「蓋與上篇（送崔全被放歸都覲省）同時作。按薛彥偉，河中寶鼎人，《舊唐書·薛播傳》：「初，播伯父元曖終隰城丞，其妻濟南林氏，丹陽太守洋之妹，有母儀令德、博涉五經、善屬文，所為篇章，時人多諷詠之。曖卒後，彥輔、彥國、彥偉、彥雲及播兄據，摠並早幼孤，悉為林氏所訓導，以致成立，咸致文學之名。開元天寶中二十年間，彥輔、據等七人並舉進士，連中科名，衣冠榮之。」今知彥偉及第當開元末，可補《舊書》之不足。知為開元末者，以題稱東都也。《新唐書·宰相世系表》：「彥偉，監察御史。」乃其後官職。

2 **戰勝** 謂應試得中。《禮記·聘義》：「天下有事，則用之於戰勝。」

3 **郤詵第** 《晉書·郤詵傳》：「博學多才……以對策上第。」參見〈送韓巽入都覲省便赴舉〉詩注。

4 **老萊衣** 已見〈送崔全被放歸都覲省〉詩注。

5 **稱意** 《漢書·高帝紀》：「稱吾意」，杜甫〈暮歸詩〉：「年過半百不稱意，明日看雲還杖藜。」稱讀去聲，音ㄔㄣˋ。

6 **一枝** 葉夢得《避暑錄話》：「世以登科為折桂，此謂郤詵對策東堂，自云桂林一枝也。」自唐以來用之，溫庭筠詩云：「猶喜故人先折桂，自憐羈客尚飄蓬」（〈春日將欲東歸寄新及第苗紳先輩〉）按岑此詩先於溫也。

7 **棣萼句** 《左傳》僖公二十四年：「召穆公思周德之不類，故糾合宗族于成周而作詩曰：常棣之華，鄂不韡韡，凡今之人，莫如兄弟」。杜預注：「常棣，棣也，鄂鄂然華外發。言韡韡，以喻兄弟和睦，則強盛而有光輝」。《集韻》卷十：「萼，通作鄂」。句言薛兄弟多中第。

澧頭¹送蔣侯

君住澧水北，我家澧水西。兩村辨喬木²，五里聞鳴雞³。飲酒溪
雨過，彈棊⁴山月低。徒開蔣生逕⁵，爾去誰相攜。

【校】

① **題** 宋本、黃本、鄭本、石印本、《全唐詩》並將此詩列入「五
言古詩」內。

② **兩村辨喬木** 《百家選》作「兩鄉見喬木」。

③ **棊** 《百家選》作「彈碁」。

④ **徒開蔣生逕** 《全唐詩》作「徒聞蔣生徑」，誤。

⑤ **攜** 黃本、宋本、鄭本、石印本並作「攜」，《全唐詩》、《百家
選》並作「擕」，案三字同。

【注】

1 **澧頭** 此詩當亦是居高冠草堂之作，與上首（〈高冠谷口招鄭
鄠〉）詩風略近，姑繫於此。《地理今釋》：「澧水源出今陝西西安
府鄠縣東南終南山，自紫閣而下，至咸陽東南入渭水」。

2 **喬木** 《孟子·梁惠王》：「所謂故國者，非謂有喬木之謂也，有
世臣之謂也。」趙岐注：「非但見其有高大樹木也。」〈滕文公〉：
「出自幽谷，遷於喬木。」

3 **鳴雞** 《道德經》：「鄰國相望，雞犬之聲相聞。」〈桃花源記〉：
「阡陌交通，雞犬相聞。」此言五里，言其相近也。陶潛〈歸園田
居〉詩：「狗吠深巷中，雞鳴桑樹顛」。

4 **彈棊** 傅玄〈彈棊賦序〉：「漢成帝好蹴鞠，劉向以為蹴鞠，勞人
體，竭人力，非至尊所宜御，乃因其體而作彈棊以解之。」

5 **蔣生徑二句** 《文選》謝靈運〈田南樹園激流植援〉詩：「唯開蔣
生逕，永懷求羊蹤」。「蔣生」已見五古〈自潘陵尖還少室居止秋

夕憑眺〉詩注。

【箋】

1 譚元春曰：「兩村辨喬木，五里聞鳴雞。辨字、聞字、妙，有宛如一家意。彈棊山月低，妙在無意中，境事相湊」（《唐詩歸》）。

2 鍾惺曰：「送別用一首閑居幽適詩，妙妙。覺世上別離，世情之甚。」（《唐詩歸》）。

3 邢昉評：「妙語衝口出，不煩多許，清音滿耳。」（《唐風定》卷三）

送永壽王贊府逕歸縣[1]

當官接閒暇，暫得歸林泉。百里路不宿，兩鄉山復連。夜深露濕簟[2]，月出風驚蟬。且盡主人酒，為君從醉眠。

【校】

① 題　宋本、黃本、鄭本、石印本、《全唐詩》並將此詩列入「五言古詩」。《全唐詩》題目作〈送永壽王贊府逕一作遙歸縣〉，宋本、鄭本、黃本、石印本並作〈送永壽王贊府遙歸縣〉。

② 閒　宋本、石印本、《全唐詩》並作「閑」，案二字同。

【注】

1 題　《岑詩繫年》：「案上元二年在虢州有（陪使君早春西亭）送王贊府赴選詩。」此曰：「當官接閒暇，暫得歸林泉。蓋當寶應元年王某落選後公送之還鄉也。」按上元二年早春赴選，則落選送其歸縣，當在同年三月末團甲後，詩曰：「夜深露濕簟，月出風驚蟬」乃秋日也，改繫於此。此首乃古詩用對偶者也。永壽　《讀

史方輿紀要》:「永壽縣，漢漆縣地，後魏置廣壽縣，後周曰永壽
縣，隋省入豳州新平縣，唐武德三年，於永壽原復置永壽縣，屬
邠州」。案故治在今陝西永壽縣南。贊府　已見〈陪使君早春西
亭送王贊府赴選〉詩注。

2　簟　《說文》五上:「簟，竹席也」。

鳳翔府行軍送程使君赴成州[1]

程侯新出守[2]，好日發行軍。拜命時人羨，能官聖主聞。江樓黑
塞雨，山郭冷秋雲。竹馬[3]諸童子，朝朝待使君[4]。

【注】

1　題　案至德二載二月，肅宗幸鳳翔。同年六月，杜甫等五人薦公
可備諫識，詔即以公為右補闕（已見〈寄左省杜拾遺〉詩注）。
由寄杜拾遺詩，知公至鳳翔，當在二月，六月前。其初來鳳翔，
似去拜官前未久也。公又有〈行軍詩〉二首（見五古注），〈宿
岐州北郭嚴給事別業〉詩（見前注），〈行軍九日思長安故園〉
詩（見五絕注），並皆作此時。《新唐書・宰相世系表》有:「程
恩奉，利州刺史，子珪，左贊善大夫。」此赴成州刺史任之程使
君，未知是程恩奉否？鳳翔府　《唐書・地理志》:「關內道鳳翔
府，隋扶風郡，武德元年，改為岐州，天寶元年，改為扶風郡。
至德二年，肅宗自順化郡幸扶風郡，其年十月，克復兩京，十二
月置鳳翔府，號為西京」。案故治即今陝西鳳翔縣。成州　《新
唐書・地理志》:「成州同各郡，下，本漢陽郡，治上祿，天寶元
年更名。」今甘肅成縣。《讀史方輿紀要》:「成縣，古西戎地，
西魏曰成縣，隋初郡廢，州存。大業初，改州為漢陽郡，亦曰成

州」。案故治在今甘肅成縣。

2 **程侯新出守** 《宋書》〈謝靈運傳〉:「出為永嘉太守,郡有名山
水,靈運素所愛好,出守既不得志。遂肆意遊遨。」

3 **竹馬** 《後漢書》〈郭伋傳〉:「為并州牧,始至行部,到西河美
稷,有童兒數百,各騎竹馬,於道次迎拜。伋問兒曹,何自遠
來,對曰:聞使君到,喜,故來奉迎。」

4 **使君** 《後漢書》〈寇恂傳〉:「使君建節銜命,以臨四方。」蓋奉
使之官尊稱為使君,州郡長官並可稱。

送張升卿宰新淦[1]

官柳葉尚小,長安春未濃。送君潯陽[2]宰,把酒青門[3]鐘。水驛
楚雲冷,山城江樹重。遙知南湖[4]上,祇對香爐峰[5]。

【校】

① **題** 《全唐詩》作〈送張昇卿宰新淦〉。宋本、黃本、鄭本、石印
本並作〈送張升卿宰新淦〉。

【注】

1 **新淦** 《新唐書·地理志》:「吉州廬陵郡有新淦縣」,詩云:「把
酒青門鐘」知作於長安。《唐書·地理志》:「新淦,漢舊縣,屬
豫章郡」。案新淦縣,漢置,故城在今江西清江縣東北。

2 **潯陽** 《晉書·地理志》:「永興元年,分廬江之尋陽,武昌之柴
桑兩縣置尋陽郡,屬江州。」隋為九江郡,治湓城,唐為江州潯
陽郡。《唐書·地理志》:「江南西道江洲潯陽縣,漢縣,屬廬江
郡。晉置江州,隋改為彭蠡縣。武德四年,復為潯陽,潯水至此

入江為名」。案故治在今江西九江縣。

3　**青門**　已見七古〈青門歌送東臺張判官〉詩注。

4　**南湖**　在江西臨川縣西南，一名南塘。《讀史方輿紀要》：「南塘在臨江縣西南二里，亦曰南湖」。

5　**香爐峰**　《太平寰宇記》：「香爐峰在廬山西北，其峰尖圓，煙雲聚散，如博山香爐之狀」。

送陳子歸陸渾[1]別業

雖不舊相識，知君丞相家[2]。故園伊川[3]上，夜夢方山[4]花。種藥畏春過，入（出）關愁路賒。青門[5]酒壚別，日暮東城鴉。

【校】

①　**入關**　宋本、鄭本、黃本、石印本並作「出關」。案作「出關」是。

【注】

1　**陸渾**　已見七古〈送魏升卿擢第歸東都〉詩注。

2　**知君丞相家**　詩云：「知君丞相家」如非泛言陳平，而指陳希烈，則此詩當作於天寶六年，希烈為左相以後，安史之亂以前，蓋亂平之後，希烈以從逆而賜死於家也」然希烈宋州人，此言歸陸渾，未可遽定。《史記》〈陳丞相世家〉：「陳丞相平者，陽武戶牖鄉人也，……封平戶牖鄉。……為戶牖侯。」《舊唐書·玄宗紀》：「天寶六載三月甲辰陳希烈為左相。」〈陳希烈傳〉：「陳希烈者，宋州人也……累遷兼兵部尚書、左相、封潁川郡開國公。」

3　**伊川**　《水經注》：「伊水出南陽縣西蔓渠山，東北過伊闕中，又東北至洛陽縣南，北入於洛」。

4　**方山**　《元和郡縣志》：「陸渾山，俗名方山」，在（鞏）縣西
　　五十五里。案在今河南嵩縣東北。又云：「伊水在（陸渾）縣西
　　南，虢州盧氏縣界流入。」《水經注》：「焦澗水西出鹿轉山，東流
　　逕孤山南，其山介立豐上，單秀孤峙，故世謂之方山」。

5　**青門**　已見七古〈青門歌送東臺張判官〉詩注。

【箋】

1　譚元春曰：「知君丞相家，開口只如對面」（《唐詩歸》）。

2　鍾惺曰：「方山花，夢得有情。畏春過，真幽心幽事」（《唐詩
　　歸》）。

稠桑驛¹喜逢嚴河南中丞便別

駟馬映花枝，人人夾路窺。離心且莫問，春草自應知。不謂青雲
客²，猶思紫禁³時。參乘西掖曾聯接⁴。別君能幾日，看取鬢成絲。

【校】

① **題**　《全唐詩》同，題下注云：「得時字」。

② **紫禁時**　《全唐詩》同，題下注云：「參乘西掖曾聯接」。

【注】

1　**稠桑驛**　《岑詩繫年》謂「驛，澤形近，未審孰是」。案《元和
　　郡縣志》卷六：「稠桑澤在（靈寶）縣西十里，虢公敗戎於桑田
　　（《左傳》僖公二年）即是也，疑驛乃因澤而名也。」《讀史方輿紀
　　要》：「稠桑驛在河南靈寶縣東三十里」。《春秋》僖二年：「虢公
　　敗戎於桑田，即稠桑也。魏主修奔關中，至稠桑驛」。嚴河南中
　　丞謂嚴武也。詳五言長律〈送嚴黃門拜御史大夫再鎮蜀川兼觀省〉

詩注。

2 **青雲客** 已見五古〈送王大昌齡赴江寧〉詩注。青雲客謂嚴武。

3 **紫禁** 《文選》謝莊〈宋孝武宣貴妃誄〉：「掩綵遙光，收華紫禁」，李善注：「王者之宮，以象紫微，故謂宮中為紫禁」。呂延濟注：「紫禁，即紫宮，天子所居也」。

4 **參忝西掖曾聯接** 《新唐書・嚴武傳》：「至德初赴肅宗行在，房琯以其名臣子，薦為給事中。」岑參為右補闕，屬中書省，西掖即稱中書省，嚴武為給事中，在門下省，二人分屬左右省，故曰聯接。忝，辱也。

送蒲秀才擢第歸蜀 [1]

去馬疾如飛 [2]，看君戰勝歸。新登郊祀第，更著老萊衣。漢水 [3] 行人少，巴山 [4] 客舍稀。向南風候暖，臘月見春暉。

【校】

① **老萊衣** 《全唐詩》同，下注云：「上四句與送薛彥偉詩相同」。

② **煖** 《全唐詩》作「暖」，案二字同。

③ **暉** 宋本、鄭本、黃本、石印本、《全唐詩》並作「輝」，案二字同。

【注】

1 **題** 《岑詩繫年》：「此篇與上兩篇（送崔全被放歸都觀省，送薛彥偉擢第東都觀省）有雷同詩句，其時相去，或不甚遠。」《新唐書・選舉志》：「其科之目有秀才、有明經、有進士。」李肇《國史補》卷下：「進士適稱、謂之秀才」，此言秀才，稱進士也。

2 **去馬疾如飛四句**　案此四句與前〈送薛彥偉擢第東都覲省〉詩略
同，想係公一時應酬之作，故語多雷同。

3 **漢水**　已見五古〈與鮮于庶子自梓州成都成少尹自襃城同行至利
州道中〉詩注。

4 **巴山**　《元和郡縣志》：「巴嶺在（南鄭）縣南一百九里，東傍臨
漢江，與三峽相接，山南即古巴國。」《太平寰宇記》：「大巴嶺
山，在（南鄭）縣西南一百九里。此大巴山也。又有小巴山，在
巴嶺東南。」《方輿勝覽》：「大巴嶺在（巴州化城）城北，小巴
嶺，此山之南，即古巴國。」《四川通志》：「大巴嶺在（通江）縣
東北五里，與小巴嶺相接，為秦蜀孔道。」

送郭司馬赴伊吾郡請示李明府[1]

安西美少年，脫劍卸弓弦。不倚將軍勢[2]，皆稱司馬賢。秋山[3]城
北面，古治郡[4]東邊。江上舟中月，遙思李郭仙[5]。

【校】
① **題**　《全唐詩》同，題下注云：「郭子是趙節度同好」。

【注】
1 **題**　原注：「郭子與趙節度同好」，趙節度，即趙玼。參閱前〈送
劉郎將歸河東〉詩注。伊吾郡　《唐書・地理志》：「隴右道伊州
伊吾郡，在燉煌之北，大磧之外，南去玉門關八百里，東去陽關
二千七百三十里」。案故治在今新疆哈密縣南。

2 **不倚將軍勢**　將軍稱趙節度，辛延年〈羽林即〉：「依倚將軍
勢」。高適〈贈別王十七管記〉詩：「勿辭部曲勳，不藉將軍勢」。

3 **秋山** 謂天山。《元和郡縣志》卷四十〈伊州伊吾縣〉:「天山,一名白山,一名折羅漫山,在州北一百二十里。」

4 **古治郡** 古治謂漢伊吾城。《元和郡縣志》:「伊州伊吾縣,本後漢伊吾屯,貞觀四年置縣」《舊唐書‧地理志》:「伊州柔遠縣,貞觀四年治,取縣東柔遠故城為名。」《太平寰宇記》:「因縣東有隋柔遠故鎮,以名焉。」古治或指柔遠故城。李郭謂伊吾李明府與郭司馬也。

5 **李郭仙** 《後漢書》〈郭泰傳〉:「郭泰字林宗,遊於洛陽,始見河南尹李膺,膺大奇之,遂相友善,於是名震京師。後歸鄉里,衣冠諸儒送至河上,車數千輛,林宗唯與李膺同舟而濟,眾賓望之,以為神仙」。此喻郭司馬與李明府。

送滕元擢第歸蘇州拜覲[1]

送爾姑蘇[2]客,滄浪秋正涼。橘懷三個去[3],桂折一枝[4]香。湖上山當舍,天邊水是鄉。江村人事少,時作捕魚郎[5]。

【校】
① **題** 宋本、鄭本、黃本、石印本、《全唐詩》並作〈送滕亢擢第歸蘇州拜親〉。
② **滄浪** 宋本、鄭本、黃本、石印本、《全唐詩》並作「滄波」。
③ **一枝香** 《全唐詩》作「一枝將」,誤。
④ **時作** 鄭本作「時少」。

【注】
1 **題** 滕元,各本並作「滕亢」,滕亢,生平未詳。蘇州 《唐書‧

地理志》：「江南東道蘇州，隋吳郡，武德四年平李子通置蘇州，天寶元年改為吳郡，乾元元年復為蘇州」。案故治即今江蘇吳縣。

2　**姑蘇**　山名，在蘇州西三十里。《太平寰宇記》：「隋平陳，改吳州為蘇州，蓋因州西有姑蘇山以為名。姑蘇山一名姑胥山，在吳縣西三十五里，連橫山之北」。《史記‧河渠書》：「上姑蘇，望五湖。」

3　**懷橘句**　已見〈送裴校書從大夫淄川郡觀省〉詩注。

4　**桂折句**　已見七古〈送韓巽入都觀省便赴寧〉詩注。

5　**捕魚郎**　觀結聯與〈題金城臨河驛樓〉詩相近，或天寶年間作。

臨洮客舍留別祁四[1]

無事向邊外，至今仍不歸。三年絕鄉信，六月未春衣。客舍洮水[2]聒，孤城胡鴈飛。心知別君後，開口哂[3]應稀。

【校】

①　**鴈**　鄭本、《全唐詩》並作「雁」，案二字同。

②　**哂**　宋本、黃本、石印本並作「笑」，《全唐詩》、鄭本並作「笑」。案「笑」字，古「哂」字。

【注】

1　**題**　《岑嘉州繫年考證》：「知公東歸以六月次臨洮者〈臨洮客舍留別祁四〉詩曰：「六月未春衣」，〈臨洮龍興寺玄上人院同詠青木香叢〉詩曰：「六月花新吐」可證，六月至臨洮，初秋應抵長安。祁四，即畫家祁樂也，已見五古〈送祁樂歸河東〉詩注。

2　**洮水**　已見七古〈與獨孤漸道別長句兼呈嚴八侍御〉詩注。

3 **開口笑** 樂少悲多，傷別之辭。已見七古〈喜韓樽相過〉詩注。

【箋】

1 鍾惺曰：「無事向邊外。無事，妙妙。寫出高興」（《唐詩歸》）。

2 譚元春曰：「至今仍不歸二語，說得行徑奇怪。開口笑應稀，如此留別，妙」（《唐詩歸》）。

送弘文李校書¹往漢南拜親

未識先巳（巳先）聞，清詞²果出群。如逢禰處士³，似見鮑參軍⁴。夢暗巴山⁵雨，家連漢水⁶雲。慈親思愛子，幾度泣沾裙⁷。

【校】

① **未識** 鄭本作「赤識」，誤。

② **先巳聞** 宋本、黃本、鄭本、石印本、《全唐詩》並作「巳先聞」，按作「巳先聞」是也。

③ **清詞** 宋本、黃本、鄭本、石印本、《全唐詩》並作「清辭」，案詞、辭二字通。

④ **沾裙** 宋本、黃本、鄭本、石印本、《全唐詩》並作「霑裙」，案沾、霑二字通。

【注】

1 **弘文校書** 《新唐書·百官志》：「宏文館有校書郎二人，集賢殿書院有校書四人，秘書省有校書郎十人，俱九品官」。案宏通弘。《唐六典》：「門下省弘文館校書即二人，從九品上，校書即掌校理典籍，刊正謬誤。」

2 **清詞** 《宋書》〈謝靈運傳〉：「清詞麗句，時發乎篇。」杜甫〈戲

為六絕句〉:「清詞麗句必為鄰。」

3 **禰處士**　謂禰衡也。《後漢書》〈禰衡傳〉:「禰衡字正平,平原般人也,少有才辯,而氣尚剛傲,孔融亦深愛其才,衡始弱冠,而融年四十,遂與為交友,上疏薦之曰:『⋯⋯竊見處士平原禰衡年二十四字正平,淑質貞亮,英才卓礫,初涉藝文,升堂覩奧⋯⋯性與道合,思若有神。⋯⋯使衡立朝,必有可觀。』」

4 **鮑參軍**　謂鮑照也。《宋書》〈臨川王道規傳附鮑照傳〉:「鮑照字明遠,文辭贍逸,嘗為古樂府,文甚遒麗。元嘉中,河濟俱清,當時以為美瑞,照為河清頌,其序甚工,世祖以照為中書舍人。⋯⋯臨海王子頊為荊州,照為前軍參軍,掌書記之任,子頊敗,為亂兵所殺。」杜甫〈懷李白詩〉:「清新庾開府,俊逸鮑參軍」。

5 **巴山**　已見五古〈青山峽口泊舟懷狄侍御〉詩注。

6 **漢水**　已見五古〈與鮮于庶子自梓州成都成少尹自襄城同行至利州道中〉詩注。

7 **沾裙**　《文選》江淹〈別賦〉:「攀桃李兮不忍別,送愛子兮霑羅裙。」

送樊侍御歸丹陽[1]便覲

臥病[2]窮巷晚,忽驚驄馬[3]來。知君京口[4]去,借問幾時回。驛舫江風引,鄉書海燕催。慈親應倍喜,愛子在霜臺[5]。

【校】

① **題**　宋本、黃本、石印本、《全唐詩》並作〈送樊侍御使丹陽便覲〉。鄭本作〈送樊侍御史丹陽便覲〉。

② **驄馬**　宋本、黃本、石印本並作「聰」，案二字同。

③ **海燕**　宋本、黃本、鄭本、石印本、《全唐詩》並作「海雁」。

【注】

1 **丹陽**　唐潤州丹陽郡，治丹徒縣，即古之京口，今之鎮江。《元和姓纂》卷四：「諸郡，諫議大夫樊系，潤州人，吏部員外樊元表，監察御史樊衡，並相州安陽人。屯田郎中樊胐，洛陽人。」《四校記》：「全文九一七清畫〈畫救苦觀世音菩薩贊〉又〈畫藥師琉瑠光佛讚〉均有湖州刺史諫議大夫樊公，即系」。皇甫冉有〈同樊潤州遊郡東山〉詩，亦系也。《唐會要》卷七十六：「開元十五年，武足安邊科，鄭防，樊衡及第」此詩題云〈歸丹陽〉疑即系也，若樊衡雖為監察御史，卻為相州安陽人，恐未是。《元和郡縣志》卷二十五：「潤州丹陽縣，西北至州六十四里。」詩云：「臥病窮巷晚」又云：「知君京口去，借問幾時回」當作於長安。

2 **臥病**　劉希夷〈代悲白頭翁〉：「一朝臥病無相識，三春行樂在誰邊。」

3 **驄馬**　已見七古〈青門歌送東臺張判官〉詩注。

4 **京口**　已見五古〈送許子擢第〉詩注。

5 **霜臺**　已見〈梁州陪趙行軍龍岡寺北泛舟〉詩注。

送顏少府投鄭[1]陳州[2]

一尉便垂白[3]，數年惟草玄[4]。出關策匹馬，逆旅[5]聞秋蟬。愛君（客）多酒債[6]，罷官無俸錢[7]。知君羈思少，所適主人賢[8]。

【校】

① **題**　宋本、鄭本、黃本、石印本並作〈送顏少府投鄭州〉。

② **愛君**　宋本、鄭本、黃本、石印本並作「愛客」，按作「愛客」是也。

③**羈**　《全唐詩》作「羈」，案二字通。

【注】

1 **鄭州**　《唐書‧地理志》：「河南道鄭州，隋滎陽郡，武德四年，平王世充置鄭州於武牢，領汜水、滎、成皋、密五縣，其年又於管城縣置管州，貞觀七年，自武牢移鄭州。」案故治在今河南滎陽縣。

2 **陳州**　《唐書‧地理志》：「河南道陳州，隋淮陽郡，武德元年，討平房憲伯，改為陳州，天寶元年，改陳州為淮陽郡，乾元元年復為陳州」。案故治在今河南淮陽縣。

3 **垂白**　《漢書》〈杜欽傳〉：「誠哀老姐垂白」，顏師古注：「垂白者，言白髮下垂也」。鮑照〈擬古〉八首之五：「結髮起躍馬，垂白對講書」。

4 **草玄**　《漢書》〈揚雄傳〉：「揚雄字子雲，蜀郡成都人也，以為經莫大於易，故作太玄」。高適〈贈杜二拾遺詩〉：「草玄今已畢，此外復何言」。

5 **逆旅**　已見五古〈送王著作赴淮西幕府〉詩注。

6 **酒債**　孔融〈失題〉詩：「歸家酒債多，門客粲成行」。

7 **罷官無俸錢**　《碧溪詩話》卷七：「林和靖「馬從同事借，妻怕罷官貧。」（〈寄孫仲簿公〉詩句），情狀已可喜，及觀岑參〈送顏少府〉：「愛君多酒債，罷官無俸錢。」戎昱〈題李明府壁〉云：「料錢供客盡，家計到官貧」。雖欲不喜，不得也，所云喜者，喜其為官清廉也。

8 **主人賢**　《文選》王粲〈公讌詩〉：「願我賢主人，與天享巍巍」。此稱鄭陳州。

【箋】

1 譚元春曰:「一尉便垂白,比『三十始一命』(案此乃公初授官題高冠草堂詩,見後注),更說得蘊藉。主人賢三字,真」(《唐詩歸》)。

2 鍾惺曰:「數年惟草玄,此句為上語影貼得妙,不然,草玄二字厭倦矣」(《唐詩歸》)。

送許員外江外置常平倉[1]

詔置海陵倉[2],朝推畫省[3]郎。還家錦服貴[4],出使繡[5]衣香。水驛風催舫,江樓月透床。仍懷陸氏橘[6],歸獻老親嘗。

【注】

1 **題** 詩作於廣德二年,許員外,即許登,登有父母在江寧,故詩云:「仍懷陸氏橘,歸獻老親嘗。」登乾元元年為拾遺時曾歸省,見「送許拾遺恩歸拜親」詩,又岑仲勉〈郎官石柱題名新考訂〉司勳員外即有「許登」。江外,指長江以南地區常平倉,官府立倉,於穀賤時增價糴入,貴時減價糶出,使穀價常平,稱為常平倉。漢詩已曾設置,〈舊唐書‧代宗紀〉:「廣德二年正月二十五日,第五琦奏諸道,置常平倉,使司,量置本錢和糴,許之」(又見《新唐書‧食貨志》,《唐會要》八八):「廣德二年正月二十五日,第五琦奏,每州置常平倉及庫使,自商量置本錢,隨當處米物時價,賤則加價收糴,貴則減價糶賣。

2 **海陵倉** 《太平寰宇記》:「海陵倉,即漢吳王濞之倉也。枚乘上書曰:轉粟西向,陸行不絕,水行滿河,不如海陵之倉,謂海渚之陵,因以為倉,今已堙滅」。《文選》左思〈吳都賦〉:「窺東山

之府，則瓊玉溢目，觀海陵之倉，則紅粟流衍。」

3 **畫省** 《通典‧職官》：「尚書郎奏事明光殿省，省中皆以胡粉塗壁，畫古賢烈女」。

4 **還家錦服貴** 《史記‧項羽本紀》：「富貴不歸故鄉，如衣錦夜行，誰知之者？」詩言還家，知許為江南人，聞一多岑嘉州交遊事輯，以此與〈送許子擢第歸江寧拜親因寄王大昌齡〉、〈送許拾遺恩歸江陵拜親〉詩之許子，許拾遺為一人，是也。

5 **繡衣** 已見七古〈青門歌送東臺張判官〉詩注。

6 **陸氏橘** 已見〈送滕亢擢第歸蘇州拜觀〉詩注。

送江陵泉少府赴任便呈衛荊州¹

神仙²吏姓梅，人吏待君來。渭北草新出，江南花已開。城邊宋王（玉）宅³，峽口楚王臺⁴。不畏無知己，荊州甚愛才⁵。

【校】

① **仙** 鄭本作「僊」，案二字同。

② **宋王** 宋本、鄭本、黃本、石印本、全唐詩並作「宋玉」，案作「宋玉」是。

【注】

1 **題** 衛荊州，衛伯玉也。《舊唐書》〈衛伯玉傳〉：「廣德元年冬，吐番寇京師，乘輿幸陝，以伯玉有幹略，可當重寄，乃拜江陵尹兼御史大夫，充荊南節度觀察使。」《岑詩繫年》：「此詩春景，當作於廣德二年。」《元和姓纂‧四校記》卷五：「泉，本姓全氏，全琮之後，琮孫暉，魏封南陽侯，食封泉，遂改為泉氏，後魏洛

州刺史。上洛侯泉企也。」泉少府當為泉企之後。毗陵集卷二，獨孤及有〈送江陵全少府赴任〉詩，泉少府，名不詳。江陵，《唐書‧地理志》：「山南東道荊州江陵府，隋為南郡，武德四年，平蕭銑，改為荊州，天寶元年改為江陵郡，乾元元年復為荊州，案故治即今湖北江陵縣。

2 **神仙句** 此喻泉少府。已見〈喜華陰王少府使到南池宴集〉詩注。

3 **宋玉宅** 《水經注》：「宣城城南有宋玉宅。玉，邑人，雋才辯給，善屬文而識音也」。姚寬《西溪叢話》：「唐余知古〈渚宮故事〉曰：信因侯景之亂，自建康遁歸江陵，居宋玉故宅，宅在城北三里。故其賦（〈哀江南〉）曰：誅茅宋玉之宅，穿徑臨江之府」。老杜云：〈送李功曹歸荊南〉詩：「曾聞宋玉宅。」李義山亦云（〈過鄭廣文舊居〉）：「可憐留著臨江宅，異代應教庾信居」是也。案宋玉宅在今湖北江陵縣。

4 **楚王臺** 即陽雲臺，又名陽臺。已見五古〈秋夕聽羅山人彈三峽流泉歌〉詩注。

5 **荊州甚愛才** 《後漢書》〈皇甫規傳〉：「規為人多意算，自以連在大位，欲退身避第，數上病不見聽，會友人上郡太守王旻喪還，規縞素越界到下亭迎之，因令客密告并州刺史胡芳，言規擅遠軍營，公違禁憲，當急舉奏，芳曰：威明（規字）欲避第仕塗，故激發我耳，吾當為朝廷愛才，何能申此子計邪？」

送江陵¹黎少府

悔繫腰間綬²，翻為膝下愁。那堪漢水³遠，更值楚山秋。新橘香官舍，征帆拂縣樓。王程⁴不敢住，豈是愛荊州⁵。

【校】

① 飜　宋本、黃本、鄭本、石印本、《全唐詩》並作「翻」，案二字
　　同。

② 王程　宋本、鄭本、黃本、石印本、《全唐詩》並作「王城」。

【注】

1　江陵　已見前詩注。黎少府，按獨孤及有〈送江陵全少府之任〉
　　詩（《毘陵集》卷二）亦寫秋景，當與本詩為同時之作，「全」蓋
　　即「黎」之殘訛字，謂黎燧也。詳見陶敏「《全唐詩人名考證》
　　並詳參《岑參交遊考》。

2　腰間綬　已見五古〈冬宵家會餞李郎司兵赴同州〉詩注。

3　漢水　已見五古〈與鮮于庶子自梓州成都成少尹自襃城同行至利
　　州道中〉詩注。

4　王程　已見五古〈酬成少尹駱谷行見呈〉詩注。

5　荊州　即江陵郡，已見前詩注。

閿鄉送上官秀才¹歸關西別業

風塵²奈汝何，終日獨波波³。親老無官養⁴，家貧在外多。醉眠
輕白髮，春夢渡黃河。相去關城近，何時更肯過。

【校】

① 奈　《全唐詩》作「奈」，案二字同。

② 獨　叢刊本「獨」字下缺一字，檢宋本、黃本、鄭本、石印本、
　　全唐詩並作「波」，今據補。

③ 肯　宋本、黃本、鄭本、石印本並作「肎」，案二字同。

【注】

1 **題** 《岑詩繫年》:「此詩曰:春夢渡黃河,與上二篇(〈潼關鎮
國軍勾覆使院早春寄王同州〉,〈潼關使院懷王七季友〉)潼關詩
之季候相合,蓋同時作,閿鄉 《元和郡縣志》:「閿鄉,本漢湖
縣地,開皇十六年,移湖城縣於今所,改名閿鄉縣,屬陝州,唐
屬虢州」。案故治即今河南閿鄉縣。《新唐書·地理志》:「虢州
弘農郡閿鄉縣有潼關,大谷關。」《元和姓纂》卷七:「東郡,上
官儀,西臺侍中平章事,二子庭芝、庭璋……。庭璋太子僕射,
生經野,經國,經緯。經緯生詔,侍御史。《新唐書·宰相世系
表》:「(上官)經野,德州刺史。」弟「經國,經緯」,不載何
官。經緯子詔,侍御史。詩曰:「醉眠輕白髮」。當為岑參同輩,
以年歲略計,或是上官詔,未可遽定。

2 **風塵** 《文選》陸機〈為顧彥先贈婦〉詩:「京洛多風塵,素衣化
為緇。」

3 **波波** 《六祖壇經》:「離道別覓道,終身不見道。波波度一生,
到頭還自懊。」波波,奔波忽擾貌。

4 **親老無官養** 句謂上官家有老親,而上官無祿俸以供養之也,但
言家貧,已無祿仕,不能供養之也。

送崔主簿赴夏陽[1]

常愛夏陽[2]縣,往年曾再過。縣中饒白鳥[3],郭外是黃河[4]。地近
行程少,家貧酒債[5]多。知君新稱意,好得柰春何。

【校】

① **柰** 全唐詩作「奈」,案二字同。

【注】

1 **題**　《岑詩繫年》:「詩曰:『知君新稱意』蓋謂崔某擢第後,即為夏陽主簿也。」《新唐書・地理志》:「同州夏陽縣,本河西,乾元三年更名。則此詩當作於乾元三年之後。」又案:送人及第出仕詩,例當作於長安,長安去同州為近。故詩又曰:「地近行程少」乾元三年以後至廣德初,公方由虢州至長安,此詩殆即廣德年間所作。

2 **夏陽**　《元和郡縣志》:「夏陽縣,漢郃陽縣之地。武德三年,分郃陽於此,置河西縣,又割同州之郃陽、韓城二縣於今縣,理置西韓州。貞觀八年,廢西韓州,以縣屬同州。乾元三年,改為夏陽縣」。案故治在今陝西郃陽縣。

3 **白鳥**　已見五古〈初至西虢官舍南池呈左右省〉詩注。

4 **郭外是黃河**　《太平廣記》卷三一〇:「夏陽趙尉」、「馮翊之屬縣夏陽,據大河,縣東有池館,當太華、中條,煙靄嵐霏,昏旦在望。」(出《宣室志》)

5 **酒債**　已見〈送顏少府投鄭陳州〉詩注。

送梁判官歸女几舊廬

女几[1]知君憶,春雲相送歸。草堂開藥裹[2],苔壁取荷衣[3]。老竹移時少,新花舊處飛。可憐真傲吏[4],塵事到山稀。

【校】

① **裹**　《全唐詩》作「裏」,案二字同。
② **相送**　宋本、黃本、鄭本、石印本、《全唐詩》並作「相逐」。

【注】

1 **女几** 《晉書》〈張軌傳〉:「隱於宜陽女几山」《新唐書·地理志》:「河南府河南郡福昌縣有女几山」。《元和郡縣志》:「女几山在河南府福昌縣西南三十里」。《一統志》:「女几山在河南宜陽縣九十里。唐李賀集:杜蘭香神女上昇,遺几在焉,故名」。

2 **藥裹** 案藥裹字,唐詩人如杜甫、王維輩,皆曾用之。考《漢書·外戚列傳》:「武發篋中有裹藥二枚」,當是出於此也。

3 **荷衣** 隱者之服。《離騷》:「製芰荷以為衣,集芙蓉而為裳。」《文選》孔稚圭〈北山移文〉:「焚芰製而裂荷衣」,李善注:「楚辭曰:製芰荷以為衣。王逸曰:製,裁也」。呂延濟注:「芰製荷衣,隱者之服」。

4 **傲吏** 已見五古〈過王判官西津所居〉詩注。

送人歸江寧[1]

楚客憶鄉信,向家湖水長[2]。住愁春草綠,去喜桂枝香。海月迎歸楚,江雲引到鄉。吾兄[3]應借問,為報鬢毛霜。

【校】

① **住愁** 黃本作「信愁」。鄭本作「柱愁」,誤。

【注】

1 **江寧** 《漢書·地理志》:「丹陽郡有秣陵縣」即江寧也。戰國楚金陵邑。故稱被送之人為楚客。孟浩然〈初至樂城館中臥疾懷歸而作〉:「往年鄉位斷,留滯客情多。」

2 **向家湖水長** 言返家舟行甚遠也。

3 **吾兄**　謂岑況也。時尚在江南，至德初，劉長卿在曲阿曾與岑況宴遊，則此詩似作於乾元元年。

送李司諫[1]歸京

別酒為誰香，春官駁正[2]郎。醉經秦樹遠，夢怯漢川[3]長。雨過風頭黑，雲開日腳黃。知君解起草[4]，蚤去入文昌[5]。

【校】

① **題**　《全唐詩》同，題下有「得長字」三字。

② **駁**　《全唐詩》作「駮」。

③ **蚤**　宋本、鄭本、黃本、石印本、《全唐詩》並作「早」，案二字同。

【注】

1 **司諫**　案《周禮·地官》〈司諫〉：「掌糾萬民之德而勸之，朋友正其行而強之，道藝巡問而觀察之，以時書其德行道藝，辨其能而可任于國事者，以考鄉里之治，以詔廢置，以行赦宥」。王維〈和僕射晉公扈從溫湯〉詩：「司諫方無闕，陳詩且未工。」題下原註：「時為右補闕」趙殿成註：「地官司徒，序官」。鄭康成註云：「諫猶正也，所以道正人行。」則非後世諫官之職，蓋借用也。杜甫〈巴西聞收京闕送班司馬入京二首〉之二：「黃閣長司諫，丹墀有故人。」

2 **駁正**　謂評論而正之也。《後漢書》〈延篤傳〉：「篤論解經傳，多所駁正，後儒服虔等以為折中」。詩云：「春官駁正郎」言李入為禮部尚書郎也。

3 **漢川** 已見五古〈與鮮于庶子自梓州成都成少尹自襄城同行至利
州道中〉詩注。

4 **起草** 已見五言長律〈和刑部成員外秋寓直臺省寄知己〉詩注。

5 **文昌** 荀綽〈晉百官表註〉曰:「尚書為文昌天府,眾務淵藪,
今以六曹尚書為文昌」。案《晉書·天文志》云:「文昌六星在
北斗魁前,天之六府也。天子六曹,尚書似之,故以文昌為尚
書美稱」。《集韻》卷六:「早,通作蚤」。句言早去入尚書省任
郎官也。《舊唐書·職官志》:「光宅元年九月,改尚書省為文昌
台……禮部為春官。」蔡邕〈獨斷〉:「其有疑事,公卿百官會
議,若台閣有所正處,而獨執異意者曰駁議。」

送綿州²李司馬秩滿³歸京呈李兵部₁

久客厭江月,罷官思早歸。眼看春色老,羞見梨花飛。劍北山居
小,巴南音信稀。因君報兵部⁴,愁淚日沾衣。

【校】
① **題** 《全唐詩》、石印本並作〈送綿州李司馬秩滿歸京呈李兵
部〉。宋本、鄭本、黃本並作〈送綿州李司馬秩滿歸京因呈李兵
部〉。

② **春色** 宋本、鄭本、黃本、石印本、《全唐詩》並作「春光」。

【注】
1 **題** 《岑嘉州繫年考證》:〈送綿州李司馬秩滿歸京因呈李兵部〉
詩曰:「久客厭江月,罷官思早歸,眼看春色老,羞見梨花飛」
似亦本年(大歷四年)春作於成都。」廣德元年岑參有〈秋夕讀

書幽興獻兵部李侍郎〉詩，李侍郎為李進。此則為李涵，《舊唐書·代宗紀》：「大歷三年正月甲戌，左丞李涵，右丞賈至並為兵部侍郎，……七年二月甲寅，以兵部侍郎李涵為蘇州刺史，兼御史中丞，充浙西觀察使。則大歷四年正在兵部侍郎任內也。」《舊唐書》〈李涵傳〉：「高平王道之曾孫，父少康，宋州刺史。……寶應元年，初平河朔，北京以涵忠謹洽聞，遷左庶子，兼御史中丞，河北宣尉使……服闋，除給事中，遷尚書左丞。」《新唐書·回鶻傳》：「大歷三年，光親可敦卒。……明年，以（僕固）懷恩幼女為崇徽公主繼室，兵部侍郎李涵持節，冊拜可敦，賜繒絲二萬。」

2　**綿州**　《讀史方輿紀要》：「綿州，秦蜀郡地，漢屬廣漢郡，隋開皇初郡廢，五年改州曰綿州，大業初又改金山郡，唐武德初又為綿州」。案故治在今四川綿陽縣。

3　**秩滿**　謂任期屆滿也。

4　**兵部**　《新唐書·百官志》：「兵部，尚書一人，侍郎二人，掌武選地圖、車馬甲械之政」。

【箋】

1　鍾惺曰：「久客厭江月，與空床月近人，各寫無聊之情，入妙」（《唐詩歸》）。

2　譚元春曰：「罷官思早歸，今人送秩滿入京者，誰敢用罷官字」（《唐詩歸》）。

送柳錄事赴梁州[1]

英掾柳家郎，離亭酒甕香。折腰[2]思漢北，隨傳[3]過巴陽。江樹

連官舍，山雲到臥床。知君歸夢積，來去劍川⁴長。

【校】

① **英掾** 宋本、鄭本、黃本、石印本並作「英椽」，誤。

② **來去** 《全唐詩》作「去去」。

【注】

1 **梁州** 已見五古〈梁州對雨懷麴二秀才〉詩注。

2 **折腰** 已見五古〈衙郡守還〉詩注。

3 **傳** 驛也。《左傳》成公五年：「晉侯以傳召伯宗。」注：「傳，驛也」《周禮‧秋官》〈行夫〉：「掌邦國傳遽之小事」注：「傳遽」，若今時乘傳騎驛，而使者也，唐世驛但置驛而傳則車。

4 **劍川** 即劍溪，在四川劍閣縣北，大劍溪出大劍山，小劍溪在大劍溪北，源出小劍山，東流至兩溪口，合於大劍溪，有水會渡，即二劍水會合處。詩曰：「來去劍川長」，知柳係自蜀前往。

朱錫穀〈蜀水考補註〉：「大劍山在劍州北二十五里，大劍水發源由劍門關流出，北折為漁子溪，大劍山北三十里為小劍山，小劍水發源過瀑布崖，與大劍水合，有水會渡「在州北八十里，即二水合流處。」

送裴侍御赴歲入京¹

羨爾驄馬²郎，元日謁明光³。立處聞天語，朝回惹御香⁴。臺寒柏樹綠⁵，江煖柳條黃。惜別津亭暮，揮戈憶魯陽⁶。

【校】

① **題** 《英華》作〈送裴侍御趁歲赴京〉。

② 它　宋本、鄭本、黃本、石印本、《全唐詩》、《英華》作「他」，
案二字通。

③ 驄　宋本、黃本、鄭本並作「驄」，案二字同。

④ 煖　宋本、黃本、鄭本、石印本、《全唐詩》並作「暖」，案二字
同。

【注】

1 題　《岑詩繫年》：「案公宦遊之地若安西，虢州、成都、惟成都
有汶江」。此詩曰：「江暖柳條黃」，當作於成都。大歷元年冬公
在成都，與題曰「趁歲」合。

2 驄馬　已見七古〈青門歌送東臺張判官〉詩注。

3 明光　即明光殿，已見五古〈送王著作赴淮西幕府〉詩注。

4 惹御香　已見〈寄左省杜拾遺〉詩注。

5 臺寒句　已見七古〈熱海行送崔侍御還京〉詩注。

6 揮戈句　《淮南子・覽冥訓》：「魯陽公與韓構難，戰酣，日暮，
援戈而撝之，日為之反三舍」。《文選》郭璞〈遊仙詩〉：「愧無魯
陽德，迴日向三舍」。《說文》十二上：「撝，手指撝也」，段注：
「凡指揮當作此字」。

送顏評事入京[1]

顏子人嘆屈，宦遊今未遲。佇聞明主用，豈負青雲姿[2]。江柳秋
吐葉[3]，山花寒滿枝。知君客愁處，月滿巴川[4]時。

【校】

① 月滿　宋本、鄭本、黃本、石印本並作「月落」。

【注】

1 **題** 《岑詩繫年》:「詩曰:『江柳秋吐葉』又曰:『月滿巴川時』,當作於大歷元年秋,既至成都之後。」

2 **青雲姿** 已見五古〈虢中酬陝西甄判官贈〉詩注。

3 **秋吐葉** 何遜〈邊城思〉詩:〈柳黃未吐葉,水綠半含苔〉。

4 **巴川** 即巴水,已見五古〈過王判官西津所居〉詩注。

送趙侍御歸上都[1]

驄馬五花毛[2],青雲歸處高。霜隨祛夏暑,風逐振江濤。執簡[3]皆推直,勤王[4]豈告勞[5]。帝城誰不戀,回望動離騷[6]。

【校】

① **驄馬** 宋本、鄭本、黃本、石印本並作「駿馬」,案驄,駿二字同。

② **祛** 宋本、鄭本、黃本、石印本、全唐詩並作「驅」。

【注】

1 **題** 《岑嘉州繫年考證》:「詩曰:霜隨祛夏暑,風逐振江濤。江濤應指蜀江,此亦成都詩,作於本年(大歷二年)夏者也」。

1 **上都** 《文選》班固〈西都賦〉:「實用西遷,作我上都」,張銑注:「上都,西京也」。案:此指唐朝都城長安。

2 **五花毛** 已見七古〈走馬川行奉送出師西征〉詩注。

3 **執簡句** 《晉書》〈傅休奕傳〉:「每有奏劾或值日暮,捧白簡,整簪帶,竦踊不寐,坐而待旦,於是貴游儳服,台閣生風,此兼用之,而以傅休奕事為主」。《左傳》襄公二十五年:「公與大夫及

莒子盟，太史書曰：崔杼弒其君。崔子殺之，其弟嗣書，而死者二人，其弟又書，乃舍之。南史氏聞太史盡死，執簡以往，聞既書矣，乃還」。《論語・顏淵》：「舉直錯諸枉，能使枉者直。」集解：「包曰：舉正直之人用之，廢置邪枉之人，則皆化為直。」

4 **勤王**　已見七古〈輪臺歌奉送封大夫出師西征〉詩注。

5 **告勞**　《詩・小雅》〈十月之交〉曰：「黽勉從事，不敢告勞。」

6 **離騷**　《史記》〈屈原傳〉：「屈平疾王聽之不聰也，讒諂之蔽明也，邪曲之害公也，方正之不容也，故憂愁幽思而作離騷。離騷者，猶離憂也」。班固曰：「離，猶遭也，騷，憂也，明己遭憂作辭也」。句言回望京師而動離別去國之愁。

送任郎中出守明州¹

罷起郎官²草，初分刺史符³。城邊樓枕海，郭裡樹侵湖。郡政傍連楚，朝恩獨借吳。觀濤⁴秋正好，莫不上姑蘇。

【校】

① **傍**　鄭本作「偈」。

【注】

1 **題**　〈郎官石柱題名〉：「主客員外即任瑗」又「左司員外即任瑗」《新唐書》〈安祿山傳〉：「至德二載，（阿史那）承慶等十餘人送密疑，有詔以承慶為太保，定襄郡王……任瑗明州刺史。」詩曰：「觀濤秋正好」知此詩為至德二載夏秋間作。《全唐文》卷四〇四有任瑗〈瑞麥賦〉，小傳稱：「瑗，天寶朝主客，左司員外郎，出為明州刺史，乾元元年徙括州」如詩題郎中無誤，則石柱

題名有闕也。《舊唐書・肅宗紀》:「乾元二年六月己巳,以明州刺史呂延之為越州刺史。」呂延之為任瑗繼任。明州 《唐書・地理志》:「開元二十六年,於越州鄮縣置明州,天寶改為餘姚郡,乾元元年復為明州,取四明山為名」。案故治在今浙江鄞縣東。

2 **郎官句** 《通典・職官》:「今尚書省有左右司郎中各一人,員外郎各一人,分管尚書六曹事。其諸曹司郎中,總三十人,員外郎總三十一人,通謂之郎官」。漢官儀:「尚書郎主作文書起草,夜更直五日於建禮門內」《後漢書》明帝記:「郎官上應列宿,出宰百里,苟非其人,則民受其殃。」罷謂除去。

3 **分符句** 《漢書・文帝紀》:「初與郡守為銅虎符,竹使符」顏師古注:「與郡守為符者謂各分其半,右留京師,左以與之。」《東觀漢紀》:「韋彪上議曰:二千石皆以選出京師,剖符典千里。」

4 **觀濤** 《文選》枚乘〈七發〉:「將以八月之望,與諸侯遠方交遊,兄弟並往,觀濤乎廣陵之曲江」。《史記・河渠書》:「太史公曰:余南登廬山,觀禹疏九江,遂至於會稽太湟,上姑蘇,望五湖。」《吳越春秋》卷二:「治姑蘇之台。在吳縣西南三十里,有姑蘇山,亦名姑胥。」今江蘇蘇州西南。

晦日[1]陪侍御泛北池

春池滿復寬,晦節耐[2]邀懽[1]。月帶蝦蟆[3]冷,霜隨獮豸[4]寒。水雲依錦席[5],岸柳覆金盤。日暮舟中敬,都人[6]夾道看。

【校】

① **懽** 宋本、黃本、鄭本、石印本、《全唐詩》並作「歡」,案二字同。

② **依**　宋本、黃本、鄭本、石印本、《全唐詩》並作「低」。

③ **覆**　宋本、黃本、鄭本、石印本、《全唐詩》並作「拂」。

【注】

1 **題**　《史記・封禪書》:「建章宮……其北治大池,漸台高二十餘丈,命曰太液池」《三輔黃圖》卷四池沼:「太液也,在長安故城西,建章宮北,未央宮西南,……」。〈廟記〉曰:「建章官北池名太液,周回十頃,有采蓮女鳴鶴之舟」,建章官在唐長安縣西北二十里。疑岑參泛舟之北池即漢太液池也。《舊唐書・德宗紀》貞元四年九月丙午詔:「今方隅無事,丞庶小康,其正月晦日,三月三日,九月九日三節日,宜任文武百僚選勝地追賞為樂。」晦日　陰曆每月之末日也。《公羊傳》僖公六年:「何以不日,晦日也」。唐世正月晦日宴遊,蓋相承前代。

2 **耐**　已見七古〈喜韓樽相過〉詩注。

3 **蝦蟆句**　《淮南子・精神訓》:「而月中有蟾蜍」高誘注:「蟾蜍,蝦蟆」《續漢書・天文志》劉昭注:「靈憲曰:……羿請無死之藥於西王母,姮娥竊之以奔月。……姮娥遂託身於月,是為蟾蜍。」盧全〈月蝕〉詩:「傳聞古老說,蝕月蝦蟆精。」

4 **獬豸**　已見五古〈過梁州奉贈張尚書大夫公〉詩注。

5 **錦席二句**　謂珍席。辛延年〈羽林郎〉:「就我求珍肴,金盤鱠鯉魚。」

6 **都人**　《詩・小利》〈都人士〉:「彼都人士,狐裘黃黃。」鄭箋:「城郭之域曰都。」古明王時,都人之有士行者,冬則衣狐裘。

早春陪崔中丞泛浣花溪宴¹

旌節²臨溪口³，寒郊斗（陡）覺暄⁴。紅亭移酒席，畫祊（舸）⁵
逗江村。雲帶歌聲颺，風飄舞袖飜④。花間催秉燭⁶，川上欲黃昏。

【校】

① **題** 宋本、黃本、鄭本、石印本、《全唐詩》並作〈早春陪崔中
丞同泛浣花谿宴〉。

② **斗** 宋本、黃本、鄭本、石印本、《全唐詩》並作「陡」。案作
「陡」是。

③ **畫祊** 宋本、黃本、鄭本、石印本、《全唐詩》並作「畫舸」。案
作「畫舸」是。

④ **飜** 《全唐詩》作「翻」，案二字同。

【注】

1 **題** 此詩《全唐詩》卷一九七亦收入〈張謂詩〉內，題作〈早
春陪崔中丞浣花溪宴得暄字〉，考《唐才子傳》卷四〈張謂傳〉
及〈張謂詩文〉中無入蜀記載。《岑嘉州繫年考證》：據《唐詩紀
事》卷二十五引謂所著〈長沙風土記〉：「亙唐八葉，元聖六載，
正言（謂字）待罪湘束。」（《全唐文》卷三七五題作〈長沙風土
碑銘並序〉）知謂大歷三年（代宗即位之六載）在潭州，此詩當
屬岑作。考證又謂：早春陪崔中丞同泛浣花溪宴，詩中之崔中丞
當即崔寧。公去年秋始至成都，明年在嘉州，此曰早春，宜為本
年（大歷二年）之早春。崔寧（723—783）原名旰，衛州人，曾
從軍劍南，入為折衝郎將，嚴武鎮劍南，以旰為漢州刺史，統兵
西山，旰善撫士卒，大敗吐蕃。武死，郭英乂入蜀，與旰交惡，
英乂敗死。杜鴻漸入蜀，大歷二年七月，以旰為西川節度使，詩
言早春，又有旌節，當在大歷三年元月也。時岑參為嘉州刺史，

受旰節度，當以公務而至成都，乃有此宴遊也。《舊唐書・代宗紀》：言，崔旰為成都尹兼御史大夫，證以岑詩，當為御史中丞。旰大歷三年四月入朝，賜名寧。十四年入為京畿觀察，朔方節度等使。德宗建中四年，盧杞陷其與朱泚交通，帝命力士縊殺之，天下冤之。浣花溪　《方輿勝覽》：「浣花溪在（成都）城西五里，一名百花潭」永泰元年前，杜甫曾居此。

2 **旌節**　節度使儀仗。

3 **溪口**　言浣花溪頭。

4 **斗覺暄**　忽覺也。暄，《廣韻》卷一：「暄，溫也，同煖」此句借以形容儀仗之盛。

5 **畫舸**　《方言》卷九：「南楚江湘凡船大者謂之舸」。《吳志》〈周瑜傳〉：「又豫備走舸，各繫大船後。」《說文》八下新附：「舸，舟也。」畫舸即畫舟也。

6 **秉燭**　《古詩十九首》：「晝短苦夜長，何不秉燭遊。」《文選》曹丕〈與吳質書〉：「古人思秉燭夜遊，良有以也。」劉良注：「秉，執也。」

雪後與群公過慈恩寺[1]

乘輿[2]忽相招，僧房暮與朝。雪融雙樹[3]濕，紗閉一燈[4]燒。竹外山低塔，藤間院隔橋。歸家如欲懶，俗慮向來銷。

【校】

① **題**　《英華》作〈雪後與群公過報恩寺〉，案：慈恩寺，一名報恩寺。

② **雙**　宋本、黃本、石印本、《英華》作「雙樹」，案：樹、樹二字

同。

③ **紗閉**　宋本、鄭本、黃本、石印本、《全唐詩》並作「紗闈」。

④ **竹外**　《英華》作「竹林」，誤。

⑤ **隔**　《英華》作「接」。

⑥ **如欲懶**　《英華》作「好欲懶」。

【注】

1 **題**　《岑詩繫年》：「玩題意，當係永泰年前後公為郎時作」考《舊唐書·代宗紀》，永泰元年正月與大歷元年正月皆大雪，此詩當係此二年間作。按永泰元年十一月岑參已赴嘉州刺史任，當為廣德二年冬或永泰元年初所作。慈恩寺　已見五古〈登慈恩寺塔〉詩注。

2 **乘興**　已見五古〈送祁樂歸河東〉詩注。

3 **雙樹**　《涅槃經》：「佛在拘尸那國力士生池阿利羅跋提河邊婆羅雙樹間。」佛入滅處之林也。為沙羅樹之並木，故謂之雙樹。此寫寺景而暗用其事。

4 **一燈**　《華嚴經》七八：「譬如一燈入於暗室，百千年暗悉能破盡。」《楞嚴經》六：「身燃一燈，燒一指節。」以一燈明喻智慧破迷闇。此亦為雙關語。

江行夜宿龍吼灘¹臨眺思峨眉²隱者兼寄幕中諸公

官舍臨江口，灘聲人慣聞。水煙晴吐月³，山火夜燒雲。且欲尋方士⁴，無心戀使君⁵。異鄉何可住，況復久離群⁶。

【校】

① **題**　《英華》「江行夜宿」作「江夜宿」，餘同。

② **人**　《英華》作「己」。

③ **何**　《英華》作「那」。

【注】

1　**題**　龍吼灘　未詳，高士奇注〈唐三體詩〉謂龍吼灘俗呼龍爪灘，在眉州。《四川通志》卷十七〈山川〉：「龍吟灘在洪雅縣南十里，隱蒙山下，附唐岑參詩。」案：唐洪雅縣屬眉州通義郡，不屬嘉州犍為郡，然距夾江縣為近，如是其地，則江行者，謂青衣江也。《蜀水考》卷一載：「自隱蒙而西，有龍吟灘，黃豆灘。葫蘆洞，……皆多石梁，或江水暴漲，則巨浪排空，……故舟覆者十有四五焉。」故《四川通志》之說或是也。

2　**峨眉**　已見五古〈登嘉州凌雲寺〉詩注。

3　**晴吐月**　吳均〈登壽陽八公山詩〉：「疏峰時吐月，密樹不開天」。

4　**方士**　《史記·秦始皇本紀》：「方士欲練以求奇藥」。方士，有方術之人。

5　**使君**　已見七古〈寄西岳山人李岡〉詩注。

6　**離群**　《禮記·檀弓》：「吾離群而索居，亦已久矣」。

宋（宿）東溪懷王屋李隱者¹

山店不鑿井²，百家同一泉。晚來南村黑，雨氣和人煙。霜畦吐寒菜，沙雁噪河田。隱者不可見，天壇³飛鳥還。

【校】

① **題**　宋本、黃本、鄭本、石印本、《全唐詩》並將此詩列入「五
言古詩」內，題作〈宿東溪懷王屋李隱者〉。叢刊本「宿」作
「宋」，誤。

② **雨氣**　宋本、黃本、鄭本、石印本、《全唐詩》並作「雨色」。

③ **飛鳥還**　宋本、黃本、鄭本、石印本並作「飛鳥邊」。

【注】

1　**題**　此岑參居少室時偶至王屋縣作。王屋　已見五古〈南池夜宿
思王屋青蘿舊齋〉詩注。

2　**鑿井**　《高士傳》:「帝堯之世，天下太平，百姓無事，壤父八十
餘而擊壤於道中。觀者曰:大哉!帝之德也。壤父曰:吾日出而
作，日入而息，鑿井而飲，耕田而食，帝力何有於我哉?」。

3　**天壇**　《一統志》:「天壇山在懷慶府濟源縣西一百二十里王屋山
北，山峰突兀，絕頂有石壇」。案山在今山西陽城縣西南。《太平
寰宇記》:「天壇山，此山高登，可以望海。」

【箋】

1　鍾惺曰:「目前數語，高話羲皇，幽朴在目」(《唐詩歸》)。

2　賀貽孫曰:「作詩必句句著題，失之遠矣……如岑參〈宿東谿懷
王屋李隱者〉題，若只將隱者高處贊歎，便是俗事，岑詩云:
『略』，只寫山中幽絕景況，已有一高人宛然在目矣。又如太白
〈訪戴天山道士不遇〉詩云:『略』，無一字說『道士』，無一字說
『不遇』;卻句句是『不遇』，句句是『訪道士不遇』……此皆以不
必切題為妙者」(《詩筏》)。

虢州南池候嚴中丞不至¹

池上日相待，知君殊未回²。徒教柳葉長，謾使梨花開。駟馬去不見，雙魚³空復來。相思不解說⁴，孤負舟中杯。

【校】

① **教** 宋本、黃本、石印本並作「交」。

② **謾** 宋本、黃本、鄭本、石印本、《全唐詩》並作「漫」，案二字通。

③ **空復來** 宋本、黃本、鄭本、石印本並作「空往來」。

④ **相思** 《全唐詩》作「思想」。

【注】

1 題 《舊唐書》〈嚴武傳〉：「既收長安，以武為京兆少尹，兼御史中丞，時年三十二，以史思明阻兵，不之官，優遊京師。」趙翼《廿二史劄記》卷十八：「案長安即京兆也，既收長安，何以不能赴京尹之任？史思明並未據長安，何以因其阻兵，遂不赴京兆？此必誤也。蓋是東都少尹耳。」以此詩觀之，其說是也。又云：新書則云：『已拜京兆少尹，坐房琯事，貶巴州刺史。』然則舊書所云『以賊阻不之官』者誤。蓋先後二事也，阻兵不之官者謂東都尹也」。《岑詩繫年》：「案至德二載九月收復長安，乾元二年九月史思明陷洛陽，同年夏公方至虢州，此詩既寫春景，當作於乾元三年（即上元元年）。下二篇同。」由下二篇，知嚴武曾遷河南尹，史傳有誤，所謂「以史思明阻兵，不之官」者，即遷河南尹後未赴洛陽也。劉長卿有〈送嚴維赴河南充嚴中丞幕府〉詩，嚴中丞即河南尹嚴武也。

2 **殊未回** 猶言「猶未回」也。《文選》謝靈運〈南樓中望所遲客〉詩：「圜景早已滿，佳人殊未適」。「殊」字，五臣本作「猶」。殊

即猶也，適者歸也，言猶未歸也。又江淹〈擬休上人〉詩：「日
暮碧雲合，佳人殊未來」，殊字亦是此意。

3 **雙魚** 已見七古〈敷水歌送竇漸入京〉詩注。

4 **解說** 已見〈祁四再赴江南別詩〉注。

聞崔十二侍御灌口夜宿報恩寺¹

聞君尋野寺，便宿支公²房。溪月冷深殿，江雲擁回廊。燃燈³
松林靜，煮茗柴門香。勝事不可接，相思幽興長。

【校】

① **題** 宋本、鄭本、黃本、石印本、《全唐詩》、《英華》並將此詩
列入「五言古詩」。英華題作〈同崔三十侍御灌口夜宿報恩寺〉。

② **便** 《英華》作「夜」。

③ **回廊** 《全唐詩》作「迴廊」，案回、迴二字通。

【注】

1 **題** 《岑詩繫年》：「公既有〈酬崔十三侍御登玉壘山思故園見寄〉
詩，則二詩中之崔侍御當係一人。此作崔十二，二當為三之訛，
一作三十，則又十三之誤倒。」《元和郡縣志》：「灌口山在彭州
導江縣西北二十六里，漢蜀文翁穿渝（湔）江溉灌，故以灌口名
山。灌口鎮在縣西二十六里」。《太平寰宇記》：「永康軍導江縣，
灌口山在西嶺天彭闕」，李膺《益州記》：「清水路西七星灌口，
古所謂天彭闕。」《蜀中名勝記》：「導江廢縣在（灌縣）東二十
里」，則灌口鎮在灌口山之西南不遠。報恩寺　道宣《續高僧傳》
卷二十六有〈隋蜀部灌口山竹林寺釋道仙傳〉。疑唐報恩寺，即

隋竹林寺改名。

2　**支公**　《高僧傳》卷四：「（晉）支遁字道林，本姓關氏，陳留人，或云河東林慮人，幼有神理，聰明秀徹，初至京師，太原王濛甚重之，……年二十五出家，每至講肆，善標宗會。」《晉書》〈謝安傳〉：「寓居會稽，與王羲之及高陽許詢，桑門支遁遊處。」

3　**燃燈**　《維摩詰經》：「有法門名無盡燈，汝等當學；無盡燈者，譬如一燈燃百千燈，冥者皆明，明終不盡」。

寄宇文判官[1]

西行殊[2]未已，東望何時還。終日風與雪，連天沙復山。二年領公事，兩度過陽關[3]。相憶不可見，別來頭已斑。

【校】

①　**斑**　宋本、黃本、石印本並作「班」，案二字通。

【注】

1　**題**　宇文判官與「初過隴山途中呈宇文判官」殆同一人。《岑詩繫年》：「詩曰：『二年領公事，兩度過陽關』，蓋公至安西二年之內，因公事已兩度出入陽關矣。」《岑參邊塞詩繫年補訂》：「詩云：二年領公事，兩度過陽關」《通鑑》卷二一六載：「天寶十載春安西節度使高仙芝入朝，獻所擒突騎施可汗，吐番酋長石國王，朅師王」。詩人為幕中掌書記，此次公事當與高入京獻俘請功有關。據此，詩當作於九載冬。然詩云：「西行殊未已，東望何時還。」乃詩人自述西行，未嘗得東歸長安也，仍從《岑詩繫年》繫於安西詩內。

2 **殊** 已見前注。

3 **陽關** 已見七古〈優鉢羅花歌〉詩注。

【箋】

1 方回曰：「律詩中之拗字者。庾信詩愛如此，五六眼前事，但安排得雅淨」（《瀛奎律髓》）。

2 紀批：「此種究是對偶古詩，不得入之近體，子山時未有律詩，所作既齊梁之格，何得謂庾愛如此。」（《瀛奎律髓》〈刊誤〉）

郡齋南池招楊轔[1]

郡辟人事少，雲山遮眼前。偶從池上醉，便向舟中眠。與子居最近，同官情又偏。閑時耐[2]相訪，正有牀頭錢[3]

【校】

①遮 《全唐詩》作「常」

②同官 《全唐詩》作「周官」，誤。

③閑 宋本、石印本、《全唐詩》並作「閑」，案二字同。

【注】

1 **題** 郡齋，虢州弘農郡齋也。《岑嘉州交遊事輯》：「《寶刻叢編》引《集古錄目》：〈傅說廟碑〉，侍御史內供奉楊轔撰，夏縣尉宗正卿（缺姓名，或有訛誤）八分書，大歷四年立在夏縣。」詩云：「與子居最近，同官情又偏」知楊轔時亦為虢州吏也。

2 **耐** 《詩詞曲語辭匯釋》卷二：「耐，願辭，猶寧也。亦猶云值得也」岑參〈郡齋南池招楊轔〉詩：「閑時耐相訪，正有牀頭錢。」言願其相訪也。耐古通能，能猶寧也，能相訪亦願辭。

3 **淋頭錢**　已見七古〈蜀葵花歌〉注。

丘中春臥寄王子

田中開白室[1]，林下閉玄關[2]。卷迹[3]人方處，無心[4]雲自閒。竹深喧暮鳥，花缺露春山。勝事那能說[5]，王孫[6]去未還。

【校】

① **迹**　宋本、黃本、石印本、鄭本、《全唐詩》並作「跡」，案二字通。

② **閒**　宋本、石印本、《全唐詩》並作「閑」，案二字同。

【注】

1 **白室**　《莊子・人間世》：「虛室生白，吉祥止止」郭象注：「夫視有若無，虛室者也，虛室而純白獨生矣，夫吉祥之所集者，至虛至靜也。」《釋文》：「崔譔云：『白者，日光所照也。』司馬云：『室比喻心，心能空虛，則純白獨生也。』」

2 **玄關**　《文選》王巾〈頭陀寺碑文〉：「玄關幽鍵，感而遂通」，李善注：「玄關、幽鍵，喻法藏也。」謝靈運《金剛般若經注》曰：「玄關難啟，善鍵易開」。張銑注：「玄幽，謂道之深邃也，關鍵，皆所以閉距於門者，言如來說喻微妙，道門遂通。」二句言隱居學道釋也。

3 **卷跡**　猶收跡，晦跡也。杜甫〈嶽麓山道林二寺行〉：「昔遭衰世皆晦跡。」

4 **無心句**　陶潛〈歸去來辭〉：「雲無心以出岫」。

5 **那能說**　言風光甚美，佳勝之事，不能盡述也。參閱後七律〈首

春渭西郊行呈藍田張二主簿〉詩曰:「聞道輞川多勝事,玉壺春酒正堪攜。」

6 **王孫** 此指王子,已見五古〈冀州客舍酒酣貽王綺〉詩注。

【箋】

1 沈德潛曰:「竹深喧暮鳥,花缺露春山,佳句」(《唐詩別裁》)。

2 俞陛雲曰:「嘉州詩筆壯健,此詩獨閒雅多姿,南方多竹處,日暮則棲雀爭枝,千群喧噪,詩用喧字,較『竹喧歸浣女』(王維〈山居秋暝〉詩)之喧字,更為真切。凡詩中用露字,如『點點露數岫』,『松際露微月』(常建宿〈王昌齡隱居〉),『寒塘露酒旅』之類,皆有韻致。岑之花缺句尤為秀俊,以之入畫,絕好之惠崇江南春也」(《詩境淺說》)。

虢州酬辛侍御見贈[1]

門柳葉已大,春花今復闌。鬢毛方二色,愁緒日千端。夫子屢新命,鄙夫[2]仍舊官。相思難見面,時展尺書[3]看。

【注】

1 **題** 《元和姓纂》:「元道生廣嗣、長儒,……長儒,都官郎中。」〈唐御史台精舍碑銘〉卷二:「殿中侍御史,又監察御史有辛長孺,或即其人。」《岑詩繫年》:「詩曰:鄙夫仍舊官」是在虢州有年矣。原贈之詩已不存。虢州 已見五古〈虢州郡齋南池幽興〉詩注。

2 **鄙夫** 鄙陋之人也。《論語·子罕》:「有鄙夫問於我,空空如也,我叩其兩端而竭焉」。

3　**尺書**　《漢書》〈韓信傳〉:「奉咫尺之書以使燕」,顏師古注:「八
　　寸曰咫,咫尺者,言其簡牘,或長咫,或長尺,喻輕率也。今俗
　　言尺書,或言尺牘,蓋其遺語耳」。

陪使君早春東郊遊眺[1]

太守擁朱輪[2],東郊物候新[3]。鶯聲隨坐嘯[4],柳色喚行春。谷口
雲迎馬,溪邊水照人。郡中叨[5]佐理,何幸接芳塵[6]。

【校】

① 題　《全唐詩》同,題下有「得春字」三字。

【注】

1　**題**　《岑詩繫年》:「此下蓋皆上元元年在虢州詩。」此詩題云:
　　「陪使君」,詩云:「郡中叨佐理」確為虢州作也,早春乃上元元
　　年初春。使君,王奇光也。使君,《蜀志・先主傳》:「曹公厚遇
　　之,以為豫州牧,……曹公從容謂先主曰:今天下英雄,惟使君
　　與操耳。」〈日出東南隅行〉:「使君從南來,五馬立踟躕」。

2　**朱輪**　已見七古〈韋員外花樹歌〉詩注。

3　**物候新**　杜審言〈和晉陵陸丞早春游望〉詩:「獨有宦遊人,偏
　　驚物候新」。

4　**坐嘯**　言閒坐嘯吟,無所事也,本貶意,此借用為太守,言得治
　　也。

5　**叨**　已見〈奉和杜相公初夏發京城〉詩注。

6　**芳塵**　《宋書》〈謝靈運傳〉贊:「屈平、宋玉導清源於前,賈
　　誼、相如振芳塵於後」。芳塵,言美聲也。

登涼州尹臺寺¹

胡地三月半，梨花今始開。因從老僧飯，更上夫人臺。清唱²雲
不去，彈弦風颯來³。應須一倒載⁴，還似山公回。

【注】

1 **題** 《岑嘉州繫年考證》：「詩曰：胡地三月半，梨花今始開。」時
序與前詩（〈河西春暮憶秦中〉）吻合，知為同時所作。涼州，天
寶元年改武威郡，此用舊名，亦猶前詩曰「涼州三月半」（〈武威
春暮聞宇文判官西使還已到晉昌〉）詩曰：「聞已到瓜州」也（瓜
州即晉昌郡，亦天寶元年改名。）題云：「涼州尹台寺」，詩云：
「更上夫人台」知為尹夫人台及寺也。按崔鴻《十六國春秋·西
涼錄》：「李歆字士業，暠第二子。暠薨，……歆聞（沮渠）蒙遜
南伐西秦，中外戒嚴，將攻張掖，尹太后以為不可，宋繇亦諫，
歆怒不從，遂率步騎三萬東伐，次於都瀆澗，蒙遜自浩亹來戰
於懷城，歆敗，左右勸還。歆曰：『吾違太后明誨，遠取敗辱，
不殺此胡，復何面目以見母乎？』勒眾復戰，敗於蓼泉，為遜所
殺。」《晉書·列女傳》：「涼武昭王李玄盛后尹氏，天水冀人也，
幼好學，清辯有志節。初適扶風馬元正，元正卒，為玄盛（暠）
繼室，……撫前妻子踰於己生，玄盛之創業也，謨謀經略多所毗
贊，故〈西州諺〉曰：『李、尹王敦煌。』及玄盛薨，子士業嗣
位，尊為太后。士業將攻沮渠蒙遜，尹氏謂士業曰：『……不如
勉修德政，蓄力以觀之。……汝此行也，非唯師敗，國亦將亡。』
士業不從，果為蒙遜所滅，尹氏至姑臧，……蒙遜嘉之不誅。」

2 **清唱** 歌聲清亮也。李白〈蘇臺覽古〉詩：「舊苑荒臺楊柳新，
菱歌清唱不勝春」。

3 **風颯來** 《文選》宋玉〈風賦〉：「有風颯然而至」。

4 **倒載二句** 已見〈與鮮于庶子泛漢江〉詩注。

郡齋望江山[1]

客路東連楚，人煙北接巴。山光圍一郡[2]，江月照千家。庭樹純栽橘[3]，園畦半種茶。夢魂知憶處，無夜不京華[4]。

【校】

① **客路**　宋本、鄭本、黃本、石印本、《全唐詩》並作「水路」。

【注】

1　**題**　《瀛奎律髓》注：「時牧犍為」。《蜀中名勝記》卷十一〈嘉定州〉：「曰郡齋，平望江山，岑參詩：山光圍一郡，江月照千家」。

2　**山光兩句**　《新唐書・地理志》：「嘉州犍為郡，本眉山郡，天寶元年更名，戶三萬四千二百八十九，縣八」。此云一郡千家，乃指嘉州犍為郡治所龍遊縣城言，即今樂山市。杜甫〈秋興詩〉：「千家山郭靜朝暉。」

3　**栽橘**　左思〈蜀都賦〉：「戶有橘柚之園」。劉逵注：「犍為南安縣出黃甘橘」《元和郡縣志》：「嘉州龍遊縣，本漢南安縣地。」

4　**京華**　《文選》謝靈運〈齋中讀書〉詩：「昔余遊京華，未嘗廢丘壑」。案京華，謂京都也。

【箋】

方回曰：「此詩知為嘉州所作，岑後竟不能入長安，卒於蜀，其節義有可稱者」（《瀛奎律髓》）。

春尋河陽¹聞處士別業

風暖日暾暾²，黃鸝³飛近村。花明潘子縣⁴，柳暗陶公門⁵。藥椀搖山影，魚竿帶水痕。南橋車馬客，何事苦喧喧⁶。

【校】

① **題** 宋本、黃本、鄭本、石印本、《全唐詩》並作〈春尋河陽陶處士別業〉。

② **暖** 《全唐詩》作「煖」，案二字通。

【注】

1 **河陽** 《舊唐書‧地理志》：「孟州有河陽縣，顯慶二年，以河陽，溫屬洛州」今河南省孟縣南。

2 **暾暾** 《楚辭‧九歌》〈東君〉：「暾將出兮東方，照吾檻兮扶桑」，王逸注：「謂日始出東方，其容暾暾而盛大也」。《集韻》：「暾，日始出貌」，此詩當訓日始出貌。

3 **黃鸝** 已見七古〈青門歌送東臺張判官〉詩注。

4 **潘子縣** 《白孔六帖》：「潘岳為河陽令，植桃李花，人號曰河陽一縣花」。《晉書》〈潘岳傳〉：「潘岳才名冠世，出為河陽令。岳美姿儀，辭藻絕麗，尤善為哀誄之文」。庾信〈春賦〉：「河陽一縣並是花。」

5 **陶公門** 《晉書‧隱逸傳》：「陶潛少有高趣，嘗著〈五柳先生傳〉以自況曰：先生不知何許人也，亦不詳其姓字，宅邊有五柳樹，因以為號焉」蓋陶潛自述也，以比處士。

6 **喧喧** 吳均〈戰城南詩〉：「陌上何喧喧，匈奴圍塞垣」。陸機〈門有車馬客行〉：「門有車門客，駕言發故鄉」陶潛〈飲酒〉二十首之五：「結廬在人境，而無車馬喧。」

尋鞏縣南李處士別居¹

先生近南郭²，茆屋臨東川。桑葉隱村戶，蘆花映釣船。有時著
書暇³，盡日窗中眠。且喜閭井⁴近，灌田同一泉。

【校】

① **題**　宋本、黃本、鄭本、石印本、《全唐詩》並將此詩列入「五
言古詩」，題作〈尋鞏縣南李處士別業〉。

② **茆屋**　宋本、黃本、鄭本、石印本、《全唐詩》並作「茅屋」。案
《周禮・天官醢人》：「茆菹」，注：「鄭大夫讀茆為茅，茅菹，茅
初生」。是茆、茅二字通。

③ **窗**　全唐詩作「牎」，鄭本作「牕」，宋本、黃本、石印本並作
「窗」，案四字同。

【注】

1 **題**　以亦公居少室時所作。《新唐書・地理志》：「河南府河南郡
有鞏縣」，今河南鞏縣東，在登封北。《孟子・滕文公》：「處士橫
議」。《荀子・非十二子》：「古之所謂處士者，德盛者也，能靜者
也……」，稱隱居未仕之人。

2 **南郭**　《孟子・公孫丑》：「三里之城，七里之郭。」郭，外城也。
近南郭，即言鞏縣南。

3 **暇**　《說文》：「暇，閒也。」

4 **閭井**　《說文》：「閭，里門也。周禮：五家為比，五比為閭。
閭，侶也，二十五家相群侶也」。又「井，八家一井」（案井本作
丼）。王維〈淇上田園即事〉詩：「日隱桑柘外，河明閭井間。」

【箋】

1 譚元春曰：「作別業詩，自然要帶些上古意思」（《唐詩歸》）。

2 鍾惺曰：「盡日窗中眠五字，是著書後，絕好光景，懶人學不

得」。又曰:「且喜二句,『同一泉』字,兩用不厭。(指〈宿東溪
懷王屋李隱者詩〉:「百家同一泉」。(《唐詩歸》)。

暮秋會嚴京兆後廳竹齋[1]

京尹小齋寬,公庭半藥欄[2]。甌[3]香茶色嫩,窻冷竹聲乾。盛德中
朝貴[4],清風畫省[5]寒。能將吏部鏡[6],照取寸心看。

【校】

① **京尹** 《全唐詩》作「京兆」。

② **藥欄** 宋本、鄭本、黃本、石印本、《全唐詩》並作「藥闌」。

③ **窻** 《全唐詩》、鄭本並作「牕」,宋本、黃本、石印本並作
「牎」,案窻、牕、牎三字同。

【注】

1 **題** 《岑嘉州繫年考證》:「《舊書·代宗紀》:廣德元年十月,以
京兆尹兼吏部侍郎嚴武為黃門侍郎」。公有〈暮秋會嚴京兆後廳
竹齋〉詩,曰「能將吏部鏡,照取寸心看」,則此嚴京兆,即武
也。去年(寶應元年)六月劉晏為京兆尹,本年(廣德元年)正
月晏同中書門下平章事,武代為京兆尹。武以本年正月為京兆
尹,十月遷黃門,則詩題曰〈暮秋會嚴京兆後廳竹齋〉者,正謂
本年暮秋也。

2 **藥欄** 見〈初授官題高冠草堂〉詩注。

3 **甌** 《正字通》:「俗謂茶杯為甌」。

4 **中朝貴** 江總〈贈賀左丞蕭舍人詩〉:「海內平生親,中朝流寓
士」唐玄宗〈賭崔日知往潞州〉詩:「禮樂中朝貴,神明列郡

欽。」謂朝內也。

5　**畫省**　《漢官儀》：「尚書郎奏事明光殿，省皆胡粉塗畫古賢人烈女」。《初學記》卷十一引作「省中皆以胡粉塗壁，丹朱漆地。」故稱畫省。

6　**吏部鏡**　《舊唐書》〈高季輔傳〉：「加銀青光祿大夫，兼吏部侍郎，凡所銓敘，時稱允愜，十八年預知選事。太宗賜金背鏡一面，以表其清鑒焉。」

【箋】

1　鍾惺曰：「茶色嫩，嫩字，妙得茶情」（《唐詩歸》）。

2　譚元春曰：「竹加乾字已好，曰聲乾，則尤奇妙矣」（《唐詩歸》）。

3　賀貽孫曰：「看盛唐詩，當從其風格渾老，神韻生動處賞之，字句之奇，特其餘耳。……岑參「甌香茶色嫩，窗冷竹聲乾」，此等語皆晚唐人極意刻畫者，然出王、孟、張、岑手，即是盛唐詩，……蓋盛唐人一字一句之奇皆從全首之氣中苞孕而出，全首渾老生動，則句句渾老生動。」（《詩筏》）

尋楊郎中宅即事[1]

萬事信蒼蒼[2]，機心[3]久已忘。無端來出守[4]，不是猒為郎[5]。雨滴芭蕉赤，霜催橘子黃。逢君開口笑[6]，何處有它鄉[7]。

【校】

①　**題**　《全唐詩》作〈尋陽七郎中宅即事〉，「楊七郎中」作「陽七

郎中」，誤。宋本、鄭本、黃本、石印本並作〈尋楊七郎中宅即
事〉。

② 猒　宋本、鄭本、黃本、石印本、《全唐詩》並作「厭」。案二字
同。

③ 它　宋本、鄭本、黃本、石印本、《全唐詩》並作「他」。案二字
通。

【注】

1 題　《岑詩繫年》：「此亦大歷二年初至嘉州後作。」楊郎中即〈上
嘉州青衣山中峰題惠淨上人幽居寄兵部楊郎中〉之「兵部楊郎中」
謂楊炎也。

2 蒼蒼　《莊子・逍遙遊》：「天之蒼蒼，其正色邪。其遠而無所至
極邪？」勿言萬事誠天意，高遠而不可知也。故下言「無端來出
守」云云。

3 機心　已見五古〈上嘉州青衣山中峰題惠淨上人幽居〉詩注。

4 無端來出守　無端猶言無緣，無故也。顏延之〈五君詠阮始平〉：
「屢薦不入官，一麾乃出守」。句言無故出為嘉州刺史。

5 猒為郎　岑參出守前為庫部郎中，在杜鴻漸幕中為職方郎中。四
句見岑參為郎中時之遭排擠。

6 開口笑　已見七古〈喜韓樽相過〉詩注。

7 何處有它鄉　李白〈客中作〉詩：「但使主人能醉客，不知何處
是他鄉」。

題新鄉王釜廳壁[1]

憐君守[2]一尉，家計亦清貧[3]。祿米[4]常不足，俸錢[5]供與人。城頭蘇門[6]樹，陌上黎陽[7]塵。不是舊相識，聲同心自親。

【校】

① 樹　宋本、鄭本、石印本並作「樹」，案二字同。

【注】

1 **題**　《岑嘉州繫年考證》：「釜」疑「崟」之譌，王崟見後〈餞王崟判官赴襄陽道〉詩。案杜甫有〈餞王信州崟北歸〉詩，疑即此人。《新唐書・地理志》：「河北道衛州汲郡有新鄉縣。今河南新鄉縣。」詩云：「城頭蘇門樹，陌上黎陽塵。」似春日之作。新鄉《元和郡縣志》：「河北道衛州新鄉縣，本漢獲嘉縣、汲縣二縣地，隋開皇六年，於兩縣地新築城，置新鄉縣，屬衛州，武德四年屬殷州，貞觀元年屬衛州」。案故治在今河南汲縣西南。

2 **守**　謂守官也。《孟子・公孫丑》：「有官守者，不得其職則去。」一尉，新鄉尉也。

3 **清貧**　《魏志》〈華歆傳〉：「歆素清貧，祿賜以賑施親戚。」

4 **祿米**　《晉書》〈山濤傳〉：「祿賜俸秩，散之親故。」杜甫〈酬高使君贈〉：「故人供祿米，鄰舍與園疏。」

5 **俸錢**　《漢書》〈蓋寬饒傳〉：「家貧，奉錢月數千，半以給吏民為耳目言事者。」案奉通俸。

6 **蘇門**　《新唐書・地理志》：「衛州汲郡衛縣有蘇門山。」按山在今河南輝縣西北，一名蘇嶺，又名百門山，上有百門泉，晉孫登常隱於此。《晉書》〈阮籍傳〉：「籍常於蘇門遇孫登，與商略終古及栖神道氣之術，登皆不應」。

7 **黎陽**　已見七古〈臨河客舍呈狄明府〉詩注。

題山寺僧房[1]

窻影搖群木，墙陰戴（載）一峰。野爐風自爇[2]，山碓[3]水能舂。
勤學翻知誤，為君（官）好欲慵。高僧暝不見，月出但聞鐘。

【校】

① 窻　鄭本、《全唐詩》並作「牕」，宋本、黃本、石印本並作
「牕」，案三字同。
② 戴　宋本、鄭本、黃本、石印本、《全唐詩》並作「載」。案作
「載」是也。
③ 爇　《全唐詩》作「爇」，案二字同。
④ 翻　鄭本作「飜」，案二字同。
⑤ 為君　宋本、鄭本、黃本、石印本、《全唐詩》並作「為官」，案
作「為官」是也。

【注】

1 題　《岑詩繫年》：「案虢州多山，此詩多寫山城景物，又曰：『為
官好欲慵』，疑亦虢州詩。」
2 爇　《正字通》：「爇，本作爇」《說文》：「爇，燒也，从火蓻
聲」，《春秋傳》曰：「爇僖負羈」段注：「徐鉉等曰：說文無蓻
字，當从火，从艸，蓻省聲，按埶即聲，不必云蓻省。」爇，如劣
切，音ㄖㄨㄛˋ。
3 碓　已見五古〈春半同群公遊元處士別業〉詩注。

【箋】

1 沈德潛曰：「一學則虛心，故知己之誤」（《唐詩別裁》）。
2 譚元春曰：「墙陰載一峰，陰載，妙」。又曰：「知誤，實實讀書
人語，欲慵亦好」（《唐詩歸》）。

行軍雪後月夜宴王卿家[1]

子夜雪華餘[2]，卿家[3]月影初。酒香薰枕席，爐氣煖軒除[4]。晚歲宦情薄，行軍歡宴疏。相逢剩取醉，身外盡空虛。

【校】

① 煖　宋本、黃本、鄭本、石印本並作「暖」，案二字同。

【注】

1 題　案此詩與〈行軍詩〉、〈行軍九日思長安故園〉、〈鳳翔府行軍送程使君赴成州〉、〈宿岐州北郭嚴給事別業〉等詩，疑皆一時之作，時在肅宗至德二載。

2 子夜句　子夜，夜半子時，呂溫〈奉和張舍人閣中直夜〉詩：「涼生子夜後，月照禁垣深。」雪華餘謂雪後也。

3 卿家句　此實寫月。《書·洪範》：「卿士唯月，師尹唯日」，乃言歲月之月。然唐人詩每作日月之月用。

4 軒除　庾信〈邛竹杖賦〉：「爾其摘芳林沼，行樂軒除」張協〈七命〉：「承倒影而開軒」李善注：「軒，長廊之牕也。」呂延濟注：「軒，門也。」《玉篇》卷二十二：「除，殿階也。」

奉陪封大夫[1]宴得征字時封公兼鴻臚卿[2]

西邊虜盡平，何處更專征[3]。幕下人無事，軍中政已成。坐參殊俗語[4]，樂襍異方聲。醉裡東樓月，偏能照列卿[5]。

【校】

① 坐 《全唐詩》作「座」。

② 褋 宋本、黃本、石印本、《全唐詩》並作「雜」，案二字同。

【注】

1 **封大夫** 謂封常清也。已見七古〈輪臺歌奉送封大夫出師西征〉詩注。

2 **鴻臚卿** 《舊唐書》〈封常清傳〉：「歷敘常清官職遷轉⋯⋯此詩可以補史闕，按御史大夫為從三品，封常清為攝御史大夫，兼鴻臚卿，亦為從三品也。」《舊唐書・職官志》：「鴻臚寺卿一人，從三品⋯⋯鴻臚卿之職，掌賓客及凶儀之事。又有太常寺，光祿寺、衛尉寺，宗正寺、太僕寺、大理寺、司農寺、太府寺均卿一員、合為九卿，此言列卿，專指封為鴻臚寺卿，猶諸侯。」諸生可指一人。

3 **專征** 已見五言長律〈送郭僕射篇制劍南〉詩注。

4 **坐參殊俗語** 殊俗，異方之俗也，前〈輪台即事〉詩有曰：「胡俗語音殊」，前詩是愁，此詩是喜，前詩有不待歸之意，此詩頌「虜盡平」。

5 **月卿二句** 已見〈行軍雪後月夜宴王卿家〉詩注。

【箋】

方回曰：「三、四自然，末句用月卿事」（《瀛奎律髓》）。

虢州[1]西亭陪（范）端公[2]宴集

紅亭出鳥外，驄馬[3]繫雲端。萬嶺窗前睥[4]，千家肘底看。開瓶酒色嫩，踏地葉聲乾。為逼霜臺[5]使，重裘[6]也覺寒。

【校】

① **驄馬**　宋本、鄭本、黃本、石印本、《全唐詩》並作「駿馬」。

② **窗**　鄭本、《全唐詩》並作「牕」，宋本、黃本、石印本並作「牎」案三字同。

【注】

1 **虢州**　已見五古〈虢州郡齋南池幽興〉詩注。

2 **端公**　洪邁《容齋四筆》：「唐人好以它名標牓官稱，如御史大夫為亞相，中丞為獨坐，侍御史為端公」。《唐國史補》卷下：「侍御史相呼為端公」此端公當即下篇（虢州西山亭子送范端公）之范端公，即范季明也，陪下脫一范字。《岑詩繫年》，繫此詩與下篇於乾元二年，而〈原頭送范侍御〉詩，則繫於上元二年，該詩與下篇明為同時之作，並當在上元二年。詩曰：「踏地葉聲乾」范公〈叢竹歌〉亦曰：「盛夏翛翛叢色寒，閑宵摵摵葉聲乾。並為夏末之作。」

3 **驄馬**　已見七古〈青門歌送東臺張判官〉詩注。

4 **睥**　同睨。《廣雅・釋詁》：「睥，視也。」

5 **霜臺**　已見〈梁州陪趙行軍龍岡寺北泛舟〉詩注。

6 **重裘**　極言其風霜之盛也。《魏志・王昶傳》：「諺曰：救寒莫如重裘，止謗莫如自修。」

虢州臥疾喜劉判官相過水亭[1]

臥疾嘗晏起[2]，朝來頭未梳[3]。見君勝服藥，清話[4]病能除。低柳供繫馬，小池堪釣魚。觀棊不覺暝，月出水亭初。

【注】

1 **題** 《岑詩繫年》：「定為上元元年作。」《岑嘉州交遊事輯》：「疑劉判官為劉單，恐未是。」下篇（〈水亭送劉顒使還歸節度〉）未明言是節度判官，僅題云〈使還歸節度〉然劉顒曾官殿中侍御史或為陝西節度使判官。

2 **晏起** 晚起也。《禮記·內則》：「孺子早寢晏起，惟所欲，食無時」。

3 **朝來頭未梳** 嵇康〈與山巨源絕交書〉：「頭面常一月十五日不洗，不大悶養，不能沐也。」杜甫〈屏跡三首〉之二：「百年渾得醉，一月不梳頭。」

4 **清話** 猶清談、清言，謂言談不及俗事也。陶潛與殷晉安別詩：「信宿酬清話，益復知為親」。

河西春暮憶秦中[1]

渭北春已老，河西人未歸[2]。邊城細草出，客館[3]梨花飛。別後鄉夢數，昨來[4]家信稀。涼州[5]三月半，猶未脫寒衣。

【注】

1 **題** 《岑嘉州繫年考證》：「詩曰：涼州三月半」涼州即武威郡。

此與前篇（武威春暮聞宇文判官西使還已到晉昌）同時所作。秦中謂長安，咸陽等關中之地。秦中 《漢書》〈婁敬傳〉：「秦中新破」，顏師古注：「秦中謂關中，故秦地也」。

2 **河西人未歸** 岑參自慨客居在外。

3 **客館** 《左傳》僖公卅三年：「鄭穆公使視客館，則束載厲兵秣馬矣。」

4 **昨來** 猶言近來也。

5 **涼州** 即今甘肅武威縣（已見七古〈涼州館中與諸判官夜集〉詩注）。案此詩與前〈武威春暮聞宇文判官西使還已到晉昌〉詩，疑為同時所作，時在天寶十載。說詳聞一多《岑嘉州繫年考證》。

早發焉耆懷終南別業[1]

曉笛[2]引鄉淚，秋冰鳴馬蹄。一身虜雲外，萬里胡天西。終日見征戰，連年聞皷鼙[3]。故山在何處，昨日夢清溪。

【校】

① **引** 《全唐詩》作「別」。

② **皷鼙** 宋本、黃本、鄭本、石印本、《全唐詩》並作「鼓鼙」，案皷、鼓二字同。

【注】

1 **題** 《岑參邊塞詩繫年補訂》：「詩云：『秋冰鳴馬蹄』當作於九載晚秋是也。」**焉耆** 《漢書·西域傳》：「焉耆國王治員渠城，去長安七千三百里……西南至都護治所四百里，南至尉犁百里，北與烏孫接，近海水多魚。」《周書·異域傳》：「焉耆國在白山之

南七十里，東去長安五千八百里。氣候寒、土田良沃，穀有稻粟
菽麥，畜有馳馬牛羊。」《新唐書‧地理志》：「焉耆都督府，貞
觀十八年滅焉耆置，有碎葉城，調露元年，都護王方翼築，四面
十二門，為屈曲隱出伏沒之狀云。」案故治在今新疆焉耆縣。

2 **曉笛句** 羌笛聲怨，聞之而動鄉愁，故下淚。

3 **鼓鼙** 《禮記‧樂記》：「君子聽鼓鼙之聲，則思將帥之臣。」《說
文》五上：「鼙，騎鼓也」。

還東山洛上作[1]

春流急不淺，歸枻[2]去何遲。愁客葉舟裡，夕陽花水時。雲晴開
蠛蜋[3]，歸棹[4]起鷿鷈[5]。莫道東山遠，衡門[6]在夢思。

【校】

① **棹** 《全唐詩》作「櫂」。案棹，即櫂之或字。

【注】

1 **題** 岑參〈感舊賦〉曰：「我從東山，獻書西周，出入二郡，蹉
距十秋。」《岑詩繫年》：「以下諸篇疑皆開元二十二（宜作三年）
以後數年中往返京洛間所作。」東山謂少室也。《一統志》：「東山
在應天府東南三十里，一名土山，晉謝安舊隱會稽東山，築土擬
之，常放情游賞。」洛上，洛水舟中也。即洛水之上。《元和郡縣
志》：「洛水在河南府洛陽縣南三里，西自苑內上陽之南，彌漫東
流，宇文愷作斜堰，束令東北流」。

2 **枻** 栧之或字。《集韻》：「栧、枻、楫謂之栧，一曰拖也，或从
曳」。案舟旁撥水之具，長者曰櫂，短者曰楫。

3　**蝃蝀**　即虹也。《說文》：「虹，蝃蝀也，狀似蟲，从虫工聲」。毛
　　詩正義：「蝃蝀，謂之雩，虹也，色青赤，因雲而見」。《爾雅・
　　釋天》：「蝃蝀，虹也」。郭璞注：「俗名為美人虹，江東呼為雩」。

4　**棹**　《說文》六上：「櫂，所以進船也，从木，翟聲，或從卓」。

5　**鸂鶒**　已見〈賦得孤島石送李卿〉詩注。

6　**衡門**　已見五古〈潭石淙望秦嶺微雨貽友人〉詩注。

楊固店[1]

客舍梨葉赤，鄰家聞搗衣[2]。夜來常有夢，墜淚緣思歸。洛水行
欲盡，緱山[3]看漸微。長安[4]祇千里，何事信音稀。

【校】
①　**搗衣**　《全唐詩》作「擣衣」。案搗、擣二字通。

【注】
1　**題**　觀頸聯，知楊固店在洛陽，偃師一帶，又觀結聯，知為移家
　　長安後所作。姑繫於此。既知上年冬日已至黎陽，本年春日又在
　　淇上，河陽，此必歸途中作，故云有夢，思歸也。

2　**搗衣**　楊慎《丹鉛總錄》：「字林云：直舂曰搗，古人搗衣，兩
　　女子對立，執一杵，如舂米然；今易作臥杵，對坐搗之，取其便
　　也」。庾信〈夜聽搗衣〉詩：「秋夜搗衣聲，飛度長門城。」

3　**緱山**　已見五古〈過緱山王處士黑石谷隱居〉詩注。

4　**長安句**　《元和郡縣志》卷五：「河南府西至上都八百五十里」、
　　「偃師縣西南至府七十里。」則偃師距長安九百二十里，故云祇千
　　里。

初授官題高冠草堂¹

三十始一命，宦情都欲闌。自憐無舊業，不敢恥微官²。澗水吞
樵路，山花醉藥欄³。秪緣五斗米⁴，孤負一漁竿。

【校】

① 都　《全唐詩》作「多」。

② 孤負　宋本、鄭本、黃本、石印本、《全唐詩》並作「辜負」。

【注】

1 題　杜確〈岑嘉州詩集序〉：「天寶三載，進士高第，解褐右內率
府兵曹參軍」。《唐才子傳》：「岑參，天寶三年，趙岳榜第二人
及第」，詩云「初授官」，當係指此。時公年三十，故曰：「三十
始一命」。《岑嘉州繫年考證》註九：「案唐制貢舉人正月就禮部
試，二月放榜，四月送吏部，則公初授官當在天寶三載四月。」
高冠草堂，當在下篇（還高冠潭口留別舍弟）所述之「高冠潭
口」。彼詩云：「遙傳杜陵叟，怪我還山遲。」知在長安南。即前
〈冀州客舍酒酣貽王綺寄題南樓〉詩所言之「吾廬終南下」也。
張禮〈遊城南記〉：「紫閣之東，有高觀峪，岑參作高冠，蔣之奇
作高官，未知孰是」。《陝西通志》：「鄠縣，終南山，在縣南，東
接長安，西接盩厔界（縣圖）高冠峪，在縣東南三十里。峪內有
高冠潭（縣志）。」武伯綸《西安歷史述略》第一章〈西安自然環
境〉：「圭峰山……在西安西南四十餘公里，山峰突出如圭。……
山旁有高冠谷，為澧河水源之一，各水激流，瀑布氣勢洶湧，動
人心魄」。

2 微官　潘岳〈河陽縣作詩〉：「位同單父邑，愧無子賤歌，豈敢陋
微官，但恐忝所荷」。

3 藥欄　趙殿成曰：「李濟翁資暇錄：今園庭中藥欄，藥即欄，猶

言圍援，非花藥之欄也。有不悟者，以為藤架、疏圃，堪作切對，是不知其由，乖之矣。案：漢宣帝詔曰：池藥未御幸者，假與貧民。蘇林注云：以竹繩連綿為禁藥，使不得往來爾。漢書：闌入宮禁，字多作草下闌，則藥欄作藥蘭，尤分明易悟也。成考宣帝紀，乃是池御，非池藥，不得據此為證。梁庾肩吾〈和竹齋〉詩：『向嶺分花徑，隨階轉藥欄』，以花徑對藥欄，其義顯然。又唐岑參詩，亦有『潤水吞樵路，山花醉藥欄』之句，與庾義不相遠，正不必過為創異之解也」（《王摩詰全集箋注》）。

4 **五斗米**　已見五古〈衙郡守還〉詩注。

【箋】

1 沈德潛曰：「五六吞字、醉字，工於烹鍊」（《唐詩別裁》）。

2 鍾惺曰：「自憐無舊業，不敢恥微官，此二語真，非宦情薄套語」（《唐詩歸》）。

3 譚元春曰：「吞字、醉字皆尖巧，盛唐人亦肯如此用。」又評此二句「自憐無舊業，不敢恥微官」。「此是家常實話」（《唐詩歸》）。

4 俞陛雲曰：「此嘉州初授官之作，沈沈僚底，慰情勝無，失意文人，齊聲一歎」（《詩境淺說》）。俞先生最明岑詩暗寓左思詠史詩之「世冑躡高位，英俊沈下僚」意。

5 吳喬曰：「岑參『三十始一命，宦情都欲闌、自憐無舊業，不敢恥微官』，與韓偓『一名所係無窮事，爭肯當年便息機』（〈避地寒食詩〉），劉伯溫〈僧寺詩〉云『是處塵勞皆可息，清時終未忍辭官』，皆正人由衷之言」（《圍爐詩話》）。

題虢州¹西樓

錯料²一生事，蹉跎³今白頭。縱橫皆失計⁴，妻子也堪羞。明主⁵雖然¹棄，丹心亦未休。愁來無去處⁶，祇在²郡西樓。

【校】

① **雖然** 《百家選》作「雖能」。

② **祇在** 《百家選》作「只上」，宋本、鄭本、黃本、石印本、《全唐詩》並作「祇上」。

【注】

1 **虢州** 已見五古〈虢州郡齋南池幽興〉詩注。

2 **錯料** 《說文》十四上：「料，量也。」杜甫〈釋悶詩〉：「江邊老翁錯料事」乃言世事。此言己之一生事也。

3 **蹉跎** 已見七古〈送費子歸武昌〉詩注。

4 **失計** 《大戴禮記》卷三：「成王中立而聽朝，則四聖維之，是以慮無失計」《後漢書》〈朱浮傳〉：「內聽驕婦之失計」此岑參自言計謀總誤也。

5 **明主句** 孟浩然〈歲幕歸南山〉詩：「不才明主棄，多病故人疏」。

6 **愁來無去處** 庾信〈愁賦〉：「閉門欲驅愁，愁終不肯去。深藏欲避愁，愁已知人處。」此進一層，言愁來人無去處也。

【箋】

1 譚元春曰：「今白頭，可嘆可畏。讀此益想詩人『心之憂矣，聊以行國』（《詩・魏風・園有桃》）語境之妙。」（《唐詩歸》）

2 鍾惺曰：「今白頭，過時人實境語。丹心亦未休，不厚。祇上郡西樓，無聊語，不忍讀。」（《唐詩歸》）。

省中即事¹

華省謬為郎²，蹉跎鬢①已蒼。到來恒襆被³，隨例且含香⁴。竹影遮窗②暗，花陰拂簟⁵涼。君王親③賜筆，莫（草）④奏向明光⁶。

【校】

① 鬢　宋本、鄭本、黃本、石印本、《全唐詩》並作「鬢」，案二字同。

② 窗　鄭本、《全唐詩》並作「牎」，宋本、黃本、石印本、並作「牕」，案三字同。

③ 親　宋本、鄭本、黃本、石印本、《全唐詩》並作「新」。

④ 莫奏　《全唐詩》作「草奏」，案作「草奏」是也。

【注】

1 題　《岑詩繫年》：「案寶應元年公始為祠部員外郎，廣德元年改為考功員外郎」《新書·百官志》：「吏部考功郎中，員外郎各一人，掌文武百官功過善惡之考法及其行狀」此詩曰：「君王新賜筆，草奏向明光。」殆即謂其時正為考功員外郎也。參〈秋夕讀書幽興獻兵部李侍郎〉詩，詩曰：「花陰拂簟涼」為春夏間作，按廣德元年秋尚為祠部員外郎，改考功員外郎，當在其後，此詩為廣德二年作。

2 華省句　沈約〈奏彈御史孔稚珪省壁悖慢事〉：「謬列華省」。華省已見五古〈送顏平原〉詩注。祠部考功員外郎分屬禮部與吏部，均隸尚書省。此省中謂尚書省中。

3 襆被　以巾束被也。《晉書》〈魏舒傳〉：「魏舒字陽元，任城樊人也……，遷浚儀令，入為尚書郎，時欲沙汰郎官，非其才者罷之。舒曰：吾即其人也，襆被而出。同寮素無清論者，咸有愧色。」

4 **含香** 案漢桓帝時，侍中刁存年老口臭，帝出雞舌香含之，後尚
書郎含雞舌香始於此。見應劭《漢官儀》，案雞舌香即丁香，其
氣芬芳四溢，可治口臭。《夢溪筆談》：「日華子云：雞舌香治口
氣，所以三省故事郎官，口含雞舌香，欲其奏事對答，其氣芬
芳」。《宋書・百官志》：「《漢官》云：……尚書郎口含雞舌香，
以其奏事答對，欲使氣息芬芳也。王維〈重酬苑郎中〉詩：「何
幸含香奉至尊，多慚未報主人恩。」

5 **簟** 《說文》五上：「簟，竹席也。」

6 **明光** 已見五古〈送王著作赴淮西幕府〉詩註。

江上春嘆[1]

臘月江上煖，南橋[2]新柳枝。春風觸處到，憶得故園時。終日不
得意，出門何所之。從人覓顏色，自嘆弱男兒。

【校】

① **不得意** 宋本、鄭本、黃本、石印本並作「不如意」。

② **覓** 鄭本、《全唐詩》並作「覓」，案二字同。

③ **自嘆** 宋本、鄭本、黃本、石印本、《全唐詩》並作「自笑」。

【注】

1 **題** 杜確〈岑嘉州詩集序〉：「無幾使罷，寓居於蜀」。聞一多
《岑嘉州繫年考證》：「〈江上春歎〉詩曰：「憶得故園時」。此江
上，當指蜀江。詩曰「從人覓顏色」，乃居幕府時語氣，非任郡
守時也。故知此言春日亦本年（大曆二年）春。

2 **南橋** 謂江橋，《華陽國志・蜀志》：「城南曰江橋」在郫江（內

江），臘月江煖，故春早至。

【箋】

1 鍾惺曰：「終日二句，語到極真亦妙，不必責以渾厚」（《唐詩歸》）。

2 譚元春曰：「自嘆弱男兒，英雄誦之、心酸」（《唐詩歸》）。

使院新栽栢樹子呈李十五栖筠[1]

愛爾青青色，移根[2]此地來。不曾臺上[3]種，留向磧中[4]栽。脆葉欺門柳，狂花咲院梅[5]。不須愁歲晚，霜露豈能摧。

【校】

① 題　宋本、鄭本、黃　本、石印本、《全唐詩》並作〈使院中新栽栢樹子呈李十五栖筠〉。

② 咲　宋本、鄭本、黃本、石印本、《全唐詩》並作「笑」，案二字同。

【注】

1 **李栖筠**　《岑參邊塞詩繫年補訂》：「李（繫年）斷此詩作於十四載，然據〈優鉢羅花歌〉序云：詩人十五載，乃於府庭內栽樹種花」栽樹宜在春日，故余推為十五載春作。」李栖筠當時為行軍司馬，據《通鑑》卷一一八載：十五載七月「上又征兵於安西、行軍司馬李栖筠發精兵七千人，勵以忠孝而遣之。」亦可證此詩必作於李栖筠六月發兵赴關內之前。《全唐詩小傳》：「李栖筠，字貞一，世為趙人，吉甫之父，舉進士高第，調冠氏主簿，太守李峴視若布衣交，擢殿中侍御史，三遷吏部員外郎，累進工部侍

郎，元載忌之，出為常州刺史，以治行加銀青光祿大夫，封贊皇
縣子，拜浙西都團練觀察使，尋為御史大夫，力抗權邪，卒贈吏
部尚書。栖筠善獎善，而樂人攻己短，為天下士所歸稱贊，皇公
詩二首」。

2 **移根** 已見七古〈優鉢羅花歌〉注。

3 **臺上** 臺指御史臺。

4 **磧中** 指北庭之地。

5 **狂花笑院梅** 句言庭院之梅，不過繁花狂開堪笑也。

送李別將還伊吾令充使赴武威便寄崔員外[1]

詞賦[2]滿書囊，胡為在戰場。行間[3]脫寶劍，邑裡掛銅章[4]。馬疾
行千里，鳧飛向五涼[5]。遙知竹林[6]下，星使[7]對星郎[8]。

【校】

① **題** 宋本、鄭本、黃本、石印本、《全唐詩》並作〈送李別將攝
伊吾令充使赴武威便寄崔員外〉。

② **邑裏** 《全唐詩》作「邑里」。

③ **行千里** 宋本、鄭本、黃本、石印本、《全唐詩》並作「飛千
里」。

【注】

1 **題** 《岑詩繫年》：列於〈未能編年詩〉中，按《元和郡縣志》卷
四十：「伊州有伊吾縣」今新疆哈密。李攝伊吾縣令充使至武
威，疑亦北庭之作。

2 **詞賦句** 《晉書》〈郭璞傳〉：「詞賦為中興之冠。」《文選序》：

「詞人才子，則名溢於縹囊。」呂向注：「縹，（帛）青白色，囊，
有底袋也，用以盛書。」

3　**行間**　《史記・衛將軍列傳》：「非臣待罪行間，所以勸士力戰之
意也。」行間，言行伍之間。〈吳世家〉：「（季札）於是乃解其寶
劍，繫之徐君冢樹而去。」

4　**銅章**　《漢書・百官公卿表》：「縣令長皆秦官，掌治其縣，萬戶
以上為令，秩千石至六百石……秩比六百石以上，皆銅印墨綬。」

5　**五涼**　見前〈題金城臨河驛樓〉詩注。此指涼州武威郡也。

6　**竹林**　《穆天子傳》卷二：「天子西征，至於玄池……乃奏廣樂，
三日而終，是曰樂池，天子乃樹之竹，是曰竹林。」

7　**星使**　案：古天文家，謂天上有使星，主人間天子之使臣，世因
稱天子之使者曰星使，或逕稱曰使星。此喻李別將。

8　**星郎**　謂郎官也。《後漢書・明帝紀》：「館陶公主為子求郎，不
許，而賜錢千萬，謂群臣曰：郎官上應列宿，出宰百里，苟非
其人，則民受殃，是以難之，故吏稱其官，民安其業，遠近肅
服」。此喻崔員外。

春日醴泉杜明府承恩五品宴席上賦詩[1]

鳧烏舊稱仙[2]，鴻私[3]降自天。青袍[4]移草色，朱綬奪花然。邑裡
雷仍震[5]，臺中星欲懸。吾兄此棲棘[6]，因得賀初筵[7]。

【注】

1　**題**　《岑詩繫年》：「《舊書・肅宗紀》：『天寶十三載二月，令丞各
升一階。』《新書・地理志》：『京兆府醴泉縣為次赤縣』。此詩云
杜明府承恩五品、蓋原只六品，天寶十三載春始升一階而為五品

也。」醴泉在今陝西醴泉東北。

2 **鳧舄句** 用後漢王喬成仙事,已見〈尋少室張山人聞與偃師周明府同入都〉詩注。

3 **鴻私** 崔融〈皇太子請修書表〉:「伏乞俯從微願,特降鴻私。」虞世南〈奉和幸江都應詔〉詩:「鴻私浹幽遠,原澤潤凋枯。」

4 **青袍句** 〈古詩〉五首之四:「青袍似春草,長條隨風舒。」庾信〈哀江南賦〉:「青袍如草,白馬如練。」

5 **邑裡雷仍震** 《白孔六帖》卷二:「雷震百里」,《論衡》:「雷震百里,制以萬國,故雷聲為諸侯之政。」卷七十七:「雷震百里,縣令象之,分土百里。」

6 **棲棘** 錢起〈秋夜寄張韋二主簿〉詩曰:「不知雙翠鳳,棲棘後何如?」據《新唐書·宰相世系表》:「參長兄岑渭、位終澄城丞。」〈地理志〉:「同州馮翊郡有澄城縣」今陝西澄城縣,或岑渭在澄城丞任前,曾為醴泉主簿歟,不然何以云爾也。

7 **初筵** 《詩·小雅》〈賓之初筵〉:「賓之初筵,左右秩秩。」鄭箋:「筵,席也。」朱熹《集傳》:「初筵,初即席也。」

(盛)成王¹輓歌²

幽山悲舊桂³,長坂愴餘蘭⁴。地底孤燈冷,泉中一鏡寒⁵。銘旌⁶門客送,騎吹⁷路人看。謾作琉璃椀⁸,淮王誤合丹。

【校】

① **輓歌** 宋本、鄭本、黃本、石印本、《全唐詩》並作「挽歌」,案輓、挽二字通。

② **謾** 宋本、鄭本、黃本、石印本、《全唐詩》並作「漫」。

【注】

1　**題**　案廣德二年三月甲子，盛王琦薨。見《新唐書‧代宗紀》及《通鑑》。又「盛王」，各本皆作「成王」。案成王乃代宗居藩邸時封號，應作「盛王」為是。《舊唐書》〈盛王琦傳〉：「盛王琦，玄宗第二十一子也，壽王母弟，初名沐（開元）十三年三月封為盛王。十五年領揚州大都督，二十年加開府儀同三司，餘如故。改名琦，天寶十五年六月，玄宗幸蜀，在路除琦為廣陵大都督，仍領江南東路及淮南、河南等路節度支度採訪等使。以前江陵大都督府長史劉彙為之副，以廣陵長史李成式為副大使兼御史中丞。琦竟不行（〈蕭穎士與崔中書圓書〉：「盛王當牧淮海，累遣迎候，尚仍在蜀。」《新唐書》〈蕭穎士傳〉稱「留蜀不遣，副大使李成式玩兵不振。」）廣德二年三月薨，贈太傅。」

2　**輓歌**　《通典》：「漢高帝時，齊王田橫自殺，其故吏不敢哭泣，但隨柩敘哀，而後代相承，以為輓歌，蓋因於古也」。案《文選》有陸機輓歌，李周翰注：「使輓柩者歌之，因呼為輓歌也」。

3　**幽山句**　《楚辭‧招隱士》：「桂樹叢生兮山之幽。」此指墓地之樹，借喻盛王之德。

4　**長坂句**　坂，《玉篇》卷二：「坂，坡也。」《說文》十下：「愴，傷也。」

5　**泉中句**　《左傳》隱公元年：「不及黃泉，毋相見也。」杜注：「地中之泉，故曰黃泉。」

6　**銘旌**　《禮記‧檀弓》：「銘，明旌也，以死者為不可別已，故以其旗識之」。

7　**騎吹**　《樂府詩集》卷十六：「建初錄云：務成、黃爵、玄雲、遠期，皆騎吹曲，非鼓吹曲。」此則列於殿庭者為鼓吹，今之從行鼓吹為騎吹，二曲異也」。案：古時鼓吹之列於鹵簿之間，於馬上奏之者，謂之騎吹。江總〈歐陽頠墓誌〉：「巫山遠曲，喧騎吹於日南，芳樹清音，蕭軍容於海截」。

9　**琉璃椀二句**　《漢書》〈淮南衡山濟北王傳〉：「淮南王安……招致

賓客方術之士數千人，作為《內書》二十一篇，外書甚眾，又有
中篇八卷，言神仙黃白之術，亦二十餘萬言」。註：「張晏曰，
黃，黃金，白，白銀也。」《列仙傳》：「漢淮南王劉安，言神仙黃
白之事……於是八公乃詣王，授丹經及三十六水方，俗傳安之臨
仙去，餘藥器在庭中，雞犬舐之，皆得飛升。」（《藝文類聚》卷
七十八引）鮑照〈代淮南王〉詩：「淮南王、好長生。服食鍊氣
讀仙經。琉璃藥椀牙作盤，金鼎玉匕合神丹」秦嘉〈妻與嘉書〉：
「分奉琉璃椀一枚可以服藥酒。」（《藝文類聚》卷七十三引）。
《神仙傳》：「藥之上者有九轉還丹，太乙金液，服之，皆立登天」
按淮南王安謀反自殺，未嘗成仙也，《古詩十九首》之十三：「服
食求神仙，多為藥所誤」。崔豹《古今注》：「淮南王，淮南小山
之所作也。淮南服食求仙，遍禮方士，遂與八公相攜俱去，莫知
所在。小山之徒，思戀不已，乃作淮南王之曲焉」。兩句書盛王
死因，知盛王琦，因服食而死也。此可補史傳之闕

苗侍中輓歌[1]

攝政[2]朝章重，持（衡）[3]行國相尊。筆端[4]通造化，掌內運乾
坤。青史[5]遺芳滿，黃樞[6]故事存。空悲渭橋[7]路，誰對漢王[8]言。

【校】

① 題　宋本、鄭本、黃本、石印本、《全唐詩》並作〈苗侍中挽歌
二首〉。

② 持行　宋本、鄭本、黃本、石印本、《全唐詩》並作「持衡」。案
作「持衡」是也。

【注】

1 **題**　《唐書・代宗紀》：「永泰元年四月，太保致仕苗晉卿薨」，
題中之「苗侍中」，謂苗晉卿也。案：晉卿，上黨壺關人，字元
輔，第進士，累進中書舍人，知吏部選事，徙魏郡，政化大行，
遷東都留守。玄宗入蜀，肅宗召拜行在，拜左相，平京師，封韓
國公。代宗時，吐蕃犯京師，晉卿以病臥家，賊脅之，噤不肯
語，帝還、拜太保。晉卿所至，以惠化稱，秉政七年，小心謹
畏，比漢胡廣，卒諡文貞。《唐書》有傳。

2 **攝政**　《禮記・文王世子》：「昔者周公攝政，踐阼而治。」攝政，
謂代君聽政。《後漢書》〈胡廣傳〉：「達練事體，明解朝章。」

3 **持衡**　謂執政。已見五古〈左僕射相國冀公東齋幽居〉詩注。

4 **筆端**　猶筆下，謂文辭也。陸機〈文賦〉：「籠天地於形內，挫萬
物於筆端。」

5 **青史**　已見七古〈輪臺歌奉送封大夫出師西征〉詩注。

6 **黃樞**　謂門下省也。《梁書》〈蕭昱傳〉：「蕭昱遷給事黃門侍郎，
上表曰：臣愚短不可試用，豈容久居顯禁，徒穢黃樞。」賈至
〈授張孚給事中制〉：「宜擢拜於青瑣，俾駁議於黃樞」。

7 **渭橋**　《史記》正義：「《括地志》云：渭橋本名橫橋，駕渭水
上，在雍州咸陽東南二十二里」薛道衡〈昭君辭〉：「啼霑渭橋
路，嘆別長安城。」

8 **漢皇**　武三思〈仙鶴篇〉：「宛轉能傾吳國市，徘徊彷彿漢皇
壇」，此稱代宗，句言，誰復進言於帝哉？

其二

天子悲元老¹，都人惜上公²。優賢几杖³在，會葬⁴市朝空。丹
旌⁵翻斜日，清笳⁶怨暮風。平生門下客⁷，繼美廟堂⁸中。

【校】

① 翻　《全唐詩》作「飛」，宋本、鄭本、黃本、石印本並作
「飜」，案翻、飜二字同。

【注】

1 **元老**　《詩·小雅》〈采芑〉：「方叔元老，克壯其猶」，毛傳：
「元，大也，五官之長，出於諸侯，曰天子之老」。孔疏：「我方
叔天子之大老。」《唐國史補》卷下：「宰相相吟為元老，或曰堂
老。」

2 **上公**　已見〈送李太保充渭北節度〉詩注。

3 **几杖**　《禮記·曲禮》：「大夫七十而致事，若不得謝，則必賜之
几杖。」陳澔〈集說〉：「几，所以憑；杖，所以倚，賜之，使自
安適也。」《漢書》〈吳王濞傳〉：「賜美王几丈，老不朝。」

4 **會葬**　《後漢書》〈郭太傳〉：「卒於家……四方之士千餘人皆來會
葬。」

5 **丹旌**　案旌者，喪車之旌也。賀循〈葬禮〉：「杠，今之旌也，古
以緇布為之，題姓名而已，不為畫飾」。

6 **清笳**　曹丕〈與吳質書〉：「清風夜起，悲笳微吟，樂往哀來，淒
然傷懷。」此謂喪樂也。

7 **門下客**　猶言門客也。《國策·齊策》：「齊人馮諼，使人屬孟嘗
君，願寄食門下」。高適〈宴李太守宅〉詩：「仍憐門下客，不作
布衣看」。

8 **廟堂**　《後漢書》〈班固傳〉：「則將軍養志和神，優遊廟堂」。謂

朝廷也。

案錢起有〈相國苗公輓歌〉一首，似為同賦，茲錄之於下，以供參考。

故相國苗公輓歌

灞陵誰寵葬，漢王念蕭何。盛業留青史，浮榮逐逝波。隴雲仍作雨，薤露已成歌。悽愴平津閣，秋風弔客過。

僕射裴公輓歌[1]

盛德資邦傑[2]，嘉謨[3]作世程[4]。門瞻駟馬貴[5]，時仰八裴名[6]。罷市[7]秦人送，還鄉絳老[8]迎。莫埋丞相印[9]，留著付玄成。

【校】

① **題**　宋本、黃本、鄭本、石印本、《全唐詩》、《英華》並作〈故僕射裴公挽歌三首〉。

② **嘉謨**　《英華》作「嘉謀」。

③ **八裴**　《全唐詩》作「八龍」，《英華》八裴下注云「晉人八裴，一作龍」。

④ **名**　《英華》作「榮」。

【注】

1 **題**　《舊唐書·玄宗紀》：「天寶二年七月丙辰，尚書右僕射裴耀卿薨」題中之僕射裴公，謂裴耀卿也。《全唐文》四七九許孟容〈唐故侍中尚書右僕射贈司空文獻公裴公（耀卿）神道碑銘〉：

「以天寶三載七月十八日（闕十九字）震悼罷朝，贈太子太傅，諡曰文獻。以其年十月歸葬絳州稷山縣姑射山之陽尚書府君塋東四里。有子八人。遂、淑、綜、延（闕十九字）漢數……」碑中「三載」當作「二載」，抄錄之誤。天寶二載七月丙辰，正十八日。史與碑合。「漢數」前所闕，除耀卿子名外，當謂其子符「漢」荀氏八龍之「數」。凡此，均與岑詩「時仰八龍名」、「禮容還故絳」諸語合。且天寶二載，岑參正在長安。《新唐書》〈裴耀卿傳〉：「字煥之，寧州刺史守真次子也，數歲能屬文，擢童子第，稍遷秘書省正字，相王府典籤，……王即帝位，授國子主簿，累遷長安令。……為濟州刺史，……入拜戶部侍郎。開元二十年，副信安王禕討契丹。……遷京兆尹。……拜黃門侍郎、同中書門下平章事，充轉運使。……遷侍中。二十四年，以尚書左丞相罷，封趙城侯。……天寶初，進尚書左僕射，俄改右僕射。……居一歲卒，年六十三。」案此詩當為天寶二載冬日作。

2 **盛德資邦傑**　《史記・老莊申韓列傳》：「老子曰：……吾聞之，良賈深藏若虛，君子盛德，容貌若愚。」《詩・衛風》〈伯兮〉：「伯兮朅兮，邦之桀兮。」宋之問〈范陽王挽詞〉：「賢相稱邦傑，清流舉代推」。資，藉也。此言盛德為邦傑所籍也。

3 **嘉謨**　《爾雅・釋詁》：「嘉，善也，謨，謀也。」《禮記・坊記》：「爾有嘉謨嘉猷，則入告爾君於內。」《法言・孝至》：「或問忠言嘉謨」，曰：「言合契稷謂忠，謀合皋陶謂之嘉。」

4 **世程**　《文選》蔡邕〈陳太丘碑文〉：「含光醇德，為士作程」，李善注：「程，法也」。

5 **駟馬貴**　已見五古〈昇仙橋〉詩注。

6 **八裴名**　《晉書》〈裴秀傳〉：「初，裴王二族，盛於魏晉之世，時人以為八裴方八王，徽比王祥，楷比王衍，康比王綏，綽比王澄，瓚比王敦，遐比王導，頠比王戎，邈比王玄云」。

7 **罷市**　停止貿易也。《晉書》〈羊祜傳〉：「南州人征市日，聞祜喪，莫不號慟，罷市，巷哭者聲相接。」

8 **絳老** 《左傳》襄公三十年：「三月癸未，晉悼夫人食輿人之城
杞者，絳縣人或年長矣，無子，而往與於食，有與疑年，使之
年，曰：臣小人也，不知紀年，臣生之歲，正月甲子朔，四百有
四十五甲子矣，其季於今，三之一也。」吏不能解，訴於朝，師
曠曰史趙、士文伯乃各為之解：為七十三歲。趙孟乃向絳老謝
罪，以之為絳縣師。李嶠〈神龍曆序〉：「時乖兩閏，始載鄒人之
語，亥有二首，方聞絳老之言。」晉絳老，賢者也。

9 **丞相印二句** 《漢書》〈韋賢傳〉：「韋賢兼通禮、尚書，以詩教
授，號稱鄒魯大儒。七十餘始為相，八十二歲薨。少子玄成，復
以明經歷位至丞相。故鄒魯諺曰：遺子黃金滿籝，不如一經」。

其二

五府¹瞻高位，三台²喪大賢。禮容還故絳³，寵贈冠新田。氣歇
汾陰鼎⁴，魂歸京兆天⁵。先時劍已沒⁶，壠樹久蒼然。

【校】

① **汾陰**　《英華》作「汾陽」，誤。

② **魂歸**　《英華》作「魂飛」。

③ **京兆天**　《全唐詩》作「京兆阡」。

④ **沒**　宋本、黃本、鄭本、石印本並作「歿」，案二字通。

⑤ **壠**　《英華》作「壐」，《全唐詩》作「隴」。

【注】

1 **五府**　《後漢書》〈張楷傳〉：「五府連辟，舉賢良方正，不就」，
章懷太子注：「五府，太傅、太尉、司徒、司空、大將軍也」。

2 **三台** 《晉書‧天文志》:「三台六星,兩兩而居,起文昌,列抵太微,一曰天柱,主開德宣符也。西近文昌二星曰上台,為司命,主壽。次二星曰中台,為司中,主宗室。東二星曰下台,為司祿,主兵。三台,三公之位也。在人曰三公,在天曰三台」。

3 **禮容二句** 《史記‧孔子世家》:「孔子為兒嬉戲,常陳俎豆,設禮容。」沈約《梁鼓吹曲‧於穆》:「纓佩俯仰,有則備禮容」,謂禮節法式。《左傳》成公六年:「晉人謀去故絳,諸大夫皆曰:『必居郇瑕氏之地,沃饒而近鹽,國利君樂,不可失也。』韓獻子將新中軍,且為僕大夫,公揖而入,獻子從公立於寢庭。謂獻子曰:『何如?』對曰:『不可,郇瑕氏土薄水淺,其惡易覯,⋯⋯不如新田,土厚水深,居之不疾,有汾澮以流其惡,且民從教,十年之利也。』公說,從之。夏四月丁丑,晉遷于新田。晉復命新田為絳,故謂此故絳。郇瑕,古國名,河東解縣西北有郇城。新田,今平陽絳邑是,汾水出太原,經絳北,西南入河;澮水出平陽絳縣南,西入汾。惡,垢穢。」故絳在今山西新絳縣北。新田,在今山西曲沃縣西南二里,絳縣以北。寵贈。天子於大臣卒後常贈官號並有所賻贈也。潘岳〈馬汧督誄〉:「光光寵贈,乃牙其門。」

4 **汾陰鼎** 《漢書》〈吾丘壽王傳〉:「漢武帝時,汾陰得寶鼎,藏於甘泉,群臣上壽賀曰:陛下得周鼎。五丘壽王曰:非周鼎,天祚有德,寶鼎自出,此天之所以與漢,乃漢寶,非周寶也」。《漢書‧武帝紀》:「元鼎四年十月(後以十月為歲首),行至夏陽東幸汾陰。十一月甲子,立后土祠於汾陰脽上。⋯⋯,六月,得寶鼎后土祠旁。」今山西省萬榮縣榮河鄉北九里。

5 **京兆天** 《漢書》〈原涉傳〉:「武帝時京兆尹曹氏葬茂陵,民謂其道為京兆阡,涉慕之,迺買地開道,立表署曰南陽阡。人不肯從,謂之原氏阡」。

6 **劍沒二句** 《論衡》:「延陵季子過徐,徐君好其劍,季子以當使於上國,未之許與,季子使還,徐君已死,季子解劍,帶其冢

樹。御者曰：徐君已死，尚誰為乎？季子曰：前已心許之矣，可以徐君死，故負吾心乎？遂帶劍於冢樹而去。」案又見劉向〈新序〉。《梁書》〈劉峻傳〉：「劉沼卒，峻為書以序之曰：「懸劍空壠，有恨何如。」

其三

富貴徒言久，鄉閭沒後歸。錦衣¹都欲未（未著），丹旐²忽先飛。哀輓辭秦塞，悲笳出帝畿。遙知九原³上，漸遠吊人稀。

【校】

① 沒　宋本、鄭本、黃本、石印本、《全唐詩》並作「歿」，案二字通。

② 欲未　宋本、黃本、鄭本、石印本、《全唐詩》、《英華》並作「未著」，案作「未著」是。

③ 漸遠　宋本、黃本、鄭本、石印本、《全唐詩》並作「漸覺」。

④ 吊　宋本、黃本、鄭本、石印本、《全唐詩》、《英華》並作「弔」，案二字通。

【注】

1 錦衣　本為貴顯著所服，因以喻衣服之華美者。《史記·項羽本紀》：項王屠咸陽，火秦宮，引兵東歸，人勸其都關中，項王曰：「富貴不歸故鄉，如衣繡（《漢書》〈項籍傳〉作「錦」）夜行，誰知之者。」李白〈越中覽古〉詩：「越王勾踐破吳歸，戰士還家盡錦衣」。

2 丹旐　已見前注。

3 **九原** 《禮記‧檀弓》：「趙文子與叔譽，觀乎九原」。據鄭康成
注，言九原本是地名，晉卿大夫之墓地在焉，後人因概呼墓地為
九原。《國語‧晉語》：「趙文子與叔向遊於九原，曰：『死者若可
作也，吾誰與歸』韋昭注：『原當作京也，京，晉墓地。』」

西河太守杜公輓歌[1]

蒙叟[2]悲藏壑[3]，殷宗[4]惜濟川[5]。長安非舊日，京兆[6]是新阡。黃
霸[7]官猶屈，蒼生望已愆。惟餘卿月[8]在，留向杜陵[9]懸。

【校】

① **題** 宋本、鄭本、黃本、石印本、《全唐詩》並作「河西太守杜
公輓歌四首」。《百家選》作〈杜公輓歌〉四首，下注云：「銀青
光祿大夫，河西太守」。

【注】

1 **題** 杜公，謂杜希望，京兆萬年人，歷靈州別駕，代州都督，鄯
州都督、知隴右留後。開元末，宦官牛仙童行邊索賄未遂，誣奏
希望不職，下遷恒州刺史，徙西河太守，卒。見《新唐書》〈杜
佑傳〉。詩稱西河郡，當為天寶年間，約在四至七載。案此約作
於天寶五載秋。王維有〈故西河郡杜太守輓歌〉，似為同賦。西
河，漢武帝元朔四年置西河郡，領縣三十六，今晉、陝、內蒙交
界各縣皆其地也，後世屢有廢置，唐汾州西河郡，領縣五，治西
河縣，今山西汾陽縣是也。《元和姓纂》卷六：「京兆。（杜）希
望，太僕卿，隴右節度，恒分判刺史。」岑仲勉〈四校記〉：「考
（舊書）一四七，希望嘗官恒州刺史，故知此五字為恒州刺史之

訛衍。舊記九，開元二十六年，希望官鄯州都督，通鑑二一四，同年六月為隴右節度使。」杜佑〈遺愛碑〉：「烈考諱希望，歷鴻臚卿，御史中丞，再為恒州刺史。代、鄯二州都督、西河郡太守、襄陽縣南。」佑志略同。《新唐書》〈杜佑傳〉：「父希望，重然諾，所交遊皆一時俊杰，為安陵令，都督宋慶禮表其異政，生小累去官。開元中，交河公主嫁突騎施，詔希望為和親判官。信安王禕表署靈州別駕，關內道度支判官，自代州都督召還京師。……」

2 **蒙叟**　謂莊子也。案莊子，宋國蒙人，故云。

3 **藏壑**　《莊子‧大宗師》：「夫大塊載我以形，勞我以生，佚我以老，息我以死，故善吾生者，乃所以善吾死也。夫藏舟於壑，藏山於澤，謂之固矣，然而夜半有力者負之而走，昧者不知也。藏大小有宜，猶有所遯，若夫藏天下於天下，而不得所遯，是恒物之大情也」。註：「純任自然，所以善吾生也，如是，則死亦不苦矣。舟可負，山可移，造化默運而藏者，猶謂在其故處，藏無大小，各有所宜，然無不變之理，遯生於藏之過，若悟天下之理，非我所得私，因而付之天下，則此理隨在與我共之，又烏所遯哉？此物理之實也。宋恒物之大情，猶言常物之通理」。

4 **殷宗**　殷代之先帝，謂高宗也。《文選》班固《東都賦》：「遷都改邑，有殷宗中興之則焉」。

5 **濟川**　《書‧說命》：「若金，用汝作礪，若濟巨川，用汝作舟楫，若善歲大旱，用汝作霖雨。」，傳：「渡大水，待舟楫」。此詩用此喻杜之逝，國失良輔。

6 **京兆句**　阡，墓道也。阡同仟。謂京兆尹別開墓道也。王維〈恭懿太子輓歌〉：「雖蒙絕馳道，京兆別開阡」。

7 **黃霸與蒼生**　並見五古〈送顏平原〉詩注。

8 **卿月**　已見五古〈東歸留題太常徐卿草堂〉詩注。

9 **杜陵**　已見七古〈宿蒲關東店憶杜陵別業〉詩注。

其二

皷角¹城中出，墳塋²郭外新。雨隨思太守，雲從送夫人。蒿里³埋雙劍，松門⁴閉萬春。回瞻北堂⁵上，金印⁶已生塵。

【校】

① **皷角** 宋本、鄭本、黃本、石印本、《全唐詩》並作「鼓角」，案皷、鼓二字同。百家選作「鼓吹」。

② **從** 《百家選》作「慘」。

【注】

1 **鼓角** 見七絕〈獻封大夫破播仙凱歌〉詩注。

2 **墳塋** 猶墳墓也。《說文》：「塋，墓也」（案《玉篇》及《文選》齊敬皇〈哀策文〉李注，皆引《說文》作墓地）。

3 **蒿里** 《漢書》〈武五子廣陵厲王胥傳〉：「蒿里召兮郭門閱」，顏師古注：「蒿里，死人里」。《元和郡縣志》：「蒿里山在（山東）乾封縣西北二十五里」。案蒿里本為塋墓之所，故言葬埋處，多借蒿里為名，猶之九原、北邙也。

4 **松門** 亦墓地之代稱。庾信〈紇干弘碑〉：「松門石起，碑字生金」。

5 **北堂** 已見七古〈送韓巽入都觀省便赴舉〉詩注。

6 **金印** 已見七古〈送魏升卿擢第歸東都〉詩注。

其三

漫漫澄波闊，沉沉¹大廈深。秉心常匪席²，行義每揮金。汲引³窺蘭室⁴，招攜⁵入翰林⁶。多君有令子⁷，猶注世人心。

【校】

① 沉沉　宋本、鄭本、黃本、石印本並作「耽耽」。

② 匪席　《百家選》作「匪石」，《全唐詩》席字下注云「一作石」。

③ 攜　《全唐詩》、《百家選》並作「攜」，宋本、黃本、鄭本、石印本並作「攜」，案三字同。

【注】

1 沉沉　《史記・陳涉世家》：「陳王聞之，乃召見，載與俱歸，入宮，見殿屋帷帳，客曰：夥頤！涉之為王沈沈者」。集解：「應劭曰：沈沈，宮室深邃之貌也」。

2 匪席　喻人心志堅定，不可移也。《詩・邶風》〈柏舟〉：「我心匪石，不可轉也。我心匪席，不可卷也」。孔穎達疏：「我心又非如席然，席雖平，尚可卷，我心平，不可卷也」。

3 汲引　引進提拔人才之意。《漢書》〈劉向傳〉：「昔孔子與顏淵、子貢更相稱譽，不為朋黨，禹、稷與皋陶，傳相汲引，不為比周」。

4 蘭室　蘭台石室，喻秘書省。

5 招攜　《左傳》僖公七年：「招攜以禮，懷遠以德」，案此處為「提挈」之意，與《左傳》原意不同。

6 翰林　案翰林，本謂文學之林，如詞壇、文苑耳。至唐始以名官，說詳趙翼《陔餘叢考》。

7 令子　《南史》〈任昉傳〉：「昉幼而聰敏，早稱神悟。褚彥回嘗謂任遙（昉父）曰：聞卿有令子，相為喜之」。

其四

憶作明光殿[1]，新承天子恩。剖符[2]移北地，受鉞[3]領西門。塞草迎軍幕，邊雲拂使軒[4]。至今聞隴外，戎虜尚亡魂。

【注】

1 **明光殿**　已見五古〈送王著作赴淮西幕府〉詩注。

2 **剖符**　已見五古〈送顏平原〉詩注。

3 **受鉞**　見後〈送嚴黃門拜御史大夫再鎮蜀川兼觀省〉詩注。

4 **使軒**　使車也，唐節度使為大使《舊唐書》〈封常清傳〉曾在「副大使幕下」是也。

河南尹[2]岐國公贈工部尚書蘇公輓歌[1]

河尹恩榮舊，尚書寵賜新。一門傳畫戟[3]，幾世駕朱輪[4]。夜色何時曉，泉台不復春。惟餘朝服在，金印[5]已生塵。

【校】

① **題**　宋本、鄭本、黃本、石印本、《全唐詩》並作「故河南尹岐國公贈工部尚書蘇公輓歌二首」。

② **寵賜**　宋本、鄭本、黃本、石印本並作「寵贈」。

【注】

1 **題**　《舊唐書・代宗紀》：「廣德二年十月，甲申，河南尹蘇震薨」。題中之「蘇公」，當即指震。案震，詵子，宮殿中侍御史、長安令。安祿山陷京師，震棄家出奔，一晝夜至靈武，肅宗

嘉之，拜御史中丞，累遷太常卿，封岐國公。《新唐書》〈蘇震傳〉：「代宗將幸東都，復以震為河南尹，未行，卒贈禮部尚書。」

2 **河南尹**　《通典・職官》：「漢初三輔治長安，後漢都洛陽，置河南尹，以三輔陵廟所在，不改其號，但減其秩，與太守同」。

3 **一門傳畫戟**　案此以喻顯貴之家，曹植〈與楊德祖書〉：「昔揚子雲，先朝執戟之臣耳。」參閱〈送裴校書從大夫淄川郡觀省〉詩注。

4 **朱輪**　已見七古〈韋員外家花樹歌〉注。

5 **金印**　已見五古〈左僕射冀公相國東家幽居〉詩注。

其二

白日扃泉戶[1]，青春掩夜臺[2]。舊堂階草長，新院①砌花開。山晚銘旌[3]去，郊寒騎吹回②。三川[4]難可見，應惜庾公[5]才。

【校】

① **新院**　宋本、鄭本、黃本、石印本、《全唐詩》並作「空院」。

② **回**　宋本、鄭本、黃本、石印本並作「迴」，案二字通。

【注】

1 **白日句**　魏文帝〈友人阮元瑜早亡傷其妻寡居為作是詩〉：「白日忽兮西頹」。鮑照〈蒜山被始興王命作詩〉：「白日迴清景」。《說文》：「扃，外閉之關也」，段注：「關者，以木橫持門戶也」。泉戶，墓門也。

2 **夜臺**　《文選》陸機〈輓歌〉：「按轡遵長薄，送子長夜臺」，李周翰注：「墳墓一閉，無復見明，故云長夜臺」。阮瑀〈七哀詩〉：

「冥冥九泉室，漫漫長夜臺」。

3 **銘旌與騎吹** 並見「成王輓歌」注。

4 **三川** 《史記·秦本紀》：「武王謂甘茂曰：『寡人欲容車通三川，以窺周室，死不恨矣』又莊襄王元年：『初置三川郡』集解：『韋昭曰：有河、洛、伊，故曰三川。』」

5 **庾公** 謂庾亮也。案亮字元規，中興初拜中書郎，侍講東宮，明帝立，累遷中書監，加左衛將軍，以功封永昌縣公。成帝初，徙中書令。蘇峻平，亮鎮蕪湖，郭默叛，亮率步騎二萬討破之，遷都督江、荊、豫、益、梁、雍六州諸軍事，征西將軍，鎮武昌，卒諡文康。《晉書》有傳。

韓員外夫人清河縣[1]君崔氏挽歌

令德[2]當時重，高門[3]舉世推。從夫榮已絕，封邑寵難追。陌上人皆惜，花間鳥自悲。仙郎[4]看隴月，猶想畫眉[5]時。

【校】

① **自悲** 宋本、鄭本、黃本、石印本、《全唐詩》並作「亦悲」。

② **猶想** 宋本、鄭本、黃本、石印本、《全唐詩》並作「猶憶」。

【注】

1 **清河縣** 《唐書·地理志》：「河北道貝州清河郡有清河縣」。案故治在今河北清河縣東。

2 **令德** 美德也。《左傳》隱公三年：「光昭，先君子之令德，可不務乎？」

3 **高門** 門第高貴。《莊子·達生》：「有張毅者、高門懸薄無不

走。」注：「宣云：高門、大家，懸簾薄以蔽門，小家也。」《莊
子集釋》：「高門、富貴之家也」。懸薄、垂簾也。言張毅是流俗
之人，追奔世利，高門甲第、朱戶垂簾，莫不馳驟參謁，趨走慶
弔。

4　**仙郎**　稱韓員外，已見五古〈送顏平原〉詩注。

5　**畫眉**　《漢書》〈張敞傳〉：「為京兆尹，敞無威儀，時罷朝會，過
走馬章台街，使御史驅，自以便面拊馬，又為婦畫眉，長安中傳
張京兆眉憮，有司以奏敞，上問之，對曰：臣聞閨房之內，夫婦
之私，有甚於畫眉者，上愛其能，弗備責也。」

其二

遙聞傷別劍，忽復嘆藏舟[1]。燈冷泉中夜，衣寒地下秋。青松吊
客思，丹旐[2]路人愁。徒有清河[3]在，空悲逝水[4]流。

【校】

①　**吊客思**　《全唐詩》作「吊客淚」。宋本、鄭本、黃本、石印本並
作「弔客淚」，案吊、弔二字通。

【注】

1　**藏舟**　已見〈西河太守杜公輓歌〉注。

2　**丹旐**　已見〈苗侍中輓歌〉注。

3　**清河**　《元和郡縣志》卷十六：「漢文帝又分鉅鹿置清河郡，以郡
臨清河水，故號清河。」

4　**逝水**　《論語・子罕》：「子在川上曰：逝者如斯夫，不舍晝夜」。

補遺四首

送人赴安西¹

上馬帶吳鉤²，翩翩³度隴頭⁴。小來⁵思報國，不是愛封侯。萬里鄉為夢，三邊⁶月作愁。早須輕點虜⁷，無事莫經秋。

【校】

案：此詩叢刊本、宋本、鄭本、黃本、石印本俱不載。《唐詩紀》、《全唐詩》、《文苑英華》錄此詩，並作岑參。赴安西，《唐詩紀》「赴」一作「到」。

【注】

1 **題** 《岑詩繫年》：「案天寶八載及十三載，公兩度赴安西，十五載後，中原多故，邊守幾廢，此篇蓋作於八載以前數年間。」柴劍虹《岑參邊塞詩繫年補訂》：「天寶八載前，詩人從未涉足河隴地區，而此詩云：『翩翩度隴頭』，可見是詩人在隴頭送人赴安西之作」（《文學遺產》〔增刊十四輯〕）按詩謂被送者，度隴頭赴安西，非也。岑參在隴頭也，說未是，仍從繫年所定。

2 **吳鉤** 彎刀名。左思〈吳都賦〉：「吳鉤越棘」《夢溪筆談》卷十九：「唐人詩多有言吳鉤者。吳鉤，刀名也。刀彎，今南蠻用之，謂之葛黨刀。」

3 **翩翩** 《詩·小雅》〈巷伯〉：「緝緝翩翩」。傳：「翩翩，往來貌。」言其往來輕疾也。《辛氏三秦記》：「小隴山，其坂九回，上者，七日乃越，上有清水四注下，俗歌曰：隴頭流水，鳴聲幽咽，遙望秦川，肝腸斷絕。」在今陝西隴縣。

4 **隴頭**　隴山頭也。樂府有「隴頭水」，傳為李延年所造。虞羲〈詠霍將軍北伐〉詩：「胡笳關下思，羌笛隴頭鳴。」

5 **小來**　謂少時，唐詩中多用之。李商隱〈鄠杜馬上念漢書〉詩：「小來惟射獵，與罷得乾坤。」小來謂少時。

6 **三邊**　泛指北方邊地。《晉書》〈張軌傳〉：「時遇兵凶，阻三邊而高視。」張正見〈御幸樂遊宴侍宴〉詩：「軌文通萬國，旌節靖三邊。」

7 **黠虜**　謂狡敵也。《後漢書》〈伏湛傳〉：「諫光武帝上疏：「漁陽之地，逼近北狄，黠虜困迫，必求其助。」

送楊子

斗酒渭城[1]邊，壚頭耐醉眠[2]。梨花千樹雪，柳葉萬條煙。惜別添壺酒，臨岐[3]贈馬鞭[4]。看君穎上去[5]，新月到家圓。

【校】

　　此詩，叢刊本、宋本、鄭本、黃本、石印本俱不錄。《唐百家詩選》、《全唐詩》、《文苑英華》錄此詩，並作「岑參」。案嚴羽《滄浪詩話・詩證》：「太白詩，『斗酒渭城邊，壚頭耐醉眠』，乃岑參之詩誤入。祝穆《古今事文類聚別集》卷二十四、魏慶之《詩人玉屑》：均屬之為岑詩，則宋人大多同此。清王琦《注李白詩》亦云當為岑作。《文苑英華》題作〈送陽子〉，此從《全唐詩》、《唐百家詩選》。案：詩云：「梨花千樹雪」，又「白雪歌送武判官歸京云：「千樹萬樹梨花開」，案：此詩正為岑作，作李白，誤也。

【注】

1　**渭城**　《漢書‧地理志》:「右扶風二十一縣,有渭城,故咸陽,高帝元年史名新城,七年罷,屬長安,武帝元鼎三年更名渭城。」《括地志》云:「咸陽故城,亦名渭城,在雍州咸陽縣東十五里。」

2　**耐醉眠**　耐,能也。已見〈喜韓樽相過〉詩注。

3　**臨岐**　岐通歧。《爾雅‧釋宮》:「一達謂之道路,二達謂之歧旁。」郭璞注:「歧,道旁出也。」鮑照〈舞鶴賦〉:「指會規翔,臨岐矩步。」李善注:「歧,歧路也。」

4　**贈馬鞭**　《左傳》文公十三年:「士會乃行,繞朝贈之以策,曰:子無謂秦無人,吾謀適不用也。杜預注:策,馬撾,臨別授之馬撾,並示己所策以展情。繞朝,秦大夫。」

5　**看君二句**　《水經注》卷二十二:「潁水出潁川陽城縣西北少室山,……又東南過陽翟縣北,又東南過潁陽縣西。……又東南至慎縣東南,入於淮。」《詩詞曲語辭匯釋》:「看,估量之辭。……李白(當作岑參)〈送別詩〉:『看君潁上去,新月到家園』此猶云料君。」

西河郡太守張夫人[1]輓歌

鵲印[2]慶仍傳,魚軒[3]寵莫先。從夫元凱貴[4],訓子孟軻賢[5]。龍是雙歸日[6],鸞非獨舞[7]年。哀榮今共盡,悽愴杜陵田[8]。

【校】

　　此詩,叢刊本、宋本、鄭本、黃本、石印本俱不錄。《唐詩紀》錄此詩,作「岑參」。《全唐詩》三收(一作岑參、一作李峰、一作李岑)。太守,《唐詩紀》及《全唐詩》並作「太原守」李嘉言以為

「原」字衍，此從其說。

【注】

1 **張夫人** 為西河太守杜希望之夫人。《唐律疏議》：「婦人因夫、子而得色號，曰夫人。郡君、縣君、鄉君等。」《岑詩繫年》：「案〈杜公輓歌〉：『雨隨思太守，雲從送夫人。蒿里埋雙劍，松門閉萬春。』此詩云：『龍是雙歸日，鸞非獨舞年。哀榮今共盡，悽愴杜陵田。』是杜公與夫人並亡，此詩之夫人，即杜公之夫人。然則太原之「原」字，當係衍文，此係亦當作「岑參」作。李岑、李峰者，傳寫之誤耳。

2 **鵲印** 干寶《搜神記》卷九：「常山張顥為梁州牧，天新雨後，有鳥如山鵲，飛翔入市，忽然墜地，人爭取之，化為圓石，顥椎破之，得一金印，文曰：『忠孝侯印。』」詩言慶仍傳，謂夫人有子可繼父業。

3 **魚軒** 《左傳》閔公二年：「衛戴公立，齊侯歸夫人魚軒」。杜預注：「魚軒，夫人車，以魚皮為飾。」

4 **元凱貴** 《儀禮·喪服》：「婦人有三從之義，無專用之道，故未嫁從父，既嫁從夫，夫死從子」《晉書》〈杜預傳〉：「字元凱，京兆杜陵人……拜鎮南大將軍，都督荊州諸軍事……孫皓既平，振旅凱入，以功進爵當陽縣侯。……追贈征南大將軍，開府儀同三司，諡曰成。」

5 **孟軻賢** 《史記·孟子荀卿列傳》：「孟軻，鄒人也，受業子思之門人。……天下方務於合縱、連橫，以攻伐為賢，而孟軻乃述唐虞三代之德，是以所如者不合，退而與萬章之徒，序《詩》、《書》，述仲尼之意，作《孟子》七篇」。《列女傳》卷一：「鄒孟軻母者，鄒孟軻之母也，號曰孟母。其舍近墓，孟子之少也，嬉遊為墓間之事，踴躍築埋，孟母曰：『此非吾所以居處子也。』乃去舍市傍。其嬉戲為賈人衒賣之事。孟母又曰：『此非吾所以居處子也。』復徙舍學官之傍，其嬉遊乃設俎豆，揖讓進退，孟母

曰：『真可以居吾子矣。』遂居之。及孟子長，學六藝，卒成大儒之名。」杜甫〈孟氏詩〉：「卜鄰慚進食，訓子學誰門。」

6 龍歸句　《藝文類聚》卷九十六：「劉琬〈神龍賦〉：『大哉！龍之為德，變化屈伸，隱則黃泉，賢聖其似之乎！』」

7 鸞舞　阮藉〈東平賦〉：「鳳鳥自歌，翔鸞自舞」庾信〈擬詠懷二十七首〉之二十二：「向鏡絕孤鸞。」李商隱〈效長吉詩〉云：「鏡花鸞空舞」，鸞不獨舞，謂鳳已去，鸞亦將隨其雄俱去也。

8 杜陵田　《漢書・地理志》：「京兆府有杜陵縣，故杜柏國，宣室更名，有周右將軍杜主祠。」〈宣帝紀〉：「元康元年春……更名杜縣為杜陵。」田謂墓田。即杜陵之墓田。

南溪別業[1]

結宇[2]依青嶂，開軒對翠疇。樹交花兩色[3]，溪合水重流。竹徑春來掃，蘭樽[4]夜不收。逍遙[5]自得意，鼓腹[6]醉中遊。

【校】

　　案此詩，叢刊本、宋本、鄭本、黃本、石印本俱不錄。《唐詩紀》、《文苑英華》、《國秀集》錄此詩，並作蔣洌（一作冽）。《全唐詩》兩收（一作岑參，一作蔣洌）。宋周弼《唐三體詩》卷六作岑參。《岑詩繫年》：「案岑公嘗居少室，少室下有南溪，則此詩當屬岑。」此詩與蔣洌詩他六首風格不同，而與岑詩相似，當屬岑作。

【注】

1 題　《元和郡縣志》卷五：「少室山，在（登封）縣西十里，高十六里，周迴三十里，潁水源出焉。（潁水有三源，右水出陽乾

山之潁谷，中水導源少室通皁，左水出少室南溪，東合潁水。」
據此，本詩或為岑早年居少室山時所作。別業，別居也。

2 **結宇**　《宋書》〈宗炳傳〉：「結宇衡山，欲懷尚平之志。」《集
韻》：「嶂，山之高險者。」青嶂，謂少室山。

3 **樹交句**　兩樹花色不同，校交而花似兩色，語妙。

4 **蘭樽句**　謝靈運〈九日從宋公戲馬台集送孔令〉詩：「蘭卮獻時
哲。」李善注：「《漢書》曰：百味旨酒布蘭生。晉灼曰：芬芳布
列，若蘭之生。」

5 **逍遙**　《莊子・逍遙遊》：「彷徨乎無為其側，逍遙乎寢臥其下。」
成玄英疏：「彷徨縱任之名，逍遙自得之稱，亦是異言一致，互
其文耳。」〈外物〉：「言者所以在意，得意而忘言。」

6 **鼓腹**　《莊子・馬蹄》：「夫赫胥氏之時，民居不知所為，行不知
所之，含哺而熙，鼓腹而遊，民能以此矣。」郭象注：「此民之真
能也。」成玄英疏：「含哺而熙戲，與嬰兒而不殊，鼓腹而遨遊，
將童子而無別，此至淳之世，民能如此也。」

卷四　五言長律

凡十二首

送嚴黃門拜御史大夫再鎮蜀川兼觀省[1]

授鉞[2]辭金殿，承恩念玉墀[3]。登壇[4]漢主用，講德[5]蜀人思。副相韓安國[6]，黃門向子期[7]。刀州[8]重入夢，劍閣[9]再題詞。春草連青綬[10]，晴花間赤旗。山鶯朝送酒，江月夜供詩。許國[11]分憂[12]日，榮親[13]色養[14]時。蒼生[15]望已久，來去不應遲。

【注】

1 **題** 《舊唐書》〈高適傳〉：「代宗即位，吐蕃陷隴右，漸逼京畿。適練兵於蜀，臨吐蕃南境以牽制之，師出無功。而松、維等州，尋為蕃兵所陷，代宗以黃門侍郎嚴武代還」。《舊唐書》〈嚴武傳〉：「拜武成都尹兼御史大夫充劍南節度使，入為太子賓客，遷京兆尹……改吏部侍郎，尋遷黃門侍郎……復拜成都尹，充劍南節度等使。」《通鑑·唐紀》：「廣德二年正月，癸卯，合劍南東西川為一道，以黃門侍郎嚴武為節度使」。據此，則題中之嚴黃門，當即指武。案：武字季鷹，華州華陰人，中書侍郎挺之子，初為太原府參軍事，從肅宗靖難，至德中以蔭累遷黃門侍郎，官至劍南節度使，嘗破吐蕃七萬於當狗城，進禮部尚書，封鄭國公。在蜀為政威猛，虜不敢犯境，而窮極奢靡，財用無節，永泰中卒。《冊府元龜》卷四八二：「嚴武為黃門侍郎，與宰臣元載深相結託，冀其引在同列，事未行求方面，出為劍南節度使。」故此詩題曰：「再鎮蜀川。」詩為廣德二年春所作。

2 **授鉞** 《唐六典》：「凡大將出征，皆告廟授斧鉞」。《孔叢子》卷六〈問軍禮〉：「天子當階南面，命授之節鉞」。

3 **玉墀** 《文選》顏延年〈宋文皇帝元皇后哀策文〉：「灑零玉墀，雨泗丹掖」，呂向注：「玉墀丹掖，皆宮殿之間也，而以玉丹飾也。」

4 **登壇** 《漢書·高帝紀》：「漢王既至南鄭，諸將及士卒皆歌謳思

東歸，多道亡還者，韓信為治粟都尉，亦亡去，蕭何追還之，因
薦於漢王曰：『必欲爭天下，非信無可與計事者。』於是漢王齋戒
設壇場，拜信為大將軍。」

5 **講德** 《漢書》〈王褒傳〉：「字子淵，蜀人也。……於是益州刺史
王褒，欲宣風化於眾庶，聞王褒有俊材，請與相見，使褒作中和
樂職宣布詩，選好事者，令依鹿鳴之聲，習而歌之……褒既為刺
史作頌，又作其傳。」王褒〈四子講德論〉：「褒既為益州刺史王
襄作中和樂職宣布之詩，又作傳，名曰四子講德，以明其意焉。」
此以王褒比嚴武。

6 **韓安國** 《漢書》〈韓安國傳〉：「韓安國字長孺，漢景帝時事梁孝
王為中大夫，吳楚反，安國扞吳兵於東界，天子以為國器，加御
史大夫，行丞相事，徙材官將軍」，詳《漢書》本傳。又〈百官
公卿表〉：「御史大夫，秦官，掌副丞相」。

7 **向子期** 李善《文選》注引臧榮緒《晉書》曰：「向秀字子期，
河內懷人也，始有不羈之志，與嵇康、呂安友，康既被誅，秀應
本州計入洛，太祖問曰：聞有箕山之志，何以在此？秀曰：以為
巢許未達堯心，是以來見，後為黃門郎卒」。

8 **刀州** 《晉書》〈王濬傳〉：「王濬夜夢懸三刀於臥屋梁上，須臾，
又益一刀，濬驚覺，意甚惡之，主簿李毅再拜賀曰：三刀為州
字，又益一者，明府其臨益州乎！果遷益州刺史」。案：唐人以
蜀地為刀州，本此。如姚合詩云：東川臨劍閣，南斗近刀州。武
元衡詩云：錦谷嵐煙裡，刀州晚照西。王維詩云：霧中遠樹刀州
出，天際澄江巴字回。他如李端、李遠、雍陶集中皆有之，並用
王濬事也。

9 **劍閣句** 案《文選》有張載〈劍閣銘〉，李善注引臧榮緒《晉書》
曰：「張載父收為蜀郡太守，載隨父入蜀，作〈劍閣銘〉。益州刺
史張敏，見而奇之，乃表上其文，世祖遣使鐫石記焉」。

10 **青綬** 《漢書‧百官公卿表》：「凡吏秩比二千石以上皆銀印青
綬」。《東觀漢記》：「漢制，公侯紫綬，九卿青綬」。

11 **許國** 《晉書》〈陸玩傳〉:「以身許國,義忘曲讓。」

12 **分憂** 已見五古〈送顏平原並序〉詩注。

13 **榮親** 《文選》曹植〈求自試表〉:「事父尚於榮親」,呂向注:「榮親,謂爵祿名譽」。

14 **色養** 《文選》潘岳〈閑居賦序〉:「太夫人在堂,有羸老之疾,尚何能違膝下色養,而屑屑從斗筲之役乎」。案色養,謂承望父母顏色也。李善注:「《論語》:『子貢問孝,子曰:色難』」案:《論語》〈為政〉:「色難」,《集解》:「包曰:色難者,謂承順父母,顏色為難。」《初學記》卷十七引鄭玄注曰:「言和顏悅色為難也。」並通。

15 **蒼生** 已見五古〈送顏平原並序〉詩注。

【箋】

1 周珽曰:「古曠端莊,居然大雅」(《唐詩會通評林》)。

2 王昌會曰:「岑參『鶯花朝送酒,山月夜供詩』,不及孟浩然『眾山遙對酒,孤嶼共題詩』(案此二句,乃浩然〈永嘉上浦館逢張八子容〉詩)」(《詩話類編》)。

送郭僕射[1]節制劍南[2]

鐵馬[3]擐[4]紅纓[5],幡旗[6]出禁城[7]。明主親授鉞[8],丞相欲專征[9]。玉饌[10]天廚送,金盃[11]御酒傾。劍門[12]乘嶮過,閣道[13]踏空行。山鳥驚吹笛,江猿看洗兵[14]。曉雲[15]隨去陣,夜月逐行營。南仲[16]今時往,西戎計日平。將心感知己,萬里寄(懸)旗旌。

【校】

① **明主**　宋本、黃本、鄭本、石印本、《全唐詩》並作「明王」。

② **旗旄**　宋本、鄭本、黃本、石印本、《全唐詩》並作「懸旄」，
案：作「懸旄」是，詳詩中注。

③ **盃**　宋本、鄭本、黃本、石印本並作「杯」，案：二字同。

【注】

1　**題**　《通鑑·唐紀》：「永泰元年五月癸丑（二十二日），以右僕
射郭英乂為劍南節度使」，題中之「郭僕射」，當即指「英乂」。
案：英乂，字元武，知運子，以勇武有名河隴間。安祿山亂，拜
秦州都督，隴右採訪使，敗賊將高嵩。史思明陷洛陽，詔英乂
統淮南節度兵。代宗即位，召拜尚書右僕射，封定襄郡王，後拜
劍南節度使，襲崔（旰）寧不克，為普州刺史韓澄所殺。《元和
姓纂》卷十：「諸郡郭氏，唐左武將軍，太原公郭知運生英傑、
（英）顏，英協，狀云本太原，從居晉昌……彥英（英彥誤倒）檢
校僕射，劍南節度。」彥，一作乂，元載〈故定襄王郭英乂神道
碑〉：「制授公秦州都督兼御史中丞隴右採訪使。……至德二年，
詔公為鳳翔太守轉西平太守，加隴右節度兼御史大夫……東捍陝
虢，詔公兼陝州刺史……詔領東京留守，又兼河南尹，俄拜尚書
右僕射，封定襄王，……加成都尹東西兩川節度兼御史大夫僕射
如故。」

2　**劍南**　《唐書·地理志》：「貞觀元年，始於山河形便，分天下為
十道，九曰劍南道」。案：其地約在今四川成都縣北，劍閣以南。

3　**鐵馬**　《文選》陸倕〈石闕銘〉：「鐵馬千群，朱旗萬里」，李善
注：「鐵馬，鐵甲之馬也」。《後漢書》〈公孫瓚傳〉：「公孫瓚與
子書曰：屬五千鐵騎於北隰之中。」

4　**擐**　《左傳》成公二年：「擐甲執兵。」《說文》十二上：「擐，貫
也。」

5　**紅纓**　已見七古〈衛節度赤驃馬歌〉注。

6　**幡旗**　作戰用旗幡也。《後漢書》〈吳漢傳〉：「多樹幡旗，使煙火息。」

7　**禁城**　謂宮城也。《文選》顏延年〈拜陵廟作〉詩：「夙御嚴清制，朝駕守禁城」。

8　**授鉞**　《新唐書・百官志》：「凡將出征告廟，授斧鉞，軍不從令，大將專決，日具上其罪。」

9　**專征**　《白虎通》：「好惡無私，執意不傾，賜以弓矢，使得專征」。鄭玄《毛詩箋》：「凡諸侯賜弓矢，然後專征伐」。丞相謂郭英乂為尚書右僕射，《竹書紀年》卷六：「帝辛三十三年，王錫命西伯得專征伐。」

10　**玉饌**　何晏《論語注》：「饌，飲食也」。《文選》左思〈吳都賦〉：「矜其宴居，則珠服玉饌」，李周翰注：「玉饌，言珍美之食可比於玉」。王筠〈侍宴餞臨川王北伐應詔〉：「玉饌駢羅，瓊漿泛溢。」

11　**天廚**　《漢武內傳》：「王母自設天廚，精妙非常。」劉憲〈奉和聖製幸望春宮送朔方大總管張仁亶〉詩：「推食天廚至，投醪御酒傳。」

12　**劍門**　已見〈入劍門作寄杜楊二郎中時二公並為杜元帥判官〉詩注。

13　**閣道**　《史記・高祖本紀》司馬貞索隱：「棧道，閣道也。絕險之處，傍鑿山巖而施版梁為閣」。

14　**洗兵**　《說苑・權謀》：「武王伐紂，風霽而乘以大雨，散宜生諫曰：此非妖歟？武王曰：非也，天洗兵也」。《文選》左思〈魏都賦〉：「洗兵海島，刷馬江洲」，李善注：「魏武兵要曰：大將將行，雨濡衣冠，是謂洗兵」。

15　**曉雲二句**　陳子良〈讚德上越國公楊素〉詩：「嶺雲朝合陣，山月夜臨雲。」

16　**南仲二句**　〈出車序〉：「勞還率也。」詩曰：「王命南仲，往城于方，……赫赫南仲，獫狁于襄。」，「喓喓草蟲，趯趯阜螽……赫

赫南仲，薄伐西戎。」此詩言西戎，謂吐番也。《蜀志·諸葛亮傳》：「漢室之隆，可計日而待也。」

17 **懸旌二句** 《戰國策·楚策》：「楚王曰：寡人臥不安席，食不甘味，心搖搖如懸旌，而無所終薄」。案：此二句意謂「僕射為大將，感主上之知己，萬里之外，此心常如懸旌，不敢即安也」。唐汝詢解謂「我為僕射所知，故持此心，以謝知己，萬里雖遠，隨懸旌而同逝矣」，恐未確。何遜〈與崔錄事別兼敘攜手〉詩：「我來倦遊客，心念似懸旌。」

【箋】

1 楊慎曰：「壯麗整飭，要非庸筆」（《唐詩會通評林》）。

2 唐汝詢曰：「起四語宏麗，酉戎計日平，對巧」（《唐詩會通評林》）。

3 吳山民曰：「玉饌一聯，富語。江猿看洗兵，新，勝上句」（《唐詩會通評林》）

4 徐用吾曰：「莊麗秀發，自不類小家語」（《唐詩會通評林》）

5 吳昌祺曰：「結二句當言僕射為大將，感主上之知己，萬里之外，此心常如懸旌，不敢即安也。」（《刪定唐詩解》）。

送盧郎中除杭州赴任[1]

罷起郎官[2]草，初分刺史符[3]。海雲迎過楚，江月引歸吳。城底濤聲震[4]，樓端蜃氣[5]孤。千家窺驛舫[6]，五馬飲春湖[7]。柳色供詩用，鶯聲送酒須。知君望鄉處，枉道上姑蘇[8]。

【注】

1 **題**　盧幼平、范陽人，曾為兵部郎中，杭州刺史、太子賓客。案：李華〈杭州刺史廳壁記〉云：「杭州東南名郡，……詔以兵部郎中范陽盧公幼平為杭州刺史，麾幢戾止，未逾三月，降者遷忠義，歸者喜生育」（降者，謂從袁晁、方清起事之民也。），末云：「永泰元年七月二十五日記」。據此，則題中之「盧郎中」，當即謂「幼平」。詩云「千家窺驛舫，五馬飲春湖。柳色供詩用，鶯聲送酒須」，此所記幼平出京時物候，明為暮春，李記作於七月，而曰「麾幢戾止，未逾三月」，是幼平至杭州時為四月，三月出京，四月到杭。詩與李記，紀時正合，則亦作於永泰元年矣。說詳聞一多《岑嘉州繫年考證》。《新唐書・地理志》：「杭州餘杭郡，上」今浙江杭州市。《岑嘉州交遊事輯》：「《新書・宰相世系表三》：大房盧氏，暄子澐，杭州刺史，弟幼平，太子賓客。」按以李華記證之，此表二人歷官互誤。《吳興志》：「寶應三年（按寶應三年當從統紀作永泰元年）盧幼平自杭州刺史授湖州刺史。」湖州亦上州也。《全唐詩》卷七九四有〈秋日盧郎中使君幼平泛舟聯句〉一首，重聯句一首，作者為清晝、盧藻、盧幼平（原註：郎中，吳興守）、陸羽、潘述、李惚、鄭述誠、又有惸，失姓，當即李惚之誤。又皇甫冉有〈送盧郎中使君赴京〉詩曰：「三年期上國，萬里自東溟。」則盧幼平自湖州遷轉赴京之作也。是時岑參似已轉庫部郎中。

2 **郎官句**　已見五律〈送任郎中出守明州〉詩注。

3 **分符句**　已見五古〈過梁州奉贈張尚書大夫公〉詩注。

4 **濤聲句**　《文選》枚乘〈七發〉：「將以八月之望，與諸侯遠方交遊兄弟並往，觀濤乎廣陵之曲江」。《元和郡縣志》：「浙江在杭州錢塘縣南一十二里，蓋取其曲折為名，江濤每日晝夜再上，常以月十日、二十五日最小，月三日、十八日最大、小則水漸漲，不過數尺，大則濤湧，高至數丈，每年八月十八日，數百里士女，共觀舟人漁子，泝濤觸浪，謂之弄濤」。

5 **蜃氣句** 已見五律〈送張子尉南海〉詩注。

6 **驛舫句** 案：杭州有兩驛，為停舫之處。此句言杭民喜刺史至，故千家窺之也。

7 **五馬句** 已見七古〈敷水歌送竇漸入京〉詩注。

8 **姑蘇** 已見五律〈送滕亢擢第歸蘇州拜覲〉詩注。

【箋】

1 周啟琦曰：「中聯敘至杭之情景，不泛，亦不傷細巧」（《唐詩會通評林》）。

2 沈德潛曰：「鶯聲送酒須，句不穩而穩」（《唐詩別裁》）

3 吳綏眉曰：「一路順去，而結另開一筆，湖曰春湖，猶杜之春星也。自楚至杭，當經姑蘇，曰枉道者，豈當時未為孔道耶」（《刪定唐詩解》）。

4 唐汝詢曰：「杭為越地，北吳而西楚，由京師之任，則過楚而歸吳矣。城臨錢塘，則聞怒濤，樓窺滄海，則連蜃氣，二驛足以停舟，西湖足以飲馬，柳色鶯聲足以供詩酒，若欲登高望鄉，其枉道而上姑蘇乎！以其高見五百里也」（《唐詩解》）。

六月十三日水亭送華陰王少府還縣[1]得潭字

亭晚人將別，池涼[2]酒未酣。關門勞夕夢[3]，仙掌[4]引歸驂[5]。荷葉藏魚艇[6]，藤花宵客簪[7]。殘雲收夏暑，新雨帶秋嵐[8]。失路[9]情無適，離懷思不堪。賴茲庭戶裡，別有小江潭。

【校】

① **題** 宋本、鄭本、黃本、石印本並同，惟無「得潭字」三字。

《全唐詩》「十三日」作「三十日」，餘同。

【注】

1 **題**　五月四日已送王少府（王季友）返縣，或王再到虢州，再送
其返華陰也，水亭當指虢州南池之亭。《岑詩繫年》：以為「上元
元年作」，當是。

2 **池涼**　言夏末，《說文》十四下：「酣，酒樂也」段注：「張晏
曰：中酒曰酣。」離別在即，酒未多飲，亦「水涼難醉人」之意。

3 **關門句**　關謂潼關。江淹〈別賦〉：「知離夢之躑躅，意別魂之飛
揚。」吳均〈贈姚郎〉詩：「勞夢無人覺，默默心自知。」

4 **仙掌**　已見五古〈潼關鎮國軍勾覆使院早春寄王同州〉詩注。

5 **歸驂**　《說文》：「驂，駕三馬也，從馬參聲」。案此處乃泛指馬，
非用《說文》本義。沈約〈為柳世隆讓封公表〉：「還軸歸驂，再
踐鄉路」庾信〈李陵蘇武別讚〉：「李陵北去，蘇武南旋，歸驂欲
動，別馬將前。」

6 **艇**　《廣韻》：「艇，小船也」。

7 **藤花句**　姚鼐曰：「六月豈有藤花，必字誤」案姚說未確，岑參
愛用胥為詩眼，如卷一〈左僕射相國冀公東齋幽居〉詩曰：「玉
珮胥女羅」卷三〈與鮮于庶子泛漢江〉詩曰：「蘆花胥鉤絲」，裴
迪〈椒園〉詩：「丹刺胥人衣，芳秀留過客。」「胥」《玉篇》卷
十五：「胥，帶也，繫取也。」

8 **嵐**　《埤蒼》：「嵐，山氣也」。

9 **失路**　已見七古〈送費子歸武昌〉詩注。

【箋】

1 唐汝詢曰：「平妥。次句下一涼字，點題。藏、胥、殘、新四字
細」（《唐詩解》）。

2 郭濬曰：「小小點綴，別有幽致」（《唐詩會通評林》）。

3 陸時雍曰：「殘雲二語，輕快可人」（《唐詩鏡》）。

4 吳綏眉曰：「用枯韻，皆入自然」（《刪定唐詩解》）。

5 吳山民曰：「荷葉一聯，語細。」（《唐詩會通評林》）

6 沈德潛曰：「輕點水亭，岑在關外思長安，故夢為之勞，王歸華陰，路從仙掌，若引歸驂也。三、四極見用意」（《唐詩別裁》）。

7 吳瑞榮曰：「寫還縣、寫水亭、寫六月時序，細密不遺」（《唐詩箋要》）。

早秋與諸子登虢州¹西亭觀眺得低字

亭高出鳥外，客到與雲齊²。樹點千家小，天圍萬嶺低。殘虹掛陝北，急雨過關西。酒榼³緣青壁⁴，瓜田傍綠溪。微官何足道，愛客且相攜。唯有鄉園處⁵，依依⁶望不迷。

【校】

① 題　宋本、鄭本、黃本、石印本、《全唐詩》並同，惟無「得低字」三字。

② 殘虹　《全唐詩》作「殘紅」，誤。

③ 傍　鄭本作「傷」。

【注】

1 題　《岑詩繫年》：「玩詩意，似初到虢州廨署之年所作」。

2 虢州　已見五古〈虢州郡齋南池幽興〉詩注。

3 雲齊　古詩：「西北有高樓，上與浮雲齊」。

4 酒榼句　《文選》劉伶〈酒德頌〉：「動則挈榼提壺」，李善注：「《說文》曰：榼，酒器也。」《廣雅・釋詁》：「緣，循也。」陶潛〈桃花源記〉：「緣溪行」。

5 **青壁**　《文選》左思〈魏都賦〉：「臨青壁，係紫房」，李善注：
「青壁，山壁色青也」。

6 **鄉園句**　何遜〈春暮喜晴酬袁戶曹苦雨〉詩：「鄉園不可見，江
水獨自清」。閻丘曉〈夜度江〉詩：「且喜鄉園近，言榮意未甘。」

7 **依依**　《詩‧小雅》〈采薇〉：「昔我往矣，楊柳依依。」《文選》
李陵〈答蘇武書〉：「望風懷想，能不依依。」又蘇武詩：「胡馬失
其群，思心常依依。」李善注：「依依，思戀之貌。」

【箋】

1 唐汝詢曰：「品彙列嘉州排律於羽翼，是降一等矣。如此作，亦
不減王孟」（《唐詩會通評林》）。

2 周敬曰：「高華超特」（《唐詩會通評林》）。

3 周啟琦曰：「鳥外便奇，次聯尖」（《唐詩會通評林》）。

4 吳綏眉曰：「起極用意，不率亦不苦」（《刪定唐詩解》）。

5 沈德潛曰：「殘虹掛陝北，寫景雄闊」。又曰：「起手貴突兀，少
陵有『開筵對鳥巢』（〈題新津北橋樓〉）句，此同一落想」（《唐
詩別裁》）。

6 周珽曰：「起狀山亭之高，曰小，曰低，居上而窺下也。點字、
圍字奇，二句是實境語。殘虹，陰陽失和之象。急雨，時事昏亂
之象。二句雖寫景，喻意亦深。青壁、綠溪二句，紀地之幽。末
四句，見與諸子登覽，因不能忘情於鄉園。鍛鍊有緻，氣色精新」
（《唐詩會通評林》）。

陪群公龍岡寺泛舟_{得盤字}

漢水¹天一色，寺樓波底看²。鐘鳴長空夕，月出孤舟寒³。映酒見山火⁴，隔簾聞夜灘。紫鱗⁵掣芳餌，紅燭燃金盤⁶。良友興正愜，勝遊情未闌⁷。此中堪倒載⁸，須盡主人⁹歡。

【校】

① **題** 宋本、鄭本、黃本、石印本、《全唐詩》並將此詩列入「五言古詩」內，詩句全同。

【注】

1 **漢水** 已見五古〈與鮮于庶子自梓州成都成少尹自襃城同行至利州道中〉詩注。

2 **寺樓波底看** 謂倒影也。

3 **月出孤舟寒** 謂夜涼也。

4 **映酒見山火** 月光暗而山火明，故云。

5 **紫鱗** 已見五律〈與鄠縣源少府宴渼陂〉詩注。

6 **金盤** 岑之敬〈對酒詩〉：「舒文泛玉盤，漾蟻溢金盤」此酒器也。李白〈送外甥鄭灌從軍〉詩：「六博爭雄好彩來，金盤一擲萬人開」。

7 **勝遊句** 宋璟〈奉和聖製同二相已下群官樂遊園宴〉詩：「侍飲終酺會，承恩續勝遊」。闌，盡也。

8 **倒載** 已見五律〈與鮮于庶子泛漢江〉詩注。

9 **主人** 謂趙行軍也。見五律〈梁州陪趙行軍龍岡寺北庭泛舟宴王侍御〉詩注。

送李賓客荊南迎親[1]

迎親辭望苑[2]，恩詔下（儲）慈闈[3]。昨見雙魚去[4]，今看駟馬[5]歸。驛帆湘水[6]闊，客舍楚山[7]稀。手把黃香扇[8]，身披萊子衣[9]。鵲隨金印喜[10]，鳥傍板輿[11]飛。勝作東征賦[12]，還家滿路輝。

【校】

① **題**　宋本、鄭本、黃本、石印本、《全唐詩》並作〈奉送李賓客荊南迎親〉。

② **望苑**　《全唐詩》作「舊苑」。

③ **慈闈**　宋本、鄭本、黃本、石印本、《全唐詩》並作「儲闈」。案作「儲闈」是，見詩中注。

④ **傍**　鄭本作「傷」。

【注】

1 **題**　李賓客、李之芳、太宗七子蔣王惲曾孫。《舊唐書》〈蔣王惲傳〉：「子煒，蔡國公，煒孫之芳，幼有令譽，頗善五言詩，宗室推之，開元末為駕部員外郎（案：杜甫〈同李太守登歷下古城員外新亭〉詩原註：時李之芳自尚書郎出齊州，製此亭。十三載祿山奏為范陽司馬，及祿山起逆，自拔歸西京。授右司郎中，歷工部侍郎，太子右庶子。廣德元年，兵革未清，吐番又犯邊，侵軼原、會……使吐番，被留境上，二年而歸，除禮部尚書，尋改太子賓客。）」《岑詩繫年》：「以此推之芳為賓客時當在永泰元年。杜甫有〈秋日夔俯詠懷寄鄭監審李賓客之芳一百韻〉，作於大曆二年。蓋其時之芳猶未罷此官也。大曆元年公已再次首途赴蜀，則此詩當作於永泰元年或大曆元年之歲初。」按大曆元年再次首途赴蜀之說，係沿聞氏所云「永泰元年十一月出為嘉州刺史、因蜀中亂，行至梁州而還。」然無實據，且蜀中雖亂，出行後恐無

擅自還朝之理。今繫此詩於永泰元年，而不取大曆元年再次赴蜀之說。岑參於永泰元年十一月赴蜀，於梁州與張獻誠等周旋，時近半載。此詩云：「迎親辭望苑，思詔下儲闈。」「手把黃香扇」長安夏日作也。杜甫〈秋日夔府詠懷〉詩：「音徽一柱數，道里下牢千。」原註：「鄭在江陵，李在夷陵。」夷陵屬峽州，今宜昌市。杜之詩作於大曆二年。杜甫三年在江陵晤之芳，有〈書堂飲既夜復邀李尚書下馬月下賦絕句〉、〈夏夜李尚書筵送宇文石首赴縣〉聯句、〈多病執熱奉懷李尚書〉、〈哭李尚書〉詩，知李之芳竟卒於江陵矣。疑李之親老未能隨子於永泰中入京也。

2 **望苑**　《漢書》〈武五子傳〉：「戾太子據，元狩元年立為皇太子……及冠就宮，上為立博望苑，使通賓客，從其所好。」顏師古注：「取其廣博觀望也。」《三輔黃圖》卷四：「博望苑，武帝立子據為太子，開博望苑以通賓客。……博望苑在長安城南杜門外五里，有遺址。」

3 **儲闈**　謂太子所居處也。沈約〈奏彈王源〉：「父璿，升采儲闈，亦居清要。」劉良注：「璿為東宮官。采，事也，儲闈，東宮也。」

4 **雙魚**　謂書信，已見七古〈敷水歌送竇漸入京〉詩注。

5 **馹馬**　已見五古〈送許拾遺恩歸江寧拜親〉詩注。

6 **湘水**　王應麟《通鑑地理通釋》：「湘水出全州清湘縣陽朔山，東入洞庭，北至衡州衡陽縣入江」。

7 **楚山**　《太平寰宇記》：「宋元嘉中，武陵王駿為刺史，望見鄢城，改為望楚山。高處有三墩，劉弘、山簡等九日宴賞之所」。案在今湖北襄陽縣西南。

8 **黃香扇**　《東觀漢紀》卷十九：「黃香，字文彊，江夏安陸人也，父況，舉孝廉為郡五官掾，貧無奴僕，香躬執勤苦，盡心供養，冬無被袴，而親極滋味，暑即扇床枕，寒即以身溫席……鄉人稱其至孝。」

9 **萊子衣**　已見五律〈送崔全被放歸都觀省〉詩注。

10 **鵲印句** 已見五古〈北庭西郊候封大夫受降〉詩注。

11 **板輿句** 已見五古〈酬成少尹駱谷行見呈〉詩注。

12 **東征賦** 已見五律〈餞李尉武康〉詩注。

【箋】

案：獨孤及有〈送李賓客荊南迎親〉詩，茲錄之於下，以供參考（據《全唐詩》）。

宗室劉中壘，文場謝客兒。當為天北斗，曾使海西陲。毛節精誠著，銅樓羽翼施。還申供帳別，言赴倚門期。恩渥霑行李，晨昏在路岐。君親兩報遂，不敢議傷離。

餞王釡判官赴襄陽道[1]

故人漢陽[2]使，走馬向南荊。不厭楚山路，祇憐襄水[3]清。津頭習氏宅[4]，江上夫人城[5]。夜入橘花宿，朝穿桐葉行。害群[6]應自懾，持法[7]固須平。暫得青門[8]醉，斜光[9]速去程。

【校】

① **題** 全唐詩「王釡」作「王岑」，誤。

【注】

1 **題** 《岑詩繫年》：「案天寶三載有〈題新鄉王釡廳壁詩〉，王釡、王岑、王釜疑即一人而字訛。〈郎官石柱題名〉左司、戶部、度支、吏部諸員外郎下俱有王釡名，則作岑、作釜者皆誤也」。又案：大歷初年杜甫有〈送王信州釡北歸〉詩，以此推王釡之歷官時日，其為判官當在天寶十二載前後，蓋先為新鄉尉（公〈題新鄉王釡廳壁〉曰「憐君守一尉」繼為判官，又歷諸員外郎，乃出

為信州刺史也。此詩曰：「暫得青門醉」知作於長安，天寶十二載前後，公在長安與王崟之官歷正相合。襄陽　已見五律〈送陝縣王主簿赴襄陽成親〉詩注。

2 **漢陽**　已見七古〈送費子歸武昌〉詩注。

3 **襄水**　案襄水源出陝西省寧羌縣北嶓蒙山，初出山時，名曰漾水，入湖北省境，會堵水、丹江、南河等水，至襄陽縣入白河，俗稱襄河，亦名襄水。

4 **習氏宅**　在襄陽南峴山下。劉峻《世說任誕注》引〈襄陽記〉曰：「漢侍中習郁，於峴山南，依范蠡養魚法，作魚池。池邊有高隄，種竹及長楸，芙蓉菱芡覆水，是遊宴名處也。山簡每臨此池，未嘗不大醉而還，曰：『此是我高陽池也。』」

5 **夫人城**　在襄陽城西北隅。《晉書》〈朱序傳〉：「序為梁州私史，苻丕、苻堅遣其將率眾圍序，序固守，賦糧將盡，率眾苦攻之。初，苻丕之來攻也，序母韓氏自登城履行，謂西北角當先受弊，遂領百餘婢並城中女子，於其角斜築城二十餘處，賊攻西北角，果潰，眾便固新築城，丕遂引退，襄陽人謂之夫人城」。案：城在今湖北襄陽縣西北。

6 **害群**　謂害群之馬，亦曰害馬，此指邪惡之人。《莊子·徐無鬼》：「夫為天下者亦奚以異乎牧馬者哉？亦去其害馬者而已矣」。孫綽〈遊天台山賦〉：「害馬已去，世事都捐。」

7 **持法**　《漢書》〈黃霸傳〉：「宣帝在民間時，知百姓苦吏急也，聞霸持法平，召以為廷尉正。」

8 **青門**　已見七古〈青門歌送東臺張判官〉詩注。

9 **斜光**　斜陽也。王僧孺〈秋閨怨〉：「斜光隱西壁，暮雀上南枝」。

送薛昇歸河東¹

薛丈故鄉處，五老峰²西頭。歸路秦樹滅，到鄉河水流。看君馬首³去，滿耳蟬聲愁。獻賦今未售⁴，讀書凡幾秋。應過伯夷廟⁵，為上關城樓。樓上能相憶，西南指雍州⁶。

【校】

① **題**　宋本、鄭本、黃本、石印本、《全唐詩》並作「送薛弁歸河東」。

② **薛丈**　宋本、鄭本、黃本、石印本、《全唐詩》並作「薛侯」。

③ **滿耳**　鄭本作「蒲耳」，誤。

【注】

1 **題**　《新唐書·宰相世系表》：「西祖房薛弁、祖絢、好時令，父如瑤，弁，江州刺史。」表載蜀漢薛永從先主入蜀，子齊為巴蜀二郡太守，降魏，從河東汾陰，又有南祖、西祖。薛据、薛彥偉、薛弁皆西祖之後。

2 **五老峰**　《元和郡縣志》：「五老山在（河中府）永樂縣東北十三里，堯升首山，觀河渚，有五老人，飛為流星上入昴，因號其山為五老山」。

3 **馬首**　《左傳》襄公十四年：「秦鄭司馬子蟜，帥鄭師以進，師留從之，至於棫林，不獲成焉。荀偃令曰：雞鳴而駕，塞井夷竈，唯余馬首是瞻。欒黶曰：晉國之命，未是有也，余馬首欲東，乃歸，下軍從之」李頎〈百花原〉詩：「窮秋曠野行人絕，馬首東來知是誰。」

4 **獻賦未售**　當在天寶年間。

5 **伯夷廟**　《一統志》：「山西平陽府有首陽山，在蒲州東南三十里，殷伯夷叔齊隱此，有夷齊廟并墓」。《元和郡縣志》：「夷齊墓

在河東縣南三十五里雷首山，貞觀十一年詔致祭，禁樵蘇。」

6 **雍州** 《元和郡縣志》：「關內道京兆府，禹貢雍州之地」。此詩所指蓋謂長安也。東漢以關中為雍州，隋以京兆尹為雍州，又稱京兆郡，武德元年復為雍州，開元元年改京兆府。

送薛播²擢第歸河東¹³

歸去新戰勝⁴，成名①人共聞。鄉連渭川⁵樹，家近條山⁶雲。夫子能②好學，聖朝全用文。弟兄⁷負世譽，詞賦超人群。雨氣醒別酒，城陰低暮曛。遙知出關後，更有③一終軍⁸。

【校】

① **成名** 宋本、鄭本、黃本、石印本、《全唐詩》並作「盛名」。

② **能** 叢刊本「能」字下缺一字，檢宋本、黃本、鄭本、石印本、全唐詩並作「好」，今據補。

③ **更有** 叢刊本「更有」下缺一字，檢宋本、黃本、鄭本、石印本、全唐詩並作「一」，今據補。

【注】

1 **題** 《舊唐書》〈薛播傳〉：「河中寶鼎人，中書舍人文思曾孫也……播天寶中舉進士，補校書郎累授萬年縣丞，武功令，殿中侍御史、刑部員外郎，萬年令……及崔祐甫輔政，用為中書舍人，出汝州刺史，以公事貶泉州刺史，尋除晉州刺史、河南尹、遷尚書左丞、轉禮部侍郎，遇疾，貞元三年卒。」《登科記》引《五百家韓注》：「薛播，天寶十一載，擢進士第」。案詩當作於此時。

2 **薛播** 案播，河中寶鼎人，開元天寶間，與兄據弟總，相繼登科，累遷殿中侍御史。播溫敏，善與人交，與李栖筠、常袞諸人善，官至禮部尚書。新舊《唐書》俱有傳。

3 **河東** 《舊唐書·地理志》：「河中府，天寶元年改為河東郡，郡有寶鼎縣，寶鼎即今山西榮河。」已見五古〈送祁樂歸河東〉詩注。

4 **戰勝** 《新唐書·薛播傳》：「播早孤，伯母林通經史，善屬文，躬授經諸子及播兄弟，故開元天寶間播兄弟七人皆擢進士第，為衣冠光韙。」

5 **渭川** 唐寶鼎縣西臨黃河，距渭水入黃河之華陰縣境不遠，故云。

6 **條山** 《元和郡縣志》卷十二：「雷首山，一名中條山，在（河中府河東）縣南十五里。」

7 **弟兄句** 《舊唐書》〈薛播傳〉：「播天寶中舉進士，補校書郎……伯父元暧，……元暧卒後，其子彥輔、彥國、彥偉、彥雲及播、兄據，總……咸致文學之名，開元天寶中二十年間，彥輔、據等七人並舉進士，連中科名，衣冠榮之。」

8 **終軍** 《漢書》〈終軍傳〉：「終軍字子雲，濟南人也，少好學，以辯博能屬文，聞於郡中。年十八，選為博士弟子。步入關，關吏予軍繻，軍問以此何為？吏曰：為復傳還，當以合符。軍曰：大丈夫西遊，終不復傳還，棄繻而去。軍為謁者使，行郡國建節，東出關，關吏識之曰：此使者乃前棄繻生也」。

和刑部[2]成員外秋寓直[3]臺省寄知己[1]

列宿[4]光三署[5]，仙郎[6]直五宵。時衣天子賜[7]，廚膳大官調。長樂鐘[8]應近，明光路[9]不遙。黃門[10]持被覆，侍女[11]捧香燒。筆

為題詩點，燈緣起草[12]挑。竹喧交砌葉，柳鬈[13]拂窗條。粉署[14]榮新命，霜臺憶舊寮[15]。名香播蘭蕙[16]，重價蘊瓊瑤[17]。擊水[18]翻滄海，搏風透赤霄[19]。微才喜同舍，何幸忽聞韶[20]。

【校】

① **題** 《全唐詩》作〈和刑部成員外秋夜寓直寄臺省知己〉，宋本、鄭本、黃本、石印本並作〈和刑部成員外秋寓直寄臺省知己〉。

② **大官** 宋本、鄭本、黃本、石印本並作「太官」。

③ **路不遙** 宋本、鄭本、黃本、石印本、《全唐詩》並作「漏不遙」。

④ **窗** 鄭本、《全唐詩》並作「牕」，宋本、黃本、石印本並作「牎」，案三字同。

【注】

1 **題** 〈郎官石柱題名〉左司員外郎有成賁，刑部成員外，當即其人。獨孤及〈送成都成少尹赴成都序上〉：「歲次乙巳，定襄郡王英乂出鎮庸蜀，謀亞尹，僉曰：『左司郎成公可。』……尚書諸曹郎四十有二人……飲餞於肅明觀。」乙巳為永泰元年，觀餞行者之眾，似不但以其為左司郎中，其居郎官職應為時非短，其始為刑部員外郎當在廣德元、二年之間。

2 **刑部** 《新唐書·百官志》：「刑部尚書一人，侍郎一人，掌律令刑法，徒隸按覆讞禁之政」。《唐六典》：「刑部尚書，其屬有四，一曰刑部，二曰都官，三曰比部，四曰司門」。

3 **寓直** 《文選》潘岳〈秋興賦序〉：「予春秋三十有二，始見二毛，以太尉掾兼虎賁中郎將。寓直於散騎之省」。案本以虎賁中郎將無省，故寄直於散騎省耳，後人則以直宿禁中為寓直矣。

4 **列宿** 《後漢書·明帝紀》：「郎官上應列宿，出宰百里，苟非其人，則民受其殃。」〈和帝紀〉：「引三署郎召見禁中。」李賢注：「《漢官儀》：三署謂五官署也。左右署也，各置中郎將以司之，

郡國舉孝廉以補三署郎，年五十五以上屬五官，其次分在左右署，凡有中郎、議郎、侍郎、郎中四等。」《文選》傅咸〈贈何劭王濟〉詩：「日月光太清，列宿耀紫微」呂向注：「列宿，二十八宿也」。

5 **三署**　《唐音癸籤詁箋》二：「唐人贈省郎詩多用三署及禮闈，如沈佺期『三署有光輝』，『分曹值禮闈』之類。官之有郎自秦始，秦置三署，諸郎隸焉，故稱郎者，猶本所始。」

6 **仙郎**　《漢官儀》：「尚書郎主作文書起草，夜更直五日於建禮門內。」

7 **時衣天子賜二句**　《後漢書》〈東平王蒼傳〉：「乃命留五時衣各一襲。」李賢注：「五時衣，謂春青，夏朱，季夏黃，秋白、冬黑也。《文苑英華》卷六三三有張九齡、蘇頲謝賜衣物，衣服狀五首，卷五九三有呂頌等，謝春冬衣表多首，卷五九五有李嶠等謝端午賜衣表多首。杜甫〈端午日賜衣〉詩：「宮衣亦有名，端午被恩榮。」《舊唐書・職官志》：「光祿寺有太官令，掌供膳食之事」調，平聲。

8 **長樂鐘**　徐陵〈玉台新詠序〉：「厭長樂之疏鐘，勞中宮之緩箭」。徐彥伯〈同韋舍人元旦早朝〉詩：「夕轉清壺漏，晨驚長樂鐘」。

9 **明光路**　《漢官儀》：「尚書郎……奏事明光殿。」

10 **黃門**　《漢書》〈劉向傳〉：「拜為郎中給事黃門」。《唐書・職官志》：「開元元年，改門下省為黃門省，五年，復黃門省為門下省」。

11 **侍女句**　《漢宮儀》：「尚書郎入直台，廝中給女侍史二人……執香爐香囊燒薰護衣服」（《初學記》卷十一引）。

12 **起草**　《漢官儀》：「尚書郎主作文書起草，晝夜更直於建禮門內，給青縑白綾被，或以錦縷為之，給帷帳茵褥，晝通中枕，給尚書郎侍史一人，女侍史二人，旨選端正妖麗，絜被服，執香爐燒薰，從入臺中給使，護衣服」。

13 **柳韓** 已見七古〈送郭乂雜言〉詩注。

14 **紛署** 已見〈梁州陪趙行軍龍岡寺北庭泛舟宴王侍御〉詩注。

15 **霜臺** 已見〈梁州陪趙行軍龍岡寺北庭泛舟宴王侍御〉詩注。

16 **蘭蕙** 《離騷》:「余既滋蘭之九畹兮,又樹蕙之百畝。」蘭、蕙皆香草。《玉篇》卷十三:「蘭,香草,春蘭也」,「蕙,香草,秋蕙也。」

17 **瓊瑤** 《詩・衛風》〈木瓜〉:「投我以木桃,報之以瓊瑤。」傳:「瓊瑤,美玉。」《說文》:「瑤,玉之美者」。又「瓊,赤玉也」。桂馥《義證》:「《韻會》:錢氏曰:詩言玉以瓊者多矣,瓊華、瓊英、瓊瑤,皆謂玉色之美者為瓊」。

18 **擊水句** 《莊子・逍遙遊》:「鵬之徙於南溟也,水擊三千里,摶扶搖而上者九萬里。」扶搖,旋風也。

19 **赤霄** 《淮南子・人間訓》:「夫鴻鵠……背負青天,膺摩赤霄。」高誘注:「赤霄,飛雲。」劉向〈九歎遠遊〉:「譬若王喬之乘雲兮,載赤霄而凌太清」。

20 **韶** 《論語・八佾》:「子謂韶,盡美矣,又盡善也」。集解:「孔曰:韶,舜樂名。」《說文》:「韶,虞舜樂也,《書》曰:簫韶九成,鳳凰來儀」。

送嚴維下第還江東[1]

勿嘆今不第,似君殊未遲。且歸滄洲[2]去,相送青門[3]時。望鳥指鄉遠,問人愁路疑。敝裘[4]沾暮雪,歸棹帶流澌。嚴子灘[5]復在,謝公文[6]可追。江皋[7]如有信,莫不寄新詩[8]。

【校】

① 敝　宋本、鄭本、黃本、石印本並作「弊」，案二字通。

② 棹　《全唐詩》作「櫂」，案「櫂」即「棹」之或字。

【注】

1 題　《唐詩紀事》卷四十七：「維字正文，越州人，與劉長卿
善，……維作越之諸暨尉。……劉長卿〈送維赴河南充嚴中丞幕
府〉云：（略）。錢起〈送維尉河南〉云：（略）維終校書郎所錄
多贈別詩。」《唐才子傳》卷三：「初隱居桐盧，慕子陵之高風，
至德二年，江淮選補使侍郎崔渙下以詞藻宏麗進士及第。以家貧
親老，不能遠離，授諸暨尉，時已四十餘，後歷祕書郎。嚴中丞
節度河南，辟佐幕府，遷餘姚令，仕終右補闕……詩情雅重，挹
魏晉之風，鍛鍊鏗鏘，庶少遺恨。查至德二載，嚴武中第時岑參
為四十二歲，維有留別鄒紹劉長卿詩，自稱「中年從一尉」，則
其授諸暨尉時年近四十，觀「似君殊未遲」之語，雖係慰藉，但
其年歲必略小於岑參。」嚴維又有〈贈別劉長卿時赴河南嚴中丞
幕府〉詩云：「匡時知已老」，詩當作於乾元二年冬或次年赴河
南尹嚴武幕之時，時嚴維已逾四十，錢起有送嚴維尉河南詩，
詩云：「少時趨府下蓬萊」，則嚴維又曾為河南尉。按《岑詩繫
年》：「此詩當作於天寶十三載前數年間公在長安之時。」

2 滄洲　已見五古〈虢州送鄭興宗弟歸扶風別廬〉詩注。

3 青門　已見七古〈青門歌送東臺張判官〉詩注。

4 敝裘　已見五律〈武威春暮聞宇文判官西使還已到晉昌〉詩注。

5 嚴子灘　已見五古〈送李翥遊江外〉詩注。

6 謝公　謂謝靈運也。《宋書》本傳：「出為永嘉太守，郡有名山
水，靈運素所愛好，……所至輒為詩詠。……遂移籍會稽，修營
別業，傍山帶江，盡幽居之美，……每有一詩至郡邑，貴賤莫不
競寫，宿昔之間，士庶皆徧，遠近欽慕，名動京師，作〈山居賦〉
並自註。」

7 **江皋** 謂江邊也。《楚辭‧九歌》〈湘君〉:「朝騁騖兮江皋,夕弭
節兮北渚」。

8 **新詩** 張華〈答何劭二首〉之一:「良朋貽新詩,示我以遊娛。」
李善注:「徐幹〈贈五官中郎將詩〉曰:『貽爾新詩』杜甫〈寄高
三十五書記〉詩:『歎息高生老,新詩日又多。』〈九日寄岑參〉
詩:『岑生多新詩』。」

【箋】

1 譚元春曰:「愁路疑,疑字妙。莫不寄新詩,莫不二字頗傲,意
卻甚平」(《唐詩歸》)。

2 鍾惺曰:「殊未遲三字,真意可掬。自首二句外,皆言路途起
居,一字不提功名,妙極」。又曰:「張九齡於孟浩然,王維於
錢起,岑參於嚴維,李頎於皇甫曾,前輩人得見此後輩,最是快
事,承接之際,少此一段不得」(《唐詩歸》)。

長短五七言一首

題李氏曹[1]廳壁畫度雨雲

似出棟梁裡,如和風雨飛。掾曹有時不敢歸,謂言雨過濕人衣。

【校】

① **題** 宋本、鄭本、黃本、石印本、《全唐詩》並將此詩列入「七
言古詩」,題作〈題李士曹廳壁畫度雨雲歌〉。案高適有〈同李九
士曹觀壁畫雲作〉詩(《高常侍集》卷五),錢起有〈李士曹廳對
雨〉詩(《全唐詩》),則「李氏曹」應作「李士曹」。

【注】

1 **士曹**　案：《唐書・職官志》，州縣官員，京兆河南太原等府、大都督府、中都督府、下都督府，均有士曹參軍事，自正七品下至從七品下，上州中州均有司士參軍事，自從七品下至正八品下。士曹司士掌津梁舟車舍宅百工眾藝之事。

【箋】

1 鍾惺曰：「有時不敢歸，題畫須有畫意」（《唐詩歸》）。

2 案高適有〈同李九士曹觀壁畫雲作〉詩，似為同賦，茲錄之於下，以供參考（據四部叢刊《高常侍集》）。

　始知帝鄉客，能畫蒼梧雲。秋天萬里一片色，只疑飛盡猶氛氳。

補遺一首

送陶銳[1]棄舉荊南覲省

明時[2]不愛壁[3]，浪跡[4]東南遊。何必世人譏，知君輕五侯[5]。采蘭[6]度漢水，問絹[7]過荊州。異國有歸輿[8]，去鄉無客愁[9]。天寒楚塞[10]雨，月淨襄陽秋。坐見吾道遠，令人看白頭[11]。

【校】

① 按此詩叢刊本、宋本、鄭本、黃本、石印本俱不錄。《全唐詩》、《文苑英華》錄此詩並作「岑參」。詩題〈陶銳〉，《全唐詩》作〈陶銑〉，當係傳寫致誤。

【注】

1 **陶銳**　《資治通鑑卷》二二二：「寶應元年建辰月，李輔國以元載為京兆尹，載固辭。壬寅，以司農卿陶銳為京兆尹。」棄舉，謂

罷去貢舉也。荊南，江漢之地也。

2 **明時**　曹植〈求自試表〉:「志欲自效於明時，立功於聖世。」

3 **愛璧**　《莊子‧山木》:「林回棄千金之璧，負赤子而趨。」此略用
其意而改為事親。

4 **浪跡**　江淹〈雜體孫廷尉綽〉詩:「浪跡無蚩妍，然後君子道。」
李善注:「戴逵〈栖林賦〉曰:浪跡潁湄，棲景箕岑。」

5 **五侯**　權貴之家。已見〈送許子擢第歸江寧拜親因寄王大昌齡〉
詩注。

6 **采蘭**　謂孝養。《詩‧小雅》〈南陔序〉:「南陔，孝子相戒以養
也。……有其義而無其辭。」晉束晳〈補亡詩〉:「循彼南陔，言
採其蘭，眷戀庭闈，心不遑安。」後世采蘭一語，皆謂孝養。《晉
書》〈孝友傳序〉:「循陔有採蘭之詠，事親之道也。」

7 **問絹**　謂觀省。《三國志》〈魏胡質傳〉:「子威，官至徐州刺
史。」裴松之注引《晉陽秋》曰:「（胡）威字伯虎，少有志尚，
屬操清白，質之為荊州也，威自京都省之。……臨辭，質賜絹一
匹，為道路糧，威跪曰:大人清白，不審於何得此絹？質曰:是
吾俸祿之餘，故以為汝糧耳，威受之，辭歸。」後世遂以問絹為
觀省之辭。杜甫〈送竇九歸成都〉詩:「讀書雲閣觀，問絹錦官
城。」

8 **異國有歸興**　異國，異鄉也。《左傳》莊公二十二年:「不在此，
其在異國。」《論語‧公冶長》:「子在陳曰:歸與！歸與！」杜甫
〈官定後戲贈〉:「故山歸興盡。」興讀去聲。

9 **去鄉無客愁**　鮑照〈結客少年場行〉:「去鄉三十載，復得還舊
丘。」杜甫〈卜居〉詩:「更有澄江銷客愁。」

10 **楚塞**　江淹〈望荊山〉詩:「奉義至江漢，始知楚塞長。」李善
注:「江漢，楚之境也。盛弘之荊州記曰:魯陽縣，其地重險，
楚之北塞也。」魯陽縣即今河南魯山。

11 **令人看白頭**　《史記‧鄒陽列傳》:「白頭如新，傾蓋如故」《詩詞
曲語辭匯釋》:「看，估量之辭。」

文及賦四首

一 唐博陵郡安喜縣令岑府君墓銘[1]

涇水[2]湯湯[3]，漢陵[4]蒼蒼[5]。木蕭蕭[6]兮草自黃，門一閉兮夜何長[7]。

【注】

1 **題** 此下二首，見於叢刊本，疑原有墓誌，已佚，下同。仍須原本稱銘。《新唐書·地理志》：「定州博陵郡治安喜」，今河北定縣。《新唐書·宰相世系表》：「岑氏，景倩生植、棣、楷、椅、楛，安喜令。」字書無楛字。《岑嘉州繫年考證》，訂為「楛」，疑是也。「楛」為岑參叔父，此銘當為天寶中作。岑參天寶元年有〈送郭乂雜言〉詩曰：「中山明府待君來」即其人也。

2 **涇水** 《元和郡縣志》卷一：「後魏又移咸陽縣於涇水北，今咸陽縣理是也。」案上「咸陽縣」宜作「咸陽郡」，下「咸陽縣」宜作「涇陽縣」。涇水乃在咸陽縣之北，咸陽縣實在涇水之南也。《書·禹貢》：「涇屬渭汭。」孔疏：〈地理志〉云：「涇水出安定涇陽縣西幵（汧）頭山，東南至馮翊陽陵縣入渭，行千六百里」。

3 **湯湯** 《書·堯典》：「湯湯洪水方割。」蔡沈《集傳》：「湯湯，水盛貌。」

4 **漢陵** 西漢諸帝陵寢，多在渭北源上。計有高帝長陵、惠帝安陵、景帝陽陵、昭帝平陵、元帝渭陵、成帝延陵、哀帝義陵、平帝康陵。

5 **蒼蒼** 《詩·秦風》〈蒹葭〉：「蒹葭蒼蒼」傳：「蒼蒼、盛也。」《廣雅·釋訓》：「蒼蒼，茂也。」王念孫疏證：「此謂草木之盛也。」

6 **木蕭蕭句** 《九歌·山鬼》：「風颯颯兮木蕭蕭。」王逸注：「風木搖動。」《禮記·月令》：「季秋之月，草木黃落。」

7 **夜何長**　陸機〈挽歌〉:「送子長夜台」李周翰注:「墳墓一閉,無復見明。」

二　果毅張先集墓銘[1]

茂陵[2]南頭,渭水東流。山原萬秋[3],兄弟一丘[4]。白楊脩脩[5],祇令人愁。

【注】

1 **題**　《舊唐書・職官志》:「諸府,折衝都尉各一人,左右果毅都尉各一人。」,「上府果毅從五品下,中府正六品上,下府從六品下。」張先集,其人不詳。

2 **茂陵**　《漢書・武帝紀》:「葬茂陵」註:臣瓚曰:「……茂陵在長安西北八十里。」《三輔黃圖》卷六:「建元二年初置茂陵邑,本槐里縣之茂鄉,故曰茂陵。」《元和郡縣志》卷二:「漢茂陵,在(興平)縣東北十七里。」又卷一:「渭水,在(萬年)縣北五十里。」

3 **萬秋**　嵇含〈菊花銘〉:「煌煌丹菊,萬秋彌榮」。萬秋猶萬年也。

4 **一丘**　陸機〈感丘賦〉:「生矜跡於當世,死同宅乎一丘。」

5 **脩脩**　陶潛〈擬挽歌辭三首〉之三:「荒草何茫茫,白楊亦蕭蕭。」王融〈思公子〉:「春盡風颯颯,蘭凋木脩脩。」

三　感舊賦並序[1]　　岑參

參相門子[2]，五歲讀書，九歲屬文[3]，十五隱於嵩陽[4]，二十獻書闕下[5]。嘗自謂曰：雲霄坐致[6]，青紫[7]俯拾，金盡裘敝[8]，蹇[9]而無成，豈命之過歟？

國家六葉[10]，吾門三相矣。江陵公[11]為中書令輔太宗。鄧國公[12]為文昌右相輔高宗。汝南公[13]為侍中輔睿宗。相承寵光[14]，繼出輔弼[15]。《易》曰：「物不可以終泰，故受之以否[16]。」逮乎武后臨朝，鄧國公由是得罪，先天中，汝南公又得罪，朱輪華轂[17]，如夢中矣。今王道休明[18]，噫！世業淪替[19]，猶欽若前德[20]，將施於後人。參年三十[21]，未及一命[22]，昔一何榮矣，今一何悴[23]矣，直念昔者，為賦云。其辭曰：

吾門之先，世克其昌[24]赫矣！烈祖[25]輔於周王[26]，啟封受楚[27]，佐命克商[28]。二千餘載，六十餘代，繼厥[29]美而有光。其後關土宇[30]於荊門，樹桑梓[31]於棘陽，吞楚山之神秀[32]，與漢水之靈長。猗盛德之不隕[33]，諒嘉聲而允藏。慶延[34]自遠，祐洽無疆。自天命我唐，始滅暴隋，挺生江陵[35]，傑出輔時[36]。為國之翰[37]，斯文在茲[38]。一入麟閣，三遷鳳池[39]，調元氣[40]以無忒，理蒼生[41]而不虧。典絲言[42]而作則，闡綿蕝以成規[43]。革亡國[44]之前政，贊聖代[45]之新軌。捧堯日[46]以雲從，扇舜風[47]而草靡。洋洋[48]乎令問[49]不已。

繼生鄧公，世實須才。盡忠致君[50]，極武登台[51]。朱門復啟，相府重開。川換新楫[52]，羹傳舊梅[53]。何糾纏以相軋，惡高門之禍來[54]。當其武后臨朝，姦臣竊命，百川沸騰[55]，四國無政。昊天降其薦瘥[56]，靡風發於時令[57]。藉小人之榮寵[58]，墮賢良於檻穽[59]。苟惝恍[60]以相蒙，胡醜厲[61]以職兢。既破我室[62]，又壞我門。上帝懵懵[63]，莫知我冤。眾人憎憎[64]，不為我言。泣賈誼於

長沙[65]，痛屈平於湘沅。

夫物極則變，感而遂通[66]。於是日光迴照於覆盆[67]之下，陽氣復暖於寒谷[68]之中。上天悔禍[69]，贊我伯父[70]，為邦之傑[71]，為國之輔。又治陰陽[72]，更作霖雨[73]，伊廊廟[74]之故事，皆祖父[75]之舊矩。朱門不改，畫戟[76]重新。暮出黃閣[77]，朝趨紫辰[78]。繡轂[79]照路，玉珂[80]驚塵。列親戚以高會[81]，沸歌鐘[82]於上春。無小無大，皆為縉紳[83]。顯顯印印[84]，踰數十人，嗟乎！一心弼諧[85]，多樹綱紀[86]，群小見醜[87]，獨醒積毀[88]。鑠於眾口[89]，病於十指[90]。由是我汝南公復得罪於天子。當是時也，偪側[91]崩波[92]，蒼黃反覆[93]。去鄉[94]離土，隳宗[95]破族。雲雨流離[96]，江山放逐[97]。愁見蒼梧[98]之雲，泣盡湘潭之竹[99]。或投於黑齒之野[100]，或竄於文身之俗[101]。

嗚呼！天不可問[102]，莫知其由，何先榮而後悴[103]，曷曩樂而今憂。盡世業之陵替[104]，念平昔[105]之淹留。嗟余生之不造[106]，常恐墮其嘉猷[107]。志學集其荼蓼[108]，弱冠[109]干於王侯。荷仁兄之教導，方勵己以增修。無負郭之數畝[110]，有嵩陽之一邱。幸逢時主之好文，不學滄浪之垂鉤[111]。我從東山[112]，獻書西周[113]。出入二郡[114]，蹉跎十秋[115]。多遭脫幅[116]，累遇焚舟[117]。雪凍穿屨[118]，塵緇敝裘。嗟世路之其阻，恐歲月之不留。睠城闕以懷歸[119]，將欲返雲林之舊遊。遂撫劍而歌曰：

東海之水化為田[120]，北溟之魚飛上天[121]。城有時而復，陵有時而遷[122]。理固常矣，人亦其然。

觀夫陌上豪貴[123]，當年高位，歌鐘沸天[124]，鞍馬照地[125]。積黃金以自滿[126]，矜青雲[127]之坐致。高館招其賓朋，重門疊其車騎[128]。及其高臺傾，曲池平[129]。雀羅[130]空悲其處所，門客肯念其平生。

已矣乎！世路崎嶇，孰為後圖。豈無疇日[131]之光榮，何今人之棄予。彼乘軒[132]而不恤，爾後曾不愛我之羈孤[133]。歎君門兮何

深 ¹³⁴，顧盛時而向隅 ¹³⁵。攬蕙草 ¹³⁶ 以惆悵，步衡門 ¹³⁷ 而跙躕。強學以待 ¹³⁸ 知音不無。思達人 ¹³⁹ 之惠顧，庶有望於亨衢 ¹⁴⁰。

【注】

1 **題**　錄自《文苑英華》卷九十一，《全唐文》卷三五八亦載，略有異文，感舊，感念舊事，作於天寶二年，時在長安。

2 **相門子**　謂出於宰相家也。《史記·孟嘗君列傳》：「文聞，將門必有將，相門必有相。」

3 **屬文**　為文章也。《漢書》〈賈誼傳〉：「年十八，以能誦詩書屬文，稱於郡中。」

4 **嵩陽**　謂登封縣。《新唐書·地理志》：「河南府登封縣，本嵩陽，……萬歲登封元年更名，神龍元年曰嵩陽，二年復曰登封，嵩山有中岳祠，有少室山。」

5 **闕下**　宮闕之下，謂天子所居。獻書，謂進獻文章。

6 **雲霄坐致**　雲霄，喻高位。《晉書》〈熊遠傳〉：「攀龍附鳳，翱翔雲霄」。坐致，言無須費力便可獲致。《孟子·離婁》：「千歲之日至，可坐而致也。」

7 **青紫**　指公卿之高位。《漢書》〈夏侯勝傳〉：「始，勝每講授。常謂諸生曰：士病不明經術，經術苟明，其取青紫如俛拾地芥耳。」顏師古注：「地芥謂草芥之橫在地上者。俛而拾之，言其易而必得也。青紫，卿大夫之服也，俛即俯字也。」

8 **金盡裘弊**　謂潦倒失意。《戰國策·秦策一》：「蘇秦說秦王，書十上而說不行，黑貂之裘弊，黃金百斤盡，資用乏絕，去秦而歸。」

9 **蹇**　《說文》：「蹇，跛也」。喻不順也。

10 **六葉**　六代。指唐高祖、太宗、高宗、中宗、睿宗及玄宗六代。

11 **江陵公**　指岑文本，岑參曾祖父，貞觀十年封江陵縣子，嘉其與令狐德棻合撰《周書》之功也。張景毓〈大唐朝散大夫行潤州勾容縣令岑公德政碑〉謂文本封江陵縣開國伯。貞觀十八年拜中書

令，輔太宗。

12 **鄧國公** 指岑長倩，岑參伯祖父。「永淳中，累轉兵部侍郎，同
中書門下平章事。垂拱初，自夏官尚書遷內史，知夏官事。俄拜
文昌右相，封鄧國公。」（《舊唐書》〈岑文本傳〉）：文昌右相，
即尚書右僕射，光宅元年（六八四）改名文昌右相。長倩為文昌
右相，在天授元年（六九〇），時高宗已歿六年。

13 **汝南公** 指岑羲，為岑參堂伯父。「帝（中宗）崩，詔擢（羲）
右散騎常侍，同中書門下三品。睿宗立，罷為陝州刺史，再遷戶
部尚書。景雲初，復召同三品，進侍中，封南陽郡公」（《新唐
書》〈岑文本傳〉），按岑羲封汝南公，未見他書記載。

14 **寵光** 言君主寵異之榮光。《詩・小雅》〈蓼蕭〉：「既見君子，為
龍為光。」傳：「龍，寵也」箋：「為寵為光，言天子恩澤光耀被
及之也。」

15 **輔弼** 謂宰相。《尚書大傳》卷二：「古者天子，必有四鄰：前曰
疑，後曰丞。左曰輔，右曰弼。」

16 **物不可以終泰，故受之以否** 《周易》序卦：「履而泰，然後安，
故受之以泰。泰者，通也，物不可以終通，故受之以否。」否，
閉塞，不通也。因又以稱命運之通塞。

17 **朱輪華轂** 朱輪，貴顯者所乘之車。楊惲〈報孫會宗書〉：「惲
家方隆盛時，乘朱輪者十人。」華轂，有畫飾之車，亦貴顯者所
乘。《史記・張耳陳餘列傳》：「今范陽令乘朱輪華轂，使馳驅燕
趙郊。」《漢書》〈劉向傳〉：「今王氏一姓（指外戚王鳳家）乘朱
輪華轂者二十三人，青紫貂蟬，充盈幄內。」

18 **休明** 《左傳》宣公三年：「楚子問鼎之大小輕重焉。（王孫滿）
對曰：『在德不在鼎，德之休明，雖小，重也』。」

19 **噫世業淪替** 噫，嘆辭也。《論語・先進》：「顏淵死，子曰：
『噫，天喪予。』」世業：「祖傳之業也」。《孔叢子・執節》：「仲
尼重之以大聖，自茲以降，世業不替。」淪替，淪沒廢棄。

20 **欽若前德** 《尚書・堯典》：「乃命羲和，欽若昊天。」欽若，敬

順。前德，祖先之功德，指江陵公、鄧國公、汝南公之功德。

21 **三十**　時公年二十七歲，此乃約舉成數。

22 **一命**　周代官秩的最低一級（下士），此指初釋褐授低微之職。

23 **倅**　衰敗之意。

24 **世克其昌**　《詩・周頌》〈雝〉：「燕及皇天，克昌厥後。」鄭玄
箋：「文王之德安及皇天，……又能昌大其子孫。」《魏志》〈袁
術傳〉：「閻象進曰：明公雖奕世克昌，未若有周之盛。」克，能
也。昌，盛也。

25 **赫矣列祖**　《詩・商頌》〈烈祖序〉：「烈祖，祀中宗也。」毛傳：
「烈祖，有功烈之祖。」《詩・小雅》〈節南山〉：「赫赫師尹，民
具爾瞻。」傳：「赫赫，顯盛貌。」

26 **輔於周王**　《新唐書・宰相世系表》：「岑氏出自姬姓，周文王異
母弟耀子渠，（張景毓〈縣令岑君德政碑〉：耀作輝，無「子渠」
二字，多「剋定殷墟」四字）武王封為岑子，其地梁國北岑亭
是也，子孫因以為氏。世居南陽棘陽。後漢……，（岑）晊字公
孝，黨錮禍起，逃於江夏山中，徙居吳郡。……後徙鹽官，十世
孫善方。」善方，文本之祖也。

27 **啟封受楚**　《廣雅・釋詁》：「啟，開也。」《漢書・地理志》：「梁
國睢陽，故宋國，微子所封。岑亭在其北。云：受楚者，宋為齊
魏楚所滅，而三分其地，岑亭宜歸楚也。

28 **佐命克商**　輔佐王命克定殷商也。佐命，輔助創業之意。古謂王
者創業，承天受命，故稱輔助創業為佐命。」

29 **厥**　其也。指「烈祖」。《爾雅・釋言》：「厥，其也。」

30 **土宇**　土地房屋。荊門，在荊州（今湖北江陵之西）此即指荊州。

31 **桑梓**　《詩・小雅》〈小弁〉：「維桑與梓，必恭敬止。」桑，梓為
宅旁之樹，後世用稱鄉里。棘陽，漢縣名，在今河南新野縣東北。

32 **吞楚山二句**　吞，吸取。與，類，如。靈長，郭璞〈江賦〉：
「咨五才之並用，實水德之靈長。」孫綽〈遊天台山賦〉：「天台
山者，蓋山嶽之神秀者也。」靈長，廣遠綿長。兩句意謂先世居

楚，得其地山川神秀之氣，族運像漢水一樣廣遠綿長。

33 **猗盛德二句** 猗，《詩‧周頌》〈潛〉：「猗與漆沮」鄭玄箋：「猗與，歎美之言也。」《易‧繫辭》：「日新之謂盛德」。荀悅《漢紀》卷一：「世濟其軌，不殞其業。」《爾雅‧釋詁》：「隕，落也」又：「墜也」。諒，《方言》卷一：「諒，信也」。嘉聲，美譽也。蔡邕〈郭有道碑〉文：「望形表而影附，聆嘉聲而響和。」允臧，《詩‧鄘風》〈定之方中〉：「卜云其吉，終然允臧」傳：「允，信。臧，善也。」此兩句言先世盛德不衰，嘉聲實美。

34 **慶延二句** 慶延，喜慶綿延也。《舊唐書‧音樂志》：「猗歟祖業，皇矣帝先，翦商德厚，封唐慶延」。《爾雅‧釋詁》：「祐，福也」《說文》十一上：「洽，霑也」，沾潤、滋潤也。《書‧召誥》：「惟王受命，無疆無休。」兩句言先世之福祿，綿延不絕。

35 **挺生江陵** 挺生，特出。江陵，江陵公，謂岑文本。杜甫〈秋日荊南述懷三十韻〉：「昔承推獎分，愧匪挺生材。」

36 **傑出輔時** 時謂時世。《管子‧霸言》：「聖人能輔時，不能違時。」房玄齡注：「聖人能因時來輔成其事，不能違時而立功。」

37 **維國之翰** 《詩‧大雅》〈崧高〉：「維申及甫，維周之翰。」傳：「翰，幹也。」鄭玄箋：「申，申伯。甫，甫侯也。皆以賢知人為周之楨幹之臣」。此言岑文本為唐室楨幹之臣。

38 **斯文在茲** 《論語‧子罕》：「子畏於匡，曰：文王既沒，文不在茲乎。天之將喪斯文也，後死者不得與於斯文也；天之未喪斯文也，匡人其如予何！」《舊唐書》〈岑文本傳〉：「性沈敏，有姿儀，博考經史，多所貫綜，美談論，善屬文。……擢拜中書舍人，漸蒙親顧，初武德中，詔誥及軍國大事文皆出於顏師古。至是，文本所草詔誥，或眾務繁湊，即命書僮六七人隨口並寫。須臾悉成，亦殆盡其妙。」張景毓〈德政碑〉言其「藻翰之美，今古絕倫。」

39 **一入麟閣，三遷鳳池** 麟閣即麟臺，指秘書省。唐天授初嘗改秘書省為麟臺。鳳池，中書省。據兩《唐書》本傳載，岑文本「貞

觀元年，除秘書郎，兼直中書省」。後擢拜中書舍人、中書侍郎、中書令、故云「一入麟閣，三遷鳳池」。

40 **調元氣句**　元氣，天地、宇宙的元始之氣。此言調元氣使之和順，寒暑，風雨以時。古謂「調元氣」為宰相之事，見胡安國《春秋傳》：「體元者人君之職，調元者宰相之事。」句言調元氣而四時不有差變，寒暑以時也。

41 **理蒼生句**　理，治也。蒼生、百姓也。虧，氣損也。（見《說文》五上）

42 **典絲言句**　典，主其事。《禮記・緇衣》：「王言如絲，其出如綸。王言如綸，其出如綍」（釋文作「紼」。）孔穎達疏：「王言初出微細如絲，及其出行於外，言更漸大如似綸也。」後因稱天子之諭旨為絲言（亦稱「綸音」或「絲綸」。則，準則，按文本在中書省任職多年，「專典機密」（《舊唐書》本傳），主作詔策，故云。

43 **闡綿蕝句**　指朝儀。《史記》〈叔孫通列傳〉：「（叔孫通）遂與所徵（魯諸生）三十人西（言西行入關），及上左右為學者，與其弟子百餘人，為綿蕞野外習之。」蕞，同「蕝」。集解：「如淳曰：置設綿索，為習肄處。」索隱：「韋昭曰：引繩為綿，立表為蕞。賈逵云：束茅以表位為蕝。」指在野外拉上繩子，把茅草綑成綑立在地上表示尊卑的位次，以習朝儀。句指文本明禮儀。《周禮・夏官》〈司弓矢〉：「天子之弓，合九而成規，諸侯合七而成規，大夫合五而成規，士合三而成規。」《易・繫辭》：「夫易彰往而察來，而微顯闡幽。」韓康伯注：「闡，明也。」句言習禮，按唐中書令「凡大祭祀群神則從升壇以相禮，享宗廟則從升阼階……」（《唐六典》卷九）。

44 **亡國**　指隋朝。

45 **聖代**　指唐朝。軌，法則也。《舊唐書》〈岑文本傳〉：「伏惟陛下（稱太宗）覽古今事，察安危之機，上以社稷為重，下以億兆為念，明選舉，慎賞罰，進賢才，退不肖，聞過即改，從諫如流……」所謂新軌是也。

46 **堯日句** 捧堯日，謂尊奉聖君。《史記·五帝本紀》：「帝堯者……就之如日」索隱：「如日之照臨，人咸依就之，若葵藿傾心以嚮日也。」雲從，言隨從之人多。《詩·齊氣》〈敝笱〉：「其從如雲。」毛傳：「如雲，言盛也。」

47 **扇舜風句** 言播揚聖德之風，使小民受到感化。潘岳〈閑居賦〉：「訓若風行，應如草靡。」按靡，下垂傾倒之義。《論語·顏淵》：「君子之德，風。小人之德，草，草上之風，必偃。」偃亦倒下之意。

48 **洋洋** 《論語·泰伯》：「師摯之始，關雎之亂，洋洋乎盈耳哉。」洋洋，美也。

49 **令問** 《漢書》〈匡衡傳〉：「眾庶論議令問休譽，不專在將軍。」顏師古注：「令、善。問，名。休，美也。」

50 **致君** 使君主達於極頂，成為聖明天子。杜甫〈奉贈韋左丞丈二十二韻〉：「致君堯舜上，再使風俗淳。」

51 **極武登台** 極武，盡武，極盡武功。岑長倩累任兵部尚書，夏官（兵部）尚書，故云。鍾會〈檄蜀文〉：「非欲窮武極戰，以快一朝之志。」登台，指任宰相。《晉書》〈郗鑒傳贊〉：「奕也登台。」

52 **川換新楫** 指長倩新為宰相。《尚書·說命》上載，殷高宗立傅說為相，云：「若濟巨川，用汝作舟楫。」楫通楫，用以喻宰輔。

53 **羹傳舊梅** 指長倩繼承叔父文本之相職。《尚書·說命下》載，殷高宗對傅說說：「爾惟訓於朕志，……若作和羹，爾惟鹽梅。」蔡傳：「范氏曰：……羹非鹽梅不和，人君雖有美質，必得賢人輔導，乃能成德……鹽過則鹹，梅過則酸，鹽梅得中，然後成羹，臣之於君、當以柔濟剛。」羹梅喻相職。

54 **高門之禍來** 《漢書》〈揚雄傳〉：「高明之家，鬼瞰其室。」注：「李奇曰：鬼神害盈而福謙也。」此所謂禍來也。

55 **百川兩句** 《詩·小雅》〈十月之交〉：「百川沸騰，山冢崒崩。」鄭玄箋：「百川沸出相乘陵者，由貴小人也。」四國，猶言四方。無政，無善政詩。《小雅》〈十月之交〉：「四國無政，不用其

良」，鄭玄箋：「四方之國，無政治者，由天子不用善人也。」兩句意謂國政欠安，天下騷動。指武后臨制造成天下不太平。

56 **昊天降其薦瘥** 昊天，《詩‧周頌》〈昊天有成命〉箋：「昊天，天大號也。」薦瘥，謂天降疫病也。《詩‧小雅》〈節南山〉：「天方薦瘥，喪亂弘多。」傳：「薦，重；瘥，病；弘，大也」箋：「天氣方今又重以疫病，長幼相亂而死傷甚多也。」

57 **靡風發於時令** 《書‧畢命》：「商俗靡靡，利口惟賢。」時令，《禮記‧月令》：「季冬之月……天子乃與公卿大夫共飭國典，論時令，以待來歲之宜。」句言淫靡之風，隨時令而發起也。

58 **榮寵** 藉，助也。榮寵，《蔡中郎集》，汝南〈周巨卿碑〉：「瞻彼榮寵，臂詣雲霄。」

59 **檻穽** 《漢書》〈司馬遷傳〉：「猛虎處深山，百獸震恐，及其在穽檻之中，搖尾而求食。」顏師古注：「穽，掘地以陷獸也。」

60 **惽怓** 《詩‧大雅》〈民勞〉：「無縱詭隨，以謹惽怓。」毛傳：「惽怓，大亂也。」鄭箋：「惽怓，猶讙譁也，謂好爭者也。」惽怓，好喧鬧爭訟者也。苟，誠也。相蒙，相欺也。

61 **醜厲** 謂惡人。《詩‧大雅》〈民勞〉：「無縱詭隨，以謹醜厲。」鄭箋：「厲，惡也。」傳：「醜，眾；厲，危也。」職競：《詩‧小雅》〈十月之交〉：「下民之孽，匪降自天，噂沓背憎，職競由人。」鄭箋：「孽，妖孽，謂相為災害也。下民有此言（害），非從天墮也。噂噂沓沓，相對談語背則相憎，逐為此者，主由人也。」案職競，以爭競為職事。

62 **室、門** 合指家族。《新唐書》〈岑文本傳〉：「來俊臣脅誣長倩與（格）輔元、歐陽通數十族謀反，斬於市，五子同賜死，發暴先墓。」

63 **懵懵** 不明也。江淹〈貽袁常侍詩〉：「鑠鑠霞上景，懵懵雲外山。」《集韻》卷四、《爾雅‧釋訓》：「儚儚，惽也，或作儚，懵。」

64 **憎憎** 憎惡，可憎。《廣雅‧釋詁》：「憎，惡也。」《玉篇》卷

八：「憎，惡也，憎也。」

65 **賈誼二句** 《史記・屈原賈生列傳》：「賈生名誼，雒陽人也……為大中大夫……，天子（文帝）後亦疏之，乃以賈生為長沙王太傅，賈生既辭，往行，聞長沙卑溼，自以壽不得長，又以適（謫）去，意不自得，及度湘水，為賦以悼屈原。」又：「屈原者，名平，楚之同姓也，為楚懷王左徒，……王怒而疏屈平。……頃襄王怒而遷之。……乃作〈懷沙〉之賦。……於是懷石自投汨羅以死。」〈九章〉、〈懷沙〉賦曰：浩浩沅湘，分流汨兮……世溷濁莫吾知，人心不可謂兮……」。

66 **感而遂通** 《易・繫辭》：「《易》窮則變，變則通。通則久」又：「《易》，無思也，無為也，寂然不動，感而遂通天下之故。」

67 **覆盆** 《漢書》〈司馬遷傳〉：「僕以為戴盆何以望天。」覆盆，覆置的盆，比喻黑暗籠罩。駱賓王〈幽繫書情通簡知己〉詩：「覆盆徒望日，蟄戶未驚雷。」李白〈贈宣城趙太守〉詩：「願借羲和景，為人照覆盆。」

68 **寒谷** 《論衡・寒溫篇》：「燕有寒谷，不生五穀，鄒衍吹律，寒谷可種。」兩句謂否極泰來，岑門得以復見天日。

69 **悔禍** 《左傳》隱公十一年：「天其以禮悔禍於許。」

70 **伯父** 稱岑羲。

71 **為邦之傑** 《詩・衛風》〈伯兮〉：「伯兮朅兮，邦之桀兮。」傳：「桀，特立也。」鄭箋：「桀，英桀，言賢也。」《舊唐書》〈岑文本傳附岑羲傳〉：「遂拜天官員外郎，……悉有美譽。……再遷吏部侍郎，……最守正，時議美之。」

72 **治陰陽** 指任宰相。《尚書・周官》：「茲惟三公，論道經邦，燮理陰陽。」後因謂宰相掌佐天子理陰陽。陰陽指生成萬物的陰陽二氣。古人認為，天道與人事密切相關，政刑失中會導致陰陽失調，而陰陽調和則將帶來天下太平，所以理陰陽實際是「治天下」的另一種說法。

73 **作霖雨** 《尚書・說命上》，殷高宗命傅說為相曰：「若歲大旱，

用汝作霖雨。」孔傳：「霖，三日雨，霖以救旱。」作霖雨，亦任宰相之意。

74 **廊廟**　《史記》〈貨殖列傳〉：「賢人深謀於廊廟，論議朝廷。」潘岳〈在懷縣作〉：「器非廊廟姿。」廊廟，朝廷。

75 **祖父**　岑羲之祖父岑文本。

76 **畫戟**　指門戟，以有畫飾，故名。

77 **黃閣**　指宰相官署。漢丞相官署避用朱門，廳門塗黃色，以別於天子，故名。《漢舊儀》卷上：「（丞相）聽事閣曰黃閣。」

78 **紫宸**　唐宮殿名。《資治通鑑》卷二〇一：「龍朔三年四月」戊申，始御紫宸殿聽政」胡注：「蓬萊宮正殿曰含元殿，含元之後曰宣政殿，宣政殿北曰紫宸門，內有紫宸殿，即內衙之正殿。」

79 **繡轂**　綺麗華美之車乘。

80 **玉珂**　馬籠頭上的玉飾。

81 **高會**　盛大的宴會。王粲〈公讌〉詩：「高會君子堂，並坐蔭華榱。」

82 **歌鐘**　樂器名，即編鐘。《左傳》襄公十一年：「鄭人賂晉侯……歌鐘二肆，女樂二八。」注：「肆，列也。縣鐘十六為一肆，一肆三十二枚。」沸，謂樂聲騰起。梁元帝《纂要》：「正月為孟陽，亦曰孟春。上春，初春。」

83 **縉紳**　亦作「搢紳」仕宦者之稱。

84 **顒顒卬卬**　《詩·大雅》〈卷阿〉：「顒顒卬卬，如圭如璋，令聞令望。」傳：「顒顒，溫貌。卬卬，盛貌。」朱熹注：「顒顒卬卬，尊嚴也。」踰，超過。《舊唐書》〈岑文本傳附岑羲傳〉：「時羲兄獻為國子司業，弟翔為陝州刺史，休為商州刺史，從族兄弟子姪因羲引用登清要者數十人。羲難曰：『物極則返，可以懼矣。』然竟不能有所抑退。」

85 **弼諧**　《尚書·皋陶謨》：「謨明弼諧」孔疏：「謀廣其聰明之性以輔諧己之政事。」盧諶〈贈劉琨〉詩：「弼諧靡成，良謨莫陳。」張銑注：「弼，輔。諧，和也。」

86 **綱紀** 《詩・大雅》〈棫樸〉:「勉勉我王,綱紀四方。」箋:「我王,謂文王也。以岡罟喻為政,張之為綱,理之為紀。」

87 **群小見醜** 《戰國策・趙策二》:「王立周紹為傅。……王曰:寡人以王子為子任,欲子之厚愛之,無所見醜。」《淮南子・說林訓》:「君子有酒,鄙人鼓缶,雖不見好,亦不見醜。」高誘注:「醜,惡。」《舊唐書》〈岑文本傳附岑羲傳〉:「時武三思用事,侍中敬暉欲上表請削諸武之為王者,募為疏者,眾畏三思,皆辭托不敢為之,羲便操筆,辭甚切直,由是忤三思意。……初中宗時,侍御史冉祖雍誣奏睿宗及太平公主與節愍太子連謀,請加推究,羲與中書侍郎蕭至忠密申保護。」《資治通鑑》卷二〇一:「張暐密言於上(玄宗)曰:『竇懷真、崔湜、岑羲皆因公主得進,日夜為謀不輕,若不早圖,一旦事起,太上皇(睿宗)何以得安?請速誅之。』上深以為然。句謂見惡於群小也。

88 **獨醒積毀** 《楚辭・漁父》:「舉世皆濁我獨清,眾人皆醉我獨醒。」《史記》〈鄒陽列傳〉:「眾口鑠金,積毀銷骨。」言眾人皆醉,唯我獨醒,故讒毀之言極多。

89 **鑠於眾口** 《國語・周語》:「眾心成城。眾口鑠金」韋昭注:「鑠,銷也,眾口所毀,雖金石猶可銷也。」

90 **病於十指** 《禮記・大學》:「十目所視,十手所指,其嚴乎!」鄭註:「嚴乎,言可畏敬也。」孔疏:「十目所視,十手所指者,言所指視者眾也。十目,謂十人之目,十手,謂十人之手也。」

91 **偪側** 司馬相如〈上林賦〉:「偪側泌㳛。」李善注:「司馬彪曰:偪側,相迫也。偪字與逼同。」

92 **崩波** 鮑照〈還都道中作〉詩:「客行惜日月,崩波不可留。」崩波,聯綿詞,同崩剝,謂紛亂。

93 **蒼黃反覆** 喻指變化翻覆。孔稚圭〈北山移文〉:「豈期終始參差,蒼黃反覆。」李善注:「蒼黃反覆,素絲也。」呂延濟注:「墨子見練絲而泣之,為其可以黃,可以黑。」

94 **去鄉** 鮑照〈代結客少年場行〉:「去鄉三十載,復得還舊丘。」

95 **隳宗** 隳。許規反、毀也。《說文》十四下：「敗城阜曰隳。」

96 **流離** 《漢書》〈蒯通傳〉：「今劉項紛爭，使人肝腦塗地，流離中野。」庾信〈哀江南賦序〉：「藐是流離，至於暮齒。」

97 **放逐** 《漢書》〈司馬遷傳〉：「屈原放逐，乃賦離騷。」

98 **蒼梧** 《史記》〈五帝本紀〉：「（舜）南巡狩，崩於蒼梧之野，葬於江南九疑，是為零陵。」今湖南寧遠縣東南。

99 **湘潭之竹** 任昉《述異記》卷上：「昔舜南巡而葬於蒼梧之野，堯之二女娥皇、女英追之不及，相與慟哭，淚下沾竹，竹上文為之斑斑然。」湘潭，今湖南湘潭市。

100 **黑齒之野** 謂荒遠之地。傳說中南方種族名，其人以漆將牙齒染黑，故名。《山海經・大荒東經》：「有黑齒之國。」宋玉〈招魂〉：「魂兮歸來，南方不可以止些。雕題黑齒，得人肉而祀，以其骨為醢些。」李善注：「醢，醬也，言南極之人雕畫其額，齒牙盡黑，常食龜蛇。」《淮南子・脩務訓》「西教沃民，東至黑齒。北撫幽都，南道交趾。」高誘注：「黑齒，東方之國。」

101 **文身之俗** 文身，在身上刺刻花紋或圖像。《春秋穀梁傳》哀公十三年：「吳，夷狄之國也。祝髮文身。」注：「文身，刺畫其身以為文也，必自殘毀者，以辟（避）蛟龍之害。」兩句言汝南公獲罪後，親族被放逐於南方僻遠之地。

102 **天不可問** 《楚辭・天問》：「王逸曰：天問者，屈原之所作也，何不言問天？天尊不可問，故曰天問也。」

103 **先榮後悴** 潘岳〈笙賦〉：「乃有始泰終約，前榮後悴。」

104 **陵替** 《左傳》昭公十八年：「於是乎下陵上替，能無亂乎？」梁武帝〈令公卿入陳時政詔〉：「晉氏陵替，虛誕為風。」陵替猶陵夷，言頹廢也。沈淪毀壞之意。

105 **平昔** 往日。淹留，久留也。

106 **不造** 不成，不幸。《詩・周頌》〈閔予小子〉：「閔予小子，遭家不造。」

107 **嘉猷** 《尚書・君陳》：「爾有嘉謀嘉猷，則入告爾后于內，爾乃

順之於外。」《爾雅・釋詁》:「嘉,善也。」又:「猷,謀也。」

108 **荼蓼** 皆穢草。荼生於陸地,蓼生於水中,以喻辛苦。〈周頌・
良耜〉:「其鎛斯趙,以薅荼蓼。」句謂己立志苦學。

109 **弱冠** 《禮記・曲禮》:「二十曰弱冠。」孔疏:「二十曰弱冠者,
二十成人,初加冠,體猶未壯,故曰弱。」

110 **負郭數畝** 負郭,背靠城郭。《史記》〈蘇秦列傳〉:「且使我有洛
陽負郭田二頃。吾豈能佩六國相印乎?」索隱:「負,背也,枕
也。近城之地,沃潤流澤,最為膏腴,故曰負郭。」嵩陽,嵩山
之南。一丘,一個山丘。句言家境蕭然,徒存四壁。

111 **滄浪句** 漁父在滄浪水上垂釣,謂隱居。

112 **東山** 謂隱居地,即嵩山少室。

113 **西周** 謂周之王城,在洛陽。岑參二十獻書闕下在開元二十二
年,唐玄宗開元二十二年移駕東都洛陽,至二十四年冬始返長
安。故「獻書西周」謂至洛陽獻書,非長安也。潘岳〈西征賦〉:
「秣馬皋門,稅駕西周。」呂延濟注:「西周,河南縣也。」

114 **二郡** 指長安、洛陽。長安,東漢、魏、晉、隋時曰京兆郡,洛
陽西漢時名河南郡,故云。

115 **蹉跎十秋** 蹉跎,失足。自開元二十三年至天寶二載,凡九年,
舉成數,言十秋。

116 **脫輻** 即說輻,謂赴舉落第而妻子反目也。《易》小畜:「九三,
輿說(脫)輻,夫妻反目。說,假借為脫。輻,當作「輹」,車
伏兔,在車軸中央,使輿與軸相鉤連而不脫離。《左傳》僖公
十五年:「車說其輹。」

117 **焚舟** 《左傳》文公三年:「秦伯伐晉,濟河焚舟。」謂水路行
船,舟為火所焚,兩句皆喻世路之其阻。

118 **穿屨** 破鞋。緇,黑、污。《莊子・山木》:「魏王曰:『何先生
之憊邪?』莊子曰:『貧也,非憊也。士有道德不能行,憊也、
衣弊履穿,貧也,非憊也』。此所謂非遭時也」,《史記・滑稽列
傳》:「東郭先生……衣敝履不完,行雪中。履有上無下,足盡踐

地。」兩句（雪凍穿屨、塵緇弊裘）喻貧困潦倒。

119 **睠城闕二句** 睠，顧，回頭看。《詩·小雅》〈大車〉：「睠言顧
之，潸然出涕。」城闕，宮闕，帝王居所。兩句言雖戀長安，猶
懷歸隱之志。雲林，雲山林壑，謂隱者之居也。崔顥〈入若耶
溪〉：「輕舟去何疾，已到雲林境。」

120 **東海為田** 滄海變為桑田，喻世事變遷。《神仙傳》卷七〈麻姑
傳〉：「麻姑自說云：『接待以來，已見東海三為桑田；向到蓬萊
水淺，淺於往者會時略半也，豈將復還為陵陸乎？』」

121 **魚飛上天** 《莊子·逍遙遊》：「北冥有魚，其名為鯤，鯤之大，
不知其幾千里也，化而為魚，其名為鵬。鵬之背，不知其幾千里
也，怒而飛，其翼若垂天之雲。」

122 **陵有時而遷** 《晉書》〈杜預傳〉：「常言高岸為谷，深谷為陵。」
駱賓王〈敘寄員半千〉：「坐歷山川險，呼嗟陵谷遷。」

123 **陌上豪貴** 杜甫〈錦樹行〉：「五陵豪貴反顛倒。」《九家集注》：
「趙云：……若韋賢徙平陵，車千秋徙長陵，黃霸，平當，魏相
徙平陵，張湯徙杜陵，杜周徙茂陵，蕭望之，馮奉世，史丹徙杜
陵，所謂五陵之貴者。」

124 **歌鐘沸天** 歌鐘，見前注。鮑照〈蕪城賦〉：「廛閈撲地，歌吹沸
天。」張銑注：「言閭里之門偏地，歌吹喧沸天也。」

125 **鞍馬照地** 鮑照〈詠史詩〉：「賓御紛颯沓，鞍馬光照地。」

126 **積黃金以自滿** 《漢書》〈韋賢傳〉：「遺子黃金滿籯，不如一經。」
《書·大禹謨》：「滿招損，謙受益。」

127 **青雲句** 《史記》〈范睢列傳〉：「賈不意君能自致於青雲之上。」

128 **重門句** 《易·繫辭》：「重門擊柝。」《漢書·陳遵傳》：「晝夜呼
號，車騎滿門。」《玉篇》卷二：「疊，重也，累也」。

129 **高堂傾，曲池平** 桓譚《新論》：「雍門周以琴見孟嘗君曰：先
生鼓琴，亦能令文悲乎？對曰：臣之所能令悲者，先貴而後賤，
昔富而今貧。……困於朝夕，無所假貸，若此人者，但開飛鳥之
號，秋風鳴條，則傷心矣。臣一為之授琴而長太息，未有不悽惻

而涕泣者也。……臣竊為足下有所常悲,夫角帝而困秦者君也,
連五個伐楚者又君也。天下未嘗無事,不從即衡。從成則楚王,
衡成則秦帝。夫以秦楚之強而報弱薛,猶磨蕭斧而伐朝菌也。有
識之士,莫不為足下寒心。天道不常盛,寒暑更進退,千秋萬歲
之後,宗廟必不血食,高臺既已傾,曲池又已平,墳墓生荊棘,
狐狸穴其中,游兒牧豎踯躅其足而歌其上曰:孟嘗君之尊貴,
亦猶若是乎!於是孟嘗君喟然太息,涕淚承睫而未下。雍門周引
琴而鼓之,徐動宮徵,扣角羽,終而成曲,孟嘗君遂歔欷而就之
曰:先生鼓琴,令文立若亡國之人也。」

130 **雀羅** 捕雀網也。《史記》〈汲鄭列傳〉:「太史公曰:夫以汲鄭
之賢,有勢則賓客十倍,無勢則否。況眾人乎!下邽翟公有言:
始翟公為廷尉,賓客闐門,及廢,門外可設雀羅。」此言「豪貴」
失勢,空悲門庭冷落。

131 **疇日** 往日也。丘遲〈與陳伯之書〉:「感生平於疇日。」

132 **柔軒** 謂貴顯者。軒,古大夫以上所乘車。《左傳》閔公二年:
「衛懿公好鶴,鶴有乘軒者。」杜注:「軒,大夫車。」不恤爾
後,不顧惜你們的後人,指不行善事,為子孫造福。《左傳》昭
公二十年:「其適遇淫君,外內頗邪,……不恤後人。」

133 **羈孤** 言飄泊於外,孤獨無依。愛,憐惜也。

134 **嘆君句** 《楚辭·九辯》:「豈不鬱陶而思君兮,君之門以九重。」

135 **向隅** 《說苑·貴德》:「今有滿堂飲酒者,有一人獨索然向隅而
泣,則一堂之人皆不樂矣。」隅,角落。

136 **蕙草** 香草名。楚辭中每以採集香草比喻修身。馮衍〈顯志賦〉:
「情惆悵而增傷。」《集韻》卷八:「惆,惆悵;失志也。」

137 **衡門** 《詩·陳風》〈衡門〉:「衡門之下,可以棲遲。」傳:「衡
門,橫木為門,言淺陋也。棲遲,遊息也。」《詩·邶風》〈靜
女〉:「愛而不見,搔首踟躕。」踟躕,猶裴回也。

138 **強學以待** 《禮記·儒行》:「儒有席上之珍以待聘,夙夜強學以
待問,懷忠信以待舉,力行以待取。」陳澔《集說》:「學之博

者，人必問之，強，上聲。」

139**達人**　《左傳》昭公七年：「聖人有明德者，若不當世，其後必有達人。」孔穎達疏：「謂知能通達之人。」宣公十二年：「若惠顧前好，徼福於厲、宣、桓、武，不泯其社稷，使改事君，夷於九縣，君之惠也。」

140**亨衢**　亨，通也。《易》大畜：「何天之衢，亨，象曰：何天之衢，道大行也。」孔穎達疏：「何氏云：天衢既通，道乃大亨。」王延壽〈魯靈光殿賦〉：「荷天衢以元亨。」亨衢，四通八達之路，此用以喻仕途通達。

四　招北客文　岑參

蜀之先曰蠶叢[1]兮，縱其目[2]以稱王，當周室陵頹兮[3]，亂無紀綱。洎[4]乎杜宇從天而降，鱉靈[5]泝江而上。相禪而帝，據有南國之九世[6]。蜀本南夷[7]人也，皆左其衽而椎而髻，及通乎秦也，始於惠王之代[8]，五牛琢[9]而秦女至[10]，一蛇死而力士斃。二江[11]雙注，群山四蔽[12]，其地卑濕[13]，其風勝脆[14]。蠻貊[15]雜處，滇僰[16]為鄰，地偏而兩儀不正[17]，寒薄而四氣不均[18]。花葉再榮[19]，秋冬如春，暮夜多雨，朝旦多雲，陽景罕開[20]，陰氣恆昏。以暑以濕，為瘵為癘[21]。氣浥熱[22]以中人，吾知重腿[23]之疾兮將嬰爾身[24]。蜀之不可往，北客歸去來兮！

其東則大江澐澐[25]，下絕地垠[26]，百谷相吞[27]，出于荊門[28]。突怒吼劃[29]，附于太白。渤潏[30]硼砰，會于滄溟[31]。跳噴浩淼[32]，上濺飛鳥。蹙縮盤渦[33]，下漩黿鼉[34]。三峽兩壁，亂峰如戟[35]，槎枒屹崒[36]，澒洞劃拆。高干[37]天霓，雲外[38]水積，盡日[39]無

光，其下黑窄。瞿唐無底[40]，淺處萬尺，啼猿哀哀，腸斷過客。
復有千歲老蛟[41]，能變其身，好飲人血，化為婦人，衒服靚粧[42]，
游於水濱。五月之間，白帝[43]之下，洪濤塞峽，不見艷澦[44]，翻
天感地[45]，霆吼雷怒。亦有行舟，突然而去，人未及顧，棹未及
舉。瞥見陽臺，不辨雲雨[46]，千里一歇[47]，日未亭午。須臾黑風[48]
暴起，拔樹震山，石走沙飛，波騰浪翻。舟子失據[49]，摧檣折竿，
漩入九泉[50]，沒而不還。支體糜散[51]，蕩入石間，水族呀呀[52]，撥
刺[53]爭餐。蜀之東兮不可以往，北客歸去來兮！
其西則高山萬重，峻極屬天[54]，西有崑崙[55]，其峰相連，日月迴
環[56]，礙于山巔。巒崖盤嶔[57]，天壁夐絕[58]，陽和[59]不入，陰氣
固閉[60]。千年增冰[61]，萬古積雪，溪寒地坼[62]，谷凍石冽[63]。夏
月草枯，春天木折[64]，蒼煙凝兮黑霧結，人墮指[65]兮馬傷骨。江
水噴激，迴盤紆縈[66]，棧壁[67]緣雲，鉤連相撐[68]。繩梁嶔虛[69]，
傍眖杳冥[70]，下不見底，空聞波聲，過者矍然[71]，亡魂喪精[72]。
復引一索[73]，其名為笮[74]，人懸半空，度彼絕壑，或如鳥兮或如
玃[75]，倏往還來幸不落。或有豪豬[76]千群，突出深榛[77]，努齕[78]
射人。寒熊[79]孔碩，登樹自擲[80]，見人則攣[81]。巨麚[82]如牛，修
角如劍，餓虎爭肉，吼怒闞闞[83]。復有高崖墜石兮，聲如雷之軯
轟[84]，上敲下磕[85]，似火迸兮滿山流星[86]，磵溪忽兮倒流，林岸
為之頹傾[87]。驚騰狖[88]與過鳥，駭木魅兮山精[89]，飛石壓人兮不
可行。西有犬戎[90]，與此山通，行貌類人，言語不同。氈廬[91]隆
穹，毳裘[92]蒙茸，啜酪啖肉[93]，持槍挾弓。依草及泉[94]，務戰與
攻，其聲如犬，其聚如蜂[95]。中國之人兮或流落[96]於其中，豈只
掘鼠茹雪[97]以取活，終當鈚其足而虆其胸[98]，泣漢月於西海[99]，
思故鄉於北風。蜀之西不可以往，北客歸去來兮！
其南則有邛崍之關[100]，天設險難，少有平地，連延[101]長山，橫
亙瀘江[102]，傍隔百蠻[103]。吁彼漢源[104]，上當漏天[105]，靡日不
雨，四時霧然[106]，其人如魚[107]，爰處[108]在泉。終年霖霪[109]，時

復日出，狋狋[110]諸犬，向天吠日，人皆濕寢，偏死腰疾[111]。復有陽山[112]之路，毒瘴[113]下凝，白日無光，其氣瞢瞢[114]，暑雨下濕，黃茅上蒸[115]。南方之人兮不敢過，豈止走獸踣兮飛鳥墮？吾不知造化兮何致此方些？蜀之南兮不可以居，北客歸去來兮！

其北則有劍山巉巉[116]，天鑿之門，二壁谽谺[117]，高岸嶙峋[118]。上柱南斗[119]，傍鎮於坤[120]，下有長道[121]，北達於秦。秦地神州[122]，中有聖人[123]，左右伊皋[124]，能致我君[125]。雙闕峨峨[126]，上覆慶雲[127]，千官鏘鏘[128]，朝於紫宸[129]。玉樓鳳凰[130]，金殿麒麟[131]，布德垂澤，搜賢修文[132]，皇化欣欣[133]，熙然如春。蜀之北兮可以往，北客歸去來兮！

【注】

錄自《文苑英華》卷三五八〈雜文・騷五〉，作者名為岑參，下注：《文粹》作獨孤及。按《唐文粹》卷三十三〈畏途一〉載獨孤及〈祭纛文〉後，失撰人名，目錄誤作獨狐及。《全唐文》卷三八九亦作獨孤及文，略有異文，《全唐文》卷三五八岑參文內未載。

杜確〈岑嘉州詩集序〉：「時西川節度（崔旰）因亂受職，本非朝旨，其部統之內，文武衣冠，附會阿諛，以求自結，皆曰：中原多故，劍外少康，可以庇躬，無暇向闕，公乃著〈招蜀客歸〉一篇，申明逆順之理，抑挫佞邪之計，有識者感歎，姦謀者慚沮，播德澤於梁益，暢皇風於邛僰。」聞一多《岑嘉州繫年考證》：「大曆四年旅寓成都。〈招北客文〉，疑作於本年。……《文苑英華》有岑參〈招北客文〉，即杜所云〈招蜀客歸〉也，《北夢瑣言》引「千歲老蛟」數句，亦作「岑參」。《文粹》三十三錄〈招北客文〉作獨孤及撰，後人遂以為岑作〈招蜀客歸〉別為一文，今佚，其實非也。公〈峨嵋東腳臨江聽猿懷二室舊廬〉詩曰：「哀猿不可聽，北客欲流涕」，〈巴南舟中思陸渾別業〉詩曰：「瀘水南州遠，巴山北客稀」，公詩屢用北客字，則文題當以〈招蜀

客歸〉為正，杜確誤憶，後世因之，遂多異說。姚鉉以為獨孤及
作，不知何據。今趙懷玉刊本《毘陵集》實無此篇，惟補遺有
之，云錄自《文粹》則以此文為獨孤及作，《文粹》而外，亦別
無佐證也。文末曰：「蜀之北兮可以往，北客歸去來兮，」亦自述
其將出劍門，北歸長安之意，此與本年（大曆四年）〈西蜀旅舍
春歎〉詩「吾將稅歸軫，舊國如咫尺」之語正合。」案聞氏之辨
甚是。《北夢瑣言》文不見於今本，見於《太平廣記》卷四二五
引，正作岑參〈招北客賦〉。

案宋玉〈招魂〉，言「東方不可以託，南方不可以止，西方流沙
千里，北方增冰峨峨。」「魂兮歸來，反故居些」其格式當為〈招
北客文〉所祖。

「北客」見前〈峨嵋東腳臨江聽猿懷二室舊廬〉詩註，此當作「北
方文物衣冠之客」解。

1　**蠶叢**　揚雄〈蜀王本紀〉：「蜀王之先名蠶叢，柏濩、魚鳧、蒲
澤、開明。……從開明上到蠶叢，積三萬四千歲。」（《文選》
〈蜀都賦〉劉逵注引）又〈蜀王本紀〉：「蜀王之先名蠶叢，後
代名曰柏濩，後者名魚鳧，此三代各數百歲。」《太平御覽》卷
八八八引）。

2　**縱目**　謂其目直立，與眾不同。《華陽國志・蜀志》：「蜀侯蠶
叢，其目縱，始稱王。」

3　**「當周」二句**　言蠶叢稱王之日，正值周朝衰微，混亂之時。《華
陽國志・蜀志》：「周失紀綱，蜀先稱王。」陵頹，陵替，衰敗之
意。

4　**洎**　及也。〈蜀王本紀〉：「後有一男子，名曰杜宇，從天墮
止。……自立為蜀王，號曰望帝。」（《太平御覽》卷八八八引）
《華陽國志・蜀志》：「七國稱王，杜宇稱帝，號曰望帝，更名蒲
卑」。

5　**鱉靈**　《太平御覽》卷一六六引《十三州志》曰：「（蜀）時有荊
地，後荊地有一死者，名鱉冷，其尸亡至汶山，卻更生，見望

帝，帝以為蜀相，時巫山壅江，蜀地洪水，望帝使鱉冷鑿巫山，治水有功。望帝自以德薄，乃委國禪鱉冷，號曰開明，遂自亡去，化為子規。故蜀人聞鳴曰：我望帝也。」張衡〈思玄賦〉：「鱉令殪而尸亡兮」。按〈蜀王本紀〉：「望帝治汶山下邑曰郫，積百餘歲，荊地有一死人，名鱉令，其尸亡去，隨江水上至郫，遂活。與望帝相見，望帝以鱉令為相，時玉山出水，若堯之洪水，望帝不能治，使鱉零決玉山，各得安處，鱉靈治水去後，望帝與其妻通，慚愧，自以德薄，不如鱉令，乃委國授之而去。」鱉令即鱉冷，即鱉靈，亦即開明也。

6 **九世** 《華陽國志‧蜀志》：「九世有開明帝，始立宗廟。」。以上續寫蜀之歷史。

7 **南夷** 《漢書‧地理志》：「巴蜀廣漢，本南夷，秦並以為郡。」左衽，衣襟向左開。衽，衣襟。椎髻，指髮髻梳成椎形。〈蜀王本紀〉：「是時人萌，椎髻左衽，不曉文字，未有禮樂。」

8 **惠王時始通秦** 《華陽國志‧蜀志》：「周顯王之世，蜀王有褒漢之地。因獵谷中，與秦惠王遇，惠王以金一笥遺蜀王，王報珍玩之物。」又：「周顯王二十二年，蜀侯使朝秦。秦惠王數以美女進，蜀王感之，故朝焉。」

9 **五牛琢** 〈蜀王本紀〉：「秦惠王欲伐蜀，乃刻五石牛，置舍其後，蜀人見之，以為牛能大便金，牛下有養卒，以為此天牛也，能便金。蜀王以為然，即發卒千人，使五丁力士拖牛成道，致三枚於成都，秦道得通，石牛之力也。」琢，雕刻，雕琢。

10 **秦女至** 〈蜀王本紀〉：「秦（惠）王知蜀王好色，乃獻美女五人於蜀王。蜀王愛之，遣五丁迎女，還至梓橦，見一大蛇入山穴中。一丁引其尾，不出，五丁共引蛇，山乃崩，壓五丁，五丁踏地大呼，秦王五女及迎送者，皆上山化為石。」《華陽國志‧蜀志》亦有記載。兩句寫有關蜀之歷史傳說。

11 **二江** 已見〈陪狄員外早秋登府西樓因呈院中諸公〉詩註之5。

12 **群山四蔽** 案蜀東有巫山，北有巴山，西北有岷山，西有邛崍山

西南有大涼山，南有大嶑山，故云。

13 **卑溼** 《史記‧屈賈列傳》：「賈生自以適居長沙，長沙卑溼，自以為壽不得長。」

14 **勝脆** 言腥臊輕薄也。勝，瘦，瘠薄。脆，輕也。

15 **蠻貊** 猶蠻夷，南方，北方之民也。言種族雜居也。

16 **滇僰** 滇，古西南夷名，其地在今雲南昆明一帶；僰，古西南夷名，在今四川宜賓以南。

17 **兩儀不正** 兩儀，天地。不正，不在天地的正中。《易‧繫辭》上：「易有太極，是生兩儀。」孔疏：「太極，謂天地未分之前，元氣混而為一，即是太初、太一也。故《老子》云道生一，即此太極也。又謂混元既分，即有天地，故曰太極生兩儀，即《老子》云一生二也。不言天地而言兩儀者，指其物體，下與四象相對，故曰兩儀，謂兩體容儀也。」

18 **四氣不均** 四氣，四時之氣。不均，謂不和也，言春夏長秋冬短也。

19 **再榮** 榮，滋榮，謂生長茂盛也。

20 **陽景罕開** 陽景，謂日光。開，舒放。此指照耀。陽景罕開，謂太陽光難以見到。自「花葉再榮」至「陰氣恆昏」六句，寫蜀之氣候。

21 **為瘵為癘** 《說文》七下：「瘵，病也。」「癘，惡疾也。」全句意為疫病流行也。

22 **浥熱** 濕熱也。中，傷也。

23 **重膇** 受濕足腫也。《左傳》成公六年：「晉人欲遷都，諸大夫言居郇瑕氏之地。韓獻子曰：『不可，郇瑕氏土薄水淺，其惡易覯，易覯則民愁，民愁則墊隘，於是有沈溺重膇之疾。』杜預注：『沈溺，濕疾。重膇，足腫。』又『墊隘，嬴困也。』」

24 **嬰爾身** 嬰，纏繞也。《文選》陸機〈赴洛道中作〉：「世網嬰我身。」李善注：「嬰，繞也。」

25 **澐澐** 《說文》十一上：「澐，江水大波謂之澐。」澐，水波翻滾

貌。大江，長江。

26 **地垠**　地之邊沿也。揚雄〈甘泉賦〉:「天閫決兮地垠開，八荒協兮萬國諧。」一說地垠，指地界（指蜀之地界。）

27 **百谷**　《老子》卷下:「江海所以能為百谷王者，以其善下之，故能為百谷王。」

28 **荊門**　山名，在湖北省宜都市西北長江南岸，與北岸虎牙山相對，山下水勢湍急，為長江險要之處。《文選》郭璞〈江賦〉:「虎牙嵥豎以屹崒，荊門闕竦而磐礡。」李善注:「盛弘之〈荊州記〉曰:郡西泝江六十里，南岸有山名曰荊門，北岸有山名曰虎牙，二山相對，楚之西塞也。」

29 **突怒吼劃**　形容江山騰湧怒激發出很大聲響。太白，即金星，《史記‧天官書》:「察日行以處位太白。」索隱:「太白辰出東方曰啟明，故察日行以處太白之位，《韓詩》曰:「太白晨出東方為啟明，昏見西方為長庚，」兩句言水波高濺，幾近太白。

30 **浡潏**　水騰湧貌。《文選》木華〈海賦〉:「天綱浡潏」李善注:「浡潏，沸湧貌。」桓子《新論》曰:「夏禹之時，鴻水浡潏」，《說文》曰:「潏，水湧出也。」硼砰，《文選》郭璞〈江賦〉:「鼓唇窟以溧浡」李善注:「溧渤，水聲也。」〈上林賦〉:砰磅訇礚。善注:「司馬彪曰:皆水聲也。」硼砰當與溧滂、砰磅義近。

31 **滄溟**　海也。梁簡文帝〈昭明太子集序〉:「若夫嵩霍之峻，無以方其高，滄溟之深，不能比其大。」

32 **浩淼**　水大貌。宋之問〈江亭晚望〉詩:「浩渺浸雲根。」《說文》十一上新附:「淼，大水也。從三水，或作渺。」

33 **蹙縮盤渦**　蹙，縮小，收斂。盤渦，旋渦。郭璞〈江賦〉:「盤渦谷轉，凌濤山頹。」

34 **下漩黿鼉**　漩，水流旋轉。黿，即鱉，《說文》十三下「黿，大鱉也。」鼉，俗稱「豬婆龍」，鱷魚的一種。《說文》十三下:「鼉，水蟲，似蜥蜴，長大。兩句謂水勢凶險，連黿鼉遇到盤渦，也會被旋入水底。

35 **亂峰如戟** 《說文》十二下：「戟，有枝兵也。」段注：「兵者，械也，枝者，木別生條也。戟為有枝之兵，則非若戈之平頭，而亦非直刃，似木枝之衺出也。」王建〈溫門山詩〉：「曉入溫山門，群峰亂如戟。」

36 **六槎枒二句** 即「楂枒」，又作「杈枒」、「查牙」原謂樹枝分出很多岔，此指山峰歧出。王延壽〈魯靈光殿賦〉：「芝栭攢羅以戢香，枝掌杈枒而斜據。」屹崒，山高峻貌。郭璞〈江賦〉：「虎牙嶸豎以屹崒。」澒洞，即鴻洞，又作洪洞，廣漠無邊貌。劃拆，劃開，破裂。四句言山峰高聳入雲，劃破天空。

37 **干** 犯，觸。天霓，天上的霓虹。

38 **水** 指三峽之水。

39 **「盡日」兩句** 《水經·江水注》：「自三峽七百里中，兩岸連山，略無闕處，重巖疊嶂，隱天蔽日，自非亭午夜分，不見曦月。」

40 **「瞿塘」四句** 「瞿塘峽」為三峽之一。《水經·江水注》云：「三峽之中，每至晴初霜旦，林寒澗肅，常有高猿長嘯，屬引淒異，空谷傳響，哀轉久絕。」

41 **千歲老蛟** 《淮南子·說林訓》：「（君子之）民居上，……若蹍薄冰，蛟在其下。」高誘注：「蛟，魚屬，皮有珠，能害人，故曰蛟在其下。」《說文》十三上：「蛟，龍之屬也。魚滿三千六百，蛟來為之長。能率魚飛。」《太平御覽》卷九三〇引「三千六百」下有歲字，《藝文類聚》卷九十六，歲作年。千歲老蛟當指此。

42 **衒服靚妝** 衒服當為「袨服」之誤。靚粧：婦人脂粉之飾。《文選》左思〈蜀都賦〉：「都人士女，袨服靚妝」。李善注：「蘇林曰：袨服，謂盛服也。張揖曰：靚，謂粉白黛黑也。」舊傳蛟能變人，夏桀宮中有「蛟妾」即蛟所化，能食人。梁任昉《述異記》卷上：「夏桀宮中有女子，化為龍，不可近，俄而復為婦人，甚麗而食人，桀命為蛟妾，告桀吉凶。」六句續寫大江傳聞，蜀地險惡。

43 **白帝** 白帝城在今重慶市奉節縣東白帝山上。

44 **灩澦**　灩澦堆，長江瞿塘峽口的巨石。《水經‧江水注》：「（白帝城）水門之西，江中有孤石，為淫預堆，冬出水二十餘丈，夏則沒，亦有裁出矣。」《國史補》卷下：「大抵峽路峻急，故曰：『朝發白帝，暮徹江陵』，四月五月為尤險時，故曰：灩預大如馬，瞿塘不可下，灩澦大如牛，瞿塘不可留，灩澦大如襆，瞿塘不可觸。」其地水勢湍急，為行船之患，此言夏季水盛，灩預堆被水淹沒。

45 **翻天蹙地二句**　蹙，同「蹴」。霆，《文苑英華》作「震」，據《唐文粹》、《全唐文》改。兩句寫夏日水盛波浪翻騰情狀。

46 **不辨雲雨**　行，《文苑英華》注：「一作巨」。陽臺，雲雨，俱見前註。六句寫大江舟行甚速。盛弘之《荊州記》云：「或王命急宣，有時云：朝發白帝，暮至江陵，其間一千二百里，雖乘奔御風，不為疾也。」（《太平御覽》卷五三引）

47 **千里二句**　言水流湍急，行舟迅速。亭午，正午。

48 **黑風**　暴風。

49 **舟子失據**　《詩‧邶風》〈匏有苦葉〉：「招招舟子，人涉卬否」傳：「舟子，舟人，主濟渡者。」宋玉〈神女賦〉：「徊腸傷氣，顛倒失據。」李善注：「毛萇（《詩‧邶風》〈柏舟〉傳曰：「據，依也。」

50 **九泉**　木華〈海賦〉：「熺炭重燔，吹烱九泉。」李善注：「言火之光下照九泉。地有九重，故曰九泉。」漩，回也。

51 **支體靡散**　支通「肢」。靡散，碎散。《楚辭‧招魂》：「旋入雷淵，靡散而不可止些。」注：「靡，碎也……靡，一作糜，釋文作糜」。

52 **呀呀**　《說文》二上新附：「呀，張口貌」。

53 **撥刺**　杜甫〈漫成〉一首：「船尾跳魚撥刺鳴。」仇兆鰲注：「撥刺，跳躍聲。」

54 **高山萬重，峻極屬天**　高山萬重，指邛崍山，夾金山等。《詩‧大雅》〈崧高〉：「崧高維嶽，駿極于天。」傳：「駿，大，極，至

也。」嵩同崧，駿同峻。《禮記‧孔子閒居》：「其在詩曰：嵩高惟嶽，峻極于天。」《呂氏春秋‧明理》：「其氣上不屬天，下不屬地。」高誘注：「屬猶至」。閻防〈晚秋石門禮拜〉詩：「舟車無由徑，崖嶠乃屬天。」

55　崑崙　《史記‧大宛列傳》：「（〈禹本紀〉）言河出崑崙，崑崙其高二千五百餘里。」此言其峰相連，謂崑崙山脈中支之岷山是也。

56　迴環　回歸環繞也。

57　盤嶔　曲折高峻。

58　夐絕　顏延之〈赭白馬賦〉：「別輩越群，絢練夐絕」。李善注：「絢練，疾貌也。夐絕，逈絕也。」呂延濟注：「夐絕，絕遠也。」

59　陽和　《史記‧秦始皇本紀》：「維二十九年，時在仲春，陽和方起。」陳子昂〈感遇詩三十八首〉之三十八：「仲尼探元化，幽鴻順陽和。」陽和謂春暖之氣。

60　固閉　指充塞四方。

61　增冰　增，同「層」，重疊累積之意。《楚辭‧招魂》：「增冰峨峨，飛雪千里些。」

62　地坼　坼，烈也。

63　石冽　《詩‧小雅》〈大東〉：「有冽氿泉」傳：「冽，寒意也」孔疏：「（七月）云：「二三日栗冽。」是冽為寒氣也。

64　折　短折，死。《文苑英華》註：「一作冬天水折」

65　人墮指　《史記‧高祖本紀》：「高祖自往擊之，會天寒，士卒墮指者什二三。」兵士嚴寒中墮指事，史傳多有載記。馬傷骨，陳琳〈飲馬長城窟行〉：「飲馬長城窟，水寒傷馬骨。」

66　紆縈　猶縈紆。班固〈西都賦〉：「步甬道以縈紆。又杳條而不見陽。」李善註：「說文」：縈紆，猶回曲（繞彎也）也。迴盤，迴旋。

67　棧壁　架設棧道的崖壁。緣，因，依。

68　鉤連相撐　指棧道連結架設。

69　繩梁嶙虛　繩梁，繩橋。索橋，已見〈送狄員外巡按西山軍〉詩

註。嵺虛，高而懸空，若有若無。

70　沓沓冥　幽暗深遠貌。《說文》：「沓，語多沓沓也。」徐鉉注：「語多沓沓，如水之流，故從水。」冥，昏暗也。謂繩橋高懸在上，其下水流紛亂，昏暗難見其深。

71　瞿然　驚視貌。

72　亡魂喪精　張衡〈西京賦〉：「喪精亡魂，失歸忘趨」薛綜注：「言禽獸亡失精魂，不知所當歸趨也。」

73　索　《說文》六下：「索，艸有莖葉可作繩索。」《小爾雅・廣器》：「大者謂之索，小者謂之繩。」

74　四笮　竹索也。《釋名・釋宮室》：「笮，迮也，編竹相連迫迮也。」此所言乃簾薄之屬，置於瓦下者也。此笮當為筰，筊也。《玉篇》：「筰，竹索也」編竹為索，繫於水上兩絕壁間，人欲渡則騰空攀援而過。

75　玃　《爾雅・釋獸》：「玃父善顧。」郭璞注：「貑玃也，似獼猴而大，色蒼黑，能攫持人，好顧盼。」《呂覽・察傳》：「玃似母猴。」高誘注作「貑玃」。《說文》十上則謂「玃，母猴也。」

76　豪豬　俗稱箭豬。全身黑色，自肩部以下長著許多長而硬的刺，顏色黑白相雜，穴居，晝伏夜出。

77　榛　《詩・邶風》〈簡兮〉：「山有榛，隰有苓。」《釋文》：「榛本亦作䅢，木名，子可食。」按《說文》六上：「榛，木也。一曰叢木也。」

78　努鬣　突起身上的長毛。鬣，頸毛也。

79　寒熊　馬融〈長笛賦〉：「寒熊振頷，特麚昏髟。」孔碩，大也。《詩・小雅》〈楚茨〉：「為俎孔碩」。孔疏：「鄭以為俎孔碩」，謂為從獻之俎必取肉及肝甚肥大而美者。

80　登樹自擲　熊能爬樹，見人則投地而下，故云。

81　擘　《玉篇》卷六：「擘，烈也。」指用爪將人體掰開。

82　麋　似鹿而大。《山海經・西次二經》：「西皇之山，其陽多金，其陰多鐵，其獸多麋鹿，怍牛。」郭璞注：「鹿大如小牛，鹿屬

也。」《說文》十上:「麋,鹿屬。……冬至解其角。」段注:〈月令〉:仲冬日短至,麋角解。」

83 闞闞 虎怒聲。《詩·大雅》〈常武〉:「進厥虎臣,闞如虓虎」。傳:「虎之自怒虓然。」箋:「其虎臣之將,闞然如虎之怒。」《廣韻》卷三:「闞,虎聲。」卷六:「闞,聲大貌」卷八:「闞,獸怒聲。」此當作去聲讀,方與劍相叶。

84 軒轟 雷聲。張衡〈思玄賦〉:「豐隆軒其震霆兮,列缺曄其照夜。」舊註:「軒,聲貌。」謂雷聲。

85 磕 《說文》九下:「磕,石聲。」段注:「〈高唐賦〉曰:礫磥磥而相摩兮,巁震天之磕磕」。〈子虛賦〉:「礧石相擊,硠硠磕磕。」……按《玉篇》:磕與硍相屬,云硍磕,石聲。

86 流星 指石頭互相撞擊迸出的火星。

87 頹傾 頹,崩壞。傾,覆也。

88 狖 左思〈吳都賦〉:「狖鼯猓然,騰趠飛超。」劉逵注:「《異物志》曰:狖,猿類,露鼻,尾長四五尺,居樹上,雨則以尾塞鼻,建安臨海北有之。」

89 木魅山精 鮑照〈蕪城賦〉:「木魅山鬼,野鼠城狐,風嗥雨嘯,昏見晨趨。」李善注:「《說文》九上曰:魅,老物精也。《楚辭·九歌》有祭山鬼。」庾信〈枯樹賦〉:「木魅睒睗,山精妖孽。」《玄中記》:「山精如人,一足,長三四尺。食山蟹,夜出晝藏,人晝日不見,夜聞其聲。」(《太平御覽》卷八八六引)

90 犬戎 古西戎種族名。《國語·周語》:「穆王將征犬戎」韋昭注:「犬戎,西戎之別名,在荒服。」

91 氈廬 氈帳,用氈子做的圓頂帳篷。隆穹,形容氈帳隆起的樣子。《漢書》〈蘇武傳〉:「王病,賜武馬畜、服匿、穹廬。」孟康曰:「穹廬,旃帳也。」〈西域傳〉:「公主悲愁,自為作歌曰:……穹廬為室兮旃為牆。」

92 毳裘 毛衣也。《說文》:「毳,獸細毛也。」蒙茸,《詩·邶風》〈旄丘〉:「狐裘蒙戎,匪車不東。」傳:「蒙茸,以言亂也。」《左

傳》僖公五年：「狐裘尨茸。一國三公，吾誰適從。」注：「尨茸、亂貌」蒙茸，蒙戎，尨茸，義均同，狀裘皮之毛蓬松散亂也。

93 **啜酪啖肉**　《說文》二上：「啜，嘗也。」十四下新附：「酪，乳漿。」《史記・匈奴列傳》：「自君王以下，咸食畜肉」啖肉，謂啖生肉也。啖，食之也。

94 **依草及泉**　指過著逐水草而居的遊牧生活。

95 **如蜂**　喻多而雜亂。

96 **流落**　亦作「留落」。《史記・衛將軍驃騎列傳》：「諸宿將常坐留落不遇。」索隱：「謂遲留零落，不偶合也。」《漢書・衛青霍去病傳》：「諸宿將常留落不耦。」注：「師古曰：留謂遲留，落，謂墜落，故不諧耦而無功也。」王觀國《學林》謂「留落者，留滯遺落，流落，飄流零落也。」

97 **掘鼠茹雪**　《漢書》〈蘇武傳〉：「迺幽武置大窖中，絕不飲食，天雨雪，武臥齧雪與旃毛，並咽之，數日不死，匈奴以為神，乃徙武北海上無人處……廩食不至，掘野鼠去屮食而食之。」註：「蘇林曰：取鼠所去草實而食之。」張晏曰：「取鼠及草實，並而實之。」師古曰：「蘇說是也。中古草字，去謂藏之也。」劉攽曰：「今北方野鼠之類甚多，皆可食也。武掘野鼠，得即食之，其草實乃頗去藏耳。」按此文亦取張晏說，劉說得之。《禮記・禮運》：「飲其雪，茹其毛。」孔疏：「茹食其毛以助飽也。」茹雪，謂齧雪而咽之也。

98 **鈹其足句**　短劍。《左傳》襄公十七年：「宋華閱卒，華臣弱皋比之室，使賊殺其宰華吳。賊六人以鈹殺諸盧門。」〈吳都賦〉：「羽族以觜距為刀鈹。」李善注：「兩刃小刀也」。陝西省博物館藏戰國鈹，頭稍圓尖，兩面刃，股中略凸。實即短劍也。纍，《說文》：「綴得其理，一曰大索也」纍其胸，謂以繩索縛胸也。

99 **西海**　即青海。《古詩十九首》之一：「胡馬依北風，越鳥巢南枝。」李善注：「《韓詩外傳》曰：『詩云：代馬依北風，飛鳥棲故巢』皆不忘本之謂也。」（今本《韓詩外傳》脫此）兩句言在西

海對著故國之月哭泣，迎著北風思念故鄉。

100 **邛崍關** 《太平寰宇記》卷七十七：「邛崍關，在（雅州榮經）縣西南七十里，隋大業十年置，約山據險、當雲南大路，以扼蕃夷之要害，唐亦因之不改。」

101 **連延** 何晏〈景福殿賦〉：「階除連延，蕭曼雲征。」范雲〈自君之出矣〉：「思君如蔓草，連延不可窮」。《太平寰宇記》卷七十七：「雅州榮經縣，本嚴道縣地，東西聯接大山，並無州縣，巖巒阻絕，不辨疆界。」

102 **瀘江** 即瀘水。在今四川西南部金沙江與雅礱江合流後的一段金沙江。

103 **百蠻** 泛指南方的少數民族。

104 **漢源** 《元和郡縣志》卷三十二：「黎州漢源縣，本漢旄牛縣也，隋仁壽二年平夷獠，於此置漢源縣，因漢川水為名，四年罷鎮立縣。」《太平寰宇記》卷七十七：「隋仁壽四年置漢源縣，以大川之源為名……漢水在縣西一百二十里，從和姑鎮山各中經界至通望縣入大渡河，不通舟船。」

105 **漏天** 《華陽國志・南中志》：「牂柯郡，……郡上值天井，故多雨潦」。今諺云：「天無三日晴」，又曰云為「漏天」。牂柯在今貴州遵義以南地。《太平寰宇記》卷七十九：「戎州南溪縣，大黎山、小黎山。管開邊縣界，四時霖霪不絕，俗人呼為大漏天，小漏天。」卷八十：「嶲州越嶲縣，本漢邛都縣地。漏天，春夏常雨，故曰漏天。」越嶲縣今四川西昌。

106 **霶然** 霶同滂，大雨貌。揚雄〈甘泉賦〉：「雲飛揚兮雨滂沛。」五臣本作「霶霈」《說文》十一上：「滂，沛也。」，徐鍇曰：「滂，水廣及貌」（《說文・繫傳》卷二十一）

107 **其人如魚** 《博物志》卷二：「南海外有鮫人，水居如魚。」

108 **爰處** 《詩・邶風》〈擊鼓〉：「爰居爰處，爰喪其馬。」鄭箋：「爰，於也。……今於何居乎？於何處乎？」〈小雅・斯干〉：「爰居爰處，爰笑爰語。」箋：「爰，於也，於是居，於是處，於是

笑，於是語言。」訓為於與於是，義一也。

109 霖霆　《爾雅・釋天》：「久雨謂之淫，淫謂之霖。」郭璞注：「雨自三日以上為霖。」鮑照〈山行見孤桐詩〉：「奔泉冬激射，霧雨下霖霆。」

110 狺狺　同猜猜。《說文》十上：「狺，犬吠聲。」段注：「九辯：猛犬猜猜而迎吠。……猜即狺字」。

111 人皆濕寢，偏死腰疾　居處濕地，半身不遂。《莊子・齊物論》：「民濕寢則腰疾偏死，鰍然乎哉？」偏死，半身不遂。

112 陽山　即唐通望縣。在今四川漢陽縣東南。《元和郡縣志》卷三十二：「北至州九十里，本漢旄牛縣地，隋開皇二十年於此置大渡鎮，大業二年改為陽山鎮，武德元年改為陽山縣。屬嶲州，天寶元年改為通望縣，屬黎州。」

113 瘴　瘴氣，熱帶山林中的濕熱空氣。《太平寰宇記》卷七十七：「漢源縣……每至春季，有瘴氣生，中人為瘧疾。」

114 瞢瞢　《周禮・春官》〈眡祲〉：「掌十煇之法，以觀妖祥，辨吉凶……六曰瞢。」注：「瞢，日月瞢瞢無光也。」

115 黃茅上蒸　《北夢瑣言》卷五：「嶺外黃茅瘴患者髮落。」《番禺雜編》：「嶺外二三月為青草瘴，四五月黃梅瘴，六七月新禾瘴，八九月黃茅瘴，唐房千里《投荒雜錄》則謂：南方六七月芒茅黃枯時瘴大發，土人呼為黃茅瘴。」蒸，氣上出。

116 巉巉　高峻貌。

117 谽谺　谷口張開貌。〈上林賦〉：「谽谺豁閜。」李善注：「司馬彪曰：谽呀，大貌，豁閜，空虛也。」

118 嶙峋　揚雄〈甘泉賦〉：「岭嶒嶙峋，洞無厓兮。」李善注：《埤蒼》曰：岭嶒嶙峋，深無厓之貌。」《說文》九下新附：「嶙峋，深崖貌。」

119 南斗　星名，二十八宿之一，由六顆星組成。柱，支撐之意。

120 **坤**　地，鎮，張載〈劍閣銘〉：「作固作鎮」《說文》十四上：
「鎮，博厭也。」傍鎮於坤，言劍門傍鎮西南蜀地也。

121 **長道**　《詩・魯頌》〈泮水〉：「順彼長道，屈此群醜。」孔疏：
「乃欲從彼長遠之道路，以治此群為惡之人。」秦，謂關中，實指
長安。

122 **神州**　《史記・孟子荀卿列傳》：「中國名曰赤縣神州。」

123 **聖人**　《易》乾：「聖人作而萬物睹。」《莊子・天地》：「堯觀乎
華，華封人祝曰：請祝聖人，使聖人壽，使聖人富，使聖人多男
子。」此稱代宗。

124 **伊皋**　劉向〈九歎〉、〈愍命〉：「伊皋之倫以充廬。」王逸注：
「伊，伊尹也；皋，皋陶也。」伊尹為商湯之相。皋陶為虞舜之
臣，此言天子左右有伊尹、皋陶一類賢臣。

125 **能致我君**　已見〈感舊賦〉註五十。

126 **峨峨**　曹植〈登臺賦〉：「建高門之嵯峨兮，浮雙闕乎太清。」峨
峨，高貌。

127 **慶雲**　《漢書・禮樂志》：「甘露降，慶雲出。」〈瑞應圖〉：「景雲
者，太平之應也。一曰：非氣非煙，五色絪縕，謂之慶雲。」

128 **千官鏘鏘**　千官，《荀子・正論》：「古者天子千官，諸侯百官。」
《詩・大雅》〈蒸民〉：「四牡彭彭，八鸞鏘鏘，王命仲山甫，域彼
東方。」鄭箋：「彭彭，行貌。鏘鏘，鳴聲。以此車馬命仲山甫使
行，言其盛也。」孔疏：「馬動則鸞鳴，故言鏘鏘為鳴聲。」此指
官員上朝時身上所佩玉飾等物發出的鳴聲。

129 **紫宸**　已見〈感舊賦〉註七八。

130 **玉樓鳳凰**　《十洲記》：「崑崙宮城上有玉樓十二」。《鄴中記》：
「鳳陽門五層樓，去地三十丈，安全鳳二頭。」謂帝王之樓以鳳凰
為裝飾。全句意謂皇宮中有鳳凰和麒麟等祥物出現。

131 **金殿麒麟**　《漢書》〈蘇武傳〉：「乃圖畫其人於麒麟閣。」注：
「張晏曰：武帝獲麒麟時作此閣，圖畫其像於閣。」後世鑄銅麒麟
於殿前。

132 **搜賢修文**　搜賢，搜求賢才。修，治。文，指禮樂制度。《宋書》〈桂湯王休範傳〉：「搜賢選能，納奇賞異。」

133 **皇化欣欣**　皇化，天子之德政教化。《晉書》〈沮渠蒙遜載記〉：「群下上書：『今皇化日隆，遐邇泰寧，宜肅振綱維，申修舊則』。」《說文》三上：「訢，喜也。」段注：「晉灼引許慎曰，訢，古欣字，蓋灼所據說文，訢在欠部欣下，云：古文欣從言。」八下：「欣，笑喜也。」

卷五　七言律詩十首

（原有偽詩一首，入附錄）

和祠部王員外雪後早朝即事¹

長安雪後似春歸，積素²凝華³連曙輝。色借玉珂⁴迷曉騎，光添
銀燭晃朝衣⁵。西山落月臨天仗⁶，北闕⁷晴雲捧禁闈⁸。聞道仙
郎⁹歌白雪¹⁰，由來此曲和人稀。

【注】

1 **題**　《岑嘉州交遊事輯》：「郎官石柱題名，祠部員外郎有王紞，
　　在岑參名後。（趙鉞〈題名考〉曰：疑是王紞，）又司勳郎中有王
　　紞。王維有〈林園即事寄舍弟紞〉詩。……〈述書賦〉注王維王
　　縉後曰：『幼弟紞有兩兄之風，閨門之內，友愛之極。』錢起有
　　〈和王員外雪晴早朝〉詩。（案此詩當是與嘉州同和。郎官石柱題
　　名，祠郎員外郎錢起名與王紞亦相近。起詩有〈題柱盛名兼絕唱〉
　　之句，即指石柱題名故事也。）」《新唐書·宰相世系表》：「河東
　　王氏，汾州司馬處廉第五子紞，太常少卿」。

2 **積素**　《文選》謝惠連〈雪賦〉：「若乃積素未虧，白日朝鮮」，李
　　周翰注：「言積雪未銷，白日鮮明」。

3 **凝華**　鮑照〈代白紵舞歌詞〉：「凝華結藻久延立，非君之故豈安
　　集」，唐太宗〈感舊賦〉：「雪凝華而不實。」

4 **玉珂**　《唐書·輿服志》：「馬珂，一品以下九子，四品七子，五
　　品五子」。《通俗文》：「珂，馬勒飾也」。案玉珂者，以玉為之
　　也。張華〈輕薄篇〉：「文軒樹羽蓋，乘馬鳴玉珂」。

5 **晃朝衣**　《說文》：晃，明也。《史記》〈司馬相如列傳〉：「於是歷
　　吉日以齋戒，襲朝衣，乘法駕。」《漢書》本傳作「朝服」，君臣
　　朝會時之衣服，即詩鄭風之緇衣。二句寫雪之光色。

6 **天仗**　已見五律〈寄左省杜拾遺〉詩注。

7 **北闕**　已見五古〈與鮮于庶子自梓州成都成少尹自襄城同行至利
　　州道中〉詩注。

8 **禁闥** 《說文》:「闥,宮中之門也。」《後漢書》〈周舉傳〉:「故光祿大夫周舉,……前授牧守,及還納言,出入京輦,有欽哉之績,在禁闥有密靜之風。」禁闥,指宮禁之中。

9 **仙郎** 已見五古〈送顏平原〉詩注。

10 **白雪** 《文選》宋玉〈對楚王問〉:「客有歌於郢中者,其始曰下里巴人,國中屬而和者數千人。其為陽阿薤露,國中屬而和者數百人。其為陽春白雪,國中屬而和者,不過數十人。引商刻羽,雜以流徵,國中屬而和者,不過數人而已。是其曲彌高,其和彌寡。」

【箋】

1 蔣一葵曰:「次聯百鍊成字,千鍊成句,工不可言」(《唐詩會通評林》)。

2 吳山民曰:「力在借、迷、添、晃四虛字」(《唐詩會通評林》)。

3 唐汝詢曰:「五六裝虛對實,言雪光如月,若真指落月,便與雪後無關。結與前早朝(案即〈奉和中書賈至舍人早朝大明宮詩〉,詳後注)一轍」(《唐詩會通評林》)。

4 周明輔曰:「後聯借雲月,影出至尊,氣象自別」(《唐詩會通評林》)。

5 周珽曰:「雪白,玉珂相似,故迷曉騎下借字,奇。雪白,與銀燭相映,故晃朝衣下添字,真。五六見早朝之景,白雪、陽春一事,就題分用巧」(《唐詩會通評林》)。

6 金聖嘆曰:「從來雪後最不似春歸,而此言長安雪後獨似春歸者,長安有早朝盛事,如下三四之所極寫,雪得早朝而借色,早朝又得雪而添光,色既因光而劍珮逾華,光又映色而素姿轉耀,於是更無別語可以賞歎,因便快擬之曰,似春歸也。積素七字者,細寫雪後,言始雪則積素,雪甚則凝華。前解、寫雪後早朝。後解,即事屬和。言正當落月晴雲,雪方新霽,天仗禁闥,朝猶未終,而仙郎麗才,已成高唱,因而便巧借白雪和稀字,以

盛讚之也」（《選批唐才子詩》）。

7 邢昉曰：「語：語後真景，又非刻畫而成，顧云：溫麗清灑，音律雄渾，行乎其間」（《唐風定》）。

8 李攀龍曰：「落月晴雲，借虛對實，蓋言雪光如月也，若直指落月，便與雪後無關，晴也。」（《唐詩訓解》）。

9 案錢起有〈和王員外雪晴早朝〉時，茲錄之於下，以供參考（據《全唐詩》）：

紫微晴雪帶恩光，繞仗偏隨鴛鷺行。長信月留寧避曉，宜春花滿不飛香。獨看積素凝清禁，已覺輕寒讓太陽。題柱盛名兼絕唱，風流誰繼漢田郎。

奉和中書賈至[1]舍人[2]早朝大明宮[3]

雞鳴紫陌[4]曙光寒，鶯囀皇州[5]春色闌。金闕[6]曉鐘開萬戶，玉階[7]仙仗[8]擁千官[9]。花迎[10]劍佩星初落，柳拂旌旗露未乾。獨有鳳凰池[11]上客，陽春[12]一曲和皆難。

【校】

① **題** 《百家選》作〈和賈舍人早朝大明宮〉。《英華》作〈和早朝大明宮〉，作者為崔顥，下注云「一作岑參，附見《杜集》」。案作「岑參」是。

② **曙光** 《英華》作「曉光」。

③ **春色闌** 《英華》作「春欲闌」。

④ **曉鐘** 《英華》作「曙鐘」。

⑤ **花迎** 《英華》作「花明」。

⑥ **落** 《英華》作「沒」。

⑦ **獨**有 《英華》作「別有」。

⑧ **客** 《英華》作「閣」。

⑨ **皆** 《英華》作「仍」。

【注】

1 **賈至** 字幼鄰，洛陽人，明經擢第，解褐校書郎，天寶初為單父
尉。天寶末隨玄宗入蜀，拜起居舍人知制誥。旋為冊禮使判官，
隨宰臣韋見素、房琯等奉侍國寶、玉冊至順化郡、遷中書舍人，
出為汝州刺史，乾元二年以鄴城兵敗南奔襄鄧，貶岳州司馬。旋
後故官，遷尚書左丞，轉禮部侍郎、大歷初徙兵部、進京兆尹。
七年，以右散騎常侍卒。新、舊唐書俱有傳。

2 **中書舍人** 唐六典：「中書省中書舍人六人，正五品上，掌侍奉
進奏參議表章，凡詔旨制敕及璽書冊命，皆按典故起草，進書既
下，則署而行之」。《岑嘉州繫年考證》：「乾元元年，在長安，時
杜甫、王維、賈至等並為兩省僚友，倡和甚盛，和賈至早朝大明
宮、寄左省杜拾遺、送許拾遺恩歸江寧拜親（杜甫同賦），並本
年春夏所作。」

3 **大明宮** 《長安志》：「東內大明宮，在禁苑之東南，南北五里，
東西三里。貞觀八年，置為永安宮城，九年改曰大明宮。龍朔三
年，大加興造，號曰蓬萊宮。咸亨元年，改曰含元宮，尋復大明
宮。初高宗命司農少卿梁孝仁製造此宮，北據高原，南望爽塏，
每天晴日朗，南望終南山如指掌，京城坊市街陌，俯視如在檻
內，蓋甚高爽也」。

4 **紫陌** 京師街衢也。劉孝綽〈春日從駕新亭應制〉詩：「紆餘出
紫陌，迤邐度青樓」。

5 **皇州** 京畿也。《文選》謝朓〈和徐都曹出新亭渚〉詩：「宛洛佳
遨遊，春色滿皇州」，張銑注：「皇州，帝都也」。謝莊〈孝武宣
貴妃誄〉：「白露凝兮歲將闌」，李善注：「闌猶晚也。」

6 **金闕** 謂皇帝所居宮闕。《說文》十二上：「闕，門觀也。」《史

記・孝武本紀》：「作建章宮度為千門萬戶。」

7 **玉階** 班固〈西都賦〉：「玉階彤庭」。張銑注：「以玉飾階」。

8 **仙仗** 謂天子之儀仗也。《新唐書・儀衛志》：「凡朝會之仗，三衛番上，分為五仗……皆帶刀捉仗，列坐於東西廊下，每月以四十六人立內廊閣外，號曰內仗，朝罷放仗」。參閱五律〈寄左省杜拾遺〉詩注。

9 **千官** 《荀子・正論》：「古者天子千官，諸候百官」。

10 **花柳二句** 案朱晦庵謂唐時殿庭間，皆植花柳，故杜子美詩〈晚出左掖〉有「退朝花底散，歸院柳邊迷」之句。公詩用花柳字，亦其一證。

11 **鳳凰池** 《晉書》〈荀勗傳〉：「荀勗拜中書監，久之，以勗守尚書令。勗久在中書，專管機事，及失之，甚惘惘悵悵。或有賀之者，勗曰：奪我鳳凰池，諸君賀我耶」。《通典・職官》：「魏晉以來，中書監令掌贊詔命，記會時事，典作文書，以其地在樞禁，多承寵任，是以人固其位，謂之鳳凰池焉」。

12 **陽春** 已見前詩注。《後漢書》〈黃瓊傳〉：「陽春之曲，和者必寡。」

【箋】

1 楊萬里曰：「七言襃頌功德，如少陵賈至諸人唱和〈早朝大明宮〉乃為典雅重大。和此詩者，岑參：「花迎劍佩星初落，柳拂旌旗露未乾」最佳。(《誠齋詩話》)。

2 周珽曰：「雞鳴天曙，鶯囀春深，鐘動宮闕，仗出班齊，花柳芬菲，星露沉瑩，賦早朝之景，無如此富麗，無如此貼切。賈詩固稱難和，而此寧非陽春白雪乎？雄渾秀朗，王、杜雖與並驅，自當讓一馬頭」(《唐詩會通評林》)。

3 施補華曰：「和賈至舍人早朝詩，究以岑參為第一。花迎劍珮，柳拂旌旗，何等華貴自然。摩詰九天閶闔一聯，失之廓落，少陵九重春色醉仙桃，更不妥矣。詩有一日短長，雖大手筆不免也」

（《峴傭說詩》）。

4 翁方綱曰：「古人唱和，自生感激，若早朝大明宮之作，並出壯麗，慈恩寺塔之詠，並見雄宕，率由興象互相感發」（《石洲詩話》）。

5 楊載曰：「榮遇之詩，要富貴尊嚴，典雅渾厚，寓意要閒雅，美麗清細，如王維、賈至諸公早朝之作，氣格雄深，句意嚴整，如宮商迭奏，音韻鏗鏘，真麟遊雲沼，鳳鳴朝陽也，學者熟之，可以一洗寒陋」（《詩法家數》）。

6 周珽曰：「或謂早朝詩，用寒闌乾難險韻，似屬吹毛，諸家取唐七言律壓卷者，或推崔司勳（顥）黃鶴樓，或推沈詹事（佺期）獨不見，或推杜工部（甫）玉露凋傷，昆明池水，老去悲秋，風急天高等篇，然音響重薄，氣格高下，俱前有確論。珽謂冠冕莊麗，無如嘉州早朝，淡雅幽寂，莫過右丞積雨。滄齋翁以二詩得廊廟山林之神髓，欲取以壓卷，真足空古準今，質之諸家，亦必以為然也」（《唐詩會通評林》）。

7 方回曰：「按此四詩倡和，在乾元元年戊辰（應作戊戌，辰字誤）之春。唐肅宗至德二載丁酉九月，廣平王復長安，子美以是年夏，間道奔鳳翔，六月除左拾遺。十月，肅宗入京師，居大明宮，賈至為中書舍人，岑參為右補闕。杜甫為「左拾遺」，六等定罪，王維降授太子中允。四人早朝之作，俱偉麗可喜，不但東坡所賞子美龍蛇，燕雀一聯也。然京師漲血之後，瘡痍未復，四人雖誇美朝儀，不已泰乎」（《瀛奎律髓》）。

8 陸時雍曰：「唐人早朝詩，以岑參為上，中聯冠冕整齊，抑更工雅之至。」（《唐詩鏡》）。

9 顧璘曰：「岑參最擅七言，興意音律，不減王維，乃盛唐宗匠，此篇頡頏王、杜，千古膾炙。」（《全唐詩話續編》）。

10 謝榛曰：「賈則氣渾調古，岑則辭麗格雄，王、杜二作，各有短長。」（《四溟詩話》）

11 胡應麟曰：「早朝四詩，妙絕千古……岑通章八句，皆精工整

密，字字玉成，景聯絢爛鮮明，早朝意宛然在目，獨頷聯雖壯
麗，而氣勢迫促，音韻微乖，不爾當為唐七言律冠矣。王起語意
偏，不若岑之大體，結語思窘，不若岑之自然，景聯甚活，終不
若岑之駢切，獨頷聯高華博大……。岑以格勝，王以調勝。岑以
篇勝，王以句勝。岑極精嚴縝匝，王較寬裕悠揚。」（《詩藪》）

12 唐汝詢曰：「肅宗初還京，時參為補闕，甫為拾遺，維為右丞，
至為舍人，同時唱和，其詩並入選，然岑、王矯矯不相下，舍人
則雁行，少陵當退舍，蓋尺有所短，寸有所長，不當以一詩譏優
劣也。」（《唐詩解》）。

附錄

早朝大明宮呈兩省僚友　　賈至

銀燭朝天紫陌長。禁城春色曉蒼蒼，千條弱柳垂青瑣，百囀流鶯
繞建章。劍佩聲隨玉墀步，衣冠身惹御爐香。共沐恩波鳳池裡，
朝朝染翰侍君王。

奉和賈至舍人早朝大明宮　　杜甫

五夜漏聲催曉箭，九重春色醉仙桃。旌旗日暖龍蛇動，宮殿風微
燕雀高。朝罷香煙攜滿袖，詩成珠玉在揮毫。欲知世掌絲綸美，

池上于今有鳳毛。

和賈至舍人早朝大明宮之作　王維

絳幘雞人報曉籌，尚衣方進翠雲裘。九天閶闔開宮殿，萬國衣冠拜冕旒。日色纔臨仙掌動，香煙欲傍袞龍浮。朝罷須裁五色詔，佩聲歸向鳳池頭。

西掖省即事[1]

西掖[2]重雲開曙輝，北山疏雨點朝衣。千門柳色連青鎖[3]，三殿[4]花香入紫微[5]。平明端笏[6]陪鸞列，薄暮垂鞭信馬歸。官拙自悲頭白盡，不如巖下偃荊扉[7]。

【校】

① 題 《英華》作「西省即事」。

② 輝 《全唐詩》作「暉」，案二字通。

③ 偃 《英華》作「掩」。

【注】

1 題 案肅宗至德二載六月，杜甫等五人，薦公可備諫職，詔即以公為右補闕（已見五律〈寄左省杜拾遺〉詩注）。詩云「西掖省即事」，當必作於此時。

2 **西掖**　《漢官儀》：「左右曹受尚書事，前世文士以中書在右，因
謂中書為右曹，又稱西掖。」劉楨〈贈徐幹〉詩：「誰謂相去遠，
隔此而掖垣。」李善注：「洛陽故宮銘曰：洛陽宮有東掖門，西掖
門。」呂延濟注：「是時徐在西掖，劉在禁省。」張銑注：「有東
西掖兩門，徐在西，故云隔也，垣，牆也。」岑參時為右補闕，
屬中書省，故稱西掖省。詩云：「北山疏雨點朝衣」、「三殿花香
入紫微。」為長安所作。

3 **青鎖**　已見五古〈送許拾遺恩歸江寧拜親〉詩注。

4 **三殿**　《兩京記》：「金鑾西南曰長安殿、長安北曰仙居殿，仙居
西北曰麟德殿，北殿三面，故以三殿名。」《兩京新記》：「西京大
明宮中有麟德殿，三面，玄宗與諸王近內臣宴多於此殿。」

5 **紫微**　謝莊〈宋孝武宣貴妃誄〉：「掩採瑤光，收華紫禁。」李善
注：「王者之宮以象紫微，故謂宮中為紫禁。」《太平御覽》卷七
引《初學記》卷十一：「中書省開元初改為紫微。」

6 **端笏二句**　《唐書・職官志》：「文武皆執笏，五品以上用象牙為
之，六品以下用竹木為之」《釋名》：「笏，忽也，君有教命及
所啟，則書其上，備忽忘也。」岑參為右補闕，從七品上，笏為
竹木，江淹〈從建平王遊紀南城〉詩：「斂衽依光采，端笏奉仁
明」。端，雙手持之以示敬。（雙手持笏不使傾倚也）《隋書・音
樂志》：「懷黃綰白，鵷鷺成行。」喻朝官之行列。李白〈贈郭將
軍詩〉：「平明拂劍朝天去，薄暮垂鞭醉酒歸。」

7 **偃荊扉**　謂偃息於柴門之內也，陶潛〈歸園田居〉詩：「白日掩
荊扉，虛室絕塵想。」

【箋】

1 方回曰：「亞於前（即〈奉和賈舍人早朝大明宮〉詩）所和者」
（《瀛奎律髓》）。

2 吳綏眉曰：「偃字亦可用，然不如掩字之穩。」（《刪定唐詩解》）

3 唐汝詢曰：「次聯景幽，三聯隨班碌碌，無所短長，起下求退

意，結意弱真」。又曰：「盛唐七言律，獨子美具體，不應與諸名
家較高下，求與王、李對疊者，獨嘉州耳。若節使橫行，迥風度
雨，西掩重雲，並是傑作」（《唐詩會通評林》）。

4 紀昀曰：「結稍直遂」（《瀛奎律髓》〈刊誤〉）。

九（日）月使君席奉餞衛中丞赴長水[1]

節使[2]橫行[3]西出師，鳴弓[4]摑甲羽林兒。臺上霜威[5]凌草木，軍
中殺氣[6]傍旌旗。預知漢將宣威日，正是胡塵欲滅時。為報使君
多泛菊[7]，更將弦管醉東籬。

【校】

① 題　宋本、鄭本、黃本、石印本、《全唐詩》「九月」並作「九
　　日」，案作「九日」是。

② 霜威　宋本、鄭本、黃本、石印本、《全唐詩》並作「霜風」。

③ 弦管　宋本、鄭本、黃本、石印本並作「絃管」。

【注】

1 題　衛中丞當即〈衛節度赤驃馬歌〉中之衛節度伯玉。中丞當為
　　兼攝。《詩·邶風》〈泉水〉：「飲餞于禰」，《釋文》：「餞，送行
　　餞酒也」。長水　《唐書·地理志》：「河南道河南府長水縣，隨
　　長澤縣，義寧兀年，改為長水，武德元年屬虢州，顯慶二年隸洛
　　州」。案故治在今河南洛寧縣西四十五里。

2 節使　古者奉旨出使，仗節而行。《史記》〈司馬相如列傳〉：「乃
　　拜相如為中郎將，建節往使。」《漢書》〈蘇武傳〉：「武帝天漢元
　　年，遣武以中郎將使持節送匈奴使留在漢者」。魏晉以後督軍鎮

守者加使持節，唐初亦有此制。劉孝威〈結客少年場行〉：「邊城多警急，節使滿郊衢。」

3 **橫行** 《史記》〈季布傳〉：「上將軍樊噲曰：臣願得十萬眾，橫行匈奴中。」橫音ㄏㄥˋ。

4 **鳴弓句** 鳴弓，謂張弓發箭有聲也。擐甲，見五古〈北庭貽宗學士道別〉詩注，《漢書·百官公卿表》：「羽林掌送從，次期門，武帝太初元年初置，名曰建章營騎，後更名羽林騎。又取從軍死事之子孫養羽林，官教以五兵，號曰羽林孤兒。」費昶〈發白馬詩〉：「家本樓煩俗，召募羽林兒。」

5 **霜威** 已見五律〈奉陪封大夫九日登高〉詩注。

6 **殺氣** 鍾嶸《詩品·總論》：「或負戈外戍，殺氣雄邊。」

7 **泛菊** 《西京雜記》：「菊花舒時，並採莖葉，雜黍米釀之，至來年九月九日始熟，就飲焉，故謂之菊花酒。」張正見〈賦得白雲臨酒〉詩：「菊泛金枝下。」杜甫〈深伐木〉詩：「秋光近青岑，季月當泛菊」仇註：「泛菊，謂酒中泛花。……風俗記：重陽相會，登山飲菊花酒，謂之登高會，又謂之泛菊。」沈德潛曰：「泛菊以壯行色，補九日意」（《唐詩別裁》）。

【箋】

1 王世貞曰：「雄健不拘」（《唐詩會通評林》）。

2 蔣一葵曰：「前六句殺氣騰騰，後二句交情藹藹」（《唐詩會通評林》）。

3 唐汝詢曰：「盛唐聯，率以實勝，此獨以虛勝。前六語，說盡中丞，末一聯，補足題意。如大匠用木，長短合宜，絕不虛廢物料」（《唐詩會通評林》）。

使君席夜送嚴河南赴長水[1]

嬌歌急管雜青絲[2]，銀燭金杯映翠眉。使君地主能相送，河尹[3]天明坐莫辭[4]。春城月出人皆醉，野戍花深馬去遲。寄聲[5]報爾山翁[6]道，今日河南勝昔時[7]。

【校】

① **題** 全唐詩同，題下注云「得時字」。
② **杯** 鄭本作「盃」，案二字通。

【注】

1 **題** 使君席，虢州刺史王奇光設筵席也。《岑詩繫年》：「詩曰：河尹天明坐莫辭」，河尹即謂河南尹嚴武也。長水，見前首注，時河南尹寄理長水。《舊唐書》〈劉晏傳〉：「尋遷河南尹，時史朝義盜據東都，寄理長水」可證。

2 **青絲句** 謂妓歌而管絃雜湊也。鮑照〈白紵歌〉：「古稱淥水今白紵，催絃急管為君舞。」唐太守可蓄絲竹。《唐會要》卷三十：「天寶十載九月二日敕：五品已上正員清官，諸道節度使及太守等，並聽當家畜絲竹，以展歡娛，行樂盛時，覃及中外。」

3 **河尹** 杜甫〈奉寄河南韋尹丈人〉詩：「有客傳河尹，逢人問孔融。」河尹稱河南尹李膺，此指嚴武。

4 **坐莫辭** 案坐猶且也，詩意謂且莫辭宴飲至天明也。說詳近人張相《詩詞曲語詞匯釋》。

5 **寄聲** 猶言寄語，謂託人致問也。《漢書》〈趙廣漢傳〉：「界上亭長，寄聲謝我。」

6 **山翁** 李白〈襄陽歌〉：「旁人借問笑何事？笑殺山公醉似泥。」一稱山翁。〈對酒醉題屈突明府廳〉詩：「山翁今已醉，舞袖為君開。」杜甫〈送田四弟將軍將夔州柏中丞命起居江陵節度使陽城

郡王衛公幕〉詩：「定醉山翁酒，遙憐似葛彊。」山翁比嚴，言其醉似山簡也。

7 **勝昔時**　句頌河南之盛。上年（乾元二年）十月洛陽告捷，故云。

【箋】

1 唐汝詢曰：「疑使君乃河南人，而嚴為河南尹，時將歸長水以省親，故使君祖之也。歌外之管絃並發，燭下之侍女捧盃，地主相送，若此其厚，河尹能不歡飲至旦乎？既而月出酒酣，看花惜別，且曰：我欲寄聲以報爾山翁，今河南被君之澤，殊勝於往日也。蓋美嚴公之政，而因以慰其親焉」（《唐詩解》）。

2 郭濬曰：「春城一聯，迷離荏苒，結亦有情」（《唐詩會通評林》）。

3 陳繼儒曰：「起得富麗，接得淡宕。前篇為報使君，此言報爾山翁，用意別而擒詞雄健，各盡其妙」（《唐詩會通評林》）。

4 王世貞曰：「摩詰酌酒與裴迪篇與岑嘉州『嬌歌急管雜青絲……今日河南勝昔時』。蘇子瞻：『我行日夜向江海，楓葉蘆花秋興衰。平淮忽迷天遠近，青山久與船低昂。壽州已見白石塔，短棹又轉黃茅岡。波平風軟望不到，故人久立天蒼茫。』八句皆拗體也，然自有唐宋之辨，讀者當自得之。」（《藝苑巵言》）

暮春虢州[1]東亭送李司馬歸扶風[2]別廬

柳瞺[3]鶯嬌花復殷[4]，紅亭綠酒送君還。到來函谷[5]愁中月，歸去磻溪[6]夢裡山[7]。簾前春色應須惜，世上浮名[8]好是閒。西望鄉關腸欲斷，對君衫袖淚痕[9]斑。

【校】

① 閒　宋本、鄭本、黃本、石印本、《全唐詩》並作「閑」，案二字同。

② 鄉關　宋本、鄭本、黃本、石印本並作「鄉園」。

③ 斑　宋本、鄭本、黃本、石印本並作「班」，案二字通。

【注】

1 虢州　已見五古〈虢州郡齋南池幽興〉詩注。

2 扶風　已見五古〈虢州送鄭興宗弟歸扶風別廬〉詩注。

3 柳鞶　已見七古〈送郭乂雜言〉詩注。

4 殷　《左傳》成公二年：「左輪朱殷」，杜預注：「朱、血色，血色久則殷，今人謂赤黑為殷色。殷音近煙。杜甫〈詩將〉詩：「曾閃朱旗北斗殷」。

5 函谷　已見七古〈函谷關歌送劉評事使關西〉詩注。

6 磻溪　《水經・渭水注》：「渭水之右，磻溪水注之，水出南山茲谷，⋯⋯溪中有泉，謂之茲泉，泉水潭積，自成淵渚。東南隅有一石室，蓋太公所居也。水流次平石釣處，即太公垂釣之所也。其投竿跽餌，兩膝遺跡猶存，是有磻溪之稱」。案磻音盤。在今陝西寶雞東南。

7 夢裡山　沈德潛曰：「夢裡山，言客中所夢之山，今始得歸也」（《唐詩別裁》）。

8 浮名　謝靈運〈初去郡〉詩：「拙訥謝浮名。」張銑注：「浮，過也。」按即虛名。

9 淚痕句　沈德潛曰：「司馬歸而己為客，是以望鄉垂涕也」（《唐詩別裁》）。

【箋】

1 王世貞曰：「詩至大歷，高、岑、王、李之徒，號為已盛，然才情所發，偶與境會，了不自知其墮者，如『到來函谷愁中月，歸

去磻溪夢裡山』，『鴻雁不堪愁裡聽，雲山況是客中過』，『草色全經細雨濕，花枝欲動春風寒』，非不佳致，隱隱逗漏錢、劉出來。至『百年將半仕三已，五畝就荒天一涯』，便是長慶以後手段」（《藝苑卮言》）。

2　周珽曰：「委婉深沉，古意幽韻，盛唐妙境」（《唐詩會通評林》）。

3　唐汝詢曰：「起對妙聯，與雞鳴紫陌，足稱雙美。結，客中真情，無妨急切」（《唐詩解》）。

4　吳綏眉曰：「三四乃嘉州最警之句。夢裡山，言客中所夢之山，今已得歸矣。磻溪豈在扶風耶？抑借垂綸以況歸隱耶」（《刪定唐詩解》）。

5　方東樹曰：「首二句細，發暮春東亭送歸六字，三四扶風，五六歸後情事，收自己不得歸，起句敘點，祇是設色攢字，是一法門。」（《昭昧詹言》）

6　潘德輿曰：「于鱗（李攀龍字）……註云：是三昧語，最要頓悟。……愚按嘉州此聯，宛轉入情，虛實相副，妙處正在目前，詮以三昧，轉覺鑿之使深，令人難喻，漁洋祖襲此論，亦好高之弊也。」（《養一齋詩話》）。

赴嘉州[1]過城固縣[2]尋永安超禪師[3]房

滿寺枇杷冬著花，老僧相見具袈裟[4]。漢王城[5]北雪初霽，韓信壇[6]西日欲斜。門外不須催五馬[7]，林中且聽演三車[8]。豈料巴川[9]多勝事，為君書此報京華[10]。

【校】

① **滿寺** 宋本、鄭本、黃本、石印本並作「滿樹」。

② **韓信壇** 宋本、鄭本、黃本、石印本、《全唐詩》並作「韓信臺」。

【注】

1 **嘉州** 已見五古〈上嘉州青衣山中峰題惠淨上人幽居〉詩注。

2 **城固縣** 《元和郡縣志》:「城固縣,本漢舊縣,屬漢中郡,隋開皇三年,改屬梁州,武德三年,改為唐固縣,貞觀二年復舊」。案故治在今陝西城固縣西北。

3 **永安超禪師** 似謂永安寺僧道超(見《宋高僧傳》卷五)

4 **袈裟** 《玄應(音義)》十五曰:「袈娑……字本從毛,作毠毲二形,葛洪後作『字苑』,始改從衣。」已見五古〈寄青城龍溪奐道人〉詩注。

5 **漢王城** 《一統志》:「漢王城在城固縣東十里,南近漢江,北繞婿水,相傳漢王駐兵於此」。《漢書·高帝紀》:「更立沛公為漢王,王巴、蜀、漢中四十一縣,都南鄭。」顏注:「即今梁州南鄭縣。」今陝西漢中市,城固縣在其東北,故云。

6 **韓信壇** 《一統志》:「韓信壇,在城固縣北。《水經注》:大城固北,臨婿水,水北有韓信壇,高十餘丈,上容百許人,相傳高祖齋七日,置壇設九賓以禮拜信也」。《輿地廣記》卷三十二:「興元府城固縣,有韓信台,即漢高祖置壇,設九賓之禮,以拜信為大將。」《輿地紀勝》卷一八三:「韓信壇在城固縣東六里,……張少愚詩:『漢用亡臣策,登壇授鉞時,須知數仞上,曾立太平基。』」

7 **五馬** 已見七古〈敷水歌送竇漸入京〉詩注。

8 **三車** 《法華經》:「長者告諸子言,羊車、鹿車、牛車、今在門外,可以遊戲,汝等於此火宅,宜速出來」。注云:「羊車喻聲聞乘,鹿車喻緣覺乘,牛車喻菩薩乘,俱以運載為義,方便設施」。

9 巴川　即巴江。《三巴記》：「巴字水，閬、白二水合流，自漢中
　 至始寧城下，入武陵，曲折三曲（迴），有如巴字，亦曰巴江」
　 此指漢中，城固一帶。

10 京華　郭璞〈遊仙詩〉：「京華遊俠窟。」京師為大乘文物所萃，
　 因謂京師為京華，《舊唐書・地理志》：「京師，秦之咸陽，漢之
　 長安也。隋開皇二年，自漢長安故城東南移二十里，置新都，今
　 京師是也」。今陝西省西安市。

【箋】

1 金聖嘆曰：「《法華經》云：眾生見劫盡，大火所燒時，我此土安
　 隱，天人常充滿。先生正用此義寫超禪師房中也。言歲行入冬，
　 百卉俱凋，何意此間枇杷獨秀。無所卒歲，人人荒促，何意大師
　 威儀凜然。然則世上頭等英雄，到頭終有銷散，不如高僧出世，
　 現住常住真境也。三四漢王城、韓信壇，雖取城固古蹟，然正為
　 其是頭等英雄。雪初霽、日欲斜，雖取是日冬景，然正借其喻到
　 頭銷散。一解說，便如佛說大方等經，若果龍象之人，未有不哭
　 震大千者也」（《選批唐才子詩》）。

2 胡應麟曰：「岑參滿樹枇杷冬著花，老僧相見具袈裟，……雖意
　 稍疏野，亦自一種風致」（《詩藪》）。

3 顧璘：「此篇音律柔緩，獨似中唐」（《唐音評點》）。

奉和相公¹發益昌²

相國³臨戎別帝京，擁旄⁴持節遠橫行⁵。朝登劍閣⁶雲隨馬，夜
渡巴江⁷雨洗兵⁸。山花萬朵迎征蓋，川柳千條拂去旌。暫到蜀城
應計日⁹，須知明主待持衡¹⁰。

【校】

① **題** 《全唐詩》「奉和」二字下注「一本有杜」。

② **相國** 《全唐詩》作「相公」。

③ **別帝京** 《英華》作「發帝京」。

④ **擁旄** 宋本、鄭本、黃本、石印本、《全唐詩》並作「擁麾」。

⑤ **夜渡** 宋本、鄭本、黃本、石印本並作「曉渡」，誤。

⑥ **迎** 《英華》作「垂」。

⑦ **拂** 《英華》作「撥」。

⑧ **到** 《英華》作「別」。

【注】

1 **題** 《唐書》〈杜鴻漸傳〉：「崔旰殺郭英乂，據成都，上命宰相杜鴻漸鎮撫之」。《岑嘉州繫年考證》：「四月至益昌：六月入劍門。」此當為大曆元年六月入劍門前作。《舊唐書》本傳稱鴻漸為兵部侍郎同中書門下平章事，尋轉中書侍郎，故稱相公。杜之原詩已佚。

2 **益昌** 案益昌即利州，在今四川廣元縣。《元和郡縣志》：「益昌縣，東北至（利）州四十五里，本漢葭萌縣地。……隋改屬利州」。

3 **相國** 相國，《漢書·百官公卿表》：「相國，丞相皆秦官，金印紫綬，掌丞天子，助理萬機，秦有左右。高帝即位，置一丞相，十一年更名相國。綠綬，孝惠、高后置在右丞相。」梁簡文帝〈京洛篇〉：「竇憲出臨戎」，臨戎，監臨軍旅。

4 **擁旄** 已見七古〈輪台歌奉送封大夫出師西征〉詩注。

5 **橫行** 已見〈九日使君席奉餞衛中丞赴長水〉詩注。

6 **劍閣** 已見〈送郭僕射節制劍南〉詩注

7 **巴江** 已見〈赴嘉州過城固縣尋永安超禪師房〉詩注

8 **洗兵** 已見〈送郭僕射節制劍南〉詩注。

9 **計日句** 《魏書》：「擒公孫淵，可計日也」。沈德潛曰：「計日定

亂，望其歸也」（唐詩別裁）。

10　**持衡**　《唐書》：「天下之勢猶持衡」。《書言故事》卷九〈宰相
　　類〉：「宰相秉鈞持衡」。案鈞，均也。衡，平也。宰相秉國之
　　政，得其均平。

【箋】

1　吳山民曰：「起有氣魄」（《唐詩會通評林》）。

2　唐汝詢曰：「起結俱佳，頷聯亦壯」（《唐詩會通評林》）。

3　周啟琦曰：「既望杜西征所向奏捷，復囑其寇平速返，以慰重託
　　厚恩，意調亦雋爽」（《唐詩會通評林》）。

4　案郎士元有〈奉和杜相公益昌路作〉詩，茲錄之於下，以供參考
　　（據《全唐詩》）。
　　春半梁山正落花，台衡受律向天涯。南去猿聲傍雙節，西來江色
　　遶千家。風吹畫角孤城曉，林映峨眉片月斜。已見廟謨能喻蜀，
　　新文更喜報京華。

首春渭西郊行呈藍田²張主簿¹

迴風³度雨⁴渭城⁵西，細草新花踏作泥。秦女峰⁶頭雪未盡，胡
公陂⁷上日初低。愁窺白髮羞微祿，悔別青山憶舊溪。聞道輞川⁸
多勝事，玉壺春酒正堪攜。

【校】

①　**題**　宋本、鄭本、黃本、石印本、《全唐詩》並作〈首春渭西郊
　　行呈藍田張二主簿〉。

②　**迴風**　宋本、鄭本、黃本、石印本並作「回風」，案迴，回二字通。

【注】

1 **題** 《岑詩繫年》:「以下三篇玩詩意,疑皆初授官後作」按此詩云「愁窺白髮羞微祿」下篇云:「首春渭西郊行呈藍田張主簿」、「喜韓樽相過」:「祿米只充沽酒資」。〈因假歸白閣西草堂〉云:「誤徇一微官」故並繫於此。

2 **藍田** 《新唐書·地理志》:「京兆府有藍田縣。」今陝西藍田縣西。《梁元帝纂要》:「孟春曰上春,……首春」應是天寶四、五載正月之作。」《元和郡縣志》:「藍田,本秦孝公置。案《周禮》:玉之美者曰球,其次為藍(案今《周禮》無此文,杜佑《通典》藍田縣下亦有是語,而不云《周禮》),蓋以縣出美玉,故曰藍田」。案故治即今陝西藍田縣。

3 **迴風** 已見五古〈登嘉州凌雲寺〉詩注。

4 **度雨** 庾肩吾〈尋周處士弘讓〉詩:「泉飛疑度雨,雲積似重樓」。

5 **渭城** 《太平寰宇記》:「故渭城在今雍州咸陽縣東北二十二里渭水北,秦之杜郵、白起死於此,其城周八里,秦自孝公至始皇,皆都於此城,武帝元鼎三年,更名渭城,後漢省,併地入長安,故此城存也」。

6 **秦女峰** 揚雄〈蜀王本紀〉:「秦王獻美女於蜀王,蜀王遣五丁迎女,秦女上山,化為石,今藍田有秦嶺」。案秦女峰在西安府。或云:即華山玉女峰。

7 **胡公陂** 《長安志》:「渼陂在鄠縣西五里,出終南山諸谷,合胡公泉為陂」。《一統志》:「胡公泉在鄠縣西七里,旁有虞思胡公廟」。在今陝西鄠縣西。

8 **輞川** 《雍錄》:「輞川在藍田縣西南二十里,王維別墅在焉」。宋之問〈藍田山莊〉詩:「輞川朝伐木,藍水暮澆田」《新唐書》〈王維傳〉:「別墅在輞川,地奇勝有華子岡,欹湖、竹里館、柳浪、茱萸沜,辛夷塢,與裴迪遊其中,賦詩相酬為樂。」按輞川在今陝西藍田縣西南二十里。

【箋】

1　程元初曰：「寓意傷時，無限淒涼」（《唐詩會通評林》）。

2　陸時雍曰：「五六穩穩已開大歷之漸」（《唐詩會通評林》）。

3　何景明曰：「語語綽有思緻，第頸聯並用愁、羞、悔、憶四字，非大手老筆不能妙」（《唐詩會通評林》）。

4　蔣一梅曰：「語似落中唐，然其致自佳。結意深長，音卻略急」（《唐詩會通評林》）。

5　唐汝詢曰：「盛唐大都失拈，此則字字合律；盛唐布情則弱，此則雄贍有致；孰謂嘉州不堪王、李對壘」（《唐詩會通評林》）。又曰：「此感春而倦遊宦也，前二聯敘郊行之景、後二聯寫倦遊之情」（《唐詩解》）。

6　黃香石曰：「此詩具見手腕柔和，須於氣息求之」（《唐賢三昧集箋注》）。

秋夕讀書秋幽興獻兵部李侍郎¹

年紀蹉跎²四十強，自憐頭白始為郎³。雨滋苔蘚⁴侵階綠，秋颯梧桐覆井黃。驚蟬也解求高樹，旅雁還應厭後行。覽卷試穿鄰舍壁⁵，明燈何惜借餘光⁶。

【校】

①　題　宋本、鄭本、黃本、石印本、《全唐詩》並作〈秋夕讀書幽興獻兵部李侍郎〉。案叢刊本「讀書」二字下之「秋」字，蓋涉上「秋夕」而衍，宜刪。

【注】

1 **題** 《岑嘉州詩集序》:「入為祠部、考功二員外郎」。觀「旅雁還應厭後行」之句,知岑參時尚在祠部員外郎任上也,按郎官石柱題名,祠部員外郎有岑參。《舊唐書・職官志》:「考功郎中員外郎之職,掌內外文武官吏之考課。」《新唐書・百官志》:「考功郎中,置外部各一人,掌文武百官功過、善惡之考法及其行狀。」岑參改考功員外郎在廣德元年秋至二年春夏間。《岑嘉州繫年考證》:「案拜祠部員外郎,不知在何時,姑以意訂為本年(寶應元年)十月雍王收東京、河陽、汴、鄭、滑、相、魏等州後。」〈秋夕讀書幽興獻兵部李侍郎〉詩曰:「年紀蹉跎四十強,自憐頭白始為郎。」本年四十八歲,詩蓋即作於此時。」兵部侍郎當為李進。《新唐書・宗室傳》:「淮安靖王神通子孝節,考節曾孫暠,暠弟量,量子進,進亦知名,從當世賢士游,賙人之急,累擢給事中,至德初,從廣平王東征,以工部侍郎署雍王元帥府行軍司馬,為回紇鞭之幾死,遷兵部,卒贈禮部尚書。」〈宰相世系表〉:「太僕卿量,子兵部侍郎進。」

2 **蹉跎** 已見七古〈送費子歸武昌〉詩注。

3 **自憐頭白始為郎** 《史記》〈馮唐列傳〉:「唐以孝著,為郎中署長,事文帝,帝輦過,問唐曰:父老何自為郎?家安在?」《漢紀》卷八:「馮唐白首,屈於郎署,豈不惜哉?」左思〈詠史詩八首〉之二:「馮公豈不偉,白首不見招?」此謂為祠部員外郎也。

4 **苔蘚** 已見五律〈長門怨〉詩注。

5 **穿壁** 《西京雜記》:「匡衡字稚圭,勤學而無燭,鄰舍有燭而不逮,衡乃穿壁引其光,以書映光而讀之。」駱賓王〈螢火賦〉:「匪偷光於鄰壁。」

6 **借光** 《史記》〈甘茂傳〉:「甘茂之亡秦奔齊,逢蘇代,代為齊使於秦,甘茂曰:臣得罪於秦,懼而遯逃,無所容跡,臣聞貧人女與富人女會績,貧人女曰:『我無以買燭,而子之燭光幸有餘,

子可分我餘光，無損子明，而得一斯便焉』。今臣困，而君方使
秦而當路矣，茂之妻子在焉，願君以餘光振之。蘇代許諾，遂致
使於秦」。

卷六　五言絕句十七首

題三會寺¹蒼頡造字臺

野寺荒臺晚，寒天古木悲。空階有鳥迹²，猶似造書時。

【校】

① 堦　鄭本作「階」，黃本作「皆」，誤。

② 迹　宋本、鄭本、黃本、石印本、《全唐詩》並作「跡」，案二字同。

【注】

1 三會寺　《一統志》:「三會寺在長安縣西南二十五里，昆明池邊。長安志:唐景龍中，中宗幸其地，本蒼頡造書臺」。《長安志》卷十二:「長安縣三會寺在縣西南二十里宮張邨，唐景龍中，中宗幸寺，其地本倉頡造書臺。」

2 鳥迹　《說文》〈序〉:「古者庖犧氏之王天下也，仰則觀象於天，俯則觀法於地，視鳥獸之文與地之宜。黃帝之史倉頡（段玉裁曰:倉，或作蒼，案廣韻云:倉，姓，倉頡之後，則作蒼非也），見鳥獸蹏迒之迹，知分理之可相別異也，初造書契，百工以乂，萬民以察」。《水經注》:「倉頡本鳥迹為字，取其孳乳相生，故文字有六義焉」。

【箋】

　　劉永濟曰:「首二句寫三會寺造字台景物，因其荒古而生懷古之幽情，三四句見鳥迹而懷想造書時」（《唐人絕句精華》）

秋思

那知芳歲晚，坐見寒葉墮。吾不如腐草[1]，翩飛作螢火。

【校】

① 芳歲　鄭本作「方歲」。

【注】

1 腐草二句　《禮記・月令》：「腐草為螢」，鄭玄注：「螢，飛蟲，螢火也」。崔豹《古今注》：「螢火，一名景天，一名熠燿，一名丹鳥，一名夜光，腐草為之，食蚊蚋」。

行軍九日思長安故園[1]時未收長安

強欲登高[2]去，無人送酒[3]來。遙憐[4]故園菊，應傍戰場開。

【校】

① 題　宋本、鄭本、黃本、石印本並同，惟無「時未收長安」五字。
② 傍　鄭本作「傷」。

【注】

1 題　原注：「時未收長安」。案至德二載，安祿山陷長安，公扈從在鳳翔（見五古〈行軍詩〉注），作重九懷鄉之詩，先謂強欲，次謂無人，皆有孤客懷鄉、百無聊賴之感，結果只是憐故園，並未登高山，觀詩題及全詩自明。
2 登高　已見五律〈奉陪封大夫九日登高〉詩注。

3 **送酒**　因在軍中，故無人送酒。《藝文類聚》引《續晉陽秋》：「陶潛嘗九月九日無酒，出宅邊菊叢中，摘菊盈把，坐其側，久之，望見白衣人至，乃王弘送酒也，即便就酌，醉而後歸」。

4 **遙憐二句**　長安故園之菊，在戰場之旁，寂寞自開，我亦為之遙憐，而憐菊即所以自憐，故鄉淪為戰場，家屬安危莫保，衷情之慘苦，甚於寂寞之菊花。江總〈長安九日〉詩：「故園籬下菊，今日為誰開」。

【箋】

1 蔣一葵曰：「但點戰場二字，輒有無限悲愴」（《唐詩會通評林》）。

2 唐汝詢曰：「客中寂寞，未若故園之慘，菊傍戰場，佳景安在，悲歌可以當泣者，此也」（《唐詩會通評林》）。

3 周敬瑜曰：「此詩因九日而思及登高，因登高而思及菊花酒，因菊花酒而思及故園之菊，因故園之菊，而思及故園淪為戰場，層次井然。合句結出思故園之故，尤見悽苦」（《唐詩絕句選釋》）。

歎白髮[1]

白髮生偏速，教人不奈何。今朝兩鬢上，更覺數莖多。

【校】

① **偏速**　宋本、黃本並作「太速」。

② **教**　宋本、黃本、鄭本、《全唐詩》並作「交」。

③ **覺**　宋本、鄭本、黃本、石印本、《全唐詩》並作「較」。

【注】

1 **題** 岑參於乾元元年作,〈寄左省杜拾遺〉詩曰:「白髮悲花落。」
此必其前後所作。

日沒賀延磧[1]

沙上見日出,沙上見日沒。悔向萬里來,功名是何物。

【注】

1 **賀延磧** 《唐會要》卷七十三:「右史崔融請不拔四鎮。議
曰:……其後吐番果驕,大入西域,焉耆以西,所在城堡,無不
降下,遂長驅而來,踰高昌壁,歷車師庭,侵常樂界,當莫賀延
磧,以臨我燉煌……莫賀延磧者,延袤二千里,中間水草不生
焉。」(並見《新唐書‧吐番傳》)慧立《大慈恩寺三藏法師傳》
卷一:「(玉門)關外又有五烽……五烽之外即莫賀延磧,伊吾國
境。」道宣《釋迦方誌‧遺迹篇》:「其北道入印度者,從京師西
北行三千三百餘里,至瓜州,又西北三百餘里至莫賀延磧口。」
《元和郡縣志》卷四十:「伊州東南取莫賀磧路至瓜州(晉昌)
九百里。」《岑參邊塞詩繫年補訂》:「李(繫年)斷此詩為天寶
十四載末作。……從詩中『悔向萬里來』之歎看來,情緒低落,
當作於九載末離疆東歸時。」又曰:「天寶八載,詩人抱著『萬
里奉王事,一身無所求』的激情赴邊,但當時邊塞的現實卻使他
陷入了矛盾與苦悶……然此詩實因沙磧行役艱難而發,與下三首
〈歲暮磧外寄元撝〉、〈磧中作〉、〈過磧〉過磧詩思想感情一致,
故並繫於八載初赴安西之時。」

憶長安曲二章寄龐潗[1]

東望望長安，正值日初出。長安不可見，喜見長安日[2]。

【校】

① **題**　樂府詩集作「憶長安曲二首」
② **喜見**　樂府詩集作「但見」。

【注】

1 **龐潗**　岑仲勉《唐人行第錄》（《全唐詩》二函）王昌齡〈山中別龐十〉又三函高適〈酬龐十兵曹〉，名未詳，疑即此人，時代亦相當也。

2 **長安日**　王勃〈白下驛餞唐少府〉：「去去如何道，長安在日邊。」《世說・夙惠》：「晉明帝數歲，坐元帝膝上，有人從長安來，元帝問洛下消息，潸然流涕。明帝問：何以致泣？具以東渡意告之。因問明帝，汝意謂長安何如日遠，答曰：日遠，不聞人從日邊來，居然可知，元帝異之。明日，集群臣宴會，告以此意，更重問之，乃答曰：日近，元帝失色曰：爾何故異昨日之言邪？答曰：舉目見日，不見長安」。

長安何處在，只在馬蹄下。明日歸長安，為君急走馬。

西過渭州[1]見渭水[2]思秦川[3]

渭水東流去，何時到雍州[4]。憑添兩行淚，寄回故園流。

【注】

1 **渭州** 《通典》:「渭州,春秋為羌戎之地,秦置隴西郡,以居隴坻之西為名。唐為渭州,亦謂之隴西郡,領襄武、隴西、渭源、障四縣」。《新唐書·地理志》:「渭州隴兩郡治襄武」,案故治在今甘肅隴西縣西南。

2 **渭水** 《水經·渭水注》:「渭水出隴西首陽縣渭谷亭南鳥鼠山」。

3 **秦川** 《長安志》:「《三秦記曰》:長安正南秦嶺,嶺根水流為秦川,一名樊川」。《雍錄》:「樊川在長安杜縣之樊鄉也,又名御宿川,在萬年縣南三十五里」。案在今陝西長安縣東。

4 **雍州** 《書·禹貢》:「黑水西河惟雍州。」《唐書·地理志》:「京兆府京兆郡,本雍州。」即詩題中之秦川,岑參別業在焉。

【箋】

1 唐汝詢曰:「思家之切,惟有揮淚,庶此水或可寄耳」(《唐詩解》)

2 黃香石曰:「情至,語固不在深」(《唐賢三昧集箋注》)。

3 蔣一葵曰:「岑詩此等處,使人不得哭,不得笑,是鬼王之語也」(《唐詩絕句選釋引》)。

經隴頭分水[1]

隴水[2]何年有,潺潺遍路傍。東西流不歇,曾斷幾人腸。

【校】

① **傍** 鄭本作「傷」。

【注】

1 **題** 《通典》:「天水郡有大阪,名曰隴坻,亦曰隴山。」《三秦記》曰:「其阪九回,不知高幾許,欲上者七日乃越,上有清水四注下,所謂隴頭水也」。

2 **隴水** 已見五古〈初過隴山途中呈宇文判官〉詩注。《水經注》卷十七:「即隴水也,東北出隴山」疏:「熊會貞案:隴山綿延數百里,酈氏以在北者為大隴山,在南者為小隴山,亦或單稱隴山,所出之水甚多。有東西流者,有南北流者。」案同卷渭清水源出小隴山,秦水出東北大隴山。

【箋】

案:郭仲產〈秦州記〉曰:「隴西郡隴山,其上懸巖,吐溜於中嶺泉亭,因名萬石泉泉溢漫散而下,溝澮皆注,故北人升此而歌」。歌曰:

隴頭流水,流離四下。念我行役,飄然曠野。登高望遠,涕零雙墮。隴頭流水,鳴聲幽咽,遙望秦川,肝腸斷絕。

滅胡曲

都護²新滅胡,士馬氣亦麤³。蕭條虜塵淨,突兀⁴天山⁵孤。

【注】

1 **題** 《唐聲詩》上編第十章:「〈滅胡曲〉通首即詠滅胡,與一般樂府之體同,名雖曰曲,亦〈塞上曲〉、〈塞下曲〉之類,當時未必有聲。」

2 **都護** 即北庭都護封常清。

3 **麤** 《說文》十上：「麤，行超遠也」段注：「鹿善驚跳躍，故從
　　三鹿。引伸為鹵莽之稱。」《玉篇》：「麤，不精也、疏也、大也」
　　《集韻》：「粗，通作麤」。

4 **突兀** 已見五古〈登慈恩寺塔〉詩注。

5 **天山** 已見七古〈白雪歌送武判官歸京〉詩注。

醉裡送裴子赴鎮西[1]

醉後未能別，醒時[2]方送君。看君走馬去，直上天山雲。

【校】
① **醒時** 《全唐詩》作「待醒」。

【注】
1 **鎮西** 《新唐書·地理志》：「安西大都護府、至德元載更名鎮
　　西。」知此詩作於至德元、二載。

2 **醒時** 《楚辭·漁父》：「眾人皆醉而我獨醒。」《集韻》卷四：
　　「醒，醉解也。」

寄韓樽

夫子素多疾，別來未得書。北庭[1]苦寒地，體內今何如。

【注】

1 **北庭**　已見五古〈北庭貽宗學士道別〉詩注。

【箋】

1 黃澈曰：「岑參云：夫子素多疾，別來未得書。北庭苦寒地，體內今何如？……亦皆書一通也」（《碧溪詩話》）。

2 劉永濟曰：「此詩明白如話，蓋以詩代書柬也，然二十字中，友朋相念之情深也。」（《唐人絕句精華》）。

尚書念舊垂賜袍衣率題絕句獻上以申感謝¹

富貴情還在，相逢豈問（間）然²。綈袍³更有贈，猶荷故人憐。

【校】

① **問然**　宋本、鄭本、黃本、石印本、《全唐詩》並作「間然」。按作「間然」是也。

【注】

1 **題**　《岑詩繫年》：「上篇（〈過梁州奉贈張尚書大夫公〉）之張尚書，謂張獻誠。以上篇之『富貴情易疏，相逢心不移』之句驗此篇，此篇之尚書，蓋亦謂張獻誠尚書。」

2 **間然**　《漢書》〈韋賢傳附韋玄成傳〉：「間歲而祫。」顏師古注：「間歲，隔一歲也。」間然，隔離貌。間讀去聲。

3 **綈袍**　謂粗繒所製之袍也。《史記》〈范雎傳〉：「范雎既相秦，秦號曰張祿，而魏不知，以為范雎已死久矣。魏聞秦且東伐韓，使須賈於秦，范雎聞之，為微行，敝衣閒步至邸，見須賈，須賈見之而驚曰：范叔固無恙乎？范雎曰：臣為人庸賃，須賈意哀之，

留與坐飲食，曰：范叔一寒至此哉！乃取其一綈袍以賜之。范睢曰：汝罪有三。然公之所以得無死者，以綈袍戀戀有故人之意，故釋公，乃謝罷」。以故人稱張獻誠，以范叔自比。雖地位有異，而情真則一。案綈音啼。高適〈詠史〉詩：「尚有綈袍贈，應憐范叔寒」。

題井陘¹雙溪李道士所居

五粒松²花酒，雙溪道士家。唯求縮却地³，鄉路莫教①睹。

【校】
① **教** 宋本、鄭本、黃本、石印本、《全唐詩》並作「交」。

【注】
1 **井陘** 《史記》〈淮陰侯列傳〉：「趙王成安君陳餘，聞漢且襲之也，聚兵井陘口」。正義曰：「井陘故關在并州石艾縣東十八里，即井陘口」。案井陘即《淮南子·地形訓》所謂九塞之一，高誘謂常山通太原之關。《通典》、《元和郡縣志》、《太平寰宇記》、《清一統志》，並謂即土門口，在今河北井陘縣北。《元和郡縣志》：「恆州井陘縣井陘口，今名土門口，縣西南十里，……鹿泉，出井陘口南山下。」詩為開元二十九年北遊河朔後歸途中作。

2 **五粒松** 《本草·海松子》：「集解：『炳曰：五粒松，一叢五葉如釵，道家服食絕粒，子如巴豆，新羅往往進之』。頌曰：『五粒，字當作五鬣，音傳訛也，五鬣為一叢』。」《癸辛雜識》：「李賀有五粒小松歌，粒者，鬣也」。

3 **縮地** 已見五古〈安西館中思長安〉詩注。

題雲際¹南峰演上人讀經堂

結宇²題三藏³，焚香老一峰。雲間獨坐臥，祇是對杉松。

【校】

① **題**　宋本、鄭本、黃本、石印本、《全唐詩》並作〈題雲際南峰
眼山人讀經堂〉，《全唐詩》題下注云「眼公不下此堂十五年矣」。

② **杉松**　《全唐詩》作「山松」。

【注】

1　**雲際**　已見五古〈潭石淙望秦嶺微雨貽友人〉詩注。

2　**結宇**　謂築室也。《宋書》〈宗炳傳〉：「結宇衡山，欲懷向平之
志」。張協〈雜詩十首〉之九：「結宇窮岡曲。」呂延濟注：「結
構屋宇於深山之曲。」《晉書》〈江逌傳〉：「屏居臨海，棄絕人
世，剪茅結宇，耽玩載籍。」

3　**三藏**　案佛家謂《經藏》、《律藏》、《論藏》三者為《三藏》，此
三者包含一切法義，故名之。《經藏》說定學，《律藏》說戒學，
《論藏》說慧學，達三學者，稱為三藏。《佛學大辭典》：「三藏、
經、律、論也，此三者各包藏文義，故名三藏」江淹〈無為論〉：
「至如釋迦三藏之典，李君《道德》之書，靡不詳其精要。」

題梁鍠[1]城中高居

居住最高處，千家恆眼前。題詩飲酒後，只對諸峰眠。

【校】
① **居住** 《全唐詩》作「高住」。
② **諸峰** 宋本、鄭本、黃本、石印本並作「眾峰」。

【注】
1 **梁鍠** 《國秀集》有梁鍠詩二首，目錄稱執戟梁鍠。《全唐詩小傳》：「官執戟，天寶中人，詩十五首。錢起有〈秋夕與梁鍠文宴詩〉。

戲題關門[1]

來亦一布衣[2]，去亦一布衣。羞見關城吏[3]，還從舊道歸。

【校】
① **舊道** 宋本、鄭本、黃本、石印本、《全唐詩》並作「舊路」。

【注】
1 **題** 《感舊賦》曰：「金盡裘敝，蹇而無成」。此詩當為開元二十三年後失意東歸之作。
2 **布衣** 《史記‧高祖本紀》：「吾以布衣提三尺劍取天下，此非天命乎」。《鹽鐵論》：「古者庶人耋老而後衣絲，其餘則麻枲而已，故命曰布衣」。案謂平民也。

3 **羞見關城吏**　已見五排〈送薛播擢第歸河東〉詩注。

【箋】

吳子良曰：「岑參詩：『來亦一布衣，去亦一布衣，羞見關域吏，還從舊路歸。』于武陵祖其語意云：『猶為布衣客，羞入故關中。』賈島亦云：『有恥長為客，無成又入關。』唐詩人類多哀窮悼屈之語。通塞，命也。世間冠佩煌煌，如坐塗炭，可羞者多矣，為布衣何可羞耶？」（《荊溪林下偶談》）

題汾橋²邊柳樹曾客居平陽郡八九年¹

此地曾居住，今來宛似歸。可憐汾上³柳，相見也依依⁴。

【校】

① **題**　宋本、鄭本、黃本、石印本、《全唐詩》並作〈題平陽郡汾橋邊柳樹〉，《全唐詩》題下注云：「參曾居此郡八九年」。

【注】

1 **題**　原注：「曾客居平陽郡八九年」，《新唐書·地理志》：「晉州平陽郡治臨汾」。案平陽為帝堯之都，古城在今山西臨汾縣南，汾水過此而入黃河。公居此地八九年之久，是必童年侍父僑寓於此。此詩謂橋邊柳樹，依依戀舊，而人之無情，反不如柳，故題此以寄慨。

2 **汾橋**　《元和郡縣志》：「汾橋，架汾水，在臨汾縣東一里，即豫讓欲刺趙襄子，伏於橋下，襄子解衣之處，橋長七十五步，廣六丈四尺」。

3 **汾上**　即汾水之濱也。《水經·汾水注》：「汾水出太原汾陽縣北

管澪山」。

4 **依依**　思戀之貌。李陵答蘇武書：「望風懷想，能不依依」。又
　《詩‧小雅》〈采薇〉：「昔我往矣，楊柳依依」，依依作枝條柔嫩
　解，公詩但用其字面，而意稍不同。

【箋】

　　唐汝詢曰：「言柳之有情，人之無情可想，此正詩人託興處。」
（《唐詩解》）。

卷七　七言絕句

凡三十三首 補遺一首

奉送賈侍御使江外

新騎驄馬[1]復承恩，使出金陵[2]過海門[3]。荊南[4]渭北愁難見，莫惜衫襟著淚痕。

【校】

① **題**　《百家選》作〈送賈侍御使江外〉。

② **愁難見**　宋本、鄭本、黃本、石印本、《全唐詩》、《百家選》並作「難相見」。

③ **淚痕**　《全唐詩》、《百家選》並作「酒痕」。

【注】

1　**驄馬**　已見七古〈青門歌送東臺張判官〉詩注。

2　**金陵**　已見五古〈送許子擢第〉詩注。

3　**海門**　已見五古〈送許子擢第〉詩注。

4　**荊南**　《太平寰宇記》卷九十二：「江南東道常州宜興縣，本秦陽羨縣，周處風土記：本名荊溪。……君山在縣南二十里，舊名荊南山，在荊溪之南。」《一統志》卷八十六：「荊南山，在荊溪縣（明為宜興縣地）南，縣主山也，高而大，巖洞絕勝。……其北為南嶽山，孫皓既封國山，遂以此山為南嶽。其地為古陽羨產茶處。」在今江蘇宜興縣南。

崔倉曹席上送殷寅充石相判官赴淮南[1]

清淮[2]無底綠江深，宿處津亭楓樹林[3]。駟馬[4]欲辭丞相府，一樽①
須盡故人心。

【校】

① 樽　宋本、鄭本、黃本、石印本並作「尊」，案二字通。

【注】

1 題　《新唐書》〈王紹傳〉：「父端，第進士，有名天寶間，與柳
芳、陸據、殷寅友善。據嘗言端之莊，芳之辯、寅之介可以名
世。」〈柳沖傳〉：「唐興，言譜者以路敬淳為宗，柳沖、韋述次
之，……後有李公淹、蕭穎士、殷寅、孔至，為世所稱。」〈殷
踐猷傳〉：「少子寅，舉宏辭，為太子校書，出為永寧尉。吏侮
謾甚，寅怒殺之，貶澄城丞。」〈蕭穎士傳〉：「嘗兄事元德秀而
友殷寅、顏真卿，……殷寅者，陳郡人。」徐松《登科記考》卷
九：「天寶四載進士有殷寅。」《全唐詩》卷二五七〈小傳〉稱：
「殷寅，陳郡人，事母以孝聞，應宏詞舉。」岑仲勉〈讀全唐詩札
記〉：「岑參崔倉曹席上送殷寅充石相判官赴淮南。按淮南節度無
石姓，石相乃右相之訛，右相即中書令，崔圓曾為之，罷相後出
鎮淮南，寅蓋充圓之判官。」倉曹，《唐六典》卷三十：「京兆府
倉曹參軍事二人，正七品下。」《舊唐書·職官志》：「倉曹、司倉
掌公廨。度量、庖廚、倉庫、租賦、徵收、田園、市肆之事。」

2 清淮　《水經注》卷三十：「淮水出南陽平氏縣胎簪山，東北過桐
柏山，東過江夏平春縣北，又東過新息縣南，……又東過壽春縣
北，肥水從縣東北流注之。又東過當塗縣北。……又東北至下邳
淮陰縣西，……又東至廣陵淮浦縣，入於海。」

3 楓樹林　《文選》阮籍〈詠懷詩〉：「湛湛長江水，上有楓樹林」。

4 **駟馬**　已見五古〈送許拾遺恩歸江寧拜親〉詩注。

題苜蓿烽寄家人

苜蓿烽¹邊逢立春，胡蘆河²上淚霑巾。閨中只是空思想，不見沙場愁殺人。

【校】

① **題**　《才調集》作〈苜蓿烽寄家人〉。

② **淚霑巾**　宋本、鄭本、黃本、石印本、《全唐詩》、《百家選》並作「淚沾巾」，《才調集》作「泪沾巾」。

③ **只是**　《才調集》作「占是」，誤。

④ **空思想**　《全唐詩》、《百家選》、才調集並作「空相憶」。

【注】

1 **苜蓿烽**　在玉門關西北。唐三藏《西域記》：「塞上無驛亭，又無山嶺，止以烽火為識，玉門關外有五烽，苜蓿烽其一也。葫蘆河上狹下廣，迴波甚急，深不可渡，上置玉門關，即通西域之咽喉也。」慧立《大慈恩寺三藏法師傳》卷一：「乃晝伏夜行，遂至瓜州。……法師因訪西路，或有報云：從此北行五十餘里有瓠𤬛河，下廣上狹，迴渡甚急，深不可渡。上置玉門關，路必由之，即西域之咽喉也。關外西北又有五烽，候望者居之，各相去百里，中無水草，五烽之外即莫賀延磧，伊吾國境。」《岑參邊塞詩繫年補訂》：「李（繫年）斷此詩為岑參至德元載冬東歸時作，不確。」詩云：「苜蓿烽邊逢立春，胡蘆河上淚霑巾。」查唐代典籍，水名「胡蘆」者有五條，此胡蘆河則玉門關附近之疏勒河，

苜蓿烽為關外五烽之一。……至德元載冬詩人到達玉門關的時間是在十二月上旬，這有玉門關蓋將軍歌為證，詩中有「臘日射殺千年狐」句。而這次立春在至德二載正月初八（七五七年二月一日），其時岑參早已過葫蘆河、離玉門關，大概正逗留在酒泉、武威一帶。我推此詩當作於詩人九載末，十載初第一次東歸時，因為九載冬至在農曆十一月十五日，立春恰在正月初一（七五一年二月一日……）。」

2 **胡蘆河** 《元和郡縣志》卷三：「蔚茹水，在（原州蕭關）縣之西，一名葫蘆河。」鄭谷〈江宿聞蘆管〉詩：「須知風月千檣下，亦有葫蘆河畔人。」向達謂：「瓠蠦河，冥詳（大唐故三藏玄奘法師）行狀作胡盧河，即今窟窿河，經亂山子（在今安西縣雙塔堡附近）以入疏勒河。」

【箋】

1 吳綏眉曰：「嘉州嘗從封常清西征，而出玉門，諸詩大抵皆西征時所作，此睹風景之惡，而寄家人以詩也」（《刪定唐詩解》）。

2 唐汝詢曰：「空字宜玩，末句相憶外更生一意，語便不淺」（《唐詩會通評林》）。

3 森大來曰：「此詩只言淚沾巾，愁殺人，並未言如何沾巾，如何愁殺，此皆閨中之不能想像，有非言語之所能形容故也，詩之悽切動人，反在不言處」（《唐詩選評釋》）。

4 劉永濟曰：「此詩三四句較但寫家人相憶之詞，更進一層，言家人空憶遠人，不知遠戍沙漠之苦，有非空想所知。」（《唐人絕句精華》）。

5 劉開揚曰：「按寫閨中思念沙場之人，則己之思家見於言外，與高適〈除夜作〉之『故鄉今夜思千里，霜鬢明朝又一年』同其作意」（《岑參詩集編年箋註》）。

玉關²寄長安主簿¹³

東去長安萬里餘，故人何惜一行書⁴。玉關西望堪腸斷，況復明
朝是歲除⁵。

【校】

① **題**　宋本、鄭本、黃本、石印本、《全唐詩》並作〈玉關寄長安
李主簿〉。

② **東去**　《百家選》作「去去」。

③ **長安**　《才調集》作「長沙」，誤。

④ **堪腸斷**　《才調集》作「腸堪斷」。

【注】

1 **題**　《岑詩繫年》定此詩為天寶八載西行之作，但〈經火山詩〉
云：「我來嚴冬時，山下多炎風。」則歲除前不得尚在玉門關也，
改為天寶九載東歸至玉門關作。

2 **玉關**　即玉門關，《新唐書・地理志》：「沙州燉煌郡壽昌縣，西
有陽關，西北有玉門關。此所指為漢玉門故關，今甘肅燉煌西
北。《中國名勝詞典》：「玉門關，一名小方盤城，在燉煌縣城西
北八十公里的戈壁灘上，相傳和闐玉經此輸入中原，故名。」是
絲綢之路北路必經的關隘。

3 **主簿**　《唐六典》：「主簿二人，從七品上。」案：主簿為主管文書
簿籍之官。

4 **一行書**　何遜〈從主移西州寓直齋內霖雨不晴懷郡中遊聚〉詩：
「欲寄一行書，何解三秋意」杜甫〈寄高三十五詹事適〉詩：「相
看過半百，不寄一行書」。

5 **歲除**　孟浩然〈歲暮歸南山〉詩：「白髮催年老，青陽逼歲除」。
謂除舊歲也，即歲盡之意。

【箋】

1 吳綏眉曰：「此責主簿之無書，謂旅思方深而值歲盡，何以不相
慰也」（《刪定唐詩解》）。

2 鍾惺曰：「悽楚在末句」（《唐詩歸》）

3 蔣一葵曰：「又添一意，益復深長」（《唐詩會通評林》）。

4 周珽曰：「玩『況復』二字，得古詩『思君令人老，歲月忽已晚』
之意」（《唐詩會通評林》）。

5 黃培芳曰：「一起音調何其超妙，詩本乎聲，不諧聲律便是俗
筆。」（《唐賢三昧集箋注》）。

獻封大夫破播仙²凱歌³六章¹

漢將⁴承恩西破戎，捷書先奏未央宮⁵。天子預開麟閣⁶待，祇今
誰數貳師功⁷。

【校】

① 題　宋本、鄭本、黃本、石印本、全唐詩、樂府詩集並作「獻封
大夫破播仙凱歌六首」。

【注】

1 題　封大夫，謂封常清也。《唐書》〈封常清傳〉：「十三載入朝，
攝御史大夫。俄而北庭都護程千里，入為右金吾大將軍，乃令常
清權知北庭都護，持節充伊西節度使」。案常清破播仙事，史傳
失載，今從公〈輪臺歌奉送封大夫出師西征〉詩（〈詩序〉云：
「天寶中，匈奴回紇寇邊，踰花門，略金山，煙塵相連，侵軼海
濱，天子於是授鉞常清出師征之，及破播仙，奏捷獻凱，參乃作

凱歌云」）及本詩考得之。〈輪臺歌〉云：「劍河風急雲片闊，沙口石凍馬蹄脫」，本詩第二章云：「蒲海曉霜凝馬尾，蔥山夜雪撲旌竿」，其時序與前〈北庭西郊候封大夫受降回軍獻上〉詩（見五古注）不同，知非一事。明年（天寶十四年）。安祿山反，主帥封常清被召還朝，則破播仙，必在本年冬矣。

2 **播仙**　本漢且末國，《大唐西域記》卷十二：「至折摩馱那故國，即沮末地也，城郭巋然，人煙斷絕。」《漢書・西域傳》：「且末國王治且末城，去長安六千八百二十里……西北至都護治所二千二百五十八里，北接尉犁，南至小宛可三日行。有蒲陶諸果，西通精絕二千里。」《新唐書・地理志》：「西州交河郡蒲昌縣，……西有七屯城、弩支城，有石城鎮、播仙鎮。」又引賈耽所記《入四夷道路》，其中《安西入西域道》詳述云：「自蒲昌海南岸西經七屯城，漢伊修城也，又西八十里至石城鎮，漢樓蘭國也，亦名鄯善。……又西二百里至新城，亦謂之弩支城。……又西經特勒，並渡且末河五百里至播仙鎮，故且末城也，高宗上元中更名。」柴劍虹謂：「查閱一九七三年於吐魯番阿斯塔那古墓出土的〈天寶十三載西州驛館馬料賬〉，發現有如下記載：『（十一月）十九日，帖柳谷馬貳拾捌匹送旌節到……、十二月，一日，近封大夫』……可證天寶十三載十一月時征播仙戰鬥已勝利結束，十九日天子所賜旌節從北庭經柳谷送到西州，十二月一日封常清即已自前線返回西州，所以能在交河驛館安住二十天之久」（《文史》十七輯〈岑參邊塞詩中的破播仙戰役〉）

3 **凱歌**　《唐書・樂志》：「凱樂，鼓吹之歌曲也。《周官・大司樂》：『王師大獻，則奏凱歌』，注云：『獻功之樂也』。又大司馬職：『師有功則凱樂，獻於社』，注云：『兵樂曰凱』。司馬法曰：『得意則凱樂，所以示喜也』」。

4 **漢將**　謂封常清也。蔣一葵曰「借漢為比，故下三句，俱用漢事」。

5 **未央宮**　《史記・高祖本紀》：「八年，（《漢書》本紀作七年二

月）……蕭丞相（何）營作未央宮。」正義：「《括地志》云：未央宮，在雍州長安縣西北十里，長安故城中。《漢書・高帝紀》顏注：「未央宮雖南嚮，而上書奏事謁見之徒，皆詣北闕，公車司馬亦在北焉，是則以北闕為正門，而又有東門東闕，至於西南兩面，無門闕矣。」

6 **麟閣**　即麒麟閣，《漢書》〈蘇建傳附蘇武傳〉：「（宣帝）甘露三年，單于始入朝，上思股肱之美，迺圖畫其人於麒麟閣……唯霍光不名（霍氏下為張安世、韓增、趙光國、魏相、丙吉、杜延年、劉德、梁丘賀、蕭望之、蘇武），凡十一人。」

7 **貳師句**　《史記》〈大宛傳〉：「（武帝）拜李廣利為貳師將軍，發屬國六千騎及郡國惡少年數萬人，以往伐宛，期至貳師城取善馬，故號貳師將軍」。案「誰數」者，不足數也，言其功過於貳師也。唐汝詢解，以為貳師之功可無論矣，廣利本非名將，今舉以美常清者，所征之地同也。未免太鑿。誰數者，誰計也，不足言也。

【箋】

1 吳喬曰：「岑參〈凱歌〉：捷書先奏未央宮，天子預開麟閣待，意似平偶，何也」（《圍爐詩話》）。

2 黃香石曰：「平仄不頂，唐人往往如此，音節為主」（《唐賢三昧集箋注》）。

3 吳綏眉曰：「待者，待其入朝而圖之也，正與先奏相應」（《刪定唐詩解》）。

4 鍾惺曰：「預開，誰數，何等氣力」（《唐詩歸》）。

5 邢昉曰：「善為悲壯，他人無此骨力，音節或似而氣不足。」（《唐風定》卷二十一）

其二

官軍西出過樓蘭¹，營幕傍臨月窟²寒。蒲海³曉霜凝馬尾，蔥山⁴夜雪撲旌竿。

【校】

① **馬尾**　《樂府詩集》作「劍尾」。

【注】

1 **樓蘭**　已見五古〈武威送劉單判官赴安西行營〉詩注。

2 **月窟**　梁簡文帝〈大法頌〉：「西踰月窟，東漸扶桑」《漢書》〈揚雄傳〉作「月蹝」，稱極西之地。

3 **蒲海**　即蒲昌海，今名羅布泊，在新疆婼羌縣北。《讀史方輿紀要》：「蒲昌海在玉門陽關以西三百里，一名鹽澤，廣袤三四百里，即蔥嶺、于闐兩河之所注。漢太初中，自燉煌西至鹽澤，往往起亭障。漢張騫言，于闐之西，水皆西流注西海，其東，水東流注鹽澤。《西域傳》：鹽澤一名蒲昌海，其水亭居，冬夏不增減」。

4 **蔥山**　即蔥嶺，今名帕米爾高原。《漢書·西域傳》：「其河有兩原，一出蔥嶺」，又「近有龍堆，遠則蔥嶺」。《太平寰宇記》：「西河舊事云：蔥嶺在燉煌西八千里，其山高大，上悉生蔥，故曰蔥嶺。河源潛發其嶺，分為二水」。

【箋】

程元初曰：「蒲海、蔥山，皆塞中荒遠之地，霜雪苦寒，而軍至其地，窮兵於遠，其意可想矣」（《唐詩會通評林》）。

其三

鳴笳[1]疊鼓[2]擁迴軍，破國平蕃昔未聞，丈夫鵲印[3]迎邊月，大將龍旗[4]掣海雲。

【校】

① **疊鼓** 《樂府詩集》作「攂鼓」。

② **丈夫** 《樂府詩集》作「大夫」。

③ **迎邊月** 宋本、鄭本、黃本、石印本、《全唐詩》、《樂府詩集》並作「搖邊月」。

④ **大將** 《樂府詩集》作「天將」。

【注】

1 **鳴笳** 《文選》謝靈運〈從遊京口北固應詔〉詩：「鳴笳發春渚，稅鑾登山椒」，李周翰注：「笳，簫也」。

2 **疊鼓** 楊慎《升庵詩話》：「岑參〈凱歌〉：鳴笳攂鼓擁回軍，急引聲謂之鳴，疾擊鼓謂之攂，凝笳疊鼓，吉行之文儀也，鳴笳攂鼓，師行之武備也，詩人之用字不苟如此。今本攂作疊，非。攂亦俗字，然差勝於擂。近制啟明定昏，鼓三通曰發攂，當用此字，俗作擂，非」。又「謝玄暉〈鼓吹曲〉：『凝笳翼高蓋，疊鼓送華軸』，李善注：『徐引聲謂之凝，小擊鼓謂之疊』，張銑注：「疊鼓，其聲重疊也，笳，簫也。」

3 **鵲印** 已見五古〈北庭西郊侯封大夫受降〉詩注。

4 **龍旗** 《國語‧齊語》：「賞服大路，龍旗九旒」，韋昭注：「龍旗，畫交龍於旗也」。《荀子‧禮論》：「龍旗九游，所以養信也」。《新唐書‧儀衛志》：「朱雀隊建朱旗，龍旗十二」。

【箋】

1 周啟琦曰：「嘉州〈凱歌〉六章，造語多有奇氣」（《唐詩會通評

林》)。

2 胡應麟曰：「自少陵絕句對語，詩家率以半律譏之，然絕句自有此體，特杜非當行耳。如岑參〈凱歌〉『丈夫鵲印搖邊月，大將龍旗掣海雲』，『洗兵魚海雲迎陣，秣馬龍堆月照營』等句，皆雄渾高華，後世咸所取法，即半律何傷。若杜審言紅粉樓中、獨憐京國二篇，則詞竭意盡，雖對猶不對也」(《唐詩會通評林》)。

其四

日落轅門¹鼓角²鳴，千群面縛³出蕃城。洗兵⁴魚海⁵雲迎陣，秣馬⁶龍堆⁷月照營。

【校】
① 秣馬 宋本、鄭本、黃本、石印本並作「抹馬」，誤。

【注】
1 轅門 已見七古〈白雪歌送武判官歸京〉詩注。
2 鼓角 謂軍鼓與警角也。杜甫〈閣夜〉詩：「五更鼓角聲悲壯，三峽星河影動搖」。
3 面縛 《左傳》僖公六年：「許男面縛銜璧，大夫衰絰，士輿櫬」，杜預注：「縛手於後，唯見其面也」。
4 洗兵 洗淨兵器而藏之，謂止戰也，梁簡文帝〈隴西行〉云：「洗兵逢驟雨，送陣出黃雲。」左思〈魏都賦〉：「洗兵海島，刷馬江洲。」杜甫〈洗兵馬行〉：「安得壯士挽天河，淨洗甲兵長不用」。
5 魚海 吳景旭《歷代詩話》：「案魚海，縣名。天寶元年，河西

節度使王郵奏破吐蕃魚海及遊奕等軍，又郭子儀取魚海五縣是
也」。杜甫〈秦州雜詩〉：「鳳林戈未息，魚海路應難」。

6 **秣馬** 《詩‧周南》〈漢廣〉：「之子于歸，言秣其馬」，毛傳：
「秣，養也」。

7 **龍堆** 白龍堆之簡稱。白沙堆積如龍形，故名。地在新疆東部，
當魚海之西。《漢書‧西域傳》：「樓蘭國最在東垂，近漢，當白
龍堆，乏水草」。沈約〈白馬詩〉：「赤坂途三折，龍堆路九盤」。

【箋】

1 沈德潛曰：「嘉州邊塞詩，尤為獨步」（《唐詩別裁》）。

2 李鍈曰：「雄勁之氣，雅與題稱」（《詩法易簡錄》）。

3 鍾惺曰：「邊景如畫，氣雄色鮮」（《唐詩歸》）。

4 黃香石曰：「對收俊麗」（《唐賢三昧集箋注》）。

5 何景明曰：「雄壯高華，絕句中高品」（《唐詩會通評林》）。

6 俞陛雲曰：「詞采壯麗，與少陵之軍城早秋詩（案詩云：秋風嫋
嫋動高旌，玉帳分弓射虜營。已收滴博雲間戍，欲奪蓬婆雪外
城），格調相似，皆極沈雄之致」（《詩境淺說》）。

7 周敬瑜曰：「洗字與海字，馬字與龍字，各各對應。上用洗兵秣
馬，故下用魚海龍堆以襯之。對仗之工整，氣象之雄偉，罕見儔
匹。」（《唐詩絕句選釋》）。

8 劉永濟曰：「此詩則贊美封大夫之戰功而作，故語特雄渾，不為
寒苦之態。然如後首（第五首）所寫，亦可見戰陣之烈，頌而有
諷矣。」（《唐人絕句精華》）。

其五

蕃軍遙見漢家營，滿谷連山遍哭聲。萬箭千刀一夜殺，平明流血
浸空城。

【校】

① **遍**　《樂府詩集》作「徧」。

其六

暮雨旌旗濕未乾，胡煙白草¹日光寒。昨夜將軍連曉戰，蕃軍只
見馬空鞍。

【校】

① **煙**　《全唐詩》「煙」字下注云「一作塵」。

【注】

1 **白草**　已見七古〈白雪歌送武判官歸京〉詩注。

赴北庭¹度隴思家

西向輪臺²萬里餘，也知鄉信日應疏。隴山³鸚鵡⁴能言語，為報家人數寄書。

【注】

1 **北庭** 《岑嘉州繫年考證》:「天寶十三載，安西四鎮節度使封常清入朝，三月，權北庭都護，伊西節度使，瀚海軍使，表公為大理評事，攝監察御史，充安西、北庭節度判官，遂赴北庭。」時間當在天寶十三載四月。《新唐書・地理志》:「北庭大都護府，本庭州，有輪臺縣，今新疆吉木薩爾西四百二十里。」

2 **輪臺** 《元和郡縣志》卷四十:「輪臺縣，東至（庭）州四十二里。」陶葆廉《辛卯侍行記》卷八:「《元和志》:輪台縣東至州四百二十里，今本作四十二里，傳寫誤也。」

3 **隴山** 已見五古〈初過隴山途中呈宇文判官〉詩注。

4 **鸚鵡** 張華《禽經注》:「鸚鵡，能言鳥也，出隴西」。《禮記・曲禮》:「鸚鵡能言，不離飛鳥」。

【箋】

1 沈德潛曰:「欲鸚鵡報家人寄書，思曲而苦」（《唐詩別裁》）。

2 蔣一葵曰:「無中生有，妙」（《唐詩會通評林》）。

3 俞陛雲曰:「詩言西去輪臺，距家萬里，明知音書不達，欲催促而無從，適見隴山鸚鵡，姑設想能言之鳥，傳語家人。往昔郵筒多阻，驛使稀逢，如『紫燕西來欲寄書』，『閬苑有書多付鶴』，『喜鵲隨函到綠蘿』等句，皆託想靈禽，冀傳尺素，不僅河魚天雁，為兩地離人，達相思於萬一也」（《詩境淺說》）。

4 劉永濟曰:「古時交通不便，遠客音信難通，鸚鵡能言，故願托之通解，亦無可奈何之語。」（《唐人絕句精華》）。

逢入京使

故園東望路漫漫[1]，雙袖龍鍾[2]淚不乾。馬上相逢無紙筆，憑君傳語報平安[3]。

【注】

1 **漫漫**　《楚辭・離騷》：「路曼曼其修遠兮」，《釋文》：「曼作漫」，呂延濟注：「漫漫，遠貌」。

2 **龍鍾**　淚溢貌。〈琴操卡和歌〉：「空山欷歔涕龍鍾」以袖拭淚，淚水縱橫。王褒〈寄梁處士周弘讓書〉：「援筆攬紙，龍鍾橫集」。俗解謂龍鍾為年老，非是。

3 **報平安**　杜甫〈夕烽〉詩：「夕烽來不近，每日報平安。」

【箋】

1 沈德潛曰：「人人胸臆中語，卻成絕唱」（《唐詩別裁》）。

2 唐汝詢曰：「敘事真切，自是客中絕唱」（《唐詩解》）。

3 譚元春曰：「人人有此事，從來不曾寫出，後人蹈襲不得，所以可久」（《唐詩歸》）。

春夢

洞房昨夜春風起，遙憶美人湘江[1]水。枕上片時[2]春夢中，行盡江南數千里。

【校】

① **題**　英華作〈春夜所思〉。

② **洞房** 宋本、鄭本、黃本、石印本、《唐文粹》,《唐詩紀事》,並作「洞庭」。

③ **遙憶美人** 《全唐詩》、《唐詩紀事》並作「故人尚隔」。

【注】

1 **湘江** 即湘水。已見〈送李賓客荊南迎親〉詩注。

2 **片時** 猶「片刻」也。江總〈閨怨篇〉:「願君關山及早度,照妾桃李片時妍」。

【箋】

1 唐汝詢曰:「此感春而憶,因憶而夢,行盡數千里,至所思者之居也。此美人必有所指,意亦桑中衛女之儔耳。若為思友之作,便覺無味」(《唐詩解》)。

2 吳綏眉曰:「岑本南陽,而思湘江,豈有所私乎」(《刪定唐詩解》)。

3 劉永濟曰:「三四句寫夢境入神」(《唐人絕句精華》)。

4 胡應麟曰:「嘉州『枕上片時春夢中,行書江南數千里』盛唐之近晚唐。」(《詩藪》)。

虢州¹後亭送李判官使赴晉絳²

西原驛路³挂城頭,客散紅亭雨未休(收)。君去試看汾水上⁴,白雲猶似漢時秋。

【校】

① **題** 《全唐詩》、《百家選》並於題下注云「得秋字」。

② **挂** 宋本、鄭本、黃本、石印本並作「掛」,案二字同。

③ **紅亭**　《百家選》作「江亭」。

④ **雨未休**　未本、鄭本、黃本、石印本、《全唐詩》並作「雨未
收」。

【注】

1 **虢州**　已見五古〈虢州郡齋南池幽興〉詩注。

2 **晉絳**　《新唐書·地理志》:「河東道晉州平陽郡,治臨汾,絳州
絳郡治正平」。案平陽郡在今山西臨汾縣,絳郡在今山西絳縣。

3 **西原句**　《唐書·玄宗紀》:「天寶十五載六月庚寅,哥舒翰將兵
八萬,與賊將崔乾祐戰於靈寶西原」。《一統志》:「河南陝州西
原,在靈寶縣西南五十里」。案路在原上,掛城頭者,言其高也。

4 **汾水二句**　《水經注》卷六:「汾水出太原汾陽縣北管涔山。」《元
和郡縣志》:「晉州臨汾縣,汾水北自洪洞縣界流入。絳州正平
縣,汾水東北自曲沃縣界流入。」案由虢赴絳,須過汾水,而汾
水又為漢武泛舟賦詩之地,故用其典實。《漢武故事》曰:「帝行
幸河東,祠后土,顧視帝京。忻然,中流與群臣飲宴,帝歡甚,
乃自作秋風辭。辭曰:秋風起兮白雲飛,草木黃落兮雁南歸。蘭
有秀兮菊有芳,懷佳人兮不能忘。泛樓船兮濟汾河,橫中流兮揚
素波。蕭鼓鳴兮發櫂歌,歡樂極兮哀情多。少壯幾時兮奈老何。」

【箋】

1 唐汝詢曰:「李之此行,當有失意事。則又慰之曰:君看汾水之
上,惟白雲猶似漢時,向之泛龍船發櫂歌者,存耶?否耶?觀
此,則世榮悉為空花,得失何足芥蒂乎」(《唐詩解》)。

2 周明輔曰:「塵視千古,胸懷曠然」(《唐詩會通評林》)。

3 李德裕曰:「及羯胡犯闕,乘傳遽以告,上欲遷幸,復登花萼相
輝樓置酒,四顧悽愴,⋯⋯少年心悟上意,自言頗工歌,亦善
水調,使之登樓且歌,歌曰:『山川滿目淚沾衣,富貴榮華能幾
時?不見只今汾水上,唯有年年秋雁飛』。上聞之,潸然出涕,

顧侍者曰：『誰為此詞？』或對曰：『宰相李嶠』上曰：『李嶠真才子也，』不待曲終而去。」（《次柳氏舊聞》）

4 邢昉曰：「李嶠汾陰行長篇，較此辭繁而意反狹」（《唐風定》）。

5 黃培芳評：「用事有神韻為難，阮亭（王士禎號）自得此妙（按所指當係後兩句，但拈神韻尚未得其妙。）」。（《唐賢三昧集箋注》卷下）。

6 劉永濟曰：「三四兩句用漢武帝秋風辭。蓋因李（判官）所至汾水流域，故想及漢武此辭，又因漢武時國勢方強，有感於天寶以來，世亂相仍，已非太宗時威震蠻夷之盛世，故託之漢武以寄其憂國之情，而有試看之句。」（《唐人絕句精華》）。

7 謝枋得曰：「此詩末句云：『君去試看汾水上，白雲猶似漢時秋。』隱然說富貴榮華不足道，漢朝公卿將相，往來汾陰不知幾人，今安在哉？惟有白雲似漢時秋天耳。以開廣其胸襟，解釋其鬱結也」（《註解章泉澗泉二先生唐詩選》）

8 敖英曰：「末二句憫其人失路無家，蓋以洞視萬古之意而寬之，使其知盛衰相尋於無窮，榮華轉眼如一夢，何必以區區得失，交戰於中耶？」（《唐詩會通評林》）。

9 周珽曰：「珽讀此，自覺世不足芥蒂也，杜牧之詩：『看取漢家何事業，五陵無樹起秋風』足敵。然終不及此者，在露出事業二字。」（《唐詩會通評林》）。

五月四日送王少府歸華陰[1]

僊掌[2]分明引馬頭，西看一點是關樓[3]。五日也須應到舍，知君不肯更淹留[4]。

【校】

① **題**　《全唐詩》題下注云「得留字」。

② **僊**　宋本、鄭本、黃本、石印本、《全唐詩》並作「仙」，案二字同。

【注】

1　**華陰**　已見五古〈宿華陰東郭客舍憶閻防〉詩注。王少府，謂王季友也。

2　**仙掌**　即仙人掌，已見五古〈潼關鎮國軍勾覆使院〉詩注。

3　**西看句**　函谷關在虢州靈寶西南，此云西看，乃潼關樓也。「一點」字佳，但應是想象，非實見也。

4　**淹留**　已見五古〈送許拾遺恩歸江寧拜親〉詩注。

原頭送范侍御[1]

百尺原頭酒色殷，路傍驄馬汗斑斑。別君只有相思夢[2]，遮莫[3]千山與萬山。

【校】

① **題**　《全唐詩》題下注云「得山字」。

② **斑斑**　宋本、鄭本、黃本、石印本並作「班班」，案斑、班二字

通。

【注】

1 **題** 《岑詩繫年》:「觀諸虢州詩,知虢州城西有高原,(按前〈虢
州後亭送李判官使赴晉絳〉詩曰:「西原驛路掛城頭」)。此詩
「百尺原頭」云云,疑亦虢州詩。」范侍御,即范季明,已見〈范
公叢竹歌〉詩注。

2 **相思夢** 沈約〈別范安成〉詩:「夢中不識路,何以慰相思?」
李善注:「(《韓非子》)曰:六國時張敏與高惠二人為友,每相思
不能得見,敏便於夢中往尋,但行至半道,即迷不知路,遂回,
如此者三。」(按今本《韓非子》無此文)。

3 **遮莫** 《鶴林玉露》:「詩家用遮莫字,蓋今俗語所謂儘教是也」。
杜甫〈書堂飲既夜復邀李尚書下馬月下賦〉絕句:「久拌野鶴如
雙鬢,遮莫鄰雞下五更」。《詩詞曲語辭匯釋》卷一:「遮莫,猶
云不論或不問也」。岑參〈原頭送范侍御〉詩:「別今只有相思
夢,遮莫千山與萬山。」言相思之夢能通,不論如何之遠也。

送李明府赴陸(睦)州¹便拜覲太夫人

手把銅章²望海雲,夫人江上泣羅裙³。嚴灘⁴一點舟中月,萬里
煙波也夢君。

【校】

① **題** 宋本、鄭本、黃本、石印本、《全唐詩》「陸州」並作「睦
州」。案作「睦州」是也。睦、陸二字,形近而訛。

【注】

1 **睦州** 《讀史方輿紀要》：「淳安縣，漢丹陽郡歙縣葉郡地，隋廢郡改縣曰新安，仁壽中又為睦州，大業初改縣曰雉山，為遂安郡治，唐初為睦州治」。案故治在今浙江淳安縣。

2 **銅章** 銅印也。《漢官儀》：「令尹銅章墨綬」。

3 **泣羅裙** 《文選》江淹〈別賦〉：「攀桃李兮不忍別，送愛子兮霑羅裙」。

4 **嚴灘** 已見五古〈送李羲遊江外〉詩注。

【箋】

1 吳景旭曰：「田子藝（汝衡）云：岑嘉州：『嚴灘一點舟中月』，又〈赤驃馬歌〉：『草頭一點疾如飛』，又『西看一點是關樓』。朱灣〈白鳥翔翠微〉詩：『淨中雲一點』。宋張安國詞：『洞庭青草近中秋，更無一點風色』。夫月、雲、風也，馬也，樓也，皆謂之一點，甚奇」。（《歷代詩話》）

2 周嬰曰：「《剡溪漫筆》曰：岑嘉州詩：喜用一點字，……〈送李明府〉：『嚴灘一點舟中月。』其下語皆工。杜詩：『關山同一點』〈翫月呈漢中王〉詩作『關山同一照』。亦指月言。東坡〈夏夜洞仙歌〉：「一點明月窺人」本此。又曰：『子瞻之一點明月，乃用岑前灘句，非祖少陵也』（《巵林》）。

虢州¹西山亭子²送范端公³

百尺紅亭對萬峰，平明相送到齋鐘⁴。驄馬⁵勸君皆卸却⁶，使君⁷家醞⁸舊來濃。

【校】

① **題** 《全唐詩》題下注云「得濃字」。

【注】

1 **虢州** 已見五古〈虢州郡齋南池幽興〉詩注。

2 **西山亭子** 即西亭，范端公即范季明也。

3 **端公** 《國史補》：「宰相相呼曰堂老，兩省曰閣老，尚書曰院長，御史曰端公」。

4 **齋鐘** 《佛學大辭典》：「齋鐘，報齋時之大鐘也，三十六下，見《僧堂清規》五。」，「齊時，吃齋食之時也，自明相視至正午之間。」，「齋食，過午時不食，謂午前中之食也。」

5 **驄馬** 已見七古〈青門歌送東臺張判官〉詩注。

6 **卸却** 謂卸馬鞍也，以示依依不捨之意。

7 **使君** 已見七古〈西亭子送李司馬〉詩注。

8 **家醖** 自釀之酒也，醖者，釀也。孟浩然〈裴司士員司戶見尋〉：「俯僚能枉駕，家醖復新開。」

送崔子還京[1]

疋馬[2]西從天外歸，揚鞭[3]只共鳥爭飛。送君九月交河[4]北，雪裡題詩淚滿衣。

【校】

① **疋馬** 宋本、鄭本、黃本、石印本並作「匹馬」，案疋、匹二字同。

【注】

1 **題** 《岑參邊塞詩繫年補訂》：「詩云：送君九月交河北」，崔子疑即前詩（〈熱海行送崔侍御還京〉）之崔侍御。」輪台、金滿均在交河以北。當即一人。

2 **疋馬** 一馬也。

3 **揚鞭** 吳均〈渡易水〉詩：「揚鞭渡易水，直至龍城西」。案：共鳥爭飛者，言其歸心之急也。

4 **交河** 已見五古〈武威送劉單判官赴安西行營〉詩注。徐增曰：「上二句是言歸者之樂，下二句是言送者之苦。」

【箋】

1 周珽曰：「此欣羨人歸，而傷己之淹滯也。次句描寫奇絕，末句痛有餘悲」（《唐詩會通評林》）。

2 唐汝詢曰：「西北地寒，故九月見雪，踐此地，對此景，送此人，安得不淚」（《唐詩解》）。

趙將軍歌[1]

九月天山[2]風似刀，城南獵馬縮寒毛。將軍縱博場場勝，賭得將軍貂鼠[3]袍。

【校】

① **題** 第四句　宋本、鄭本、黃本、石印本、《全唐詩》並作〈賭得單于貂鼠袍〉。

【注】

1 **題** 《岑詩繫年》：「亦繫於十四載，十三載九月方爭戰中，不得

縱博場場也。」此趙將軍似即曾任疏勒守捉使之趙玼。

2 **天山**　已見七古〈白雪歌送武判官歸京〉詩注。

3 **貂鼠**　《說文》:「貂、鼠屬大而黃黑,出胡丁零國。」

春興戲贈李侯

黃雀¹始欲啣花來,君家種桃花未開。長安二月眼看盡,寄報春風早為催。

【校】

① **題**　宋本、鄭本、黃本、石印本、《全唐詩》並作〈春興戲題贈李侯〉。

② **啣**　宋本、鄭本、黃本、石印本、《全唐詩》並作「銜」。

【注】

1 **黃雀句**　《說苑‧正諫》:「螳螂委身曲附欲取蟬,而不知黃雀在傍也。」《續齊諧記》:「宏農楊寶,年九歲,見黃雀為螻蟻所困,懷之,置巾箱中,啖以黃花,羽毛成,乃飛去。是夕,有黃衣童子曰:『我王母使者,為鴟鴞所搏,蒙君見救』,以四玉環與之曰:『令君子孫潔白,登三公,如此環矣』」。

草堂村尋羅生不遇[1]

數株溪柳色依依[2]，深巷斜陽暮鳥飛。門前雪滿無人跡[①]，應是先生出未歸。

【校】

① 跡　宋本、鄭本、黃本、石印本、《全唐詩》並作「迹」，案二字同。

【注】

1 題　卷三有〈送二十二兄北遊尋羅中〉詩，詩曰：「夜雪入穿履，朝霜凝敝裘」本詩曰：「門前雪滿無人跡」多有相合處，羅生疑即羅中。

2 依依　《詩·小雅》〈采薇〉：「昔我往矣，楊柳依依」。案依依，柔弱貌。

山房春事[①]

風恬[2]日暖蕩春光，戲蝶遊蜂亂入房。數枝門柳低衣桁[3]，一片山花落筆床。

【校】

① 題　宋本、鄭本、黃本、石印本、《全唐詩》並作〈山房春事二首〉。

② 暖　全唐詩作「煖」，宋本、鄭本、黃本、石印本並作「暖」，案三字通。《玉篇》卷二：「暖，溫也，也作煖」

【注】

1 **題** 當為居高冠谷之作，在授官前。《岑詩繫年》：「引在〈未能編年詩〉中，初至西虢官舍南池呈左右省及南宮諸故人」，詩曰：「白鳥上衣桁，青苔生筆床」與此詩三四兩句，相似，疑為虢州之作。當在上元元年春。

2 **風恬** 謂風靜也。宋之問〈洞庭湖〉詩：「風恬魚自躍」。

3 **衣桁及筆床** 衣架與筆架。並見五古〈初至西虢官舍南池呈左右省〉詩注。

其二

梁園¹日暮亂飛鴉，極目²蕭條三兩家。庭樹不知人去盡，春來還發舊時花。

【校】

① **人去盡** 宋本、鄭本、黃本、石印本、《全唐詩》並作「人死盡」。

【注】

1 **梁園** 已見七古〈梁園歌送河南王說判官〉詩注。

2 **極目** 盡目力所及也，《文選》王粲〈登樓賦〉：「平原遠而極目兮，蔽荊山之高岑」。李善注：「（《楚辭》曰）湛湛江水兮上有楓，目極千里兮傷春心。」

【箋】

1 唐汝詢曰：「山房春事，蓋感春而惜梁園之廢也。空虛無人，群鴉亂飛，無論樓觀傾頹，即廬舍亦幾蕩盡，彼有情者，皆散去

矣，獨庭樹無情，花猶舊日耳，亡國之感，讀之慨然」。又曰：
「余謂庭樹一聯，本嘉州絕調，後人為優孟者，家竊而戶攘之，遂
以此為套語，惜哉！」（《唐詩解》）。

2　蔣一葵曰：「傷今思古，語極流麗」（《唐詩會通評林》）。

3　鍾惺曰：「何等幽怨。不知，還發，多少婉轉」（《唐詩歸》）。

題觀樓[1]

荒樓荒井閉空山，關令[2]乘雲去不還。羽蓋霓旌[3]何處在，空餘
藥臼[4]向人間。

【校】

① 閉　宋本作「閑」。

② 空餘　宋本、鄭本、黃本、石印本並作「空留」。

【注】

1　觀樓　《岑詩繫年》：「此題函谷關也。《元和郡縣志》：『陝州靈
　　寶縣南十里有函谷故城』。案：靈寶縣原隸虢郡，武德元年始屬
　　陝，此篇蓋亦虢州詩。」按觀樓不在函谷故關。觀樓即樓觀山尹
　　先生樓也。《元和郡縣志》：「樓觀在（盩厔）縣東三十七里。」
　　《太平寰宇記》：「本周康王大夫尹喜宅也，穆王為召幽逸之人，
　　置為道院，相承至秦、漢，皆有道士居之。晉惠帝時重置。其地
　　舊有尹先生樓，因名樓觀，武德初改名寶聖觀。事具〈樓觀本紀〉
　　及〈先師傳〉焉。」

2　關令　《莊子·天下》：「關尹，老聃聞其風而悅之。」《釋文》：
　　「關令，尹喜也，或云尹喜字公度。」《漢書·藝文志》：「《關尹

子》九篇，名喜。為關吏。老子過關，喜去吏而從之。」〈關令內
傳〉：「尹喜常登樓，望見東極有紫氣西邁，喜曰：『應有聖人過
京道』果見老君乘青牛東來過。」

2 霓旌　《文選》司馬相如〈上林賦〉：「拖霓旌」，張揖注：「析羽
毛，染以五采，綴以縷為旌，有似虹霓之氣也」。〈高唐賦〉：「建
雲斾，霓為旌，翠為蓋」。呂延濟注：「以雲霓為旌斾，翠羽為
蓋。」

3 藥臼　《說文》七上：「臼，舂也。古者掘地為臼。其後穿木石。」
〈荊州記〉：「長沙醴泉縣……有石牀，牀頭有臼，容五升，父老
相傳，昔有仙人以此合金丹。」魏武〈上獻帝表〉：「臣祖騰有順
帝賜器。今上藥杵臼一具。」（《太平御覽》卷七六二引）

磧中作[1]

走馬[2]西來欲到天[3]，離家見月兩回圓。今夜不知何處宿，平沙萬
里絕人煙[4]。

【校】
① 離家　宋本、鄭本、黃本、石印本並作「辭家」。

【注】
1 題　《岑詩繫年》：《新唐書・地理志》：謂伊州、西州均有沙磧是
也。詩云：「辭家見月兩回圓」，上篇〈歲暮磧外寄元撝〉又云：
「別家逢逼歲，髮到陽關白」則西行當在二月以上。

2 走馬　《詩・大雅》〈緜〉：「古公亶父，來朝走馬」曹植〈名都
篇〉：「鬥雞東郊道，走馬長楸間。」

3 **欲到天**　案西方地最高，故云。杜甫〈送人從軍〉詩：「弱水應
　無地，陽關已近天」唐汝詢曰：「地既絕遠，天亦將盡，欲到天
　者，甚言之也。」劉永濟曰：「我國地勢，西北高於東南，故有首
　句。」

4 **人煙**　曹植〈送應氏〉詩：「中野何蕭條，千里無人煙」。

【箋】

1 周敬瑜曰：「欲到天，見西來之遠。兩回圓，見離家之久。何處
　宿，見磧中無人。絕人煙，見沙漠荒涼。非親歷其境，難言此中
　苦況」（《唐詩絕句選釋》）。

2 沈德潛曰：「投宿無所，則磧中無人可知矣」（《唐詩別裁》）。

3 周敬曰：「起句驚人語，落句淒涼語，奇雋自別」（《唐詩會通評
　林》）。

4 陳繼儒曰：「轉語與權德輿舟行夜泊同（案：權詩云：蕭蕭落
　葉送殘秋，寂寞寒波急暝流。今夜不知何處宿，斷猿晴月引孤
　舟），權落句韻，岑落句慘」（《唐詩會通評林》）。

5 周珽曰：「去關路長，離家日久，欲求駐足，又當人煙斷絕之
　境，渺渺窮途，客子幾何不啼哭也。……今觀此詩，又若獨行至
　西域者」（《唐詩會通評林》）。

醉戲竇子絕句[1]

朱唇一點桃花殷[2]，宿粧嬌羞偏髻鬟[3]。細看只是陽臺女[4]，醉著
莫許歸巫山。

【校】

① **題** 宋本、鄭本、黃本、石印本、《全唐詩》並作〈醉戲竇子美人〉。

② **朱唇** 《全唐詩》作「朱脣」，案唇、脣二字通。

③ **殷** 鄭本作「顏」。

④ **粧** 《全唐詩》作「妝」，案二字同。

⑤ **只是** 宋本、鄭本、黃本、石印本、《全唐詩》並作「只似」。

【注】

1 **題** 竇子名不詳，美人當是歌妓。

2 **殷** 赤黑色，已見五古〈阻戎瀘間群盜〉詩注。

3 **髻鬟** 《說文》九上新附：「髻，總髮也，從髟吉聲，古通用結。鬟，總髮也，从髟睘聲，案古婦人首飾，琢玉為兩環，此二字皆後人所加」，髻音計。

4 **陽臺及巫山** 並見五古〈秋夕聽羅山人彈三峽流泉〉詩注。

胡歌

黑姓賢王貂鼠裘[1]，葡萄宮錦[2]醉纏頭[3]。關西老將[4]能苦戰，七十行兵仍未休。

【校】

① **賢王** 宋本、鄭本、黃本、石印本、《全唐詩》並作「蕃王」。

【注】

1 **貂鼠裘** 已見五古〈初過隴山途中呈宇文判官〉詩注。

2 **葡萄宮錦** 錦上織有葡萄花紋者，出於宮中者又名宮錦。

3 **纏頭**　杜甫〈春日戲題惱郝使君兄〉詩:「尊前還有錦纏頭」,
錢牧齋注:「〈太真外傳〉:上戲曰:阿瞞樂籍,今日幸得供養夫
人,請一纏頭」。《太平御覽》:「舊俗賞歌舞人錦綵,置之頭上,
謂之纏頭,宴饗加惠,借以為詞也。」唐人賞歌舞人錦綵曰纏頭。

4 **關西老將**　《後漢書》〈虞詡傳〉,諺曰:「關東出相,關西出
將」。《漢書》〈趙充國辛慶忌傳〉贊:「秦漢以來,山東出相,山
西出將。」

武軍（威）¹送劉判官²赴磧西行軍

火山³五月人行少,看君馬去疾如鳥。都護行營⁴太白西,角聲⁵
一動胡天曉。

【校】

① **題**　宋本、鄭本、黃本、石印本、《全唐詩》並作〈武威送劉判
官赴磧西行軍〉。案「武軍」作「武威」是也,叢刊本誤。

② **人行**　《全唐詩》作「行人」。

③ **馬去**　宋本、鄭本、黃本、石印本並作「馬上」,誤。

【注】

1 **武威**　已見五古〈武威送劉單判官赴安西行營〉詩注。

2 **劉判官**　《岑嘉州繫年考證》:「按《會要》七十八:『開元十二年
以後,或稱磧西節度,或稱四鎮節度。』高仙芝是時為安西四鎮
節度使,故知此劉判官為仙芝幕僚。」岑參天寶八載,始至磧西
(則此劉判官當即劉單),此詩為劉單臨發再贈之作。

3 **火山**　已見五古〈經火山〉詩注。

4 **都護行營** 即高開府行營。《淮南子‧天文訓》:「何謂五星,⋯⋯西方金也,其帝少昊,其佐蓐收,執矩而治秋,其神為太白」高誘注:「少昊,黃帝之子青陽也,以金德王,號曰金天氏,死託祀於西方之帝」,太白西言最西之地。

5 **角聲** 軍中號角聲,儀仗中亦有鼓有角也。《晉書‧樂志》:「說者云:蚩尤氏帥魑魅與黃帝戰於涿鹿,帝乃始吹角為龍鳴以禦之,⋯⋯胡角者,本以應胡笳之聲,後漸用之橫吹,有雙角即胡樂也。」

【箋】

1 唐汝詢曰:「此見劉之急於功名也。此句蔣仲舒(蔣一葵)謂又用『揚鞭只共鳥爭飛』句,然句法相似,意實不同,落句之妙,令人說不出」(《唐詩解》)。又曰:「君之行營,居太白西而近胡地,藉令聞將曉之角聲,能無客思乎?」

2 俞陛雲曰:「首二句言天山當五月之時,黃沙烈日,絕少行人,判官獨一騎西馳,迅於飛鳥。其豪健氣概,不讓王尊叱馭。後二句,言所赴行營,遠在太白之西,想其在軍幕內,聞角聲悲奏,正胡天破曉之時。詩意止此,而絕域之軍聲,思家之遠念,自在言外」(《詩境淺說》)。

3 李鍈曰:「高達夫『戰士軍前半死生,美人帳下猶歌舞』,蓋顯言之也;此則渾而不露,得絕句之體」(《詩法易簡錄》)。

4 李賀〈致酒行〉:「雄雞一聲天下白」與此並工。(《劉開揚岑參詩集編年箋注》)

入關¹先寄秦中故人

秦山²數點似青黛，渭水一條如白練³。京師⁴故人不可見，寄將兩眼看飛燕。

【校】

① **題**　宋本、鄭本、黃本、石印本並作〈入蒲關先寄秦中故人〉，《全唐詩》將此詩列入〈七言古詩〉，題與諸本同。

【注】

1 **蒲關**　即浦津關。已見七古〈宿蒲關東店憶杜陵別業〉詩注。
2 **秦山**　《括地志》云：「終南山，一名秦山。」
3 **白練**　謝朓〈晚登三山還望京邑〉詩：「澄江靜如練。」中唐徐凝〈廬山瀑布〉詩：「今古長如白練飛，一條界破青山色」當自此出。
4 **京師二句**　《古詩十九首》之十三：「思為雙飛燕，銜泥巢君屋」句謂望眼欲穿也。

過燕支¹寄杜位²

燕支山西酒泉³道，北風吹沙卷白草⁴。長安遙在日光邊，憶君⁵不見令人老。

【注】

1 **燕支**　《元和郡縣志》：「燕支山，一名刪丹山，在甘州刪丹縣東南五十里，東西百餘里，南北二十里，水草茂美，與祁連同」。

楊炎〈燕支山神寧濟公祠堂碑〉：「西北之巨鎮曰燕支，本匈奴王庭，漢武納渾邪，開右地，置武威，張掖，而山界二郡間，連峰不一，雲蔚黛起，積高之勢，四面千里」。

2 **杜位** 已見五古〈郊行寄杜位〉詩注。

3 **酒泉** 《新唐書·地理志》：「肅州酒泉郡有酒泉縣」今甘肅酒泉縣。

4 **白草** 已見七古〈白雪歌送武判官歸京〉詩注。

5 **憶君句** 古詩：「思君令人老，歲月忽已晚」。曹植〈雜詩六首〉之二：「沈憂令人老。」

秋夜聞笛

天門街西¹聞搗帛²，一夜愁殺江南客。長安城中百萬家，不知何人夜吹笛。

【校】
① **江南** 宋本、鄭本、黃本、石印本、《全唐詩》並作「湘南」。
② **夜吹笛** 《全唐詩》作「吹夜笛」。

【注】
1 **天門街** 白居易〈江邊草〉詩：「憶在天門街裏時。」〈過天門街〉詞：「千車萬馬九衢上。」《唐兩京城坊考》：「宮城南門外（即承天門外）有東西大街，謂之橫街。橫街之南，有南北大街，曰承天門街。」天門街當即承天門街。

2 **搗帛** 猶搗衣。謝惠連〈擣衣詩〉：「櫚高砧響發，檻長杵聲哀」。劉良注：「婦人搗帛裁衣，將以寄遠也。」

戲問花門酒家翁[1]

老人七十仍沽酒[2]，千壺百甕花門口。道傍榆葉青似錢，摘來沽
酒君肯否。

【校】

① **榆葉青似錢**　宋本、鄭本、黃本、石印本、《全唐詩》並作「榆
莢仍似錢」。

【注】

1　**題**　《岑詩繫年》：「《元和郡縣志》卷四十：甘州張掖東北至花門
山（千四百五十里。東至涼州五百里，是涼州距花門山較甘州距
花門山為近。此詩曰：『道旁榆莢仍似錢』，當是三、四月之時，
公天寶十載三四月間在涼州，詩即當作於此時。」《岑參邊塞詩
繫年補訂》：「花門山在涼州西五百里，故詩中『花門口』只是以
花門山命名的涼州某一城門名。」按參後有〈涼州館中與諸判官
夜集〉詩曰：「花門樓前見秋草」。此詩題：花門及詩中之花門口
當指花門樓下之道口。花門樓疑為涼州西北城樓，城門向甘州張
掖、刪丹而開者。）此詩似為岑參在花門樓下道口酒店買醉後之
戲作。

2　**沽酒**　買酒也。《說文》：「沽，買也」。

補遺一首

過磧[1]

黃沙磧裏客行迷，四望雲天直下低。為言地盡天還盡，行到安西更向西[2]。

【校】

此詩叢刊本、宋本、鄭本、黃本、石印本俱不錄，《全唐詩》、《文苑英華》錄此詩並作「岑參」，唯《文苑英華》詩題作「度磧」，此從「《全唐詩》」。

【注】

1 **題** 此詩當與「磧中作」同時作。天寶八載，西過陽關後，越莫賀延磧作。

2 **行到安西句** 極言路途之遠與時日之久也。《岑詩繫年》:《新書‧地理志》:伊州、西州有沙磧。伊州、西州均在安西之西，故此詩云:「行到安西更向西」謂二州在安西之西，乃謂今甘肅之安西，其地為清置府，非唐置也，兩書〈地理志〉、《元和郡縣志》均無。

附錄一

岑嘉州詩集序　杜確

　　自古文體變易多矣，梁簡文帝[1]及庾肩吾[2]吾之屬，始為輕浮綺靡[3]之詞，名曰宮體[4]。自後沿襲，務於妖艷，謂之摘錦布繡[5]焉。其有敦尚風格，頗存規正者，不復為當時所重，諷諫[6]比興[7]，由是廢缺，物極則變，理之常也。聖唐受命，斲雕為朴[8]，開元之際，王綱[9]復舉，淺薄之風，茲焉漸革。其時作者，凡十數輩，頗能以雅參麗[10]，以古雜今，彬彬然[11]，粲粲然[12]，近建安之遺範[13]矣。

　　南陽岑公，聲稱尤著，公諱參，代為本州冠族[14]，曾大父[15]文本[16]，大父長倩[17]，伯父羲[18]，皆以學術德望，官至台輔。早歲孤貧，能自砥礪[19]，遍覽史籍，尤工綴文[20]屬辭尚清，用意尚切，其有所得，多入佳境，迥拔[21]孤秀，出於常情，每一篇絕筆，則人人傳寫，雖閭里士庶，戎夷蠻貊，莫不諷誦吟習焉。時議擬公於吳均[22]，何遜[23]，亦可謂精當矣。天寶三載，進士高第，解褐右內率府兵曹參軍，轉右威衛錄事參軍，又遷大理評事，兼監察御史[24]，充安西節度判官，入為右補闕[25]，頻上封章[26]，指述權佞[27]，改為起居郎[28]，尋出虢州長史[29]，又改太子中允[30]，兼殿中侍御史[31]，充關西節度判官[32]。聖上潛龍藩邸[33]，總戎[34]陝服[35]，參佐僚史，皆一時之選，由是委公以書奏之任[36]，入為祠部考功二員外郎[37]，轉虞部庫部二正郎[38]，又出為嘉州刺史[39]，副元帥相國杜公鴻漸[40]，表公職方郎中[41]，兼侍御史[42]，列為幕府。無幾，使罷，寓居於蜀。時西川節度[43]因亂受職，本非朝旨，其部統[44]之內，文武衣冠[45]，附會阿諛[46]，以求自結，皆曰中原多故，劍外少康，可以庇躬[47]，無暇向闕[48]，公乃著招蜀客歸[49]一篇。申明逆順之理，抑挫[50]佞邪之計，有識者感嘆，姦謀者慚沮[51]，播德澤[52]於梁益[53]，暢皇風於邛僰[54]，旋軫[55]有日，犯軟[56]

俟時，吉往凶歸，嗚呼不祿[57]。

　　歲月逾邁[58]，殆三十年，嗣子佐公，復纂前緒[59]，亦以文采，登明翰場[60]，收公遺文，貯之筐篋。以確接通家[61]餘烈，忝[62]同聲[63]後輩，受命編次，因令繕錄，區分類聚，勒成八卷[64]，倘後之詞人有所觀覽，亦由聆廣樂[65]者，識清商之韻[66]，遊名山者，仰翠微之色[67]，足以瑩徹[68]心府，發揮高致焉。

　　京兆杜確[69]序。

據四部叢刊《岑嘉州詩集》

【注】

1 **梁簡文帝** 蕭綱，梁武帝第三子，昭明太子母弟，幼聰慧，六歲屬文，七歲有詩癖，博覽群籍，十九歲時，昭明太子薨，繼入東宮，引納文學之士，並為文章，成輕艷之風，侯景叛，攻陷臺城，武帝崩，繼為帝，在位二年，被景以土囊壓殺，終年四十九歲。

2 **庾肩吾** 庾信之父，與徐摛、劉孝儀、劉孝威等共為辭章，侯景叛，逃往江陵，卒。

3 **綺靡** 綺，采色之細綾。靡，侈靡也。陸機〈文賦〉：「詩緣情而綺靡，賦體物而瀏亮。」

4 **宮體** 傷於輕艷之詩體，興於宮中，故云。《梁書·簡文帝紀》：「雅好題詩，……然傷於輕艷，當時號為宮體。」

5 **摛錦布繡** 《文選》班固〈兩都賦〉：「茂樹蔭蔚，芳草被隄，蘭茝發色，曄曄猗猗，若摛錦布繡，耀乎其陂。」李善注：「《說文》曰：摛，舒也，勑離切。揚雄〈蜀都賦〉曰：麗靡摛燭，若揮錦布繡。」

6 **諷諫** 《史記》〈太史公自序〉：「作辭以諷諫，連類以爭義，離騷有之。」王逸〈離騷復敘〉：「屈原履忠被譖，憂悲愁思，獨依詩

人之義而作離騷，上以諷諫，下以自慰。」

7 **比興** 比，見今之失，不敢斥言，取比類以言之。興，見今之美，嫌於媚諛，取善事以勸之。……比者，比方於物，興者，記事於物。

8 **斲雕為樸** 去文飾而為質樸也。《漢書・酷吏傳》：「漢興，破觚而為圜，斲琱而為樸。」注：「師古曰：琱謂刻鏤也，字與彫同。」

9 **王綱** 朝廷之紀綱也。揚雄〈劇秦美新〉：「帝典闕而不補，王綱弛而未張。」

10 **以雅參麗** 雅，正也。麗，華美也。

11 **彬彬然** 《論語・雍也》：「質勝文則野，文勝質則史，文質彬彬，然後君子。」注：「包曰：彬彬，文質相半之貌。」

12 **粲粲然** 《詩・小雅》〈大東〉：「西人之子，粲粲衣服。」傳：「粲粲，鮮盛貌。」

13 **遺範** 猶遺規。陸雲《九愍》〈紓思〉：「招逝運其難徵，儀遺範而無律。」

14 **冠族** 為首之族也。

15 **曾大父** 《爾雅・釋言》：「父為考，父之考為王父，王父之考為曾祖王父」。注：「曾，重也。」王父，祖父也，亦曰大父。

16 **文本** 字景仁，漢征南大將軍岑彭之後，世居南陽棘陽，彭五世孫岑晊以黨錮之禍逃至江南，子孫流徙各地。十三世孫善方寓家江陵，為梁吏部尚書，子之象仕隋，歷四縣令。孫文本有姿儀，善文辭，隋末蕭銑自立為梁王，召為中書侍郎。貞觀元年除秘書郎。旋擢中書舍人，遷中書侍郎，專典機要。貞觀十八年為中書令，次年卒於伐遼途中，與令狐德棻共撰《周史》，其史論多出於文本，陪葬昭陵。新舊《唐書》有傳。

17 **大父長倩** 文本兄文叔之子，岑參伯祖父也，永淳中以兵部侍郎同中書門下平章事，垂拱初自夏官尚書遷內史，知夏官事，俄拜文昌右相，封鄧國公。武后時鳳閣舍人張嘉福請以武承嗣為皇太

子，長倩以東宮已建，不宜更立，忤諸武意，罷為武威道行軍大
總管。未至，召還下獄，來俊臣誣其謀反，斬於市，五子同賜
死，睿宗立，追復官爵，備禮改葬，見〈文本傳〉附。

18 **伯父羲**　文本長子曼倩，生猷、羲、仲翔、仲休。次子景倩，
生植、棣、棓、椅。植生謂、況、參、乘、垂。羲為參堂伯父
也。羲，進士及第，累遷太常博士，坐伯父長倩貶彬州司法參
軍，遷金壇令，又轉氾水令。中宗時進中書舍人，遷吏部侍郎。
帝崩。詔擢右散騎常侍，同中書門下三品。睿宗立，罷為陝州刺
史。……坐預太平公主謀廢立，開元元年誅。見〈文本傳〉附。

19 **砥礪**　猶言刻苦為學。

20 **綴文**　猶著文也。

21 **迴拔**　謂挺出也。

22 **吳均**　字叔庠，吳興故鄣（今浙江安吉縣西北）人，為梁建安王
蕭偉揚州記室，掌文翰。敕撰通史，自三皇至齊代，成本紀、世
家、列傳未就，卒。均文體清拔，世謂之「吳均體」，見梁書文
學傳。

23 **何遜**　字仲言，東海郯人，八歲賦詩，弱冠州舉秀才，范雲、沈
約皆稱之。後為盧陵王記室，隨府至江州，未幾卒。遜與劉孝綽
皆以文章見重，世稱何劉。見《梁書・文學傳》。

24 **大理評事兼監察御史**　〈優鉢羅花歌・序〉：「自稱大理評事攝監
察御史，當以〈序〉為正。」

25 **右補闕**　中書省諫官名。《唐六典》：「左補闕，拾遺掌供奉諷
諫，扈從乘輿，凡發令舉事有不便於時，不合於道，大則廷議，
小則上封，若賢良之遺滯於下，忠孝之不聞於上，則條其事狀而
薦言之。」

26 **封章**　密奏之表章，封於囊中，皇帝關心，他人不得知也。揚雄
〈趙充國頌〉：「營平守節，屢奏封章。」亦稱封事。

27 **權佞**　王充《論衡・答佞篇》：「賢人之權，為事為國，佞人之
權，為身為家。」又：「惡中之巧者，謂之佞。」

28 **起居郎** 應為起居舍人，〈佐郡思舊遊並序〉：「乙亥歲春三月，
參自補闕轉起居舍人。」

29 **虢州長史** 刺史之副貳，州之上佐也。

30 **太子中允** 東宮官。《通典》卷三十：「中允，後漢太子官屬有
之，職在中庶子下，洗馬上。……宋、齊有中舍人，是其職也。
大唐貞觀初改中舍人為中允，置二員。其後復置中舍人，龍朔二
年又改中允為左贊善大夫，咸亨元年復為中允，而左贊善仍置
焉。中允掌侍從、禮儀、駁正、啟奏並監藥及通判坊局事。若
庶子闕，則監封題，職擬黃門侍郎。」東宮正職中允官秩正五品
上，此幕府職乃空有其銜，實為判官也。

31 **殿中侍御史** 《通典》卷二十四：「魏蘭台遣二御史居殿中，察非
法，即殿中侍御史之始也。……大唐置六員，內供奉三員，初掌
駕出於鹵簿內糾察非違，餘開侍御史，唯不判事。……兼知庫藏
出納及宮門內事，知左右巡分，京畿諸州，諸衛兵禁隸焉，彈舉
違失，號為副端。」御史臺正職殿中侍御史官秩從七品上，此亦
幕府中官銜，員外置也。

32 **關西節度** 唐肅宗乾元二年三月鄴城兵敗，設虢華節度，潼關防
禦團練使，以河西節度副使來瑱為之，治陝州。上元元年四月改
陝西節度，二年罷領華州，以華州置鎮國節度，亦曰關西節度。

33 **潛龍藩邸** 潛龍，《易》乾：「初九潛龍勿用。」疏：「潛者隱伏
之名，龍者，變化之物。」杜甫〈哀王孫〉：「高帝子孫盡隆準，
龍種自與常人殊。」帝王子孫為龍種。太子未登基時乃曰潛龍。
此謂唐德宗為雍王時。藩邸，藩，籬也。屏也。《易》大壯：「羝
羊觸藩。」疏：「藩，藩籬也。」漢唐天子封皇子為王，其國藩屏
帝室，故稱藩。太子未登基時亦曰在藩，其底坻乃稱藩坻也。

34 **總戎** 統領軍事也。

35 **陝服** 謂陝州。服者，服事天子也。

36 **書奏之任** 謂掌書記之職。

37 **祠部考功二員外郎** 祠部，禮部尚書下屬四曹之一，設郎中，員

外郎各一人。其職司,《通典》云:「掌祠祀、天文、漏刻、國忌、廟諱、卜祝、醫藥等及僧尼簿籍」。考功、吏部尚書下屬四曹之一,設郎中、員外郎各一人,其職司,《通典》云:「掌考察內外百官及功臣家傳、碑頌、誄,諡等事。」

38 **虞部庫部二正郎**　正郎、謂郎中,以有員外郎,故郎中曰正郎。虞部郎中,虞部,工部尚書下屬四曹之一,設郎中,員外郎各一人。其職司,《通典》云:「掌京城街巷種植,山澤苑囿草木,薪炭供須,田獵等事。」庫部郎中,庫部,兵部四曹之一,設郎中,員外郎各一人,其職司,《通典》云:「掌軍器、儀仗、鹵簿、法式及乘輿等。」

39 **嘉州刺史**　嘉州,犍為郡,嘉州為中州,刺史官秩正四品上。

40 **杜鴻漸**　見〈入劍門作寄杜楊二郎中時二公並為杜元帥判官〉詩注。

41 **職方郎中**　職方,兵部四曹之一,設郎中,員外郎各一人,其職司,《通典》云:「掌地圖、城隍、鎮戍及烽候防人路程遠近、親化,首渠」。

42 **侍御史**　御史台官名。此幕府中員外置,非正員也。

43 **西川節度**　開元年間東西川統為劍南節度,至德二載始分東,西川為兩節度,見《新唐書·方鎮表》。西川節度管州二十六,治成都。

44 **部統**　部、領也。統亦領也。《漢書》〈董賢傳〉:「詔冊賢為大司馬衛將軍:往悉爾心,統辟元戎,折衝綏遠,匡正庶事。」顏注:「統,領也。」

45 **衣冠**　本為士大夫之服,因以稱士大夫。

46 **阿諛**　曲從曰阿,諂言曰諛。

47 **庇躬**　庇,蔭也。躬,身也。

48 **向闕**　向帝宮也。《爾雅·釋宮》:「觀謂之闕」郭璞注:「宮門雙闕。」

49 **招蜀客歸**　應作〈招北客文〉,杜確誤記。

50 **抑挫** 遏制摧敗也。

51 **慚沮** 沮，止也。《詩・小雅》〈巧言〉：「亂庶遄沮」傳：「沮，止也。」

52 **德澤** 德化恩澤也。《漢書》〈賈誼傳〉：「誼上疏：天子春秋鼎盛，行義未過，德澤有加焉。」

53 **梁益** 《禹貢・梁州》，為天下九州之一，地域廣大，華山以南皆其地，今四川亦在州內，漢改梁曰益，以天下為十三州，皆置刺史。

54 **邛僰** 古國名。《史記・西南夷列傳》：「自滇以北君長以什數。邛都最大。」又：「取其筰馬、僰僮。」正義：「今益州南戎州，北臨大江，古僰國。」

55 **旋軫** 猶歸軒。《說文》：「軫，車後橫木也。」故稱車曰軫。

56 **犯軷** 祖道也。《周禮・夏官》〈大馭〉：「掌馭玉路以祀，及犯軷，王自左馭，馭下祝，登受轡，犯軷，遂驅之。」注：「行山曰軷，犯之者，封土為山象。以菩芻棘柏為神主，既祭之，以車轢之而去，喻無險難也。」《詩・大雅》〈烝民〉：「仲山甫出祖」鄭箋：「祖者，將行犯軷之祭也。」

57 **不祿** 不終其祿，謂士死也。《禮記・曲禮》下：「天子死曰崩，諸侯曰薨，大夫曰卒，士曰不祿，庶人曰死。」

58 **逾邁** 謂歲月逝去也。《尚書・秦誓》：「我心之憂，日月逾邁，若弗雲來。」

59 **復纂前緒** 纂，繼也；緒，業也。言繼續前人之事業。

60 **翰場** 猶今所謂「文壇」也。

61 **通家** 謂世交也。《後漢書》〈孔融傳〉：「因謂李膺曰：融與君累世通家。」

62 **忝** 辱也，謙詞。

63 **同聲** 《易》乾：「同聲相應，同氣相求。」

64 **勒成八卷** 《唐書・藝文志》、晁公武《郡齋讀書志》、馬端臨《文獻通考》皆云：「《岑參集》十卷。」蓋宋初留存《岑參集》原

為十卷本，或即杜確遺編也。惟此本今已佚。《直齋書錄解題》則云：「岑嘉州集八卷」，則南宋時陳振孫所見，乃後人改編本，疑有缺失矣。

65 **廣樂** 《列子・周穆王》：「清都紫微，鈞天廣樂，帝之所居。」注：「清都紫微，天帝之所居也」。傳記云：「秦穆公疾不知人，既寤曰：我之帝所，甚樂，與百神遊，鈞天廣樂，九奏萬舞，不類三代之樂，其聲動心。」

66 **清商之韻** 《韓非子・十過》：「師涓鼓究之，平公問師曠曰：此所謂何聲也？師曠曰：此所謂清商也。」《魏書・樂志》載陳仲儒言：「江左所傳中原舊曲，〈明君〉、〈聖主〉、〈公莫〉、〈白鳩〉之屬，及江南吳歌、荊楚四聲總謂清商，至於殿庭饗宴兼奏之。」

67 **翠微之色** 《爾雅・釋山》：「山脊，岡。未及上，翠微。」疏：「未及頂上，在旁陂陀之處，名翠微。」

68 **瑩徹** 瑩，明也。徹，通也。（見《論語顏淵》鄭注。）

69 **杜確** 貞元中曾為河中節度使，《全唐文》卷四五九〈杜確小傳〉：「代宗詩人。」《元和姓纂》卷六：「偃師，溱之堂侄確，河中節度」。《四校記》：《舊記》一三，貞元十四年，確自太常卿為同州刺史，十五年十二月，為河中尹，河中觀察。〈河東集〉註，確大曆二年進士。元稹《鶯鶯傳》確，繼馬燧為河中廉察。

附錄二

誤收之詩——共八首

一　送鄭侍御謫閩中

謫去君無恨，閩中我舊過。大都秋雁少，只是夜猿多。東路雲山合，南天瘴癘和。自當逢雨露，行矣慎風波。

【校】

　　案此詩，宋本、黃本、鄭本、石印本俱不錄。當係叢刊本誤收。詩云：「閩中我舊過」，考岑參行誼，一生不及江漢，遑論閩中，《全唐詩》、《唐詩紀》、《刪定唐詩解》、《彙編唐詩十集》、四部叢刊本《高常侍集》載此詩，俱作「高適」，案作「高適」是也。

二　同群公題張處士菜園

耕地桑柘間，地肥菜恒熟。為問葵藿資，何如廟堂肉。

【校】

　　案此詩，叢刊本不錄，宋本、鄭本、黃本、石印本錄之，並作「岑參」。四部叢刊本《高常侍集》，《全唐詩》、《唐人萬首絕句選》錄此詩，並作高適。案高集中，「同群公」詩題較多，如〈同群公秋登琴台〉、〈同群公出獵海上〉、〈同群公題中山寺〉以及本篇等，《岑集中》僅三題有「群公」字，前邊尚有他字，用法稍異，據此，則以作高詩為宜。

三　題暢當嵩山尋麻道士見寄

閒逐樵夫閒看棋，忽逢人世是秦時。開雲種玉嫌山淺，渡海傳書怪鶴遲。陰洞石幢微有字，古壇松樹半無枝。煩君遠示青囊錄，願得相從一問師。

【校】

案此詩，宋本、鄭本、黃本、石印本、叢刊本俱不錄。《唐音》、《唐百家詩選》錄此詩，並作盧綸。《全唐詩》錄此詩作《岑參》下注云：「一作盧綸詩」。《文苑英華》錄此詩作「盧綸」，「麻」作「尊」。《岑詩繫年》：「案《唐才子傳》，暢當大曆七年及第，而岑參大曆五年已卒，二人年輩稍遠。《全唐詩》卷十盧綸集中則多有與暢當唱和之作，卷十一暢當集中亦有〈別盧綸〉詩，則此亦盧綸詩也。」此說是。

四　漢上題韋氏莊

結茅聞楚客，卜築漢江邊。日落數歸鳥，夜深聞扣舷，水痕侵岸柳，山翠借廚煙。調笑提筐婦，春來蠶幾眠。

【校】

案此詩，宋本、鄭本、黃本、石印本，叢刊本俱不錄。《唐詩紀》、《文苑英華》、《唐賢三昧集》錄此詩，並作「岑參」。《全唐詩》兩收（一作岑參、一作戎昱）《岑詩繫年》曰：「聞一多先生曰：考岑參行蹤不及江漢，戎昱則楚人，此當係戎詩。李壁《王荆公

集注》二四引『水痕侵岸柳，山翠借廚煙』二句，正作戎詩。」《唐百家詩選》此亦作戎詩，以作戎詩為宜。

五　送史司馬赴崔相公幕

崢嶸丞相府，清切鳳凰池。羨爾瑤臺鶴，高棲瓊樹枝。歸飛晴日好，吟弄惠風吹。正有乘軒樂，初當學舞時。珍禽在羅網，微命若遊絲。願託周周羽，相銜谿水湄。

【校】

案此詩，宋本、鄭本、黃本、石印本、叢刊本俱不錄。《全唐詩》收此詩，作岑參，下注云：「一作無名氏詩，一作李白詩，一本題上有賦得鶴三字」。《文苑英華》錄此詩，作李白。《唐詩紀》收此詩，作無名氏，下注云：「《文苑英華》失姓名，嚴卿（羽）云：此或太白之逸詩，不然亦是盛唐人之作。」《李太白集》亦收此詩，王琦曰：「案末二聯，或是太白在尋陽獄中之作，所謂崔相公者，即是崔渙，似亦近之」。廖立《岑嘉州詩箋注》，謂岑參在中書省為右補闕，對一使府司馬不應作首四句之語。又謂岑參入為尚書郎，亦不當作如上語，再者「珍禽在羅網，微命若遊絲，」二句，與岑參經歷絕不合，故此詩非岑作。

六　奉和春日幸望春宮應制

和風助律應韶年，清蹕乘高出望仙。花笑鶯歌迎帝輦，雲消日霽
俯皇川。南山近獻仙杯上，北斗平臨御辰前。一奉恩榮歡在鎬，
空知率舞聽薰絃。

【校】

　　案此詩，宋本、鄭本、黃本、石印本、《全唐詩》俱不錄，惟
《文苑英華》卷一百七十四錄此詩，作者為岑羲，題作〈奉和春日幸
望春宮〉，當時奉和者，又有張說、蘇頲、薛稷、崔日用、李適、沈
佺期諸人。案《岑詩繫年》：「此岑羲詩也，羲乃參之伯父，與羲同
時之崔湜、閻朝隱、韋元旦、李適、劉憲、蘇頲、張說、李乂、薛
稷、馬懷素、沈佺期、鄭愔等十二人俱有此作，見各本集。」《唐會
要》卷三十：「開元二十六年正月六日修望春宮。」《西京記》：「西
京禁苑內有望春宮，在高原之上，東臨灞滻，今上（玄宗）曾登北
亭，賦〈春台詠〉，朝士奉和凡數百。」（《玉海》卷一五八引）

七　送蕭李二郎中兼中丞充京西京北覆糧使

霜簡映金章，相輝同舍郎。天威巡虎落，星使出鸞行。樽俎成全
策，京坻閱見糧。歸來虜塵滅，畫地奏明光。

【校】

　　案此詩，宋本、鄭本、黃本、石印本，叢刊本俱不錄，《全唐
詩》收入劉禹錫詩內，題為〈送工部蕭郎中刑部李郎中並以本官兼中

丞分命充京西京北覆糧使〉並見《劉夢得文集》卷六，當為劉詩誤收。岑仲勉〈郎官石柱題名新考訂〉倉部郎中「刪補」有蕭、李二人，時代雖近，然未必即是。廖立謂「《文苑英華》此詩署劉禹錫，題為〈送兵（注：集作工）部蕭郎中刑部李郎中以本官兼中丞分命充京西京北覆糧使〉。《文苑英華》注為南宋孝宗時周必大等所作，其所云「集作工」者，謂劉禹錫集也。今劉集亦載此詩。自吐番侵佔河隴後，長安西郊，北郊乃成邊防，但德宗以後始設京西、京北節度使、巡邊使，覆糧使等，如范希朝曾為京西行營節度使，胡證曾為京西京北巡邊使、蕭、李之為發糧使恐亦在其時，岑參之世，乾元元年無兵事，亦無天災。廣德元年秋七月不雨，而吐番未入侵，冬日吐番入長安。朝廷已不能派人覆糧。廣德二年無災情。永泰元年秋雨霖，冬有吐番犯邊，而岑參已在梁州，不能在京送人。故此詩非岑作。

八　冬夕

浩汗霜風刮天地，溫泉火井無生意。澤國龍蛇凍不伸，南山瘦柏消殘翠。

【校】

案此詩，宋本、鄭本、黃本、石印本、叢刊本俱不錄，《萬首唐人絕句》卷七二、《全唐詩》、《唐詩紀》俱署「岑參」。《岑詩繫年》：「此詩四句，重見《全唐詩》卷二八無名氏「冬」詩之末四句，正德本（案即叢刊本）「岑集」不載，《萬首唐人絕句》將此四句歸「岑參」。案《全唐詩》卷二八無名氏此首前有〈春〉二首、〈夏〉、〈秋〉各一首，與此首〈冬〉詩之風格章法全相同，此首後又有〈雞頭〉、〈紅薔薇〉、〈斑竹簟〉、〈聽琴〉、〈石榴〉、〈秦家

行〉、〈小蘇家〉、〈斑竹〉、〈天竺國胡僧水晶念珠〉、〈白雪歌〉、
〈琵琶〉、〈傷哉行〉等十二首，風格亦同，全是李賀體，則此十七首
當係出於一人之手。而其中〈傷哉行〉及〈紅薔薇〉二首，又分見
於《全唐詩》卷十七卷三十二《莊南傑集》及其補遺中。莊南傑原是
李賀嫡派，則此十七首俱當是莊南傑所作。今除〈傷哉行〉及〈紅薔
薇〉二首，餘十五首《莊集》俱不載，《才調集》及宋本《唐人五十
家小集》，亦均作無名氏，其散佚亦已久矣。」按此首，又見於《全
唐詩》卷七八五，作無名氏詩。卷四七〇莊南傑詩有〈傷哉行〉，卷
八八四有〈紅薔薇〉，而無此詩，風格雖近，然無他證不可遽歸莊
作，仍從《才調集》《小集》作無名氏為當。

附錄三　時人贈答之篇、
　　書錄及後人序跋之作

一　留別岑參兄弟　王昌齡

江城建業樓，山盡滄海頭。副職守茲縣，東南櫂孤舟。長安故人宅，秣馬經前秋。便以風雪暮，還為縱飲留。貂蟬七葉貴，鴻鵠萬里遊。何必念鐘鼎，所在烹肥牛。為君嘯一曲，且莫彈箜篌。徒見枯者豔，誰言直如鉤。岑家雙瓊樹，騰光難為儔。誰言青門悲，俯期吳山幽。日西石門嶠，月吐金陵洲。追隨探靈怪，豈不驕王侯。

二　九日寄岑參　杜甫

出門復入門，兩腳但如舊。所向泥活活，思君令人瘦。沈吟坐西軒，飲食錯昏晝。寸步曲江頭，難為一相就。吁嗟呼蒼生，稼穡不可救。安得誅雲師，疇能補天漏。大明韜日月，曠野號禽獸。君子強逶迤，小人困馳驟。維南有崇山，恐與川浸溜。是節東籬菊，紛披為誰秀。岑生多新詩，性亦嗜醇酎，采采黃金花，何由滿衣袖。

三　寄岑嘉州　杜甫

不見故人十年餘，不道故人無素書。願逢顏色關塞遠，豈意出守

江城居。外江三峽且相接，斗酒新詩終日疏。謝朓每篇堪諷誦，馮唐已老聽吹噓。泊船秋夜經春草，伏枕青楓限玉除。眼前所寄選何物，贈子雲安雙鯉魚。

四　寄彭州高三十五使君適虢州岑二十七長史參三十韻　杜甫

故人何寂寞，今我獨淒涼。老去才難盡，秋來興甚長。物情尤可見，辭客未能忘。海內知名士，雲端各異方。高岑殊緩步，沈鮑得同行，意愜關飛動，篇終接混茫。舉天悲富駱，近代惜盧王。似爾官仍貴，前賢命可傷。諸侯未棄擲，半刺已翱翔。詩好幾時見，書成無信將。男兒行處是，客子鬥身強。羈旅推賢聖，沉綿抵咎殃。三年猶瘧疾，一鬼不銷亡。隔日搜脂髓，增寒抱雪霜。徒然潛隙地，有覬屢鮮粧。何太龍鍾極，於今出處妨。無錢居帝里，盡室在邊疆。劉表雖遺恨，龐公至死藏。心微傍魚鳥，肉瘦怯豺狼，隴草蕭蕭白，洮雲片片黃。彭門劍閣外，虢略鼎湖旁。荊玉簪頭冷，巴牋染翰光，烏麻蒸續曬，丹橘露應嘗。豈異神仙宅，俱兼山水鄉。竹齋燒藥灶，花嶼讀書牀。更得清新否，遙知對屬忙。舊官寧改漢，淳俗本歸唐，濟世宜公等，安貧亦士常。蚩尤終戮辱，胡羯漫猖狂。會待袄氛靜，論文暫裹糧。

五　泛江送魏十八倉曹還京因寄岑中允參范郎中季明　杜甫

遲日深春水，輕舟送別筵。帝鄉愁緒外，春色淚痕邊。見酒須相憶，將詩莫浪傳。若逢岑與范，為報各衰年。

六　贈岑郎中　戎昱

童年未解讀書時，誦得郎中數首詩。四海煙塵猶隔闊，十年魂夢每相思。欣披雲霧逢迎疾，已恨趨風拜德遲。天下無人鑒詩句，不尋詩伯更尋誰。

七　夜讀岑嘉州詩集　陸游

漢嘉山水邦，岑公昔所寓。公詩信豪偉，筆力追李杜。常想從軍時，氣無玉關路公詩多從戎西邊時所作。至今藁簡傳，多昔橫槊賦。零落才百篇，崔嵬多傑句。工夫刮造化，音節配韶護。我後四百年，清夢奉巾屨。晚途有奇事，隨牒得補處。群胡自魚肉，明主方北顧。誦公〈天山篇〉，流涕思一遇。

八 跋岑嘉州詩集　陸游

予自少時，絕好岑嘉州詩，往在山中，每醉歸，倚胡牀睡，輒令兒曹誦之。至酒醒，或熟睡，乃已，嘗以為太白、子美之後，一人而已。今年自唐安別駕來攝犍為，既畫公像齋壁，又雜取世所傳公遺詩，十餘篇刻文，以傳知音律者，不獨備此邦故事，亦平生素意也。乾道癸巳八月三日，山陰陸某務觀題。

九 刻岑詩成題其後　邊貢

殷璠評嘉州詩曰：語逸體俊，意每造奇，而嚴滄浪則云：岑詩悲壯，讀之令人感慨，味斯言也，予未嘗不撫卷歎焉。而台峰子敘之（熊相），亟稱其近於李、杜，斯可謂知言者矣，夫俊也、逸也，是太白之長也，若奇焉而又悲且壯焉，非子美孰其當之？子美嘗曰：「岑生多新詩」又曰：「篇終接混茫」又曰：「沈鮑得同行」味斯言也，意未嘗不歛衽於嘉州也。二子之言，不有微乎哉。今誦其集，如所謂「山風吹空林，颯颯如有人」，斯悲壯而奇矣，又如「長風吹白茅，野火燒枯桑」之句，不俊且逸也乎哉。夫俊也，逸也，奇也，悲也，壯也五者李杜弗能兼也，而岑詩近焉，斯不可以刻而傳之也乎哉？故曰：台峰子知音者矣。敘成之明日，華泉邊貢題。

十　新刊岑嘉州詩序　楊慎

岑詩故有鏤本，歲漸漫滅。方伯沈君仁甫，學憲王君子衡，謂參
嘗仕於蜀，以其集重授梓人，匪直傳其詩，兼重其人也，參當天
寶與杜子美並世，子美數與倡酬，比之謝朓、猶為詩言也，又
公薦之肅宗，稱其識度清遠，議論雅正，時輩所仰，可備獻替之
官，是其卓爾大雅，絕類流輩者，豈惟詩哉！子美自許甚高，其
立朝他無所見，獨薦此一人耳。不知其人，視其與子美所推轂，
其人可知矣。方諸餘子，豈維等伍哉。唐史且傳王維，而參也顧
遺，異哉其所取乎？予故著之，補史氏之遺，俾觀者得論其世，
且終二君子雅意云。正德庚辰三月壬子新都楊慎序。

十一　唐才子傳　辛文房

參，南陽人，文本之後，天寶三年，趙岳榜第二人及第，累官左
補闕起居郎，出為嘉州刺史。杜鴻漸表置安西幕府，拜職方郎
中，兼待御史，辭罷。別業在杜陵山中，後終於蜀。參累佐戎
幕，往來鞍馬烽塵間十餘載，極征行離別之情，城障塞堡，無不
經行。博覽史籍，尤工綴文，屬詞清尚，用心良苦，詩詞尤高，
唐興罕見此作。放情山水，故常懷逸念，奇造幽致，所得往往超
拔孤秀，度越常情，與高適風骨頗同，讀之令人慷慨懷感，每篇
絕筆，人輒傳詠。至德中，裴休、杜甫等常薦其識度清遠，議論
雅正，佳名早立，時輩所仰，可以備獻替之官，未及大用而謝
世，豈不傷哉。有集十卷行於世，杜確為之序云。

據世界書局校印日本天瀑山人所刻《佚存叢書》

十二　晁公武郡齋讀書志

《岑參集》十卷，唐岑參撰。參，南陽人，文本裔孫，天寶三年進士，累官補闕，起居郎，出為嘉州刺史，杜鴻漸表置幕府，為職方郎中，兼侍御史，罷，終於蜀。參博覽史籍，尤工綴文，屬詞清尚，用心良苦，其有所得，往往超拔孤秀，度越常情，每篇絕筆，人競傳誦。至德中，裴薦、杜甫等，嘗薦其識度清遠，議論雅正，佳名早立，時輩所仰，可以備獻替之官云。集有杜確序。

十三　陳振孫直齋書錄解題

《岑嘉州》集八卷，唐嘉州刺史南陽岑參撰。參，文本之曾孫，天寶三載進士，為補闕。左史郎官，與杜甫唱和。

十四　瞿鏞鐵琴銅劍樓藏書目錄

此正德刻本，分七卷，原出華泉邊貢所藏，猶是宋元以來相傳之舊本，較別本為勝。如卷二中《酒泉太守席上醉後作》一首，別

本以起四句另為一首，編入七絕，大誤。又《優鉢羅花歌序》云「天寶景申歲參尜大理評事」云云，案景申即丙申，唐人諱丙為景，是為天寶十五載，七月蕭宗改元至德，七月以前猶是天寶紀年，此詩豈作於是時，別本改景為庚，不知天寶無庚申也。即此二條，可知此本之善矣。

十五　丁丙善本書室藏書志

案清丁丙《善本書室藏書志》亦云：「《岑嘉州詩》七卷，影寫明正德十五年熊相刊本，前載京兆杜確序。按〈優鉢羅花歌序〉云：「天寶景申歲，參尜大理評事」。景申即丙申，唐諱丙為景。是為天寶十五載七月。蕭宗改元至德七月以前，猶是天寶紀年，此詩作於是時。別八卷本改為庚申，誤矣。《岑嘉州詩》七卷，影寫明正德十五年熊相刊本，前載京兆杜確序。按第二卷〈酒泉太守席上醉後作〉一首，八卷本，以起四句為一首，編入七絕，大誤。

十六　岑嘉州集二卷、明張遜業輯〈十二家唐詩〉本

嘉靖三十一年（一五五二）江都黃埻東壁圖書府刊。每半頁九行，行十九字，無杜確序，書藏國家圖書館

十七　阮元四庫未收書目提要

《岑嘉州》集八卷，唐岑參撰。參，南陽人，為文本曾孫，天寶
三載，趙岳榜第二人及第，累官右補闕，起居郎，出為虢州長
史及嘉州刺史，杜鴻漸表薦安西幕府，拜職方郎中，兼侍御史，
事蹟詳《唐才子傳》。案岑詩律健整，非晚唐纖碎可比。方回
云：「學杜詩，當先觀《工部集》中所稱詠敬歎及交遊倡酬者，
其稱詠敬歎，則如蘇武、李陵、陶潛諸人，其交遊倡酬，則如
李白、高適、岑參之類」。杜確序亦稱岑每一篇絕筆，則人人傳
寫，雖閭里士庶，莫不諷誦吟習焉。其卷帙之數，《唐書·藝文
志》及《崇文總目》、《通考·經籍考》、《通志·藝文略》、焦竑
《經籍志》並云十卷。《文淵閣書目》，則云四冊，闕。是編與杜
確序合，然如《瀛奎律髓》所載，〈同崔十三侍御灌口夜宿報恩
寺〉，作為此本所佚，疑非唐人舊冊矣（案是集有正德中熊相所
刻七卷本，猶是宋元相傳舊帙）。

附錄四

詩評　凡四十則

1. 商璠曰：「參詩語奇體俊，意亦新遠，至如『長風吹白茅，野火燒枯桑』可謂逸矣；又『山風吹空林，颯颯如有人』，須稱幽致也」（《河嶽英靈集》）。

2. 許顗曰：「岑參詩亦自成一家，蓋嘗從封常清軍，其記西域異事甚多，如〈優鉢羅花歌〉、〈熱海行〉，古今傳記所不載者也」（《彥周詩話》）。

3. 劉克莊曰：「高適、岑參，開元、天寶以後大詩人，與杜公相頡頏，歌行皆流出肺肝，無斧鑿痕……其近體亦高簡清拔……郊島輩句鍛月鍊者，參談笑得之，詞語壯浪，意象開闊」（《後村詩話·後集》卷二）。

4. 嚴羽曰：「高岑之詩悲壯，讀之使人感慨」（《滄浪詩話》）

5. 吳師道曰：「高適才高，頗有雄氣，其詩不習而能，雖乏小巧，終是大才，岑嘉州與子美游，長於五言，皆唐詩巨擘也」（《吳禮部詩話》）。

6. 胡震亨曰：「岑嘉州罷郡佐幕日，正崔寧跋扈，杜相（杜鴻漸）委棟時也，嗣後鎮帥往往阻命，參佐自拔匪易，蜀事漸非矣，思深哉。〈招蜀客歸〉一辭，早智徵焉，勸忠寓焉，是不當僅以詩人目者」（《唐音癸籤》）。

7. 胡震亨曰：「唐七言律，自杜審言，沈佺期首創工密，至崔顥、李白時出，古意一變也。高、岑、王、李，風格大備，又一變也」（《唐音癸籤》）。

8. 高棅曰：「盛唐律句之妙者，李翰林氣象雄逸，孟襄陽興致清遠，王右丞詞意雅秀，岑嘉州造語奇峻，高常侍骨格渾厚，皆開元天寶已來名家」（《唐詩品彙》）。

9. 高棅曰：「盛唐工七言古調者多，李杜而下，論者推高、岑、王、李、崔數家為勝，竊嘗評之，若夫張皇氣勢，陟頓始終，綜覈乎

古今，博大其文辭，則杜、李尚矣，至於沈鬱頓挫，抑揚悲壯，法度森嚴，神情俱詣，一味妙悟而佳句輒來，遠出常情之外。之數子者，誠與李、杜並驅而爭先矣」（《唐詩品彙》）。

10 高棅曰：「盛唐作者雖不多，而聲調最遠，品格最高，賈至、王維、岑參早朝倡和之作，當時各極其妙」（《唐詩品彙》）。

11 李東陽曰：「唐詩李、杜之外，孟浩然、王摩詰足稱大家，王詩豐縟而不華靡，孟詩卻專心古澹，而悠遠深厚，自無寒儉枯瘠之病；儲光羲有孟之古而深遠不及，岑參有王之縟，而又以華靡掩之」（《麓堂詩話》）。

12 熊相曰：「盛唐諸公，音回未嘗不諧，律亦未嘗大拘，猶有古人之遺意，若岑嘉州亦其一人也，予嘗慕其潔身於崔旰之義，今讀其詩，清新俊逸，弗若李太白，而正大過之，視之老杜，奇且工弗若焉，沖淡雄渾，則有不相下者」，故杜亦嘗稱之為佳句。（《岑嘉州詩集・後序》）。

13 何良俊曰：「世之言詩者皆曰盛唐，觀一時如王右丞之情深，李翰林之豪宕，王江寧之俊逸，常徵君之高曠，李頎之沉著，岑嘉州之精鍊，高常侍之老健，各有奇妙，而其所造皆能登峰造極者也。然終輸杜少陵一籌」（《四友齋叢說》）。

14 徐獻忠曰：「岑嘉州以風骨為主，故體裁峻整，語多造奇，持意方嚴，竟鮮落韻」（《唐詩品》）。

15 顧璘曰：「五律貴沈實溫麗，雅正清遠，含蓄深厚，有言外之意，又須風格峻整，音律雅渾，字字精密，乃為得體。初唐杜審言工緻，盛唐杜甫神妙，王維品厚，浩然清新，岑參典麗，所謂圓不加規，方不加矩也」（《唐詩會通評林引》）。

16 王世貞曰：「高岑一時不易上下，岑氣骨不如達夫遒上，而婉縟過之，選體時時入古。岑尤陸健，歌行磊落奇俊，高一起一伏，取是而已，尤為正宗」（《藝苑巵言》）。

17 王世貞曰：「盛唐七言律，老杜外，王維、李頎、岑參耳，李有風調而不甚麗，岑才甚麗而情不足，王差備美」（《藝苑巵言》）。

18 吳山民曰：「盛唐七言古，李、杜不當概論，亞之者非高、岑、王、李乎，適取其健，參取其溫，維取其老」（《唐詩會通評林》引）。

19 胡應麟曰：「五言律體，兆自梁陳，唐初四子，靡縟相矜，時或拗澀，未堪正始，神龍以還，卓然成調，沈、宋、蘇、李，合軌於先，王、孟、高、岑並馳於後，新製迭出，古體攸分，實詞章改革之大機，氣運推遷之一會也」（《唐音癸籤》引）。

20 胡應麟曰：「古詩自有音節，陸謝體極排偶，然音節與唐律迥不同。唐人李、杜外，惟嘉州最合，襄陽、常侍，雖意調高遠，至音節時入近體矣」（《唐音癸籤》引）。

21 胡應麟曰：「常侍五言古，深婉有致，而格調音節，時有參差，嘉州清新奇逸，大是俊才，質力造詣，皆出高上，然高黯淡之內，古意尤存，岑英發之中，唐體大著」（《詩藪·內篇》）。

22 屠隆曰：「以禪論詩，三百篇是如來祖師，十九首是大乘菩薩，曹、劉、三謝是大阿羅漢，顏、鮑、沈、宋、高、岑是有道高僧，王、孟是深山野衲，杜少陵是如來總持弟子，李太白是散聖」（《鴻苞集》）。

23 許學夷曰：「高、岑才力既大，而造詣實高，興趣實遠。故其五七言古（歌行總名古詩），調多就純，語皆就暢，而氣象風格始備，為唐人古詩正宗……五七言律，體多渾圓，語多活潑，而氣象風格自在，多入於聖矣」（《詩源辯體》）。

24 葉燮曰：「盛唐大家，稱高、岑、王、孟，高、岑相似，而高為稍憂，孟則大不如王矣，高七古為勝，時見沈雄，時見沖澹，不一色，其沈雄直不減杜甫，岑七古間有傑句，苦無全篇，且起結意調，往往相同，不見手筆」（《原詩·外篇》）。

25 陸時雍曰：「高達夫調響而急，岑參好為巧句，真不足而巧濟之，以此知其深淺矣，故曰大巧若拙」（《詩鏡總論》）。

26 王士禎曰：「唐興而文運丕振，虞、魏諸公，已離舊習。王、楊四子，因加美麗，陳子昂古風翰林之飄逸，杜工部之沈鬱，孟襄

陽之清雅，王右丞之精緻，儲光羲之真率，王昌齡之聲俊，高
適、岑參之悲壯，李頎、常建之超凡」（《詩友師傳錄》）。

27 王士禎曰：「開元大歷諸作者，七言為盛，王、李、高、岑四
家，篇什尤多，李太白馳騁筆力，自成一家，大抵嘉州之奇峭，
更為創獲」（《七言詩歌行鈔》）。

28 沈德潛曰：「嘉州五言，多激壯之音」（《唐詩別裁》）。

29 沈德潛曰：「王維、李頎、崔曙、張謂、高適、岑參諸人，品格
既高，復饒遠韻，故為正聲」（《說詩晬語》）。

30 潘德輿曰：「右丞，東川、常侍、嘉州七古七律，往往以雄渾悲
鬱，鏘鏘壯麗擅長，漁洋選入〈三昧集〉，十居其四五，與其初
意主於鏡花水月，羚羊掛角，妙在酸鹹之外者，絕不相合」（《養
一齋詩話》）。

31 黃子雲曰：「高、岑、王三家，均能刻意煉句，又不傷大雅，可
謂文質彬彬」（《野鴻詩的》）。

32 翁方綱曰：「嘉州之奇峭，入唐以來所未有，又加以邊塞之作，
奇氣益出，風會所感，豪傑挺生，遂不得不變出杜公矣」（《石洲
詩話》）。

33 喬億曰：「高、岑詩同而異；高詩渾樸，岑詩警動」（《劍溪說
詩》）。

34 朱庭珍曰：「唐人七古，高、岑、王、李諸公規格最正，筆最雅
鍊。散行中時作對偶警拔之句，以為上下關鍵，非惟於散漫中求
整齊，平正中求警策，而一篇之骨，即樹於此。兼以詞不欲盡，
故意境寬然有餘，氣不欲放，故筆力銳而時斂，最為詞壇節制之
師」（《筱園詩話》）。

35 管世銘曰：「七古高常侍，豪宕感激，岑嘉州創闢經奇，各有建
大將旗鼓出井陘之意」「岑嘉州獨尚警拔，比于孤鶴出群」（《讀
雪山房唐詩五律、五古凡例》）。

36 方東樹曰：「王、李、高、岑，別有天授，自成一家，如如來
下，又有文殊、普賢、維摩也。又如太史公外，別有莊、屈、賈

生長卿也」（《昭昧詹言》）。

37 方東樹曰：「高、岑二家，大概亦是尚氣象，而氣勢比東川（李頎）加健拔」（《昭昧詹言》）。

38 施補華曰：「高達夫七古，骨整氣遒，已變初唐之靡，特奇逸不如李，雄勁不如岑耳」（《峴傭說詩》）。

39 吳闓生曰：「盛唐古風，李、杜以外，右丞、嘉州，其傑出者」（《唐宋詩舉要引》）。

40 劉熙載曰：「高、岑兩家詩，皆可亞匹杜陵，至岑超高實，則趣尚各有近焉」（《藝概》）。

附錄五　岑參交遊考

前言

一、作為唐代邊塞詩代表作的岑參，它的作品流傳至今，仍有四百餘首。可惜他的交遊，迄今為止，很難見出一篇詳盡的報導，這對於研究岑參，未免是一大缺憾。有鑑於此，筆者不揣冒昧，乃根據前人的研究成果，爬梳整理，成此《岑參交遊考》一書。

二、筆者以為，若能根據岑參詩歌的內容和有關資料，鉤稽探索出與之交遊者的一些情況，這不僅有助於對岑參作品的瞭解，對同時代詩人的作品，也有所助益，今撰此文為之探索，文中所考順序，一本乎《四部叢刊》，其人名可考訂者，則列之於上；其難予考訂者，則列出〈交遊人物姓名難予考訂者〉一覽表，附諸篇末，俾供參考。

三、近人研究岑參較有成就者有：（一）陳鐵民、侯忠義先生的《岑參集校注》（上海古籍，二〇〇四年九月修訂再版）；（二）劉開揚先生的《岑參詩集編年箋注》（巴蜀書社，一九八八年六月）；（三）廖立先生的《岑嘉州詩箋注》（中華書局，二〇〇四年九月一刷）；（四）阮廷瑜先生的《岑嘉州詩校注》（國立編譯館中華叢書編審委員會，一九八〇年元月）。此外，（五）郁賢皓、陶敏合著《唐代文史考論》（臺灣洪葉，一九九九年）；（六）廖立著〈岑參事跡著作考〉（中州古籍，一九九七年六月）；（七）李嘉言的《岑詩繫年》（《文學遺產增刊》三輯）（八）柴劍虹的《西域文史論稿》（國文天地，一九九一年三月），以上八書，在寫作時均予以參考，不在此一一注明。

1 **許登**　本集卷一有〈送許子擢第歸江寧拜親因寄王大昌齡〉詩。
〈送許拾遺恩歸江寧拜親〉、卷三有〈送許員外江外置常平倉〉三
首。杜甫有〈送許八拾遺歸江寧覲省甫昔時嘗客遊此縣，於許
生處乞瓦棺寺維摩圖樣志諸篇末〉。又有〈因許八奉寄江寧旻上
人〉詩。劉長卿有「送許拾遺還京」詩。詩曰：「故里驚朝服，
高堂捧詔書」又曰：「暫容留駟馬，誰許戀鱸魚」，謂當還京也。
《杜詩錢注》卷十編杜甫〈送許八拾遺歸江寧覲省〉詩於乾元元
年〈奉答岑參補闕見贈〉詩之後，並稱：「《岑參集》有〈送許
子擢第歸江寧拜親〉詩，在天寶元年告賜靈符上加尊號之日，
此云許八拾遺，蓋擢第後十餘年，官拾遺，又得覲省也。」案許
拾遺，即許登。賈至〈授韋少遊部祠員外郎等制〉：「守右監門
衛胄曹參軍許登，振藻揚采，穆如清風，……左禁諫臣，方求
折檻之直……登可右拾遺」。此制作於至德元載至乾元元年春賈
至為中書舍人時，登有〈潤州上元縣福興寺碑〉（《全唐文》卷
四四一），據此，知登為江寧人。杜甫有同送之作〈送許八拾遺
歸江寧覲省……〉，〈杜詩詳注〉繫於乾元元年春。

〈送許員外江外置常平倉〉，詩作於廣德二年，許員外，即許登，
登有父母在江寧，故詩云：「仍懷陸氏橘，歸獻老親嘗」。登乾
元元年為拾遺時曾歸省。見〈送許拾遺恩歸江寧拜親〉詩，又岑
仲勉〈郎官石柱題名新考訂〉司勳員外郎有許登。江外，指長江
以南地區。常平倉，官府立倉，於穀賤時增價糴入，貴時減價糶
出，使穀價常平，稱為常平倉。漢時已曾設置。《舊唐書·代宗
紀》：「廣德二年正月，甲子，……第五琦奏諸道置常平倉，使
司量置本錢和糴，許之。」《唐會要》卷八十八：「廣德二年正月
二十五日，第五琦奏：每州置常平倉及庫使，自商量置本錢，隨
當處米物時價，賤則加價收糴，貴則減價糶賣。」

2 **王昌齡**　本集卷一有〈送許子擢第歸江寧拜親因寄王大昌齡〉、
〈送王大昌齡赴江寧〉二詩。聞一多《岑嘉州繫年考證》：「王昌
齡開元二十八年冬謫江寧丞，有〈留別岑參兄弟〉詩，曰：『長

安故人宅，秣馬經前秋。』詩作於開元二十八年而曰前秋，則是
二十七年秋也。此本年（二十七年）公在長安之證。又曰：〈送
王大昌齡赴江寧〉詩曰：「澤國從一官，滄波幾千里。群公滿天
闕，獨去過淮水。」詩有憫惜之意，似是昌齡初謫江寧時贈別之
作，昌齡謫官之歲月，載籍不詳，〈送許子擢第歸江寧拜親因寄
王大昌齡〉詩曰：『王兄尚謫宦，屢見秋雲生』。彼詩作於天寶
元年曰：「尚謫宦」，則初赴江寧必在天寶元年以前，又曰：『屢
見秋雲』，則又不只前一年，是昌齡謫官亦不得在開元二十九年
也，又考王士源〈孟浩然集序〉：開元二十八年，王昌齡遊襄陽。
浩然因歡宴疾廢而卒。昌齡若二十七年謫官，似既謫官後，不得
於二十八年忽離職守，遠赴襄陽，故謫官亦不得在二十八年以
前。昌齡〈留別岑參兄弟〉詩曰：『江城建業樓，山盡滄海頭，
副職守茲邑，東南櫂孤舟』，明為謫江寧將之官時所作。詩又
曰：『便以風雪暮，還為縱酒留。』，而公〈送昌齡赴江寧〉詩亦
曰：『北風吹微雪，抱背肯同宿』，明時在冬日，意者昌齡遊襄陽
在二十八年冬前，其謫江寧，則在二十八年冬耳。」
《新唐書》卷二〇三〈文藝傳下‧王昌齡傳〉：「昌齡字少伯，第
進士，補秘書郎，又中宏辭，遷汜水尉，不護細行，貶龍標尉，
以世亂還鄉里。為刺史閭丘曉所殺……昌齡工詩，細密而思清，
時謂王江寧云。」又見《舊唐書》卷一九〇〈文藝傳下〉。

3 **劉單**　本集卷一有〈武威送劉單判官赴安西行營便呈高開府〉
詩。案《舊唐書》一〇四〈高仙芝傳〉：「天寶六載九月，仙芝
虜勃律王及公主……還播密川（今帕米爾高原）令劉單草告捷
書」，據此知劉單為仙芝幕僚。《元和姓纂》卷五：「諸郡劉氏，
禮部侍郎劉單，岐山人。」「郎官石柱題名」司勳郎中有「劉
單」。徐松《登科記考》卷九：「天寶二年進士二十六人，劉單，
狀元。」《舊唐書》〈楊炎傳〉：「元載自作相，嘗選擢朝士有文學
才望者一人，原遇之，將以代己。初引禮部郎中劉單，單卒，引
吏部侍郎薛邕。」恐「姓纂」作「侍郎」誤。」疑非。案《冊府

元龜》卷三三七:「初引領吏郡侍郎劉單,單卒,又引禮部侍郎
薛邕。」疑此吏、禮二字誤易,則《姓纂》恐不誤。唐才子傳卷
二:「丘為,……天寶初,劉單榜進士。」,杜甫有〈奉先劉少府
新畫山水障歌〉《文苑英華》卷三三九註:「奉先尉劉單宅作」。
《草堂詩箋》編在天寶末杜甫自京赴奉先名後。劉單草捷書時似為
掌書記,今則為判官矣。本集卷七有〈武威送劉判官赴磧西行軍〉
詩,其中之劉判官當亦為劉單。蓋〈武威送劉單判官赴安西行管
便呈高開府〉詩有「五月」字,時、地、姓氏全同,則此詩必同
時之作。

4　**高仙芝**　本集卷一有〈武威送劉單判官赴安西行營便呈高開府〉
詩。高開府,即高仙芝,本高麗人,父為安西將軍。仙芝開元
末為安西副都護、都知兵馬使,天寶六載破小勃律(小勃律國
在今克什米爾之吉爾吉特,王名蘇失利之,見《新唐書》〈大小
勃律傳〉)趣赤佛堂路班師。九月,還播密川,令劉單草告捷
書。……制授鴻臚卿,攝御史中丞,為安西節度使。九載,將兵
討石國,平之,獲其國王以歸。……其載入朝,拜開府儀同三司
《通鑑》繫於十載正月,是也。尋除武威太守,河西節度使……
以仙芝為右羽林大將軍。十四載守潼關拒安祿山,監軍邊令誠誣
奏,與封常清同被斬。此詩作於再度出兵之時,時為天寶十載,
五月,作於武威。詩曰:「都護新出師,五月發軍裝。」是時,出
師擊大食,其後,大敗而還。仙芝生平事蹟,見《舊唐書》卷一
○四、《新唐書》卷一三五。

5　**祁樂**　即畫家祁岳也。杜甫〈奉先劉少府新畫山水障歌〉(杜集
卷四)曰:「豈旦祁岳與鄭虔,筆跡遠過楊契丹」。錢牧齋注引朱
景玄《唐朝名畫錄》:「李嗣真《畫錄》云:空有其名,不見蹤跡
二十五人。」祁岳在李國恆之下。岑參〈送祁樂還山東〉(歸河東
之誤)詩:「有時忽乘興,畫出江上峰,床頭蒼梧雲,簾下天台
松」。瞽者唐仲(仲下脫一「言」字,唐仲言即唐汝詢)云:疑
即其人,岳之與樂,傳寫之誤也。按集中又有〈祁四再赴江南別

詩〉、〈臨洮客舍留別祁四〉二詩，詩中之「祁四」當即此人。于
邵〈送家令祁丞序〉，稱善畫能詩，則家令丞即祁岳。序曰：「去
年（即代宗廣德元年）八月，閩越納貢，而吾子實董斯役，水陸
萬里，寒暄浹年，三江五湖，夐然復遊，遠與為別，故人何情，
虞部郎中岑公贈詩一篇，情言兼至，當時之絕也。」案岑公所贈
詩當即〈祁四再赴江南別詩〉，三江五湖，夐然復遊，即「再赴
江南」也。詩有云：「山驛秋雲冷」。據于邵序，公作是詩時尚為
虞部郎中，則轉庫部，當在去年（指廣德二年）秋後，本年（永
泰元年）十一月出刺嘉州以前。

6　**歸一上人**　本集卷一有〈送青龍招提歸一上人遠遊吳楚別詩〉，
青龍招提，即青龍寺。《長安志》卷九：「長安新昌坊南門之東，
青龍寺，本隋靈感寺，開皇二年立。……景雲二年改為青龍寺。
北枕高原，南望爽塏。為登眺之美。」歸一，《全唐詩》一九七
張謂有〈送青龍一公〉詩云：「事佛輕金印，勤王度玉關。不知
從樹下，還肯到人間。楚水青蓮淨，吳門白日閒。聖朝須助理，
絕莫愛東山。」與本詩為同送一人之作。岑參與張謂曾於玄宗天
寶末同入北庭封常清幕府，故同與「佐二庭」之歸一上人相識，
歸一原曾仗劍從軍，後棄官二年，削髮為僧，居長安青龍寺，曾
陪御前講論，後遊吳、楚。岑、張同於長安送之，歸一之棄官削
髮，當在肅宗朝，其遊吳、楚，則必在廣德中，時岑參在長安為
尚書郎官，張謂亦以尚書郎知中書制誥。本詩蓋即是時所作。

7　**李翥**　本集卷四有〈題李士曹廳壁畫度雨雲歌〉、卷一有〈送李
翥遊江外〉詩。高適有〈同李九士曹觀壁畫雲作〉曰：「始知帝
鄉客，能畫蒼梧雲。秋天萬里一片色，祇疑飛盡猶氛氳。」與岑
參此詩同為五、七言各二句，當係同賦。據高適〈登子賤琴台
賦詩三首並序〉云：「甲申歲，適登子賤（宓不齊字子賤，春秋
魯人，孔子弟子，曾任單父邑宰）琴台，賦詩三首。」知高於天
寶三載往遊單父（今山東單縣南），在單父時，高又有〈觀李九
少府翥樹宓子賤神祠碑〉詩，詩中說：「吾友吏茲邑，亦嘗懷宓

公」。知當時李羨任單父縣府，後又任京兆府士曹參軍。同〈崔員外慕母拾遺九月宴京兆府李士曹〉詩，知李九即李羨，當時任京兆府士曹參軍。天寶十一載，岑參與高適，同在長安，本詩即是時所作。又《新唐書·宰相世系表》：「李氏，姑藏大房。昕，司門員外郎，子羨。」高適有〈秦中送李九赴越詩〉，其中有「禹穴」，與岑詩「禹廟」同，知二人同時相送，高詩「攜手望千里，於今將十年」，與岑詩：「相識應十載。」亦同，逆數與李羨初識，應在天寶二年，時岑參在長安。高適又有〈賀安祿山死表〉（《全唐文》卷三五七）云：「謹遣攝判官李羨奉表陳賀以聞」（案至德二載，安慶緒殺祿山，適至德元載除淮南節度使，李時為淮南判官也）。亦即此人。

8 **劉晏**　本集卷一有〈送張秘書充劉相公通汴河判官便赴江外覲省〉詩。《舊唐書·代宗紀》：「廣德二年正月癸亥，以戶部侍郎第五琦專判度支及諸道鹽鐵轉運鑄錢等使。二月己未，第五琦開決汴河。」《通鑑》卷二二三：「自喪亂以來，汴水堙廢，漕運者自江漢抵梁洋，迂險勞費，廣德二年三月己酉，以太子賓客劉晏為河南江淮以來轉運使，議開汴水。庚戌，又命晏與諸道節度使均節賦役。聽便宜行。畢以聞。時兵火之後，中外艱食，關中米斗千錢，百姓採穗以給禁軍，官廚無兼時之積，晏乃疏浚汴水，遣元載書具陳漕運利病，令中外相應，自是每歲運米數十萬石以給關中，唐世推漕運之能者，推晏為首，後來者皆遵其法度云。」

〈尹相公京兆府中棠樹降甘露詩〉，《岑詩繫年》：案《舊書·代宗紀》：廣德元年正月國子祭酒兼御史大夫京兆尹劉晏為吏部尚書同中書門下平章事。此詩曰：「相國尹京兆」知詩題之尹相公即謂劉晏。〈劉相公中書江山畫障〉詩，劉相公，謂劉晏也（案本年正月，晏已罷知政事。此曰「劉相公」者，蓋襲稱舊銜以尊之，唐人詩文，不乏此例。）

劉晏，字士安，曹州南華人（今山東東明縣人）。舉神童。歷秘書省正字，夏縣令、州刺史、河南、京兆尹、戶部侍郎。自上元

元年起，屢充度支、鑄鐵等使。以善於理財著稱。廣德元年正月，同中書門下平章事（宰相），兼領度支等使如故。廣德二年坐興稅元振交通罷相，任太子賓客。三月為河南、江淮以來轉運使，議開汴水，累遷左僕射。德宗建中元年，為楊炎構陷而死，家屬徙嶺表，天下冤之。事蹟詳見《舊唐書》卷一二三、《新唐書》卷一四九。

9 **顏真卿**　本集卷二有〈胡笳歌送顏真卿使赴河隴〉詩。《全唐文》卷五四一殷亮〈顏魯公行狀〉云：「天寶七載，又充河西隴右軍試覆屯交兵使。」（留元剛顏魯公年譜同），公詩當作於此時。河西，即河西節度，景雲元年（西元七一〇）始置。治所在涼州（今甘肅武威市）；隴右，即隴右節度，開元元年（七一三）始置，治所在鄯州（今青海樂都縣）。本集卷一又有〈送顏平原〉詩（案敦煌古籍殘卷佰三八六二高適有〈奉贈平原顏太守〉詩，為五言排律，與公相同，似為同賦）留元剛《顏魯公年譜》云：「天寶十二載，六月，詔補尚書十數人為郡守，宰相楊國忠怒公不附己，繆稱精擇，出公為平原太守。」（平原，今山東陵縣）。案十三載，公有〈東方朔畫贊碑陰記〉云：「去歲拜此郡。」則以是年出守明矣。

顏真卿，字清臣，瑯琊臨沂人，北齊顏之推之後，開元中舉進士。天寶末為平原太守，力抗安祿山，至德二載至鳳翔，授憲部尚書，加御史大夫。在朝剛正不阿，屢遭當權者楊國忠，元載，楊炎之忌，竄逐非一，德宗時李希烈反，宰相盧杞乃使真卿以太子太師往宣慰，遂遇害。事蹟詳見《舊唐書》一二八、《新唐書》一五三。

10 **王政**　本集卷一有〈潼關鎮國軍勾覆使院早春寄王同州〉詩。詩作於寶應元年春。時作者改任太子中允兼殿中侍御史，充關西節度判官。聞一多《岑嘉州繫年考證》：「改太子中允，至遲在本年（寶應元年）春，旋兼殿中侍御史。充關西節度判官。……案：杜甫〈送魏十八倉曹還京因寄岑中允參范郎中季明〉詩曰：「帝

鄉愁緒外，春色淚痕邊」。公去年春在虢州，明年春應已改考功
員外郎，此詩稱中允，又稱春色，則改中允至遲在本年春。又杜
詩稱中允而不稱侍御或判官，或兼侍御充判官當在改中允後，杜
序併為一事恐未確。……公有〈潼關鎮國軍勾覆使院早春寄王同
州〉、〈潼關使院懷王七季友〉二詩，蓋即為關西節度判官時所
作。〈寄王同州〉詩曰：「昨從關東來」，謂自虢州來也。……詩
題曰早春，則初入使幕在本年早春，蓋改中允後，旋即兼侍御為
關西判官也。〈懷王季友〉詩曰：「滿目徒春華」，則亦本年（寶
應元年）春所作。鎮國軍，鎮國節度屬軍，駐守潼關。《新唐
書·方鎮表》載：上元二年（七六一年）以華州（今陝西華縣）
置鎮國節度，又稱同華節度，廣德元年（七六三年）罷。因華州
在潼關之西，又稱關西節度（〈表〉作「關東節度」，當誤），因
其有鎮國軍，亦稱鎮國軍節度，鎮國節度兼掌潼關防禦。勾覆：
勾檢覆按，即稽查、審查之意。院，官署。王同州，指同州刺史
王政。

郁賢皓《唐刺史考》卷四：「《全唐文》卷三六八賈至〈送于兵
曹往江夏序〉：『予謫居洞庭歲三秋矣，有客自蜀浮舟來者則河南
于侯。……馮翊太守王公移鎮武昌，好賢下士，……吾子東行，
謂得時矣。』按賈至於乾元二年三月貶為岳州司馬。文中稱「謫
居洞庭三秋矣」，當為上元二年作。岑參有〈潼關鎮國軍勾覆使
院早春寄王同州〉詩，按王政乾元二年八月由襄州刺史貶饒州
長史，見《通鑑》。據韓愈〈王仲舒墓誌〉稱：其父政在襄州刺
史後為鄂州刺史，賈至文中王公當即王政。據此知其為鄂州前曾
為同刺。」按吳廷燮《唐方鎮年表考證》山南東道，王政。《通
鑑》，政「襄州刺史，按山南東道節度治襄州，例兼襄州刺史，
政即節度也。」如《舊唐書》〈王翃傳〉云：「兄翊，乾元中……
自商州刺史遷襄州刺史。山南東道節度觀察等使。」《新唐書·地
理志》：「同州馮翊郡，上輔，治馮翊。」今陝西大荔縣。

《通鑑》卷二二一：「八月乙巳，襄州將康楚元，張嘉延據州作

亂，刺史王政奔荊州，楚元自稱南楚霸王。……戊午，上使將軍
曹日昇往諭康楚元，貶王政為饒州長史，以司農少卿張光奇為襄
州刺史，楚元不從。」王政當由饒州長史遷同州刺史。

韓愈〈太原王公神道碑銘〉：「景肅守三郡，終傳涼王，生政，襄
鄧等州防禦使，鄂州採諸使，贈吏部尚書。」〈太原王公墓誌銘〉
云：「祖諱景肅，丹陽太守，考諱政，……贈工（吏）部尚書，
丹陽郡即潤州改名。」岑參之父岑植曾為潤州句容縣令，見張景
毓〈大唐朝散大夫行潤州句容縣令岑君德政碑〉（《全唐文》卷四
〇五），則王景肅與岑植任官如同時。即為上下級關係，岑參稱
王政為「故人」殆有由歟？

11 **王季友**　本集卷一有〈潼關使院懷王七季友〉詩。詩曰：「滿目
徒春華」，則亦本年（寶應元年）春所作。本集卷三有〈喜華陰
王少府使到南池宴集〉詩，詩曰：「仙人掌裏使，黃帝鼎邊來」，
《岑詩繫年》：「案《元和郡縣志》：虢州湖城縣即黃帝鑄鼎之處，
此詩曰：『黃帝鼎邊來』知即作於虢州。」《新唐書・地理志》、
華州華陰，垂拱元年更名仙掌，神龍元年復曰華陰。上元二年
曰太陰此詩稱華陰，或作於上元元年。」卷三有〈送王七錄事赴
虢州〉詩（《全唐詩》卷二四七獨孤及有〈送虢州王錄事之任〉
詩，似為同賦）。〈送王錄事卻歸華陰〉詩，題下原注云：「王錄
事自華陰尉授虢州錄事參軍，旬日卻復舊官」。證之〈潼關使院〉
詩：「開門見太華，朝日映高掌，忽覺蓮花峰，別來更如長」，
知此王錄事即王季友。卷四〈六月十三日水亭送華陰王少府還
縣〉，卷七〈五月四日送王少府歸華陰〉諸詩，蓋皆謂季友。

殷璠云：「季友詩放蕩，愛奇務險，遠出常情之外，然而白首短
褐，良可悲乎！」《唐詩紀事》卷二十六：「季友，肅、代間詩人
也，錢考功起有〈贈季友赴洪州幕下詩〉云：列郡皆用武，南征
所從誰？諸侯重才略，見子如瓊枝。乃知季友曾遊江西之幕。」
《唐才子傳》卷四：「季友，河南人，暗誦書萬卷。論必引經，家
貧賣屨。好事者多攜酒就之。……來客酆城，洪州刺史李公（李

勉）一見傾敬，即引佐幕府，工詩，性磊浪不羈，愛奇務險，遠
出常性之外，白首短褐……有集，傳於世。」（《王季友集》，今
佚，《全唐詩》存詩十一首，補遺二首。）

12 **閻防**　本集卷一有〈宿華陰東郭客舍憶閻防〉詩。《元和姓纂》
卷五：「廣平。（閻）交禮，長安尉。生至言，至為。至言生寬。
至為，太常博士。生訪，評事。」《四校記》：「按《紀事》二六，
閻防在開元、天寶間有文稱。以罪謫長沙，出訪與寬為從昆。
時代正相當，訪即防之訛。「《全唐文》一一五李華〈楊騎曹集
序〉：孫逖為考功，常山閻防高策，前云本常山人，故稱常山閻防
也。」全詩二函十冊，儲光羲有〈貽閻處士防卜居終南〉詩，三
函三冊，孟浩然有〈寄閻九司戶防〉詩，同函八冊，岑參有〈宿
華陰東郭客舍憶閻防〉詩，四函八冊，劉慎虛〈寄閻防〉詩注：
「時防在終南豐德寺讀書。」謂訪為防之訛，甚有可能。按岑參尚
有〈攜琴酒尋閻防崇濟寺所居僧院〉詩，《河岳英靈集》卷下之
「防為人好古博雅，其警策語多真素」。《唐才子傳》卷二：「閻
防，河中人，開元二十二年李琚榜及第。……為人好古博雅。詩
語真素，魂清魄爽，放曠山水，高情獨詣，於終南山豐德寺，結
茆茨讀書，百丈溪是其隱處。」《全唐詩》卷二五三存閻防詩五
首，佚句二。《長安志》卷八：「（昭國坊）西南隅崇濟寺，本隋
慈恩寺，開皇三年魯郡夫人孫氏立」。小傳稱：「閻防，開元、天
寶間有文名，謫官長沙司戶。孟浩然有〈湖中旅泊寄閻九司戶防〉
詩，又嘗與薛據讀書終南豐德寺。」韋蘇州有〈城中臥疾和閻薛
二子屢從邑令飲因以贈之〉。岑參〈宿華陰東郭客舍憶閻防〉詩
云：「久從園廬別」、「歸軒今已遲」，似亦北遊歸來之作，蓋其時
閻方在長安也。

13 **杜位**　本集卷一有〈郊行寄杜位〉詩，詩曰：「秋風引歸夢，昨
夜到汝潁」。又曰：「所思何由見，東北徒引領」。似亦於天寶元
年秋自河北歸潁陽途中所作，杜位時在河朔，故曰東北引領。
《元和姓纂》卷六：「京兆杜氏，希望。太僕卿，隴右節度、恒

分判刺史（岑仲勉《元和姓纂四校記》以此五字為恒州刺史之
訛衍），生位、佋、佑、任、供、臣卿。位，考功郎中，湖州刺
史。」《新唐書·宰相世系表》：「襄陽杜氏，河西隴右節度使希
望，子位，考功郎中，湖州刺史。」為其終職。《宋高僧傳》卷
二十六：〈唐湖州佛川寺慧明傳〉：「菩薩戒弟子，刺史盧幼平、
顏真卿……杜位……，深於禪位」。《全唐文》卷三九五有杜位
〈對國公嘉禮判〉一文，小傳稱：「左拾遺甫之從子。至德（當為
廣德）中，與甫同在嚴武幕中，後貶新州，還為夔州司馬，歷司
勳員外郎。」按〈郎官石柱題名〉司勳員外郎有杜位名，考功郎
中無之。聞一多《岑嘉州交遊事輯》：「《吳興志》：杜位，乾寧
元年（按當從《統紀》作大歷四年）自江寧（按當作陵）少尹拜
（湖州刺史），卒官。」杜位早期所歷之職，據《舊唐書》〈李林甫
傳〉：「子婿……杜位為右補闕」。《新唐書》〈李林甫傳〉但稱：
「籍其家，諸婿若張博濟、鄭平、杜位……皆貶官。」杜甫亦與
位相交往，有〈杜位宅守歲〉（《杜集》卷二）、〈寄杜位〉（《杜
集》卷十）二首，〈寄杜位〉詩原注云：「頃者與位同在故嚴尚書
幕」，〈奉送蜀州柏二別駕將中丞命赴江陵起居衛尚書太夫人因示
從弟行軍司馬位〉（《杜集》卷十八）、〈乘雨入行軍六弟宅〉（杜
集卷二十一）詩，均在岑參此作之後，謂位為甫之從子當誤。公
集中又有〈遇燕支寄杜位〉一詩，當係一人。

14 **關操、姚曠、韓涉、李叔齊**　本集卷一有〈懷葉縣關操、姚曠、
韓涉、李叔齊〉詩，詩云：「數子皆故人，一時吏宛葉」，知四人
為公故交，同時為官宛縣，葉縣者。（案二縣今隸河南省南陽縣
政）。《全唐文》卷四五五有關播文一篇，〈小傳〉稱：「播，貞
元二年官刑部尚書」，新舊《唐書》有傳。官至中書侍郎同中書
門下平章事。陶宗儀《書史會要》卷五：「關操，善真行草書，
呂總謂如淵月沉珠，露花濯錦」。關操，播當為兄弟行。《全唐
文》卷三三九顏真卿〈靖居詩題名〉：「唐永泰二年，真卿以罪佐
吉州。聞青原靖居寺有幽絕之緻，御史韓公涉，刺史梁公乘嘗見

招，欲同遊而不果。」題中之韓涉，疑即此人。獨孤及《毘陵集》
卷十四〈宋州送姚曠（四部叢刊本，「曠」作「擴」，誤。）之江
東劉冉之河北序〉云：「春，葉尉吳興姚曠至自洛陽，中山劉冉
至自長安，俱以文博我，相與交歡於睢漁之涘……凡旬有五日，
而姚適吳，劉濟河，余歸梁，各有四方之事，將為千里之別」與
岑詩「數子皆故人，一時吏宛葉」合。《全唐文》卷五二二梁肅
〈獨孤公行狀〉：「二十餘以文章遊梁宋間，……天寶十三載應詔
至京師。」《全唐文》卷三八四獨孤及〈阮公嘯台頌〉：「歲在玄
黓，余登大梁之墟。」玄黓蓋指天寶十一載壬辰，其年獨孤及年
二十八，在梁宋，而姚曠為葉縣府，亦當在是時或稍前，即天寶
十載或十一載，岑參適在長安，故詩當即作於此年中。

15 **杜華、熊曜**　本集卷一有〈敬酬杜華淇上見贈兼呈熊曜〉詩，詩
約作於天寶四載，時作者遊淇上。詩云：「熊生尉淇上，……喜
我二人（指杜與岑）來，知為岑參在淇上之作。」詩又云：「憶
昨癸未歲」。癸未為天寶二年，又云：「三月猶未還，客愁滿春
草」，蓋天寶三載十月，岑參尚在長安也。

《元和姓纂》卷六：「濮陽杜氏，希彥，右補闕，太子洗馬，生
華，萬，檢校郎中」《新唐書·宰相世系表》：「太子洗馬杜希晏子
華」，未載何官，彥與晏當有一誤。聞一多《岑嘉州交遊事輯》：
《舊書·文苑》〈王瀚傳〉：「（張）說既罷相，出瀚為汝州刺史
（在開元十五年後），改仙州別駕。至郡，日聚英豪，從禽擊鼓，
恣為歡賞，文士祖詠、杜華常在座。」題中之杜華，當即此人。
《元和姓纂》卷一：「開元臨清府熊躍」（案「躍」當作「曜」，
四部叢刊本作「耀」，亦誤。）《封氏聞見記》卷九：「熊曜為臨
清尉，以幹蠱聞」。《全唐文》三五一〈熊曜小傳〉云：「曜，南
昌人，開元中進士，為貝州參軍。」《全唐詩》二八有熊曜〈送
楊諫議赴河西節度判官兼呈韓王二侍御〉一首，又《全唐文》卷
五三一有〈瑯琊臺觀日賦〉按《新唐書·地理志》：「貝州清河郡
治清河，有臨清縣。」清河在今河北清河，臨清，在今山東臨清

南。

16 **成賁**　本集卷一有〈酬成少尹駱谷行見呈〉詩，聞一多《岑嘉州
繫年考證》：「知本年（永泰元年）十一月出刺嘉州者，〈酬成少
尹駱谷行見呈〉諸詩可證。〈酬成〉詩曰：「憶昔蓬萊宮，新授
刺史符，……何幸承命日，得與夫子俱。攜手出華省，連鑣赴
長途，五馬當路嘶，按節投蜀都」，知公與成同日受命，且同行
入蜀也。（《全唐文》卷三八七）獨孤及〈送成少尹赴蜀郡成都
序〉云：「歲次乙巳（永泰元年），定襄郡王英乂出鎮庸蜀，謀亞
尹。僉曰：『左司郎中成公可。溫良而文，貞固能幹，力足以參
大略，弼成務。既條奏，詔曰『俞往。』公朝受命而夕撰日，卜
十一月癸巳出車吉。』尚書、諸曹郎四十有二人，歡軒騎將遠，
故相與載籩豆、醆斝、刲羊、鱠魴，修飲餞於蕭明觀，以為好。」
據此，則公實以十一月被命，即以同月之官，故其〈酬成〉詩又
曰：「飛雪縮馬毛，烈風擘我膚」，而〈赴嘉州過城固縣尋永安超
禪師房〉詩（下篇）亦曰：「滿樹枇杷冬著花」「漢王城北雪初
霽」耳。」（城固縣屬梁州）此岑參永泰元年冬與成賁同行赴蜀經
駱谷時所作。

〈唐尚書省郎官石柱題名考〉卷二：「左司員外郎成賁，……《文
苑英華》五百三十四有成賁〈對夷攻蠻假道判〉趙鉞案：《錢考
功集》四有〈和萬年成少尹寓直〉詩，疑即此人。」同卷又有
〈與鮮于庶子自梓州成都少尹自襃城同行至利州道中作〉，卷三有
〈漢川山行呈成少尹〉詩，卷四〈刑部成員外秋寓直寄台省知己〉
詩中之成員外，當即指成賁。

駱谷，即儻駱谷，陝西終南山一個山谷，全長二百四十多公里，
北口名駱谷，在周至縣西南，南口名儻谷，在洋縣北，總名儻駱
谷，又省稱為駱谷，為由長安赴梁州的一個通道。

17 **甄濟**　本集卷一有〈虢中酬陝西甄判官見贈〉詩。陝西、陝西
節度，領陝、虢、華三州，治陝州（今河南陝縣）。《新唐書‧
方鎮表》：「上元元年，改陝、虢、華節渡為陝西節度兼神策軍

使。」知詩上元元年春作，詩云：「別來春草長」，時甄濟在陝西節度來瑱為判官，詩中之亞相當指「來瑱」，非指「郭英乂」。《舊唐書・來瑱傳》：「乾元元年召為殿中監。二年初，除涼州刺史，河西節度經略副大使，未行，屬相州官軍為史思明所敗，東京震駭，元帥司徒郭子儀鎮穀水，乃以瑱為陝州刺史。充陝、虢等州節度，並潼關防禦、團練、鎮守使，乾元三年四月十三日襄州軍將張維瑾、曹玠率眾謀亂，殺刺史（史）翽，以瑱為襄州刺史……。」《通鑑》卷二二一：「乾元二年三月丙申，以河西節度使來瑱行陝州刺史、充陝虢華州節度使。」《新唐書・卓行列傳》〈甄濟傳〉：「字孟威，定州無極人，……家衛州，……濟少孤，獨好學，以文雅稱，居青巖山十餘年。……採訪使苗晉卿表之，諸府五辟，詔十至，堅臥不起。……祿山至衛，使太守鄭遵意致謁山中，濟不得已為起，……授秘書郎，或言太薄。更拜太子舍人，來瑱辟為陝西、襄陽參謀，拜禮部員外郎。大曆初，江西節度使魏少游表為著作郎，兼侍御史，卒。」《太平寰宇紀》卷五六〈衛州衛縣〉：「蘇門山，在縣西八十一里……俗名五岩山。」與岑詩云：「君昔隱蘇門，浪跡不可羈，詔身自徵用，令譽天下知」合。又見《舊唐書》〈甄濟傳〉。陳思《寶刻叢編》卷三〈唐王粲石井欄記〉魏侍中王粲故宅，在襄陽，石欄室猶存。上元二年，山南節度使來瑱移之於刺史官舍，參謀甄濟撰記，判官彭朝儀書，上元二年七月立。《集古錄目》甄濟者，韓愈所謂陽瘖避職，卒不污祿山父子者也。其文得之為可喜，而朝儀書尤善，皆可喜者也。《南豐集古錄》：此則甄濟於上元元年四月後赴襄陽所作。

18 **張献誠** 本集卷一有〈過梁州奉贈張尚書大夫公〉詩，聞一多《岑嘉州繫年考證》：「大曆元年，自春徂夏，留滯梁州。」《舊唐書》卷一二二〈張献誠傳〉：「三遷檢校工部尚書兼梁州刺史」又〈代宗紀〉：永泰元年正月「山南西道節度使張献誠加檢校工部尚書」。公有〈過梁州奉贈張尚書大夫公〉詩，即張献誠也。詩

曰：「行春雨仍隨」，曰：「春景透高戟」，獻誠去年正月始加工部尚書，而去年春公未離長安，若明年春則已至成都，故此詩必本年（大曆元年）春日入蜀過梁州時所作。

《舊唐書・張獻誠傳》：「陝州平陸人（今山西平陸人），幽州節度使……守珪之子也。天寶末，陷逆賊安祿山，受偽官，連陷史思明，為思明守汴州，統逆兵數萬，寶應元年冬，東都平，史朝義逃歸汴州，獻誠不納，舉州及所統兵歸國，詔拜汴州刺史，充汴州節度使，逾年來朝。代宗寵賜甚厚，三遷檢校工部尚書。兼梁州刺史，充山南西道觀察使。……永泰二年（大曆元年）正月，……兼充劍南東川節度觀察使，封鄧國公，西川崔旰殺郭英乂，獻誠率眾戰於梓州，為旰所敗，獻誠僅以身免。大曆二年四月獻誠以疾上表（〈舊記〉及《新書》本傳作三年，是），乞歸私第……詔許之，以獻誠檢校戶部尚書，知省事。八月，獻誠以疾抗疏辭官，無幾，卒於私第。」大夫，即御史大夫，新舊《唐書》僅載封南陽郡公、鄧國公。不載為御史大夫，當為史之闕文。本集卷七有〈尚書念舊垂賜袍衣率題絕句獻上以申感謝〉詩，詩云：「富貴情還在」，證以本詩：「富貴情易疏」之句，疑此尚書，亦指張獻誠。其生平事蹟亦見《新唐書》卷一三三。

19 **王綺**　本集卷一有〈冀州客舍酒酣貽王綺寄題南樓時王子應制舉欲西上〉詩。詩係往遊河朔抵冀州（天寶元年改名信都郡，治所在今河北冀州市）時作。王綺，北周王褒五世孫，蘭州刺史王景之子，曾任越州倉曹參軍（州刺史屬官）。參見《新唐書・宰相世系表》。錢易《南郭新書》丙卷：「至德三年（即乾元元年）始置鹽鐵使，王綺首為也。」南樓，冀州南門城樓也。《新唐書・選舉志》：「其天子自詔者曰制舉。所以待非常之才焉。」《唐會要》卷七十六〈制科舉〉始於「高宗顯慶三年二月，志烈秋霜科韓思彥及第。」玄宗即位後亦以制舉取士……開元九年更親策試應制舉人於含元殿……開元二十九年正月，又詔曰：「朕所求才，待之若渴，既旌於巖穴，亦賁於丘園，……然士人藏器，眾何以知？

豈若父子之間，自相推薦？……其內外官有親伯叔及兄弟並子姪
中，灼然有才術異能，風標節行，通閑政理，據資歷堪充刺史，
縣令者，各任以名薦……其考試通人任用之後，如後有虧犯典
憲，名實不相副者，所舉之人與其同罰。」《冊府元龜》卷六八
此詩云：「夫子傲常調，詔書下徵求。」當即此詔。又云：「伯父
四五人，同時為諸侯」，則正合「內外官……子姪中灼然有才術
異能，……各任以名薦」之語。詩當作於（開元）二十九年春。

20 **封常清**　公嘗從封常清軍，故集中酬贈詩甚多，本集卷一有〈北
庭西郊候封大夫受降回軍獻上〉，聞一多《岑嘉州繫年考證》：
「天寶十三載五月，常清西征，公在後方，六月，常清受降回
軍。……〈北庭西郊候封大夫受降回軍獻上〉及〈登北庭北樓呈
幕中諸公〉二詩可證。常清十三載入朝，加御史大夫，三月兼北
庭。……又案是年首秋，公已自北庭赴輪臺，爾後居輪臺時多，
今二詩並作於北庭，則當在秋前也。〈候受降回師〉詩曰：『大夫
討匈奴，前月西出師』，〈登北庭北樓〉詩曰：『六月秋風來』，又
曰：〈上將新破胡〉明是後五月出征，六月回師。……又知西征
時公在後方者，則候師回於北庭西郊，詩題固已明言之矣。」按
岑參是年夏末臨秋初尚在涼州，故〈涼州與諸判官夜集〉詩云：
「花門樓前見秋草」恐此次出師及受降當在七、八月。〈登北庭
北樓呈幕中諸公〉詩從《岑詩繫年》改定於十四載六月，按此詩
云：「大夫討匈奴，前月西出師。甲兵未得戰，降虜來如歸」可
見此次出征未戰而受降，與後破播仙之役戰鬥激烈者異。
《舊唐書》卷一〇四〈封常清傳〉：「封常清，蒲州猗氏人。……
天寶六載從仙芝破小勃律。十二月，仙芝代夫蒙靈督為安西節
度使……常清充節度判官……。仙芝每出征討，常令常清知留
後事。常清有才學果決。十載，仙芝改河西節度使，奏常清為判
官，王正見為安西節度，奏常清為四鎮支度營田副使，行軍司
馬。十一載，正見死，乃以常清為安西副大都護，攝御史中丞，
持節，充安西四鎮節度經略支度營田副大使知節度事。十三載入

朝，攝御史大夫，俄而北庭都護程千里入為右金吾大將軍，仍令常清權知北庭都護，持節充伊西節度等使」，案又見《新唐書》卷一三五。《唐會要》卷七十八：「至天寶十二載案應作（十三載）三月，始以安西四鎮節度封常清，兼伊西、北庭節度，瀚海軍使。」

卷二〈走馬川行奉送出師西征〉，柴劍虹《岑參邊塞詩地名考辨》：「以為即今之瑪納斯河，所據有徐松《西域水道記》之記實與蒙語、維語之比較，似較可信」（見《學林漫錄》七集），按徐氏有云：「余數渡斯河，冬則盡涸，入夏盛漲。」此詩之「一川碎石大如斗」者，乃言秋冬之際水涸也。常清破播仙，史傳失載，今從公卷二，〈輪台歌奉送封大夫出師西征〉及〈獻封大夫破播仙凱歌六章〉諸詩考得之。〈輪台歌曰〉：「劍河風急雲片闊，沙口石凍馬蹄脫」，〈凱歌〉曰：「蒲海曉霸凝馬尾，蔥山夜雪撲旌竿」，知與前者五月西征非一事。明年十一月，常清被召還京，則破播仙必在本年冬矣」。卷一〈使交河郡郡在火山腳其地苦熱無雨雪獻封大夫〉《岑詩繫年》：「列此首為天寶十四載詩，是也。」《岑參邊塞詩繫年補訂》：「詩云：『奉使按胡俗，平明發輪台』、『九月尚流汗』，故推為本年九月從輪台出使交河時所作。」據「昨者新破胡，安西兵馬回」之語，當為破播仙後之作。卷三有〈奉陪封大夫九日登高〉、〈陪封大夫宴瀚海亭納涼〉、〈奉陪封大夫宴（原注云：得征字，時封公兼鴻臚卿）三詩。亦為酬贈封常清之作。

21 **高適、薛據、杜甫、儲光羲**　本集卷一有〈與高適薛據同登慈恩寺浮圖〉詩。案高適、杜甫、儲光羲並有〈同諸公登慈恩寺塔〉詩（《高常侍集》卷三、《杜集》卷二、《全唐詩》卷一三八），杜詩題下原注曰：「時高適、薛據先有此作」今惟薛詩不存。餘四家詩中，所述時序並同，公詩云：「秋色從西來」，高詩云：「秋風昨夜至」，杜詩云：「少昊行清秋」，儲詩云：「登之秋清時」，杜詩，梁氏編在天寶十三載，不知何據。而仇氏但云：「應在祿

山陷京師以前，十載献賦之後，亦未確定何年。」案此詩之作，應在天寶十一載，說詳聞一多《岑嘉州繫年考證》。

高適，字達夫，渤海蓨人（今河北景縣南），家貧，客居梁宋多年，天寶八載，舉有道科中第，授封丘尉，時年過五十。旋去官赴河西，為哥舒翰節度使府掌書記。歷淮南節度使，太子少詹事，彭、蜀二州刺史，劍南西川節度使，左散騎常侍等。永泰元年正月卒。新、舊《唐書》有傳。

薛據，贈禮部尚書薛播之兄，河東寶鼎（《唐才子傳》誤作荆南人），中書舍人文思曾孫，父元暉，什邡令。開元十九年舉進士，天寶六年又中風雅古調科第一人。歷任涉縣令、大理司直、太子司議郎、終水部郎中、置別業於終南山終老焉。

儲光羲，兗州人，登開元進士第。又詔中書試文章，歷監察御史。祿山亂，陷焉，賊平貶死。

杜甫，字子美，河南鞏縣人，自號少陵野老或杜陵野老，生於唐睿宗先天元年，卒於唐代宗大歷五年。肅宗朝，官拜左拾遺，以論救房琯，改為華州司空參軍，旋棄去，避亂入蜀，佐嚴武幕，後嚴武表為節度使府參謀，檢校工部員外郎，世稱杜工部，詩與李白齊名，世稱李、杜。多傷時憂國，描繪亂離之作，世稱「詩史」，有《杜工部集》。

杜甫與公友誼篤厚，二人酬贈詩屢見，本集卷三有〈寄左省杜拾遺〉詩，《杜集》卷六有〈奉答岑參補闕見贈〉詩。〈登慈恩寺塔〉詩，〈送許八拾遺歸江寧觀省〉詩。〈與鄠縣源少府泛渼陂〉詩、〈奉和中書賈至舍人早朝大明宮〉詩，與杜甫同賦。《杜集》卷三有〈九日寄岑參〉詩，卷八有〈寄彭州高三十五使君適虢州岑二十七長史參〉詩，卷十二有〈泛舟送魏倉曹還京因寄岑中允參范郎中季明〉詩，卷十四有〈寄岑嘉州詩〉等。

22 **楚金禪師**　本集卷一有〈登千福寺楚金禪師法華院多寶塔〉詩，《長安志》卷十（安定坊）東南隅，千福寺「本章懷太子宅，咸亨四年，捨宅為寺。」楚金禪師，俗姓程，本廣平人（今河北永

年縣），七歲誦「法華經」，九歲落髮入西京龍興寺為僧，天寶初起建多寶塔，四載建成。乾元二年卒。六十二歲。生平詳見《文苑英華》卷八五七岑勛〈西京千福寺多寶佛塔感應碑〉、〈宋高僧傳〉卷二十四。

23 **裴冕、黎昕**　本集卷一有〈左僕射相國冀公東齊幽居同黎拾遺所獻〉詩，《舊唐書·肅宗紀》：「至德元載七月甲子，即皇帝位於靈武，……以御史中丞裴冕為中書侍郎同平章事。至德二載三月辛酉，以左相韋見素，平章事裴冕為左右僕射，並罷知政事。……十二月戊午，右僕射裴冕（封）冀國公。」〈代宗紀〉：「寶應元年九月丙午，右僕射山陵使裴冕，坐輔李輔國，貶施州刺史。……廣德二年二月戊寅，以灃州刺史裴冕為左僕射兼御史大夫，充東都、河南、江南、淮南轉運使。」《岑詩繫年》：「此詩云左僕射相國冀公當作於廣德二年六月是也。詩云：「六月滕齋寒」、「山蟬上衣桁」是季夏之時。

冀公，即冀國公裴冕，字章甫，河中府河東縣（今山西永濟縣）人，肅宗即位，以定策功，遷中書侍郎，同中書門下平章事，倚以為政。至德二載三月，罷為右僕射，兩京平，以功封冀國公。寶應元年九月為山陵使，尋貶施州刺史，數月，移灃州刺史。廣德二年二月為左僕射，至大歷四年，仍任此職。此詩云：「左僕射相國冀公，當作於廣德二年六月或永泰元年六月。」冕生平事蹟，見《舊唐書》卷一一三、《新唐書》卷一四〇。

《元和姓纂》三：「宋城黎氏，唐右拾遺黎昕」。王維有〈臨高台送黎拾遺昕〉、〈黎拾遺昕裴迪見過秋夜對雨之作〉二詩。又李白與韓荊州書：「而君侯亦薦一嚴協律，入為秘書郎。中間崔宗之、房習祖、黎昕、許瑩之徒，或以才名見知，或以清白見賞」。其中之黎拾遺，當即此人。

24 **李叔明**　本集卷一有〈與鮮于庶子自梓州成都少尹自襄城同行至利州道中作〉詩，題中之鮮于庶子，謂李叔明也。成都少尹，當為成都成少尹也，獨孤及有〈送成都成少尹赴蜀序〉已見成賁條

注。案《舊唐書》卷一一二〈李叔明傳〉：「李叔明字晉卿，（據唐于邵〈劍南東川節度使鮮于公經武頌〉：「名晉，字叔明」），閬州新政人，本姓鮮于氏，代為豪族。兄仲通，天寶末為京兆尹、劍南節度使，兄弟並涉學，輕財好施。叔明初為劍南節度使楊國忠判官⋯⋯，乾元後為司勳員外郎，副漢中王瑀使回紇，回紇接禮稍倨，叔明離位責之⋯⋯可汗改容加敬，復命，遷司門郎中，後為京兆少尹，無幾，以疾辭，除右庶子，出為邛州刺史，尋拜東州節度，遂州刺史，後移鎮梓州，檢校戶部尚書。⋯⋯大歷末，⋯⋯遂抗表乞賜宗姓，代宗以戎鎮寄重，許之。⋯⋯以本官兼右僕射，乞骸骨，改太子太傅，致仕卒。」《新唐書》一四七本傳記載略同。本集卷三有〈與鮮于庶子泛漢江〉詩，殆同一人。

25 **杜亞、楊炎、杜鴻漸**　本集卷一有〈入劍門作寄杜楊二郎中時二公並為杜元帥判官〉、〈上嘉州青衣山中峰題惠淨上人幽居寄兵部楊郎中並序〉詩及〈尋楊七郎中宅即事〉詩。案永泰元年閏十月，郭英乂為崔旰所殺，蜀中大亂。大歷元年二月，杜鴻漸為山南西道，劍南東西川副元帥，劍南西川節度使，以平蜀亂（見《舊唐書・代宗紀》、《通鑑》卷二二四），題中之杜元帥，謂杜鴻漸也。杜鴻漸字之巽，濮陽人，進士及第，天寶末為朔方節度留後。近肅宗至靈武即位，遷河西節度使，轉荊南、廣德二年拜兵部侍郎，同中書門下平章事，大歷元年以宰相充山劍副元帥，入蜀平亂。次年復執政，大歷四年卒，其生平事蹟詳見《舊唐書》一〇八，《新唐書》一二六，《全唐文》三六九元載〈故相國杜鴻漸神道碑〉。集中有酬杜之作。本集卷三有〈奉和杜相公初夏發京城作〉，卷五有〈奉和（杜）相公發益昌〉詩。

又《舊唐書》〈杜亞傳〉云：「永泰末，劍南叛亂，鴻漸以宰相出領山，劍副元帥，以亞及楊炎並為判官。」據此，杜、楊二郎中，當即謂杜亞、楊炎（案《全唐詩》卷二三六錢起有〈賦得青城山歌送楊杜二郎中赴蜀軍〉詩，《全唐文》卷三八七有獨孤及〈送吏部杜郎中兵部楊郎中入蜀序〉）。

《新唐書‧宰相世系表》上云：「京兆杜氏，秀客令繹之子亞，字次公，檢校禮部尚書。」杜亞，字次公，京兆人，天寶末授校書郎，至德初入杜鴻漸河西節度使幕，大歷元年以吏部郎中為山劍副元帥杜鴻漸判官入蜀。後歷官江西、陝州、河中等觀察使，淮南節度使、東都留守，貞元十四年卒。生平事蹟，見《舊唐書》一四六、《新唐書》卷一七二。《全唐文》卷四八三〈權德輿杜公神道碑〉。

《新唐書‧宰相世系表》：「扶風楊氏，播子炎，字公南。相德宗」。楊炎，字公南，鳳翔人，大歷初為兵部郎中，隨杜鴻漸入蜀。後以附元載，貶道州司馬。德宗時為相，改祖庸調法為兩稅法，頗有政聲。後怨劉晏而貶殺之，朝野側目。後與盧杞構釁。建中二年貶厓州司馬，未至百里，賜死於道，年五十五。」生平事蹟見《舊唐書》一一八，《新唐書》一四五。

26 **崔明允**　本集卷一有〈鞏北秋興寄崔明允〉詩。案：《唐會要》卷七十六：「天寶元年，文辭秀逸科崔明允及第。」《冊府元龜》卷六四三：「天寶元年十月，文辭秀逸舉人崔明允等二十人，儒學博通劉惷等八人，軍謀越眾令狐朝等七人並科目各依資授官。」卷六四五：「天寶元年……有舉文詞秀逸科，崔明允、顏真卿及第。」《唐才子傳》卷二：「陶翰，開元十八年崔明允下進士及第。」〈郎官石柱題名考〉云：「案疑是崔明允榜進士。」是也。

《岑詩繫年》：「案詩曰：『君子』，謂崔明允，『小人』則公自謂；『佐休明』，謂明允及第授官，『事蓬蒿』，蓋其時公猶隱居少室」。案明允生平，新舊《唐書》皆無傳。《新唐書‧宰相世系表》：「博陵大房崔氏，刑部郎中誠，孫明允，禮部員外郎。」乃其終職。《全唐文》卷三〇三《小傳》云：「明允，博陵人，天寶二年，官朝議郎，左拾遺內供奉。」

27 **獨孤及**　本集卷二有〈韋員外家花樹歌〉案獨孤及有〈同岑郎中屯田韋員外花樹歌〉（《全唐詩》卷二四七）題中云：「岑郎中」當係謂公。考杜確〈岑嘉州詩集序〉：「入為祠部考功二員外

郎、轉虞部庫部二正郎，又出為嘉州刺史。」公轉庫部郎中，歲
月無徵，據聞一多《岑嘉州繫年考證》，謂在永泰元年。《新唐
書》卷一六二〈獨孤及傳〉：「獨孤及字至之，河南洛陽人。天寶
末以道舉高第，補華陰尉，辟江淮都統李峘府掌書記。代宗以左
拾遺召，既至，上疏陳政。遷禮部員外郎，歷濠、舒二州刺史，
徙常州。大歷十二年卒，年五十三，新、舊《唐書》有傳。」《通
鑑》卷二三載及上疏事在永泰元年三月。李嘉祐〈送獨孤拾遺先
輩先赴上都詩〉（《全唐詩》二〇六）曰：「行春日已曉，桂檝逐
寒煙。」又曰：「入京當獻賦，封事更聞天。」據此，及入京在
春日，則是永泰元年春，甫至京師，即上疏也。既知獨孤及本年
春始至長安，而明年春，公又已入蜀，則花樹歌之作，斷在本年
春矣。案獨孤詩云：「東風動地吹花發，渭城桃李千樹雪。芳菲
可愛不可留，武陵歸客心欲絕。金華省郎惜佳辰，祇持棣蕚照青
春。君家自是成蹊處，況有庭花作主人。」為七言古詩，與公原
唱，當係同賦。

另本集卷三有〈送羽林長孫將軍赴歙州〉詩，〈送虢州王錄事之
任〉詩，卷四有〈送李賓客荊南迎親〉詩，似與公為同賦。獨孤
及事蹟見《新唐書》卷一六二、《全唐文》五二二梁肅〈獨孤及
行狀〉、《全唐文》四〇九崔祐甫〈常州刺史獨孤公神道碑〉。

28 **嚴武**　本集卷二有〈與獨孤漸道別長句兼呈嚴八侍御〉詩。天寶
十五載春，作於輪台。觀詩意獨孤漸當是與公同在封常清幕中
者，二人同客輪台，因獨孤之歸，不覺深感，為賦長句以道別，
兼致意於嚴八侍御也。案嚴八侍御，謂嚴武也。案杜甫有〈奉
贈嚴八閣老〉詩，見杜集卷五，〈寄岳州賈司馬六丈巴州嚴八使
君兩閣老五十韻〉詩，見杜集卷八皆指嚴武。故知武行八。公與
武友情篤厚。集中酬贈詩屢見。本集卷三有〈宿岐州北郭嚴給事
別業〉詩，〈稠桑驛喜逢嚴河南中丞便別〉詩「不謂青雲客，猶
思紫禁時」自注：「參忝西掖曾聯接」指的是岑參為右補闕時嚴
武為給事中，一在中書，一在門下。又有〈虢州南池候嚴中丞不

至〉詩，卷五有〈使君席夜送嚴河南赴長水〉詩。〈暮秋會嚴京
兆後廳竹齋〉詩，卷四有〈送嚴黃門拜御史大夫再鎮蜀川兼觀省〉
詩，均謂嚴武。

案嚴武字季鷹，華陰人，隴右節度使哥舒翰奏充判官，遷侍御
史，至德初赴行在鳳翔，遷給事中，收長安，拜京兆少尹，房琯
一案，武貶巴州，遷東川節度使。上元二年為河南尹，入為京兆
尹，累遷吏部侍郎、黃門侍郎，出為劍南節度使，永泰元年四
月卒於成都。生平事蹟，見《舊唐書》卷一一七，《新唐書》卷
一二九。

29 **魏叔虬、魏季龍、魏仲犀、魏孟馴、喬潭** 本集卷二有〈送魏升
卿擢第歸東都因懷魏校書陸渾喬潭〉詩。《唐百家詩選》卷四、
《全唐詩》「升卿」均作「叔虹」。《元和姓纂》卷八〈巨鹿魏氏
西祖房〉：「魏綽生孟馴、叔敖、仲犀、叔虬、季龍。孟馴，右
武將軍。……叔虬，京兆戶曹。」岑仲勉《元和姓纂四校記》：
「岑嘉州詩有進士魏叔虹，一作升卿，時代相當，諒即其人。以
彼昆仲……仲犀、季龍——等名觀之。則作『虬』者近是。」叔
敖居仲犀前，叔虬又居仲犀後，不知是否有誤。岑詩云：「如君
兄弟天下稀，雄辭健筆皆若飛。將軍金印韘紫綬，御史鐵冠重
繡衣。……魏侯校理復何如，前日人來不得書。」按將軍，即魏
孟馴，官右武（衛）將軍。御史乃魏仲犀。《資治通鑑》：「天寶
十一載八月，癸巳，楊國忠奏有鳳皇見左藏庫屋，出納判官魏仲
犀言鳳巢庫西通訓門。……十月，……魏仲犀遷殿中侍御史。」
陳鐵民、侯忠義《岑參集校注》繫此詩於天寶十二載秋，則其
時，魏仲犀正官御史。題中之魏校書當是叔虬之弟魏季龍。（校
書、官名，即校書郎。唐秘書省置校書郎八人，嘗讎校典籍）。
《岑詩繫年》：「案公天寶十三載後已赴北庭，此詩明寫秋景，必
十三載秋公赴北庭之前所作。」聞一多《岑嘉州交遊事輯》：《唐
摭言》卷四：「喬潭，天寶十三載及第，任陸渾尉（按公詩曰：
「喬生作尉別來久」，時元魯山客死是邑，潭減俸禮葬之，復卹

其孤。）」《新唐書》一九四〈卓行·元德秀傳〉：「……愛陸渾佳山水，乃定居……，南遊陸渾，喬潭等皆號門弟子。天寶十三載卒。潭時為陸渾尉，庇其葬。」李華〈三賢論〉：「梁國喬潭德源，昂昂有古風，……是皆慕於元（德秀）者也。」其〈元魯山墓碣銘並序〉亦曰：「維天寶十二載九月二十九日，魯山令河南元公終於陸渾草堂……，名高之士陸渾尉梁園喬潭，賻以清白之俸，遂其喪葬。」河南府有陸渾縣。今河南嵩縣東北。按岑參十三載四月赴北庭。此應是十二載秋作。

30 **韓巽**　本集卷二有〈送韓巽入都觀省便赴舉〉詩，詩曰：「東歸扇枕後秋色」、「洛陽才子能幾人」。知題之入都謂東都也。《岑詩繫年》案：「《舊唐書·代宗紀》：『廣德二年九月尚書左丞楊綰知東京選。禮部侍郎賈至知東都舉，兩都分舉選，自此始也。』此詩送韓入東都赴舉，又在八月，則當作於永泰元年八月，其後公即赴蜀。永別長安矣。」《新唐書·宰相世系表》：「韓巽，父武（《元和姓纂》卷四稱「洽生述、武。……武，溫州刺史」）右拾遺，巽子杞。」韓巽不詳出仕與否。《南部新書》乙卷：「長安舉子自六月已後。落第者不出京，謂之過夏。……七月後投獻新課，並於諸州府拔解，人為語曰：槐花黃，舉子忙。」本詩首二句謂夏日早過，韓故人八月入都赴舉也。

31 **李光弼**　本集卷二有〈送李副使赴磧西官軍〉詩，《舊唐書·職官志》：「節度使一人，副使一人，行軍司馬一人。」《唐會要》卷七十八：「開元十二年以後，或稱磧西節度，或稱四鎮節度，至二十一年十二月，王斛斯除安西四鎮節度，遂為定額。」《岑詩繫年》：「玩詩意，似公東歸次臨洮時所作，時天寶十載六月也。」柴劍虹《岑參詩邊塞詩補訂》：「李副使，疑即河西節度副使李光弼。詩云：『火山六月應更熱』、『知君慣度祁連城』，當亦作於臨洮客舍。」按《舊唐書》〈李光弼傳〉：「營州柳城人。……幼持節行，善騎射，能讀班氏漢書。少從戎，嚴毅有大略，起家左衛郎。……天寶初，累遷左清道率，兼安北都護

府朔方都虞侯。五載。河西節度王忠嗣補為兵馬使，充赤水軍使。……八載充節度副使，封薊郡公。十一載拜單于副使都護。十三載，朔方節度安思順奏為副使，知留後事。……得還京師。祿山之亂，……玄宗眷求良將，委以河北，河東之事。」光弼八載後，十一載前確為河西節度副使。據《舊唐書》〈封常清傳〉：「天寶十載王正見代高仙芝為安西四鎮節度使，次年死。李光弼似於高仙芝出師擊大食時奉命往援，惟史無明文記載，此詩似可補史之不足。

32 **宇文南金**　本集卷二有〈送宇文南金放後歸太原寓居因呈太原郝主簿〉詩，《岑詩繫年》：「詩云『北京關路賒』，北都天寶元年曰北京，則此詩當作於天寶元年至八載赴安西前之數年間。」《元和姓纂》卷六：「宇文氏本出遼東。南單于之後，……鮮卑俗呼天子為宇文，因號宇文氏。」「河南洛陽（宇文）儉生節，唐侍中。節生嶠，萊州刺史，嶠生融。黃門侍郎平章事，」「濮陽宇文。述，隋右翊（衛）大將軍，生化及、智及、士及。士及，唐中書令，蒲州刺史。」《舊唐書》〈宇文融傳〉：「宇文融，京兆萬年人」，《新唐書‧宰相世系表》：「宇文節，字大禮，相高宗，融相玄宗，又士及相高祖」此被放之宇文南金疑是宇文融之子姪（融子審有兄弟，見《新唐書‧宰相世系表》及〈宇文融〉傳。蓋融於開元中得罪，貶昭州，更配流巖州，卒於途也。（《舊唐書》本傳）。丞相家：據《新唐書‧宰相世系表》等載。唐代宇文氏族中有士及、節、融三人曾任丞相，其中宇文融開元十七年為相，同年被貶為汝州刺史。

33 **李岡**　本集卷二有〈寄西岳山人李岡〉詩，當指李崗。岡同崗孫逖〈處分高蹈不仕舉人敕〉：「其華陰郡李崗等十六人，雖所舉有名，或稱疾不到，宜令本部取諸色官物二十段。以充藥物之資。」孫逖於開元二十四年拜中書舍人。居職八年，天寶三載遷刑部侍郎，敕文稱郡，當在天寶初。李岡隱於華山，徵召不出。名聲更當大振。岑參去虢州在十七年之後，其時李岡當仍在世，隱十年

云云，或為約數。

34 **蓋庭倫**　本集卷二有〈玉門關蓋將軍歌〉，聞一多《岑嘉州繫年考證》：「歲晚東歸，次晉昌，酒泉。……至其東歸之時，以〈玉門關蓋將軍歌〉等詩推之，當在本年（至德元載）十二月。《通鑑》：「至德二載正月，河西兵馬使蓋庭倫與武威九姓商胡安門物等殺節度周佖。」案《元和郡縣志》：「玉門關在瓜州晉昌縣東二十步，屬河西節度管內。」此蓋將軍在玉門關，當即河西兵馬使蓋庭倫也。公本年始領伊西北庭支度副使，詩曰：「我來塞外按邊儲」，是至早當作於本年。詩又曰：「暖屋繡簾紅地爐」、「臘日射殺千年狐」，明年六月已歸鳳翔，則詩必本年臘日所作。詩既作於本年，而蓋庭倫本年適在河西，則蓋將軍為庭倫益無疑矣。」《四部叢刊本》於〈蓋將軍歌〉下注曰：「蓋嘉運，影響之說，謬孰甚焉……，天寶以後蓋嘉運既不在西陲，而天寶以前公又未嘗涉足塞外，則與公相遇於玉門關之蓋將軍，必非嘉運矣」。《舊唐書·肅宗紀》：「至德二載正月丙寅，武威郡九姓商胡安門物等叛，殺節度使周佖，判官崔偁率眾討平之。」《通鑑》卷二一九：「河西兵馬使蓋庭倫……率眾六萬，……支度判官崔偁與中使劉日新以二城（武威有七小城）兵攻之，旬有七日平之。」《岑參邊塞詩繫年補訂》：「是時詩人離北庭東歸途經玉門關，蓋庭倫尚未叛亂」是也。按此詩為至德元載十二月八日後作，而蓋庭倫之叛，乃在二載正月十七日。

35 **衛伯玉**　本集卷二有〈衛節度赤驃馬歌〉（案《唐百家詩選》、《唐詩紀》並作〈衛尚書赤驃馬歌〉），據《舊唐書·代宗紀》，衛伯玉加檢校工部尚書職在大歷元年，六月，時岑正在蜀中，雙方無從相遇，且與詩中「待君東去掃胡塵」之語不合，故作「尚書」者非是。《四部叢刊本》原注云：「衛節度伯玉。《唐史》：廣治元年，（應作廣德元年）代宗幸陝，以伯玉有幹略，拜荆南節度使，封陽城郡王」。案《新唐書》卷一四一〈衛伯玉傳〉：「廣德元年，代宗幸陝，以伯玉有幹略，可方面大事，乃拜荆南節度使

（《舊唐書》卷一一五本傳作「拜江陵尹兼御史大夫充荊南節度觀察等使」進封城陽郡王。）據此，《四部叢刊本》「廣德」作「廣治」實誤。又「陽城」作「城陽」，疑為誤倒。本集卷三又有〈送江陵泉少府赴任便呈衛荊州〉詩，《元和姓纂四校記》卷五：「泉，本姓全氏，全琮之後，琮孫曄，魏封南陽侯，食封泉，遂改為泉氏，後魏洛州刺史，上洛侯，泉企也。」泉少府當為泉企之後。卷五有〈九日使君席奉餞衛中丞赴長水〉詩，蓋皆謂伯玉。衛伯玉，天寶中為安西員外諸衛將軍，又轉隴右神策軍為將。肅宗即位，以神策軍兵馬使出鎮陝州。乾元二年十二月破安祿山將李歸仁，遷四鎮行營節度使。上元元年八月為神策軍節度使，曾破史思明於長水、永寧間，後為荊南節度使，大歷十一年入朝，卒於長安。其生平事蹟詳見《舊唐書》一一五，《新唐書》一四一。

36 **范季明**　本集卷二有〈范公叢竹歌並序〉詩，詩云：「職方郎中兼侍御史范公，迺於陝西使院內種竹。新製叢竹詩以見示，美范公之清致雅操，遂為歌以和之。」案《元和姓纂》卷七云：「職方郎中范季明，代居懷州，云自燉煌徙焉。」《岑詩繫年》：「杜甫有〈泛舟送魏十八倉曹還京因寄崔中允參范郎中季明〉詩，范季明當即此詩之范公。岑公改太子中允在寶應元年，此詩蓋亦是年作。」按岑改太子中允雖在寶應元年，卻不能以此證明范始任職方郎中兼侍御史亦在是年。據詩序，范當時在陝西節度使衙門任職，《新唐書・方鎮表》載，上元元年改陝、虢、華節度為陝西節度，虢州屬陝西節度，與陝西節度使治所陝州地近，岑在虢州任職期間，與范屢有酬贈。據〈虢州西亭陪端公宴集〉、〈虢州西山亭子送范端公〉、〈原頭送范侍御〉等詩，知范當時已任侍御史，故此詩當為上元元年或二年居虢州時所作。錢起有〈范郎中宿直中書曉翫清池贈南省同僚兩垣遺補〉詩（《全唐詩》卷二三八），中之「范郎中」，殆同一人。

37 **李栖筠**　本集卷三有〈磧西頭送李判官入京〉詩，詩係作於天寶

十三載公赴北庭途中。李判官，即李栖筠，字貞一，李德裕之祖
父。李吉甫之父親，天寶七載進士及第。天寶十二、三載，受辟
為封常清安西節度使府判官，十三載三月常清兼任北庭節度使
後，任安西、北庭節度判官。詳見《新唐書》〈李栖筠傳〉、權
德輿〈李栖筠文集序〉。本集卷三又有〈使院中新栽柏樹子呈李
十五栖筠〉、〈敬酬李判官使院即事見呈〉詩，可參閱。

38 **張子奇**　本集卷三有〈送張都尉東歸時封大夫初得罪〉。張都
尉，王素〈吐魯番文書中有關岑參的一些資料〉（《文史》三十六
輯）謂《吐魯番出土文書》第十冊有「折衝張子奇」於天寶十三
載十一月十五日新任此職，「張都尉」或即此人。都尉，唐行府
兵制，每府置折衝都尉一人，左、右果毅都尉各一人，為統兵
官。見《新唐書・兵志》。據《舊唐書》〈封常清傳〉及《通鑑》
載：天寶十四載十一月，安西、北庭節度使封常清入朝，適值安
祿山反於范陽，玄宗遂以常清為范陽、平盧節度使，赴東都募兵
禦賊，十二月「常清兵敗，退守潼關，玄宗大怒，將其處死。」
所謂「初得罪」即據此事。據此，本詩當為天寶十五載春作於北
庭。

39 **長孫全緒**　本集卷三有〈送羽林長孫將軍赴歙州〉詩，《漢書・
百官公卿表》：「羽林掌送從，以期門。武帝太初元年初置，名
曰建章營騎，後更名羽林騎。」《元和姓纂》卷七：「河南洛陽。
（長孫）端……生績。全緒，全緒，右金吾將軍，宋州刺史」《新
唐書・宰相世系表》：「（長孫）守員，鴻臚卿，生全緒，寧州刺
史。」《岑詩繫年》：「長孫將軍謂長孫全緒。」《通鑑》二二三：
「廣德元年十月子儀使左羽林大將軍長孫全緒將二百騎出藍田觀
虜勢。知全緒為羽林將軍在廣德元年，而此詩送之出刺歙州當在
其後，姑繫永泰元年。」《新唐書・代宗紀》：「永泰元年正月，
歙州人殺其刺史龐濬。」《元和郡縣志》卷二八〈歙州祁門縣〉：
「永泰元年草賊方清於此偽置昌明縣，以為守備，刺史長孫全緒討
平之。」又〈績溪縣〉：「大曆二年，刺史長孫全緒奏分歙縣署。」

知全緒於永泰元年春至大曆二年為歙州刺史，本詩送其之任，當作於永泰元年春。按《全唐詩》卷二四七獨孤及有〈送長孫將軍拜歙州〉云：「五兵常典校，四十又專城」當為同時作。「四十專城居」乃「日出東南隅行」語，亦略見長孫全緒年正壯也。長孫全緒之拜歙州刺史，當受命平方清。故獨孤及贈詩有云：「島夷今可料，繫頸有長纓。」殆謂此也。

40 **元撝**　本集卷三有〈歲暮磧外寄元撝〉詩。案：〈石刻鄭虔華嶽題名〉，有尉元撝（開元二十三年）。《舊唐書》〈韋堅傳〉：「（天寶）二年四月進銀青光祿大夫、左散騎常侍、陝郡太守、水陸轉運使，句當緣河及江淮南祖庸轉運使並如故。又以判官元撝、豆盧友除監察御史。」〈李林甫傳〉：「子婿……元撝為京兆府戶曹。」《新唐書》〈李林甫傳〉：「諸婿若張博濟、鄭平、杜位、元撝……皆貶官。」〈唐衛史台精舍碑〉卷三監察御史有元撝。《新唐書・宰相世系表》：「元氏，綿州長史平叔、子挹、撝，太常博士。」《元和姓纂》卷四：「河南洛陽縣。《後魏書・官氏志》曰：『拓跋氏改為元氏。……』（元）平叔，綿州長史，生挹、撝、持。……撝，太常博士。持，都官郎中。太常博士乃元撝終職。」元持即曾為夔州別駕者（見杜甫〈觀公孫大娘弟子舞劍器行〉詩序）。本詩當作於天寶八載赴安西途中。

41 **柳建**　本集卷三有〈春興思南山舊廬招柳建正字〉詩，案《元和姓纂》卷七云：「河東解縣柳氏，止戈孫建，金部郎中。」岑仲勉校云：「案唐世系表，建係止戈五代孫。」余案《河東集補遺》、萬年丞〈柳元方誌〉：「七代祖虬，……季父建，」止戈為虬子，是此處奪五代字無疑。止戈見隋開皇六年興國寺碑陰，稱襄州鎮副總管府長史。岑參有〈招正字柳建詩〉。《新唐書・宰相世系表》：「柳氏，延州司馬初，子建，金部郎中。」案〈郎官石柱題名〉，金部郎中有柳建。是金部郎中乃其卒官也。南山舊廬，指終南高冠草堂也。詩云：「園廬幸接近，相與歸蒿萊」，岑參與柳進均有園廬在終南山，故云。

42 **李光進**　本集卷三有〈送李太保兼御史大夫充渭北節度使〉詩，
原注云：「即太尉光弼弟也」。楊炎〈唐贈范陽大都督忠烈公李
公（楷）神道碑銘並序〉：「少子太保，御史大夫渭北鄜坊等州
節度使，武威郡王光進」案《舊唐書》卷一一〇〈李光弼傳〉：
「代宗還京，二年正月……以光進為太子太保、兼御史大夫、涼
國公，渭北節度使。」《新唐書》卷一三六〈李光弼傳〉：「弟光
進，字太應。初為房琯裨將，將北軍戰陳濤斜，兵敗，奔行在，
肅宗宥之。代宗即位，拜檢校太子太保，封涼國公。吐番入寇，
至便橋。郭子儀為副元帥，光進及郭英又佐之。自至德後與李輔
國並掌禁兵。委以心膂。光弼被譖，出為渭北、邠寧節度使。永
泰初，封武威郡王。累遷太子太保、卒。」唐汝洵曰：「按光弼以
程元振之故不赴吐番之難（《舊唐書》本傳：「程元振尤疾之。」
代宗疑其有變，因厚遇光弼以安其心，故此詩以許國諷之，而以
成功慰之也。）（《唐詩解》）吳喬：「李光進掌禁兵，以兄光弼被
譖，而出為渭北節度使。岑參送之詩曰：『弟兄皆許國，天地荷
成功』，可謂非詩史乎？」

43 **衛憑**　本集卷三有〈南樓送衛憑〉詩，南樓，即上篇之〈醴泉南
樓〉。衛憑（六九二—七五三），字住祖，河東安邑人。策賢良登
科，拜秘書省校書郎。轉越州剡縣尉，左威衛錄事參軍。遷彭城
郡蘄縣令，秩滿去職。事見唐趙向〈衛憑墓志銘〉（載《唐代墓
志彙編》。又《寶刻叢編》卷五〈孟州〉：〈唐貞一先生廟碣〉（貞
一，司馬承禎也），唐左威衛錄事參軍衛憑撰。）據《金石錄》卷
七，碑立於天寶六載七月，薛希昌八分書。據此，則憑之去職，
當在天寶十載或十一載。
《岑詩繫年》：「詩曰：『南樓取涼好』與上篇〈夏初醴泉南樓〉之
事合，又曰：『近縣多過客』，醴泉正為近畿之縣。此上三篇皆天
寶十三載在醴泉詩。」

44 **王伯倫**　本集卷三有〈送王伯倫應制授正字歸〉詩。有「半天城
北雨，斜日灞西雲。科斗皆成字，勿令錯古文」句，有雨，又有

科斗，時節為春夏之間三、四月，文獻所載：天寶十三載、天寶十三載有制舉，下詔雖在二月，考試却在十月，十一、十二載無制舉，十載有制舉，但在九月，天寶八、九載岑參在安西故王伯倫應制舉授正字，當在天寶前期。案至德二載八月，御史大夫兼京兆尹崔光遠破賊於駱谷，其行軍司馬王伯倫，判官李椿將二千人攻中渭橋，殺賊千人，乘勝至苑門，遇賊合戰，伯倫死之，李椿被擒送洛陽。事載《舊唐書·肅宗紀》及《資治通鑑》。王伯倫此前曾任北庭節度掌書記（《吐魯番出土文書》第十冊〈交河郡礌石館天寶十三載七月二十九日馬料賬〉：「郡坊帖元山館馬四匹送使掌書記王伯倫到內一定騰過銀山（向天山），食麥二斗五升，付李羅漢。三十日郡坊帖馬八匹，內三匹送使王伯倫到，便留礌石充帖館馬，共食麥五斗六升，付呂祖。」）

45 **趙玼**　本集卷三有〈送劉郎將歸河東〉詩，「謝君賢主將，豈妄輪台邊」下註云：「參曾北庭事趙中丞，故有下句」，按趙中丞，謂趙玼也。案同卷〈送郭司馬赴伊吾郡請示李明府〉詩，題下原注曰：「郭子是趙節度同好。」本集卷七又有〈趙將軍歌〉，似即一人，考《新唐書·方鎮表》，北庭節度無姓趙者。《舊書》〈高仙芝傳〉，討小勃律時，「使疏勒守捉使趙崇玼統三千騎，趣吐番連雲堡，自北谷入，使撥換守捉使賈崇瓘自赤佛堂路入。」（案《通鑑》卷二二〇：乾元元年九月以右羽林大將軍趙玼〔〈方鎮表〉作沘〕為同、蒲、虢三州節度使。疑趙崇玼，當作趙玼，「崇」字舊傳誤涉下「賈崇瓘」之「崇」字而衍。）趙本安西將領，或天寶十四載封常清被召入朝後，代為北庭節度者。」按《舊唐書·肅宗紀》載，乾元元年九月「右羽林大將軍趙沘為蒲州刺史。蒲、同、虢三州節度使。」「沘」《通鑑》卷二二〇胡注作「玼」。詩中寫劉歸蒲州，故其主將極有可能就是蒲、同、虢三節度使趙玼。又，自乾元元年九月至二年四月，趙在蒲、同、虢節度使任上時，岑適在長安，得以為此詩。故本詩可能作於乾元元年九月以後，二年四月作者赴虢州之前。另據〈吐魯番出土文書〉

第十冊載，天寶十三載四月至十一月，有號為「趙都護」者屢往返於安西北庭之間，此趙都護應為封常清之副手、安西、北庭副都護，在封常清入朝後，暫代任安西北庭都護，節度使也有可能，說詳王素〈吐魯番文書中有關岑參的一些資料〉。

46 **劉顥**　本集卷三有〈水亭送劉顥使還歸節度〉詩。《元和姓纂》卷五：「彭城，劉正，給事中。正生顥、顥。顥，殿中侍史」。《新唐書・宰相世系表》，劉顥，殿中侍御史（「姓纂」脫「御」字，時被陝西節度使遣往虢州，使還返陝州）。岑詩為此詩以送之。據《新唐書・方鎮表》：「乾元二年置陝虢華節度，領潼關防禦團練鎮守等使。治陝州。上元元年後改陝虢華節度為陝西節度，兼神策軍使，充山南東道襄鄧等十州節度觀察處置等使，庚申（三十日），以右羽林大將軍郭英乂為陝州刺史，陝西節度，潼關防禦等使。」詩云：「解帶憐高柳，移床愛小溪。」似夏日作。後篇之〈虢州臥疾喜劉判官相遇水亭〉中之「劉判官」，當即本篇之劉顥。時任節度判官，使還經虢州而歸。

47 **裴敦復**　本集卷三有〈送裴校書從大夫淄川郡觀省〉詩，案《通鑑》卷二一五：「天寶四載三月乙巳，以刑部尚書裴敦復充嶺南五府經略等使，五月壬申，敦復坐逗留不之官，貶淄川太守。以光祿少卿彭果代之。」《新唐書・地理志》：「淄州淄川郡沿淄川。」今山東淄川縣。詩云：「尚書東出寺」。詩題云：〈從大夫淄川郡觀省〉，尚書、大夫均謂裴敦復，蓋敦復時為銀青光祿大夫。又曾攝御史大夫也；詩曰：「尚書東出寺，愛子向青州」，疑敦復赴淄川後，其子旋往省視，故詩又有「倚處戟門秋」之語。孫逖〈授裴敦復刑部尚書制〉：「朝議大夫守河南尹攝御史大夫……裴敦復……可銀青光祿大夫，守刑部尚書。」（《全唐文》卷三〇八）《新唐書・百官志》：「門下省弘文館，中書省集賢殿書院，秘書省著作局及東官崇文館有校書郎、校書等職，掌校理典籍，刊正錯謬等」「御史台大夫一人。正三品。掌以刑法典章糾正百官之罪惡。」「刑部尚書一人，正三品，掌律令刑法。」

48　**顏韶**　本集卷三有〈送顏韶〉詩，案《全唐文》卷三三六〈顏真卿惟貞碑〉云：「……勝、式、宣、韶並進士制舉。」（案徐松《登科記考》附類有「顏韶」注云：「進士，魯公姪」又案《全唐文》卷三三九顏真卿（〈晉侍中右光祿大夫本州大中正西平靖侯顏公大宗碑〉）即（〈顏含碑〉）：「十五代孫……韶，有才氣，工詩策，進士，濮陽尉。」知韶為真卿從姪。

49　**杜佐**　本集卷三有〈送杜佐下第歸陸渾別業〉詩，案《新唐書‧宰相世系表上》云：「佐出襄陽杜氏，父暐，殿中侍御史。」案佐，蓋甫之從姪，杜甫有〈示姪佐〉詩，〈佐還山後寄三首〉詩（並見杜集卷八）均以乾元元年秦州作，劉長卿有〈送杜越江佐觀省往新安紀〉詩，亦作於杜佐入仕之後，此詩則下第東歸，當在天寶以前。案佐官終大理正，見仇注〈示姪佐〉詩引《舊唐書》。鍾惺說：「不作一感憤語，使淺躁人讀之，心自平，氣自厚。」（《唐詩歸》卷十三）沈德潛也說：「芙蓉生在秋江上，不向東風怨未開，安分語耳，此詩純用慰勉，心和氣平，盛唐人身份，故不易到（《唐詩別裁集》卷十）。

50　**程皓、元鏡微**　本集卷三有〈醴泉東溪送程皓、元鏡微入蜀〉詩，案《封氏聞見記》卷八：「大歷中，刑部郎中程皓家在相州。宅前有小池，有人造劍，於池中淬之，蛇魚皆死。」又卷九：「檢討刑部郎中程皓，性周慎，不談人短」，題中之程皓，當即此人。又《舊唐書》〈韋安石傳附陟傳〉：「太常博士程皓議，謚為忠孝」全唐文卷四四〇程皓有〈駁顏真卿論韋陟不得謚忠孝議〉，小傳亦稱：「代宗朝太常博士。」錢起有〈同王鍈起居程浩郎中韓翃舍人題安國寺上人院〉詩。趙鉞等〈唐尚書省郎官石柱題名考〉卷十九：《集古錄目》：〈唐昭義節度薛嵩碑〉，禮部郎中程浩撰，……大歷八年立，在夏縣。（《寶刻叢編》十又〈唐贈司徒馬璘新廟碑〉禮部郎中程浩撰，吏部尚書顏真卿書……大歷十四年七月立）岑仲勉〈郎官石柱題名新考訂〉楊本天寶十四年〈雲公故夫人獨孤氏誌〉題：「通直郎行海（按「海」當作「河」）

南府洛陽縣主簿程浩撰。」又按《金石錄》卷八:「〈唐左僕射裴冕墓誌〉程浩撰並書,大歷五年二月。《全唐文》卷四四三有程皓文」小傳稱「代宗朝駕部郎中」。元鏡微,生平未詳,全唐文卷四四〇鄭湊〈故左武衛郎將河南元府君夫人榮陽鄭氏墓誌銘〉有:「年十八,適河南元鏡遠」(案:誌云鄭氏卒於大歷四年,則鏡遠,肅代時人,疑鏡微是其弟兄。)

51 **顏允臧**　本集卷三有〈夏初醴泉南樓送太康顏少府〉詩,按太康,屬陳州淮陽郡,在今河南太康縣。顏少府,顏允臧。《全唐文》卷三四一顏真卿〈朝請大夫行江陵少尹兼侍御史荊南行軍司馬上柱國顏君(允臧)神道碑銘〉:「解褐太康尉,太守張倚、採訪使韋陟皆器其清嚴,與之均禮。天寶十載,制舉縣令對策及第,授延昌令。」據郁賢皓《唐刺史考》卷六〇及卷五五,張倚天寶二年貶淮陽太守,韋陟天寶五載為河南採訪使,則允臧為太康尉當在天寶二載至五載。顏允臧兄允南,真卿均工書,故岑詩云:「愛君兄弟好,書向潁中誇。」《全唐文》卷五四殷亮〈顏魯公行狀〉:「天寶元年秋,……策試上第,以其年授京兆府醴泉縣尉,黜陟使、戶部侍郎王琪(鉷)以清白名聞,授通直郎、長安尉。六載。遷監察御史。」按允臧為真卿之弟,其至醴泉,蓋因真卿官醴泉尉之故。又據《舊唐書》〈王鉷傳〉載,鉷天寶五載為京畿關內道黜陟使,真卿自醴泉尉陞任長安尉,亦當在此年。

52 **薛彥偉**　本集卷三有〈送薛彥偉擢第東都覲省〉詩。詩作於天寶八載春之前。據《舊唐書》〈薛播傳〉:「初,播伯父元暖終隰城丞。其妻濟南林氏,丹陽太守洋之妹,有母儀令德,博涉五經,善屬文,所為篇章,時人多諷詠之。暖卒後,彥輔、彥國、彥偉、彥雲及播兄據,總並早幼孤,悉為林氏所訓導,以至成立,咸致文學之名。開元天寶中二十年間,彥輔、據等七人並舉進士,連中科名,衣冠榮之。」又據《新唐書·宰相世系表》:「薛彥偉,監察御史」,乃其後官職。又《舊唐書》〈穆寧傳〉:「廣德初,……沔州別駕薛彥偉坐事忤旨,寧(時任鄂岳沔都團練使)

杖之致死。」《容齋三筆》卷一二:「饒州紫極宮有唐鐘一口……刻銘其上曰:天寶九載……前鄉貢進士薛彥偉述。」知時彥偉已登第,未授官。考岑於天寶八載冬赴安西,其後不得在長安作此詩,是彥偉之登第,應在天寶八載春之前。

53 **李舟** 本集卷三有〈送弘文李校書往漢南拜親〉詩,詩係乾元元年春作於長安。弘文,弘文館。屬門下省,掌詳正圖籍,教授生徒。官屬有校書郎二人,從九品上。李校書,李舟。杜甫〈送李校書二十六韻〉:「李舟名父子,清峻流輩伯。……十九授校書,二十聲輝赫。……乾元元年春,萬姓始安宅。舟也衣彩衣,告我欲遠適。倚門固有望,斂衽就行役。……長雲濕褒斜,漢水饒巨石。」詩即與岑同送之作。說詳陶敏〈杜甫交遊續考〉(《杜甫研究學刊》一九八九年二期。)按舟字公受,隴西成紀人,十六歲登第,歷任監察御史,殿中侍御史,金部、吏部員外郎,陝州、虔州刺史,賜爵隴西縣公,年四十八,卒。事見梁肅〈李舟墓誌銘〉。

54 **黎燧** 本集卷三有〈送江陵黎少府〉詩。黎少府,陶敏《《全唐詩》人名考證》謂即黎燧(黎幹之子),詩作於永泰元年秋。《唐代墓誌彙編》:〈黎燧墓誌銘〉:「公諱燧,字炎明,其先壽春人也……考諱乾,皇尚書兵部侍郎,贈太子少保,封壽春公,公即少保之第二子,聰敏博辯,該通經史,善隸書,有俊氣,少以門第解褐授左千牛衛兵曹參軍以代養,特恩授江陵縣尉。轉長安丞,歷本府兵曹,蒞職有聲。當宰相劉公宴之任僕射兼轉運使也,避公充水陸運判官。除河南府士曹考軍。」劉晏為僕射兼轉運使,在大歷十二年十二月。《舊唐書·代宗紀》:黎燧解褐初仕當在代宗初。貞元十五年歲次己卯,終於烏程縣之旅舍,享齡五十有三。」按獨孤及有〈送江陵全少府赴任〉詩(《毘陵集》卷二):「冢司方慎選,劇縣得英髦,固是攀雲漸,何嗟趨府勞,楚山迎驛路,漢水漲秋濤,騫翥方茲始,看君六翮高。」亦寫秋景,當與本詩為同時之作。「全」蓋即「黎」之殘訛字。岑

詩云：「那堪漢水遠，更值楚山秋」，時令亦合。考永泰元年，獨
孤及入京為拾遺，與岑唱和甚多，故得共賦此送別之作。而大歷
元年春之後，岑已入蜀，不得在長安作此詩，廣德二年以前，獨
孤在南方，亦不得在長安作此詩。且據墓誌，永泰元年黎燧年僅
十九，故其始任江陵尉之時間，也不大可能早於此年。

55 **李涵**　本集卷三有〈送綿州李司馬秩滿歸京因呈李兵部〉詩。秩
滿。言任期屆滿也。廣德元年岑參有〈秋夕讀書幽興獻兵部李侍
郎〉詩，李侍郎為李進，此則為李涵。《舊唐書・代宗紀》：「大
歷三年正月甲戌，左丞李涵，右丞賈至並為兵部侍郎。……七年
二月甲寅，以兵部侍郎李涵為蘇州刺史，兼御史中丞，充浙西觀
察使」。則大歷四年，正在兵部侍節任內也。」《舊唐書》〈李涵
傳〉：「高平王道之曾孫，父少康，宋州刺史。……寶應元年，初
平河朔，代宗以涵忠謹洽聞，遷左庶子，兼御史中丞，河北宣慰
使。……服闋，除給事中，遷尚書左丞。」《新唐書・回鶻傳》：
「大歷三年，光親可敦卒。……明年，以（僕固）懷恩幼女為崇徽
公主繼室。兵部侍郎李涵持節，冊拜可敦賜繒絲二萬。」

56 **任瑗**　本集卷三有〈送任郎中出守明州〉詩，〈郎官石柱題名〉，
〈主客員外郎任瑗〉又〈左司員外郎任瑗〉。《新唐書》〈安祿山
傳〉：「至德二載，（阿史那）承慶等十餘人送密疑。有詔以承慶
為太保、定襄郡王……任瑗明州刺史」。詩曰：「觀濤秋正好」。
知此詩為至德二載夏秋間作。《全唐文》卷四〇四有任瑗〈瑞麥
賦〉。小傳稱：「瑗，天寶朝主客，左司員外郎，出為明州刺史。
乾元元年徙括州。」如詩題郎中無誤，則石柱題名有闕也。《舊唐
書・肅宗紀》：「乾元二年六月己巳，以明州刺史呂延之為越州刺
史。」呂延之為任瑗繼任。《岑詩繫年》：「此詩疑亦廣德元年公為
郎時作。」

57 **崔寧**　本集卷三有〈送崔員外入奏因訪故園〉，案大歷二年四
月，杜鴻漸入朝奏事，以崔寧知西川留後，六月，鴻漸至京師，
崔寧才堪繼任，上乃留鴻漸復知政事，詩曰：「竹裡巴山道，花

間漢水源」，明在蜀中，又曰：「仙郎去得意，亞相正承恩」知
崔乃為杜鴻漸入奏，詩當作於本年四月，鴻漸未還朝以前。早春
陪崔中丞泛浣花溪宴得暄字。大曆二年（七六七）春作於成都。
崔中丞：即崔寧，原名旰，衛州（今河南衛輝市）人，永泰元年
閏十月，旰殺劍南節度使郭英乂，蜀中大亂，杜鴻漸入蜀後，薦
旰於朝廷，授成都尹兼西川節度行軍司馬。御史中丞當是崔是時
所帶憲銜。大曆二年四月，杜入朝奏事，以崔旰知西川留後。大
曆二年七月，為劍南西川節度使。見兩《唐書》本傳。浣花溪，
在成都西，一名百花潭。案此詩重見《全唐詩‧張謂集》，聞一
多曰：「此首亦見《全唐詩‧張謂集》內，據見存關於張謂之記
載。無入蜀事。而浣花溪在成都，故此詩不得為張謂作矣。且崔
寧加御史中丞，宜在大曆改元後，然大曆三年，張謂方自禮部郎
中出刺潭州（《唐詩紀事》引《長沙風士記》云：「巨唐八葉，元
聖六載，（正言，張謂字）待罪湘東。」）正為大曆三年。是寧為
御史中丞時，渭在京師，在潭州。二人安得有同泛浣花溪之事？」
據此，詩非渭所作益無疑矣。詳見《岑嘉州繫年考證》。按永泰
元年至大曆二年，張謂正潭州刺史任，參見郁賢皓唐刺史考卷
一六六。

58 **楊轔**　本集卷三有〈郡齋南池招楊轔〉詩，郡齋，虢州弘農郡齋
也。聞一多《岑嘉州交遊事輯》：《寶刻叢編》引《集古錄目》：
〈傅說廟碑〉，侍御史內供奉楊轔撰，夏縣尉宗正卿八分書，大曆
四年立，在夏縣。詩云：「與子居最近，同官情又偏。」知楊轔時
亦為虢州史也。

59 **盛王（李琦）**　本集卷三有〈盛王輓歌〉，案《新唐書‧代宗紀》
及《通鑑》並云：本年（廣德二年）三月甲子盛王琦薨。《舊唐
書》本傳云四月薨，詩當作於其時。按諸本咸作「成王」，成王
乃代宗居藩邸時封號。盛王，唐玄宗第二十一子，壽王母弟，初
名沐，開元十三年三月封為盛王，十五年領揚州大都督。二十年
加開府儀同三司。改名琦。天寶十五年六月，玄宗幸蜀，詔充琦

為廣陵大都督，未赴鎮。生平事蹟，見《舊唐書》卷一〇七玄宗
諸子傳、《新唐書》卷八十二。

60 **苗晉卿**　本集卷三有〈苗侍中挽歌〉二首。苗侍中即苗晉卿，字
元輔，上黨壺關（今山西壺關縣）人。開元二十九年拜吏部侍
郎，前後典吏部選五年。至德二載為左相，兩京平，以功封韓國
公。改任侍中。乾元二年罷為太子太傅，上元元年復為侍中，廣
德元年十二月復罷為太子太保，後以太保致仕。永泰元年四月，
卒。《全唐詩》卷二三七有錢起〈故相國苗公挽歌〉事蹟見李華
〈苗晉卿墓誌銘〉、《舊唐書》卷一一三、《新唐書》卷一四〇。

61 **裴耀卿**　本集卷三有〈僕射裴公挽歌〉三首。《全唐文》卷
四七九：「許孟容〈唐故侍中尚書右僕射贈司空文獻公裴公神道
碑銘〉云：耀卿字子渙，河東聞喜人。……以天寶三載七月十八
（闕十九字）震悼罷朝，贈太子太傅，諡曰文獻。以其年十月歸葬
絳州稷山縣（據《新唐書・地理志》稷山唐末始為河中府）姑射
山之陽，尚書府君塋東四里。」與此挽歌之「禮容還故絳，寵贈
冠新田」相符。故知所挽非裴冕而為裴耀卿也。
《舊唐書・玄宗紀》：「天寶二年七月丙辰，尚書右僕射裴耀卿
薨」。案裴耀卿字煥之，絳州稷山（今屬山西）人，八歲神童科
擢第，歷任考功員外郎、濟州、宣州刺史、京兆尹，開元二十一
年拜同中書門下平章事，尋遷侍中。二十四年，罷為尚書左丞
相，封趙城侯。天寶初，改為尚書左僕射，俄改右僕射。天寶二
年七月卒，十月歸葬絳州稷山縣，參見兩《唐書》本傳。

62 **杜希望**　本集卷三有〈西河太守杜公挽歌〉，王維有〈故西河郡
太守挽歌三首〉當為同時之作。《元和姓纂》卷六：「京兆，（杜）
希望、太僕卿、隴右節度，恆分判刺史。」岑仲勉《四校記》：
「考（舊書）一四七，希望嘗官恆州刺史，故知此五字為『恆
州刺史』之訛衍。」〈舊紀〉九、開元二十六年，希望官鄯州都
督。《通鑑》二一四，同年六月為隴右節度使。〈杜佑遺愛碑〉：
「烈考諱希望，歷鴻臚卿。御史中丞，再為恆州刺史。代、鄯二

州都督，西河郡太守，襄陽縣男。」西河，唐郡名，治所在西河縣（今山西汾陽市）。太守杜公，指杜佑之父希望，希望，京兆萬年人。《舊唐書》〈杜佑傳〉：「父希望，歷鴻臚卿，恆州刺史，西河太守，贈右僕射。」據《通鑑》卷二一四載，開元二十六年正月，希望為鄯州都督，隴右節度留後，六月，為隴右節度使。二十七年六月以前，因宦官牛仙童行邊索賄未遂，誣奏希望不識，下遷恆州刺史（《新唐書》〈杜佑傳〉約天寶初，徙西河太守，並卒於任。又《金石錄》卷七：〈唐西河太守杜公遺愛碑〉書撰人姓名殘缺。……天寶五載。）知希望之卒，當在天寶四、五載，本詩亦即作於是時。參見郁賢皓《唐刺史考》卷八四。

63 **蘇震**　本集卷三有〈河南尹岐國公贈工部尚書蘇公輓歌〉詩。《元和姓纂》卷三：「蘇詵，給事中，徐州刺史，生震，吏部侍郎，河南尹。」《舊唐書·代宗紀》：「廣德二年十月甲申，河南尹蘇震卒。」《新唐書》〈蘇瓌傳〉：「瓌諸子頲、詵、顗。……詵子震，以蔭補千牛，十餘歲，強學有成人風。頲曰：『吾家有子。』累遷殿中侍御史，長安令。安祿山陷京師，震與尹崔光遠殺開遠門吏，棄家出奔。會肅宗興師靈武，震晝夜馳及行在。帝嘉之，拜御史中丞。遷文部侍郎。廣平王為元帥。崇擇賓佐，以震為糧刺使。

震，武功（今陝西武功縣）人。二京平，封岐陽縣公，改河南尹。九節度兵敗相州，與流守崔圓奔襄、鄧，貶濟王府長吏。起為絳州刺史，進戶部侍郎、判度支，為泰陵、建陵鹵簿使，以勞封岐國公，拜太常卿，代宗將幸東都，復以震為河南尹，未行，卒，贈禮部尚書。」國公，唐九等爵位中之第三等，多用以封功臣。工部尚書，工部（尚書省六部之一）正長官，總領公共工程，屯田等事。

64 **張夫人**　本集卷三有〈西河郡太守張夫人輓歌〉，張夫人，當為西河太守杜希望之夫人。《岑詩繫年》：「……（〈杜公輓歌〉）云：雨隨思太守，雲從送夫人。蒿里埋雙劍，松門閉萬春。此詩

云：龍是雙歸日，鸞飛獨舞年，哀容今共盡，悽愴杜陵田」是
杜與夫人並亡。此詩之夫人即杜公之夫人。然則太原守之「原」
字，當係衍文，此詩作亦當作岑參。作李岑，李峰者，傳寫之誤
耳。」

65 **郭英乂**　本集卷四有〈送郭僕射節制劍南〉詩，郭僕射，郭英
乂。《元和姓纂》卷十：「諸郡郭氏，唐左武將軍、太原公郭知運
生英傑、（英）彥、英協、狀云：本太原，徙居晉昌，……彥英
（英彥誤倒）檢校僕射，劍南節度。」「彥」一作「乂」。元載〈故
定襄王郭英乂神道碑〉：「制授公秦州都督兼御史中丞隴右採訪
使。……至德二年，詔公為鳳翔太守，轉西平太守，加隴右節度
兼御史大夫。……東捍陝虢，詔公兼陝州刺史。……詔領東京留
守，又兼河南尹。俄拜尚書右僕射，封定襄王。……加成都尹、
東西兩川節度兼御史大夫僕射如故。」《舊唐書·代宗紀》：「永
泰元年四月，庚寅、劍南節度使、檢校吏部尚書嚴武卒。五月癸
丑，以尚書右僕射、定襄郡王郭英乂為成都尹、御史大夫，充劍
南節度使。」

案英乂，字元武，瓜州晉昌（今甘肅安西縣東人），名將郭知運
季子，累遷諸衛員外將軍。至德初，遷隴右節度使，還京為羽林
大將軍。上元年間為陝西節度使。收東都，權知留守，廣德元年
拜右僕射，封定襄郡王。及代嚴武為劍南節度使，誣殺大將王
崇俊，出兵襲西山兵馬使崔旰，反為所敗，奔簡州，為刺史韓澄
所殺。生平事蹟，見《舊唐書》卷一一七、《新唐書》卷一三三
〈郭知運傳附傳〉、《全唐文》三六九元載〈故定襄郡王郭英乂神
道碑〉。

66 **盧幼平**　本集卷四有〈送盧郎中除杭州赴任〉詩，案李華〈杭州
刺史廳壁記〉：「詔以兵部郎中范陽盧公幼平為之，麾幢戾止，
未逾三月，降者（謂從袁晁、方清起事之民也。）遷忠義，歸者
喜生育。」末云：「永泰元年七月二十五日記。」公詩之盧郎中
當即幼平。詩曰：「千家窺驛舫，五馬飲春湖。柳色供詩用，鶯

聲送酒須」，此所記幼平出京時物候明為暮春，李記作於七月，而曰：「麾幢戾止，未逾三月，是幼平至杭州時為四月。三月出京，四月到杭，詩與紀時正合，則亦作於永泰元年矣。」說詳聞一多《岑嘉州繫年考證》。案《新唐書・宰相世系表》：「大房盧氏，暄子澐。杭州刺史，弟幼平，太子賓客」按以李華記證之。此表二人歷官互誤。《吳興志》：「寶應三年（按寶應無三年，當從統紀作永泰元年）盧幼平自杭州刺史授湖州刺史。」（說見勞格《讀書雜識》卷七〈杭州刺史考〉）。案《全唐詩》卷七九四有〈秋日盧郎中使君幼平泛舟聯句〉一首、〈重聯句〉一首，作者盧幼平。下注云：「郎中，吳興守。」

67 **李之芳**　本集卷四有〈送李賓客荊南迎親〉詩，案《唐六典》卷二十六：「太子賓客四人，正三品，太子賓客掌侍從規諫，贊相禮儀而先後焉，凡皇太子有賓客宴會，則為之上齒。」。《舊唐書》〈蔣王惲傳〉：「子煌，蔡國公，煌孫之芳，幼有令譽，頗喜五言詩，宗寶推之，開元末為駕部員外郎（按杜甫〈同李太守登歷下古城員外新亭〉詩原注：「時李之芳自尚書郎出齊州。製此亭」，十三載祿山奏為范陽司馬。及祿山起逆，自拔歸西京。授右司郎中，歷工部侍郎，太子右庶子。廣德元年，兵革未清，吐番又犯邊，侵軼原、會……使吐番，被留境上，二年而歸。除禮部尚書、尋改太子賓客。）」《岑詩繫年》：「以此推之芳為賓客時當在永泰元年。杜甫有〈秋日夔府詠懷寄鄭監審李賓客之芳一百韻〉，作於大歷二年，蓋其時之芳猶未罷此官也。大歷元年公已再次首途赴蜀，則此詩當作於永泰元年或大歷元年之歲初。」獨孤及有〈送李賓客荊南迎親〉詩，與公此詩，同屬五言長律，當係同賦。及入京在永泰元年，而大歷元年岑參已入蜀，故此詩作於永泰元年。詩云：「迎親辭望苑，恩詔下儲闈」。「手把黃香扇，身披萊子衣。」長安夏日作也。

杜甫〈秋日夔府詠懷〉詩「音徽一柱數，道里下牢千。」原注：「鄭在江陵，李在夷陵。」夷陵屬硤（峽）州，今宜昌市。杜之

詩作於大歷二年。杜甫三年在江陵晤之芳，有〈書堂飲既夜復邀李尚書下馬月下賦絕句〉、〈夏夜李尚書筵送宇文石首赴縣聯句〉〈多病執熱奉懷李尚書〉、〈哭李尚書〉詩，知李之芳竟卒於江陵矣。疑李之親老未能隨子於永泰中入京也。

68 **王崟** 本集卷四有〈餞王崟判官赴襄陽道〉詩。《岑詩繫年》：「案天寶三載有〈題新鄉王釜廳壁〉詩，王釜、王岑、王崟疑即一人而字訛。〈郎官石柱題名〉左司、戶部、度支、吏部諸員外郎下俱有王崟名，則作岑，作釜者皆誤也。又案大歷初年杜甫有〈送王信州崟北歸〉詩，以此推王崟之歷官時日，其為判官當在天寶十二載前後，蓋先為新鄉尉（公〈題新鄉王釜廳壁〉曰：「憐君守一尉」，繼為判官，又歷諸員外郎，乃出為信州刺史也。此詩曰：「暫得青門醉」，知作於長安。天寶十二載前後公在長安，與王崟之官歷正相合）。聞一多《岑嘉州交遊事輯》：《新唐書・宰相世系表》：烏丸王氏，左千牛將軍仁忠，子崟，懷州刺史。……獨孤及〈海上懷華中舊遊寄鄭縣劉少府造渭南王少府崟〉詩原注：「王任鄭縣日，於城角築小臺。號涼風臺，每與數公置酒登臨，望二華雲月。」則王崟出為判官前，又曾任鄭縣、渭南尉。岑仲勉〈郎官石柱題名新考訂〉：「《英華》九一三李邕〈贈安州都督〉王仁忠（神道）碑：子崟等不詳歷官。……」《舊唐書》〈王瑤傳〉：「父礎，進士」又云：「尚書祖名崟，崟生礎。」按千唐大和八年〈太原夫人誌〉：「曾王父崟，實亞宗伯，王父諱楚，擁節黔巫。」是崟官至禮部侍郎。

案杜甫有〈奉送王信州崟北歸〉詩，作於大歷初年，詩曰：「下詔選郎署，傳聲能典州。」知王由郎官轉任夔州刺史，而任判官大約更在任郎官之前。玩詩意，王當為山南東道採訪處置使判官。

69 **薛弇** 本集卷四有〈送薛弇歸河東〉詩，（案「薛弇」《四部叢刊》本作「薛昇」。《新唐書・宰相世系表》「（薛）弇，江州刺史」弇官江州刺史約在大歷中。見《唐刺史考》卷一五八。河東，即蒲州。又獨孤及〈送蔣員外奏事畢還揚州序〉：「揚州牧

趙國崔公使其部從事侍御史吳興蔣晁如京師，條奏官府之廢置，歲月之要會。其來也，吳楚之眾君子酒而詩之，而薛水部弁，李司直翰雙為之序，以冠篇首。既將命，趙公拜左僕射，蔣侯加尚書郎之位。」《新唐書》〈崔圓傳〉：「至德二載，遷中書令，封趙國公。……徙淮南節度使，在鎮六年，請朝京師，吏民乞留，詔檢校尚書右僕射，還之。」賈至〈送蔣十九丈奏事畢正拜殿中歸淮南幕府序〉：「天子以淮海多虞，黎人未乂，命舊相崔公董之。……於此五稔。方隅克定，乃朝天闕，將命述職。」、《舊唐書·代宗紀》大曆元年，「六月戊戌，以淮南節度使崔圓檢校尚書右僕射」。崔圓於上元二年十月為江淮都統，見《通鑑》，至大曆元年首尾六年。然云「五稔」，以十月秋收已過，未計入也。送蔣晁在大曆元年，其年弁為水部員外郎，此獻賦未售，當在天寶年間。

70 **薛播**　本集卷四有〈送薛播擢第歸河東〉詩，韓愈〈國子助教薛君（公達）墓誌銘〉：「父曰播，尚書禮部侍郎。」《舊唐書》〈薛播傳〉：「河中寶鼎人，中書舍人文思曾孫也。……播天寶中舉進士，補校書郎，累授萬年縣丞，武功令，殿中侍御史，刑部員外郎、萬年令。……及（崔）祐甫輔政，用為中書舍人，出汝州刺史，以公事貶泉州刺史，尋除晉州刺史，河南尹，遷尚書左丞，轉禮部侍郎，遇疾，貞元三年卒。」案薛播，天寶十一載擢進士第，見《五百家韓注》。公詩當作於此時。生平事蹟見《舊唐書》一四六、《新唐書》一五九。

71 **嚴維**　本集卷四有〈嚴維下第還江東〉詩。《唐詩紀事》卷四十七：「維字正文，越州人，與劉長卿善……維作越之諸暨尉。……長卿〈送維赴河南充嚴中丞幕府〉云：（略）。錢起〈送維尉河南〉云：（略）維終校書郎。」《唐才子傳》卷三：「初隱居桐廬，慕子陵之高風。至德二年，江淮選補使侍郎崔渙下以詞藻宏麗進士及第，以家貧親老，不能遠離。授諸暨尉，時已四十餘。後歷秘書郎。嚴中丞節度河南，辟佐幕府，遷餘姚令，仕終

右補闕……詩情雅重，挹魏、晉之風，鍛鍊鏗鏘，庶少遺恨。」
查至德二載，嚴維中第時，岑參為四十二歲，維有〈留別鄒紹
劉長卿〉詩，自稱「中年從一尉」，則其授諸暨時年近四十。觀
「似君殊未遲」之語，雖係慰語，但其年歲必略小於岑參，且岑參
天寶中已中第，並仕為京任，自可如鍾惺所稱為維之「前輩」。
嚴維又有〈贈別劉長卿時赴河南嚴中丞幕府〉詩云：「匡時知已
老。」詩當作於乾元二年冬或次年赴河南尹嚴武幕之時，時嚴維
已逾四十。錢起有〈送嚴維尉河南〉詩，詩云：「少時趨府下蓬
萊」，則嚴維又曾為河南尉。《詩式》卷四載嚴維〈代宗輓歌〉
佚句，則大歷末維尚存。其名篇：〈酬劉員外（長卿）見寄詩〉
云：「柳塘春水漫，花塢夕陽遲。」梅聖俞稱為「天容時態，融和
駘蕩，豈不如在目前乎？」（《六一詩話》引）《岑詩繫年》：「此
詩當作於天寶十三載前數年間公在長安之時。」

72 **陶銳**：按此詩，各本皆不錄，此據《文苑英華》，詩題作〈陶
銳〉，《全唐詩》作「陶銑」，當為傳寫致誤。《資治通鑑》卷
二二二：「寶應元年建辰月，李輔國以元載為京兆尹，載固辭。
壬寅，以司農卿陶銳為京兆尹。」棄舉，謂罷去貢舉也。詩疑作
於天寶間，具體時間不詳。

73 **岑棓**　安喜縣，今河北定州市。唐博陵郡治所設此。府君，唐代
墓誌通稱男姓死者為府君。銘前疑原有墓誌，今佚。仍從原本稱
「銘」，據《新唐書·宰相世系表》：「岑氏，景倩生植、棣、棓、
椅。棓，安喜令。」字書無棓，聞一多《岑嘉州繫年考證》訂為
「棓」。棓為岑參叔父，此銘當為天寶中作。岑參〈送郭乂雜言〉
曰：「去年四月初，我正在河朔，曾上君家縣北樓，樓上分明見
恆嶽。中山明府待君來，須計行程及早回。」「中山明府」即指岑
棓。〈送郭乂雜言〉作於開元二十八年，時棓正任安喜令。棓之
卒，疑在天寶中，本銘即作於是時。

74 **王紞**　本集卷五有〈和祠部王員外雪後早朝即事〉詩。聞一
多《岑嘉州交遊事輯》：〈郎官石柱題名〉祠部員外郎有王紞，

在岑參名後。又司勳郎中有王紞。王維有〈林園即事寄舍弟紞〉詩。……〈述書賦〉註王維王繕後曰：「幼弟紞有兩兄之風，閨門之內，友愛之極。」錢起有〈和王員外雪晴早朝〉詩，案此當是與嘉州同和。〈郎官石柱題名〉，祠部員外郎錢起名與王紞亦相近，起詩有〈題柱盛名兼絕唱〉之句，即指石柱題名故事也。《新唐書‧宰相世系表》：「河東王氏，汾州司馬處廉第五子紞，太常少卿。」《舊唐書‧代宗本紀》云：「大歷十二年四月……太常少卿王紞，起居舍人韓會等十餘人，皆坐元載貶官也。」同書又云：「永泰元年正月及大歷元年正月皆大雪」，公詩蓋作於此二年間。

75 **賈至、王維**　本集卷五有〈奉和中書賈至舍人早朝大明宮〉詩，案詩作於乾元元年春末。時岑參在長安任右補闕。杜甫、王維、賈至等並為兩省僚友，倡和甚盛，〈和賈至早朝大明宮〉、〈寄左省杜拾遺〉、〈送許拾遺恩歸江寧拜親〉（杜甫同賦），並本年春夏所作。

案賈至字幼鄰，洛陽人。明經擢第，解褐校書郎，天寶初為單父尉。天寶末隨玄宗入蜀，拜起居舍人知制誥，旋為冊禮使判官，隨宰臣韋見素、房琯等奉傳國寶，玉冊至順化郡，遷中書舍人，出為汝州刺史，乾元二年以鄴城兵敗南奔襄、鄧，貶岳州司馬，旋復故官，遷尚書左丞，轉禮部侍郎，大歷初徙兵部，進京兆尹。七年，以右散騎常侍卒。生平事蹟見《舊唐書》卷一九〇《文苑》中，《新唐書》卷一一九〈賈曾傳附傳〉。

王維字摩詰，唐太原祁人，生於長安元年（七〇一），卒於上元二年（七六一）。開元九年進士。張九齡為相，擢為右拾遺，後轉監察御史，累官至給事中，安祿山陷長安。被執，受偽職，亂平論罪，以凝碧池詩減等，責授太子中允，後為尚書右丞，世稱王右丞。晚年隱居輞川。信奉禪理，後人稱其「詩中有畫，畫中有詩」，詩與孟浩然齊名，人稱「王、孟」。有《王右丞集》二十八卷，生平事蹟見《舊唐書》卷一九〇〈文苑下〉，《新唐

書》卷二〇二〈文藝中〉。

杜甫已見前注。

76 **李進** 本集卷五有〈秋夕讀書幽興獻兵部李侍郎〉詩，詩題〈秋夕〉，詩曰：「年紀蹉跎四十強，自憐頭白始為郎」，本年四十八歲，詩蓋即作於此時。蓋寶應元年十月，岑參始為雍王掌書記也。詩中言兵部侍郎，當為李進。《新唐書・宗室傳》：「淮安靖王神通子孝節，孝節曾孫嵩，嵩弟暈，暈子進，進亦知名，從當世賢士游，賙人之急，累推給事中，至德初，從廣平王東征，以工部侍郎署雍王元帥府行軍司馬，為回紇鞭之幾死，遷兵部，卒贈禮部尚書。」又〈宰相世系表〉：「太僕卿暈，子兵部侍郎進。」……岑參被委以書奏之任，即繼韋（少華）職，是則岑參亦嘗為元帥行軍司馬李進之僚屬也。故獻詩結語望其援引。《資治通鑑》：「寶應元年十月，以雍王適為天下兵馬元帥……給事中李進為行軍司馬。」據《舊唐書・代宗紀》：「雍王東討，史朝義死，河北平，均在寶應元年十月，故李進遷兵部侍郎在廣德初。寶應元年李進為雍王行軍司馬時，岑參亦為雍王掌書記，故有舊。本詩作於廣德元年秋，時岑參官拜祠部員外郎。

77 **梁鍠** 本集卷六有〈題梁鍠城中高居〉詩。《國秀集》有梁鍠詩二首，目錄稱〈執戟梁鍠〉。《全唐詩》〈小傳〉：「官執職（掌殿門守衛），天寶中人，詩十五首。」錢起有〈秋夕與梁鍠文宴〉詩，李頎有〈別梁煌〉詩：「梁生倜儻心不羈，途窮氣蓋長安兒。回頭轉眄似鵰鶚，有志飛鳴人豈知。雖云四十無祿位，曾與大軍掌書記。抗辭請刃誅諸曲，作色論兵犯二帥。一言不合龍額侯，擎劍拂衣從此棄。朝朝飲酒黃公壚，脫帽露頂爭叫呼。……但聞行路吟新詩，不歎舉家無擔石。」梁鍠當書記為文官，然直言犯師後，即不再為官，可謂有骨氣者與！

78 **崔圓、殷寅** 本集卷七有〈崔倉曹席上送殷寅充石相判官赴淮南〉詩。詩約作於廣德年間。倉曹，即倉曹參軍，唐京兆尹佐吏有倉曹參軍二人，正七品下。

殷寅，陳郡長平（今河南西華東北）人。天寶四載（七四五）進士及第，後又舉博學宏辭科，歷任太子校書，永寧尉，澄城丞。有文名於當世，與顏真卿、蕭穎士、李華等友善。生平事蹟，見顏真卿〈殷踐猷墓碣銘〉、李華〈三賢論〉、《元和姓纂》卷四、《新唐書》〈殷踐猷傳〉等。

崔圓（1）《岑詩繫年》：「案石相疑當作元相，謂元載也。元載上元二年拜相，領度支轉運使如故。殷寅充判官赴淮南，蓋即為支調之事。上元二年及寶應元年公不在長安，且其時東京阻兵，汴路未通，詩蓋廣德元年所作。」（2）岑仲勉《讀全唐詩札記》曰：「按淮南節度無石姓，石相乃右相之訛。右相即中書令，崔圓曾為之，罷相後出鎮淮南，寅蓋充圓之判官。」按元載寶應元年已將使職讓與劉晏。而上元二年，寶應元年岑參均不在長安，「駟馬欲辭丞相府」乃長安送人。故以岑仲勉之說為允，殷寅蓋為崔圓淮南節度判官，詩當作於廣德年間。

交遊人物姓名難予考訂者

人物	本集篇名	卷次	備註
宗學士	北庭貽宗學士道別	一	
閻二侍御	虢州郡齋南池幽興因與閻二侍御道別	一	「陳鐵民、侯忠義《岑參集校注》閻二侍御疑為閻案，獨孤及〈唐故左金吾衛將軍河南閻公（用之）墓志銘〉：有四子：蜜、案、宰、宣……廣德中，案以監察御史領高陵令，上元間，案蓋以監察御史為軍帥佐吏。
王著	送王著赴淮西幕府作	一	
張秘書	送張秘書充劉相公過汴河判官便赴江外觀省	一	
李郎	冬宵家會餞李郎司兵赴同州	一	
狄員外	送狄員外巡按西山軍	一	
鄭興宗弟	虢州送鄭興宗弟歸扶風別廬	一	《新唐書·宰相世系表》：「南祖鄭氏，興宗，祖父孝仁，臨洮郡司戶參軍，曾祖筠、綿州刺史，父君巖，湘源令。」
狄侍御	青山峽口泊舟懷狄侍御	一	
夐道人	寄青城龍溪夐道人	一	《文苑英華》「夐」作「𩓣」為古「象」字。
麴二秀才麴大判官	梁州對雨懷麴二秀才便呈麴大判官時疾贈余新詩	一	
匡城主人	至大梁卻寄匡城主人	一	本集卷二有〈醉題匡城周少府廳壁〉詩，匡城主人即周少府，名未詳。

人　物	本集篇名	卷次	備註
趙知音	春遇南使貽趙知音	一	
李叔齊	懷葉縣關操姚曠韓涉李叔齊	一	
謙道人	秋夜宿仙遊寺南涼堂呈謙道人	一	
狄員外	陪狄員外早秋登府西樓因呈院中諸公	一	
李老舍	宿太白東溪李老舍寄弟姪	一	《文苑英華》,《全唐詩》,《唐文粹》並作「宿太白東溪張老舍寄弟姪」。
法華雲公	出關經華岳寺訪法華雲公	一	
元處士	春半與群公同遊元處士別業	一	
徐卿	東歸留題太常徐卿草堂	一	
王判官	過王判官西津所居	一	
王學士	太一石鱉崖口潭舊盧招王學士	一	
王處士	過緱山王處士黑石谷隱居	一	
宇文判官	初過隴山途中呈宇文判官	一	本集卷三〈武威春暮聞宇文判官西使還已到晉昌〉,宇文判官、當係同一人,名未詳。
狄評事	西蜀旅舍春歎寄朝中故人呈狄評事	一	
羅山人	秋夕聽羅山人彈三峽流泉	一	
辛子	南池宴餞辛子賦得科斗子	一	《全唐詩》卷一九五《韋應物集》亦載此詩,題作〈南池宴餞辛子賦得科斗〉

人　物	本集篇名	卷次	備註
韋員外	韋員外家花樹歌	二	劉開揚「岑參詩集編年箋注」以為韋員外或即指「韋益」。
張判官	青門歌送東臺張判官	二	
王說	梁園歌送河南王說判官	二	
武判官	白雪歌送武判官歸京	二	
崔侍御	熱海行送崔侍御還京	二	
竇漸	敷水歌送竇漸入京	二	
劉評事	函谷關歌送劉評事使關西	二	
蕭治	天山雪歌送蕭治	二	《唐百家詩選》、《唐詩紀事》「蕭治」並作「蕭沼」。
蕭正	秦箏歌送外甥蕭正歸京	二	
郭乂	送郭乂雜言	二	
費子	送費子歸武昌	二	
魏四	送魏四落第還鄉	二	
郝主簿	送宇文南金放後歸太原寓居因呈太原郝主簿	二	
李司馬	西亭子送李司馬	二	
狄明府	臨河客舍呈狄明府兄留題縣南樓	二	
韓樽	喜韓樽相過	二	公與韓樽友情甚篤，集中酬贈詩屢見，本集卷二有〈贈酒泉韓太守〉、〈喜韓樽相過〉、詩〈偃師東與韓樽同詣景雲暉上人即事〉詩、〈酒泉太守席上醉後作〉詩，卷六有〈喜韓樽〉詩。韓樽，生平未詳。

人　物	本集篇名	卷次	備註
田使君	田使君美人如蓮花北鋋歌	二	《四部叢刊本》原注云：「此曲本出北同城，蓮花、北鋋、樂府、舞名未詳。」
裴將軍	裴將軍宅蘆管歌	一	《王右丞集》卷十四有〈贈裴旻將軍〉詩，裴將軍未知是否此人。
唐子	潩水東店送唐子歸嵩陽	三	
張子	送張子尉南海	三	《文苑英華》，《全唐詩》並作〈送楊瑗尉南海〉。
何丞	虢州送天平何丞入京市馬	三	
辛判官	陝州月城樓送辛判官入奏	三	
吳別駕	送懷州吳別駕	三	
任別駕	送襄州任別駕	三	
韋侍御	送韋侍御先歸京	三	
張山人 周明府	尋少室張山人聞與偃師周明府同入都	三	
鄭鄂	高宮谷口招鄭鄂	三	
源少府	與鄠縣源少府泛渼陂	三	杜甫〈與鄠縣源大少府宴渼陂〉詩，子美得「寒」字、公得「人」字，詩蓋同賦。
趙行軍 王侍御	梁州陪趙行軍龍岡寺北庭泛舟宴王侍御	三	詩題疑作：〈梁州陪趙行軍龍岡寺北泛舟宴王侍御〉，「北」下衍一「庭」字。蓋公入蜀途經梁州所作。
嚴、許二 山人	宿關西客舍寄山東嚴許二山人時天寶高道舉徵	三	《唐百家詩選》、《文苑英華》、《全唐詩》「山東」並作「東山」。
趙少尹 鄭侍御	趙少尹南亭送鄭侍御	三	

人　物	本集篇名	卷次	備　註
鄭和尚	晚過磐石寺禮鄭和尚	三	各本「盤石」皆作「盤豆」，盤豆城在今河南閿鄉縣西南三十里。清陶庭珍〈盤豆驛〉詩云：「叢山如破衣，人似虱緣縫，盤旋一線中，欲速不得縱，蓋即其地。」
李郎	餞李郎尉武康	三	
虞校書	送秘書虞校書赴虞鄉丞	三	
宇文明府	崔駙馬山池重送宇文明府	三	
張郎中	送張郎中赴隴右觀省	三	《唐百家詩選》、《文苑英華》、《全唐詩》並作「送張郎中赴隴右觀省卿公」下注云：「時張卿公亦充節度留後」。
鄭少府	送鄭少府赴滏陽	三	
薛侍御	送四鎮薛侍御東歸	三	
張卿	送張卿郎君赴硤石尉	三	《四部叢刊》本作〈送張卿郎中軍赴硤石尉〉
王司馬	送揚州王司馬	三	
韋少府	題永樂韋少府廳壁	三	
宇文舍人	送宇文舍人出宰元城	三	
王贊府	陪使君早春西亭送王贊府赴選	三	同卷〈送永壽王贊府逡歸縣〉，殆同一人，名未詳，使君，謂王奇光。
蔣侍御	西亭送蔣侍御還京	三	
王祿事	送王祿事充使	三	《文苑英華》、《全唐詩》並作〈送楊錄事充潼關判官〉。
裴判官	送裴判官自賊中再歸河陽幕府	三	

人　物	本集篇名	卷次	備註
王主簿	送陝縣王主簿赴襄陽成親	三	
李卿	賦得孤島石送李卿	三	
二十二兄	送二十二兄北遊尋羅中	三	
鄭甚	送鄭甚歸東京汜水別業	三	案「鄭甚」，鄭本、黃本、《全唐詩》、《唐詩紀》並作「鄭堪」。
崔全	送崔全被放歸都覲省	三	
孟孺卿	送孟孺卿落第歸濟陽	三	案《全唐詩》卷二○八包何有〈賦得秤送孟孺卿〉詩，當即其人，孟孺卿，生平未詳。
楊千牛	送楊千牛趁歲赴汝南郡覲省便成親	三	
胡象	送胡象落第歸王屋別業	三	
麴少府	送楚丘麴少府赴官	三	
李揆	送蜀郡李揆	三	
嚴詵	送嚴詵擢第歸蜀	三	《王維詩集》卷五有〈送嚴秀才還蜀〉，此「嚴秀才」不知是否與「嚴詵」為同一人？
張直公	送張直公歸南鄭拜省	三	
趙仙舟	臨洮泛舟趙仙舟自北庭罷使還京	三	案王維有〈齊州送祖三〉詩（《王右丞集》卷四）此詩，《河岳英靈集》，《文苑英華》、《唐文粹》、《唐詩紀事》並作「淇上送趙仙舟」，《國秀集》作「河上送趙仙舟」，趙仙舟當即此人，生平未詳。
周子	送周子下第遊京南	三	《全唐詩》、《唐詩紀》並作「送周子落第遊荊南」
蔣侯	灃頭送蔣侯	三	

人　物	本集篇名	卷次	備註
程使君	鳳翔府行軍送程使君赴成州	三	
張升卿	送張升卿宰新淦	三	
陳子	送陳子歸陸渾別業	三	
蒲秀才	送蒲秀才擢第歸蜀	三	
郭司馬李明府	送郭司馬赴伊吾郡請示李明府	三	
滕元	送滕元擢第歸蘇州拜覲	三	案「滕元」，宋本、鄭本、黃本、石印本、《全唐詩》、《唐詩紀》並作「滕亢」。
樊侍御	送樊侍御使丹陽便覲	三	
顏少府	送顏少府投鄭陳州	三	
上官秀才	閿鄉送上官秀才歸關西別業	三	
崔主簿	送崔主簿赴夏陽	三	
梁判官	送梁判官歸女几舊廬	三	
李司諫	送李司諫歸京	三	
柳錄事	送柳錄事赴梁州	三	
裴侍御	送裴侍御趁歲入京	三	
顏評事	送顏評事入京	三	
趙侍御	送趙侍御歸上都	三	
李隱者	宿東溪懷王屋李隱者	三	《四部叢刊》本「宿東溪」作「宋東溪」，誤。
崔十二侍御	聞崔十二侍御灌口夜宿報恩寺	三	《文苑英華》作〈同崔三十侍御灌口夜宿報恩寺〉
王子	丘中春臥寄王子	三	
辛侍御	虢州酬辛侍御見贈	三	
使君	陪使君早春東郊遊眺	三	使君謂王奇光也。

人　物	本集篇名	卷次	備註
聞處士	春尋河陽聞處士別業	三	《全唐詩》、《唐詩紀》並作〈春尋河陽陶處士別業〉。
李處士	尋鞏縣南李處士別居	三	
王卿	行軍雪後月夜宴王卿家	三	
李別將崔員外	送李別將攝伊吾令充使赴武威便寄崔員外	三	
杜明府	春日醴泉杜明府承恩五品宴席上賦詩	三	
韓員外夫人崔氏	韓員外夫人清河縣君崔氏挽歌	三	
楊子	送楊子	三	案此詩，《四部叢刊》本不錄，《唐百家詩選》、《文苑英華》、《唐詩紀事》錄此詩並作「岑參」。而《李太白全集》卷十八錄此詩，題作「送別」。案《滄浪詩話》云：「太白詩：『斗酒渭城邊，壚頭醉不眠』，乃岑參之詩，誤入公集。」
李司馬	暮春虢州東亭送李司馬歸扶風別廬	五	
張主簿	首春渭西郊行呈藍田張主簿	五	《全唐詩》、《唐詩紀》「張主簿」並作「張二主簿」。
龐洊	懷憶長安曲二章寄龐洊	六	
裴子	醉裏送裴子赴鎮西	六	
李道士	題井陘雙溪李道士所居	六	

人　物	本集篇名	卷次	備註
演上人	題雲際南峰演上人讀經堂	六	宋本、鄭本、黃本、石印本、《全唐詩》、《唐詩紀》，演上人，並作「眼上人」《全唐詩》、《唐詩紀》題下注云：「眼公不下此堂十五年矣。」
賈侍御	奉送賈侍御使江外	七	
李主簿	玉關寄長安主簿	七	《全唐詩》、《唐詩紀》並作〈玉關寄長安李主簿〉
李判官	虢州後亭送李判官使赴晉、絳	七	
李明府	送李明府赴睦州便拜覲太夫人	七	《四部叢刊》本「睦州」作「陸州」，誤。
崔子	送崔子還京	七	
李侯	春興戲贈李侯	七	
羅生	草堂村尋羅生不遇	七	
竇子	醉戲竇子美人絕句	七	

岑參交遊考徵引資料

參嘉州繫年考證　聞一多　唐詩雜論

參嘉州交遊事輯　聞一多　清華週刊三十九卷八期

岑參集校注　陳鐵民、侯忠義　上海古籍

岑參詩集編年箋注　劉開揚　巴蜀書社

岑嘉州詩箋注上、下兩冊　廖立　中華書局

岑嘉州詩箋注　阮廷瑜　中華叢書編委會

岑參事跡著作考　廖立　中州古籍

岑詩繫年　李嘉言　文學遺產增刊三輯

舊唐書　後晉劉昫　中華書局

新唐書　歐陽修　宋祁　中華書局

資治通鑑　司馬光　明倫書局

全唐詩　清聖祖敕編　明倫書局

全唐文　董誥等輯　大化書局

唐詩紀事　計有功　中華書局

唐才子傳校注　周本淳　文津書局

文苑英華　中華書局

元和姓纂四校記　台聯國風

西域文史論稿　柴劍虹　國文天地

文史　三十六輯　中華書局

毘陵集校注　遼海出版社

重要參考文獻
（依作者朝代及姓氏筆畫排序）

1　**史記**　〔漢〕司馬遷撰、〔晉〕裴駰集解、〔唐〕司馬貞索隱、張守節正義

2　**漢書**　〔漢〕班固撰、〔唐〕顏師古注

3　**說文解字注**　〔漢〕許慎撰、〔清〕段玉裁注

4　**十三經注疏**　〔魏〕王弼等注、〔唐〕孔穎達等正義

5　**水經注**　〔後魏〕酈道元撰

6　**華陽國志**　〔晉〕常璩撰

7　**三國志**　〔晉〕陳壽撰、〔劉宋〕裴松之注

8　**後漢書**　〔劉宋〕范曄撰、〔唐〕章懷太子注（李賢注）

9　**世說新語**　〔劉宋〕劉義慶撰

10　**六臣註文選**　〔南朝梁〕蕭統選、〔唐〕李善、呂延濟、劉良、張銑、呂向、李周翰注

11　**通典**　〔唐〕杜佑撰

12　**元和郡縣志**　〔唐〕李吉甫撰

13　**晉書**　〔唐〕房玄齡等撰

14　**初學記**　〔唐〕徐堅撰

15　**藝文類聚**　〔唐〕歐陽詢等撰

16　**舊唐書**　〔後晉〕劉昫等撰

17　**困學紀聞**　〔宋〕王應麟撰

18　**資治通鑑**　〔宋〕司馬光撰

19　**容齋隨筆**　〔宋〕洪邁撰

20　**雍錄**　〔宋〕程大昌撰

21　**太平寰宇記**　〔宋〕樂史撰

22　**新唐書**　〔宋〕歐陽修、宋祁合撰

23 **樂府詩集** 〔宋〕郭茂倩編

24 **瀛奎律髓** 〔元〕方回撰

25 **唐才子傳** 〔元〕辛文房撰

26 **詩話類編** 〔明〕王昌會編

27 **唐詩選評釋** 〔明〕李攀龍選、日本森大萊撰、花縣江俠庵譯述

28 **刪補唐詩選脈箋釋會通評林（簡稱：唐詩會通評林）**〔明〕周珽撰

29 **唐詩解** 〔明〕唐汝詢撰

30 **唐音癸籤** 〔明〕胡震亨撰

31 **唐詩歸** 〔明〕鍾惺、譚元春撰

32 **讀史方輿紀要** 〔明〕顧祖禹撰

33 **善本書室藏書志** 〔清〕丁丙輯

34 **李太白集注** 〔清〕王琦注

35 **古唐詩合解** 〔清〕王堯衢撰

36 **唐賢三昧集箋注** 〔清〕王阮亭選、黃香石評、吳退庵、胡甘亭輯註

37 **昭昧詹言** 〔清〕方東樹撰

38 **圍爐詩話** 〔清〕吳喬撰

39 **詩法易簡錄** 〔清〕李瑛撰

40 **歷代詩話** 〔清〕何文煥輯

41 **歷代詩話** 〔清〕吳景旭輯

42 **刪定唐詩解** 〔清〕吳綏眉撰

43 **全唐詩** 〔清〕季振宜等編

44 **聖嘆選批唐才子詩** 〔清〕金聖嘆撰

45 **唐詩別裁** 〔清〕沈德潛撰

46 **石洲詩話** 〔清〕翁方綱撰

47 **北江詩話** 〔清〕洪亮吉撰

48 **唐詩三百首注疏** 〔清〕章燮撰

49 **佩文韻府** 〔清〕聖祖敕撰

50 古詩箋 〔清〕聞人倓箋

51 陔餘叢考 〔清〕趙翼撰

52 王摩詰全集箋注 〔清〕趙殿成箋注

53 全唐文 〔清〕董誥等輯

54 清一統志 〔清〕穆彰阿 潘錫恩等纂修

55 杜詩錢注 〔清〕錢謙益注

56 鐵琴銅劍樓藏書目錄 〔清〕瞿鏞輯

57 清詩話 〔民國〕丁福保輯

58 續歷代詩話 〔民國〕丁福保輯

59 唐詩絕句選釋 〔民國〕周敬瑜撰

60 詩境淺說（正續編）〔民國〕俞陛雲撰

61 唐宋詩舉要 〔民國〕高步瀛撰

62 唐詩集解 〔民國〕許文雨撰

63 全漢三國晉南北朝詩 〔民國〕逯欽立輯

64 岑嘉州詩校注 阮廷瑜撰

65 岑參詩傳 孫映逵著

66 西域文史論稿 柴劍虹著

67 訂正再版高常侍詩校注 阮廷瑜著

68 唐代詩人叢考 傅璇琮撰

69 岑嘉州詩繫年考證 聞一多撰

70 岑嘉州交遊事輯 聞一多撰 《清華周刊》卅九卷八期

71 岑嘉州詩箋注 廖立撰

72 岑參事跡著作考 廖立撰

73 岑參詩集編年箋注 劉開揚著

74 唐代文史考論 陶敏、郁賢皓合著

75 毘陵集校注 劉鵬 李桃校注 蔣寅審訂

76 岑詩繫年 《文學遺產》增刊三輯

修訂後記

　　此書，基本上是在我一九七一年（民國六十年）的碩士論文——《岑嘉州詩校注》上予以增補修訂的，當時，因為急著論文的出版，所以詩集上有些該注的地方也就忽略過去了，現在時間較為充裕，檢視全集，認應加註部分約有下列部分：

㈠五古部分：〈送許子擢策歸江寧拜親因寄王大昌齡〉、〈送許拾遺恩歸江寧拜親〉、〈送許員外江外置常平倉〉中之〈許拾遺（登）〉。〈送青龍招提歸一上人遠遊吳楚別詩〉之「歸一上人」。〈潼關使院懷王七季友〉中之「王季友」，〈虢中酬陝西甄判官贈〉之「甄判官（濟）〉，〈入劍門作寄杜楊二郎中時二公並為杜元帥判官〉中之杜（亞）、楊（炎）〈與鮮于庶子自梓州成都成少尹自襄城同行至利州道中作〉中之「鮮于庶子」，〈鞏北秋興寄崔明允〉中之「崔明允」。

㈡七言古詩：〈韋員外家花樹歌〉之有關獨孤及之資料，〈與獨孤漸道別長句兼呈嚴八侍御中〉之〈嚴八侍御〉（武），〈寄西岳山人李岡〉中之「李岡」，〈衛節度赤驃馬歌〉中之「衛節度」（衛伯玉），〈范公叢竹歌〉中之「范公（范季明）」。

㈢五言律詩：〈磧西頭送李判官入京〉之「李判官」（栖筠）、〈送羽林長孫將軍赴歙州〉之「長孫將軍」（長孫全緒），〈歲暮磧外寄元撝〉中之「元撝」，〈南樓送衛憑〉之「衛憑」。〈送王伯倫應制授正字歸〉之「王伯倫」。〈醴泉東溪送程皓元鏡微入蜀〉中之「程皓、元鏡微」。〈早春陪崔中丞泛浣花溪宴〉之〈崔中丞（盰）、僕射裴公挽歌〉中之「僕射裴公」（裴耀卿）。

㈣五言長律：〈送盧郎中除杭州赴任〉中之盧郎中（盧幼平），〈送李賓客荊南迎親〉中之「李賓客」，〈送薛弁歸河東〉詩之「薛弁」，〈送薛播擢第歸河東〉詩之「薛播」，〈送嚴維下第還江東〉

詩之「嚴維」。

㈤七言律詩：〈和祠部王員外雪後早朝即事中〉之「王員外（王
　紘）」。

㈥五言絕句：〈日沒賀延磧〉中之「賀延磧」（莫賀延磧）。

㈦七言絕句詩：〈崔倉曹席上送殷寅充石相判官赴淮南〉之「殷
　寅」、「石相」，〈獻封大夫破播仙凱歌六章〉之「播仙」，其他應
　增補之處，類此者尚多，就不再一一列舉。

　其次，對於全集中誤收之詩——八首，根據有關資料予以臚列排
除作為《附錄二》。另外，岑參在唐代，亦算是一個主要作家，可惜
的是，新、舊《唐書》都無傳，其資料僅散見於《唐詩紀事》、《唐
才子傳》以及唐貞元時杜確的一篇〈岑嘉州詩集序〉，現在謹將杜氏
的集序做一個簡單的注解，列於《附錄一》，供研究岑詩的參考。而
岑集另外二篇〈感舊賦並序〉及〈招北客文〉，對於瞭解岑參的身世
及作風，亦頗有助益，亦一併予以注釋，而附列於文中，俾供參考。
另外《岑參集校注》、《岑參詩集編年箋注》及《岑嘉州詩校注》三
書，所編《岑參年譜》一書，各具特色，是供研究岑參之參考，故本
書不再作《岑參年譜》，僅作〈岑參交遊考〉供參。

　回想，我一九七一年（民國六十年）注解岑集時，當時，可資參
考之書缺乏，其後，在臺灣，一九八〇年元月，有臺大教授阮廷瑜先
生出版的《岑參集校注》（國立編譯館，中華叢書編委會）」，注解簡
明扼要，版本考證，尤稱精詳；在大陸方面，有陳鐵民、侯忠義二位
教授合著的《岑參集校注》（一九八一年八月，上海古籍出版社，該
書並於二〇〇四年再版，重新校注整理），注解亦頗簡要、精當。其
次是劉開揚教授之《岑參詩集編年箋注》（一九八八年六月，巴蜀書
社出版）此書注解詳盡，考訂翔實，本書在修訂時，參考引用之處頗
多，不再此一一註明。最後要提的是二〇〇四年九月由中華書局出版
的《岑嘉州詩箋注》（上、下），該書注解亦頗精富詳盡，於竄入及
誤署之詩，區分別類，提要鈎玄，後並附評論資料及岑參年譜，亦頗
值得參考。

　　又本書，於一九七一年注解時，蒙　成師楚望（惕軒）列為指導教授，他審核時，嚴格精審，於書中不對之處，亦嚴予批示，此皆改正於《岑嘉州詩校注》之中。不幸的是，成師已於一九九一年（民國八十年）遽歸道山，我現在修訂增錄的這些資料，怕他是無緣再見到了。此次修訂，雖力求在各方面求其完備，期望岑詩能做到盡善盡美，但因個人才學有限，掛一漏萬，是所難免，期望讀者方家能不吝批評，指正，是所至禱。

　　又本書在修改過程中，謬蒙何廣棪教授提供不少意見，謹在此致上十二萬分的謝意。

民國一〇二年三月於臺北

國家圖書館出版品預行編目(CIP)資料

岑嘉州詩校注與評箋/ 林茂雄著. -- 初版.
 -- 臺北市 : 萬卷樓, 2013.05
 面 ; 公分. --（文學研究叢書）
ISBN 978-957-739-796-6(平裝)

851.4415   102004912

岑嘉州詩校注與評箋

2013 年 05 月 初版 平裝

ISBN 978-957-739-796-6   定價：新台幣 980 元

作　　者	林茂雄	出　版　者	萬卷樓圖書股份有限公司
發 行 人	陳滿銘	編輯部地址	106 臺北市羅斯福路二段 41 號 9 樓之 4
總 編 輯	陳滿銘	電話	02-23216565
副總編輯	張晏瑞	傳真	02-23218698
編　　輯	吳家嘉	電郵	editor@wanjuan.com.tw
編　　輯	游依玲	發行所地址	106 臺北市羅斯福路二段 41 號 6 樓之 3
封面設計	斐類設計工作室	電話	02-23216565
		傳真	02-23944113
		印　刷　者	晟齊實業有限公司

新聞局出版事業登記證局版臺業字第 5655 號

網 路 書 店　www.wanjuan.com.tw
劃 撥 帳 號　15624015